Legende

1. Kiesparkplatz
2. Falkenhorst
3. Teich mit Steinpavillon
4. Schulgebäude
5. Rapunzelturm
6. Volleyballplatz
7. Walgerippe-Pavillon
8. Gartenhaus
9. Lagerscheune
10. Bogenschießplatz
11. Bootsanleger
12. Kunstscheune
13. Gewächshaus
14. Basketballplatz
15. Bootshaus
16. Teich mit Mini-Akropolis

W0401802

Nina MacKay

Legend Academy

Fluchbrecher

Nina MacKay

LEGEND ACADEMY

Fluchbrecher

Band 1

Ravensburger

MIX
Papier aus verantwortungsvollen Quellen
FSC® C111262
FSC www.fsc.org

1 3 5 4 2

Originalausgabe

Dieses Werk wurde vermittelt durch die Literarische Agentur
Thomas Schlück GmbH, 30161 Hannover.

Lektorat: Tamara Reisinger, www.tamara-reisinger.de
Umschlaggestaltung und Vorsatzkarte: Carolin Liepins, München
Verwendetes Bildmaterial von © Julia Tochilina, © Yellow_stocking,
© lizanice, © world illustrations, © faestock, © antart, © CastecoDesign,
© Haqqani Labs und © PatternsBlooming, alle von Shutterstock

Printed in Germany

ISBN 978-3-473-40217-5

www.ravensburger.de

Für Kathrin N.,
die das hier erst ermöglicht und noch so viel mehr
als diese schäbige Widmung verdient hat

Playlist

Das Besondere an dieser Playlist ist, dass man sie in Endlosschleife beim Lesen hören kann oder auch jeden Track einzeln zum jeweiligen Kapitel. Track 1 passt perfekt zur Stimmung von Kapitel 1 und so weiter. Viel Spaß damit! :-)

1 3 Doors Down – *Let Me Go (Graylees Lieblingssong)*
2 Daughtry – *Battleships*
3 Toto – *Africa*
4 Fink – *Looking Too Closely*
5 Ed Sheeran – *Bloodstream*
6 Belinda Carlisle – *Heaven Is A Place On Earth*
7 Lost Frequencies – *Love To Go*
8 ATC, The Ready Set – *I Wanna Get Better (Willows Lieblingssong)*
9 ElyOtto – *SugarCrash!*
10 Landon Austin – *Every Time*
11 Grimes – *We Appreciate Power (Viviennes Lieblingssong)*
12 Walking on Cars – *Speedings Cars (Tristans Lieblingssong)*
13 Sture Zetterberg – *Fighters*

14 Tom Gregory – *Run To You*

15 The Chainsmokers – *Closer*

16 Loving Caliber – *Dive Into You*

17 Jessie J – *Do It Like A Dude (Canyons Lieblingssong)*

18 Basstrologe Lizot – *Somebody To Love*

19 Journey – *Don't Stop Believin*

20 Ashnikko – *Tantrum (Ornellas Lieblingssong)*

21 Ashnikko, Grimes – *Cry*

22 Artist vs. Poet – *Break Away*

23 Good Charlotte – *I Just Wanna Live (Hudsons Lieblingssong)*

24 James Bay – *Let It Go*

25 Illenium – *Good Things Fall Apart*

26 Luke Friend – *Hole In My Heart*

27 Natalie Taylor – *Surrender*

28 Marianas Trench – *Who Do You Love*

29 Dean Lewis – *Let Go (Bakers Lieblingssong)*

30 All Time Low – *Good Times*

31 Bowling for Soup – *1985 (Varns Lieblingssong)*

32 The Afters – *Moments Like This*

33 Taylor Swift – *I Almost Do*

34 Ellie Goulding – *Still Falling For You*

35 Mt. Wolf (feat Wilsen) – *Tayrona*

Kapitel 1

Mit einer Stricknadel und ziemlich viel Wut im Bauch auf einen Polizisten gedeutet zu haben, stellte sich rückblickend nicht gerade als eine der besten Ideen meines Lebens heraus.

»Ach, kommen Sie, es ist Cinco de Mayo.« Ich verschränkte meine Finger um die Cola-Dose, die sie im Verhörraum auf den Tisch gestellt hatten. Warum mussten die Angestellten im Police Department von Orange County ihre Klimaanlage eigentlich immer zwei Stufen zu hoch einstellen? Würden wir auf diese Weise den Planeten retten? Wohl eher nicht.

Während ich die leichte Gänsehaut auf meinen Unterarmen betrachtete, tippte ich mit den Fingernägeln gegen das Blech der Dose. Im Rhythmus meines Lieblingssongs.

Deputy Williams lehnte sich in seinem Aluminiumstuhl zurück und musterte mich abwartend. Da war er vermutlich nicht der Einzige; über uns war ich mir der Präsenz der Kamera nur zu bewusst.

»Miss McCoy«, sagte er mit einem Seufzen, »es ist ja nicht das erste Mal, dass wir Sie hier zu Besuch haben.«

»Soll ich mich nachher noch ins Gästebuch eintragen?« Ich zuckte mit den Schultern, setzte jedoch ein freudig-unschuldiges Lächeln auf. »Was soll ich sagen? Sie haben einfach die beste Cola-Marke weit und breit hier. Montana Brew.« Ich hob die Dose, wie um mit ihm darauf anzustoßen, und setzte sie wieder ab, ohne daraus zu trinken.

Deputy Williams presste die Lippen aufeinander.

Also nutzte ich den Moment, um fortzufahren. »Ehrlich gesagt fand ich das jetzt auch etwas übertrieben. Rektor Williams hätte nicht gleich die Polizei rufen müssen.«

»Finden Sie nicht? Wenn früh morgens die Drehtür der Schule aussieht wie … Was sollte das überhaupt darstellen?«

»Ein Strickkleid für eine überdimensionale Klopapierrolle. Als Inspiration dazu hat mir das Kunstwerk auf der Hutablage im Auto meiner deutschen Großmutter gedient. Aber musste Ihr Bruder es Ihnen direkt petzen?«

»Mein Bruder hat sich etwas zu oft von Ihnen und Ihrem Freund Tony auf der Nase herumtrampeln lassen. Abschreckungsmaßnahme. Und mussten Sie mir mit einer Stricknadel drohen?«

»Das war eher mein Beweis. Dass ich es war. Damit Sie mir glauben.«

»Sicherlich. Aber ich sage Ihnen jetzt mal was ganz im Vertrauen.« Er beugte sich über den Tisch, als wollte er sich mit mir verschwören. Im Licht der Leuchtstoffröhren und der grauen Wände wirkte selbst seine Latinobräune irgendwie fahl.

»Dieses Mal geht es nicht nur um eine Beschwerde gegen *Sie*, weil Sie unbescholtene Bürger belästigt haben …«

»Wie bitte?« Ich unterbrach ihn. »Wie Sie sehr wohl wissen, habe ich meine Notizen in höchstens fünfzig Briefkästen geworfen. Die Menschen in Laguna Hills und den umliegenden Städten sollten mir dankbar sein, weil ich sie darüber informiert habe, wer in ihrem

Haus unter welchen Umständen zu Tode gekommen ist. Schlimmstenfalls wohnen sie in einem Haus, in dem es spukt, und wissen nicht mal, warum ihnen seltsame Dinge widerfahren.« Unbewusst tippte ich schneller gegen die Blechdose, bis ich sie abrupt losließ und mich in meinem Stuhl zurücklehnte.

Deputy Williams stöhnte, als hätte ich ihm soeben eröffnet, dass seine Schwiegermutter mit ihm in den Urlaub fahren würde. »Wie ich gerade sagen wollte, dieses Mal haben Sie sich nicht allein in Schwierigkeiten gebracht, sondern auch Ihren Freund, Tony Sinclair Álvarez. Der zugegeben hat, Teil Ihres Plans gewesen zu sein.«

»Wir haben nichts falsch gemacht«, hielt ich dagegen. Warum Sinclair vorhin an meine Seite hatte springen müssen, verstand ich immer noch nicht.

»Nein?« Die buschigen Augenbrauen des Deputys hüpften. »Dann haben Sie beide sich also nicht gestern Nacht unbefugt Zutritt zum Schulgelände verschafft, um die Drehtür mit einer Strickdecke zu bestücken?«

»Äh …« Unbefugt? Aber das war doch unsere Highschool.

Der Deputy ergänzte noch ein paar Fachbegriffe, die verdächtig nach »Hausfriedensbruch« und »Behinderung des täglichen Schulablaufs« klangen. Doch in meinem Kopf schwirrte es wie in einem Hornissennest. Ich begann zu ahnen, worauf das hinauslief.

»Was ich damit sagen will …« Er beugte sich noch ein wenig weiter über den Tisch, sodass die Kante sicherlich in seinen Bauch schneiden musste. »Ich muss diesen Vorfall melden, ihn in Ihre und Mr Álvarez' Schulakte eintragen, und in diesem Zusammenhang wird sich das Jugendamt einschalten, das den Aufenthaltsstatus Ihres Freundes prüfen lassen wird. Mir bleibt keine andere Wahl. Ich will das genauso wenig wie Sie.«

Der Gedanke ließ mich innehalten. Sinclair! Drohte der Deputy etwa, ihn zurück nach Mexiko zu schicken? Das konnte er nicht machen! Gerade Deputy Williams, der selbst Mexikaner war, wusste, wie schwer es Einwanderer in den USA hatten. Wie viele Ungerechtigkeiten sie in diesem Bundesstaat ertragen mussten, vor allem wenn ihr Asylverfahren ohne große Erfolgsaussichten ablief. Es war einfach nicht fair! Entsetzt starrte ich ihn an. An seinen flackernden Augen konnte ich allerdings erkennen, dass er es wirklich nicht tun wollte, dass ihm in diesem Fall jedoch die Hände gebunden waren.

Eilig drehte ich den Kopf nach links, kippelte mit meinem Stuhl nach hinten, damit ich einen Blick durch das Fenster in der Tür werfen konnte. Nach draußen in den Flur, wo mein bester Freund saß. Alles in mir schrie danach, ihn von hier fortzubringen. Wenn sie ihn und seine Mutter zurück nach Mexiko abschoben, weil er sich meinetwegen strafbar gemacht hatte …

Sinclair saß im Wartebereich vor dem Verhörzimmer auf einem blauen Plastikstuhl. Er hatte sich vornübergebeugt, und mit den ineinander verschränkten Händen und dem in Richtung Plastikbodenbelag gerichteten Kopf sah es so aus, als würde er beten. Trotz der eisigen Kälte im Police Department lockten sich seine dunklen Haare an den Schläfen. Er schwitzte.

»Also gut.« Mit einem durchdringenden *Klack* setzten die Stuhlbeine und ich wieder vollständig auf dem Boden auf. »Ich war das allein. Schreiben Sie in Ihre Akte, dass ich in die Schule eingebrochen bin. Ohne Hilfe von anderen Schülern. Wenn jemand einen Verweis bekommen sollte, oder so einen Schulakteneintrag, dann ich. Niemand sonst.«

Zu allem Überfluss setzte uns die Polizei einigermaßen pünktlich vor dem Schwimmunterricht in der dritten Stunde wieder an der Highschool ab. Wir hätten auch laufen können, aber typisch Kleinstadt ließ es sich Deputy Williams nicht nehmen, uns persönlich zu bringen.

»Äh, danke, Deputy.« Ich knallte die Tür zu und schob meinen Rucksack über eine Schulter, ehe ich mich noch mal vorn an das offene Beifahrerfenster lehnte. »Wenn ich behaupte, ich hätte zwei Paar Handschellen in meinem Rucksack mitgehen lassen, würden Sie uns wieder zurück aufs Revier fahren?«

Deputy Williams streckte sich über den Beifahrersitz, um mir ins Gesicht zu sehen. »Dein wievielter Versuch ist das jetzt, Graylee?«

Uh, wenn er anfing, mich zu duzen, war wirklich alles verloren.

»Komm schon.« Sinclairs Hand legte sich auf meine freie Schulter. »So schlimm ist der Schwimmunterricht nicht.«

Ich funkelte ihn an. Wenn man schwimmen konnte und keine Angst vor fiesen Wasserwesen hatte, die einen in die Tiefe zogen, dann sicher. Natürlich war mir klar, dass es in der Schwimmhalle keine Monster gab. Trotzdem hatte ich einen Heidenrespekt vor tiefem Wasser, und dummerweise verspürte ich seit einem gewissen Vorfall zusätzlich absoluten Ekel vor Bazillen. Und die sprossen ja auf Schwimmhallenböden geradezu wie Pilze.

Deputy Williams startete den Motor. »Ich hoffe, wir sehen uns nicht allzu bald wieder.«

»Machen Sie sich keine falschen Hoffnungen.« Ich zog eine Grimasse, trat dann aber vom Polizeiauto zurück.

Der Wagen, der wirkte, als würde ihn nur noch eine Schicht Farbe zusammenhalten, qualmte aus dem Auspuff, bevor er unter einigem Ruckeln davonbrauste.

Hustend wedelte ich mit der Hand vor meinem Gesicht herum.

»Du hättest das nicht tun sollen, eben auf dem Revier.« Sinclair sah mich aus diesen braunen Augen an, die mich immer an den traurigen Gesichtsausdruck des Gestiefelten Katers erinnerten.

»Gern geschehen, und jetzt lass uns nicht mehr darüber reden.«

»Nein, im Ernst. Das kann ich nie wiedergutmachen.«

»Musst du auch nicht. Für wen sonst, außer für dich, würde ich so was tun?« Mein Blick glitt über unser Publikum.

Zu meinem absoluten Missfallen bildeten sich immer mehr Schülergrüppchen um Sinclair und mich. Schüler, die miteinander tuschelten. Offenbar hatte sich herumgesprochen, wer für die Guerilla-Strickkunst von heute früh verantwortlich war.

»Verflucht.«

»Ach, lass sie doch reden«, sagte Sinclair, der meinem Blick gefolgt war und nun mit beiden Händen die Gurte seines Rucksacks umklammert hielt, weswegen er wie ein Siebtklässler wirkte, obwohl er wie ich diesem Stadium der Pubertät zum Glück schon seit fünf Jahren entwachsen war.

»Nein, das ist es nicht. Ich habe vergessen, ein Attest für Sport zu fälschen.«

Voll bekleidet, nur ohne meine Schuhe, setzte ich mich fünfzehn Minuten später auf die Bank in der Schwimmhalle der Schule. Der eklige Chlormief und Bazillen aus den letzten fünfzig Jahren hatten mich dazu gebracht, meine marineblauen Socken anzulassen, die nun kalt und nass an mir klebten. Toll. War das eine Schleimschicht, die sich an meinen Fußballen bildete? Und wollte ich das überhaupt so genau wissen?

»Schon wieder?« Mrs Langline baute sich vor mir auf, die Haare ordentlich unter einer Schwimmhaube, obwohl sie uns nur selten etwas vorschwamm. In der Hand hielt sie eine Trillerpfeife. »Hattest du nicht erst vor zwei Wochen deine Tage, Graylee?«

Mit den Fingerspitzen tippte ich unruhig auf die raue Holzoberfläche der Bank. »Zwischenblutung.«

»Ganz bestimmt. Und dein Attest?«

»Hat der Hund gefressen.« Ich richtete den Blick zurück auf meine Füße, die ich versuchte, vom Boden fernzuhalten, so gut es eben ging. Letztlich gab ich auf und berührte mit den Fersen den verseuchten Schwimmhallenboden.

»Graylee, ich finde, du solltest dringend mal mit der neuen Vertrauenslehrerin sprechen. Mrs Zilba ist noch ganz jung und sehr nett. Du könntest mit ihr über den Vorfall von letztem Jahr reden, und vielleicht könnt ihr gemeinsam einen Plan erstellen, wie du deine Ängste in den Griff bekommst.«

Mrs Langline, ihres Zeichens Hobbypsychologin, analysierte also mal wieder.

»Kein Interesse.« Immer noch fixierte ich meine Socken. Irgendwer sprang nicht weit entfernt mit dem Hintern voran ins Becken, weswegen er einen Pfiff aus der Trillerpfeife kassierte.

»Ich weiß, du hattest es nicht leicht in letzter Zeit …«, fuhr Mrs Langline fort.

Ich hob eine Hand, einfach damit sie aufhörte, mich zu bemitleiden. »Schon gut, ich spreche mit der Vertrauenslehrerin. Wie wäre es mit jetzt gleich? Hier habe ich nichts zu tun, oder?«

Da Mrs Langline offenbar keine Einwände einfielen, erhob ich mich und stakste auf den Fersen aus dem Schwimmerbereich, wobei ich einigen schwarzen Haaren und undefinierbarem Glibberzeugs auf dem Boden auswich. Schwimmhallen. Gab es noch etwas Ekelerregenderes auf diesem Planeten?

Im Zimmer der Vertrauenslehrerin saß ich so ungünstig, dass mich die Sonne blendete. Aus dieser Perspektive konnte ich Tausende Staubflusen ausmachen, die in der Luft umeinanderwuselten.

Mrs Zilba zog die Kappe von ihrem Füller, schob sie wieder zurück, zog sie wieder ab. Eine Weile ging das so, wobei sie mich die ganze Zeit über schweigend betrachtete.

Und ich schwieg zurück. In einer Stunde und zehn Minuten war der Schwimmunterricht vorbei, und ich wollte keinesfalls vorzeitig in die Schwimmhalle zurückkehren müssen. Vor allem, da ich die verseuchten Socken bereits in einem Mülleimer entsorgt und keine Lust hatte, barfuß über den Boden zu staksen.

Mrs Zilba sah mich immer noch an. Vielleicht starrte sie auch nur so wegen des Spruchs auf meinem T-Shirt. Ich lehnte mich ein wenig weiter zurück, schob sogar meine Haarsträhnen aus dem Weg, damit sie einen guten Blick darauf werfen konnte. *Der Unterschied zwischen deiner Meinung und Pizza ist, dass ich die Pizza haben will* – stand in fetten schwarzen Großbuchstaben darauf.

Schließlich stieß sie ein Seufzen aus. »Direktor Williams hat mich gebeten, mit dir über deine Strickaktion zu reden und dir mitzuteilen, dass du zwei Wochen lang jeden Tag nach dem Unterricht den Müll auf dem Schulgelände einsammeln wirst.«

Oh, dann war ich ja genau richtig gekommen. Nicht.

»Hast du zu dieser Aktion noch etwas zu sagen, Graylee?«

Darüber wollte sie mit mir reden? Blinzelnd beugte ich mich nach vorn, sodass ich mit dem Kinn beinahe die Massivholzschreibtischplatte berührte. »Es war nur ein Scherz zum Cinco de Mayo. Und ich habe mich bereits auf dem Revier belehren lassen, mich sogar entschuldigt.« Meine Nasenflügel bebten. Was wollten sie denn noch von mir? War Müll aufsammeln als Strafe nicht genug? Aber wenigstens hatte ich Sinclair aus der Sache raushalten können.

»Du hast also ganz allein diese riesige bunte Decke gestrickt, bist durch ein gekipptes Fenster in die Schule eingestiegen und hast dann von oben die Strickdecke auf die Drehtür gezogen?«

»War vorher alles gut geplant und ausgemessen.« Mit dem Daumen kratzte ich mir über die Oberlippe. Was für eine Fangfrage kam als Nächstes?

»Und was hat es mit den zahlreichen Anzeigen gegen dich auf sich, weil du persönliche Informationen ausspioniert und Leute erschreckt hast?« Mrs Zilba fuhr mit dem Zeigefinger über ein Dokument, doch ich konnte sehen, dass sie das nicht ablas. Eine ihrer braunen Haarsträhnen löste sich aus ihrem Messy Dutt, der seinem Namen alle Ehre machte. Hatte sie sich heute Morgen überhaupt gekämmt?

»Hören Sie«, fing ich an, »ich habe da dieses Hobby. Herausfinden, wer in welchem Haus wie gestorben ist, und ich hab einfach angenommen, die neuen Bewohner würden das ebenfalls wissen wollen. Aber Überraschung! Gut die Hälfte dieser Leute ist nun sauer auf mich.« Seufzend lehnte ich mich in dem knarzenden Ledersessel nach hinten. Ein Furzkissen war wirklich nichts dagegen.

»Es ist recht ungewöhnlich, in deinem Alter so verbittert zu sein«, sagte Mrs Zilba. »Findest du nicht?«

»Wie lange haben Sie noch mal Psychologie studiert?«, fragte ich zurück.

Nachdem Mrs Zilba beide Augenbrauen nach oben gezogen hatte, griff sie nach einer Lesebrille. »Ich werde deinen Adoptiveltern einen

Brief schreiben und ihnen einen Vorschlag unterbreiten.« Sie sah mich nicht mehr an, richtete ihre volle Aufmerksamkeit auf den Füller, der über das Papier kratzte.

Ein Füller und ein handgeschriebener Brief? Und warum musste sie extra betonen, dass ich bei meinen Adoptiveltern lebte? Was stimmte nur nicht mit ihr?

»Und du solltest diesen Vorschlag lieber annehmen«, fügte sie plötzlich hinzu und hob den Kopf, »sonst werde ich auch noch mit Tony Sinclair Álvarez und seiner Mutter sprechen müssen.«

Ihr Blick traf mich so hart wie eine Betonfaust, bevor sie sich wieder auf den Brief konzentrierte. Und so jemand war Vertrauenslehrerin? Das klang eher nach Erpressung. Und was für ein Vorschlag sollte das sein? Strafarbeiten jeden Samstag bis zu den Ferien? Küchendienst in der Cafeteria? Was auch immer, für Sinclairs Schutz war keine Strafarbeit zu hoch. Er durfte nicht auffallen. Es durfte keine Meldung ans Jugendamt geben. Niemals würde ich das zulassen.

»Während Sie schreiben, kann ich mir da ein Wasser und einen Kaffee aus dem Automaten im Flur holen?« Mit dem Daumen deutete ich über meine Schulter. Zeit schinden, ich musste Zeit schinden.

Mrs Zilba nickte, sah aber nicht auf.

Also erhob ich mich quälend langsam, richtete meine Jeans, zog an meinem Shirt und wandte mich zum Gehen. An der Tür hielt ich noch einmal inne. Zwar öffnete ich sie, warf aber, sobald ich halb im Flur stand, noch einen Blick zurück. Irgendetwas war seltsam an dieser neuen Vertrauenslehrerin. Woher wusste sie so viel über mich, was ging sie mein Hobby an und warum wollte sie unbedingt meinen Eltern schreiben? Mit der Hand stützte ich mich an der

Wand zu ihrem Büro ab, und da passierte es. Warum hatte ich auch nicht besser aufgepasst? Als wäre ich mitten in einen Albtraum geraten, wurde es dunkel um mich. Dann sah ich die Flammen. Weiß statt rot, und sie bewegten sich wie in Zeitlupe, fraßen sich die Gardinen empor, bis sie das Fenster geradezu einrahmten. Eine ältere Dame mit Perücke schrie, versuchte, mit ihrem Schal die Flammen zu erschlagen. Ich blinzelte, löste meine Hand von der Backsteinwand und keuchte. Mein Herz pochte viel zu schnell gegen meine Rippen.

»Alles in Ordnung?« Über den Rand ihrer Brille hinweg sah Mrs Zilba mich an.

Ja, nur dass ich mal wieder eine vergangene Katastrophe mitansehen musste, weil ich die Wand eines Raumes berührt hatte. Wütend starrte ich auf meine eigene Hand. Langsam müsste ich doch wissen, wie man diese Visionen vermied.

Nach einem kurzen Nicken schloss ich die Tür und steuerte den Kaffeeautomaten an. Leider konnte ich nicht verhindern, dass meine Finger zitterten. Der Schulbrand von 1983. Er hatte zwei Menschenleben gefordert und drei Räume zerstört. Und genau diese drei hatte ich nie mehr betreten wollen.

Ein Werwolf sprang mir in den Weg, als ich nach der Schule den Laden meiner Eltern betrat.

»Dad, bitte.« Schnaubend schob ich ihn beiseite. Beim Anheben des Kostümkopfes hätte sich mein Vater beinahe selbst die Brille vom Kopf gewischt.

»Besser als eine Therapie, oder, Graylee-Bailey?«

»Ja, wirklich. Kuriert mich auf der Stelle.« Ich sah mich im Dekoshop meiner Eltern um. Eine neue Lieferung Halloween-Kostüme musste eingetroffen sein, dabei würde es noch mindestens drei Monate dauern, bis der Verkauf so richtig in Fahrt kam. »Mom?«, rief ich quer über das Chaos hinweg, da ich keine Lust hatte, durch das Wirrwarr an Plastikgrabsteinen und Hexen zu waten, die mit ihren langen Fingern nach mir griffen. »Bist du im Lager? Soll ich uns für heute Abend Pizza bestellen? Oder möchtest du lieber einen Salat?«

Nichts. Keine Antwort. In der Vitrine neben dem Vorhang, der zum Lagerraum führte, blinkte es. Und aus dem Lautsprecher dröhnte die Melodie eines Halloween-Klassikers. Im Prinzip hatte Dad nicht ganz unrecht. Ab Mai, wenn meine Eltern anfingen zu dekorieren, glich der Halloween-Shop einer Schocktherapie für mich. Aber meine Albträume von Monstern würden dadurch trotzdem nicht weniger werden. Das war mir vollkommen bewusst.

Von hinten tippte mir ein eiskaltes Händchen auf die Schulter. Da ich bei meinem Dad allerdings immer auf alles gefasst war, hatte ich aus dem Augenwinkel bereits mitbekommen, wie er die Plastikglibberhand nach mir ausgestreckt hatte. »Dad.« Ich schob sie weg.

Mein Vater gluckste. »Niemand kann so schön genervt *Dad* sagen wie du, Graylee-Bailey.«

Etwas raschelte. Im nächsten Moment schob sich Mom aus der Teeküche, den Blick auf mehrere Blätter Papier in ihren Händen gerichtet, die so gefaltet waren, als wären sie in einem Briefumschlag angekommen. Mom steckte in ihrem Radsport-Trainingsanzug samt Helm, alles in ihrer weiß-grünen Teamfarbe, beachtete uns jedoch nicht. Ihre Lippen formten stumm einzelne Wörter, während sie las.

Oh, oh. Sofort beschlich mich ein ungutes Gefühl.

»Wie wäre es, wenn du dieses Jahr als Prinzessin Belle gehst«, schlug Dad gut gelaunt vor. Er zog ein gelbes Prinzessinnenkleid aus einer Kiste und hielt es vor mich. »Wir bräuchten nicht einmal eine

Perücke, nur ein gelbes Gummibanddings für dich. Du hast genau ihre Haarfarbe.« Er strahlte, doch ich konnte den Blick nicht von Mom lösen. »Und ich gehe als Taco.« Dad sah mich begeisterungsheischend an. »Du verstehst schon. Taco …« Er ließ das Kleid sinken, gestikulierte nach links und dann nach rechts. »Und Belle.«

Mein linkes Augenlid zuckte. »Mom?«

Endlich sah sie auf. Mir direkt ins Gesicht. »Das kam gerade von deiner Vertrauenslehrerin.« Sie wedelte mit den Zetteln. Es waren vier. Handgeschrieben. »Du musst zwanzig Sozialstunden ableisten?«

Verflucht, verflucht, verflucht. War dieser Brief per Pegasus gekommen? »Ich …«

Doch Mom hob eine Hand und unterbrach mich.

Derweil putzte Dad seine Brille an einem Taco-Kostüm und schaute aufmerksam von mir zu Mom und zurück.

»Und sie schlägt vor, dich zum neuen Trimesterbeginn auf ein Internat zu schicken. Genauer gesagt auf die *Swanlake Academy for Special Needs.* Um zu lernen, mit deinen Ängsten klarzukommen. Mindestens bis zu den Weihnachtsferien, wenn es dir dort gefällt, auch länger.«

Was? *Swanlake Academy for Special Needs?* Klang wie eine Psychiatrie.

»Internat?«, fragte Dad, bevor ich etwas erwidern konnte. »Können wir uns doch sowieso nicht leisten.«

»Die Kosten würden von dem Notfallfonds der Schule getragen werden«, las Mom tonlos vor. »Und du hast eine Verwarnung erhalten? Graylee? Was ist da genau passiert?«

Tja, das war der Vorteil, wenn man den Deputy so gut kannte, dass meine Eltern nicht mehr aufs Revier kommen mussten. Sie erfuhren normalerweise nichts von meinen »Verbrechen«. Doch jetzt konnte oder musste ich ihnen wohl oder übel die Story erzählen. Mom und Dad hörten mir schweigend zu, und zwar bis zum letzten Wort.

Erst da pfiff Dad. »Du hättest dir einfach den Riesensombrero aus dem Laden leihen und auf die Drehtür setzen können.« Er deutete auf seine Lieblingsdekoecke für den Cinco de Mayo.

»Adam!«, warnte Mom ihn.

Dad sah sie betreten an. »Du hast natürlich recht, Danielle. Aber du musst schon zugeben, dass das genial war. Graylee hatte diese Bombenidee, die Drehtür in eine überdimensionale Version der gehäkelten Klopapierrolle auf der Hutablage deiner Mutter zu verwandeln.«

»So was ist ein Trend in Deutschland.« Moms Lippen wurden schmal. »War es zumindest mal.«

Dad grinste immer noch.

Mom seufzte. »In Ordnung.« Sie legte den Brief auf dem gläsernen Verkaufstresen ab.

Mir schwante nichts Gutes. Selbst Dad trat näher und rubbelte sich über seine Geheimratsecken.

»Graylee«, fing sie entschlossen an, »ich finde, du solltest den Vorschlag deiner Vertrauenslehrerin annehmen. Sie könnten dir dort vielleicht wirklich mit deiner Angst vor Monstern helfen. Es wäre erst mal nur für das nächste Trimester. Seit diesem Vorfall mit Tinka bist du total neben der Spur. Eine Auszeit von deiner Highschool könnte dir guttun.«

Entgeistert beobachtete ich meine Mutter, wie sie mit dem Zeigefinger über den Staubfilm auf der Kasse fuhr. Was wusste *sie* schon von meinen Problemen und meinen Monstern?

»Du kannst sogar schon ihre Sommerkurse belegen, denn für die neuen Schüler gibt es vor Schulbeginn drei Orientierungswochen, in denen sie sich an das Internat gewöhnen können. Wäre das nicht eine gute Idee für die Ferien?«

Hörte sich Mom eigentlich selbst beim Reden zu? Drei Wochen Ferien an meiner neuen Schule? Ja, *das* klang wirklich großartig …

Mom blätterte wieder in den Zetteln. »Zusätzlich pro Woche gibt es zwei Therapiestunden.«

Im Prinzip wollte ich ja meine Phobien loswerden und über gewisse Dinge hinwegkommen. Ich meine, welche andere Siebzehnjährige außer mir hatte immer noch Angst vor Monstern unter ihrem Bett und in Schwimmbecken? Das abzulegen, wäre schon nett, und allein würde ich es nicht hinbekommen. Andererseits: Meine Eltern und Sinclair verlassen …? Nachdenklich betrachtete ich den Riesensombrero. Mrs Zilbas Worte hallten immer noch in meinem Kopf nach. Wenn ich nicht auf ihren Vorschlag einging, würde sie Sinclair melden. Sollte ich nicht fahren, würde ich zusätzlichen Ärger für ihn riskieren. Das konnte ich nicht zulassen.

»Was meinst du? «, fuhr Mom fort. »Wäre es nicht ratsam, etwas Abstand von hier zu bekommen? Nach allem, was vorgefallen ist? Und vielleicht findest du dort neue Freunde, die so sind wie du.«

»Ich habe Sinclair!«, protestierte ich sofort.

»Abgesehen von Sinclair.« Ihr mitleidiger Blick traf mich härter als Dads Schubs mit dem Wolverine-Handschuh, den er sich gerade übergestreift hatte.

Abgesehen von Sinclair. Abgesehen von Sinclair. Moms Worte spukten mir den ganzen Weg über bis nach Hause in Endlosschleife im

Kopf herum. *Ein* echter Freund war doch viel mehr wert als zehn falsche! Na und? Dann konnte mich eben nur ein einziger Schüler an meiner Highschool so richtig leiden. Zumindest, seit sich Tinka von mir abgewandt hatte.

Zu meiner Überraschung wartete Sinclair bereits auf mich. Er lag rücklings auf der Grasfläche vor unserem Minibungalow. Viel zu unbekümmert wackelte er mit den Füßen, die in abgetragenen Turnschuhen steckten, die nur noch dank der Skateboard-Klebesticker an den Seiten zusammenhielten. Er schien die Wolkenformationen am Himmel zu studieren. Doch keine Sekunde lang nahm ich ihm diese gespielte Fröhlichkeit ab.

»Hey.« Ich streifte mir die Schuhe von den Füßen und legte mich neben ihn.

Über uns zog eine Wolke vorbei, die wie ein Drache aussah, der in einen Hotdog biss. Nett. Den kalifornischen Himmel würde ich definitiv vermissen.

»Was haben deine Eltern gesagt?« Sinclair tat so, als würde er an einem abgebrochenen Grashalm wie an einer Zigarette ziehen. »Hast du Hausarrest, bis du achtzehn wirst?«

»Schlimmer.«

Jetzt wandte er den Kopf nach links, sodass ihm seine Haare über die Brauen fielen. In seinen braunen Augen flackerte es. »Sie wollen, dass du den Kontakt zu mir abbrichst, hab ich recht?«

»Was, nein? Meine Eltern sind nicht so.« Gut, dafür waren meine Eltern auf andere Art und Weise ziemlich extravagant, und sie hörten zudem noch auf Mrs Zilba. Ich ballte die Hände zu Fäusten. »Sie werden mich für das nächste Trimester auf ein Internat in Texas schicken.«

»Was?« Innerhalb einer halben Sekunde hatte sich Sinclair aufgesetzt und den Grashalm über seine Schulter geworfen. »Sag mir, dass das nicht wahr ist.«

Obwohl ich das gern getan hätte, presste ich, statt zu antworten, einfach nur die Lippen aufeinander. Aber irgendwann musste ich ihm die ganze Geschichte erzählen, und das tat ich schließlich auch.

»*Dios mío*, was tue ich denn ohne dich, Graylee? In der Schule werden sie mich fertigmachen, und mit wem soll ich reden?« Sinclair fuhr sich durch seine Wuschelfrisur. »Ich habe den coolen Kids in der Highschool einfach nichts entgegenzusetzen. Noch nicht mal Mut, das weißt du.«

Um ihn zu beruhigen und diesen zittrigen Redefluss zu unterbinden, tippte ich sanft gegen seinen Handrücken. »Wie viel haben wir schon gemeinsam durchgestanden? Sieh dir an, was du alles erreicht hast. Du bist nicht mehr der verängstigte kleine Junge von früher. Du kannst alles schaffen. Auch deine Angst vor anderen Teenagern überwinden.«

Sinclair lächelte. »Das stimmt.«

»Siehst du? Außerdem gibt es ja Videotelefonie, und schneller, als du gucken kannst, bin ich auch schon wieder zurück.« Aus meinem Rucksack zog ich mehrere Knäuel Strickwolle und reichte sie Sinclair, damit er mir Farben aussuchte. »Lass uns den Gartenzaun verschönern. Ich möchte die Latten am Tor komplett mit meiner Guerilla-Strickkunst verhüllen. Dann werden Mom und Dad jeden Tag an mich denken. Und du auch, wenn du hier vorbeiläufst.« Sachte strich ich über das gelbe Wollknäuel.

»Das werde ich sowieso jeden Tag, das weißt du doch. Und wir könnten immer noch gemeinsam durch whodiedinmyhouse.com scrollen. So online im Videochat. Ich werde danach in die umliegenden Städte trampen und dort die Briefe einwerfen.« Sinclair klang so hoffnungsvoll, während er mir die orangefarbene Wolle reichte. Dabei war das eher mein Hobby als seins. Er war einfach nur ein guter Sidekick, der mich nie hängen ließ.

»Hm, vielleicht keine gute Idee.« Ich verzog gespielt gequält das Gesicht. »Wenn man bedenkt, was beim Prestley-Haus geschehen ist.«

Daraufhin erschlafften Sinclairs Gesichtsmuskeln. Man konnte beinahe mitansehen, wie er fieberhaft nach einem neuen Gesprächsthema suchte.

»Oder ich fahre einfach zu dieser Schule und hole dich da raus. Klingt ja wie ein Umerziehungsknast, oder?«

»Du fährst da hin und holst mich ab?« In einer Mischung aus Unglauben und Belustigung kicherte ich.

»Na, du weißt schon, ich klaue irgendeinen Porsche und düse los.« Genau wie sein Lieblingsschauspieler es zu tun pflegte, blies Sinclair die Backen auf. »Oder ich starte eine Online-Petition, die Leute in unserer Stadt spenden eine Million Dollar, und dann holen wir dich mit dem Helikopter da raus.«

Ja, sicher. »Das hier ist Laguna Hills und nicht Beverly Hills, Sinclair.« Ich zog die Beine an, und während ich die Wolle um meinen Zeigefinger wickelte, sprach ich den Gedanken aus, der seit einigen Stunden in meinem Kopf herumspukte. »Wahrscheinlich wäre ihnen das mit einer leiblichen Tochter, die mehr so ist wie sie, nicht passiert. Sicher würde die auch ihren Laden übernehmen wollen, nicht so wie ich. Oder mit Mom Radrennen fahren.«

»So was darfst du nicht mal denken!« Sinclair sah mich selten so ernst an wie in diesem Augenblick. Sein Blick bohrte sich in meinen, fast als wäre er wütend auf mich. »Erstens können Adam und Danielle keine Kinder bekommen, und zweitens gibt es keine Garantie, dass ein leibliches Kind ihr Geschäft übernehmen wollen würde oder dieselben Hobbys wie sie hätte. Drittens: Wie oft sagen sie, dass es der glücklichste Tag ihres Lebens war, als du als Baby zu ihnen gekommen bist? Sie lieben dich so, wie du bist. Genau wie ich.« Obwohl er so etwas für gewöhnlich nie tat, legte mir Sinclair jetzt einen Arm um die Schultern, was einer Umarmung gleichkam.

Mit einem Kloß im Hals von der Größe New Mexicos drückte ich Sinclairs Arm.

Die Strafarbeitsstunden musste ich zu meinem Unmut in den folgenden zwei Schulwochen tatsächlich jeden einzelnen Tag nach dem Unterricht absolvieren. Schnell stellte ich jedoch fest, dass auf dem Schulgelände Müll aufzusammeln gar keine so schreckliche Strafe war. Jedenfalls wenn man sich den orangenen Arbeitsoverall und meine kichernden Mitschülerinnen wegdachte, die offensichtlich extra länger geblieben waren, um mich zu beobachten.

Aber das war klar. Tinka war ja neuerdings ihre Anführerin.

Wenigstens sie würde ich auf der neuen Schule nicht vermissen. Schon gar nicht nach der Sache mit Sinclair im Prestley-Haus und nach dem, was sie mir bei der Schulübernachtungsparty angetan hatte. Früher waren Tinka und ich beste Freundinnen gewesen – zumindest hatte sie das behauptet. Doch davon war inzwischen nichts mehr zu erkennen. Für einen Moment verschwamm die komische Harke vor meinen Augen, mit der ich den Müll aufsammelte, als ich an die unzähligen gemeinsamen Nachmittage zurückdachte. An unsere früheren Sommer im Community-Park-Pool und unsere gemeinsame Blockhütte beim Invention Camp. Früher hätte es viel mehr wehgetan, Tinka zu verlassen, doch jetzt war ich regelrecht froh, nicht länger ihrer Boshaftigkeit ausgesetzt zu sein.

Kapitel 2

Ehe ich wusste, wie mir geschah, war es Freitagvormittag, drei Monate später, und ich kletterte in Dads Lieferwagen. Wahrscheinlich hätte ich etwas mehr einpacken sollen, aber man reiste mit leichtem Gepäck ja bekanntlich am besten. Und wahrscheinlich konnte ich auf diese Weise mein Vorhaben, mich so wenig wie möglich in diese Schule für Teenager mit Problemen einzugliedern, am besten umsetzen. *Swanlake Academy for Special Needs.* Wo gab es denn so was? Ach richtig: in Texas.

»Schatz, willst du dir nicht endlich mal die Broschüre ansehen?« Mom wedelte mit einem Hochglanzflyer vor meinem Gesicht herum. »Schau, sie haben diesen riesigen See, der aussieht wie aus einem Märchen entsprungen.«

Ich schüttelte den Kopf. Nein, wollte ich immer noch nicht.

»Wenn sie dort für Halloween einen Dekorateur suchen, verteil unsere Visitenkarten. Und nicht damit geizen!« Dad hörte sich eindeutig so an, als plante er, eine Million Dollar mit meiner neuen Schule umzusetzen.

Seufzend band ich mir die Haare zu einem Dutt und zog an meinem Shirt. »Wird es hier gerade superkalt oder liegt es an mir?« Wahrscheinlich hätte ich die Temperaturen in Texas nachschlagen sollen. Aber war es dort nicht genauso warm wie in Kalifornien?

»Ich war von Anfang an gegen dieses lächerliche Shirt«, sagte Mom betont neutral, während sie den Flyer in den Händen drehte. Moms Augen und ihr Verhalten passten viel besser zu einem Teenager als zu einer Vierundvierzigjährigen, dennoch hatten sich in den letzten Monaten zwei Falten in ihre Stirn gegraben. Genau wie bei Dad. Kurz dachte ich daran, was beziehungsweise wer diese Falten ausgelöst hatte, ehe ich das schlechte Gewissen runterschluckte und das Kinn hob. »Was hast du immer gegen meine Statement-Shirts, Mom?«

Dad stieß mehrere abschätzige Schmatzgeräusche aus. »Ich finde diese witzigen Shirts super.«

Mermaids don't do homework – prahlte mein Shirt, und ja, das war absolut mein bestes Stück. »Danke, Dad.«

Doch er schien mich gar nicht mehr zu hören. »Nur noch zehn Stunden bis zum Motel in El Paso. Was meint ihr, Burritos zum Abendessen? Oder Chimichangas?«

»Ich nehme Nachos mit doppelt Käse«, sagten Mom und ich gleichzeitig.

Am nächsten Morgen lagen weitere zehn Stunden Autofahrt vor uns bis Swanlake, Texas, das am Rande eines Naturschutzgebietes lag. Mom hatte extra früh losfahren wollen, weswegen wir uns bereits um vier Uhr nachmittags auf der Zielgeraden befanden.

»Schatz, war es wirklich nötig, die Zwiebelsuppe zum Frühstück zu essen?« Mom wedelte vor meinem Gesicht herum. »Du brauchst einen Kaugummi, oder besser gleich zwei.«

»Außer Suppe, schön heiß in einem Topf durchgekocht, rühre ich in einem zwielichtigen Motel sicher kein Frühstück an.«

Dad reichte mir ein trockenes, eingeschweißtes Brötchen, während er selbst sich die Reste eines Sandwiches, das er mit billigem Käse und Schinken belegt hatte, in den Mund schob.

Abwehrend hob ich beide Hände. »Danke, Dad, aber dieses Pappzeug klebt immer so an meinem Gaumen. Und für dich kann ich nur hoffen, dass die Salmonellen auf dem Ding heute ihren freien Tag haben.«

Kaugummikauend starrte ich auf die Landschaft, die an uns vorbeizog. Erstaunlich viele Seen und viel Grün. Ganz anders als in Kalifornien.

Irgendwann wachte ich mit steifem Nacken auf. Meine Stirn donnerte seitlich gegen die Fensterscheibe. Noch etwas verwirrt von dem Traum, in dem ich vor einer Horde Wassermonster durch einen Sumpf davongewatet war, richtete ich mich auf. Autsch. Sobald mein Unterarm bei dem Versuch, mir die schmerzende Schläfe zu massieren, meine Haare streifte, klebte ich an etwas fest. Was? O nein, der Kaugummi! Igitt. Hastig versuchte ich, das weiße Zeug aus meinem Haar zu klauben, was nicht gerade von Erfolg gekrönt war. Wie einen dunklen Vorhang breitete ich die Strähnen vor meinem Gesicht aus, pulte daran herum. Himmel, da war es ja einfacher, Spachtelmasse aus dem Fell eines Pudels zu kratzen! Als ich vor Anspannung schluckte, musste ich beinahe würgen. Was war das für ein Geschmack in meinem Mund? Erst beim nächsten Atemzug fiel mir die Zwiebelsuppe wieder ein.

»Seht doch, da, der Wegweiser!« Mom, begeistert wie eine Zwölfjährige, deutete auf ein geschnitztes Holzschild. »Swanlake Academy. Pfeil nach rechts«, las sie vor.

Wow, besser als jedes Navi. Und jetzt wurde mir auch klar, warum ich aufgewacht war. Wir hatten den Highway verlassen und würden jede Minute bei der Schule ankommen.

Nein, nein, nein! Hektisch zupfte ich an meinen Haaren. »Mom, Dad? Könnten wir vorher noch an einer Tankstelle halten?«

Mit erhobenen Augenbrauen wandte sich Mom zu mir um. »Liebling, was hast du mit deinen Haaren angestellt?«

Darauf erwartete sie nicht wirklich eine Antwort, oder?

Wieder legte sich ihre sonst fast makellose Stirn in Falten. »Warte, in meiner Reisetasche habe ich eine Nagelschere …«

»Nein!« Hastig hob ich eine Hand. Schließlich hatte ich immer noch den hässlichsten Vokuhila-Haarschnitt der Welt vor Augen, den sie mir zu meiner Einschulung verpasst hatte. Mom mit einer Schere in den Händen konnte man nicht trauen.

»Wie du willst. Dann sehe ich mal nach, wo die nächste Tankstelle liegt …« Sie tippte auf unserem Navi herum. »Hm, merkwürdig. Hier scheint weit und breit keine zu liegen, auch kein Supermarkt oder so. Da ist der See, die Akademie, ein Forschungsinstitut und ein Sommercamp. Das war's. Aber mach dir keine Sorgen, das erledigen wir zuerst, wenn wir an der Schule sind. Schere, Kamm, Wasser, Taschentücher …« Mom kramte im Seitenfach des Transporters.

Nein, oder? Das konnte nicht wahr sein. Sollte so mein grandioser Auftritt an meiner neuen Schule aussehen?

»Schaut euch diesen überirdisch schönen See an.« Dad drosselte das Tempo, sodass wir in Schrittgeschwindigkeit vorankrochen. Die Straße führte durch einen dichten Wald direkt auf eine türkisblaue Wasseroberfläche zu, hinter der eine Schule wie ein Märchenschloss aus dem Mittelalter aufragte. Ich erkannte sie von dem Prospekt wieder, den ich trotz meiner Mühen nicht vollständig hatte ignorieren können. Doch in echt sah das Internat irgendwie noch verwunschener aus.

»Wow, der See sieht atemberaubend aus!« stimmte Mom zu, die aufgehört hatte, in ihrer Tasche zu kramen. »Man nennt ihn auch Blue Hole. Und schaut mal, was sind das für Felsen in der Mitte?« Mom klebte praktisch an der Scheibe, ließ dann das Fenster herunterfahren, um den Kopf aus dem Lieferwagen zu strecken.

Ich folgte ihrem Blick und betrachtete das Steinungetüm in der Mitte des Sees. Wirkte ein wenig wie eine halb aus dem Wasser ragende Steinkrone. Wie die Krone einer Riesin.

»Und der Flieder. Sieh nur!« Mom deutete auf eine steinerne Brücke, die über einen Bach zur Schule führte und von blühendem Flieder eingerahmt wurde.

Ja, die Landschaft um die Academy herum hatte tatsächlich etwas von einer Postkartenidylle. Die vielen Türme und Brücken erinnerten mich immer mehr an eine Touristenfalle, aber ich würde nicht vorschnell über dieses Internat urteilen.

Dad parkte ein Stück abseits der Schule im Schatten, damit wir die Kaugummi-Katastrophe noch in den Griff bekamen.

Mom rutschte vom Beifahrersitz, knallte die Tür zu und sah mich scharf an. »Adam, du hältst sie fest, ich hole die Schere.«

Wie bitte? »Keine Gewalt«, sagte ich betont ernst. »Oder ich rufe das Jugendamt an.«

Dieser bewährte Running Gag ließ Dad schmunzeln. »Danielle, wieso holen wir dir nicht erst mal einen Energydrink aus dem Kühlfach und lassen Graylee die Zeit, ihr Problem selbst zu lösen? Wie selbstständige Teenager das tun.«

Bevor es sich einer von ihnen anders überlegen konnte, schnappte ich mir mein Handy samt der Kette, an der es hing, sowie eine Wasserflasche und lief los. In Richtung See. Vielleicht fand ich dort ein ruhiges Plätzchen, um mir die Haare zu entwirren.

Irgendwo schrie ein Falke. Aber zum Glück war sonst niemand zu sehen. Der See lag in der Nachmittagshitze verlassen da. Ob die Schule so etwas wie Teatime hatte und alle drinnen versammelt waren? Außerhalb meiner Sichtweite klapperte und platschte es, als würden Kanus ins Wasser gelassen werden. Na großartig, hoffentlich entdeckten mich die Wassersportler nicht. Ich verzog mich ans Ufer, direkt neben einen steinernen Pier, der die Sicht auf mich verdecken und mir gleichzeitig Schatten spenden würde. Mich auf den Kiesboden zu hocken, war zwar nicht die gemütlichste Stelle am See, aber immerhin die privateste. Perfekt. Sanft schlugen die Wellen nahe meinen Füßen gegen den Kies. Aber nicht so nahe, dass ich Spritzer abbekommen hätte.

Eine Weile zog ich mir Kaugummifaden um Kaugummifaden aus den Haaren. Bis ich etwas fauchen hörte. Sofort erstarrte ich und maß gleichzeitig die Entfernung zum Wasser ab. Nein, hier konnte kein Monster auf mich lauern. Was war das da hinten? Der dunkle Umriss eines Ungeheuers unter der Wasseroberfläche … Eindeutig. Dort, um den Pier herum, bewegte sich ein Schatten, so groß wie ein Seehund.

Schnell stand ich auf, machte einen Schritt zurück, wobei ich den dunklen Fleck im Wasser nicht aus den Augen ließ.

Geflatter ertönte. Gefolgt von dem Geräusch von Flügeln, die aufs Wasser klatschten. Aus dem Schatten, den der Pier über seine Steinbögen warf, schälte sich ein Schwan. Das Tier zupfte mit seinem Schnabel an einem Plastikring um seinen Hals. Der Ring eines

Sixpackhalters, wie ich sofort erkannte. Einer der äußeren Ringe war eingerissen, der Rest leider noch komplett intakt. O nein. Das Tier kämpfte mit dem Müll, in den es geraten war. Nur leider kam der Schwan nicht richtig unter den Ring, um ihn nach oben zu befördern.

Ich sah mich um. Sollte ich Mom rufen? Aber wahrscheinlich würde sie zu spät kommen. Der Schwan trieb mehr, als dass er schwamm, unter dem zweiten Steinbogen, etwa zehn große Schritte vom Ufer entfernt. Von dem Monsterschatten war zum Glück nichts mehr zu sehen.

Gut, wir waren also allein. Hätte schlimmer kommen können. Nachdem ich erneut in Richtung Wasser geschielt hatte, fasste ich mir ein Herz. Der Schwan brauchte meine Hilfe.

Da ich auf keinen Fall mit den Monstern und dem, was immer auch sonst noch im türkisgrünen Seewasser lauerte, Bekanntschaft machen wollte, blieb mir nur der Weg über das Geländer am Pier. Um beide Hände frei zu haben, schlang ich mir die Handykette um den Hals und zog mich dann – nachdem ich den Ekel vor den Bazillen hinuntergeschluckt hatte – ohne weiter zu zögern am Geländer hoch. Die Metallstäbe fühlten sich kalt unter meinen Fingern an. Nur ganz wenige Stellen wiesen Rost auf, der Rest war glatt und mit schwarzer Farbe bestrichen.

»Ganz ruhig«, murmelte ich, wobei ich nicht wusste, wen von uns beiden ich damit beschwichtigen wollte: den Schwan oder mich. Der Schwan knabberte unterdessen immer noch an seinem unfreiwilligen Halsschmuck herum.

Okay, nicht ins Wasser schauen. Da schwamm bloß ein einzelner Schwan, sonst nichts. Wenn es Schwäne gab, konnte nichts Fleischfressendes im See hausen. Gab es Enten, gab es keine Alligatoren, richtig? So lautete zumindest die Regel bei meiner Cousine in Florida.

Der zweite Steinbogen stützte sich auf einen breiten Betonpfeiler, auf dessen Vorsprung ich ohne Problem stehen konnte, ich musste mich lediglich vom Geländer nach unten auf diesen Betonsims fallen lassen. Mit klopfendem Herzen klammerte ich mich an den Metallstangen fest, löste die Beine davon und versuchte, mich wie ein Bergsteiger nach unten abzuseilen. Nur ohne Seil. Nach einer gefühlten Ewigkeit berührten meine Fußspitzen endlich den Vorsprung. Gut, geschafft. Jetzt nur nicht den Schwan erschrecken. Ganz langsam wandte ich mich um.

»Hey, Kleiner.« Ich ging in die Knie.

Kurz ließ der Schwan von seiner Halsfessel ab.

Ich sah ihn an.

Er starrte zurück.

Hm, wie bekam ich ihn dazu, näher an mich heranzuschwimmen? Auf die Entfernung hätte ich schon ausgestreckt nach vorn springen müssen, um ihn zu erreichen, was ich definitiv nicht vorhatte.

Kurz entschlossen rieb ich meine Fingerspitzen aneinander. »Schau, was ich hier für dich habe, yummy, yummy.« Natürlich bluffte ich nur. Aber vermutlich wurde dieses Tier von den Schülern mit Krümeln gefüttert, weshalb der Schwan hoffentlich auf meinen Trick hereinfallen würde.

Der Schwan fixierte zwar mit seinem Blick meine Hände, bewegte sich allerdings kein Stück. Gut, das Glück war also ein weiteres Mal an diesem Tag nicht auf meiner Seite. Damit würde ich leben müssen. Also beugte ich mich noch ein wenig weiter nach vorn und streckte den Arm näher an das Tier heran. »Komm, komm, komm.« Wenn ich jetzt das Gleichgewicht verlor …

Der Schwan beäugte mich weiterhin kritisch, paddelte aber schließlich doch auf mich zu.

Es funktionierte! Nun ja, jedenfalls fast. Denn kurz bevor er in meine Reichweite gelangte, schien er es sich anders zu überlegen. Ob er bemerkt hatte, dass ich gar kein Leckerli für ihn in der Hand hielt? Jedenfalls stoppte er auf dem Wasser. Eine Miniwelle schob ihn sogar wieder ein wenig zurück. So knapp! Da mir langsam die Geduld ausging und ich mich irgendwie mutig fühlte, schlang ich das Ende meiner Handykette um einen Metallring, der am Brückenpfeiler angebracht war, und zog den Rest der Kette hindurch, was einen soliden Knoten ergab.

Jetzt oder nie.

Damit der Schwan nicht vorgewarnt war, lehnte ich mich ruckartig nach vorn, wobei ich mich an der Handykette festhielt. Panisch begann der Schwan mit den Flügeln zu schlagen, versuchte, nach hinten auszuweichen. Gerade so bekam ich den intakten äußeren Ring des Sixpackhalters zu fassen, doch sofort warf sich der Schwan kreischend nach hinten.

»Warte mal, ich will bloß …«

Schon fuhr das Tier seinen Hals samt Kopf nach vorn aus, um nach mir zu schnappen, weswegen ich reflexartig die Hand zurückzog. Allerdings ging der Schwan jetzt komplett auf Angriffsmodus über, stürzte sich auf mich.

Mir blieb nichts anderes übrig, als den Sixpackhalter in seinem Nacken zu packen und so seinen Schnabel außerhalb der Reichweite meiner Füße zu halten, auf die er es abgesehen hatte.

Der Schwan duckte sich, tauchte nach unten ab, wodurch sein Kopf durch die Schlaufe rutschte. Er war frei.

So ging es natürlich auch.

»Moment mal, hättest du das nicht schon eher tun können?« Nicht zu fassen. Während ich wieder einen sicheren Stand auf dem Betonpfeiler einnahm, sah ich dem Tier hinterher, das schimpfend mehr und mehr Abstand zwischen uns brachte. »Keine Dankbarkeit, verstehe …« Ich wischte mir übers Gesicht.

Als ich den Kopf hob, meinte ich, am gegenüberliegenden Ufer, auf das der Schwan nun zuschoss, einen menschlichen Schatten zu erkennen. Die Zweige eines Baumes bewegten sich, und ich erkannte einen Mann, den ich auf Mitte vierzig schätzte. Irgendwie erinnerte er mich mit seinem wachen Blick und den kurz rasierten Haaren an einen Elite-Soldaten. Hatte er mich etwa beobachtet? Doch der Schwan schien ihn zu vertreiben, denn der Unbekannte machte einige hastige Schritte rückwärts. Bevor er tiefer im Wald verschwand, wandte er noch einmal den Kopf in meine Richtung. Ich schluckte schwer, denn über seine gesamte rechte Gesichtshälfte verlief eine Narbe, wie von einem Messer gezogen. Und dann war er weg. Ich schüttelte den Kopf. Wahrscheinlich spielte mir das Sonnenlicht nur einen Streich, und in Wirklichkeit war da gar niemand. Aber der Mann hatte schon irgendwie unheimlich gewirkt, und auf *unheimlich* und *gruselig* konnte ich echt verzichten.

Damit der Sixpackhalter nicht wieder im See landete, warf ich ihn mit Schwung über das Brückengeländer nach oben. Nur wie kam ich nun selbst hinterher? Springen und klettern? Das Geländer war ganz schön weit oben.

»Soll das witzig sein?« Eine fremde Stimme von oben ließ mich innehalten.

Ein Junge, etwa in meinem Alter, beugte sich über das Brückengeländer. Die Sonne blendete mich, sodass ich ein Auge zukniff. Was ich sah, reichte mir auch so. Der Junge hatte breite Schultern, den typisch gelangweilten Gesichtsausdruck eines reichen Erben aufgesetzt, und ja, er besaß etwas von einem leidenden Model. Kurzum: Ich konnte ihn auf den ersten Blick nicht ausstehen. So ein Klischee von einem Möchtegern-Schulschönling mit dunklem Geheimnis. Der Mädchen das Herz brach, um sie danach zurückzuerobern. Genau wie in den Romanen, die ich diesen Sommer verschlungen hatte.

»Ja, weißt du, ich habe mein Frisbee vergessen, mit dem ich normalerweise auf Jungs werfe, da dachte ich mir, ich nehme einfach mal Müll.« In meiner besten Bridget-Jones-Imitation hob und senkte ich beide Schultern.

Der Typ glotzte mich an, was mich aber nicht weiter störte. Stattdessen entknotete ich die Handykette vom Anlegering, löste ein Ende aus seiner Verankerung und warf das so entstandene Seil nach oben. Leider schlang es sich nicht so um das Geländer oben am Pier, wie erhofft. Mist. Noch mal. Nach mehreren Versuchen, bei denen ich zu meinem Leidwesen immer noch angestarrt wurde, wickelte sich die Kette endlich um das Metallgestänge. Ich hielt mich mit der linken Hand daran fest und versuchte, mich mit der rechten an den Steinfugen des Pfeilers emporzuziehen, wobei ich auch mit den Füßen nach Halt suchte. Blöderweise rutschte ich sofort wieder ab. Okay, zweiter Versuch. Leider misslang der auch. Himmel, wie schwer konnte das sein?

»Brauchst du Hilfe?«, fragte der Klischeetyp.

Ich schnaubte. Eigentlich wollte ich absolut nichts mit ihm zu tun haben, aber wenn er mir mit einem Handgriff half und dann verschwand, wäre das andererseits auch nicht übel. Ehe ich den Gedanken ganz zu Ende gedacht hatte, vernahm ich ein Fauchen. Sobald ich mich nach hinten umdrehte, bemerkte ich, wie der Schwan erneut auf mich zuschoss. Wütend wie eine Rachegöttin mit ausgefahrenen Flügeln, mit denen das Tier um sich schlug. Verdammt. Hatte der Angriff vorhin nicht gereicht?

»Äh ja, etwas Hilfe wäre nett.«

Eigentlich hatte ich erwartet, dass er mir einfach die Hand entgegenhielt, doch im nächsten Moment schwang er sich über das Geländer, wo er wie Tarzan hing und sich mit den Füßen an der Mauer abstützte, bevor er den Arm ausstreckte. »Nimm meine Hand.«

Der Schwan nutzte die Gelegenheit, flatterte aus dem Wasser und hackte mit dem Schnabel auf meinen rechten Fuß ein, der nur in einem Turnschuh aus Segeltuch steckte. Hastig wich ich zurück.

»Mach schon«, forderte der Typ. »Wenn möglich, bevor dein Verehrer dich zum zweiten Mal anfällt.«

Der Schönling hatte ja echt Nerven. Dennoch ging ich auf sein Angebot ein – es blieb mir schlichtweg nichts anderes übrig. Also streckte ich meine freie rechte Hand in seine Richtung. Aber wie wollte er mich jetzt nach oben über das Geländer hieven? Ich wog bestimmt beinahe so viel wie er, und … Schneller, als ich blinzeln konnte, schwebte ich schon an den Metallbarren, schwang ein Bein darüber und ließ mich auf den Pier fallen. Puh. Warum war ich auf einmal so außer Atem? Eine Hand immer noch an der Handykette, lag ich einfach nur da, versuchte, mich und meine Atmung zu beruhigen.

Der Junge schüttelte seinen braunen Haarschopf. »Womit hast du den Schwan bloß derart verärgert? So was hab ich noch nie erlebt.«

Pff. Konnte ich was dafür, dass er nie etwas Aufregendes durchmachte? Ich holte tief Luft, beschloss dann aber, mir den Atem dafür zu sparen. »Ich hab ihn davon befreit«, sagte ich deswegen nur, griff nach dem Sixpackhalter und warf ihn in Richtung des Klischeetypen. »Das war alles.«

Natürlich wich er geschickt aus, das war vorherzusehen gewesen bei seinen Reflexen. Trainiert war er ja. Mir entging auch nicht, wie sich die Muskeln unter seinem weißen Poloshirt bewegten.

»Du wolltest es wissen«, keuchte ich, als er mich verwirrt ansah.

»Mein lieber Schwan«, sagte der Typ vollkommen ruhig.

Wirklich witzig.

»Aber seltsam«, fuhr er fort. »Wir achten an der Schule auf Naturschutz, niemand würde absichtlich Müll in den See werfen. Wahrscheinlich hat es jemand bei der letzten Party übertrieben.« Er schüttelte den Kopf.

Warum er nicht endlich abhaute, war mir ein Rätsel. Wartete er vielleicht darauf, dass ich mich bedankte?

Ich räusperte mich. »Danke?« Es kam mir mehr als Frage über die Lippen. Zumindest schaffte ich es, den bissigen Ton in meiner Stimme zu unterdrücken. Eigentlich verstand ich selbst nicht ganz, warum mich dieser Kerl so aufregte. Konnte es mir nicht egal sein, ob mich da ein Klischee hoch zehn anstarrte? Irgendetwas an ihm ließ meinen Puls gewaltig nach oben schießen.

Womöglich regte ich ihn ebenfalls auf, denn er sog scharf die Luft durch die Nasenlöcher ein, sagte ansonsten jedoch nichts. Erst jetzt fiel mir auf, dass er unter seinem Polohemdkragen ein rotes Satinband zu einer lockeren Schleife gebunden trug. An den Enden, die wie bei einer Geschenkschleife eine Handbreit herunterhingen, war je ein goldener, siebenzackiger Stern eingewebt.

Da er immer noch schwieg, nutzte ich die Zeit, um mich aufzurappeln, mein Handy vom Geländer zu lösen und an meinen Jeansshorts zu ziehen. Etwas undamenhaft beugte ich mich nach hinten und zog am Saum der Hose. Wieso klebten die auf einmal an mir wie Kaugummi? Kaugummi! Mitten in der Bewegung hielt ich inne. Oh, verdammt.

»Was hast du da eigentlich in den Haaren?«, fragte der Schönling in dem Moment auch schon.

Toll, ganz toll. Mein erster Tag an der Schule, und er hatte bereits genug Stoff für eine ganze Klatschzeitschrift gesammelt …

»Hat sich der Schwan etwa sooo sehr gefreut, dich zu sehen?« Die Stimme des Typen vibrierte. Machte er sich über mich lustig?

»Du würdest dich wundern.« Ich richtete mich zu meiner vollen Körpergröße auf. Was fiel ihm eigentlich ein?

Offensichtlich nicht mehr viel daraufhin. Stattdessen musterte er mich von oben bis unten, wobei sein Blick länger an meinem Shirt hängen blieb. »Mermaids don't do homework?«, las er vor.

Wow, und lesen konnte er auch noch. »Ja, und das können nur Meermädchen lesen, also Glückwunsch, Arielle.« Ich applaudierte lautlos.

Der Typ blinzelte. »Soll das eine Anspielung sein? Zu welcher Familie gehörst du? Dir ist schon klar, dass du dir damit keinen Gefallen tust, oder?«

Was waren das für merkwürdige Fragen? Am liebsten hätte ich zwei Mittelfinger gereckt und geantwortet: »Zu der Familie mit den zwei Mittelfingern«, doch genau jetzt näherten sich uns Schritte. Oh, bitte nicht meine Eltern.

Als ich aufsah, betraten drei Mädchen hintereinander den Pier. Diejenige von ihnen, die das Trio anführte, wiegte sich dermaßen intensiv in den zugegeben beeindruckenden Hüften, dass ihr dunkelrot gefärbtes Haar hin und her schwang. Eine Art Kylie Jenner mit roter Perücke. Hinter ihr folgten eine Blondine mit krausem

Lockenkopf und ein Mädchen, das vermutlich aus Südostasien stammte. Alle drei trugen diese Bänder unter den Polohemdkragen, genau wie der Klischeetyp. Nur ihre waren blau und grün.

Der Schönling hatte sie auch bemerkt und stieß einen Fluch aus. Seine Nasenflügel blähten sich. Auf einmal wirkte er angespannt. »Ich hab doch sicher etwas gut bei dir«, flüsterte er mir zu. Gleichzeitig trat er ganz nah an mich heran, sodass ich einen Schritt zurückmachte. »Bitte spiel mit und tu so, als wäre das hier ein Date.«

Ich hörte wohl nicht richtig! »Was?«

Er griff in meine Haare, beugte sich zu mir und versuchte, den Kaugummi zu lösen, weshalb ich ihm das durchgehen ließ. »Bitte. Ich erzähle auch niemandem von deinem Schwan.«

Beinahe hätte ich den Mund aufgerissen und ihm eine Predigt gehalten, aber die Mädchen hatten uns beinahe erreicht, selbst in diesem lasziven langsamen Gang, bei dem sie immer einen Fuß diagonal vor den anderen setzten.

Also gut, mein Helfersyndrom setzte sich ja doch immer durch. Einen Gefallen gegen einen Gefallen. Von mir aus. Der Typ musste ganz offensichtlich vor diesen Hyänen gerettet werden, das hätte er mir nicht mal sagen müssen.

Ich stieß ein gackerndes Lachen aus, was alle auf der Brücke verwundert innehalten ließ. Oh, zu viel? Schnell legte ich dem Typ eine Hand auf die Schulter. »Du bist so witzig, wirklich. Wollen wir irgendwo hingehen, wo wir ungestört sind? Nur wir zwei?«, hauchte ich dann auffällig laut. Auf die Schnelle war mir nichts Besseres eingefallen.

Zuerst glotzte mich der Typ nur an. Seine Augen glänzten wie schimmernder Onyx. Fast schwarz. Wie konnte man fast schwarze

Augen haben? Meine waren grau. Nicht blau, nicht grün, eher wie ein Eisnebel am Nordpol.

»Mach weiter«, wisperte ich ihm zu. »Ich will den Kaugummi loswerden.«

Einen Herzschlag später grinste der Typ und widmete sich wieder meinen Haaren. Winzige Lachfältchen zeigten sich um seine Augen. Okay, das war irgendwie süß. Lachte er etwa viel? So war er mir überhaupt nicht vorgekommen. Was ich allerdings bemerkte, war, dass er mich mit seinem Körper vor den Mädchen abzuschirmen versuchte. Eindeutig. Wollte er meinen Kaugummi-Unfall kaschieren? Ziemlich aufmerksam.

»Hudson?«, rief ihm die Rothaarige zu. »Wolltest du nicht mit London und mir zum Falkentraining, bevor die Führung der Neuen ansteht?« Da sie auf ihre Freundin mit dem makellosen Porzellan-Teint wies, nahm ich an, dass das London war.

Über seine Schulter wandte er sich gerade so weit wie nötig unserem Publikum zu. »Eigentlich hatte ich dir doch gesagt, dass ich jemanden treffe.«

Die Rothaarige kniff ihre beeindruckend hellgrünen Augen zusammen. Gut, das unterschied sie von Kylie Jenner. Und die Tatsache, dass ihr Blick sich in meinen bohrte, als wollte sie mich grillen.

»Du bist wohl komplett durch, oder? Hier vor allen Leuten machst du mit deiner Campschlampe rum?«

Das hatte sie nicht gesagt! Schnaubend neigte ich den Kopf. Campschlampe? Sollte das ein lokales Schimpfwort darstellen, von dem ich nichts wusste?

»Kennst du diese Furie, Süßer?«, fragte ich zuckersüß, während ich Hudson, wie er anscheinend hieß, über den Arm strich. Inzwischen schien er den Kaugummi größtenteils aus meinen Haaren geschält zu haben. »Ist das diese nervige Ex, von der du erzählt hast?«

Offenbar hatte ich mit dieser Vermutung ins Schwarze getroffen, denn wieder wirkten sämtliche Anwesende auf der Brücke für mehrere Herzschläge lang wie eingefroren. Einerseits gruselte mich diese Situation wie ein Besuch eines Wachsfigurenkabinetts, andererseits hatte ich sicher seit einer Woche nicht mehr so viel Spaß gehabt. Mit einer Hand griff ich nach Hudsons, um die Scharade aufrechtzuerhalten, mit der anderen hängte ich mir mein Handy locker über die Schulter.

»Viv, bitte. Gönn uns etwas Privatsphäre«, bat Hudson in auffallend ruhigem Tonfall, den ich so wahrscheinlich nicht hinbekommen hätte.

»Willst du uns damit provozieren?« Mit hochrotem Gesicht deutete das Mädchen, das wohl Viv hieß, auf mein Shirt. Ihre dick nachgezogenen Augenbrauen hatte sie so weit zusammengezogen, dass sie sich fast berührten.

Was hatten sie nur alle mit meinem Outfit? Verstand niemand den Mermaid-Spruch? Langsam gab ich diese Schule echt auf.

»Ich glaub es ja nicht.« Viv warf beide Hände in die Luft. »Die Campschlampe trägt das mit Absicht.«

Ja, dieses T-Shirt hatte ich heute Morgen im vollen Bewusstsein ausgewählt und angezogen. Stirnrunzelnd musterte ich Viv. Womöglich war ich hier tatsächlich an einer Schule für Jugendliche mit sehr großen psychischen Problemen gelandet. »Ich habe einen eigenen Willen«, sagte ich langsam und überdeutlich. »Und ja, ich trage immer, was ich will.« Ich zupfte an meinem Mermaid-Shirt. »Solange es Hudson gefällt.« Ich zwinkerte ihm zu. Diese Rolle war mir wie auf den Leib geschneidert.

Komischerweise lachte Hudson nicht. Im Gegenteil, er wirkte auf einmal blass und schien meilenweit entfernt zu sein.

Mir drängte sich der Gedanke auf, dass hier irgendetwas ganz und gar nicht stimmte. Doch da wandte sich Viv schon ab, spazierte zwischen ihren Freundinnen hindurch. Allerdings nicht, ohne mir zum Abschied zuzurufen: »Wenn ich dich noch einmal hier sehe, Campschlampe, informiere ich euren Leiter, und dann wirst du ja sehen.«

»Okay, sie hat wirklich Probleme«, murmelte ich.

»Was?« Hudson blinzelte, als hätte ich ihn aus einem Traum gerissen.

Ja, das war wohl mein Stichwort. Besser, ich brachte so viel Abstand zwischen mich und diesen Typen, dass er mir nichts mehr zuflüstern konnte. Jedenfalls nicht ohne Megafon. Mit einem verkniffenen Lächeln schob ich mich an ihm vorbei.

»Warte. Zu welcher Familie gehörst du?« Hudsons Stimme hielt mich zurück.

»Wieso? Spielt ihr hier Mafia, oder wie?« Ein letztes Mal wandte ich mich zu ihm um, und in dem Moment ging mir ein Licht auf. Campschlampe ... So hatte Vivienne mich vorhin genannt. Und hier gab es doch irgendwo ein Sommercamp. Ich wandte den Kopf, erkannte am Ende des Sees, rechts von der Schule, ein graues Gebäude mit einem Industrieschornstein. Das musste das Forschungsinstitut sein, von dem meine Eltern gesprochen hatten. Ein Steg führte dort zum Wasser. Mein Blick schweifte weiter. Dort, fast exakt gegenüber der Schule am anderen Ende des Sees entdeckte ich einen weiteren Steg aus Brettern. Vermutlich lag dort hinter den Bäumen das Camp.

»Viv denkt, ich komme aus dem Sommercamp, oder?«

Statt zu antworten, rieb sich Hudson mit einer Hand übers Gesicht. Womöglich wollte er prüfen, ob er sich mich nur einbildete.

Da nicht weit entfernt gerade meine Mutter nach mir rief, nahm ich das nur zu gern zum Anlass, endgültig zu verschwinden. Runter von diesem Pier voller Teenager, die noch größere Probleme zu haben schienen als ich. Obwohl inzwischen nur noch Hudson darauf verweilte.

Was ihm wohl fehlte?

Kapitel 3

»Befremdlich«, sagte Dad.

»Meinst du den Typen, den unnatürlich blauen See oder meine Schwan-Geschichte?«

»Alles drei. Aber schau mal, dort. Wie Venedig.«

Ich folgte seinem ausgestreckten Arm. Auf den ersten Blick erkannte ich einen Innenhof, recht versteckt zwischen Weidenbäumen, erst auf den zweiten Blick verstand ich, dass das kein grüner Boden war, sondern Seewasser. Eine Lagune, wenn man das so nannte, direkt am Schulgebäude mit einer Statue in der Mitte. Nur war das Wasser hier moosgrün. Wirklich hübsch.

Je näher wir dem Haupteingang kamen, desto mehr Statuen passierten wir. Wobei die meisten lässig gegen eine Mauer lehnten. Allerdings in einer merkwürdigen Pose. Gehörte Bildhauerei hier zur Therapie und das waren Anfänger-Skulpturen? Hinter der Schule ragte ein Turm empor, der wie der aus dem Märchen Rapunzel wirkte.

Vor der Eingangstür, die man über drei halbrunde Stufen erreichte und die mich an den Eingang eines Märchenschlosses erinnerte, hing eine goldene Glocke.

Ernsthaft? Ich stupste sie mit dem Fingernagel an. Keine Attrappe. Eindeutig. »Könnte das die Klingel sein, oder lösen wir damit einen Feueralarm aus, was meint ihr?«

Dad räusperte sich. »Da wegen deiner Kochkunst sowieso demnächst die Feuerwehr anrücken muss, sollten wir das Risiko eingehen. So könnten sie schon mal für den Ernstfall üben.«

»Haha«, sagte ich. »Und das war nur einmal.«

»Zweimal«, schaltete sich Mom ein. »Vergiss nicht die Aufbackbagels letztes Jahr in San Francisco. Die Stadt spricht heute noch von diesem verräucherten Samstagmorgen.«

Witzig, wirklich witzig. Ich verdrehte die Augen und läutete die Glocke, die überraschend laut klingelte. Allerdings musste ich zugeben, dass diese *Swanlake Academy for Special Needs* nicht gerade überschaubar angelegt zu sein schien. Vermutlich dauerte es, bis jemand an die Tür kam. Langsam ließ ich den Blick über die Mauern schweifen. Besser, ich fasste hier absolut keine Wand an. Man konnte schließlich nie wissen, welche Tragödien sich in so einem alten Kasten schon abgespielt hatten.

Niemand öffnete. »Sind wir zu früh?« Ich wandte mich zu meinen Eltern um. »Zu spät? In einem Paralleluniversum gelandet? Vielleicht sollten wir wieder gehen.« Wenn man bedachte, was für *besondere* Teenager hier herumliefen, war das nicht der schlechteste Plan. Ich biss mir auf die Lippe. Warum erschien in diesem Moment Hudsons Gesicht vor meinen Augen? Diese beinahe schwarzen Augen und diese breiten Schultern …

Himmel! Um diesen Gedanken zu vertreiben, massierte ich mir die Nasenwurzel. Er war ein Schüler an diesem Internat für psychisch auffällige Jugendliche. Und ein Klischee auf zwei Beinen.

»Graylee, bitte gib dieser Schule eine Chance. Für deine Zukunft.«

Sanft schloss sich Moms Hand um meinen Oberarm. »Wenn es ganz grausig wird, holen wir dich sofort wieder ab, versprochen.«

Das bezweifelte ich stark, denn Mom würde ja doch alles herunterspielen, was ich ihr erzählte.

Etwas quietschte, ein Vogel schrie, und schließlich wurde die Tür geöffnet. Von Mrs Zilba.

Wie? Meine Vertrauenslehrerin aus Kalifornien?

Hinter Mrs Zilba trat eine blonde Frau aus dem Schatten. Obwohl die Haare meiner Vertrauenslehrerin wie bei unserem letzten Treffen ungebändigt in alle Richtungen abstanden und sie noch größer wirken ließen, überragte die blonde Frau Mrs Zilba noch um einen Kopf. In ihrem blauen Anzug mit den goldenen Einsätzen erinnerte sie mich unwillkürlich an eine Superheldin aus dem Fernsehen.

»Ah, Graylee, da bist du ja endlich. Wir dachten schon, die Schwäne hätten dich in die Flucht geschlagen.« Mrs Zilba strahlte mich an.

Okay? Die Begrüßung hatte ich mir irgendwie anders vorgestellt, aber langsam lernte ich, dass an dieser Schule alles etwas anders ablief als zu Hause in Laguna Hills.

»Das ist Mrs Krystler, die Direktorin«, stellte meine Vertrauenslehrerin die Frau hinter ihr vor.

»Willkommen an der Swanlake Academy.« Mrs Krystler, die eindeutig jünger als meine Eltern war, lächelte uns nacheinander warm an, und mein Dad reichte der Direktorin die Hand.

»Und ich bin Mrs Zilba«, fügte meine Vertrauenslehrerin hinzu und griff sich Dads Hand, und gleich darauf die meiner Mutter.

Mom wirkte verwirrt. »Mrs Zilba? Graylees Vertrauenslehrerin? Sind Sie etwa extra wegen uns hierhergefahren?«

Sie schüttelte den Kopf »Eigentlich arbeite ich hier und war nur vertretungsweise in Laguna Hills.« Offensichtlich nahm Mrs Zilba Moms Frage nicht negativ auf. »Wirklich schön, dass ich Sie noch persönlich sehe, ehe Sie wieder fahren. Graylee wird gleich von einer unserer Vertrauensschülerinnen herumgeführt, um das Schulgelände kennenzulernen. Wo ist Ornella eigentlich?« Sie sah mich an, dann über die Schulter nach rechts und nach links, als könnte sich diese Ornella irgendwo in den Schatten versteckt haben. Doch niemand war zu sehen. Was vielleicht aber auch an der Düsternis in der Eingangshalle lag, denn nur reichlich wenig Tageslicht erreichte die Schachbrettfliesen im Bereich hinter der Eingangstür.

Das Lächeln der beiden Frauen hatte etwas Entrücktes an sich. Ich kam mir vor wie eine Robbe im Zoo, die ein Kunststück vorführen sollte. Und warum fühlte sich diese Ruhe in der Schule so unnatürlich an? Als ob etwas die Luft anhalten würde.

»Na ja, wir könnten mit Graylee die Führung gemeinsam machen, oder nicht?«, schlug Dad vor.

»Davon halten wir hier nicht viel.« Mrs Krystler strahlte uns der Reihe nach an. Sobald sie sich mit den Fingern durch die Haare strich, kroch der Duft eines exotischen Haarsprays in meine Nase.

Okay, langsam kam ich mir vor wie in der Geisterbahn.

»Vielleicht ist es das Beste, wenn Sie zurück nach Hause fahren. Noch ist es hell, und Ihre Tochter ist bei uns wirklich bestens aufgehoben.« Mrs Zilba machte einen Schritt auf meine Eltern zu, was sie zurückweichen ließ.

Mrs Krystler trat nun ebenfalls vor die Tür ins Sonnenlicht. Wollten die zwei etwa meine Eltern loswerden? Sah jedenfalls sehr danach aus.

»Wir halten den Abschied von den Eltern gern so kurz und

schmerzlos wie möglich. Wie der schnelle Abriss eines Pflasters«, fügte Mrs Krystler hinzu und zeigte erstaunlich viele weiße Zähne, ehe sie sich Mrs Zilba zuwandte und ihr Lächeln weicher wurde. Sie legte ihrer Kollegin eine Hand auf die Schulter, wie in einem kitschigen Porträt.

Eigentlich wollte ich nicht mit diesen beiden allein gelassen werden. Andererseits kamen mir die zwei wie aus einer überzeichneten Fernsehserie entsprungen vor, und ich wollte unbedingt wissen, was als Nächstes geschah.

»Also gut …«, begann Mom.

»Gut!« Mrs Zilbas Stimme schrillte bis in mein Trommelfell, was mich ein Auge zusammenkneifen ließ. Nicht weit entfernt flatterten Vögel aus einem Baum und entfernten sich rasch von uns.

Keine zehn Minuten später winkte ich Dads Van hinterher. Mit meinem Rucksack über der einen und der Reisetasche über der anderen Schulter. Wenn das nicht die seltsamste Verabschiedung der Welt gewesen war. Die Schulleiterin und Mrs Zilba hatten meine Eltern quasi vom Schulgelände gedrängt.

»So, so. Du bist also die Neue.« Ein Schatten glitt über den Kies vor mir. »Und deine Eltern haben einen Halloween-Laden?«

Diese Stimme. Viv hatte sich neben mich gestellt. Mit verschränkten Armen. Ihre dunkelroten Haare flatterten im Wind.

»Ach, ihr kennt euch?« Mrs Zilba, die sich leise mit Mrs Krystler unterhielt, sah überrascht zu uns herüber.

Kurz war ich versucht auszuplaudern, wie charmant Viv mich bezeichnet hatte, aber ich ließ es bleiben. Die gute Viv hatte es vermutlich schon schwer genug im Leben.

»Vivienne, richtig?« Jedenfalls nahm ich einfach mal an, dass das ihr voller Name war. Im Versuch, einen zweiten Anlauf zu starten, lächelte ich sie an. Hatte sie hier auf mich gelauert, oder war sie zufällig vorbeigekommen?

Die Sonne brannte in meinem Nacken, während ich ihrer sekundenlangen Musterung standhielt. Bis ihr Blick erneut an meinem Shirt hängen blieb.

»Ich kann dir immer noch nichts abgewinnen, danke, nein«, sagte sie und marschierte hoch erhobenen Hauptes davon.

Na gut, dann eben nicht. Wenn allerdings alle so drauf waren wie Viv, konnten das noch sehr lange Monate an dieser Schule werden. Gerade bog Dads Wagen nach rechts in den Wald ab, wo er zwischen den Bäumen verschwand.

»Ich rede mit ihr«, sagte Mrs Zilba fröhlich und nahm die Verfolgung auf.

»Geht es Vivienne gut?«, fragte ich Mrs Krystler.

»Mach dir keine Sorgen. Sie fasst lediglich den Spruch auf deinem Shirt als persönliche Beleidigung auf.« Mrs Krystler klang unbekümmert und irgendwie so, als wäre das eine unumstößliche Tatsache.

Kurz überlegte ich nachzufragen, warum, doch dann glitt mein Blick in Richtung See. Direkt auf die versunkene Steinkrone in der Mitte zu. »Dieser See ist wirklich hübsch. Aber vorhin habe ich dort etwas gesehen. Einen dunklen Schatten. Leben große Otter darin oder … Monster?« Eigentlich hatte ich vorgehabt, das letzte Wort wie einen Scherz abzutun, aber ich lachte wohl etwas zu laut.

»Ernsthaft?«, hörte ich Vivienne rufen. »Du kommst an die Swanlake Academy und hast Angst vor Monstern?« Sie und Mrs Zilba hatten sich auf einer steinernen Bank in der Nähe niedergelassen, auf der bereits eine Steinfigur saß und … gähnte? Merkwürdige

Schüler mit wahrscheinlich noch mehr Problemen, als ich sie hatte, und merkwürdige Kunst. Ich rieb mir die Stirn.

Glücklicherweise blieb mir eine Antwort erspart, denn in diesem Moment kamen zwei Autos auf uns zu. Ein schicker schwarzer Mercedes sowie ein weißer Luxus-Geländewagen, für den die Straße am See etwas zu schmal wirkte. Tatsächlich pflügte er einige Grasbüschel am Wegesrand um.

»Oh, gut, die anderen neuen Schüler.« Mrs Krystler winkte, und Mrs Zilbas Kopf ruckte herum, ehe sie von Vivienne abließ und zu den Neuankömmlingen eilte. »Wenn wir jetzt noch Ornella auftreiben könnten …«

»Oh, wirklich, ich kann mich auch selbst herumführen. Wenn Sie mir eine digitale Karte oder so was geben würden?« Nachdem ich meine Reisetasche zu Boden hatte gleiten lassen, angelte ich nach meinem Smartphone, das immer noch über meiner Schulter hing.

Steif wie eine Statue wandte sich Mrs Krystler zu mir um. »Wir halten hier nicht viel von Smartphones.« Sie beäugte mein Handy kritisch.

Wie jetzt?

»Die erleiden hier schnell schreckliche Seeunfälle.« Wieder dieses blitzende Grinsen. Und verdammt lange Zähne. Mrs Krystler besaß echt verdammt lange Zähne. »Aber du kannst jederzeit an deinem Laptop, der in deinem Zimmer steht, auf von uns freigeschalteten Websites für deine Schulaufgaben recherchieren. Die einzigen Orte mit Empfang und W-Lan für Smartphones sind die Freizeiträume.«

Sie warf einen Blick über ihre Schulter. »Ornella!« Auch ihr Rufen schien nicht viel zu nützen. »Und wo steckt Hudson? Er sollte sich eigentlich um die Zwillinge kümmern.«

Hudson? Auf einmal wurde mir heiß und kalt. Würde ich mich

gleich erneut in einer äußerst unangenehmen Situation mit diesem Schönling wiederfinden? Bitte nicht.

»Hat wahrscheinlich was Besseres zu tun«, brummte Vivienne.

»Vielleicht gehst du besser rein und kühlst dich ab, Viv.« Mrs Krystler tupfte sich eine Schweißperle von der Schläfe.

»Um nichts in der Welt möchte ich das, was jetzt kommt, verpassen.« In Viviennes Blick lag so viel diebische Vorfreude, dass ich mir sicher war, dass sie in den nächsten Minuten ihren Triumph über mich erwartete. Von mir aus. Sie hatten hier nicht mal Smartphones, also nur wenig Unterhaltungsmöglichkeiten, die Armen. Immerhin warteten auf mich heute Abend meine Lieblingsbücher auf meinem E-Reader.

»Oh, Hudson, da bist du ja.« Mrs Krystler streckte ihren Arm mit dem Taschentuch und winkte, als wollte sie die Titanic verabschieden. Wäre mir in diesem Moment auch lieber gewesen. »Das ist Hudson Oakwood«, fügte sie an mich gewandt hinzu. »Einer unserer Vertrauensschüler. Genau wie Ornella.« Irgendetwas an der Art, wie sie es aussprach, machte mich misstrauisch. Sie sagte es so, als müsste man Hudson unbedingt mehr integrieren. Sofort schrillten meine Alarmglocken. Wie gefährlich war dieser Typ?

Hudson marschierte direkt auf uns zu. Im Gegensatz zu vorhin trug er jetzt eine schwarze Sonnenbrille.

Autotüren schlugen zu, was meine Aufmerksamkeit wieder auf die Neuankömmlinge lenkte. Auf uns zu stolzierten ein Junge und ein Mädchen in Designerhoodie und Sweatpants, beide mit Sonnenbrillen. Das Mädchen hatte ihre braunen Haare seitlich zu zwei Dutts gedreht, sodass sie etwas von Bärenohren hatten. Mit ihrem schwarzen Samthalsband und dem weißen Reiseoutfit stand sie einem Superstar auf Reisen in nichts nach. Ihr Bruder, ich vermutete, es waren Zwillinge, schritt hinter ihr nicht weniger elegant auf uns zu. Seine dunklen Haare hatte er zu Igelspitzen gegelt.

»So kommen die Neuen hier normalerweise an.« Viv hatte sich an mich herangeschlichen. »Deutlich glamouröser als du.«

Ich verstand diesen Seitenhieb und schloss ergeben die Augen. »Okay, du gewinnst. Geht es dir jetzt besser?«

Ihr Lächeln verrutschte ein wenig.

Mrs Krystler, die auf Hudson einredete, hatte uns glücklicherweise nicht gehört.

Etwas abgeschlagen händigte ein Chauffeur einem Mädchen mit roten Korkenzieherlocken, in denen jede Menge bunte Schleifen steckten, eine Handtasche aus. Das Mädchen nahm sie an sich, machte einen Schritt nach vorn, knickte um und landete mit den Knien voran auf dem staubigen Kiesboden.

»Das ist also dieser glamouröse Auftritt, von dem du gesprochen hast? Da hab ich ja wirklich alles falsch gemacht.«

Vivs Zähne mahlten so laut aufeinander, als würde sie Nüsse kauen. Okay, ich musste aufpassen, was ich sagte.

Hudson schob sich neben uns und nahm seine Sonnenbrille ab. »Viv, ich gebe dir fünfzig Dollar, wenn du diese Zwillinge rumführst.«

»Sind wir uns heute mal wieder zu fein, oder was?« Zuerst sah sie ihn scharf an, ehe sie tief einatmete. »Oder willst du mit der hier … ich weiß nicht was machen?«

»*Ich weiß nicht was* klingt zugegeben richtig gut«, sagte ich mit süßlicher Stimme, »aber ich muss das echt aufklären. Er und ich …«

In diesem Moment rammte mir Hudson seinen Ellenbogen in die Seite, sodass ich husten musste. *Qué mierda!*

Was auch immer er für Probleme hatte, das musste aufhören.

»Hör mal, ich will dir nicht zu nahe treten, aber der Spaß ist vorbei.« Ich rieb mir die Rippen.

»Interessant, interessant«, sagte Vivienne.

»Du brauchst überhaupt nicht so zu schauen. Deine merkwürdige Obsession mit meinem T-Shirt ist auch nicht gerade gesund. Tut mir leid, dir das sagen zu müssen. Ich bin sicher, sie können dir hier helfen.«

Die beiden starrten mich an. Viviennes Mund öffnete und schloss sich wieder, doch kein Ton kam heraus.

»Warte mal.« Hudson blinzelte. »Du glaubst, Vivienne wird hier psychologisch betreut? Und ich auch?«

Was war das denn für eine Frage? Und wie viel Antwort würden sie verkraften? Schweiß rann mir den Nacken hinab. Wahrscheinlich hatte ich mich schon so inkorrekt und wenig inklusiv verhalten, wie es nur möglich war. Verdammt.

»Na ja, das hier ist die *Swanlake Academy for Special Needs …«* Ich vollführte eine Handbewegung in eine unbestimmte Richtung.

Hudson prustete los. Komischerweise konnte er jetzt gar nicht mehr an sich halten. »Ernsthaft? Diese Lüge halten wir doch nur für die Zivilisten aufrecht. Nein, im Ernst, das ist nur Tarnung. Du hast echt keine Ahnung, oder?« Hudson sah mir in die Augen. So tief, als wollte er darin alle Antworten des Universums finden.

Verwirrt sah ich ihn an. »Tarnung?«

»Scheiße, Hudson. Das soll Krystler ihr erklären.« Viv zog ihn am Arm. »Hast du sie am Steg aufgegabelt und direkt angegraben, oder was meinte sie eben?«

Ohne den Blick von mir zu nehmen, schüttelte er Vivs Arm ab.

Doch bevor er etwas sagen konnte, ging ich dazwischen. »Da war nichts zwischen uns. Nur ein kleiner Spaß«, sagte ich schnell. Besser, keine Gerüchte gerieten über mich in Umlauf, ehe ich die Schule richtig betreten hatte.

Hudson, der mich bis eben noch intensiv gemustert hatte, verzog das Gesicht. »Ich habe mich geirrt. Etwas an ihr hat meine Neugier geweckt, aber da ist absolut nichts an ihr, das interessant sein könnte.« Er trat einen Schritt zurück und sah sich nach Mrs Krystler um, die mit den Neuankömmlingen sprach.

Wie bitte? Hatte er das gerade wirklich gesagt?

»Du hast das echt geglaubt? Schule für Kids mit Special Needs, ja?« Viviennes Stirn legte sich in Falten. »Du wirst schon noch sehen.«

Kapitel 4

Viviennes letzter Satz beschäftigte mich immer noch, als ich zehn Minuten später gemeinsam mit den anderen drei neuen Schülern in einem kühlen, abgedunkelten Klassenraum saß. Was würde ich schon sehen? Was für eine Schule war das?

Mit dem Rücken zu uns fummelte Mrs Krystler an einem Schaltpult für den Beamer herum. Mrs Zilba hatte sich vor zwei Minuten verabschiedet, überließ also Mrs Krystler die Einführung der Neuen.

Einfach, um etwas zu tun zu haben, zog ich eine Stricknadel aus meinem Rucksack und drehte sie zwischen den Händen. Auf dem Stuhl neben mir wippte das Mädchen mit den roten Haaren hin und her. Ich schätzte sie auf vierzehn, und sie war so zierlich, dass es mich wunderte, wie sie ihre riesige Designerhandtasche den ganzen Weg bis hierher geschleppt hatte, ohne darunter zusammenzubrechen.

Mit einem Mal hörte das Wippen auf. »Ich bin übrigens Willow.« Mit schüchternem Blick wandte sie sich zu mir um. So fest, wie sie ihre Handtasche an die Brust gepresst hielt, wäre ich nicht verwundert gewesen, wenn sie ein Kuscheltier daraus hervorgezogen und sich an die Wange gedrückt hätte.

Innerlich schüttelte ich den Kopf, während ich sie anstarrte. Wenn das keine Schule für Kids mit Problemen war, wo waren wir dann bitte gelandet?

Willow sah mich erwartungsvoll an.

»Graylee.« Meine Mundwinkel hoben sich.

»Ist das da Kaugummi in deinem Haar?«

Ich seufzte. Also hatte Hudson doch nicht alles entfernen können. Ehe ich noch etwas hinzufügen konnte, unterbrach uns ein noch lauterer Seufzer. Das Mädchen vor mir im weißen Jogginganzug hatte beide Ellenbogen auf den Tisch gestützt, das Kinn in ihre Hände gelegt und starrte nach vorn, wo Hudson gerade seine Ärmel hochkrempelte und den Beamer unter der Zimmerdecke neu ausrichtete. Genau wie Vivienne musterte sie seine muskulösen Oberarme.

Wie in einem schlechten Teenie-Film.

Leider traf mich exakt in diesem Moment Viviennes Blick, und wenn mich nicht alles täuschte, fletschte sie sogar kurz die Zähne. Wobei sie ihre lässige Pose nicht aufgab und weiterhin mit verschränkten Armen an der Tür lehnte.

Nach einer kurzen Fanfare schaltete sich der Beamer ein. Ein unscharfes Logo erschien an der Wand: ein See mit einer Krone und drei Frauen darum herum. Eine Krone … Also standen diese Felsbrocken im Wasser tatsächlich für eine Krone. Und mittig darüber schwebte ein siebenzackiger Stern. Wie auf den Bändern, die hier alle unter ihren Kragen trugen.

Mit einem Mal stand Mrs Krystler an meinem Tisch, sodass ich vor Schreck fast von meinem gekippten Stuhl gefallen wäre.

»Dein Stundenplan, Graylee. Du und Willow habt in Mythengeschichte und Genetik einiges nachzuholen, aber keine Sorge, das kriegen wir schon hin, bis das Schuljahr in drei Wochen offiziell anfängt. Die meisten Schüler, die momentan hier sind, sind in einem Fach durchgefallen und müssen daher wie ihr in den Orientierungswochen zusätzlich zu den Sommerkursen Unterricht nehmen. Eine Therapiesitzung hast du übrigens nicht nötig, wie wir finden.« Den letzten Satz sagte sie mit einem Zwinkern, ehe sie sich genau vor das Logo stellte, die Hände gefaltet wie eine Politikerin.

In meinem Kopf drehte sich alles: Mythengeschichte? Genetik? Langsam bereute ich es, dass ich mir den Flyer für die Schule nicht besser angeschaut hatte.

»Also, wer von euch weiß, warum ihr hier seid?«, wandte sie sich in die Runde. »Warum ihr wirklich hier seid? Wer weiß von seinem Erbe?«

Die Arme der Zwillinge schossen sofort in die Höhe. Sie mussten fünfzehn oder sechzehn Jahre alt sein, also fast in meinem Alter. Dafür hatten sie aber das Selbstbewusstsein von Neunzehnjährigen gepachtet, mindestens.

Ich hingegen war mir überhaupt nicht mehr sicher. Von welchem Erbe sprach Mrs Krystler? Schließlich war ich adoptiert und stammte genetisch nicht von meinen Eltern ab. Wieder kam mir Viviennes Gequatsche in den Sinn.

Aber wollte ich zugeben, dass ich keine Ahnung hatte? Gerade als ich die Hand hob, verfing sich Mrs Krystlers Blick mit meinem, und ich ließ die Hand langsam wieder sinken.

Genau wie Willow.

»Ja, das habe ich mir gedacht.« Wieder zeigte sich ein sanftes Lächeln auf ihren Lippen.

Aber das war es nicht, was ich jetzt brauchte. Was ich brauchte, waren Antworten.

»Janus, Freya, ihr geht mit Hudson. Er wird euch eure Zimmer zeigen.«

»Hoffentlich sehr weit weg voneinander«, murmelte Freya, ehe sie aufsprang, sich vor ihren Zwillingsbruder drängelte und Hudson anstrahlte. »Würdest du meine Tasche tragen? Danke.« Die gute Freya klebte quasi an Hudson, wodurch es für sie schwierig wurde, durch den Türrahmen zu passen, doch mit einer kleinen Akrobatikeinlage (Hände hochreißen, Bauch einziehen, Drehung) schaffte sie es.

Das hieß dann wohl, Vivienne würde Willow und mich auf unsere Zimmer begleiten. Großartig.

Mrs Krystler drückte auf die Fernbedienung, woraufhin ein Cartoon über die Wand vor uns flimmerte, untermalt von einer dröhnenden Stimme, die klang wie die einer alten Gottheit.

»Vor Tausenden von Jahren lebten die Mythen im Einklang miteinander. Ehe die Erde von Menschen überrannt wurde.«

Was kam denn jetzt? Märchenunterricht?

Bilder liefen über die Wand. Eine Frau mit Fischschwanz, eine Robbe. Ein Tier, das wie eine Mischung aus Löwe, Ziege und Schlange aussah, ein Stier, eine Kriegerin mit Flügeln … Was? Verwirrt blinzelte ich. War das ein Scherz?

»Aber ganz hielten sich die Mythen nicht von den Menschen fern«, fuhr die Stimme fort, »und so wurden Kinder mit gemischter DNA geboren. Menschen mit Mythenerbe. Die sogenannten Legenden. Noch heute setzt sich dieses Erbe durch. Überspringt aber ab und zu Generationen.«

Über die Wand flirrte ein Schriftzug, der einfach nicht verschwinden wollte:

An dieser Stelle drückte Direktorin Krystler auf Pause, wobei sie Willow und mich anlächelte. »Versteht ihr jetzt? Ihr zwei stammt wie alle an dieser Schule von Legenden ab.«

Sogleich erblasste Willow und sah aus, als würde sie im nächsten Augenblick vom Stuhl kippen, während ich ungläubig zwischen dem Satz, der immer noch über die Wand flimmerte, und Mrs Krystler hin und her blickte. Was für ein Spiel spielte sie?

»Glücklicherweise konnten wir euch aufspüren. Ihr zwei habt wahrscheinlich schon geahnt, dass ihr anders seid, aber …«

Ein Lautsprecher knackte. Es war der in der Ecke neben der Tür, der kurz unter der Decke angebracht war. »Einen wunderschönen Nachmittag, liebe Swanlake-Leidensgenossen, die in diesem Sommer auch vorzeitig in den Schulknast zurückmussten. Warum auch immer«, erklang die Stimme eines Mädchens in breitestem Südstaatenakzent. »Willkommen zu einer Sondersendung am Vorabend der Orientierungswochen …«

Mrs Krystlers Kopf schoss herum. »Vivienne, halt sie auf. Los. Schnapp dir Ornella und bring sie hierher.«

»Pff«, sagte Vivienne, während diese Ornella weiter aus dem Lautsprecher plapperte. Irgendetwas davon, dass sie viele Nachrichten bekommen hätte.

»Um nichts in der Welt möchte ich das hier verpassen.« Vivienne deutete zuerst auf mich und dann auf den Schriftzug an der Wand. »Außerdem lässt mich Ornella niemals freiwillig in ihr Aufnahmestudio. Da müsste schon eine Autorität wie Sie auftauchen.« Vollkommen ungerührt schenkte sie der Schulleiterin ihr Haifischgrinsen. »Ich könnte ja solange übernehmen.«

Mrs Krystler atmete gepresst ein und aus. »Also gut. Du erklärst ihnen alles weitere. Ich kümmere mich um Ornella. Ihr entschuldigt mich?« Ohne eine Antwort von Willow und mir abzuwarten, stürmte Mrs Krystler aus dem Raum.

Keine Sekunde später baute sich Vivienne unter dem Beamer auf, viel zu nah an Willows und meinem Tisch. »Hach, diese geballte Unwissenheit und diese großen Augen sind zu niedlich. Aber lasst uns noch etwas dem neuesten Klatsch und Tratsch von Ornella lauschen, ehe ich euch erkläre, wohin euch das Schicksal geführt hat.« Wie es ein Priester in der Kirche gewöhnlich tat, breitete sie die Arme aus.

»Ich würde lieber auf Mrs Krystler warten, um die ordentliche Einführung zu erhalten«, sagte Willow mit Piepsstimmchen, wurde aber sofort durch einen scharfen Blick von Vivienne abgewürgt.

»Still, oder der nächste Brief in Ornellas Spind wird deine Geheimnisse enthalten, die sie vorlesen kann.«

Die arme Willow sank in sich zusammen.

Darum ging es hier? Den Kopf in den Nacken gelegt, lauschte ich dieser Ornella.

»Habt ihr schon unsere vier neuen Schüler und Schülerinnen erspäht, die heute angereist sind? Zwei von ihnen sind Unbestimmte. Spannend, oder? Oh, und ehe ich es vergesse: Samuel Winter soll gestern direkt nach seiner Anreise mit Wendy Moore am See gesehen worden sein. Ein Kuss unter dem Mond. Romantisch, oder? Schade, dass Mrs Krystler die Online-Abstimmungen dazu untersagt hat, sonst würde ich euch einen Ja- und einen Nein-Button zur Verfügung stellen und eure Antworten erwarten, aber so … Ah, wenn man vom Teufel spricht. Mrs Krystler klopft gerade bei mir an.« Tatsächlich waren im Hintergrund dumpfe Rufe sowie Klopfgeräusche zu hören. »Es scheint dringend zu sein. Wir hören uns morgen wieder. Mir kam da ein sehr interessantes Gerücht über einen gewissen Gorgonen zu Ohren, der heute etwas Besonderes aus dem See gezogen haben soll. Unser Mädchenschwarm Hudson …«

»Ornella, mach sofort diese Tür auf, oder du wirst zwei Wochen nachsitzen!«, rief Mrs Krystler im Hintergrund.

Oh, oh. Hudson? See? Gorgone? Unbestimmte? Was zum Teufel ging hier ab?

»Dieser verwirrte Gesichtsausdruck steht dir.« Vivienne war ganz nah an mich herangerückt. Gleichzeitig sank die Raumtemperatur um mehrere Grad, oder bildete ich mir das ein? »Nicht ganz so gut, wie der Kaugummi in deinen Haaren, aber …« Sie schnüffelte. »Nach was riechst du eigentlich? Zwiebeln? Ist ja ekelhaft.« Sie zupfte an dem blauen Seidenband, das unter ihrem Kragen hervorlugte. Auf Brusthöhe war in Großbuchtstaben SWANLAKE ACADEMY auf ihrem weißen Poloshirt eingestickt.

Ich ignorierte ihren Kommentar. Stattdessen warf ich einen Blick durch das Fenster nach draußen, wo ein paar Vögel gegen das Glas pickten. Dahinter konnte man den See sehen. Unwillkürlich fragte ich mich, wie viele Schwäne wohl dort lebten, wenn sie die Schule extra nach ihnen benannt hatten. Aber das war nicht meine drängendste Frage.

»Was läuft hier?« Ich sah Vivienne fest in die Augen und deutete dann nach vorn, wo noch immer dieser Satz mit den menschlichen Nachfahren an die Wand geworfen wurde. »Soll das ein Scherz sein? Einmal die Neuen so richtig drankriegen, bevor wir beim Abendessen vorgestellt werden?«

»Vorstellungsrunde? Alles, nur das nicht«, sagte Willow, die im Gesicht so weiß wie Freyas Jogginganzug geworden war.

»Du hast immer noch nichts begriffen, oder?« Vivienne musterte mich von oben bis unten. »Nicht mal die Beleidigung auf deinem Shirt. Ein guter Tipp: Zieh dich schnellstens um. Die anderen Sirenen sind nicht so gutmütig wie ich.«

Gutmütig? Sirene? Nahm dieses Mädchen zu viele oder zu wenige Tabletten?

»Hört ihr jetzt auf?!« Genervt wandte sich Vivienne zu den hämmernden Vögeln am Fenster um, und zwar mit so viel Schwung, dass Willow ausweichen musste, um Viviennes Haare nicht ins Gesicht zu bekommen. »Wollt ihr die Neuen begrüßen? Von mir aus.«

Als wäre das absolut unter ihrer Würde, öffnete Vivienne das Fenster. Sofort schossen drei bunte Kolibris herein, gefolgt von einem größeren braungrauen Vogel mit etwas Schlagseite. Während die Kolibris filigran auf uns zusirrten, tat sich der vierte Vogel etwas schwer damit, die Kurve zu nehmen. Moment mal? Kolibris in Texas?

»Habt ihr schon ihre Zimmer hergerichtet?« Viviennes Stimme war voller Herablassung, während sie sich mit ihrer Frage an die Vögel wandte, und zwar so, als erwartete sie eine Antwort.

»Aber selbstverständlich.« Ein regenbogenfarbener Kolibri mit dunkelblauem Kopf setzte sich vor Willow auf die Tischplatte.

Der Rest von ihnen landete auf dem Beamer und spähte neugierig zu uns herunter.

»Nun ja, fast«, piepste der pinke Kolibri.

Diesen Einwand schien der Regenbogen-Kolibri geflissentlich zu übergehen, stattdessen starrte er Willow voller Verzückung an. »Du hast aber schöne Schleifen im Haar.«

Moment mal. Hatte dieser Minivogel gerade gesprochen? Wahrscheinlich halluzinierte ich.

Aus Willows Gesicht wich auch noch der letzte Rest Farbe, und sie kiekste, als wäre sie kurz davor, in Ohnmacht zu fallen.

Ohne dass sich der Schnabel, der beinahe so lang war wie der ganze Vogel, bewegte, fuhr der Kolibri fort. »Darf ich mir die mal ansehen?« Gut, sein Kehlkopf bewegte sich und einen Spaltbreit auch der Schnabel.

Nein, das konnte nicht sein. Trat hier etwa Schwefel aus dem See aus, der Sinnestäuschungen verursachte? Für Kolibris waren sie auch erstaunlich groß. Nur um sicherzugehen, beugte ich mich zu Willow, stupste den Vogel mit meiner Stricknadel sanft in den kleinen grünen Bauch. Auf dem Rücken ging das Grün erst in Gelb und dann in Orange über. »Sind da Batterien drin?«

»Hey!« Das kleine Tier plusterte sich zu seiner doppelten Breite auf, mindestens.

»Schluss. Ihr verschwindet jetzt.« Vivienne drängte sich zwischen uns und wedelte mit der Hand. »Habt ihr keine Toiletten mehr zu schrubben? Haut ab.«

Tatsächlich erhoben sich die Kolibris in die Luft.

»Beweis Nummer eins.« Vivienne setzte sich auf Willows Tisch. »Da draußen existiert viel mehr, als ihr bisher mit euren kleinen Gehirnen geglaubt haben hättet können.« Ihr überlegenes Lächeln konnte sie sich echt schenken.

»Ich denke nicht, dass dieser Satz grammatikalisch korrekt war«, hörte ich mich sagen, doch Vivienne überging meinen Einwand.

»Wir an dieser Schule sind alles Nachfahren alter mythologischer Wesen. Die sieben magischen Völker, die bis heute überlebt haben.« Sie hob eine Hand und zählte an ihren Fingern ab. »Sirenen, Selkies, Minotauren, Chimären, Walküren, Odins-Söhne und Gorgonen. Die sieben Legenden.« Im Anschluss deutete sie auf den siebenzackigen Stern an ihrer Halsschleife. »Das Heptagramm steht für die sieben Legenden, und es ist das Symbol für Perfektion.«

Das war ein Scherz, oder? Gleich würde sie *reingelegt* rufen.

»Eine Schule voller Monster?«, wisperte Willow.

»Wenn du so willst.« Viviennes grausames Lächeln bohrte sich in mein Hirn.

Ich zwang mich dazu, ihrem Blick gelassen zu begegnen. »Lass es einfach. Als ob wir darauf reinfallen würden.«

»Aber ihr müsst keine Angst vor uns Monstern haben. Denn ihr seid selbst welche«, fügte sie hinzu und überging damit erneut meinen Einwurf.

Willow neben mir erschauderte, doch den Gefallen würde ich Vivienne nicht tun. In meinem Hirn ratterte es. Der Schatten im See, die Schatten in meinem Kinderzimmer … Waren sie vielleicht doch realer gewesen, als ich angenommen hatte? Mit zusammengepressten Lippen sah ich mich um. Eine Schule voll mit Monstern? Nein, das war ein Scherz.

»Was ist, Graylee, willst du deine Mommy anrufen? Wieder nach Hause?« Diesen armseligen Tonfall konnte sich Vivienne echt sparen.

»Aber Sirenen, Minotauren und so weiter? Die sollen mit den Menschen Kinder gezeugt haben? Du verarschst uns doch.« Willow deutete auf den flimmernden Schriftzug, den der Beamer an die Wand warf.

»Eigentlich nicht. Du bist bereits einem Minotaurus begegnet.« Vivienne schnippte sich einen unsichtbaren Fussel von ihrem karierten dunkelblauen Rock.

»Wer ist ein Minotaurus?«, hauchte Willow. Ihre Finger zitterten.

»Mrs Krystler ist die Nachfahrin eines Minotaurus, aber du kannst sie der Einfachheit halber auch nur Minotaurus nennen. Ist schneller ausgesprochen als Nachfahre eines Minotaurus oder Nachfahre eines mythischen Wesens. Wir halten es gern einfach an der Swanlake Academy.«

»Monster Academy würde ich das hier nennen. Angenommen, man glaubt daran.« Ich schürzte die Lippen.

»Wie auch immer, ihr seid hier, weil ihr spezielle Fähigkeiten habt, die darauf schließen lassen, dass ihr ein Mythenerbe in euch tragt. Wir werden euch testen und dann eurer Mythengruppe zuweisen. Danach bekommt ihr das entsprechende Band.« Sie deutete auf ihres. Das blaue um ihren Hals. »Aber ihr müsst es nicht tragen. Nur, wer will.«

Ich neigte den Kopf. »Ich bin also ein Monster? Ja, klar. Und Mrs Krystler ist ein Minotaurus. Natürlich. Verwandelt sie sich in einen Stier, wenn sie Lust darauf hat, oder wie?«

Vivienne schnaubte. »Nachfahren von Minotauren verwandeln sich natürlich nicht. Stattdessen können sie überall den Weg finden, als hätten sie ein eingebautes Navi im Nacken. Und sie können magische Banne aussprechen. Keine Sorge, lernst du alles schon noch. Außer wir haben uns bei dir geirrt und du bist doch bloß ein normaler Mensch. In dem Fall schicken wir dich zurück, und ein Minotaurenbann wird dafür sorgen, dass du dich an nichts erinnerst, was hier in Bezug auf die Mythen passiert ist.«

»Aha. Ihr blitzdingst mich also.«

Verständnislos starrte Vivienne mich an.

Seufzend verschränkte ich die Arme vor der Brust. Woher ich dieses Selbstbewusstsein aktuell nahm, wusste ich nicht. Galgenhumor traf es wohl eher.

»Und was bist du?« Willow neigte den Kopf. Sie schien den Quatsch, den Vivienne uns hier verkaufen wollte, tatsächlich zu glauben.

»Eine Sirene.« Vivienne richtete sich zu ihrer vollen Größe auf.

Willows Augen wurden groß. »So wie Arielle?«

»Ja, wie Arielle, nur besser.«

Etwas klickte in meinen Erinnerungen. Vivienne hatte sich über mein Shirt aufgeregt. Ich sah an mir herunter. *Mermaids don't do homework.*

Langsam wurde mir bewusst, in welches Fettnäpfchen ich damit getreten war, wenn sie wirklich glaubte, eine Meerjungfrau zu sein. Ich atmete tief ein. Aber es gab Schlimmeres. Ich würde mit Mrs Krystler sprechen, und die würde diese Geschichte schon als Scherz entlarven. Es konnte einfach nicht wahr sein.

Kapitel 5

Die Tür öffnete sich, und als ich aufsah, entdeckte ich einen der Kolibris. Der mit dem pinken Gefieder flatterte im Türspalt. »Die Zimmer wären jetzt bereit. Mrs Krystler lässt fragen, ob du mit der Einführung fertig bist und ob du den beiden den Weg zeigen kannst? Sie wurde leider aufgehalten.«

Viviennes Kiefer mahlte, womit sie mich an den bösen Wolf aus dem Märchen erinnerte. »Absolut.«

»Und du hast ihnen alles erklärt? Auch die Warnhinweise?«

»Bist du nicht nur zum Saubermachen da, kleine Putzhilfe?« Offensichtlich genervt strich sich die angebliche Sirene ihre Haare über die Schulter.

Willow warf mir einen Hilfe suchenden Blick zu. »Lass mich nicht allein.«

»Es wird alles gut.« Ich stand auf und schnappte mir mein Gepäck.

In dem Moment schoss ein zweiter Kolibri durch den Türspalt herein. Ich blinzelte. Der Regenbogenfarbene von vorhin, zweifellos. Hinter dem Pinken entdeckte ich nun auch den Grünblauen.

»Wow, du hast ja eine rote Schleife«, plapperte der bunte Kolibri aufgeregt, während er Willow und ihre Schleifen im Haar neugierig umflatterte. »Und rote Haare.« Der Vogel schien nur noch Augen für Willow zu haben.

»Ja, und ein hundertmal so großes Hirn wie du«, sagte Vivienne.

Der kleine Vogel schloss den Schnabel, fing sich jedoch schnell wieder. »Wir haben für euch die ganz weiche Bettwäsche aufgezogen, ihr werdet euch wohlfühlen. Darauf schläft man wie auf einer Wolke.«

Würden wir das?

Willows Kichern neben mir lenkte mich ab. Der regenbogenfarbene Kolibri hatte sich auf ihre Hand gesetzt.

»Hey! Unangebracht!« Der pinke Kolibri plusterte sich zu einem Tennisball auf. »Kein Körperkontakt mit den Schülern.«

»Ach bitte. Sie ist doch so niedlich«, sagten Willow und der Regenbogenkolibri vollkommen synchron.

Vivienne führte uns in einen Teil der Schule, der im Gegensatz zu dem Flügel, durch den wir gekommen waren, weniger wie ein Märchenschloss aussah, sondern eher wie eine Burg. Tatsächlich erinnerte mich dieser Flügel an ein mittelalterliches Filmsetting.

Unsere Schritte hallten auf dem grauen Schieferboden wider, doch nichts konnte meinen Herzschlag übertönen. Wo war ich hier gelandet? Hatte man mir etwas ins Wasser gemischt?

Vivienne hüstelte, ganz so, als wäre sie die Schlossherrin. »Mensa. Hier gibt es das Essen.« Lustlos deutete sie durch eine offene Tür nach rechts. »Manchmal essen wir aber auch im Pavillon am See. Vor allem jetzt in den Orientierungswochen, wo die Schule praktisch nur halb voll ist.«

»Marshmallows am Lagerfeuer sind die besten.« Der bunte Kolibri, der sich als Lucinda vorgestellt und inzwischen auf Willows Schulter Platz genommen hatte, seufzte. Immerhin eine von uns hatte an dieser Schule schon Freunde gefunden.

Schweigend marschierte Vivienne weiter. In einen Bereich der Schule, in dem die Wände orange gestrichen waren. Alles hier schien wie aus dem Orient entsprungen. Persische Teppiche, vergoldete Statuen. Die Wandzeichnung einer Pyramide passte nicht ganz hinzu, wirkte aber doch irgendwie ästhetisch. Zwei Snackautomaten an der Wand brummten.

»Der Freizeitbereich«, verkündete sie. »Hier gibt es mehrere Räume zum Lesen, für Videospiele oder Brettspiele sowie einen Kinoraum. Am Ende findet ihr die Bibliothek.«

Langsam verstand ich, dass wir uns wie in einem Viereck bewegten und bald zurück an unserem Ausgangspunkt sein würden.

»Und zuletzt der Schul- und Lernbereich.« Wir passierten mehrere menschliche Statuen sowie eine Treppe und erreichten schließlich einen Flügel, von dem eine Handvoll Gänge abzweigten. Alles hier war gestaltet wie eine skandinavische Seenlandschaft. Die Flure waren bemalt, als würde man zwischen Seen und Schnee hindurchwandern. Jedenfalls die Wände, an denen keine Spinde standen. Hübsch.

»Gut. Jetzt eure Zimmer.«

»Und die Freizeitanlagen draußen?«, fragte der bunte Kolibri erschrocken. »Und der See?«

»Kannst du ja übernehmen, Lucy.« Schon schritt Vivienne in Richtung Eingangshalle zurück, an die der Raum mit dem Beamer angrenzte.

Der Kolibri plusterte sich auf. »Lucinda!«

Zögernd sah ich Vivienne hinterher. Wollte ich wirklich tiefer in dieses Kaninchenloch hineingeführt werden? Ich unterdrückte einen Seufzer und folgte Vivienne. Es würde sich schon alles aufklären.

»Hey, du«, fragte ich den braungrauen Vogel, der beim Abbiegen in Richtung Treppe fast an meine Schulter gestoßen wäre. Es war der Vierte, der die anderen vorhin begleitet hatte. Offensichtlich wollte er sich unserer Gruppe anschließen. »Hi.« Ich streckte einen Arm aus, damit er etwas zum Festhalten hatte – und damit ich herausfinden konnte, wo die Batterien versteckt waren. Doch er sah absolut echt aus. »Was bist du denn für ein Vogel?«

»Ein Kolibri«, erklärte der Vogel, nicht ohne Stolz in der Stimme.

»Na, klar. Und ich bin ein Oktopus.«

»Wirklich?«, hakte der Vogel nach.

Mit hochgezogenen Augenbrauen packte ich meine Reisetasche, die ich vorhin zurückgelassen hatte, und nahm die erste Treppenstufe. Vielleicht spielte mir mein Unterbewusstsein ja nur einen Streich. »Hey, du.« Ich schaute mich nach dem grünblauen Kolibri um. Sein Bauch schimmerte wie die Schuppen eines Fischs, selbst in dem schwachen Licht des Treppenaufgangs. »Was für ein Vogel ist er hier?«

»Heffa ist ein Kolibri.«

Ich blinzelte. »Klar doch.«

»Er ist, was immer er sagt«, erklärte der grünblaue Kolibri beharrlich.

Das war zwar ziemlich sicher ein Kuckuck, aber meinetwegen, wir lebten im aufgeklärten einundzwanzigsten Jahrhundert. Dann war er also, was immer er sein wollte. In meinem Hinterkopf konnte ich praktisch Sinclairs Stimme hören, die mich ermahnte, nicht so kratzbürstig zu sein. Also schenkte ich Heffa ein Lächeln. Und der braune Kolibri erwiderte mein Lächeln mit dem entzückendsten Augenaufschlag, den ich je gesehen hatte.

Als wir den ersten Stock erreichten, blendete mich das Sonnenlicht. Immerhin war es in der Schule dank der dicken Mauern angenehm kühl. Alte Mauern, überall. Die ich besser nicht berührte. Niemals. Schritte näherten sich, und wenig später bog Hudson um die Ecke, stiefelte direkt auf uns zu.

Augenblicklich straffte Vivienne die Schultern, befeuchtete sich sogar die Lippen. »Hudson, na, alles erledigt? Gut, du kannst mir mit denen da helfen.«

Hudsons Blick huschte zu mir. Wenn es irgend möglich war, verdunkelten sich seine Onyxaugen noch mehr.

Toll, ich freute mich auch, ihn zu sehen.

»Keine Zeit«, presste er hervor.

War er etwa immer noch sauer, weil ich die Scharade vor Vivienne nicht länger aufrechterhalten hatte?

Bevor ich etwas sagen konnte, wandte er sich auch schon ab. Da er im Begriff war, sich an mir vorbeizuschieben, drängte ich mich mit meiner riesigen Reisetasche gegen die Wand.

Und da passierte es. Meine Finger streiften das uralte Gemäuer. Sofort verdunkelten sich die Ränder meines Sichtfeldes. Eine düstere Erinnerung rollte auf mich zu. Bilder von verängstigten Schülern. Sie rannten durch exakt diesen Flur, bis sich das Bild scharf stellte und ich zwei Jungen erkannte, die miteinander rangen. Eineiige Zwillinge mit dunklen Haaren, die ihnen in die Stirn fielen. Beide hatten ihre Hände um den Hals des jeweils anderen gelegt. Bis einer von ihnen leblos zu Boden sackte. Erwürgt von seinem Zwilling. Die Vision endete genau in dem Moment, als der vermeintlich Tote doch noch nach Luft schnappte, was mich schaudernd zurückließ. Eine vergessene Erinnerung, gespeichert in diesem Gemäuer, die mir den Atem raubte. Warum fühlte sich das immer so real an? Und als wäre ich gerade einmal um den See gejoggt? Meine Brust hob und senkte sich, während mir sowohl Reisetasche als auch Rucksack von den Schultern rutschten und ich langsam zu Boden glitt. Es musste mich ziemlich schlimm erwischt haben, denn ich sah schon Vögel um meinen Kopf schwirren wie in einem Comic. Eine Sekunde später wurde mir klar, dass das lediglich die vier Kolibris waren, die um mich herumflatterten.

»Geht's dir gut?« Hudson war stehen geblieben und musterte mich. »Hyperventilierst du?«

Auch Willow starrte mich sorgenvoll an.

»Alles bestens«, sagte ich nach einem Röcheln. Sicherlich wirkte es von außen so, als wäre ich kurz weggetreten und dann mit Schnappatmung wieder zurückgekehrt. »Hier gibt's nichts zu sehen.« Himmel, besser, ich fasste in dem alten Kasten echt nichts mehr an.

Hudson neigte den Kopf. »War ich das?« Er deutete auf meine Reisetasche.

Erst jetzt bemerkte ich, dass der Schulterriemen gerissen war. Wie in aller Welt …?

Da sich in meinem Kopf immer noch die Vergangenheit drehte, als wollte sie durch einen Abfluss nach unten entweichen, rieb ich mir über die Stirn.

»Warte, ich helfe dir.« Ohne zu zögern, schnappte sich Hudson meine Reisetasche.

»Du musst nicht …«

»Bitte. Wir wissen beide, du könntest es aus eigener Kraft, aber so ist es einfacher«, unterbrach er mich.

Inzwischen hatte auch Vivienne bemerkt, dass wir ihr nicht mehr folgten. Am anderen Ende des Flurs. Offenbar war sie nach Hudsons kühlem Kommentar einfach weitergelaufen.

»Hey, Neue! Los, hierher«, kommandierte sie, doch keiner von uns reagierte. Willow schien Vivienne nicht mal gehört zu haben, stattdessen unterzog sie mich einer intensiven Musterung.

»Hudson«, plapperte der Regenbogenkolibri los, während er aufgeregt neben Willow flatterte. »Das muss die sein, von der Mrs Zilba und Mrs Krystler gesprochen haben.«

Hudson warf dem Vogel einen strengen Blick zu. »Lauschen ist keine Eigenschaft, die einem Kolibri gut steht. Plus, ich habe gehört, dass davon die Federn ihren Glanz verlieren.«

»Was?« Lucinda flatterte erschrocken ein Stück zurück. Wahrscheinlich für immer vom Lauschen geheilt.

»Na los, ich habe nicht den ganzen Tag Zeit«, rief Vivienne so genervt, dass Willow sich artig in Bewegung setzte.

»Alles okay?« Hudson sah mich eindringlich an.

Monster, Mythen, sprechende Kolibris, Visionen aus der Vergangenheit … Klar war bei mir alles okay.

»Mir würde es besser gehen, wenn ich mit jemand Erwachsenem sprechen könnte«, erklärte ich, rappelte mich dann aber auf und schaffte es, meine zitternden Beine halbwegs zu kontrollieren. »Kannst du mir sagen, wo ich Mrs Zilba oder Mrs Krystler finde?«

»Wahrscheinlich dekoriert Mrs Zilba den Pavillon draußen.«

Hudson marschierte los und überließ es mir, ihm zu folgen. Alles, was ich plötzlich im Blickfeld hatte, war sein Rücken. Ein wie ein V geformter Rücken. Zugegeben beeindruckend.

»Sag mal«, flüsterte ich, als ich ihn eingeholt hatte. »Das mit den mythischen Monstern ist ein Scherz für die Neulinge, oder?«

Hudson drehte den Kopf halb zu mir um. »Ein Scherz?«

Ich hob eine Hand. War das nicht offensichtlich? Deshalb fragte ich ja.

»Wir machen hier recht wenig Scherze.« Und damit wandte er sich wieder ab.

Mit der freien Hand fächerte ich mir Luft zu. »Soll das heißen, ihr versteht auch keinen Spaß? Willst du damit sagen, ich hätte meine Furzkissen besser zu Hause lassen sollen?« Mist, das war mir einfach so rausgerutscht. Was erzählte ich da eigentlich?

Wieder hielt Hudson in der Bewegung inne. Unglücklicherweise musste Vivienne meinen letzten Satz mitbekommen haben.

»Bei allen Nornen, wie alt bist du? Zwölf?« Dann an Hudson gewandt fügte sie hinzu: »Ich wette, sie hält keine Woche durch. Und du wirst dich nach einem Tag mit ihr langweilen. Wenn nicht eher.«

Diese Vivienne war wirklich der Inbegriff einer Schulzicke. Mit ihr würde ich bestimmt noch oft aneinandergeraten, das konnte ich sogar ohne Visionen voraussehen.

In diesem Moment versuchte sie, sich bei Hudson einzuhaken, allerdings wich er ihr geschickt aus, womit er mich doch noch zum Grinsen brachte.

Gemeinsam bogen wir in einen Gang, dessen Fenster auf den See hinausgingen und in dessen Wand zu meiner Linken etwa alle vier Schritte Türen eingelassen waren.

»203. Dein Zimmer, Willow.« Vivienne war stehen geblieben. »Daneben ist deins, Graylee. Ihr solltet auspacken und um halb sieben zum Abendessen in die Mensa kommen.« Viviennes Blick blieb wieder an meinem Shirt hängen. »Schön wäre, wenn du in weniger beleidigenden Sprüche-Shirts aufkreuzen könntest, oder du landest gleich in der ersten Nacht im See.« Sie grinste.

Wirklich? So etwas taten sie hier? Seetaufen für die Neuen? Aber ein Furzkissen für kindisch halten.

»Eure neue Schulkleidung liegt im Schrank«, übernahm Lucinda das Erklären. »Die Bänder für euren Kragen erhaltet ihr nach den Tests.« Kam es nur mir so vor, oder konnte Lucinda gar nicht mehr stillhalten? Oder auf dem Fleck schweben, in ihrem Fall.

»Wir haben alles schön für euch hergerichtet«, piepste Heffa.

»Ja, wir hoffen, ihr fühlt euch wohl.« Lucinda flirrte aufgeregt hin und her.

»Bestimmt«, sagte Hudson und steuerte auf meine Tür zu. Und schon hatte er meine Reisetasche abgestellt, als ob er keine Zeit verlieren und am liebsten so schnell wie möglich wieder verschwinden wollte.

»Welcher Test …?«, begann Willow, doch Vivienne würgte sie einfach ab.

»Hudson, ich muss dringend mit dir reden.« Sie versuchte, ihn weiterzuziehen, nur hielt er ihrem Gezerre stand und verharrte wie eine Statue im Gang.

Da ich keine Lust auf ihre Streitigkeiten hatte, verkniff ich mir einen Kommentar dazu.

»Wir müssen zurück in die Küche. Alles Weitere erklären euch die Lehrer heute Abend.« Lucinda umflatterte Willows Kopf mit einem wehmütigen Blick auf die bunten Haarschleifen.

Nachdenklich starrte Willow den Vogel an. »Was ist deine Lieblingsfarbe, Lucinda?«

Der Kolibri stockte mitten in der Luft, als hätte er Schluckauf. »Rot. Die einzige Farbe, die ich nicht habe.« Mit dem Schnabel deutete sie auf ihr Gefieder.

»Verstehe.« Willow fummelte an ihren Locken herum, löste eins der Bänder und hielt es dem Kolibri hin. Es war das einzige rote. »Für dich.«

Die Augen des Kolibris wurden groß. »Für mich? Aber … aber …« Sie tauschte einen Blick mit ihren Kolibrifreunden. »Ein Mensch hat mir noch nie etwas geschenkt!«

Niemand sagte etwas.

In meinem Magen prickelte es. Ein sprechender Kolibri. Ein sehr gerührter sprechender Kolibri. So etwas konnte keine Technik der Welt erreichen. Etwas klickte in mir. Diese Kolibris waren … real.

Nach einigem Hin und Her nahm Lucinda das rote Band an und wickelte es sich schneller, als ich schauen konnte, als Schleife um den Hals. Wie hatte sie das angestellt?

»Schaut mal, ich sehe aus wie Hudson!«

Unwillkürlich musste ich grinsen. In der Tat. Fehlte nur der siebenzackige Stern auf dem Band und der mürrische Ausdruck in ihrem Gesicht.

Lediglich Hudson schien das nicht lustig zu finden. Vivienne selbstverständlich auch nicht.

»Graylee.« Hudsons Stimme riss mich aus meinen Gedanken. »Deine Reisetasche.« Er hatte sie wieder hochgehoben und hielt sie mir hin, aber irgendetwas an der Art, wie er es tat, ließ mich misstrauisch werden. Hinter seinen Augen lauerte etwas.

Was außerdem hinter ihm lauerte, war Vivienne. Sie hatte sich den linken Part ihrer Unterlippe zwischen die Zähne gesogen und wählte genau diesen Moment, um eine Hand auf Hudsons Schulter zu legen.

»Wegen dem, was ich vorhin gesagt habe«, fuhr Hudson fort, und seine Stimme zitterte, »lass mich das bitte klarstellen.«

Ich kniff die Augen zusammen. Was kam denn jetzt?

»Können wir kurz unter vier Augen sprechen?« Er nickte in Richtung meiner Zimmertür.

»Äh, ja.«

Hinter Hudson erstarrte Vivienne. »Nein, stopp. Keine Jungs in den Mädchenzimmern.«

»Korrekt.« Der pinke Kolibri, der uns bisher schweigend gefolgt war, flatterte auf mich zu. »Regel dreiundzwanzig im Handbuch. Tut mir leid. Und uneingeladen kann kein Junge die Schwelle übertreten. Minotaurenbann.«

»Sie hat bereits zugestimmt. Und es ist lediglich zum Zweck einer kurzen Unterhaltung.« Ohne auf die empörten Kolibris und die noch empörtere Vivienne zu achten, öffnete Hudson die Tür und sah mich auffordernd an.

Okay? Wenn ich damit dieser absurden Situation entkam? Bevor ich mein neues Zimmer betrat, winkte ich Willow ein letztes Mal zu. »Komm rüber, wenn du fertig mit auspacken bist, ja?« Schließlich hatte ich ihr versprochen, sie nicht allein zu lassen.

Schneller als ich schauen konnte, hatte sich Hudson nach mir in den Raum geschoben und die Tür geschlossen. Das Zimmer war recht geräumig angelegt, mit einem Bett, dahinter einem massiven Schrank, und am Fenster, das zu einem Innenhof führte, stand ein Schreibtisch. Was mir allerdings sofort ins Auge stach, war die hübsche Decke auf dem runden Tisch, wo sich eine handbemalte Vase mit frischem Flieder befand. Ein bunter siebenzackiger – nein, hier ein achtzackiger Stern – war in die Decke eingestickt worden. Mit den Fingerspitzen fuhr ich darüber. Warum acht? Hatte Vivienne nicht nur von sieben Legenden gesprochen und dass das Heptagramm für Perfektion stehen würde?

»Ich brauche einen Schluck Wasser.« Gleich neben der Eingangstür führte rechts eine weitere Tür in ein kleines Badezimmer mit Dusche. Ich schnappte mir den Zahnputzbecher, füllte ihn mit Wasser und stürzte es hinunter. Ein Blick in den Spiegel zeigte mir eine Graylee samt verwuscheltem Haar, in dem ein Rest Kaugummi klebte. Nicht gerade meine beste Verfassung. Nachdem ich mir die glänzende Stirn abgetrocknet und den Kaugummi weggerubbelt hatte, kehrte ich zurück zu Hudson, der seltsamerweise an meiner Tür lauschte.

»Okay«, sagte ich. »Worüber wolltest du reden?«

Er antwortete nicht.

Aha, also war ich nur ein Vorwand gewesen, um von Vivienne wegzukommen. Weil mir im Prinzip egal war, was das jetzt schon wieder sollte, wanderte ich zum Bett. Auf der Tagesdecke entdeckte ich ebenfalls Stickereien. Sterne und Schwäne und Fäden, die alles miteinander verbanden.

»Wenn du nichts zu sagen hast, könntest du auch einfach gehen«, schlug ich vor.

»Shhht.«

»Dem Herren hat es also doch nicht die Sprache verschlagen, wie schön.« Ich sah mich weiter im Zimmer um. Auf dem Schreibtisch stand ein Behälter mit Teebeuteln, und daneben ein Regelwerk der Schule, wie ich vermutete. Ein schmales, in Leder gebundenes Buch. Daneben der Beistelltisch mit der Vase und ein Sessel. Zwar bestanden die Wände aus nacktem Stein, aber daran würde ich mich gewöhnen müssen, und es war auch das Einzige, was den Gemütlichkeitsfaktor minderte. *Einfach nicht anfassen. Niemals.*

»Dieser ganze Quatsch, den ihr hier verzapft, daran glaubst du nicht wirklich, oder? Es gibt keine Nachfahren von Monstern, die im See hausen.«

»Gibt es nicht«, murmelte Hudson, immer noch mit dem Ohr an der Tür.

Ich atmete auf.

»Nur die Nachkommen der sieben mythischen Völker gehen auf diese Schule. Im See wohnen die Nornen, wenn du es genau wissen willst.«

Unwillkürlich hielt ich die Luft an. »Ihr müsst mit diesem Unsinn aufhören. Was bringt es euch, mich den ganzen Tag zu veralbern?«

»Könntest du für dreißig Sekunden still sein? Bitte.«

Ungefähr fünf Sekunden lang tat ich ihm den Gefallen. Mehr war absolut nicht drin. »Erst erklärst du mir, was das soll.«

»Ich will herausfinden, ob Vivienne im Flur auf mich wartet oder abgehauen ist. Einen Tag möchte ich mal nicht von ihr eingewickelt werden.«

»Das meine ich nicht.« Obwohl diese Information recht interessant war. »Weshalb verbreitet ihr diesen Mythenquatsch? Seid ihr eine Art Sekte?«

Immer noch ohne mich anzusehen, stieß Hudson einen tiefen Seufzer aus. »Welchen Beweis willst du denn noch? Du hast die Kolibris gesehen. Und Vivienne erlebt. Sie ist die leibhaftige Sirene, wie aus den Büchern. Auch wenn sie ihre Fähigkeiten in der Schule nicht anwenden darf, sprudelt ihr diese Sirenenüberzeugung aus jeder Pore. Ich hasse es. Es wickelt mich ein. Ihre Sirenengabe zwingt mich praktisch dazu, ihr in allem zuzustimmen.«

Langsam verstand ich, worum es hier ging. »Sie stalkt dich.«

»Endlich hast du's kapiert.«

»Sag ihr doch, dass sie aufhören soll, oder hau ab.«

»Ich hab das Gefühl, du hast die Sache mit den Sirenenfähigkeiten noch nicht richtig verstanden. Man nennt es nicht umsonst Sirenenklang; damit lullen sie dich ein. Da kann ich ihr so oft ich will sagen, dass es zwischen uns aus ist. Sie will es nicht wahrhaben.«

Glaubte er allen Ernstes, dass Vivienne diese Macht über ihn hatte? Oder war es eher so, dass er insgeheim nicht von ihr loskam, weil er noch immer etwas für sie empfand? Ich rieb mir über die schmerzende Stirn.

»Bitte geh einfach, Hudson. Ich rufe meine Eltern an, damit sie umkehren und mich abholen. Oder ich schreie dreißig Minuten lang in mein Kissen.«

Kapitel 6

Hudson bedachte mich mit einem mitleidigen Blick. »Ich weiß, es ist schwer zu glauben, dass es so was wie einen Sirenenklang wirklich gibt. Dass das alles hier wahr ist, vor allem, wenn man unter Zivilisten aufgewachsen ist.«

Ich unterdrückte ein Schnauben. Diesen mitleidigen Blick konnte er sich wirklich schenken. Aber immerhin löste er sich jetzt von der Tür. Doch anstatt zu gehen, schloss er für einen Moment die Augen und fuhr sich durch die Haare. Obwohl es das Letzte war, was ich aktuell wollte, konnte ich nicht anders, als das Spiel seiner Muskeln unter dem Poloshirt zu beobachten. Wie konnte ein Junge um die achtzehn Jahre eigentlich schon so männlich aussehen?

»Weißt du was?«, fragte er aus heiterem Himmel, sodass ich unwillkürlich zusammenzuckte.

»Was?« Hatte er mich etwa beim Starren erwischt?

»Ich werde es dir beweisen. Dass alles echt ist.« Er sah mich fest an, ehe er über seine Schulter deutete. »Die Luft ist rein.«

»Und?«

»Komm mit.« Hudson öffnete die Tür, hielt sie mir auf. »Los.« In seiner Stimme lag so viel Ungeduld, dass ich nicht anders konnte, als vom Bett zu rutschen.

Irgendwo platschte es, als würden Leute in den See springen. Jugendliche johlten.

Doch der Flur selbst lag menschenleer im Sonnenlicht, das lange Schatten auf das Mauerwerk warf. Nicht mal ein Kolibri war zu sehen.

Hudson stellte sich mit dem Rücken zu mir ans Fenster.

Also gut. Ich tat es ihm gleich. Vielleicht konnte ich ihn ja danach bitten, mich zu Mrs Zilba zu begleiten.

»Siehst du die Schüler da draußen?«

Meinte er die Schwimmer im See? Offensichtlich. Auf einem Steg nahe eines Pavillons saßen mehrere Jugendliche in Badebekleidung. Gerade schubste ein blonder Junge einen mit grün gefärbten Haaren ins Wasser und johlte.

»Ja, und?«

»Aufpassen.«

Worauf? Dass der Junge mit den grünen Haaren wieder auftauchte und Wasser spucken würde? Ich lehnte mich gegen den Fensterrahmen, immer darauf bedacht, mit der bloßen Haut die Wand nicht zu berühren. Mein Bedarf, an Morden oder anderen schlimmen Vorfällen teilzuhaben, die sich in diesem Flur zugetragen hatten, war echt gedeckt.

Wie Hudson starrte ich auf den See, erwartete das Auftauchen des grünhaarigen Jungen. Aber genau das geschah nicht. Statt des Jungen brach ein Seehund durch die Wasseroberfläche. Das Tier schwamm auf dem Rücken nah am Steg, breitete seine Flossen aus und spritzte die Jugendlichen um es herum nass. Dabei stieß es ein jaulendes Tröten aus, wie nur Seehunde es konnten. Und mit seiner hinteren Flosse katapultierte es eine neongrüne Badehose hoch auf den Steg.

Was? Vor Überraschung glitt ich vom Fenstersims weg, beugte mich jedoch gleichzeitig nach vorn, weswegen ich mit der Stirn fast gegen das Fensterglas stieß.

»Ein Seehund?«, keuchte ich.

»Nicht nur einer.« Hudson deutete auf einen braunen Fleck etwas weiter von der Gruppe entfernt. Tatsächlich tollte da ein weiteres Tier durch das Wasser.

»Selkies. Sehr gute Schwimmer, genau wie Sirenen, und sie können sich in einen Seehund verwandeln. Ihre bloße Anwesenheit versorgt das Wasser mit gesunden Biostoffen. Man könnte sagen, wenn sie durch ein Gewässer schwimmen, reinigen sie es. Als Erwachsene arbeiten sie oft undercover als Meeresbiologen oder in einem unserer Forschungsinstitute. Verstehst du jetzt?« Hudson sah mich an, als wollte er meine Reaktion testen. »Wenn du hyperventilieren willst, dann tu es am besten sofort. Ich habe gleich noch was vor.«

Ich schnaubte. Dass er jetzt Witze machen konnte! Etwa drei Sekunden lang kniff ich die Augen zusammen. Länger würde eine Halluzination nicht bestehen. Doch als ich sie wieder öffnete, sah ich immer noch zwei braune Seehunde durch das Wasser gleiten.

»Überzeugt?« Hudsons Mundwinkel zuckten.

Wenn das wirklich echt war, was sich da vor meinen Augen abspielte … Konnte das sein? Hatte die ganze Zeit diese Art Parallelwelt existiert, und ich hatte nichts davon geahnt?

»Was … was bist du? Was bin ich?« Irgendwie wollte meine Zunge keine Worte mehr formen. Zumindest keine zusammenhängenden.

Er drehte sich so, dass er lässig am Fensterbrett lehnte – nur eine halbe Armlänge von mir entfernt –, und sah mich direkt an. »Ich bin ein Gorgone, also ein Nachfahre von Medusa und ihren Schwestern. Das sagt dir vermutlich etwas, oder? Wir haben einen verstärkten Gehörsinn. Heißt, wenn ich wollte, könnte ich das Gespräch da unten belauschen. Und du … Na ja, Mrs Zilba konnte das noch nicht sicher sagen, aber das kommt vor. Bisher bist du also eine Unbestimmte. Sie werden dich morgen testen.«

Testen? Ich starrte die Wände um mich herum an. Konnte das etwas mit meinen Visionen zu tun haben? Hatte ich die, weil ich eine Nachfahrin von einer dieser Legenden war?

»Wie gesagt«, fuhr er fort, »ich muss los. Morgen, nach dem Abendessen im Pavillon werden die Tests stattfinden. Keine Sorge, du musst praktisch nichts tun, der Test erledigt sich wie von selbst. Und danach wirst du klarer sehen.« Mit diesen Worten stieß Hudson sich vom Fensterbrett ab und wandte sich zum Gehen.

»Warte!« Ich hatte so viele Fragen.

»Keine Zeit.«

»Hudson Oakwood!«, rief ich ihm hinterher; sein Nachname war mir gerade wieder eingefallen. »Wenn du keine Zeit hast, dann bring mich wenigstens zu Mrs Zilba. Das ist ja wohl das Mindeste, was du tun kannst, nachdem ich dir zweimal aus der Patsche geholfen habe.«

Hudson blieb stehen, drehte sich halb zu mir um. »Ich dir doch auch.«

»Nur einmal, wenn man die Reisetasche nicht mitzählt.« Ich tippte mit meiner Fußspitze auf den Schieferboden. »Wenn du mir zeigst, wo ich Mrs Zilba finden kann, dann tue ich Vivienne gegenüber wieder so, als würde etwas zwischen uns laufen. So kannst du sie dir vom Hals halten.«

Allein beim Gedanken, dass zwischen mir und Hudson etwas laufen könnte, lief mein Nacken heiß an.

»Bei den Nornen, ich habe zu tun. Und du wirst sowieso mitspielen, weil es dir viel zu viel Spaß macht, Vivienne eins auszuwischen. Das habe ich deutlich gesehen. Also, warum ziehst du dir stattdessen nicht einfallsreichere Ideen aus deinem Kopf, mit denen du Mrs Zilba finden kannst?«

Augenblicklich gefroren die Schweißperlen in meinem Nacken. Hudson schätzte mich als so hinterhältig ein? In meinem Kopf sirrte es. So war ich nicht!

Zu allem Überfluss starrte er mich auf einmal mit so viel Verachtung an, dass mir die Luft wegblieb. Wie konnte man nur so attraktiv und gleichzeitig so gemein sein? Vor allem, nachdem er ein paar Minuten zuvor noch dermaßen anständig nett zu mir gewesen war.

Leider brachte ich in dieser Situation keine schlagfertige Erwiderung hervor. Die würde sicher erst nachher kommen, wenn ich im Bett lag.

Selbst Hudson schien keine Antwort mehr von mir zu erwarten, denn er war bereits auf dem Weg den Flur hinunter. Ich konnte es nicht fassen. Dieser arrogante …!

Ich musste dringend mit jemandem von den Erwachsenen reden. Draußen planschten immer noch Schüler und Seehunde nebeneinander im See, doch das nahm ich kaum wahr. Ich brauchte einen Plan.

Okay, eins nach dem anderen.

Ich sprintete zu Willows Tür, klopfte gegen das Holz. »Willow, ich bin's, mach auf!« Doch hinter der Tür blieb es still. »Willow, komm schon!« Bei meinem nächsten Klopfen öffnete sie endlich.

»Graylee?« Sie gähnte. »Tut mir leid, ich bin wohl weggedöst. Aber ich könnte echt drei Tage schlafen. Die Fahrt von Vermont bis hierher war super anstrengend.«

Ich verkniff mir ein Grinsen.

Obwohl sie noch ein wenig verschlafen aussah, lächelte sie mich entspannt an.

»Sorry fürs Aufwecken, aber ich muss mit dir reden«, sagte ich, bevor ich direkt zum Punkt kam: »Willow, wie kommst du mit alldem klar? Dass wir Nachkommen von mythischen Wesen sein sollen?«

»Na ja, es klingt schon unglaublich, aber es kommt mir vor, als wäre ich endlich zu Hause angekommen. Hast du dich nicht auch immer anders als die anderen Kids gefühlt?« Auf ihrem Gesicht zeichnete sich ein Strahlen ab. »Und denk an die Kolibris. Sind die nicht süß?«

Süß. Das schon, aber das brachte mich nicht weiter. »Vergiss mal kurz die Kolibris. Hudson hat gesagt, er wäre ein Gorgone, er hat mir eben im See Selkies gezeigt, und Vivienne hat behauptet, Mrs Krystler wäre ein Minotaurus.« Allein beim Gedanken an Vivienne und diesen unverschämten Hudson begann mein Blut erneut zu kochen.

»Und Vivienne ist eine Sirene«, fügte Willow hinzu, wobei das Lächeln auf ihrem Gesicht langsam verblasste. Mir fiel auf, dass sich um ihre Nase winzige Sommersprossen gruppierten. »Ich hab mich ganz komisch gefühlt, wenn sie mich angesprochen hat. Als würden ihre Worte auf meiner Haut kribbeln.«

Ich überlegte kurz. »Sie ist ein Miststück, aber an ein Kribbeln erinnere ich mich nicht.«

Draußen waren wieder Platschgeräusche zu hören.

»Schwimmen die anderen im See?« Willow schob sich an mir

vorbei, um aus dem Fenster zu sehen. »Sind das Robben? Wow. Mit denen möchte ich auch schwimmen.«

»Selkies. Hudson hat gesagt, das sind Selkies. Schüler, die sich in Seehunde verwandeln können.« Mir schwirrte der Kopf. »Wie kannst du das alles so hinnehmen? Minotauren, Selkies, Sirenen! Das gibt es doch nicht.«

Willow wandte sich zu mir um, sodass die bunten Schleifen in ihrem Haar umeinanderwirbelten. Erst jetzt bemerkte ich, dass sie ihre rote Schleife durch eine weiße ersetzt hatte, die so wirkte, als hätte sie sie aus einem Kleidungsstück entfernt.

»Graylee«, begann sie ernst, »du hast die Kolibris gesehen. Du hast gehört, was Mrs Krystler, Vivienne und Hudson erzählt haben. Er hat dir sogar die Selkies gezeigt. Wie viele Beweise brauchst du denn noch? Ich glaube, dein Problem ist, dass du dich nicht auf etwas Neues einlassen kannst. Wir müssen akzeptieren, dass wir keine normalen Menschen sind und dass unter den Menschen eine zweite Gesellschaft existiert. Lucinda hat vorhin erzählt, dass es in jedem Land Schulen wie diese gibt und Regierungsgebäude nur für mythologische Wesen. Getarnt natürlich.« Sie sah mich fest an. »Mein Leben lang wusste ich tief in mir, dass ich anders bin als die anderen Kinder. Im Waisenhaus habe ich alles Bunte gesammelt, das ich finden konnte, und Schmuck daraus gemacht. Ich wurde erst vor sechs Monaten von einem älteren Ehepaar adoptiert, weißt du? Lucinda hat gesagt, dass Mrs Zilba glaubt, dass ich eine Chimäre bin. Wahrscheinlich hätte Mrs Krystler uns das alles erklärt, wenn sie nicht den Raum hätte verlassen müssen.«

Vermutlich hatte Willow recht. Vivienne hatte sich jedenfalls nicht gerade viel Mühe gegeben, Mrs Krystler zu vertreten. Ich kaute auf meiner Unterlippe herum. »Verflucht, ich kann das nicht glauben. Es geht einfach nicht! Ich muss mit Mrs Zilba sprechen. Würdest du mitkommen? Sie soll draußen sein und die Dekoration für das Willkommensfest morgen raussuchen, wenn ich das richtig verstanden habe.«

»Wenn ich dir damit helfen kann. Gern.« Willow war zu gut für diese Welt.

Draußen war es immer noch verdammt heiß, und ich ärgerte mich, dass ich keinen Fächer mitgenommen hatte. Neben mir schlürfte Willow aus ihrem Trinkpäckchen. Wie erwartet bestand diese Schule aus wahnsinnig vielen verborgenen Ecken, kleinen Teichen, die wie die verlängerten Arme des Sees erschienen, und Steinstatuen, die mich an Griechenland erinnerten. Überall wucherten zudem Rosen und Fliederbüsche zwischen den einzelnen Flügeln des Hauptgebäudes.

Willow und ich versuchten zunächst, zu der Rasenfläche zu gelangen, auf die die Fenster vor unseren Zimmern zeigten. Einerseits, um uns die Seehunde aus der Nähe anzuschauen, und andererseits, weil ich bemerkt hatte, dass Hudson nach Osten gestarrt hatte, als er von dem Pavillon gesprochen hatte. Da die Fenster nach Süden wiesen, mussten wir also lediglich von der Rasenfläche unter unserem Flur aus ein Stück weiterlaufen.

»Ist das nicht aufregend? Wir werden schon ganz bald herausfinden, wer wir wirklich sind.«

»Mhm.« Ich besah mir meine Fingernägel. »Ja, total. Sag mal, welche Fähigkeiten haben Chimären und alle anderen noch mal?«, fragte ich Willow, als wir uns an einer Rosenhecke vorbeidrückten, die viel zu weit über den Weg hing.

»Das weiß ich nicht so genau. Lucinda hat mir nicht viel mehr erzählt als das, was wir von Vivienne erfahren haben. Ist das der Pavillon?« Willow deutete auf ein offenes Gebäude, das wie das Skelett eines Wals aufragte. Nicht weit vom Seeufer entfernt. Weiße, halbkreisförmige Balken hatte man dort in den Boden gerammt, und in der Mitte hing etwas, das wahrscheinlich ein ausfahrbares Regendach oder Sonnensegel war. Darunter standen bereits zwei lange Tischreihen auf einem Holzboden.

Das musste er sein. Nur wo steckte Mrs Zilba? Ganz in der Nähe entdeckte ich eine Gartenhütte und etwas entfernt: ein Bootshaus. Und neben dem Hauptgebäude eine Scheune, die vermutlich als Lager genutzt wurde.

»Ich suche in der Scheune, nimm du dir die Gartenhütte vor«, bat ich Willow.

Sie nickte, und sogleich teilten wir uns auf.

In dem Brettergebäude, das kürzlich renoviert worden sein musste, brummte es. Wespen. Na toll. Ich brauchte einen Moment, um mich an die veränderten Lichtverhältnisse zu gewöhnen. Überall standen Sportgeräte herum. Markierungshütchen, Hürden für einen Hürdenlauf, Gymnastikbälle, Matten …

Gerade als das Summen verklungen war, drang ein Flüstern an meine Ohren. Konnte das Mrs Zilba sein, die mit sich selbst redete? Ich duckte mich unter einer tief hängenden Wimpelgirlande für den Zieleinlauf hindurch, umrundete einen alten Kühlschrank – und da bemerkte ich sie. Dieses schwarzhaarige Mädchen mit dem ebenmäßigen Gesicht vom Steg. London. Sie lag in den Armen eines Jungen. Genauer gesagt drückte er sie gegen die Wand, und London hatte die Beine um seine Hüfte geschlungen. Ein Junge mit blond gefärbten Haaren, die am Ansatz schwarz nachwuchsen, küsste ihren

Hals und bemerkte mich nicht einmal. Dafür tat London es. Sobald sie mich entdeckte, schob sie den Jungen von sich.

»Hey!«, fuhr sie mich an. »Was spannst du hier rum? Kein eigenes Leben, oder was? Walker, hör auf.«

Der Junge ließ sie sofort zu Boden gleiten und schaute sich hastig nach mir um. Aber ich machte bereits einen Schritt rückwärts. Weg von der mich böse anfunkelnden London. Ich hatte genug gesehen. »Schon gut. Ich wollte das nicht freiwillig mitbekommen. Weitermachen.«

Blöderweise verhedderte ich mich in einem Volleyballnetz, als ich mit einer Hand hineingriff, und riss das ganze Teil von der Wand, das gleich noch ein paar Hockeyschläger mitnahm.

Na toll. Fluchend rappelte ich mich auf und hastete aus der Scheune. Die nächste Möglichkeit war die offene Tür zum Hauptgebäude, gleich links neben der Scheune. Was würde ich dort vorfinden? Zwei jonglierende Seehunde?

Wieder war es verdammt dunkel im Innern, weswegen ich zwei Schritte hinter der Tür in Mrs Zilba hineinrannte. Ihr rutschten mehrere karierte Tischtücher vom Arm, die ich gerade noch so auffangen konnte.

»Oh, hey, Graylee«, begrüßte sie mich, während sie sich eine Strähne aus dem Gesicht pustete. In dieser Umgebung wirkten ihre Haare mehr grau als braun. Und ihr Gesicht viel älter, was an den Schatten liegen musste. »Siehst du dir das Schulgelände an?«

»Äh, nein. Ich muss zuerst mit Ihnen reden.« Ob ich überhaupt bleiben würde, würde sich dann zeigen. Eine Stimme in meinem Hinterkopf flüsterte mir jedoch zu, dass ich eigentlich keine Chance hatte, von hier zu verschwinden. Zu viele negative Konsequenzen. Für mich und für Sinclair.

»Wenn du mir beim Dekorieren hilfst, reden wir währenddessen. Was hältst du davon?«

Was blieb mir anderes übrig? Also griff ich nach der Hälfte der Tischtücher und folgte Mrs Zilba, die draußen ins Sonnenlicht blinzelte – und das so voller Freude, als wäre sie jahrelang in der Dunkelheit eingesperrt gewesen. Wie erwartet steuerte sie auf den Walgerippe-Pavillon zu.

»Morgen will ich nicht alles auf einmal dekorieren, besser heute die Hälfte und morgen den Rest.« Sie lächelte mich an.

Ich nickte, ehe ich mich auf die Zehenspitzen stellte. »Willow!«, rief ich und gestikulierte mitsamt den Tischtüchern, um ihr zu zeigen, wo ich mich befand.

»Heya.« Willow, die etwas unschlüssig im Garten gestanden hatte, winkte und kam auf uns zugelaufen. Dabei flogen ihr ihre Korkenzieherlocken um den Kopf.

Heya? Wie auch immer.

»Hallo, Willow. Wir müssen die Tischdecken arrangieren. Außerdem die Girlanden und Bänder für den Pavillon. Und Lichterketten, die hätte ich fast vergessen!« Mrs Zilba strahlte.

In der Nähe lärmten immer noch die schwimmenden Schüler, aber so weit außer Hörweite, dass uns niemand belauschen würde.

»Also morgen Abend feiern wir den Beginn des Schuljahrs?«, ergriff Willow zuerst das Wort, nachdem sie Mrs Zilba knapp die Hälfte der Decken abgenommen hatte.

»Nein«, antworte Mrs Zilba, die gerade eine Tischdecke auseinanderfaltete. »Offiziell beginnt das neue Schuljahr erst in drei Wochen, morgen feiern wir den Beginn der Orientierungswoche und die Ankunft der neuen Schüler.«

»Ach, und warum sind dann schon so viele Schüler hier? Hat das was mit diesem Camp am anderen Ende des Sees zu tun? Waren sie den Sommer über dort?«

Mrs Zilba, die die erste Tischdecke glatt gestrichen hatte, sah auf. »Meinst du Camp Superior?« Sie gluckste. »Nein, ganz sicher nicht. Weißt du, die Bewohner des Camps sind nicht gerade unsere größten Fans, daher raten wir davon ab, ihnen zu nahe zu kommen. Die anderen sind schon hier, weil sie den Unterrichtsstoff nachholen müssen oder weil ihre Eltern sie aus Termingründen schon früher wieder hergebracht haben.«

»Ach so. Und warum sind die nicht so gut auf uns zu sprechen? Die vom Camp Superior, meine ich.« Willow verharrte auf der Stelle.

»Die Bewohner leben dort sehr naturnah, könnte man sagen, und wünschen keinen Kontakt zur Außenwelt. Es sind wie wir Übernatürliche. Keine normalsterblichen Menschen, sondern Wendigos. Also Gestaltwandler. Aber keine Sorge, sie verhalten sich ganz anders, als ihr Ruf es ihnen nachsagt.«

Wendigos? Wo war ich bloß gelandet? In einem verdammten Horrorfilm? »Äh, sind das nicht Kannibalen?«

»Nein, sie leben sogar vegan. Wäre ja auch merkwürdig, wenn ein Wendigo, der sich in einen Hasen verwandeln kann, Fleisch essen würde. Sie haben jeweils ein Seelentier, und zu dem können sie werden, wann immer sie wollen.«

Ah ja, klar. Noch mehr Menschen, die eine Tiergestalt annehmen konnten.

»Ähm.« Ich versuchte, Mrs Zilbas Aufmerksamkeit zu erlangen, indem ich ihr die nächste Tischdecke reichte. »Wegen dieser Schule«, fuhr ich fort, während ich ihr half, die Tischdecke auszubreiten. »Mrs Krystler, Vivienne und Hudson haben uns irgendwelche Märchen erzählt über mythische Wesen …« Ich stockte. Wieder fielen mir Willows Worte ein, und erneut fragte ich mich, wie viele Beweise ich eigentlich noch wollte. Die Kolibris. Selkies im See … In mir machte sich eine seltsame Ruhe breit.

»Mhm.« Mrs Zilba fischte inzwischen einen Karton mit Teelichtern unter dem Tisch hervor. »Ah, da seid ihr ja. Den ganzen Nachmittag suche ich schon nach euch!«

Ich blinzelte verwirrt, was Mrs Zilba nur mit Verzögerung wahrnahm. »Ja, Graylee«, sagte sie abwesend. »Mrs Krystler erklärt unseren Neuzugängen immer die Struktur der Swanlake Academy und die Schulregeln. Und in eurem Fall: Ihr seid Waisen und adoptiert, nicht wahr? Denen zeigt sie den Film. Hat sie euch ihre Fähigkeiten nicht demonstriert?«

»Dazu kam es unglücklicherweise nicht«, gab ich zu.

»Aber ihr habt die Selkies drüben im See gesehen? Die Schüler, die sich in Seehunde verwandeln?« Mrs Zilba wühlte in der Teelichterkiste. Offenbar nach einem Feuerzeug.

»Ja, aber das ist ein Trick, oder?«, sprach der Rest Vernunft aus mir, der darauf beharrte, dass alles nur ein schlechter Scherz sein konnte.

Offensichtlich erstaunt ließ Mrs Zilba die Kiste sinken. »Wie könnte das ein Trick sein? Wir haben hier keine Hologramme. Nein, Graylee. Ich verstehe, dass das alles ein bisschen viel ist. Aber Jugendliche wie du arrangieren sich für gewöhnlich recht schnell mit der Situation. Du wirst das ebenso schaffen, da bin ich mir ganz sicher.«

Aber so etwas gab es nicht! Mein ganzes Leben lang hatte ich in Büchern über solche Dinge gelesen, aber die Wirklichkeit war nicht so. Menschen verwandelten sich nur im Shop meiner Eltern in Ungeheuer, wenn es Zeit für die Halloweenkostüme wurde.

»Gerade weil du schon immer anders warst als deine Mitschüler zu Hause in Kalifornien, dachte ich, du würdest dein Mythenerbe leichter annehmen. Dir muss doch klar sein, dass es nicht normal ist, was du kannst. Die Schwingungen von vergangenen Katastrophen in Mauerwerken auffangen.«

Wie? Sie wusste davon? Mit offenem Mund starrte ich sie an. Auf diese Weise hatte ich es noch nie formuliert. Aber wenn ich so darüber nachdachte, fasste diese Formulierung mein Talent ziemlich präzise zusammen. Der Nachhall von Katastrophen erreichte mich immer dann, wenn ich die Wände des Raums berührte, in dem sich die negative Energie angesammelt hatte. Allerdings hatte ich das nie als übernatürliche Fähigkeit gesehen. Andererseits war es ziemlich unwahrscheinlich, dass diese Visionen natürlichen Ursprungs waren. So heftig, wie sie manchmal ausfielen.

»Siehst du?«, sagte Mrs Zilba, die meinen Gesichtsausdruck bemerkt hatte. »Wir wissen zwar nicht genau, von welchem mythischen Wesen, von welcher Legende, du abstammst, aber das finden wir raus, keine Sorge.«

»Sie können mir also nicht sagen, wer meine biologischen Eltern sind?«, hakte ich nach. »Zu welcher Legende könnte meine Fähigkeit denn passen?«

»Tut mir leid.« Mrs Zilba zog eine zweite Handvoll Teelichter aus dem Karton. »Was dich betrifft, sind wir tatsächlich noch ein wenig ratlos.«

Okay, damit waren wir schon mal zu zweit.

Neben mir fing Willow an herumzuzappeln, als könnte sie es nicht erwarten, eine Frage zu stellen. »Sie sind eine Chimäre, richtig? Das hat Lucinda erzählt. Und ich soll auch eine sein?« Willows Hand zitterte, als sie an den Fransen einer Tischdecke spielte. »Was ist das genau? Eine Chimäre?«

»Oh, da muss Mrs Krystler aber einiges übersprungen haben in der Einführung.« Warum Mrs Zilba das so gut gelaunt aufnahm, wusste ich nicht. Generell wirkte sie hier viel entspannter als daheim in Laguna Hills. »Genau«, fuhr sie fort, während sie die Teelichter nach Farben sortierte. »Also, es ist so: Wir beobachten immer wieder Waisenhäuser und haben unsere Späher an den unterschiedlichsten Schulen positioniert. Die Fähigkeiten von Mythen zeigen sich meist mit Beginn der Pubertät. Sobald uns jemand auffällt, der ein Mythennachfahre sein könnte, sehe ich mir denjenigen genauer an. In deinem Fall, Willow, haben wir bemerkt, dass du über einen übermenschlichen Geruchssinn verfügst. Das deutet darauf hin, dass du eine Chimäre bist.«

Mit großen Augen tippte sich Willow an die Wange. »Das stimmt. Die anderen Kinder im Waisenhaus konnten von den oberen Stockwerken nie riechen, was es zu essen gab oder wer sich nicht die Zähne geputzt hatte. Und auch nicht diese intensiven Blumengerüche im Frühling. Sie haben mich *Freak* genannt.«

Auf Mrs Zilbas Gesicht zeigte sich ein sanftmütiges Lächeln. »Das tun Zivilisten häufig, wenn ihnen jemand Besonderes begegnet, der anders ist als sie. Sie versuchen, seine Überlegenheit durch Beschimpfungen im Keim zu ersticken.«

Sehr weise formuliert, nur … Konnte ich das wirklich als meine neue Realität annehmen?

Offenbar hatte Mrs Zilba meine Gedanken gelesen. »Du siehst immer noch nicht überzeugt aus, Graylee. Soll ich es dir demonstrieren?« Sie nahm eins der unbenutzten Teelichter in ihre Hand. »Sieh her. Chimären haben neben ihrem verstärkten Geruchssinn eine zweite übermenschliche Fähigkeit.«

Sie pustete auf das Teelicht, und seltsamerweise pulsierte die

Atemluft, die sie ausstieß, flirrte wie die Luft über dem Asphalt an einem heißen Sommertag. Als ich den Blick wieder auf das Teelicht richtete, war das Wachs komplett geschmolzen. Zwei Tropfen perlten sogar auf Mrs Zilbas Hand.

Ich blinzelte. War das gerade tatsächlich passiert?

»Wow«, hauchte Willow. »Also sind wir Menschen mit Superkräften?«

»Könnte man so ausdrücken, ja.« Mrs Zilba lächelte. »Aber im Allgemeinen sind Chimärenfähigkeiten nicht unbedingt die nützlichsten. Auch wenn ich meinen Tee immer blitzschnell wieder aufheizen kann.«

Chimären, Sirenen, Gorgonen … Auf einmal vergaß mein Körper zu atmen. Meine Brust wollte sich einfach nicht mehr heben. All das, wovor ich mein ganzes Leben lang Angst gehabt hatte, war in meiner neuen Schule zu Hause.

»Es ist also wahr?«, krächzte ich.

Mrs Zilba sah mir direkt in die Augen. »Glaubst du es jetzt?«

Kapitel 7

Glaubte ich ihr? Ich warf einen Blick in Richtung See, wo ein Seehund zurück auf den Steg sprang und seinen Seehundruf ausstieß. Dann schüttelte er sich.

»Hey, Seamore!«, rief ihm Mrs Zilba zu. »Verwandle dich bitte kurz zu Demonstrationszwecken, ja?«

Das Tier hielt inne, schnappte sich eine Badehose, die an einem Pfosten hing, schlüpfte mit der Flosse hinein und sprang dann ins Wasser. Sobald er wieder auftauchte, erkannte ich die kurz rasierten Haare eines Latino-Jungen, der mich erwartungsvoll anlächelte.

Mrs Zilba beobachtete mich mit ihren intelligenten Augen. »Was denkst du jetzt, Graylee? Glaubst du mir?«

Ich rieb mir über die Stirn. »Was bleibt mir anderes übrig? Die Faktenlage ist erdrückend.« Konnte irgendein logisch denkender Mensch nach allem, was ich gesehen hatte, überhaupt noch leugnen, dass mythische Wesen existierten?

»Nimm dein Erbe einfach an, Graylee. Du bist definitiv etwas Besonderes, das konnte ich sofort spüren und riechen.« Auf einmal lag Mrs Zilbas Hand auf meiner Schulter. »Und jetzt hilf mir mit den restlichen Tischtüchern. Unsere Sponsoren vom Institut kommen morgen Abend, daher muss alles perfekt sein.«

Ich nickte und nahm das eine Ende der Tischdecke, das sie mir hinhielt, betrachtete sie und die Stickereien mit dem siebenzackigen Stern darauf. Sieben Mythen. Und ich war eine von ihnen. Ich musste mich dieser neuen Wendung in meinem Leben stellen. Aber was hieß das genau für mich? Waren meine leiblichen Eltern auch Mythennachfahren gewesen? Oder nur einer von ihnen? Und warum hatten sie mich kurz nach meiner Geburt in einem Krankenhaus ausgesetzt? Würde ich sie vielleicht mithilfe von Mrs Zilba aufspüren können? Aber wollte ich das überhaupt? Schließlich hatten sie mich verlassen, und ich hatte mich mit dieser Tatsache schon lange arrangiert. Danielle und Adam waren meine Familie. Punkt. Tief in meinen Gedanken versunken straffte ich die Schultern. Was immer das Leben mir jetzt noch entgegenwarf, ich würde es mit Würde hinnehmen.

Mrs Zilba umrundete den Tisch, und gemeinsam breiteten wir nach und nach die Tücher darüber aus, während Willow die Teelichter auf hübschen Untersetzern aus Metall in der Mitte des Tisches platzierte.

»Los, los Mädchen. Jetzt die Bänder und Girlanden.«

Ganz mit meinen eigenen Gedanken beschäftigt, kletterte ich auf einen wackligen Stuhl und hängte bunte Wimpel in das Gerippe des Wals.

Als ich das nächste Mal an Mrs Zilba vorbeiging, räusperte ich mich. »Was denken Sie, könnte ich sein?« Also Selkie und Sirene schloss ich definitiv aus. Wasser tiefer als meine Hüfte und ich? Das war noch nie gut gegangen.

Mrs Zilba sah mich entschuldigend an. »Wie gesagt, wir wissen es nicht, aber sicher finden wir es morgen Abend heraus. Eine einfache Bestimmungszeremonie, du wirst sehen.«

Aber was, wenn nicht? Wenn ich am Ende doch einfach nur ein Mensch mit komischen Visionen war? Schnell verdrängte ich den Gedanken und räusperte mich erneut. »Je nachdem, welches mythische Wesen man ist, bekommt man ein farbiges Band für den Polokragen, richtig?« Mir war gerade wieder eingefallen, dass jeder Schüler unter seinem Kragen diese farbige Schleife mit dem siebenzackigen Stern trug. Exakt dieselben Bänder, nur etwas dicker, aber auch mit den Sternen versehen, baumelten nun an den weißen Pfosten um uns herum. Rot musste für Gorgonen stehen, blau für Sirenen. Unwillkürlich fragte ich mich, welches Band sie mir morgen überreichen würden.

»Genau«, bestätigte Mrs Zilba. »Jedem Schüler steht es jedoch frei, anstelle der Farbe seines Mythenerbes ein weißes Band zu tragen. Wie es diejenigen tun, die noch nicht wissen, von wem sie abstammen. Normalerweise stellt sich aber spätestens innerhalb einer Woche heraus, wer du wirklich bist.«

»Und wie machen Sie das? Testen Sie das im Labor?«

Mrs Zilba lachte, wobei ihr beinahe die Blumenvase aus der Hand geglitten wäre. »Nein. Wir testen dich einfach auf deine Gaben. Jeder Nachfahre einer mythischen Kreatur trägt spezielle Begabungen in sich. Einen verstärkten Geruchssinn, die Fähigkeit, besonders gut zu hören … Manchmal sind diese Fähigkeiten in Teenagern wie dir noch nicht ganz ausgereift. Aber für diesen Fall haben wir das Nornenauge. Eine Walküre wird das spezielle Ritual durchführen. Danach wissen wir mehr.«

»Ich verstehe das nicht.« Mit zwei Fingern massierte ich mir die schmerzende Stirn.

»Noch mal von vorn?« Während Mrs Zilba beide Augenbrauen hob, setzte sich Willow an einen Tisch und hörte aufmerksam zu. »Mythen könnte man als Volksmärchen übersetzen und Mythologie als die gesammelten Mythen eines Volks. Wir verwenden beide Begriffe, um die mythischen Wesen sowie uns als Nachkommen zu beschreiben. Außerdem hat sich im heutigen Sprachgebrauch, gerade unter Jüngeren, die Bezeichnung *Legenden* durchgesetzt. Vermutlich, weil es cooler klingt. Insgesamt gibt es sieben mythische Völker, die bis heute existieren: Sirenen, Selkies, Minotauren, Chimären, Walküren, Odins-Söhne und Gorgonen.«

»Das meine ich nicht. Sondern wie das sein kann und warum ich bisher nichts davon wusste.«

»Manchmal gehen mythische Kinder verloren. Verschwinden von unserem Radar. Ihr seid beide adoptiert. Vielleicht wussten eure Eltern nicht, dass sie selbst Nachfahren der mythologischen Völker waren, und hatten keine ausgeprägte Gabe. Oder es kann auch nur ein Elternteil die Gabe weitergegeben haben.«

»Aber wieso Mythen?«

»Manchmal bringen Mythen menschliche Nachfahren hervor. Schon seit Tausenden von Jahren.«

»Und das hier ist die Schule für diese Nachkommen …«

»Genau. Wir lehren euch alles, was ihr über euer Erbe wissen müsst und wie ihr eure Fähigkeiten nutzen könnt. Zum Beispiel bringen wir den Sirenen und Selkies bei, wie sie zum Schutz der Weltmeere beitragen können.«

Irgendwie klangen die sieben mythischen Völker so betrachtet eher wie Helden statt wie Monster. Oder eben wie … Legenden. »Also könnte man sagen, dass das hier die *Legend Academy* ist.«

Eine Schule für Legenden. So würde ich sie ab jetzt nennen. Nicht mehr Mythen, was viel zu sehr wie eine Blumenart klang.

Mrs Zilba stieß ein kieksiges Lachen aus, während sie Laub von der Tischdecke strich. »Genau. Wir könnten es auch anders formulieren: Manche Legenden bringen menschliche Nachfahren hervor.«

Ja, das gefiel mir tatsächlich besser.

Während ich der Sonne beim Untergehen zusah und wieder Bänder an Balken knotete, dachte ich immer wieder über diesen letzten Satz nach. War das wirklich mein Erbe? Und wer war ich? Konnte ich wie Willow eine Chimäre sein? Verstand ich mich deshalb so gut mit ihr, obwohl es mir sonst schwerfiel, Freunde zu finden? Gut, ich hatte keinen ausgeprägten Geruchssinn, aber Willow beherrschte diesen Heißer-Atem-Trick offenbar auch noch nicht. Vielleicht war es bei mir ja mit dieser Geruchssache genauso?

Als ich kurz nach rechts schaute, stellte ich fest, dass Willow locker plaudernd mit Mrs Zilba Blumenvasen arrangierte. Um jede Vase banden sie ein anderes buntes Band. Sieben Vasen.

»Warte doch mal.« Irgendwo schien Vivienne jemandem auf die Nerven zu gehen, denn diese gereizte Stimme hätte ich überall wiedererkannt. Nach einem Blick über die Schulter bemerkte ich, wie Hudson die Gartenhütte umrundete und – gefolgt von Vivienne – auf den Hintereingang der Schule zusteuerte. Direkt an mir vorbei.

Komischerweise trug er nichts außer einer Jeans, die komplett mit Farbflecken übersät war. Und sein Oberkörper stand seiner Hose in nichts nach. Allerdings stachen seine Brust- und Bauchmuskeln noch ein wenig mehr hervor als die Farbspritzer. Offensichtlich hatten sie hier ein gutes Fitnessstudio.

Obwohl ich mir sicher war, dass er mich bemerkt haben musste, ignorierte Hudson sowohl mich als auch Vivienne und steuerte betont gelassen auf den Hintereingang der Schule zu, den Willow und ich ins Freie genommen hatten. Mit einer Hand fuhr er sich durch die nassen Haare. Ganz offensichtlich hatte er sich im See abgekühlt.

Hinter Vivienne entdeckte ich London, die zornige Blicke in meine Richtung abfeuerte. Also ehrlich mal. Bloß weil ich sie mit einem Jungen gesehen hatte?

»Graylee?« Jemand sagte meinen Namen. Kam mir allerdings wie von einem anderen Universum aus ausgesprochen vor.

Nur mit Verzögerung drehte ich mich zu Mrs Zilba um. »Hm?«

Sie lächelte mich nachsichtig an. »Oh, gut, du lebst. Ich dachte schon, der alte Versteinerungsfluch hätte dich erwischt.« Sie kicherte über ihren eigenen Scherz, was mich ein wenig an meinen Dad erinnerte. Hach, Dad und seine Scherzartikel. Warum schienen seine Witze und mein altes Leben auf einmal noch weiter weg zu sein als das nächste Sonnensystem? Moment mal, was hatte Mrs Zilba gesagt?

»Fluch? Welcher Fluch?«

Kurz verrutschte das Lächeln auf Mrs Zilbas Gesicht. »Tut mir leid. Das hätte ich tatsächlich nicht sagen sollen. Keine Sorge, der Versteinerungsfluch wurde vor Jahrzehnten gebannt.«

»Und?«, versuchte ich, sie am Reden zu halten. Welche Gefahren lauerten noch an dieser Schule, über die sie mich bisher nicht aufgeklärt hatten?

»Nichts und. Wir sprechen nicht über den Fluch. Das bringt Unglück.«

Unglück? Mein zweifelnder Blick schien mich verraten zu haben.

»Nun ja, wir sind ein wenig abergläubisch, wenn du so willst. In den nächsten Tagen werdet ihr mehr über das Nornengesetz erfahren. Aber jetzt solltet ihr zwei euch besser fürs Abendessen fertig machen. Heute ist der Dresscode noch *come as you are.* Keine Schulkleidung nötig, wenn ihr nicht wollt. Morgen beim Willkommensfest ebenfalls. Die Info findet ihr übrigens auch am schwarzen Brett. Neben dem Sekretariat.« Sie strahlte uns an, als hätte sie uns damit ein besonderes Geschenk gemacht.

Ich tauschte einen schnellen Blick mit Willow. Was zog man denn da an, zu einer Abendveranstaltung, bei der man vor allen Schülern einen Test bestehen musste? Andererseits konnte es mir egal sein, was diese Leute von mir dachten. Es waren ja nur die, die zur Abwechslung mal so sein würden wie ich.

Nornengesetz. Dieses Wort ließ mich den ganzen Abend über nicht mehr los. Was vermutlich mit meinem Interesse an dem Fluch und seltsamen Todesfällen zu tun hatte. Genauso wie mich die Frage nicht losließ, wer ich wirklich war. Weder beim Abendessen, wo uns der Rest der Schüler neugierig anstarrte, noch danach in meinem Zimmer, wo ich es mir mit Willow auf meinem Bett gemütlich machte.

Soweit ich wusste, handelte es sich bei den Nornen um drei alte Frauen aus der nordischen Mythologie, die die Lebensfäden der Menschen knüpften. Also die Schicksalsweberinnen. Aber was hatten die mit einem Gesetz zu tun?

Doch Willow kannte diese Geschichte gar nicht, war daher auch keine große Hilfe. Irgendwann schlief Willow schließlich mitten in der Unterhaltung ein, was ich zum Anlass nahm, sie zuzudecken und erst mal eine Dusche zu nehmen, bevor ich mich neben sie legte. Würde der morgige Abend die Antworten bringen, die ich suchte?

Am nächsten Morgen wurde das Anstarren beim Frühstück nicht besser, weswegen Willow und ich uns lediglich ein paar Croissants schnappten und sie im Schatten eines Baums am Bootsanleger aßen. Dabei beobachteten wir, wie weitere Schüler anreisten und andere im See schwammen oder Basketball spielten. Im Gegensatz zu mir ließ Willow ihre Füße im Wasser baumeln und winkte den Selkies zu. Sobald es am See zu laut wurde, machten wir uns auf und erkundeten zusammen das Schulgelände, ehe wir uns am frühen Nachmittag bei dem Barbecue- und Hotdog-Stand im Garten, den einige Lehrer betrieben, etwas zu essen holten. Mrs Zilba und Mrs Krystler hatten sich Partnerschürzen umgebunden, auf denen Revolver abgedruckt waren, wendeten Burger und unterhielten sich über ihre jeweiligen Scheidungen. Was Grund genug war für Willow und mich, uns so schnell wie möglich wieder davonzustehlen.

Da es mich in den Fingern juckte, die Bibliothek zu erkunden – vielleicht auch, um herauszufinden, was ich war –, verbrachten wir den Rest des Nachmittags dort. Die kühle Luft und der Duft nach Büchern beruhigten meine Nerven, und Willow schien es ebenso zu gehen. Je später es wurde, desto mehr rückte das abendliche Fest in greifbare Nähe, was in mir den Wunsch weckte, mich abzulenken. Dieser Test würde noch früh genug kommen.

Also konzentrierte ich mich darauf, mich in dem großen Raum umzusehen. Irgendwann bemerkte Willow, dass diese Bibliothek aussah, als hätte man sie aus einem Märchenschloss geklaut. Was tatsächlich auch mein erster Gedanke war.

An einem Regal mit englischen Klassikern blieben wir schließlich hängen. Es gab sogar einige Bestseller der Neuzeit, aus denen wir uns gegenseitig jeweils die erste Seite vorlasen. Jedes Mal klatschte

Willow begeistert Beifall, egal um welches Buch es sich handelte, was mir ein Lächeln entlockte.

»Hallo, hallo!« Flügelschlagen und ganz eindeutig Lucindas Stimme erklangen, als ich um halb sieben gemeinsam mit Willow durch unseren Flur nach unten marschierte. Während ich in ein eher schlichtes weißes Sommerkleid mit blauem Kornblumenmuster geschlüpft war, hatte Willow sich in ein dunkelgrünes Paillettenkleid geworfen, in dem sie viel älter wirkte, als sie war.

»Hallo, hallo!« Schon bog Lucinda gefolgt von ihren Kolibrifreunden um die Ecke und steuerte direkt auf uns zu. »Ihr müsst euch beeilen.«

Ich atmete tief ein. »Waren die Tauben damals bei Cinderella auch so nervig?«

Willow kicherte. »Ich finde die Kolibris niedlich.«

»Ich ja irgendwie auch«, gab ich zu, was Willow noch breiter grinsen ließ, bevor ich etwas lauter hinzufügte: »Wir sind ja schon unterwegs.« Ich beschleunigte meine Schritte, während vier Kolibris vor mir in der Luft flatterten. Dieses Mal kein Kuckuck.

Der vierte, komplett gelbe nickte mir zu. »Ich komme, um zu überprüfen, ob ihr alles habt, was ihr braucht.« Seine tiefe Stimme wollte gar nicht so recht zu ihm passen. »Ich bin Lemon. Aufsichtskolibri des Hauses.« Dafür passte sein Name umso mehr.

»Bei mir ist alles bestens, danke. Die anderen Kolibris haben hervorragende Arbeit mit meinem Zimmer geleistet.« Ich zwinkerte Lucinda zu, die immer noch voller Stolz Willows rote Schleife um den Hals trug.

Willow strich ihre Pailletten an den Ärmeln zurecht. »Für mich gilt dasselbe.«

Lemon folgte meinem Blick zu Lucinda. »Alles klar. Wenn es Grund zur Beschwerde gibt, findet ihr mich im Kolibri-Aufenthaltsraum im Keller neben der Küche.«

Okay? Bevor ich noch etwas sagen konnte, flatterte Lemon davon.

»Sicherlich stopft er sich mit Crunchy-Müsli voll, während wir arbeiten«, maulte der pinke Kolibri. Wehmütig sah er seinem Vorgesetzten hinterher.

Der blaugrüne Kolibri stieß ein Klackern aus, wahrscheinlich das Äquivalent eines menschlichen Räusperns. »Hi, wir haben uns gestern gar nicht vorgestellt. Die anderen sehen es nicht gern, wenn wir mit den Schülern reden. Ich bin Iceman, und das ist Floyd.« Mit dem Schnabel deutete er auf seinen rosafarbenen Kumpel.

Wirklich wahr? »Pink Floyd?«, hakte ich nach.

Floyds linkes Auge zuckte.

Ich blinzelte.

Lediglich Lucinda kicherte.

»Kommt ihr auch mit?« Schon hatte sich Willow an mir vorbeigeschoben. Die grelle Sonne über dem See war verschwunden, stattdessen glühte es hinter dem Wald im Westen, und alles war in orangerotes Abendlicht getaucht.

»Kolibris sind bei den Mahlzeiten und Festen nicht erwünscht«, sagte Floyd in seiner nasalen Stimmlage. Ganz der kleine vorbildliche Butler.

»Aber wenn wir euch einladen?« Irgendwie kam mir das ungerecht vor. »Ihr könntet als unsere Gäste mitkommen.«

Während Floyd mich geschockt über meinen Vorschlag anstarrte, rissen die anderen beiden Kolibris schon eine Spur begeisterter die Augen auf.

Floyd brummte etwas Unverständliches und flatterte davon.

»Ja, geh du zu Lemon in die Küche und weck Heffa auf. Wir begleiten die Ladys«, jauchzte Lucinda. Da sie sich ohne Umschweife auf Willows Schulter niederließ und voller Entzücken nach oben sah, war mein Date für heute Abend wohl Iceman.

Kapitel 8

Wir nahmen denselben Weg nach draußen wie immer. Durch den Hinterausgang. Die Büsche vor der Tür warfen lange Schatten auf unseren Pfad. Gleich neben der Tür auf einer Bank kauerte ein Mann. Mit seinem weißen Hemd und den an den Schläfen angegrauten Haaren hielt ich ihn auf den ersten Blick für eine Statue. Sein Gesicht konnte ich nicht erkennen, da er es in einer Hand verborgen hatte. Er murmelte etwas, aber nicht zu uns, sondern zu der Steinstatue, die neben ihm stand oder besser gesagt an einer Säule lehnte. Was für schlecht ausbalancierte weiße Marmorstatuen hatten Schüler hier bloß geschaffen?

Icemans Flügelspitzen kitzelten an meinem Ohr. »Die Verbeamtung tut den Minotauren nicht gut.« Sein mitleidiger Blick in Richtung des Mannes, der offenbar ein Lehrer sein musste, war dem eines Menschen erstaunlich ähnlich.

Vom Seegelände drang Geplauder und Gelächter zu uns herüber.

Ich konzentrierte mich wieder auf Iceman. »Warum könnt ihr eigentlich sprechen?«

»Du kannst ja auch sprechen«, antwortete der Kolibri. »Und sehen und hören. Frage ich dich, warum du das kannst?«

Ich schwieg.

»Nein? Siehst du.« Iceman sprang von meiner Schulter ab, schien aber nicht beleidigt zu sein.

»Oh, wir sind gleich da.« Lucinda trippelte nervös auf Willows Schulter auf und ab. »Was tun wir? Was sagen wir? Wie schauen wir?«

»Cool drein«, sagte Iceman. »Einfach cool bleiben, Luce.«

Sofort nahm Lucinda Haltung an. Zeitgleich begann das rote Band um ihren Hals in einer Brise, die vom See aufkam, zu flattern. Beinahe wie ein Superheldenumhang.

Ein Stück abseits der Party und leider genau auf unserem Pfad unterhielten sich Vivienne und London, wobei Letztere wild gestikulierte. Na toll, konnten mir an dieser Schule auch andere Schüler über den Weg laufen? Warum mussten es immer ausgerechnet diese beiden und Hudson sein? Ich atmete tief ein, weigerte mich jedoch, einen Bogen um sie zu machen. Also steuerte ich mit Iceman, der links von mir in der Luft flirrte, direkt auf sie zu. Rechts von mir war Willow zwei Schritte zurückgefallen. Grillen zirpten in der Nähe, und zusätzlich zu den Teelichtern erhellten Lampions den Pavillon. Mrs Zilba war heute tatsächlich noch fleißig gewesen. Ganze drei Lichterketten mit Minipapierlaternen erstreckten sich über das Walgerippe.

Offensichtlich ganz verzückt von dem Ambiente zupfte Lucinda ihre rote Schleife zurecht. »Cool bleiben. Ganz cool. Cooler als das Wasser im See.«

In dem Moment entdeckte London mich und feuerte mal wieder einen Laserblick in meine Richtung ab. Langsam überkam mich das untrügliche Gefühl, dass ich das, was ich in der Scheune gesehen hatte, besser vergessen sollte. Warum auch immer. Aber irgendetwas war faul an der Sache. Vielleicht war dieser Walker, den sie geküsst hatte, mit einer anderen zusammen oder so. Aber das interessierte mich herzlich wenig.

Demonstrativ sah ich weg und entdeckte die anderen beiden Neuen, Janus und Freya, an einem der Tische am Rand. Janus schien sich zu langweilen, denn er schnippte Erdnüsse auf seine Schwester. Die jedoch hatte ganz offensichtlich nur Augen für Hudson. In ihren Ohrlöchern steckten riesige Creolen, und das Kleid mit dem auffälligen Schwarz-Weiß-Muster, das sie trug, hatte ich schon einmal an einem Popstar gesehen.

Glücklicherweise waren außer ihnen etwa dreißig weitere Schüler anwesend und sechs Lehrer, sieben, wenn man Mrs Krystler hinzuzählte, die heute Abend ein Glitzer-Federkleid anhatte. Im selben Farbton wie Lucindas und Icemans Kopffedern. Royalblau.

»Sie sagen, die Dimetrios-Zwillinge sollen noch reicher sein als Vivienne Vanderpond«, flüsterte Lucinda.

»Du sollst nicht auf den ganzen Klatsch und Tratsch hören, den Ornella in ihren Ansprachen verzapft«, flüsterte Iceman zurück.

»Ach ja? Was soll ich denn tun, wenn ich im Schulflur die Spinde abstauben muss? Weghören? Was erwartest du von mir?«

Ich betrat die hölzerne Plattform unter dem Gerippe. Zwischen den Tischen hatte sich so etwas wie eine Tanzfläche gebildet. Gerade zwängte sich Mrs Zilba durch die Menge direkt auf uns zu.

»Graylee, Willow, schön, dass ihr da seid.« Auf ihrem Gesicht zeigte sich echte Freude. Ich erkannte sie kaum wieder. Das war ganz augenscheinlich nicht die Mrs Zilba aus Kalifornien, die ich kennengelernt hatte. Zwar hatte sie wie immer ihre Haare nicht im Griff, aber heute Abend strahlte sie regelrecht von innen heraus. Und zwar noch mehr als die Discokugel, die jemand an der Decke des Pavillons befestigt hatte.

»Süß von euch, dass ihr die Mädchen hergebracht habt.« Sie hob eine Hand, als wollte sie die Kolibris verscheuchen.

»Die Kolibris sind unsere Gäste.« Ich sah sie fest an. »Das ist doch kein Problem, oder?«

Lediglich einen Wimpernschlag lang rutschten Mrs Zilbas Mundwinkel nach unten, dann lächelte sie wieder. »Natürlich nicht. Willkommen.« Sie nickte, war jedoch weitaus weniger euphorisch als noch Sekunden zuvor. »Nehmt euch etwas Bowle und Fingerfood vom Büfett. Mrs Krystler wird gleich ihre Rede halten.«

Willow war etwas blass um die Nase geworden und wirkte nicht so, als würde sie sich ins Getümmel werfen wollen. Genauso wenig wie ich.

Plötzlich kam mir eine Idee. Iceman sei Dank. »Mrs Zilba!« Mein Ruf ließ sie innehalten. »Wir … äh … würden gern noch nicht mitten durch die Meute durch. Ist Ornella da? Vielleicht könnte sie uns bei zwei Gläsern Bowle etwas mehr über die Schule erzählen?« Ich vollführte eine unbestimmte Geste mit der Hand. Die Idee war mir spontan gekommen, als Iceman sie erwähnt hatte. Und Ornella, die Stimme aus den Lautsprechern, sollte uns sowieso eine Einführung geben, wenn ich das richtig in Erinnerung hatte. Was ich jetzt wollte, waren mehr Informationen und ganz sicher kein Small Talk auf einer Cocktailparty.

Mrs Zilba runzelte die Stirn. »Eigentlich eine gute Idee. Ornella könnten diese Konsequenzen sogar guttun. Sie muss lernen, ihren Pflichten nachzukommen.«

Und da war sie wieder: Mrs Zilba, die Vertrauenslehrerin.

»Aber das heißt, du hast dich mittlerweile daran gewöhnt, eine Legende zu sein, Graylee?«

Mein Nicken wartete sie kaum ab, offenbar nahm sie einfach an, dass es so war. Statt weiter auf mich einzugehen, sah sie sich um, bis ihr Blick an einem Mädchen hängen blieb, das einen Typen zur Schnecke machte. Und zwar den mit den blonden Haaren, den ich im Schuppen mit London hatte knutschen sehen. Walker. Das Mädchen, Ornella nahm ich mal an, wirkte wie eine drahtige Langstreckenläuferin, hatte schulterlange Haare und ein für ihr Alter ungewöhnlich kantiges Gesicht.

»Hey! Ornella«, rief Mrs Zilba ihr zu. »Kommst du bitte mal?«

»Was soll ich?« Ornellas Kopf ruckte herum, und in ihrem breiten Südstaatenakzent war sie kaum zu verstehen. »Geht gerade nicht.«

»Das war keine Bitte«, flötete Mrs Zilba.

Ornella stieß mehrere Flüche aus, wie ich sie sonst nur von Bauarbeitern gewohnt war. »Was denn? Kann sich hier niemand drei Sekunden lang um seinen eigenen Scheiß kümmern, ehe er mich belästigen muss?« Trotz ihrer Schimpfarie marschierte Ornella auf uns zu, strich sich die karamellbraun gefärbten Haare hinter die Ohren, als ginge es zu einem Boxkampf.

Neben mir versuchte Willow, sich unauffällig aus der Schusslinie zu schieben.

»Was?«, blaffte Ornella erneut, sobald sie Mrs Zilba direkt gegenüberstand.

»Du, Liebes, hast noch eine kleine Schulführung nachzuholen.« Mrs Zilbas Kopf neigte sich in unsere Richtung. »Willow und Graylee hatten bisher nur die Sparvariante der Einführung. Du bist ihnen also noch was schuldig. Ich würde vorschlagen, du holst ihnen Bowle und erklärst die Schulregeln sowie die Verhaltensempfehlungen.«

Ornellas Blick glitt von mir zu Willow, und ihr Mund verzog sich, als hätte Mrs Zilba sie gerade gebeten, ein Katzenklo zu säubern. Ohne Handschuhe und Mundschutz. »Aber nur bis zur Rede von Krystler.«

»Klingt doch nach einem Deal.« Mrs Zilba nickte zufrieden. »Dann lasse ich euch mal allein. Ich bin überzeugt, ihr werdet die besten Freundinnen.«

Ich war mir nicht sicher, wie viele ihrer übermenschlichen Sinne gestört sein mochten, wenn sie *das* prophezeite. Blinzelnd sah ich dabei zu, wie Ornella die Stirn runzelte. Doch davon ließ ich mich nicht einschüchtern.

»Zweimal Bowle für uns«, sagte ich mit fester Stimme. »Und für die Kolibris bitte einen Löffel.«

Ornella schielte zu Iceman.

»Und Honig, wenn ihr habt«, fügte Lucinda hinzu.

»Seh ich aus wie die Bedienung in einem billigen Diner?«, keifte Ornella.

»Nein, nur wie jemand, der uns etwas schuldet«, antwortete ich ruhig und wiederholte damit Mrs Zilbas Worte.

Wo bitte war dieses Mädchen aufgewachsen? In einem Loch voller Mafiosi? Ihr Outfit drückte jedenfalls auf sehr subtile Weise aus, dass sie Geld hatte. Aber das schien hier bei fast allen der Fall zu sein. An acht von zehn ihrer Finger glitzerten Silberringe, wobei einer davon ein Totenkopf war. Was perfekt zu ihrem orangenen Kleid mit Totenkopfmuster passte.

»Meinetwegen.« Wieder legte sich Ornellas Stirn in Falten, während sie mich aufmerksam musterte. »Du bist also das Mädchen mit dem Schwan. Mir wurde da ein Foto zugespielt.«

Na klasse. Ganz eindeutig eine Warnung. »Perfekt, ich bin aktuell auf der Suche nach einem neuen Profilbild für Discord. Aber eigentlich heiße ich Graylee.«

»Ja ja, ich finde schon noch die Leichen, die du in deinem Keller versteckt hast.«

Ich war mir nicht sicher, ob Ornella den Wortlaut dieses Sprichworts korrekt wiedergegeben hatte. Doch da wandte sie sich von uns ab und stiefelte in Richtung Büfett davon, während Willow und ich mit den Kolibris zurückblieben.

Willow kratzte sich an der Schulter. »Dieses Mädchen macht mir irgendwie Angst. Ich möchte nicht auf ihrer Abschussliste landen. Stellt euch nur vor, sie bringt etwas über uns in ihrer Sendung.«

Unbeeindruckt schielte ich zu dem blonden Typen, der wiederum London beobachtete. Er war groß und hatte zwei Knöpfe zu viel an seinem Hemd geöffnet. Keine Ahnung, woran es lag, aber er wirkte viel älter und lässiger als alle anderen.

»Und wie sie spricht.« Willow kaute auf ihrem Daumennagel herum. »Meine neue Mom würde bei Ornellas Südstaatenakzent die Nase rümpfen.«

»Hm ja, aber solange sie nichts Peinliches über uns rausfindet, kann sie auch nichts erzählen.« Offensichtlich waren die meisten Schüler inzwischen dazu übergegangen, uns zu ignorieren, so kam es mir zumindest vor, was mir allerdings durchaus recht war. Denn in meinem Kopf lief gerade ein Film ab mit allen möglichen Schuldramen, die so oder so ähnlich schon von Ornella und ihrer Radiosendung inszeniert worden sein mussten. Höchstwahrscheinlich. Und unwillkürlich fragte ich mich, ob es wirklich etwas gab, was sie über mich herausgefunden haben könnte. Sekunden später fing meine linke Wange an, warm zu prickeln. Noch völlig in meinen Gedanken spürte ich, dass mich jemand anstarrte, und als ich unauffällig nach links schaute, entdeckte ich Hudson, der an einer der Walrippen lehnte, mit einem Glas Bowle in der Hand, und zu mir herübersah.

Ich hätte lügen müssen, wenn ich gesagt hätte, dass mich sein Blick kalt ließ. Irgendwie ging er mir durch und durch. War das vielleicht seine spezielle Gabe?

»Leute, was für Fähigkeiten haben noch mal Gorgonen?«

Die Kolibris beäugten mich neugierig und dann Hudson, der sich nun von mir abwandte und in sein Getränk starrte.

»Gorgonen lassen dich zu Stein erstarren«, sagte Iceman.

Aha. Also vollkommen ungefährlich.

»Keine Sorge«, fügte Lucinda hinzu, der mein Gesichtsausdruck nicht entgangen war, »sie tragen alle Kontaktlinsen, die die Versteinerung verhindern. Und sie hören verdammt gut. Also die meisten. Manche kommen sogar taub zur Welt, und erst durch ihr Gorgonentalent bildet sich später ein menschenähnliches Gehör.«

Also verbeamtete Minotauren, Chimären, deren heißer Atem Dinge wegschmelzen konnte, und Gorgonen mit todbringenden Augen. Ich liebte diese Schule jetzt schon. Sicherlich wusste das Schicksal, was es tat, wenn es mich hierhergebracht hatte, nicht wahr?

Ich schielte zurück zu Hudson Oakwood, der ebendiesen Moment wählte, um seinen Kopf zu heben und meinen Blick erneut aufzufangen. Warum betrachtete er mich immer so missmutig? Als ob er mich nicht hierhaben wollte? Als wäre ich die einzige Person an dieser Schule, die ihn störte. Und mich störte, dass ich ihn störte. Irgendwie machte es mich ganz kribbelig, obwohl mir dieser verschlossene, grobe Klischeetyp eigentlich egal sein konnte. Fast fürchtete ich schon, er würde sich gleich von seinem Balken abstoßen und rüberkommen, was meinen Herzschlag noch mehr zum Rasen brachte.

Doch statt Hudson bewegte sich Ornella schimpfend zu uns zurück. Genau genommen trampelte sie einmal durch die Traube an Schülern auf der Tanzfläche, wobei sie jeden anschnauzte, der nicht schnell genug aus dem Weg sprang. Gerade rempelte sie ein Mädchen an, das ich gestern mit Seamore, dem Selkie, hatte planschen sehen, und fauchte es an. Entgegen meinen Erwartungen hob das Mädchen jedoch nur beide Augenbrauen und grinste dann. Und das, obwohl Ornella ihr wenig schmeichelhafte Gossenschimpfwörter an den Kopf geknallt hatte. Kam Ornella hier mit allem durch?

»Habt ihr das gesehen?« Geistesabwesend kraulte ich Iceman den Kopf, den Blick immer noch auf Ornella gerichtet.

Der Kolibri seufzte. Ungefähr so wie ich, wenn Sinclair mich massierte. Ach, Sinclair … »Ornella ist eine kleine Berühmtheit auf TikTok«, erklärte Iceman. »Du weißt schon, dieser App. Im Prinzip schminkt sie sich da nur und pöbelt dabei ihre Pinsel und Zuschauer an. Ist anscheinend voll im Trend unter euch Menschen. Und sie ist mit jemandem vom Lehrpersonal verwandt.«

Okay, jetzt verstand ich auch, warum niemand etwas über ihr Verhalten sagte.

Mit einem zuckenden Auge, das andere war zu einem Schlitz zusammengekniffen, hielt mir Ornella drei Gläser hin, die sie in ihren Händen balancierte. Vorsichtig nahm ich ihr zwei davon ab.

»Dreimal Bowle, zwei Löffel«, erklärte sie. »Hab mir nicht gemerkt, wo ich reingespuckt hab.«

Willow verzog das Gesicht.

»Sie macht Witze, oder?« piepste Lucinda, die es offensichtlich nicht oft mit sarkastisch sprechenden Menschen zu tun hatte.

»Also?« Ich zog den Löffel aus dem Getränk und hielt ihn Iceman hin, der auf meiner Schulter Platz genommen hatte, wobei ich mit keiner Wimper zuckte. Magische Kolibris konnten einfach keine Bakterienschleudern und Wirtsträger sein. »Gib uns bitte die Kurzfassung für neue Schüler. Was müssen wir über diese Schule und ihre Schüler wissen?«

»Für die Unwissenden. Die, die unter Zivilisten aufgewachsen sind«, ergänzte Lucinda, die Bowle aus Willows Löffel schlürfte. Durch ihren strohhalmartigen Kolibrischnabel.

»Auch das noch.« Ornella blies die Backen auf. Im selben Moment sprangen die weißen Glasbälle in den Blumenbeeten an, die wie versunkene Monde leuchteten.

»Von mir aus«, fuhr sie fort. »Ihr wisst ja sicher schon, dass diese Schule vor mehr als zweihundert Jahren gegründet wurde und alle Nachfahren mythologischer Wesen als Schüler aufnimmt. Es gibt Sirenen und Selkies, Minotauren und Chimären, Walküren und Odins-Söhne, und natürlich Gorgonen.«

»Moment mal«, unterbrach ich sie, da mir aufgefallen war, dass die Aufzählung immer auf ähnliche Weise erfolgte. »Sieben Völker, nicht wahr? Aber gehören jeweils zwei davon zusammen?«

Daraufhin verdrehte Ornella die Augen, ehe sie ihre Story weiter herunterratterte. »Es ist normal für Nachfahren der Mythen, dass sie sich mit ihren nächsten Verwandten zusammentun. Meist heiraten Selkies unter sich oder Sirenen. Walküren stehen auf Odins-Söhne und Chimären auf Minotauren. Nur Gorgonen sollen aus verständlichen Gründen unter sich bleiben.« Mit zwei Fingern ihrer linken Hand deutete sie auf ihre Augen.

Oh, das ergab Sinn. Hudson war ein Gorgone … »Also wäre die Liebe zwischen einer Sirene und einem Gorgonen verboten?«, hakte ich nach.

»Spielst du auf Hudson und Vivienne an?« Natürlich hatte mich Ornella sofort durchschaut. »Ja. Wie gesagt, Gorgonen sollen unter sich bleiben. Und die beiden waren nicht wirklich zusammen, wenn man den Gerüchten glaubt. Aber falls … Man würde ihnen Steine in den Weg legen, und ihre Familien könnten diese Beziehung nicht akzeptieren. Wahrscheinlich müsste Mrs Krystler Hudson sogar von der Schule werfen. Viv natürlich nicht, denn ihr Dad ist hier der Geldgeber Nummer eins.« Ornella tat so, als würde sie Geldscheine zwischen Daumen und Zeigefinger reiben. »Neuerdings vertritt Vivienne allerdings die Hypothese, dass Sirenen durch ihren Zwang, den sie anderen auferlegen können, gegen den Gorgonen-Todesblick geschützt sind. Weshalb eine Beziehung bei ihnen theoretisch möglich wäre. Für weitere lahme Details: Quatsch sie einfach an.«

So war das also.

Willow nahm einen Schluck Bowle. »Und was bist du?«

»Eine Walküre.«

Sowohl Willow als auch ich starrten Ornella verständnislos an.

Offenbar genervt von unserem nicht vorhandenen Kenntnisstand über Legends wie sie schnalzte Ornella mit der Zunge. »Walküren geleiten die Seelen von toten Mythen sicher nach Walhalla. Dorthin, wo wir alle einmal landen werden. Und sie haben so etwas wie Visionen, wann jemand stirbt.«

»Was?« Willow verschluckte sich. »Kannst du sehen, wann wir sterben?«

Ornella setzte ein überlegenes Lächeln auf. »Nicht ohne das Nornenauge. Ist eine Art Wahrsagekugel. Und in die dürfen nur voll ausgebildete Walküren blicken.«

Unwillkürlich horchte ich auf. »Wer genau sind diese Nornen eigentlich? Mrs Zilba hat uns von einem Nornengesetz und einem Fluch erzählt. Und Hudson meinte, die Nornen leben im See.«

»Hat sie?« Wenig beeindruckt legte Ornella die Stirn in Falten. »Bezweifle ich. Denn über den Fluch zu sprechen, bringt Unglück. Wir leben nach dem Nornengesetz, und das beinhaltet ganz schön viel Aberglaube.«

Gerade als ich nachfragen wollte, was das Nornengesetz war, klopfte jemand auf ein Mikro.

»Oh, gut, Krystler wird die Feier eröffnen. Damit bin ich raus. War ja nerviger als die Party letztens, aber da hat London wenigstens einem Wendigo eins aufs Maul gehauen und die Sache damit interessant gemacht. Adiós, Frischlinge.« Sie salutierte, ehe ich sie weiter ausfragen konnte. Und da ich ihr nicht etwas wie »Soll das heißen, es leben Monsternornen in eurem See?« nachrufen konnte, ohne dass mich die komplette Schule hören konnte, ließ ich es bleiben.

»Eine Walküre«, sagte Willow, sobald Ornella in der Menge verschwunden war, »hab ich mir irgendwie anders vorgestellt. Mehr so wie in den Sagen und Comicbüchern. Weniger wie eine Hinterhofschlägerin mit einer Vorliebe für Totenköpfe.«

Lucinda tippelte auf Willows Handrücken hin und her, ehe sie sich wieder auf den Löffelstiel setzte. »Du solltest mal eine Walküre sehen, die einen von euch nach Walhalla geleitet. Ihr menschlicher Körper leuchtet dann, und sie schweben über dem Boden, wenn sie sich in dieser Trance befinden.« Der kleine Kolibri schüttelte sich.

Genau wie Iceman, der es ihr in ebendiesem Moment nachmachte. »Puh, bin ich voll. Gute Bowle. Sehr gutes Zeug.«

»Also ich mag ja wirklich alle Schüler«, behauptete Lucinda, die auf einmal ein wenig lallte. Komisch, vielleicht ein Zuckerschock? »Aber Odins-Söhne haben immer diese Falken dabei. Ihre Haustiere. Und die sind soooooo gemein.«

Hm, wenn ich mich so umsah, entdeckte ich tatsächlich einen Falken auf dem Walgerippe. Und wenn ich mich nicht täuschte, zwei in dem Baum links daneben. Interessant.

Lucinda schaute auf und fokussierte mich. Also fast. Ihr Blick ging ungefähr eine Seehundlänge zu weit rechts an mir vorbei. »Magst du Falken, Graylee?«

»Sag nein«, flüsterte Iceman.

Kopfschüttelnd sah ich zwischen Iceman und Lucinda hin und her. Da stand ich nun und redete mit zwei Kolibris, die offensichtlich zu viel Bowle erwischt hatten, dachte an Walküren und Odins-Söhne und Falken und all die anderen mythischen Nachfahren, die an dem ungewöhnlichsten Internat, das die Welt je gesehen hatte, zur Schule gingen. Und sie alle hielten sich für Legenden. Swanlake Academy? Viel treffender war tatsächlich der Name *Legend Academy.*

Kapitel 9

»Das Ding ist an, oder?« Mrs Krystler klopfte auf das Mikro. Sie hatte sich auf ein Siegertreppchen vor dem Büfett gestellt, das jemand dorthin geschoben haben musste. Allerdings stand die Rektorin nicht auf der Zahl eins, sondern auf Treppchen Nummer zwei.

»Wow, wir haben es geschafft.« Mrs Krystler strahlte in die Runde. Ein wenig erinnerte sie mich an eine selbstbewusste Britney Spears in den Dreißigern. »Das neue Schuljahr steht vor der Tür, und wir, der harte Kern der Swanlake Academy, bestreiten die Orientierungswochen, bis es so weit ist. Heute Abend könnt ihr euch übrigens noch für die Wahlfächer eintragen. Die Listen hängen am Geräteschuppen aus.« Sie wies auf die gelbe Gartenhütte rechts von ihr. »Zudem erhaltet ihr Nachhilfe in den Fächern, in denen ihr Hilfe braucht. Ansonsten erwarten euch drei Wochen voller sportlicher Aktivitäten. Die Kanus sind poliert, die Surfbretter gewachst und die Pfeile und Bogen sind … was auch immer man mit denen macht, um sie in Schuss zu halten.«

Jemand kicherte.

Doch Mrs Krystler schob sich unbeeindruckt eine Haarsträhne über die Schulter. »Hach, ich beneide euch. An eurer Stelle würde ich die drei Wochen nutzen, um den Schauspielkurs zu belegen, ein Buch zu schreiben und Klavierspielen zu lernen. Nur leider bin ich ein paar Jahre zu alt dafür.«

Noch während sie hüstelte, stürzte sich ein Falke auf den Jungen direkt vor Mrs Krystler. Vor Schreck hätte ich fast mein Glas fallen lassen. Doch der Vogel griff den Jungen nicht an, sondern landete sanft auf dessen Arm.

Mrs Krystler räusperte sich. »Keine Talentdemonstrationen nötig.«

»Sorry, Vegas kann Applaus absolut nicht leiden, und er spürt, dass das in der Luft liegt«, sagte der Junge, von dem ich nur den Hinterkopf sehen konnte. Mit seinem dunkelblauen Hemd und dem akkuraten Haarschnitt hätte er auch ein Royal sein können.

»Pff«, machte Lucinda. »Falken sind solche Schisser, und dann diese lächerlichen Namen. Woher haben die OG die noch mal?«

Ich betrachtete den schwankenden Kolibri. »OG?«

»Odins-Söhne werden von den anderen Schülern OG genannt.« Lucinda raschelte mit den Flügeln. »Odins-Gangster. Okay, eigentlich Odins-Gladiatoren, aber irgendwie hat sich in letzter Zeit Gangster durchgesetzt.«

Ja, von mir aus. Langsam blickte ich nicht mehr durch.

»Jedenfalls, diese Serie.« Der Regenbogenkolibri hickste. »Hilf mir mal, Iceman.«

»Ich schaue kein Netflix«, lallte Iceman.

Aha.

»Genau!«, quietschte Lucinda auf einmal etwas zu laut.

Oh, oh. Willow sah mich erschrocken an.

Absolut mein Gedanke. Keine Bowle mehr für unsere Gäste.

»Die mit dem Banküberfall in Spanien. Hicks. Die OG finden es neuerdings cool, ihre Falken wie die Ganoven in dieser Serie nach Städten zu benennen. Machen sie seit … hicks … etwa drei Jahren so. Nur einer war zu blöd und hat seinen Falken China getauft, hihi.« Lucinda wollte sich ausschütten vor Lachen, stattdessen fiel sie beinahe von Willows Schulter.

Währenddessen brandete Applaus auf. Offensichtlich war Mrs Krystlers Rede beendet. Gut, denn ich hatte sowieso nicht viel mitbekommen.

»Nein, ich mag keine … hicks … OG. Hm, außer Tristan. Tristan lässt manchmal absichtlich Crispy-Crunch-Müsli für mich fallen.« Lucindas tiefschwarze Augen leuchteten.

»Das da *ist* Tristan«, brummte Iceman. »Du brauchst eine Brille. Und ein Hörgerät. Tristan und Vegas. Da, bitte. Live und in Farbe.«

»Was?« Lucinda stieß sich von Willows Schulter ab. »Oh, wirklich? Muss ich mir aus der Nähe ansehen und vielleicht meinen Kopf an seinem reiben.«

»Äh, das halte ich für keine so gute Idee«, warf Willow ein, doch da sirrte der Kolibri schon los. In Schlangenlinien.

»Hinterher!«, kommandierte Iceman. »Los. Du hast ihr Bowle gegeben.«

Auch das noch. Aber besser, wir fingen Lucinda ein, bevor sie etwas Dummes anstellte und Kolibris für immer Partyverbot bekamen. »Aber in dieser Bowle sind lediglich Früchte und Zuckerwasser enthalten!«

»Ganz genau. Und schon, hups, kann ich nicht mehr fliegen.« Iceman krallte sich an meinem Träger fest, schnitt mir allerdings mit einer Kralle in die Haut. »Ich meine: Scheint zumindest so. Blöd gelaufen. Aber wer konnte das auch ahnen?«

Das arme Mädchen, das Ornella vorhin angerempelt hatte, wurde jetzt von Willow über den Haufen gerannt, die zu Lucinda hochstarrte und daher nicht aufpasste, wohin sie lief. Ich folgte ihr, stolperte dabei jedoch ziemlich doof über meine eigenen Schuhe. In dem Moment bereute ich die Wahl meiner Keilabsatzsandalen, obwohl sie nicht sonderlich hoch waren.

Ich sah mich schon auf die Nase fallen, als völlig unerwartet eine Hand nach mir griff und mich und Iceman damit davon abhielt, zu Boden zu gehen. Der Kolibri kreischte und bohrte noch mehr Krallen in mein Fleisch.

»Mein lieber Schwan«, sagte Hudson neben mir. »Bist du okay?« Sein Blick war ungewöhnlich weich.

Na toll. Schnell machte ich mich von ihm los. »Wirklich witzig.«

Blöderweise stand auf einmal Ornella vor mir, steckte gerade ihr Handy zurück in ihren Ausschnitt. Mich überkam das unbestimmte Gefühl, dass sie mich fotografiert hatte.

»Fand ich schon. Wegen deinem Schwan gestern Nachmittag.« Sie schob ihr Kinn vor, als wäre sie kurz davor, mich mit einem Fausthieb niederzustrecken. Ganz die Hinterhofschlägerin, wie Willow bereits festgestellt hatte. »Lasst euch von mir nicht weiter stören.«

»Haha«, sagte ich, schob mir die Haare aus dem Gesicht und den Kolibri auf meiner Schulter zurecht.

»Dein neues Accessoire?« Hudson beäugte Iceman.

»Nein, mein Gast.« So fest ich konnte, sah ich ihm in die Augen. Obwohl ich versuchte, ruhig zu bleiben, begannen sowohl mein Magen als auch meine Haut zu kribbeln. Dieser unverschämte Typ regte mich dermaßen auf. Erst ignorierte er mich und nun tat er wieder so, als wäre er etwas Besseres.

Auch jetzt brannte Hudsons Blick praktisch auf mir. Als wollte er mir widersprechen. Ich biss die Zähne zusammen. Warum irritierte mich dieser Junge so? Ich mochte ihn nicht, er verkörperte noch nicht mal die Art von Jungs, die ich attraktiv fand. Und trotzdem …

Schnell verdrängte ich den Gedanken wieder. »Hatte nur etwas zu viel Zucker«, sagte ich. Überflüssigerweise deutete ich mit dem Zeigefinger auf den schwankenden Kolibri.

Zu meinem Unmut tat es mir Ornella mit ihrem Smartphone gleich. Hielt voll auf Iceman drauf. »Anfängerfehler.«

»Schön, wenn ihr es besser wisst, aber jetzt lasst mich nach Lucinda sehen.« Ich versuchte, an Ornella vorbeizukommen, die aber wie ein Betonpfeiler vor mir stand und sich keinen Fingerbreit wegschieben ließ. Ernsthaft?

»Jap, Walküren sind stärker als ein Neunzigerjahretrend. Willkommen an der Swanlake Academy«, kommentierte Hudson meine erbärmliche Lage.

Na, da waren mir die Götter aber auch hold an diesem Abend. Nachdem ich geräuschvoll die Luft durch die Nase eingesogen und das Blickduell mit Ornella verloren hatte, musste ich mich wohl oder übel links an Hudson vorbeidrängen und diesen Umweg in Kauf nehmen. Zu allem Überfluss bekam Iceman jetzt auch noch Schluckauf. War das anatomisch überhaupt möglich bei Vögeln? Er würde sich doch nicht übergeben, oder?

Aber das war bei Weitem nicht das Dramatischste an diesem Abend. Mit offenem Mund musste ich mitansehen, wie Lucinda glücklich auf Tristans Hinterkopf landete, wo sie so was wie ein Nest zu bauen versuchte. Jedoch wurde sie von Tristan sofort weggescheucht, woraufhin sie sich immer noch selig in die halb volle Glasschüssel Bowle stürzte. Per Kopfsprung.

»Nein!«

Mittlerweile – und das auch schon vor meinem Schrei – hatte sich die halbe Schule nach Lucinda umgedreht. Mrs Krystler war jedoch schneller als ich. Sie hechtete nach vorn, tauchte eine Hand in die Bowle und fischte den Kolibri heraus. Lucinda spuckte Bowle in alle Richtungen, und eine Cocktailkirsche wand sich um ihr Beinchen. Ganz offensichtlich konnte sie nicht gut schwimmen. Zumindest nicht unter Zuckereinfluss.

Warum auch immer identifizierte mich Mrs Krystler direkt als Übeltäterin. Vermutlich lag es an dem hicksenden Kolibri auf meiner linken Schulter. »Und genau deshalb kommen Kolibris nicht mit auf Partys.« Die Rektorin sah von mir zu Lucinda und wieder zurück zu mir.

Um uns herum war es vollkommen still geworden. Irgendjemand hatte sogar die Musik leiser gedreht. Natürlich starrten sie alle. Und Hudsons stechender Blick war der am schwersten zu ignorierende.

»Sie sind wie Gremlins, wenn es um Zucker nach achtzehn Uhr geht«, fuhr Mrs Krystler fort.

Entschuldigend hob ich die Schultern. »Diese ganzen Regeln muss ich mir wohl noch einprägen.«

Während Mrs Krystler mir einen Das-glaube-ich-auch-Blick zuwarf, stürzte Willow nach vorn und nahm ihr den Kolibri vorsichtig aus der Hand.

»Wir gehen jetzt besser«, hörte ich mich überraschend selbstbewusst sagen. »Private Zimmerpartys sind ja sowieso die besten.« Mist, was erzählte ich da?

»Ihr müsst allerdings nachher zum Lagerfeuer wieder da sein. Ohne Kolibris. Zur Kennenlernrunde. Und vergesst das Eintragen in die Listen nicht.« Mrs Krystler nickte Willow und mir zu. »Euer Einstufungstest findet um halb neun statt.«

Unser Test … Der Gedanke, dass der uns auch noch bevorstand, hob meine Laune keineswegs. Aber zuerst musste ich mich um Lucinda und Iceman kümmern.

Mrs Krystler schien denselben Gedanken gehabt zu haben. »Ich sollte wohl besser Lemon verständigen.«

»Nein.« Mein Kopf ruckte nach oben. Das hier war meine Schuld. Und ich wollte nicht, dass Iceman und Lucinda Ärger von ihrem Vorgesetzten bekamen. »Ich meine: Nicht nötig, wir kümmern uns um die beiden Schnapsdrosseln.« Am liebsten hätte ich mir auf die Zunge gebissen. Warum hatte ich das laut ausgesprochen? Immer diese blöden Witze in unpassenden Situationen.

Unter den Blicken aller Anwesenden verließen Willow und ich mit den Kolibris die Party. Immerhin kamen sie recht schnell zum nächsten Programmpunkt: der Rede von Mr Vanderpond, Viviennes Dad, weshalb man uns nicht allzu lange hinterhersah. Das hoffte ich zumindest.

»Oje, oje. Ist mir schwindelig. Alles dreht sich«, nuschelte Lucinda vor sich hin.

»Tja, warum könnte das der Fall sein? Und warum habt ihr uns nicht gewarnt?«, fragte ich zurück, bekam jedoch keine klare Antwort.

»Im letzten Schuljahr konnten achtundzwanzig Schüler ihren Abschluss machen, und wir durften zwei neue Walküren mit Auszeichnung begrüßen, die Zugang zu den jeweiligen Nornenaugen erhalten haben«, informierte Mr Vanderpond gerade die Partygäste. »Ein großer Erfolg, der …«

Doch sobald wir zwischen den Büschen abtauchten, drang nichts mehr von der Rede zu uns durch.

»Nein, ich kann nicht in dein Zimmer«, lallte Iceman, als wir in unseren Flur einbogen.

Ich runzelte die Stirn. »Erzähl keinen Quatsch. Du bist ein Kolibri.«

»Ein Kolibrijunge.« Seine Stimme brach.

»Dann eben ein männlicher Kolibri. Egal. Ich lade dich ein. Siehst du? Bann gebrochen.«

Himmel, das war ja wie bei Vampiren und anderen blutrünstigen Dämonen.

Kaum hatte ich die Tür zu meinem Zimmer hinter mir zugemacht, legte Willow Lucinda auch schon vorsichtig auf meinem Kopfkissen ab, was ich unter hochgezogenen Augenbrauen beobachtete. Von mir aus. Der Abend konnte kaum noch mehr in Richtung Vollkatastrophe abdriften. Und zu allem Überfluss wusste ich gefühlt immer noch viel zu wenig über diese Schule und die Legends. Aber wahrscheinlich konnte man das alles auch nicht an einem Tag lernen. Oder es explodierte einem der Kopf.

Kurz entschlossen pflückte ich mir den bereits halb weggetretenen Iceman von der Schulter und legte ihn daneben.

»Also ich gehe zu meinem Test, aber wenn wir am Lagerfeuer einzeln aufstehen und uns vorstellen sollen, bin ich raus«, sagte Willow mit erstaunlich fester Stimme.

Okay? Dieser Gedanke beschäftigte sie gerade? Von mir aus.

»Nun ja, sie werden uns zu nichts zwingen. Sie können uns ja schlecht mit ihrem heißen Atem und anderen Tricks gefügig machen.« Meine Stimme klang selbst in meinen Ohren genervt. Dabei hatte ich mir doch vorgenommen, dieser Schule eine Chance zu geben. Für mich, für Sinclair und nach den neusten Entwicklungen auch, um herauszufinden, wer ich wirklich war.

Die Swanlake Academy hatte ja auch Schönes zu bieten. Zum Beispiel Willow fand ich cool. Und die Kolibris, vor achtzehn Uhr und ohne Zucker zumindest. Dummerweise schlich sich auch ein gewisses Klischee auf zwei Beinen in meine Gedanken, doch auf Hudson in meinem Kopf konnte ich echt verzichten, weshalb ich eilig an etwas anderes zu denken versuchte. Die Bibliothek. Hier gab es eine unglaublich schöne Bibliothek.

»Hm, also das mit dem heißen Atem würde ich schon gern lernen.« Abwesend streichelte Willow über Lucindas Bäuchlein. »Das wird mir Mrs Zilba sicher beibringen können. Und was willst du, Graylee?« Sie sah auf.

»Eigentlich möchte ich am liebsten irgendwo in Ruhe stricken und True-Crime-Podcasts hören«, gab ich zu. »Guerilla-Stricken ist mein Hobby.«

Willow blinzelte. »Okay. Ungewöhnlich. So bunte Strickdecken um Bäume und Fahrradständer knoten?«

»Genau.« Ich rang mir ein Lächeln ab. »Und was machst du am liebsten?«

Willow überlegte nicht lange. »Schach spielen und Gedichte schreiben.«

»Eine Elster ganz klein fiel in den Wein«, reimte Iceman, der offenbar nur halb schlief. »Dort ging sie unter, war noch ganz munter. Tauchte wieder auf, doch nicht für lange, denn ein fetter Mythenjunge setzte sich drauf.«

Ich presste die Lippen zusammen, um nicht laut zu lachen. »Das war ungelogen das schlechteste Gedicht, das ich je gehört habe.«

Kapitel 10

»Ich find's hier eigentlich ganz nett.« Willow grinste. »Es fühlt sich nach einem Zuhause an. Aber es wäre cooler, wenn wir uns ein Zimmer teilen würden.« Sie kratzte sich über den Handrücken.

Oh, ich fände es hier super, wenn es keine Seemonster geben würde und keine Vivienne, die mich aufregte. Aber ich versuchte mich lediglich an meinem unverfänglichsten Lächeln, das ich normalerweise für Deputy Williams reserviert hatte. »Du kannst jederzeit bei mir übernachten, Zimmernachbarin.«

Daraufhin ging Willows Lächeln in ein Strahlen über, als hätte jemand die Sonne angeknipst.

Nachdem wir eine Weile die schlafenden Kolibris beobachtet hatten, holte ich uns Wasser aus dem Wasserspender im Flur. Offensichtlich achteten sie an dieser Schule echt auf Nachhaltigkeit, denn es gab nur Gläser und keine Plastikbecher. Als ich auf dem Rückweg einen Blick aus dem Fenster warf, waren meine neuen Mitschüler gerade dabei, ein Lagerfeuer in Gang zu setzen. Ein rothaariger Junge blies seinen Atem auf Zeitungspapier unter einem Holzscheiterhaufen, das gleich darauf in Flammen aufging. Eine Chimäre. Gab es noch eine Chance, dass ich morgen aufwachen und mit ruhigem Gewissen sagen konnte, dass alles nur ein Traum war? Wahrscheinlich nicht.

»Danke.« Willow nahm mir ein Glas ab, als ich wieder zurück ins Zimmer kam.

Ich ließ mich auf dem Teppich vor meinem Bett nieder und strich Iceman über sein blau schimmerndes Köpfchen. Wie niedlich schlafende Kolibris doch aussahen. Wobei es wohl keine natürliche Schlafposition für Kolibris darstellte, schnarchend und mit ausgebreiteten Flügeln auf dem Rücken zu liegen. In meinem Bett.

»Am besten wir informieren diesen Pink Floyd und nicht gleich ihren Vorgesetzten Lemon.«

Willow legte den Kopf schief. »Pink Floyd?«

Kichernd nahm ich selbst einen Schluck Wasser.

»Wir können die beiden Zuckerzombies echt nicht allein lassen. Am besten, du passt auf sie auf und ich suche Floyd.«

Weil Willow nichts dagegen hatte und sogar erleichtert aufatmete, als ihr bewusst wurde, dass ihr der Trip in den Keller erspart blieb, fand ich mich wenig später im Eingangsbereich der Schule wieder. Bei meiner Erkundungstour durch die Schule heute Nachmittag hatte ich bemerkt, dass unter der halbrunden Treppe noch eine weitere lag, die nach unten führte. Der Lichtschalter enthüllte einen breiten Gang, der wie aus dem neunzehnten Jahrhundert wirkte und mich ein wenig an die Serie *Downton Abbey* erinnerte. Vielleicht war der Architekt der Schule sogar ein Brite gewesen. Jedenfalls sah das dunkle Untergeschoss aus, als könnte dort wer weiß was lauern. Monster, zum Beispiel.

Meine Muskeln spannten sich an, und ich stand sicher zwanzig Sekunden wie eine dieser Statuen da. Aber da gegenwärtig alle Legends der Schule um ein Lagerfeuer versammelt waren, konnte ich wohl gefahrlos hinuntergehen. Die Kolibris brauchten mich. Also straffte ich die Schultern, bevor ich den Abstieg begann. Wenn, dann würde ich mit Würde in diesen Albtraum laufen.

»Okay, Kolibri suchen …«, sagte ich leise zu mir selbst. »Wenn ich ein Kolibri-Aufenthaltsort wäre, wo würde ich mich dann verstecken?«

Rechts von mir schien ein Lager zu sein, das schloss ich aus dem Eimer, der in der Ecke stand, daher wandte ich mich nach links. Tatsächlich fand ich hier nach wenigen Schritten die riesige Küche und ein Stück weiter eine Treppe, die zur Mensa führte. Das ergab Sinn. Sobald ich diesen Teil des Untergeschosses passierte, entdeckte ich ein Fitnessstudio, also musste ich mich inzwischen im Untergeschoss des Freizeitbereichs der Schule befinden.

Küche!, fiel mir plötzlich wieder ein. Lemon hatte gesagt, dass sich der Kolibri-Aufenthaltsraum neben der Küche befand.

Sofort drehte ich wieder um und sah neben der Küche angespannt von links nach rechts. Warum waren die Türen eigentlich nicht beschriftet? Okay, manche trugen Ziffern, aber was half mir U112? Nichts. Und da die Charaktere in Horrorfilmen stets schlechte Erfahrungen mit »Hallo?«-Rufen gemacht hatten, wollte ich lieber vermeiden, Aufmerksamkeit auf mich zu lenken. Was, wenn dann erst recht Monster auf mich zukrochen? Wie in meinen Träumen. Ich hielt inne. Auf einmal wurde mir bewusst, was der Grund für meine Albträume als Kind sein konnte. Hatte ich vielleicht von den ursprünglichen Mythen geträumt? Weil das mein Erbe war? Aber anstatt es zu verstehen, hatte es mir Angst eingejagt. Angst, die bis heute geblieben war.

Ich wischte den Gedanken fort. Für die Kolibris. Ich tat das hier für die Kolibris, und mir lief die Zeit davon, die mir noch vor den

Tests blieb. Also setzte ich immer einen Fuß vor den anderen. Floyd würde helfen können, und Lemon sollte nichts davon erfahren.

Nach einer Weile bemerkte ich nicht weit entfernt einen bläulichen Schimmer, der unter einer Tür hervorblitzte. Als ob dort ein Fernseher laufen würde. Vielleicht der Fernseher im Kolibri-Aufenthaltsraum? Entschlossen bewegte ich mich darauf zu. An der Tür hörte ich nichts, weshalb ich kurz entschlossen einfach klopfte und dann die Klinke betätigte. Schließlich gab es dort drin nichts, wovor ich Angst haben musste, nicht wahr?

Bevor ich es mir anders überlegen konnte, drückte ich die Tür auf, die fast lautlos in den Raum schwang.

Entgegen meinen Erwartungen lag vor mir allerdings kein Kolibri-Aufenthaltsraum voller Vogelnester. Ich blinzelte. Mit dem Rücken zu mir stand Ornella in ihrem orangenen Totenkopfkleid an einem Wandschrank, der verdächtig nach einem Safe aussah. Nach einem Versteck. Noch ehe ich entscheiden konnte, ob ich mich einfach wieder aus dem Staub machen sollte, drehte sie sich zu mir um. Und in diesem Augenblick begriff ich, was da so leuchtete. In dem Fach hinter Ornella, bei dem es sich, wie ich nun erkannte, tatsächlich um einen offenen Tresor handelte, stand eine Wahrsagekugel, die so blaugrün wie ein Aquarium leuchtete.

Moment mal, sollte das dieses ominöse Nornenauge der Walküren sein? War das, was Ornella tat, überhaupt erlaubt? Vermutlich nicht. Und in was für einen Raum war ich hier bloß gestolpert? In der Zimmermitte stand ein Tisch mit bodenlanger grauer Samttischdecke, aber das allerschlimmste war diese altmodische Täfelung aus dunkelbraunem Holz. Einmal rundum. Nicht mal die Decke hatten sie ausgelassen.

»Du«, knurrte Ornella. »Was willst du hier?«

Selbst in diesem Licht konnte ich sehen, dass ihre Augen gerötet waren. Sofort schluckte ich den Kommentar hinunter, der mir auf der Zunge lag. Hatte Ornella geweint? Brauchte sie Hilfe?

»Ich … äh … suche Pink Floyd.«

»Ja, klar.« Sie wischte sich über die Augen und wandte sich ab. »Mach dich ruhig über mich lustig.«

Nachdem ich mich geräuspert hatte, versuchte ich einen zweiten Anlauf. »Ich meine den rosa Kolibri. Aber … Kann ich dir irgendwie helfen?«

Ornella stieß ein Schnauben aus. »*Ich* bin es nicht, die Hilfe braucht.«

Ich starrte sie an. Musste ich aus diesem Satz schlau werden?

Schritte. Durch den Flur hallten jetzt ganz eindeutig Schritte, was Ornella erneut zu mir herumwirbeln ließ. Mit aufgerissenen Augen deutete sie auf die Tür hinter mir und legte dann einen Zeigefinger auf ihre Lippen. Okay, das hatte ich mir gedacht. Offenbar hatte sie das Nornenauge tatsächlich unbefugterweise befragt. Schnell drückte ich die Tür ins Schloss – und zwar so lautlos wie möglich. Als ich mich wieder zu Ornella umwandte, hatte sie den Tresor bereits geschlossen und gestikulierte in Richtung Tisch. Ungefähr so, wie wenn man ein Kindergartenkind zur Toilette scheuchte.

Also schlüpfte ich rasch unter das Gruselmobiliar. Zum einen war ich neugierig, warum Ornella hier war, zum anderen konnte ich sie nicht bloßstellen, ohne dass sie mich für alle Zeiten hassen würde. Im Schneidersitz kauerte ich mich neben sie, als mir plötzlich einfiel, was Ornella vorhin über diese Kugel erzählt hatte. Vor Schreck vergaß ich zu atmen. Nein, oder? Ich fuhr zu Ornella herum, die rechts von mir unter der Tischplatte hockte. Moment … Hieß das, sie hatte herausgefunden, wer bald sterben würde? *Ich bin es nicht, die Hilfe braucht,* kamen mir ihre Worte wieder in den Sinn. Oh, Mist, wer? Obwohl ich sie atemlos anstarrte, gleichzeitig aber wusste, dass ich nicht fragen konnte und doch im Begriff war, es zu tun, tat Ornella so, als ob ich nicht existierte.

Die Schritte stoppten vor unserer Tür. Schwere Schritte, gemächlich, wie die von einem älteren Mann. Ein Hausmeister?

Ein Schlüsselbund klimperte, und Ornella schloss ergeben die Augen. Wenn es sich um einen Hausmeister mit übermenschlichem Geruchssinn handelte, waren wir geliefert.

Die Klinke wurde gedrückt. Entschlossen und weitaus weniger lautlos, als ich es zuvor getan hatte.

Ornella verbarg ihr Gesicht in den Händen. Die Geste hatte etwas Endgültiges an sich. Also entweder wurden wir beide gleich gefressen, oder sie steckte in anderen Schwierigkeiten. Drohte ihr etwa eine zweite Verwarnung, wegen der sie von der Schule fliegen würde?

Damit blieb im Grunde nur eine Möglichkeit … Bevor Ornella mich aufhalten konnte, krabbelte ich unter dem Tisch hervor, wobei ich darauf achtete, die graue Samtdecke nur an der linken Seite anzuheben. Mit gespielt zittrigen Gliedern bewegte ich mich auf den Hausmeister zu, der mich an diesen Komiker aus dem Fernsehen erinnerte, der angeblich der König von Queens, New York, war. Sein brauner Hausmeisteranzug spannte sich ziemlich um seine Körpermitte.

»Oh, zum Glück sind Sie da. Da war etwas … etwas Unheimliches im Flur«, stotterte ich in meiner besten Schauspielerstimme. So gut es ging versuchte ich, meine Augenbrauen sorgenvoll zusammenzuziehen. »Ich hatte solche Angst.« Vielleicht etwas zu dick aufgetragen, aber das war mir im Augenblick egal. Hauptsache, er entdeckte Ornella nicht.

»Du bist eine der Neuen, oder?« Er legte den Kopf schief. »Hast du dich verlaufen?«

»Ja, ich war auf der Suche nach dem Kolibri-Aufenthaltsraum, aber dann bin ich einem schrecklich hässlichen Monster begegnet …« Was redete ich da eigentlich? Und hatte ich gerade ein ersticktes Einatmen unter dem Tisch vernommen?

Ich räusperte mich laut. »Äh, könnten Sie nachsehen, ob im Flur etwas auf mich lauert?«, bat ich den Hausmeister. Auf seinem Namensschild stand. E. Tee. »Und mir dann zeigen, wo ich den Kolibri-Aufenthaltsraum finden kann, Mister Tee?«

»Also ich kann dir versichern, dass ich diese Woche noch keine dieser Riesenspinnen hier unten angetroffen habe …«

Das waren ja gute Neuigkeiten. Moment? Diese Woche? Ruckartig hob ich den Kopf.

»… und Mrs Krystler ist draußen im Garten.« Mister Tee zwinkerte mir zu. »Aber wenn du zur Beruhigung einen Rooibos-Kamillentee haben möchtest, ich habe eben einen frisch aufgegossen.«

Nachdem ich einen letzten scharfen Blick in Richtung Tischtuch geworfen hatte, aus dem Ornella – sofern sie ihn sah – hoffentlich schließen konnte, dass sie mir jetzt definitiv etwas schuldete, setzte ich ein liebliches Lächeln auf. »Danke, sehr gern, aber zuerst muss ich einen Kolibri finden. Es ist wirklich eilig.«

Mit der Ausrede, dass ich Tee nicht sonderlich gut vertrug, was gewissermaßen stimmte, denn ich bekam das Zeug einfach nie runter, verabschiedete ich mich von Mr Tee, nachdem er mich zwei Türen weiter begleitet hatte. Auf dem Schild an der Wand neben der Tür stand U121, und darunter war ein Nest gezeichnet. Außerdem besaß diese Tür eine Art Katzenklappe auf der Höhe meiner Schulter.

Aufgrund von kürzlichen Ereignissen und weil ich dazugelernt hatte, klopfte ich dreimal laut an.

Drinnen raschelten Federn.

Da Mr Tee winkend von dannen schritt, fühlte ich mich sicher genug, um die Klinke zu drücken. »Hallo?« Vorsichtig warf ich einen Blick hinein.

Drinnen sah es aus wie in einem tropischen Garten. Bäume, die ich noch nie im Leben gesehen hatte, Bambus und überall kleine Nester und Stöckchen, die vermutlich als Sitzstangen dienten.

»Ist hier jemand? Ich suche einen gewissen Floyd?«, wisperte ich, während im selben Moment eine rote, fleischige Blüte rechts von mir auf der Höhe meiner Stirn wippte. Irgendwie wirkte sie intelligenter als eine herkömmliche Pflanze, weswegen ich sie vorsichtshalber im Auge behielt.

»Floyd!« Die Stimme kam von knapp unter der Decke, wo auf einem Balken ein riesiges Nest thronte, gemütlich nah an einer Wärmelampe. Ein pinker Kolibri wurde aus dem Nest gestoßen, wenn ich mich nicht irrte von einem gelben Flügel. Genau mein Mann.

»Allzeit bereit!« Floyd fing sich geschickt, flatterte kurz darauf vor meinem Gesicht herum.

»Ich brauche kurz deine Expertenmeinung.« Nach einem Lächeln nickte ich in Richtung Flur. Da andere Kolibris und vor allem Lemon sicher mithörten, vermied ich es, das Wort *Notfall* zu benutzen.

Floyd folgte mir artig, woraus ich schloss, dass diese Kolibris tatsächlich als nichts anderes als Haushaltshilfen gehalten wurden.

»Nur mal so rein hypothetisch«, sagte ich, sobald wir die Treppe zur Mensa erreicht hatten und somit außer Hörweite waren. »Wenn ein Kolibri nach achtzehn Uhr ziemlich viel Zuckerwasser trinkt, was sollte man dann mit ihm machen?«

Floyd starrte mich ausdruckslos an, wich aber geschickt einer tief hängenden Deckenlampe aus.

»Ich frage für einen Freund«, schob ich lahm hinterher.

Wieder dieser nichtssagende Blick.

»Es geht um Lucinda und Iceman?«, fragte Floyd, als ich die letzte Stufe nach oben nahm.

Mist, aber da er wusste, dass die beiden mit uns zur Party gegangen waren, hatte er anscheinend zwei und zwei zusammengezählt.

Mit einem Kopfschütteln, aus dem wenig Mitleid sprach, flog Floyd weiter. »Ich möchte nicht unbedingt sagen, dass das abzusehen war …«

»Schon gut. Schon gut.«

Seufzend verdrehte der Kolibri die Augen. »Sie müssen ihren Rausch ausschlafen. Wenn sie nicht schlafen wollen, am besten in ein Handtuch wickeln, das beruhigt Kolibris und macht sie schläfrig.« Er sprach so pikiert über seine eigene Tiergattung wie ein Uni-Professor. Diese nasale Stimme ließ mich jedes Mal aufhorchen. Nie und nimmer hätte ich mir so einen sprechenden Kolibri vorgestellt.

»Dein Haar sieht am Hinterkopf aus wie das Nest meiner Tante Marianne«, bemerkte er.

»Ah, vielen Dank, genau die Information, die ich gebraucht habe.« Mist, hatte ich das laut ausgesprochen? Ich räusperte mich. »Wie auch immer. Noch irgendwelche Tipps?« Mit diesem Kolibri wollte ich es mir auf gar keinen Fall verscherzen. Zwar schienen die Kolibris Schülern behilflich sein zu müssen, aber diese einem Butler würdige Arroganz, die Floyd innehatte, konnte sich auch zu meinen

Ungunsten in Informationsverweigerung verwandeln. »Und lauert irgendwas in dieser Schule, vor dem ich gewarnt werden sollte?«

Floyds kleiner rosafarbener Kopf zuckte. »Ich dachte, du hast Vivienne Vanderpond schon kennengelernt?«

Das hieß wohl: keine Monster im Keller. Immerhin eine gute Nachricht an diesem Abend. Die Anspannung wich im selben Moment aus meinen Schultern wie die Atemluft aus meiner Lunge, als ich ausatmete.

Als wir uns meinem Zimmer näherten, drifteten meine Gedanken zu Ornella. Was war in diesem Kellerraum geschehen, bevor ich sie entdeckt hatte? Sie musste von einem von uns das Todesdatum erfahren haben. Oder von einem Familienmitglied. Ob ich sie darauf ansprechen sollte? Oder würde sie mich dann einen Kopf kürzer machen? Andererseits, vielleicht brauchte sie jemanden zum Reden, oder Hilfe, um diesen Todesfall zu verhindern. Ich wollte sicher nicht, dass ein Legend-Academy-Schüler den Löffel abgab. Zwischen meinen Schulterblättern kribbelte es. Diese Schüler hatten die Möglichkeit, zu erfahren, wann andere sterben würden. Das fühlte sich gleichzeitig aufregend und beängstigend an.

Ehe ich meine Zimmertür öffnete, lauschte ich kurz. Dahinter schien keine Panik oder sonst was ausgebrochen zu sein, also schliefen die Kolibris vermutlich noch. Lautlos drückte ich die Tür auf. Willow hatte meine Strickjacke über meine Nachttischlampe geworfen, weshalb der Raum nur noch schwach beleuchtet war. Sie selbst saß auf dem Boden. Lucinda hatte einen Flügel um den Zeigefinger meiner Zimmernachbarin geschlungen, als würden sie Händchen halten. Natürlich waren beide Vögel weggetreten.

»Oje, ich seh schon.« Floyd landete auf dem Fußende des Betts. »Zuckerüberdosis.«

»Wow, zum Glück hast du ihn geholt. Ohne Floyd hätten wir das gar nicht bemerkt.«

Ich stutzte. Hatte Willow gerade einen Witz gemacht? In einer anerkennenden Geste schob ich Kinn und Unterlippe vor.

»Wenn das Lemon hört …« Floyd schüttelte den Kopf, wobei er sein Gefieder furchtbar niedlich aufplusterte.

Dennoch legte ich einen harten Ton an. »Genau deswegen habe ich dich um Hilfe gebeten. Lemon sollte besser nichts erfahren. Kannst du auf die beiden achtgeben, während wir weg sind? Gleich beginnt unser Test.« Tatsächlich waren wir schon fast zu spät dran, um es rechtzeitig zum Lagerfeuer zu schaffen. Mit zusammengekniffenen Augen schielte der Kolibri in meine Richtung.

Schweigen.

»Äh, dafür bekommst du von mir morgen eine Ration Crispy-Crunch-Müsli«, schob ich hinterher. Darauf schienen Kolibris laut ihrer Unterhaltung vorhin ziemlich scharf zu sein.

Der Minivogel nickte, und ich meinte so etwas wie »schon besser« aus seinem Gemurmel herauszuhören.

Gut, dann musste ich eben mit Müsli dealen, um zu bekommen, was ich wollte. Es gab Schlimmeres. Und dieser rosafarbene Mafioso-Pate war viel zu niedlich, als dass ich ihm hätte böse sein können.

»Okay«, sagte ich mit fester Stimme. »Los, Willow. Es ist höchste Zeit. Einen guten ersten Eindruck und so hinlegen.«

Willow legte den Kopf schief und gab mir damit unmissverständlich zu verstehen, dass der Zug für uns abgefahren war.

»Gut, wie wär's damit: Wir machen einen blendenden zweiten Eindruck, um das Kolibri-Desaster in Vergessenheit geraten zu lassen?« Selbst in meinen Ohren klang das wenig erfolgversprechend.

Draußen umhüllte uns die einsetzende Dämmerung, aber auch so fanden wir den Weg zum Lagerfeuer mit Leichtigkeit, denn Stimmen und Gelächter wiesen uns den Weg.

»Irgendwie fühle ich mich ohne die Kolibris ganz allein«, flüsterte Willow auf einmal.

Ich sah sie von der Seite an. »Meinst du, wir könnten einen von ihnen dazu bringen, dauerhaft auf unserer Schulter zu sitzen und für uns Leute anzupöbeln?«

»Die gemein zu uns sind?« Willow sprang sofort auf die Idee an. »Wenn wir sie mit diesem Honigmüsli für ihre Dienste bezahlen, sicherlich.«

Ich nickte, bevor ich wieder zum Lagerfeuer starrte. Was würde uns dort erwarten?

Rechts des Pavillons, ziemlich nah am Steg hatten es sich etwa vierzig Schüler auf Steinen und abgesägten Baumstämmen bequem gemacht. Sie hielten Marshmallows an Stöcken über die Glut am Rand, während in der Mitte ein mannshohes Feuer vor sich hin knisterte.

Willow und ich wechselten einen Blick. Uns war beiden klar, dass wir es durchziehen mussten.

»Schnell rein und schnell wieder raus?«, fragte Willow, die diesen verletzlichen Welpen-Gesichtsausdruck aufgesetzt hatte.

»Genau mein Gedanke.«

Zu meinem Leidwesen entdeckte ich, sobald wir uns näherten, als Erstes Hudson, der direkt gegenüber von Vivienne am Feuer saß und mich schief ansah. Fast so, als hätte er sich gewünscht, dass ich nicht mehr auftauchen würde. Dabei hatte er mich vorhin noch die ganze Zeit angestarrt. Ich verstand den Kerl echt nicht. Mit gerecktem Kinn suchte ich mir einen Platz. Weil wir keine zwei nebeneinanderliegenden Plätze mehr bekamen, konnte sich Willow erst drei Schüler weiter niederlassen. Sie nahm es mit mehr Würde hin, als ich erwartet hatte.

Mrs Zilba, die die einzige Lehrerin in der Runde zu sein schien, sprang sofort auf und reichte uns zwei Stöcke. Zeitgleich wanderte eine Marshmallowtüte durch die Hände der Schüler, die rechts neben mir saßen, auf mich zu.

»Canyon, dein Marshmallow verbrennt«, herrschte Hudson das Mädchen neben ihm an. Seine Kiefermuskeln mahlten. Während er mich im Anschluss jedoch direkt wieder ignorierte, starrte mich das Mädchen unverhohlen an. Die beiden saßen recht nah bei Willow, weswegen ich sie immer noch im Auge hatte, wenn ich Willow anlächelte.

Ornella war ebenfalls hier. Gut, dann konnte ich sie ja in einem günstigen Moment auf die Glaskugel-Sache ansprechen. Selbstverständlich tat sie so, als würde ich nicht existieren. Aber nichts anderes hatte ich von ihr erwartet.

»Wir wollten gerade die Vorstellungsrunde starten, ihr kommt genau richtig.« Mrs Zilba setzte sich mit einem Strahlen im Gesicht, das das Lagerfeuer in den Schatten stellte, zurück auf ihren Platz.

Sofort stand Willow auf. Ihr Welpenblick huschte zu mir; sie war ganz offensichtlich kurz davor, einfach wieder abzuhauen.

»Äh, könntet ihr mal rücken?«, bat ich die Schüler neben mir äußerst eloquent. Um Willow an einer Flucht zu hindern, streckte ich einen Arm aus und packte sie am Handgelenk. »Wir stehen das gemeinsam durch. Glaub mir, wenn du jetzt gehst, verschlimmerst du das Gerede nur«, flüsterte ich ihr zu. »Und du musst den Test machen.«

Hinter mir hörte ich London lachen.

»Du bist nicht allein.« Sanft zog ich Willow auf den Platz neben mich. »Denk dran, wie stolz du, ich und Lucinda auf dich sein werden, wenn du es schaffst, deine Ängste zu überwinden und vor den Nasen da zu sprechen.«

Willows Augenlider flatterten. Hoffentlich waren meine Worte bis zu ihr durchgedrungen.

»Wer möchte anfangen?«

Kopfschüttelnd beobachtete ich, wie Freya auf Mrs Zilbas Aufforderung hin sofort aufsprang. Ihre ebenmäßigen Gesichtszüge leuchteten im Schein des Feuers. Die feinen braunen Babyhaare, die ihr Gesicht einrahmten, hatte sie kunstvoll mit Gel zu Strähnen gedreht. »Ich bin Freya Dimetrios, fünfzehn Jahre alt. Unseren Eltern gehört nicht nur halb Norwegen, sondern auch sämtliche dortige Modelabels, die cool sind.«

Das erklärte einiges.

Gerade als sich Janus erhob, fügte Freya hinzu: »Und das ist Janus, mein Zwillingsbruder, auch als schwarzes Schaf der Familie bekannt.«

Daraufhin setzte sich Janus wieder, wobei er in die Ferne starrte.

Freyas Creolen-Ohrringe klirrten, als sie ihren Blick langsam über die Schülermenge schweifen ließ. Wartete sie auf Fragen? Mich und Willow überging sie selbstredend. Als wäre sie sich zu gut dafür, sich mit unbestimmten Schülerinnen wie uns abzugeben.

In dem Moment kam auch Mrs Krystler auf unsere Lagerfeuerrunde zu und stellte sich neben den Tisch mit der Bowle. Sie musterte mich.

Räuspernd nahm ich die Gelegenheit wahr und stand auf. »Hi, ich bin Graylee, siebzehn, adoptiert und hab keine Ahnung, wer ich bin.« In einer gleichgültigen Geste drehte ich die Handflächen nach oben. »Was nicht schlimm ist, weil ich mein Leben mag, wie es ist. Also das, wovon ich dachte, dass es mein Leben ist.«

Stille. Sämtliche Schüler sahen mich wie ein dreiköpfiges Monster an. Gut, dieser Vergleich hinkte womöglich, denn ich konnte mir vorstellen, dass sie so etwas hin und wieder tatsächlich zu Gesicht bekamen.

»Und ich stricke gern«, schob ich hinterher. Was sollte ich diesen Nachfahren von mythischen Wesen noch über mich erzählen? Interessierte es sie überhaupt, wer ich war? Und interessierte es mich, ob es sie interessierte?

Mit einem Nicken in Willows Richtung setzte ich mich wieder.

Bevor sie sich ebenfalls erhob, nahm sie einen tiefen Atemzug. Um sie zu ermutigen, drückte ich mein Knie kurz gegen ihren Oberschenkel.

»Ja, also.« Auf zitternden Beinen stand Willow schließlich neben mir, redete mehr mit dem Boden als zu den anderen. »Ich bin Willow, vierzehn Jahre alt. Vor Kurzem adoptiert worden.« Sie räusperte sich und fuhr dann fort, wobei der Stock in ihrer Hand schwankte. »Außerdem mag ich Schach und Gedichte.«

Daraufhin sank sie so schnell zurück auf unseren Holzstamm, als erwartete sie Prügel für ihre Worte. Was natürlich absurd war.

»Gut gemacht«, flüsterte ich ihr zu. »Und du hast überlebt.«

»Aber nur knapp«, hauchte Willow.

Erst jetzt fiel mir auf, dass die Mehrheit der Schüler seit einigen Minuten nur uns anstarrten und nicht die Dimetrios-Zwillinge. Natürlich tat ich so, als würde ich das nicht bemerken. Stattdessen aß ich zwei Marshmallows.

Willow verklebte sich ihre Finger mit dem weißen Zeug, als sie versuchte, ein Marshmallow zwischen zwei Kekse zu klemmen.

Irgendwann meldete sich das Mädchen, das ich mit Vivienne und London auf dem Steg gesehen hatte. Ohne dass jemand sie dazu aufgefordert hätte, das Wort zu ergreifen. Sie tat es einfach. »Mrs Krystler, stimmt es, dass nicht mal Sie in Ihren genauen Familienstammbaumlisten herausfinden konnten, welches Mythenerbe Graylee in sich trägt? Was, wenn sie eine Zivilistin ist?«

Mrs Zilba ließ den Stock sinken, auf den sie gleich zwei Marshmallows gesteckt hatte, und antwortete, bevor Mrs Krystler es tun konnte. »Wir sind uns sicher, dass sie wie wir ist. Und sollten wir doch falsch liegen, werden wir das übliche Prozedere anwenden, um sie vergessen zu lassen, wo sie sich genau aufgehalten hat. Du musst dir keine Sorgen machen, Trixie.«

Wie nett. Mein Blick glitt zu Hudson, dessen kantige Kiefermuskeln gleich vor Anspannung knacken würden, so wirkte es zumindest. Natürlich sah er nicht zu mir, sondern in die Flammen. Seine Wimpern warfen im Schein des Feuers Schatten auf seine Wangen – so weit hatte er sich auf die Knie gestützt nach vorn gelehnt.

Tja, das war anscheinend mein Stichwort. »So oder so werde ich mich jetzt für die Wahlfächer eintragen«, erklärte ich mit so fester Stimme, wie ich konnte. Da Trixie mich immer noch unverschämt intensiv anstarrte, schenkte ich ihr ein Lächeln von der Sorte zähnefletschende Mutter mit engem Budget beim Sommerschlussverkauf.

London stieß ein Glucksen aus. Gut, das würde sie wohl ab sofort häufiger tun. Mir war klar, dass sie davon überzeugt war, noch eine Rechnung mit mir offen zu haben.

Als London aufstand, wandte ich mich ab und versuchte, nicht hinzuhören, was sie an spitzen Bemerkungen fallen ließ. »Viv, kommst du mit aufs Klo?«, war ihr letzter Satz. Ein Themenwechsel, dem ich durchaus dankbar entgegensah.

»Nein, ich möchte live und in Farbe miterleben, wie sich unsere Unbestimmte nachher schlägt«, antwortete Vivienne gut gelaunt. »Wird sicher lustig.«

Was auch immer. Mit steifen Gliedern schwang ich meine Beine nach hinten über unsere Sitzgelegenheit. Willow tat es mir sofort nach. Ohne uns noch einmal umzudrehen, marschierten wir auf den Schuppen neben dem Pavillon zu, wo glücklicherweise noch niemand die Zettel abgehängt hatte, auf die Mrs Krystler vorhin in ihrer Rede hingewiesen hatte.

Ganz eindeutig spürte ich dabei Hudsons Blicke in meinem Rücken.

Kapitel 11

»Rudern, Bogenschießen, Schach …« Mit dem Zeigefinger fuhr ich im schwachen Schein der Lampions die einzelnen Blätter entlang. »Schach!« Ich hielt inne, deutete darauf.

Bei diesem Wort hoben sich Willows Schultern tatsächlich. Sie griff nach dem Stift, der neben dem Zettel an einer Schnur baumelte. Tatsächlich war dieser Kurs einer der vollsten. Nachdem sie ihren Namen in die Liste gekritzelt hatte, wandte sie sich zu mir um. »Was meinst du, in wie viele Kurse man sich einschreiben sollte?«

Eine sehr gute Frage. Mit der Handinnenfläche wischte ich mir den Schweiß aus meinem Nacken. Warum nur hatte ich das Gefühl, dass uns ein gewisser Junge beobachtete?

In der Zwischenzeit hatte sich Mrs Zilba an uns herangepirscht und übernahm das Antworten für mich. »Ach schön, dass ihr euch noch eintragt. Ihr solltet mindestens einem Kreativ- und einem Sportkurs beitreten. Vielleicht habt ihr Lust, diesen Sommer etwas Neues, Außergewöhnliches zu versuchen? Wie wäre es mit Improvisationstheater?« Sie sah mich begeisterungsheischend an. Wie bei Medusa standen ihre Haare in alle Richtungen ab, was noch dadurch verschärft wurde, dass das Licht des Feuers sie von hinten anstrahlte.

»Improvisationstheater?« Da war sie bei mir an der falschen Adresse. »Ich dachte, das eben am Lagerfeuer wäre schon der erste Kurs dazu gewesen. Nein danke, ich möchte mein Probeabo kündigen.«

Mrs Zilbas Gesichtszüge erschlafften. Einen Moment lang wirkte sie verwirrt, bis bei ihr der Groschen fiel. »Ach, du meinst wegen Vivienne, Trixie und London? Du solltest dich nicht von ihnen einschüchtern lassen. Apropos. Viviennes Vater vergibt im Institut Praktikumsplätze für den Sommer. Wäre das nicht was für dich, Graylee? So könntest du unsere Art zu leben besser verstehen.«

Ich atmete tief ein. »Eigentlich würde ich tatsächlich gern mehr über das Nornengesetz erfahren.« Mein Blick glitt in Richtung See, wo ein Teil des Forschungsinstituts hinter den Bäumen hervorblinzelte. Zumindest die Laternen darum herum.

Zugegeben, mein Interesse an dem Nornengesetz hing eher damit zusammen, dass mich dieser ominöse Fluch, über den niemand so richtig reden wollte, nicht mehr losließ. Lag wohl an meiner Faszination für True-Crime-Podcasts und die Website whodiedinmyhouse.com. Jedenfalls schien dieser Fluch mit dem Nornengesetz genauso verwoben zu sein wie das Nornenauge …

»Ich meine«, murmelte ich, ohne den Blick von dem Gebäude am See zu nehmen, »sobald feststeht, dass ich wirklich ein mythisches Wesen bin.«

»Da hege ich keinen Zweifel.« Mrs Zilba zeigte dieses extrem nachsichtige Lächeln. »Diesen Mittwoch findet ein Ausflug dorthin statt. Da kannst du es schon mal beschnuppern. Wir werden dem Institut und Viviennes Dad einen Besuch abstatten und dort an einer Führung teilnehmen. Klingt das nicht gut?«

»Mehr oder weniger«, sagte ich und sah zurück zu den Listen.

Nornengesetz, hallte es in meinem Kopf nach. Ich musste einfach wissen, was dahintersteckte. Und hinter Ornellas Abenteuer im Keller ... Da ich Ornellas Namen bei dem Kurs »Radiomoderation« entdeckte, trug ich mich spontan dort ein sowie in den Listen für Stricken und Bogenschießen.

Im selben Moment platschte etwas im See. Oh, hoffentlich keine Schwäne, die uns gleich besuchen kommen würden.

»Wunderbar.« Mrs Zilba klatschte in die Hände. »Seid ihr bereit für die Kennenlernspiele? Danach werden wir euch ganz feierlich auf euer Mythenerbe testen. Und wir haben noch selbst gemachte Bowle. Trixie hat sie sogar mit exotischen Früchten bestückt. Müsst ihr probieren. Schnell, ehe Canyon alles wegtrinkt.«

Das sollte wohl witzig gemeint sein, aber Willow war bei dem Wort »Kennenlernspiele« erbleicht. Ihre Gesichtszüge wirkten im Schein der Lampions regelrecht grau.

Auf einmal wurde mir bewusst, wie still es um uns herum geworden war. Nur noch das Zirpen der Grillen und das Knacken des Feuers waren zu hören. Deshalb hatte ich überhaupt erst das Platschen im Wasser wahrnehmen können. Als ich mich umdrehte, starrten sämtliche Schüler am Lagerfeuer in unsere Richtung.

»Warum schauen die so?« Willows Lider hoben sich, sodass ihre Augen ganz rund wirkten.

»Na ja, sie warten darauf, dass die Kennenlernspiele endlich losgehen, und ich vermute, danach werden sie euch mit ein paar Gruselgeschichten über die Schule erschrecken wollen.« Mrs Zilbas Lächeln verrutschte. »Nehmt nicht so ernst, was sie erzählen. Das ist alles Jahrzehnte her.«

Ähnlich wie Floyd es vor Kurzem bei mir getan hatte, schielte ich argwöhnisch zu Mrs Zilba hoch. Sowohl mir als auch Willow war bewusst, dass wir zum Lagerfeuer zurückkehren mussten. Und zwar jetzt, wo wir im Mittelpunkt der Aufmerksamkeit standen. Andernfalls würden sie uns ab morgen garantiert ausgrenzen, und obwohl ich allein sehr gut klarkam, wollte ich mir nicht direkt beim ersten Kennenlernen alles vermasseln. Es gab nur diese eine Chance, einen Ruf aufzubauen, der es mir gestatten würde, in Ruhe gelassen zu werden. Und Willow konnte vielleicht sogar neue Freunde finden. Was wir einfordern mussten, war nichts anderes als der Respekt, der uns zustand.

Sobald wir wieder am Lagerfeuer saßen, auf genau denselben Plätzen wie vorher, fingen Trixie und Vivienne an, miteinander zu tuscheln. Der Wind, der vom See her die Luft auffrischte, zupfte an Trixies blonden Locken. London konnte ich nirgends entdecken, offenbar war sie immer noch auf dem Klo. Dafür saß jetzt das Mädchen, dem Hudson zugerufen hatte, dass sein Marshmallow verbrennen würde, wenn es mich weiterhin so gebannt betrachtete, rechts neben mir, spielte mit ihren blauen Haarspitzen und musterte mich neugierig. Canyon, so hatte Hudson sie genannt. Damit trug sie denselben ungewöhnlichen Vornamen wie eine der Moderatorinnen aus einem True-Crime-Podcast, den ich so regelmäßig verschlang wie andere die neuste Vogue-Ausgabe.

»Na, dann steht dem ersten Kennenlernspiel nichts mehr im Wege. Unsere neuen Schüler sollten auch erfahren, wer wir sind, findet ihr nicht?« Mrs Zilba klatschte in die Hände und setzte sich. »Hat jemand Lust auf ein Bestimmtes?«

Canyon meldete sich. »Ich mag dieses Spiel, bei dem man die Person rechts neben sich vorstellen muss.« Nachdem sie Mrs Zilba angestrahlt hatte, ließ sie mir exakt denselben Gesichtsausdruck zukommen, bevor sie verkündete: »Ich fange an.« Sie wandte sich ihrem rechten Nachbarn zu. Es war dieser geschniegelte Typ, auf dessen Kopf Lucinda gelandet war. »Das ist Tristan. Ein Odins-Sohn. Meistens mit seinem Falken Vegas im Doppelpack anzutreffen. Oder im Fitnesskeller. Hach, der schöne Tristan. Eins der liebsten Themen in Ornellas Morgenappell.«

»Danke, das ist genug.« Mrs Zilba verfiel in ein Kichern, wobei sie den Blick senkte und eine Grimasse schnitt. »Zwei bis drei Sätze pro Schüler sind völlig ausreichend.«

So ging es weiter. Alle dreiundvierzig Schüler wurden vorgestellt, wobei ich, bis Willow an der Reihe war, ein Gefühl dafür bekam, wer welches mythische Wesen war. Odins-Söhne waren stets männlich und Walküren weiblich, jedenfalls so, wie sie sich nach außen zu identifizieren schienen, doch bei Sirenen, Selkies, Chimären, Gorgonen und Minotauren kamen alle Geschlechter vor.

Gleich war ich dran, also erkundigte ich mich bei Canyon, was sie sich von mir für ihre Vorstellung wünschte, woraufhin sie mir ein paar Dinge zuflüsterte.

»Das hier ist Graylee«, verkündete Willow und deutete mit beiden Händen auf mich.

Mein Kopf fuhr herum.

»Graylee kommt aus Kalifornien, und sie weiß noch nicht genau, wer sie ist, was aber nicht schlimm ist, denn ich weiß, was für ein guter Mensch sie ist. Graylee ist witzig, hat sich richtig gut um mich und die Kolibris gekümmert, und ihr solltet echt mal selbst mit ihr sprechen.« Willow rang nach Luft und starrte schließlich mit geröteten Wangen zu Boden.

Ungläubig blinzelte ich sie an. So viele Sätze am Stück hatte ich Willow noch nie aussprechen gehört. Rechts von mir tippte Canyon nicht nur mit den Fingern ungeduldig auf ihre Knie, sondern auch mit den Füßen auf das Gras. Selbst ihre blauen Haare wippten, strichen über ihre Schultern. Irgendwie erinnerte sie mich in diesem Moment an eine Comicfigur, aber ich kam nicht darauf, an welche.

»Leute, das hier ist Canyon.« Ich räusperte mich und rief mir in Erinnerung, was sie mir aufgetragen hatte, über sie zu erzählen. »Manche denken, sie wäre tollpatschig, aber Canyon ist einfach mit ihren Gedanken bei wichtigeren Dingen als Treppenstufenabständen.« Kurz rubbelte ich mir über einen juckenden Augenwinkel. »Auf ihrem Twitch- und auf ihrem YouTube-Kanal findet ihr zwischen Excel-Geheimtipps den Lernfortschritt bei der aktuellen Programmiersprache, die sie sich selbst beibringt. Abonniert am besten direkt ihren brandneuen TikTok-Kanal: Es_ist_kein_Bug_es_ist_ein_Feature.«

Da Canyon ungefähr bei jedem dritten Wort von mir genickt hatte, und das mit einem Glühen in den Augen, das nicht vom Feuerschein kam, musste ich es wohl wie gewünscht wiedergegeben haben.

Mit der Zungenspitze fuhr ich mir über die Oberlippe. »Ihr Vater ist einer der bekanntesten Selkie-Schwimmer der Welt, aber sie kommt ganz nach ihrer Mutter und ist wie sie eine Sirene.«

Ein paar der anderen Schüler tauschten Blicke, doch Canyon grinste mich an. »Danke, Graylee. Das war toll, und du musst mir nachher mehr über dich erzählen.«

»Gut, dann kommen wir jetzt zu den Tests, würde ich sagen.« Mrs Krystler sah erst Willow und danach mich an.

Offensichtlich genervt stieß Vivienne ein Schnauben aus. »Ich schau mal nach London. Sie ist schon viel zu lange weg.« Sie strich sich ihre Haare über die Schulter und streckte die Brust raus. »Ihr könnt ruhig mit Willows Test anfangen. Ich bin sicher, da verpasse ich nichts Interessantes.«

Wie nett. Also mir würde sie nicht fehlen, allerdings hatte ich mir vorgenommen, dieser Schule und allen ihren Schülern und Lehrern eine Chance zu geben, also lächelte ich Vivienne an, die jedoch keine Miene verzog, ehe sie in Richtung Hauptgebäude davonstiefelte. Wahrscheinlich sollte ich dringend herausfinden, wie gefährlich mir eine Sirene werden konnte, ansonsten würde sie mich höchstwahrscheinlich bis zum Ende des Sommers mit ihren Sirenenkräften vom Dach springen lassen. Auch wenn es ihr Hudson zufolge untersagt war, andere Legends mit ihrem Sirenenklang zu bezirzen.

Während Mrs Krystler und Mrs Zilba mehrere Schüler zu sich winkten, die wahrscheinlich etwas für den Test holen sollten, versuchte ich, mich auf das knisternde Feuer zu konzentrieren. Es würde alles gut werden, ganz sicher. Nachdenklich legte ich den Kopf in den Nacken, betrachtete die Sterne, die viel intensiver leuchteten als zu Hause in Kalifornien.

Diese Ruhe und die Lage der Schule direkt am See hatten irgendetwas Magisches an sich. In Laguna Hills war es nie so vollkommen still gewesen. Irgendwo raschelte es, als wäre ein Igel im Gebüsch unterwegs. Leider konnte ich die Ruhe und die Magie dieses Abends nicht lange genießen, denn Mrs Krystlers Stimme holte mich unsanft in die Realität zurück.

»Janus und Freya wissen bereits durch die Tests an ihrer alten Schule, welche Mythen sie sind«, verkündete sie freudestrahlend. »Fangen wir also mit der Übergabe der Schulbänder bei euch an.«

Wie aufs Stichwort trat das Mädchen mit dem langen dunklen Zopf, das bei der Kennenlernrunde als Mirelle vorgestellt worden war, aus den Schatten. Auf ihren Wangen lag ein rötlicher Schimmer, den ich trotz der Lichtverhältnisse am Lagerfeuer deutlich erkennen konnte. In der Hand hielt sie einen Blazer, um dessen Kragen bereits ein lilafarbenes Stoffband zu einer Schleife gebunden war. Direkt neben ihr lief Cece Upperton-Boyle, eine langbeinige Britin mit Sidecut und rosenförmigen Ohrsteckern, ebenfalls mit einem Blazer in der Hand, doch dieser war mit einer orangefarbenen Schleife bestückt.

»Freya, Janus, bitte steht auf.« Mrs Krystler winkte den Zwillingen.

Selbstverständlich kamen die zwei dieser Aufforderung ohne zu zögern nach.

»Glückwunsch und noch einmal ein herzliches Willkommen an euch.« Mrs Krystler klatschte in die Hände, woraufhin alle Schüler einstimmten. Applaus, obwohl die Dimetrios-Zwillinge nichts weiter getan hatten, als einfach nur dazustehen. Während Cece den Blazer mit der orangenen Schleife Freya überreichte, tat Mirelle dasselbe bei Janus. Ich verstand. Eine Chimäre reichte einer Chimäre das Band und eine Minotaurin einem Minotauren.

Ich schielte zu dem Tisch hinter Mrs Krystler. Dort lagen zwei weitere Blazer. Und viele unterschiedlich gefärbte Satinbänder.

Auf einmal fühlten sich meine Lippen ganz trocken an. Von welchem mythischen Wesen stammte ich wohl ab? Soviel ich wusste, schlummerte in mir keine wirklich besondere Gabe. Außer vielleicht Sarkasmus.

»Willow, du bist die Nächste.« Auf ein Zeichen von Mrs Krystler stand Willow auf und komischerweise auch Ornella.

Deutlich zögerlicher als eben noch Freya schlenderte Willow zu Mrs Krystler, die Ornella ein bunt kariertes Kissen reichte, auf dem das Nornenauge lag. Augenblicklich setzte ich mich aufrechter hin.

Ornella durfte das Nornenauge halten? Dem Ausdruck auf ihrem Gesicht nach zu urteilen, kam das auch für sie überraschend.

Nur Mrs Krystler schien sich über die Sache zu freuen. »Weil Ornella in diesem Jahr ihre Walküren-Abschlussprüfung ablegt, wird sie heute zum ersten Mal das Nornenauge wecken und danach den Test bei Willow und Graylee durchführen.«

Panisch blickte Ornella von der Kugel zu mir und zurück. Ähnlich wie vorhin im Keller. Ich betrachtete die durchsichtige Kugel. Ob Wahrsagerinnen auf Jahrmärkten auch Walküren waren? Langsam erkannte ich gewisse Parallelen.

»Wenn eine neue Walküre das Nornenauge zum ersten Mal weckt«, erklärte Mrs Krystler, »folgt darauf immer eine kleine Weissagung. Wir sind schon ganz gespannt, was die Kugel uns dieses Jahr voraussagt.«

Oh, jetzt verstand ich erst, in welcher Lage sich Ornella befand. Das Nornenauge musste ihre Weissagung bereits vorhin im Keller ausgespuckt haben. Was Ornella offenbar nicht gewusst oder nicht bedacht hatte. Jetzt würden wir vergebens darauf warten, weil es bereits passiert war. Das würde sie enttarnen.

»Bitte, Ornella. Du darfst.« Mrs Krystler nickte ihr so voller Vorfreude zu, dass es fast wehtat.

Ganz eindeutig zitterte die Glaskugel in Ornellas Händen, als sie langsam die Stirn in Richtung Kugel senkte.

Obwohl das Feuer mich von vorn wärmte, erfasste ein kalter Schauer meinen ganzen Körper. Ich musste etwas unternehmen. Kurzerhand fing ich an zu husten. Laut, immer lauter. Klopfte mir auf die Brust. Vor Schreck flatterte irgendwo ein Vogel in die Luft. Ich nutzte die Gelegenheit und ließ mich rücklings vom Baumstamm ins Gras fallen. Dabei hustete ich so laut, ich konnte.

»Hilfe!«, krächzte Canyon. »Wir brauchen Hilfe!«

»Graylee stirbt«, japste Willow. »Macht diesen Heroldgriff, schnell!«

Zuerst geschah nichts, außer dass sich Canyon fast auf mein Gesicht setzte. »Du stirbst nicht, kapiert? Atme!«

Gemeinsam mit Willow, die zu mir gelaufen war, half sie mir hoch. Obwohl Canyon nicht allzu breit gebaut war, drückte sie erstaunlich fest zu, als sie bei mir den Heimlich-Griff anwandte. Wahrscheinlich zerquetschte sie mir dabei die Milz oder so. Zumindest fühlte es sich danach an. Doch die Show musste weitergehen.

Ich tat so, als würde ich mir etwas in die Handflächen husten, und sank auf die Knie. »Danke! Geht schon wieder.« Hoffentlich klang mein Geröchel echt.

»Toll, sie lebt noch«, beschwerte sich Trixie. »Dafür haben wir die Weissagung des Nornenauges verpasst.«

Gut die Hälfte der Schüler starrte mich böse an.

»Danke, Graylee«, sagte Trixie.

Das hatte ich erwartet. Etwas umständlich klopfte ich mir das Kleid ab. Nach einem Danke an meine Freunde setzte ich mich zurück auf meinen Platz.

Willow wollte offenbar gar nicht mehr von mir weichen, denn sie drückte sich eng an meine Seite. »Du hast mir eine riesige Angst eingejagt.«

»Alles gut«, flüsterte ich zurück. »So schnell bringt mich diese Schule nicht ins Grab.«

»Ornella?« Mrs Krystlers Frage ließ mich aufblicken.

Mit offenem Mund starrte mich Ornella an. Wahrscheinlich konnte sie nicht glauben, was ich gerade für sie getan hatte.

In Zeitlupe nickte ich ihr zu.

»Äh ja.« Ein Ruck durchfuhr sie. »Das Nornenauge prophezeit, dass sich Dunkelheit nähert und wir zusammenhalten müssen.«

Stille legte sich über unsere Gruppe am Lagerfeuer.

»Das klingt jetzt nicht unbedingt positiv, oder?« Freya strich ihre Haare glatt. »Mein Dad hat gesagt, dass Vorhersagen eher fröhlich sind wie: *Bald findet ihr die Lösung, wie die Polschmelze gestoppt werden kann* oder *Nächstes Jahr entwickelt ihr einen Impfstoff gegen Krebs.*«

Mrs Krystler kratzte sich am Hals. »Das stimmt auch. Normalerweise.« Sie kniff die Augen zusammen. »Bist du sicher, Ornella, oder ist das einer deiner Scherze?«

»Todsicher.« Ornellas Gesichtszüge erschlafften, so als hätte jemand den Stecker am Gebläse einer Airdancer-Nikolausfigur im Laden meiner Eltern gezogen. »Machen wir weiter?«, fragte sie schließlich.

Die Stille rund um das Lagerfeuer schien zu vibrieren wie vor einer Panikattacke.

Nachdem Mrs Krystler noch etwa drei Sekunden lang geschwiegen hatte, öffnete sie erneut den Mund. »Okay, wie auch immer. Willow, bitte leg eine Hand auf das Nornenauge.«

Willow war deutlich anzusehen, dass sie alles andere als das tun wollte, doch sie riss sich zusammen.

Meine arme Willow.

Zögerlich ging sie wieder nach vorn und streckte eine Hand nach der Kugel aus. Sobald ihre Handfläche obenauf lag, färbte sich das Nornenauge orange. Es knisterte, Willows Haare wurden wie von einem Windstoß nach hinten geweht, und auf einmal streifte angenehme Wärme mein Gesicht. Orange! Diese Farbe stand für Chimären. Also hatte Mrs Zilba recht behalten – und wie zuvor bei Freya überreichte Cece ihr den Blazer mit der entsprechenden Schleife.

Eine strahlende Willow drehte sich zu mir um.

»Wunderbar«, sagte Mrs Krystler. »Glückwunsch. In der Bibliothek werden wir dir Zugang zu den Chimären-Stammbäumen verschaffen. Mit etwas Glück können wir gemeinsam herausfinden, wer deine biologischen Eltern oder Großeltern sind.«

Alle applaudierten, nur in meinem Magen nistete sich ein dumpfes Gefühl ein. Ich war die Nächste.

»Graylee?« Mrs Krystler streckte einen Arm nach mir aus. Was sicherlich nett gemeint war. Aber diese Geste verstärkte den Druck auf mich nur noch. Meine Schultern bebten, als ich aufstand und ihr entgegensah. Zu Mrs Krystler, die in ihrem schimmernden dunkelblauen Kleid und der im Wind wogenden Haarmähne einer Göttin glich. Eine Göttin, die nun zum Nornenauge deutete.

Blinzelnd folgte ich der Aufforderung, während die anderen immer noch für Willow klatschten. Alle, bis auf Hudson. Er war der Einzige, der mich vollkommen bewegungslos musterte.

Ich schluckte. Gut, ich war dran. In welche Farbe sich die Kugel wohl gleich verfärben würde? Vorsichtig berührte ich die Glasoberfläche. Einfach so, ehe ich es mir anders überlegen konnte. Etwas Pulsierendes drückte gegen meine Handfläche. Irgendwie gruselig, dennoch raubte mir die Ehrfurcht den Atem. Die Kugel strahlte Wärme aus. Gleich würde es so weit sein. Gleich würde sie es mir verraten. Wer ich wirklich war. Mein Mythenerbe. Zum ersten Mal verursachte mir dieser Gedanke keine Angst, sondern ein aufgeregtes Ziehen im Magen.

Ich starrte auf das Nornenauge. Genau wie alle anderen, die sich um mich versammelt hatten. Konnte ich wie Willow eine Chimäre sein? Oder eine Minotaurin wie Mirelle? Wenn ich es mir aussuchen könnte, dann wäre ich gern eine Chimäre, ja, bitte eine Chimäre. Von denen wurde nicht erwartet, im See zu schwimmen, und sie konnten sich ihren Kaffee selbst erwärmen.

Orange, bitte färb dich orange!

Gespannt wartete ich auf die Ansage der Kugel. Und wartete und wartete. Die Sekunden zogen sich quälend langsam dahin, wurden zu Minuten. Nichts. Nichts. Eine normale Glaskugel, vollkommen farblos, thronte auf dem bunten Kissen. Mein Blick zuckte zu Hudson, der mich mit zusammengepressten Lippen anstarrte. Unwillkürlich vollführte mein Magen einen Satz, ehe er sich in die Tiefe stürzte. Nein, nein, nein! Was lief hier nur schief?

Sobald klar war, dass sich die Kugel heute nicht mehr verfärben würde, setzte ich ein übertrieben heiteres Lächeln auf. Nichts anmerken lassen und atmen. Während ich einen Blick in die Runde warf, sog ich so viel Luft in meine Lunge, wie es mit einem einzigen Atemzug möglich war. Ich musste etwas sagen, und es gab nur eins, was ich jetzt tun konnte. Nonchalant zuckte ich mit den Schultern. Einatmen, ausatmen, strahlen, so selbstbewusst sein, wie es ging. Ich lächelte und erhob meine Stimme. »Legend…ary!«

Kapitel 12

Die Stille, die auf meine Worte folgte, legte sich zusammen mit den Blicken, die mir alle zuwarfen, wie ein eiskalter Mantel um meine Schultern. Angespannt versuchte ich, das Lächeln auf meinen Lippen zu halten.

Mrs Zilba neigte den Kopf zur Seite. »Vielleicht blockiert ja etwas unsere Graylee.«

Neben ihr wirkte Mrs Krystler wie erstarrt.

Fantastisch.

Genervt fuhr ich mir mit einer Hand über die Wange. Mussten die mich wie so ein Versuchskaninchen im Labor anglotzen? »Ja, genau, ein Fluch liegt auf mir, aber am Ende werde ich die mächtigste Mythennachfahrin überhaupt sein. Ich habe genug Filme darüber gesehen.«

Nicht weit entfernt schloss Hudson die Augen. Sicherlich fand er mich gerade furchtbar peinlich.

»Nun gut.« Mrs Krystler presste die Handflächen gegeneinander. »Wir sollten noch nicht gleich aufgeben und bei Graylee den Energietest durchführen.«

Nur mit Verzögerung drangen die Worte zu mir durch, und bevor ich wirklich wusste, was los war, waren auch schon sieben Schüler aufgestanden und hatten sich um mich herum versammelt. Sieben Mythen – jeder als ein Vertreter seiner Art. Plötzlich fühlte ich mich in eine Zeremonie aus einem Horrorfilm versetzt. Alle legten eine Hand auf meine Schultern, und Mirelle berührte sogar meinen Hals. Ornella wandte als Letzte den Blick ab, ehe sie wie die anderen die Augen schloss. Gespannte Stille umwogte uns.

Was? Halt! Ich war noch nicht bereit!

Während die sieben um mich herum den Kopf gesenkt hielten, starrte ich von ihren Scheiteln nach oben in Richtung Sterne. Was tat ich hier eigentlich? Obwohl ich ihm den Rücken zugekehrt hatte, spürte ich Hudsons durchdringenden Blick. Ich wusste einfach, wie er in genau dieser Sekunde scharf einatmete und einen Punkt zwischen meinen Schulterblättern fixierte. Oder bildete ich mir das alles hier doch nur ein? Hudson … Die sieben Legends um mich herum …

Stille. Erdrückende Stille. Und absolut nichts geschah.

Musste das so sein?

Sobald Ornella den Kopf hob, die Stirn in Falten gelegt – spätestens da wusste ich, dass es nicht so sein sollte. Ich zählte die Sekunden, in denen absolut nichts passierte.

Mrs Zilba atmete tief ein, was in dem angespannten Ambiente unnatürlich laut klang. »Okay, das war nicht …«

In diesem Moment fuhr ein richtiger Orkan durch meine Haare und unterbrach Mrs Zilba. Aber das war nicht mal das Seltsamste. Aus den Handflächen der Schüler um mich herum flossen auf einmal bunte Nebelbänder wie Sternschnuppen. Die halb durchsichtigen Bänder in den sieben Farben der Legends wirbelten um mich, bevor sie nach oben wegstoben. Wie ein bunter Regenbogen, der zu einem Polarlicht wurde. Ich legte den Kopf in den Nacken. Ein wunderschönes, mythisches Schauspiel.

Applaus riss mich aus meinen Gedanken. Hieß das …? Hatte ich bestanden?

»Yay!« Mrs Zilba zeigte mir zwei Daumen nach oben und ein breites Schulmädchengrinsen.

Also ja. Ich war keine Zivilistin, *das* bedeutete es im Grunde. Nur, was war ich dann? Und warum hatte sich das Nornenauge nicht verfärbt? Meine Wangen glühten. Meine biologischen Eltern mussten also tatsächlich Legends gewesen sein. Oder zumindest einer von ihnen. Ob sie auch Schüler an der Swanlake Academy gewesen waren? Selten in meinem Leben war ich neugieriger gewesen auf sie.

»So was hat es noch nie an der Swanlake Academy gegeben«, sagte Mrs Krystler, sobald wir alle wieder auf unseren Plätzen saßen. Ihre nächsten Worte bekam ich kaum mit. Um mich herum nahm ich nur noch dumpfe Geräusche wahr, als hätte man eine Käseglocke über mich gestülpt.

So etwas war noch nie vorgekommen?

Eine Bewegung in den Schatten am Rande des Lagerfeuers lenkte meinen Blick in diese Richtung. Ein Mann in einem schicken Anzug stand neben einem Busch, beobachtete mich. War das nicht Viviennes Dad? Der Leiter des Instituts, der eine Rede bei der Eröffnungsfeier gehalten hatte? Wie auch immer. Der Drang abzuhauen überwältigte mich, ließ meine Fußspitzen unruhig auf und ab tippen. Konnte ich jetzt gehen? Alles in mir schrie danach, mich allein in meinem Zimmer zu verkriechen und darüber nachzugrübeln, was passiert war.

Bevor ich jedoch irgendeine Entscheidung treffen konnte, rannte jemand vom Schulgebäude her keuchend auf uns zu. Deutlich hörbar. Immerhin brach das den Bann, und ich war nicht länger die Hauptattraktion des Abends.

Denn jetzt starrten alle zu Vivienne, die in ihrem Sommerkleid gehetzt auf uns zukam. Ihre Brust, auf der ein Schweißfilm schimmerte, hob und senkte sich.

»Ich kann London nirgends finden.«

Sofort hielten alle inne. Mrs Zilba fuhr sich durch die Haare. »Was? Bist du dir sicher?«

»Ja. London war schon viel zu lang weg, daher wollte ich nachsehen. Aber sie ist weder auf der Toilette im Eingangsbereich, noch auf der am Hinterausgang, und auf ihrem Zimmer ist sie auch nicht. In den Gemeinschaftsräumen habe ich ebenfalls nachgesehen.« Sie schaute einmal in die Runde, bis ihr Blick an diesem Jungen hängen blieb. Der, mit dem ich London beim Knutschen erwischt hatte. »Sie ist die Einzige von uns, die fehlt.«

Mrs Zilba überlegte kurz. »Sie ist vor den Tests gegangen, oder? Das heißt, sie ist jetzt länger als eine halbe Stunde weg.«

In der Tat. Und niemand hatte etwas bemerkt.

»Walker.« Mrs Zilba wandte sich an den Jungen mit den blond gefärbten Haaren, die am Ansatz schwarz nachwuchsen. Londons Flirt oder was immer die beiden waren. »Bitte nimm dir eine Gruppe aus Selkies und Chimären und durchsucht den See und den Wald.«

Das ergab Sinn. Die Chimären waren wie Spürhunde mit einer erstaunlich feinen Nase gesegnet. Und Selkies konnten durch den See schwimmen, so schnell wie ein Motorboot, wenn ich das richtig einschätzte.

»Der Rest von euch durchsucht das Schulgelände. Mrs Krystler und ich müssen die anderen Lehrer benachrichtigen.«

Kaum hatte sie uns zu Ende instruiert, sprangen alle auf. Niemand beschwerte sich, es hatte eher etwas von einer militärischen Operation.

Walker deutete auf mehrere Schüler, die ihm augenblicklich bis nach unten zum See folgten. »Bitte teilt euch auf.«

Mrs Zilba sah etwas unschlüssig zu Willow und mir. Danach zu den anderen Neuankömmlingen.

»Wir könnten die ganzen äußeren Gebäude absuchen. Die Schuppen und so«, bot ich an.

Freya umrundete die Feuerstelle. »Und den Turm am See.«

Damit meinte sie sicher diesen Ausläufer des Hauptgebäudes, der über eine steinerne Brücke in einem Turm endete, der mich an den von Rapunzel erinnerte.

Mrs Krystler zögerte, doch Mrs Zilba nickte. »Gut. Danach treffen wir uns wieder hier. Bleibt zusammen. Keiner verlässt eure Vierergruppe, verstanden?«

Mein Puls beschleunigte sich, als die beiden in Richtung Schulgebäude davongingen. Hoffentlich war London nichts zugestoßen. Konnte sie entführt worden sein? Aus meinen True-Crime-Podcasts wusste ich, dass man in einer Situation wie dieser so schnell wie möglich handeln musste. Die ersten Stunden waren entscheidend. Auf einmal wirkte mein gescheiterter Test unwichtiger als die Essensreste von gestern.

»Gibt es eine Möglichkeit, die Zufahrtswege zur Schule zu sperren? Damit uns niemand ungesehen verlassen kann?«, rief ich Mrs Zilba hinterher.

Im Laufen drehte sie sich noch einmal zu mir um. »Eine gute Idee, Graylee.«

Ehe ich mich wieder den anderen zuwandte, atmete ich tief ein.

Hatten wir es hier tatsächlich mit einem Verbrechen zu tun? »Gestern habe ich sie in dieser Scheune gesehen.« Im Gehen wies ich auf den Bretterbau. »Vielleicht ist sie wieder dorthin und eingeschlafen.«

Die anderen folgten mir zweifelnd, aber wir mussten es versuchen. Irgendwo anfangen. Eigentlich konnten wir ausschließen, dass London irgendwo eingeschlafen war und uns nicht hörte, denn jetzt vernahm man überall Rufe. Die anderen Schüler schrien ihren Namen in die Nacht.

»London!«

»London Kayne-Lee!«

Wieder platschte es im See. Selkies. Unglaublich, dass so etwas möglich war, und dennoch hilfreich in diesem Moment.

Der Schuppen war in eine niederschmetternde Dunkelheit gehüllt. Hastig tastete ich nach dem Lichtschalter, doch die nackte Glühbirne an der Decke machte den Raum nur unwesentlich heller.

»Uh. Sicherlich voller Spinnen.« Freya verzog das Gesicht, soweit ich das in der düsteren Umgebung erkennen konnte.

Zeitgleich machten Willow und Janus einen Schritt zurück. »Geht ihr, wir warten auf euch«, sagte Janus, der gequält die Lippen aufeinanderpresste.

»Ja, das wäre tatsächlich besser.« Freya schnaubte. »Wenn mein Bruder zu viel Angst hat, übergibt er sich nur.«

Willows Kopf fuhr zu Janus herum, der sich an der Schläfe die Haarspitzen nach unten zwirbelte. Der Rest seiner braunen Haare war mit Gel in Form gebracht, was mich ein wenig an eine Comicfigur mit Igelfrisur erinnerte.

»Bitte, das war höchstens ein oder zwei Mal nach der Geisterbahn.« Seine Stimme war so leise, dass ich ihn kaum verstehen konnte.

Aber dafür hatten wir jetzt keine Zeit.

»Janus, pass einfach auf Willow auf, okay?«, bat ich ihn. »Freya und ich gehen rein.«

Offensichtlich gefiel Janus der Gedanke, denn er schien um einen halben Kopf zu wachsen. »Selbstverständlich.«

Das hatte ich mir gedacht. Vertrauen in ihn zu setzen, half ihm.

»London?« Ich machte zwei Schritte in die voll gestellte Scheune hinein.

»Bei allen Göttern, hier müsste mal entrümpelt werden.« Hinter mir zog Freya die Nase hoch, als hätte sie eine Erkältung.

»London! London, bist du hier drin?«

Ich schlich am Kühlschrank vorbei um die letzte Ecke, wo ich sie das letzte Mal gefunden hatte. Doch nichts. Nur Gerümpel. Ein Stuhl und Schaumstoffmatten für Cheerleader.

Auch die anderen Schuppen und der Rapunzelturm brachten genau *nichts.* Weswegen wir schließlich gegen halb elf Uhr zum Lagerfeuer zurückgingen und dort auf gute Nachrichten warteten. Blöderweise wollten die einfach nicht kommen.

Willow rückte ein wenig näher an mich heran. Es war kühl geworden. Zusammen mit den Zwillingen beobachteten wir, wie im Schulgebäude immer wieder einzelne Lichter an- und ausgingen. Die London-Rufe nahmen nicht ab.

Zu meinem absoluten Missfallen ertappte ich mich dabei, wie ich nach Hudson Ausschau hielt.

»Hey, ihr.« Tristan, der Odins-Sohn, dessen Falke Vegas hieß, kam auf uns zu. Auf den Unterarmen balancierte er mehrere Decken. »Euch muss kalt sein. Da hinten im gelben Gartenhaus liegen übrigens immer welche, die könnt ihr euch jederzeit nehmen.«

Tristan hatte kaum ausgesprochen, schon riss Freya ihm eine Decke aus der Hand, um sich gleich darauf auffällig bibbernd darin einzuwickeln.

Ich unterdrückte ein genervtes Schnauben, doch Tristan verteilte gut gelaunt den Rest und hielt mir schließlich eine kratzige graue Decke hin, aber selbst dafür war ich dankbar. Und über das warme Lächeln, das er mir schenkte.

»Danke.« Fast hätte ich geknickst. Irgendwie hatte dieser Junge etwas Aristokratisches an sich. Selbst in der Dunkelheit konnte ich erkennen, was für ungewöhnlich offene Gesichtszüge er besaß.

Er musterte mich aufmerksam. »Keine Sorge. Wir werden noch herausfinden, von wem du abstammst.« Ganz leicht hoben sich seine Mundwinkel. Ob er mir mit diesem Strahlelächeln Mut machen wollte?

»Danke«, wisperte ich erneut und meinte es auch so. Tristan schien wirklich ein netter Kerl zu sein. Ganz wie Lucinda gesagt hatte.

Nach einem letzten Lächeln, das offenbar nur für mich reserviert gewesen war, wandte er sich zum Gehen. »Ich sollte weitersuchen. Wir sehen uns, Graylee.«

»Wir sehen uns, Graylee«, äffte Freya ihn nach, was er jedoch nicht mehr zu hören schien. War wahrscheinlich auch besser so.

Statt mich über Freyas freche Art zu ärgern, wickelte ich die Decke fester um mich, setzte mich wieder neben Willow und widmete mich meinen grüblerischen Gedanken. Das Feuer war inzwischen vollkommen heruntergebrannt und bestand nur noch aus Glut.

Irgendwann legte Willow den Kopf auf meine Schulter. »Glaubst du, London ist etwas Schlimmes zugestoßen?«

Obwohl mir Dutzende Schreckensszenarien mit London in der Hauptrolle durch den Kopf geisterten, lehnte ich meine Wange gegen ihre Stirn. »Sie hat vermutlich irgendwo Alkohol geklaut oder sich unbemerkt liefern lassen und schläft nun ihren Rausch aus. Rühr das Zeug bloß nie an.« Unwahrscheinlich. Aber was sollte ich ihr sonst sagen? Dass ich bereits in Betracht zog, dass London im schlimmsten Fall als Wasserleiche oder erschossen im Wald wiederauftauchen würde?

Kurz darauf schlief Willow mit dem Kopf auf meiner Schulter ein. Ich dagegen wälzte Gedanken, während ich Janus dabei zusah, wie er Grashalme aus dem Boden zupfte und jeden einzelnen davon in Streifen riss.

Ein paar Minuten später steuerte Mrs Krystler auf uns zu. »Es tut mir leid, wie dieser Abend geendet hat. Ihr solltet ins Bett gehen. Wir haben Sicherheitsvorkehrungen getroffen. Euer Flur wird bewacht, keine Sorge. Sollte sich ein Fremder auf dem Gelände aufhalten, wird er es nicht ungesehen in die Schulflure schaffen.«

Also zog Mrs Krystler wie ich eine Entführung in Betracht?

Mit etwas Verzögerung setzte sich Willow auf. Offenbar hatte sie doch nicht so tief geschlafen, wie ich gedacht hatte. Dort, wo sich ihr Paillettenkleid auf meine Haut gedrückt hatte, juckte es. Und mein Träger war feucht, aber das machte nichts. Ich sabberte auch regelmäßig im Schlaf.

Ich kratzte mir die Schulter und stand dann langsam auf. »Gibt es irgendeine Spur von London?«

»Leider nein. Allerdings sind keine Kampfspuren und kein Blut ja auch schon wieder gute Neuigkeiten.«

Irgendwie schon. Andererseits gab es auch spurlose Entführungen. Falls es wirklich eine war.

»Lass uns gehen. Sicher taucht London morgen wieder auf.« Willow gähnte, und ich musste den Reflex unterdrücken, mit ihr zu gähnen. Was zur Hölle ging hier vor sich? Nur London war verschwunden. Walker dagegen nicht. Da war ein Wegschleichen, um zu knutschen, eher ausgeschlossen. Seltsam. Wirklich seltsam.

Da ich nicht reagierte, hakte Willow sich bei mir unter. »Bitte, Graylee.«

Doch ich rührte mich immer noch nicht, biss mir auf die Unterlippe. Etwas klickte in mir. Eine Erinnerung und eine böse Vorahnung. Plötzlich war ich nicht gewillt, so leicht aufzugeben. Ich räusperte mich. »Vorhin hat jemand erwähnt, dass London mit den Gestaltwandlern auf der letzten Party Streit hatte?«

Mrs Krystler starrte mich an. »Das hat damit nichts zu tun. So sind die Wendigos nicht.«

Augenblicklich hielt Janus, der sich schon ein paar Schritte entfernt hatte, inne. »Ist das diese Gruppe von Gestaltwandlern im Wald, von denen unser Vater erzählt hat?«

Bevor Mrs Krystler antwortete, zuckten ihre Gesichtsmuskeln. »Euer Vater hat hier vor zwanzig Jahren ziemlich viel mit seiner forschen Art durcheinandergebracht. Durch seine Streiche, die er den Gestaltwandlern gespielt hat, hat er einiges an Erfahrung mit ihnen gesammelt, kein Zweifel. Aber das ist nur einer der Gründe, weswegen sie nicht gut auf uns zu sprechen sind. In Wahrheit wollen sie einfach nur in Ruhe gelassen werden.«

»Welche Gründe gibt es denn noch?«, hakte ich nach.

»Das wird euch im Unterricht alles genauer erklärt werden.« Ohne noch ein weiteres Wort an mich zu verschwenden, ging Mrs Krystler dazu über, sich nach allen Seiten umzuschauen, bis sie eine kleine Gruppe Schüler entdeckte, die neben dem Getränketisch diskutierten. »Hey, Vivienne, würdest du die neuen Schüler auf ihre Zimmer bringen? Aus Sicherheitsgründen.«

»Seh ich so aus, als hätte ich Lust auf Babysitting, wenn meine beste Freundin vermisst wird?«, fauchte Vivienne zurück.

Ihr Mund verzog sich zu einem schmalen Strich, doch da in dieser Sekunde Hudson vom Hintereingang aus auf den Getränkespender zumarschierte, erhellten sich sogleich ihre Gesichtszüge. Ganz im Gegensatz zu Hudson, der bei Viviennes Anblick sofort in einen langsameren Schritt verfiel. Doch es war zu spät. Sie hatte ihn bereits entdeckt. Genau wie Mrs Krystler, die ihn zu uns winkte.

»Hudson«, rief sie, »kommst du mal bitte?«

Offensichtlich froh, noch mal davongekommen zu sein, trottete Hudson zu uns.

»Bitte bring unsere neuen Schüler rein und erzähle ihnen alles, was es an Sicherheitsvorkehrungen zu beachten gilt«, bat Mrs Krystler ihn. Ein forscher Blick in Viviennes Richtung stoppte diese daran, sich uns zu nähern.

Wahrscheinlich hatte Hudson etwas anderes erwartet, denn so richtig glucklich wirkte er nach dieser Ansage nicht. Was natürlich nicht verwunderlich war, wenn eine Mitschülerin verschwand und man dann noch den Babysitter für die Neuen spielen musste. Dennoch kribbelte ein schaler Geschmack in meinem Mund.

»Du schaust so, als würdest du ihn gleich zum Abendessen verspeisen«, wisperte mir Willow zu.

Bei diesem Einwand knurrte mein Magen. »Wir müssen zuerst noch einen Umweg über das Büfett machen. Willow und ich hatten noch nichts zu essen«, sagte ich.

»Gut. Dann ist ja alles geklärt.« Mrs Krystler raffte ihr Sommerkleid zusammen. »Es sind noch genug Bagels da. Esst sie auf euren Zimmern.«

Zwar sagte Hudson nichts, würdigte mich aber auch keines Blickes. Nicht mal ein Kommentar, dass ich mich beeilen sollte. Was hatte dieser Junge nur für ein Problem? Provozierte ihn meine Anwesenheit mittlerweile so sehr, dass er den Puls eines Wrestling-Champions im Ring bekam, wenn er mich nur ansah?

»Also?« Freya drängte sich geradezu unanständig eng an Hudson. »Ich friere ein wenig.« Mit klimpernden Wimpern sah sie zu ihm auf.

Das reichte mir als Grund, so schnell wie möglich zum Büfett zu verschwinden.

Willow stolperte an meinem Arm neben mir her. »Da ist aber jemand hungrig.«

»Du nicht?«

»Ich esse nie viel. Mein Magen hat sich im Heim daran gewöhnt. Gab einfach nichts, was geschmeckt hat, und jetzt habe ich selten Hunger.«

Das war so traurig, dass ich Mühe hatte, nicht zu schlucken. Die richtigen Worte dazu wollten mir auch nicht so recht einfallen, aber ich gab mein Bestes. »Das tut mir leid. So was hat niemand verdient. Aber jetzt hat dich eine tolle Familie adoptiert?«

»Ja, die Blackchilds sind so herzlich. Trotz ihres Alters sind sie super aktiv auf ihrer riesigen Ranch. Ich liebe die Tiere dort. Wollte eigentlich gar nicht weg über den Sommer, aber dann kam Mrs Zilba an meine Schule …«

»Sobald du in die mythische Welt eingeführt wurdest, kannst du sicher wieder zurück.«

Sie nickte. »Andererseits habe ich hier schon neue Freunde gefunden.« Sie lächelte mich an. »Die Kolibris und dich.«

Ich lächelte ebenfalls. »Wenn ich je eine kleine Schwester bekommen sollte, müsste sie genauso sein wie du.«

Kapitel 13

Sobald wir uns, beladen mit Bagels, Hudson auf wenige Schritte genähert hatten, wandte er sich ab. Unter einem Schwall an Fragen, die Freya in seine Richtung feuerte.

»Ihr solltet euch von Camp Superior fernhalten.« Hudson stieß die Tür zum Hintereingang auf. »Und nachts nicht allein raus.«

»Aber wer wohnt da genau?«, hakte Willow nach.

»Es ist eine Art Schule aus Holzhütten für Gestaltwandler. Oder besser gesagt ein ganzes Dorf. Wie wir glauben sie, dass der See uns schützt. Vor den Augen der Zivilisten.«

Der See? »Ein magischer See? Im Ernst?«

Freya drehte sich zu mir um. »Es ist der Schwanensee der Nornen. Weißt du denn gar nichts?«

»Im Gegensatz zu dir bin ich unter normalen Menschen aufgewachsen.« Ich hielt ihrem Blick stand, der über mich glitt, als hätte ich gerade gebeichtet, unter Wölfen groß geworden zu sein.

»Unser Vater hat gesagt, die Wendigos sind verrückt und hassen uns.« Janus' Stimme brach, als hätte er zu viel gesagt.

Hudson bog nach rechts in einen Flur ab, den ich noch nicht gesehen hatte. »Gestaltwandler leben nach den Regeln der alten Zeiten. Sie fühlen sich sehr mit der Natur verbunden. In ihren Augen haben wir ihr Land gestohlen und verpesten die Umwelt.«

»Was?« Im Laufen machte Freya eine Pirouette. Ihre Augen weiteten sich. »Aber wir leben doch schon viel umweltfreundlicher als die Zivilisten. Was haben die Wendigos für ein Problem?«

Sie spielte bestimmt auf die Fähigkeiten der Selkies und Sirenen an, um Gewässer rein zu halten. Und wenn ich so darüber nachdachte, hatte ich bisher auch wenig Plastik, dafür aber viele nachhaltige Materialien an der Schule gesehen, zum Beispiel die ungewöhnlichen Wasserspender.

Hudson blieb plötzlich stehen, was mich irritierte, ehe ich begriff, dass wir Janus' Zimmer erreicht haben mussten.

»Haltet euch einfach an die Regeln«, sagte er genervt. »Keine Mutproben, kein Nichts. Ich kann nicht garantieren, dass wir schnell genug zur Stelle sind, um euch zu retten. Gerade jetzt, wo wir nicht wissen, was hinter Londons Verschwinden steckt, und alle Lehrer unterwegs sind, um sie zu suchen. Keine Ausflüge zu Camp Superior, wenn ihr nicht lebensmüde seid.«

Freya lachte trocken auf. »So naturverbunden wie diese Wendigos leben, würden sie doch keinem Menschen ein Leid zufügen.«

Ich neigte den Kopf und sah Hudson an. »Du musst uns schon noch ein paar mehr Informationen liefern.«

Nachdem Hudson einmal tief eingeatmet hatte, richtete er seine Antwort an Freya und nicht an mich. Natürlich nicht. »Du würdest dich wundern. Sie könnten dich zum Beispiel ihren Seegeistern opfern.«

»Sie glauben, die Nornen seien Seegeister?« Freya kicherte.

»Jede Zivilisation interpretiert die Nornen anders.« In Hudsons

Worten lag zwar nach außen Gelassenheit, allerdings spürte ich es geradezu in ihm brodeln.

Nornen. »Die drei alten Frauen mit den Lebensfäden?«, brachte ich stockend hervor. »Daran glaubt ihr?«

»Das ist keine Frage des Glaubens.« Endlich sah Hudson mich an, wenn auch nur für den Bruchteil einer Sekunde. »Sie kommen in jeder Zivilisation vor. In der nordischen Mythologie kennt man sie unter dem Namen *Nornen*, bei den Griechen und in der römischen Mythologie heißen sie *Moiren* und *Parzen*. Manche nennen sie einfach Schicksal.«

Schicksal.

Willow nickte. »Schicksal gibt es.«

»Gut, kommt ihr ab hier klar?« Hudson sah vor allem Freya bei dieser Frage an. Die fuhr sich mit den Fingerspitzen über ihr Dekolleté. Dieses Mädchen hob das Wort *frühreif* auf ein ganz neues Level.

»Ehrlich gesagt …« Willow schielte von Hudson zu mir. »Eigentlich fühle ich mich unwohl, allein bis zu unserem Flur zu laufen. Begleitest du Graylee und mich?« Dem niedlichen Augenaufschlag, den sie ihm schenkte, hätte ich auch nicht widerstehen können.

Moment mal. Sollte das ein Versuch werden, Hudson und mir mehr Zeit miteinander zu verschaffen? Was sollte das? Argwöhnisch musterte ich Willow, die mich übertrieben unbekümmert anblinzelte.

Hudson zögerte einen Augenblick, offenbar hin- und hergerissen, doch schließlich nickte er. »Gut.« Mit dem Kinn deutete er auf die Zwillinge. »Ihr zwei geht in eure Zimmer und schließt die Tür ab.«

In diesem Moment kam ein Lehrer an uns vorbeigeschlendert,

nickte uns zu, warf einen Blick in den nächsten Flur und drehte dann wieder um.

»Mr Murphy wird bis zu seiner Ablösung hier patrouillieren.« Mit dem Daumen wies Hudson auf den Mann, der uns gerade ein zweites Mal passierte. Auf seiner Glatze spiegelte sich das Deckenlicht, und in seinem linken Ohr erkannte ich einen drahtlosen Kopfhörer. Offenbar nahmen sie unsere Sicherheit hier tatsächlich sehr ernst.

Wie zuvor übernahm Hudson die Führung. Zweifellos war Freya alles andere als glücklich mit Hudsons Abgang. Doch ich drehte mich nicht noch einmal zu ihr um.

»Glaubst du, die Gestaltwandler stecken hinter Londons Verschwinden? Könnten sie ihr etwas angetan haben?« Ich kaute auf meiner Unterlippe herum. »Was, wenn sie ihnen einen Streich gespielt hat und die Wendigos haben sie deswegen an einen Marterpfahl gebunden? Ornella meinte, es hätte bei der letzten Party einen Streit zwischen London und den Wendigos gegeben.«

Hudson kratzte sich am Kinn. »Findest du das nicht etwas rassistisch von dir? Sie sind zwar naturverbunden und kommen ursprünglich aus Costa Rica, haben sich aber schon vor langer Zeit hier niedergelassen und wollen einfach nichts mit Mythen oder Menschen zu tun haben.«

Was? Ich stockte, verlangsamte meinen Schritt. Rassistisch? Weil mir in Zusammenhang mit naturbezogenen Personen sofort ein Marterpfahl in den Sinn gekommen war? Musste ich meine Denkweise hinterfragen?

Ich schluckte. »Danke für den Hinweis. War auf jeden Fall keine Absicht.« Mein Blick wanderte hinaus zum See. Zwar spiegelten sich die Deckenlampen in den Fensterscheiben, doch ich konnte die

Lampions und Laternen nahe dem Steg trotzdem erkennen. Außerdem Taschenlampen, die sich um den See bewegten. Konnten die Gestaltwandler dennoch etwas mit Londons Verschwinden zu tun haben? Oder …

Unwillkürlich kam mir die Frage in den Sinn, ob ich zu sehr aufgrund meiner Vorurteile urteilte. Ob ich alles, was ich bisher über mich und diese Welt zu wissen geglaubt hatte, über den Haufen werfen sollte. Schließlich wusste ich nicht mal, wer – oder was – ich war, geschweige denn, wie ich in diese neue Welt passte.

Willow drückte meine Hand, als spürte sie, was in mir vorging.

Legenden. Diese Welt steckte voller Mythen und Legenden. Das Wort Monster konnte ich wirklich nicht länger für Mädchen wie Willow verwenden.

Ich lächelte sie an, versuchte, das Thema zu wechseln. »Wir sollten ausprobieren, ob du mit deinem heißen Atem den Kakao in meinem Zimmer erwärmen kannst.« Auf dem Schreibtisch hatte ich eine Schale mit Kakaopulver und Tee neben dem Schulhandbuch gesehen, in das ich selbstverständlich noch keinen Blick geworfen hatte.

»Oh, das wäre so cool, aber ich habe keine Ahnung, wie!« Sie hob eine Hand vor ihren Mund und blies hinein.

Ohne sich zu uns umzudrehen, räusperte sich Hudson. »Mrs Zilba wird es dir beibringen.«

Okay, das ergab Sinn.

Willow warf mir einen Seitenblick zu. Inzwischen hatten wir unsere Zimmer beinahe erreicht. »Und was ist mit Graylee? Wird sie einen DNA-Test oder so machen müssen, um herauszufinden, wer sie ist?«

Hudson blieb vor meiner Tür stehen. Der Anblick irritierte mich irgendwie. »Nein, wir testen ihre Fähigkeiten. Danach werden wir es wissen.«

Das war immer noch keine konkrete Antwort. Wie würde dieser zweite Test aussehen?

Ein Poltern ertönte hinter meiner Tür. Es hörte sich an, als wäre etwas vom Schreibtisch gefallen. O nein, die Kolibris! Eilig täuschte ich ein Husten vor.

Sofort kniff Hudson die Augen zusammen. »Ist da jemand drin?«

Krächzende Stimmen waren zu vernehmen, und auch mein nächster Huster konnte das nicht übertönen.

Hudsons ganzer Körper schien sich anzuspannen, er rollte sogar den Ärmel seines Hemds hoch. »Bitte geht etwas zurück. Vielleicht ist jemand eingebrochen. Falls ich in einer Minute nicht wieder rauskomme, ruft ihr Mr Murphy.«

»Aber …!«, fing ich an, wollte ihn aufhalten.

Doch Hudson, ganz im Angriffsmodus, scheuchte mich zurück. Er drückte die Klinke, stieß die Tür auf und stürzte ins Zimmer. Von drinnen hörte ich nur ein ersticktes »Ich hab deine Federn im Mund!«, gefolgt von einem »Lass mich! Ich kann noch fliegen!«.

Hudson hielt abrupt inne; er war gerade mal zwei Schritte weit gekommen. Auf meinem Schreibtisch entdeckte ich Floyd, der auf Iceman saß und ihn offenbar daran hindern wollte, mein Zimmer durch das offene Fenster zu verlassen.

Mit verschränkten Armen baute ich mich im Türrahmen auf. »Soll ich jetzt Mr Murphy rufen, oder meinst du, ich warte einfach noch dreißig Sekunden?«

Hudson drehte sich halb zu mir um. »Wieso sind die Kolibris mit Zuckerschock in deinem Zimmer?«

»Ja, die kommen mir auch sehr gefährlich vor. Gut, dass du da warst.« Ich verzog keine Miene.

Hinter uns im Flur kicherte Willow.

»Ich muss weg!«, krächzte Iceman. »Da hinter den vier Tannen ist mein Nest.«

»Ich glaube kaum«, presste Floyd hervor. »Außerdem stehen da nur zwei Nadelbäume.«

Obwohl ich gehofft hatte, dass Hudson einfach verschwinden würde, drehte er eine Handfläche nach oben und sah mich auffordernd an. »Willst du das vielleicht erklären?«

Im Prinzip war ich versucht, mit Nein zu antworten, aber dann erinnerte ich mich daran, dass ich mir vorgenommen hatte, dieser Schule eine Chance zu geben. Also schob ich mich an ihm vorbei, nahm mir ein kleines Gästehandtuch vom Haken an der Badezimmertür und marschierte auf die Kolibris am Fenster zu. Lucinda schnarchte immer noch friedlich auf meinem Bett.

Ich schnappte mir Iceman und wickelte ihn in das dünne Handtuch, was ihn tatsächlich beruhigte. Sanft hob ich ihn an, presste ihn gegen mein Schlüsselbein, wo er sein Köpfchen gegen meine Haut drückte.

»Hach.« Iceman seufzte wohlig.

»Die beiden brauchten Hilfe.« Mit dem Kopf wies ich auf Lucina und Iceman. »Das war meine Schuld.«

»Ach …« Hudson sah mich schief an. Sein Blick bohrte sich geradezu in meinen.

Was sollte das jetzt wieder? Hätte er die Kolibris an meiner Stelle sich selbst überlassen? Oder noch schlimmer: sie bei Lemon verpetzt?

Mein Herz begann zu flattern. Sicher vor Wut und Aufregung.

Weil ich Hudson gern die Meinung gesagt hätte. »Du wirst sie doch nicht melden, oder? Sie können hier schlafen.«

»Ja, bitte.« In einer theatralischen Geste führte Floyd einen pinken Flügel an seine Stirn. »Übernehmt ihr das Babysitten wieder.« Schneller, als ich schauen konnte, sauste er an mir vorbei in den Flur.

»Und da geht er hin, unser Kolibripartner in Crime«, sagte Willow.

»Nein«, sagte Hudson im selben Moment leise. »Ich verrate euch nicht.« Plötzlich veränderte sich etwas an der Art, wie er mich ansah. Sein Blick wurde eine Nuance weicher, wenn ich mich nicht irrte. »Braucht ihr Hilfe?«

Bevor ich reagieren konnte, ging Hudson auf mein Bett zu und musterte die schnarchende Lucinda. »Seid ihr sicher, dass sie genug Luft bekommt?«

»Sie schnarcht bloß.« Willow schob sich an ihm vorbei, kniete sich dann neben Lucinda auf den Boden und streichelte ihr über die Federn.

Hudson sah sich unschlüssig um. Er stand viel zu nah an meinem Bett. Ich presste die Lippen aufeinander. Wieso war mir dieser Gedanke auf einmal peinlich? Zu Hause hatte Sinclair Hunderte Male auf meinem Bett gesessen.

Bei geschlossenen Augen massierte ich mir die Nasenwurzel. »Ich denke, du gehst jetzt besser. Wir kommen klar.« Alles in mir sträubte sich, Hilfe von ihm anzunehmen, auch wenn mein Gewissen mir sagte, dass es nicht die feine englische Art war, ihn einfach rauszuwerfen. Aber schließlich war er es, der mich offenbar nicht leiden konnte. Seufzend öffnete ich die Augen. »Außerdem: Keine Jungs in Mädchenzimmern. Regel dreiundzwanzig.« Auf einmal erinnerte ich mich wieder an Floyds Predigt. Jungs konnten die Türschwellen nur nach Einladung betreten und wahrscheinlich, um zur Rettung zu eilen. Und einmalig eingeladen galt anscheinend für immer. Wie bei Vampiren.

Iceman seufzte. »Minotaurenbann. Gegen die Liebe. Ist das zu fassen?«

Ich legte den Kopf schief und fing an, Iceman zu kraulen, während ich Hudson musterte.

»Hab ich was im Gesicht?« Seine Stimme drang wie Eis in meine Adern.

»Nein, ich frage mich nur gerade, ob man diese Einladung rückgängig machen kann.«

Einige Sekunden sah er mich einfach nur ausdruckslos an, ehe er sich durch die dunklen Haare fuhr. »Ich gehe jetzt wirklich besser.«

Das fand ich auch. Obwohl mich die Härte in seinen Worten wie eine Ohrfeige traf. Ich hatte zwar selbst vorgeschlagen, dass er verschwinden sollte, dennoch starrte ich ihm eine Weile hinterher, bis seine Schritte im Gang verklungen waren. Was stimmte nur nicht mit ihm? Und was stimmte mit mir nicht?

Damit die Kolibris nicht aufwachten, drückte ich die Tür sachte hinter ihm zu, schloss sogar zweimal ab.

»Willst du hier schlafen, Willow?« Bei dem Gedanken, nach Londons Verschwinden Willow allein zu lassen, zog sich mein Magen zusammen. Und dieses Bett war groß genug für zwei, wenn man sich nicht allzu breit machte. Wahrscheinlich waren es sogar zwei zusammengeschobene Betten und mein Zimmer eigentlich für zwei Schüler gedacht. »Du kannst ein Schlafshirt von mir haben.«

»Danke.« Strahlend wandte sich Willow zu mir um.

Ich hob die Bettdecke an. Ja, definitiv zwei Matratzen. Wir würden es heute gemütlich haben. Nur wo würde London heute Nacht schlafen? Wenn sie überhaupt noch am Leben war.

Eigentlich war ich nicht gewillt, jetzt aufzugeben. Die Füße stillzuhalten. Vor allem wenn ich einen Verdacht hatte. Was, wenn die Wendigos London tatsächlich aus Rache entführt hatten? Ob sie ihr einen Denkzettel verpassen wollten? Oder war das mit dem Streit nur ein Zufall gewesen? Meinen Erfahrungen nach gab es jedoch keine Zufälle. Zumindest nicht in meinen True-Crime-Podcasts. Bloß: Was konnte ich in der Dunkelheit tun? Mein Blick glitt über Willow und die Kolibris. Außerdem konnte ich diese drei mitten in der Nacht schlecht allein lassen.

Kapitel 14

Am nächsten Morgen kitzelte mich Sonnenlicht in der Nase, die ersten Vögel zwitscherten. O verdammt, ich hatte die Vorhänge nicht richtig geschlossen.

Ich öffnete blinzelnd die Augen, doch sobald ich meinen Kopf hob, schmerzte mein Nacken. Neben mir lag Willow und an ihre Schläfe gekuschelt Lucinda. Am Fenster entdeckte ich Iceman, der sich gerade die Federn zurechtrückte.

Sein Blick fand meinen. »Hey, du bist wach«, flüsterte er mit ziemlich belegten Stimmbändern. Falls Kolibris so etwas besaßen. Jedenfalls krächzte er ungewöhnlich heiser. »Danke, dass du dich um uns gekümmert hast.« Er winkte mir mit einer Flügelspitze zu. »Bis bald. Ich muss los. Vor dem Kolibri-Morgenappell ist noch viel zu tun.«

»Warte!« Ich rutschte halb aus dem Bett, streckte einen Arm nach ihm aus. Doch da war er schon aus dem Fenster gehüpft. Toll. Hörte überhaupt irgendwer auf mich?

»Was gibt's denn?« Iceman tauchte mit seinen vibrierenden Flügeln wieder vor meinem Fenster auf.

War das zu fassen? Er war zurückgekehrt. So leise wie möglich schlich ich zu ihm. »Gestern Abend ist London verschwunden. Die Lehrer und die anderen haben nach ihr gesucht. Kannst du in Erfahrung bringen, ob sie zurück ist?«

Der Kolibri spähte nach rechts und nach links, ganz offensichtlich in Zeitnot. »Ähm, ja, weil du es bist. Moment.« Er sirrte davon.

Um meine Hände irgendwie zu beschäftigen, griff ich nach der Haarbürste auf meinem Schreibtisch, drehte sie zwischen den Fingern, bis ich schlussendlich mit dem Daumen ungeduldig über ihre Borsten strich. Welche Nachrichten würde mir Iceman gleich bringen? Mein Bauchgefühl sagte mir, dass sich ein Verbrechen abgespielt hatte. Sollte London tatsächlich etwas zugestoßen sein, dann war es zum Teil auch meine Schuld. Ich schluckte. London hatte Vivienne gebeten mitzukommen, aber Viv hatte abgelehnt, weil sie meinen Test nicht hatte verpassen wollen. Ohne mich hätte Vivienne sie begleitet. Wie oft hatten die Hosts in meinen True-Crime-Podcasts diesen Umstand schon angeprangert? Dass man zu zweit viel sicherer unterwegs war als allein. Der Gedanke nagte an mir wie eine wieder und wieder zuschnappende Mausefalle.

Während ich auf Icemans Rückkehr wartete, drifteten meine Gedanken wie automatisch zu dem Test am Lagerfeuer, bei dem ich so grandios schauderhaft abgeschnitten hatte. Zu dem Moment, wo mich alle angestarrt hatten. Weil ich die Einzige an dieser Schule war, die keinen blassen Schimmer von ihrem mythischen Erbe hatte. Ich tastete nach dem Gefühl, fand allerdings nur eine dumpfe Vorahnung, dass mir nicht gefallen würde, wonach ich suchte. Wer war ich? Gab es eine Möglichkeit, meine leiblichen Eltern zu finden? Und wie sollte ich das anstellen? Nach allem, was ich wusste, war ich als Baby in einer Reisetasche in einer Krankenhaustoilette gefunden worden, ohne Hinweise darauf, wer mich dort abgelegt hatte.

Am liebsten hätte ich mit Sinclair über all das geredet. Aber als ich einen Blick auf mein Handy warf, musste ich feststellen, dass es erst kurz nach sechs Uhr morgens war. Das war vermutlich doch zu früh, um Sinclair anzurufen.

Draußen erklang Flügelgezappel und kündigte Icemans Rückkehr an. Sofort richtete ich mich auf und sah aus dem Fenster. Erstaunlich, wie sich so ein Kolibri auf der Stelle bewegen konnte.

»Nichts«, wisperte er. »Die anderen Kolibris sagen, dass die Lehrer vor Kurzem zurückgekommen sind, um zu schlafen. Aber ohne Ergebnis. Sie haben die Suche unterbrochen. Manche suchen sicher noch weiter, sie wollen sich abwechseln, aber mehr weiß ich auch nicht. Tut mir leid. Wir sehen uns beim Mittagesessen.« Und schon sirrte er in Zickzacklinien davon.

»Warte!« Ich streckte mich aus dem Fenster, obwohl ich nicht mal wusste, was genau ich sagen und warum ich Iceman so dringend aufhalten wollte. Nach dem gestrigen Abend sprudelten meine Gefühle wie ein Schaumbad in mir über. Aber natürlich war Iceman schon weg.

Was ich an der Sache nicht bedacht hatte, war, dass ich mich bei dem Versuch, ihn zurückzuhalten, so weit aus dem tief liegenden Fenster beugte, dass ich mich reflexartig an der Mauer abstützte. Aus Angst, zu fallen. In der nächsten Sekunde legte sich auch schon die Dunkelheit um mich, ließ mich zurücktaumeln. Sofort fand ich mich in einer Vision in einem düsteren Ambiente wieder. In diesem Zimmer, nur mit altmodischen, abgenutzten Möbeln. Zwei ineinander verkeilte Jungs rangen miteinander, stolperten zum Fenster. Es waren die Zwillinge mit den dunklen Haaren, vielleicht achtzehn Jahre alt, die ich schon einmal im Flur gesehen hatte. Dumpf drangen die Geräusche der Kämpfenden zu mir durch. Mit einem Blick, in dem nichts als Hass lag, schubste der eine Zwilling seinen Bruder aus dem Fenster. Gleichzeitig stürzte ein Mädchen auf ihn zu, versuchte, ihn an den Füßen zu packen, erreichte den Stürzenden jedoch nicht mehr rechtzeitig. Sie schrie. Schrie und schrie in lähmender Verzweiflung.

Als ich wieder in die Realität zurückkehrte, lag ich auf dem Boden. In einer Embryonalposition. Schmerz pochte sowohl hinter meinen Schläfen als auch hinter meinem Bauchnabel. Blinzelnd sah ich zum Fenster, ehe ich mich mit steifen Gliedern wieder aufrappelte. Irrte ich mich, oder war diese Vision heftiger gewesen als alle vorherigen? Sie hatte mich im wahrsten Sinne des Wortes von den Füßen gehauen. Wie viele vergangene Schrecken würde ich hier noch sehen müssen? Und wie oft hatten diese Brüder versucht, sich gegenseitig umzubringen?

Ich schob mir die Haarsträhnen aus dem Gesicht.

»Graylee?« Willows Gähnen holte mich zurück ins Hier und Jetzt. Ich war nicht allein in diesem Zimmer.

»Alles in Ordnung. Schlaf weiter.« Ich versuchte, so viel Unbekümmertheit in meine Stimme zu legen, wie es mir nach so einer Vision möglich war.

Verflucht. So etwas konnte ich jetzt absolut nicht gebrauchen. Ich verhakte meine Finger ineinander und ließ mich auf den Schreibtischstuhl sinken. Wir hatten wichtigere Probleme. Wie viele Stunden galt London jetzt schon als vermisst? Mehr als acht? Uns lief die Zeit davon. Die ersten zwölf bis vierundzwanzig Stunden waren entscheidend bei einem Fall wie diesem.

Mit den Fingerknöcheln rieb ich mir über den Haaransatz. Keine Chance, dass ich jetzt wieder einschlafen konnte. Aber gab es vielleicht eine Möglichkeit, zu helfen? Ich konnte schließlich nicht einfach herumsitzen. Hatten die Lehrer die Polizei eingeschaltet? Etwas sagte mir, dass sie es nicht getan hatten. Sie waren Mythennachkommen und wollten die Angelegenheit sicherlich ohne Zivilisten regeln. Ob sie glaubten, London wäre zu einem Jungen abgehauen? Nur … ich hatte sie mit Walker beim Küssen erwischt. Daher war ich davon ausgegangen, dass er ihr Freund war. Aber vielleicht war sie ja genau deswegen so sauer auf mich. Weil sie es geheim halten wollte. Ja, so musste es sein. Bloß, warum war sie dann ohne ihn verschwunden? Hatte er ihr das Herz gebrochen und sie war weggelaufen? Nein, diese Spannung zwischen den beiden hätte ich am Lagerfeuer sicherlich bemerkt.

Während ich weiterüberlegte, tippte ich mit den Fingerspitzen meiner rechten Hand auf die Sitzfläche des Stuhls. *London, hattest du etwas vor? Und wenn ja, was?* Mich beschlich das Gefühl, ein Puzzleteil übersehen zu haben. Es nagte an mir, bis ich es nicht mehr aushielt und aufsprang. Unruhig lief ich im Zimmer auf und ab, kratzte mich im Nacken.

Mit einem Mal zuckte ich zusammen. Ornella! Wie hatte ich das vergessen können. Ich musste mit Ornella sprechen. Sie hatte gestern aller Wahrscheinlichkeit nach im Nornenauge das Todesdatum von jemandem, den sie kannte, gesehen. Was, wenn es sich dabei um Londons Datum gehandelt hatte? Außerdem hatte sie sicher noch mehr Informationen über diesen Streit zwischen London und den Wendigo-Gestaltwandlern. War das eine Spur, die es sich zu verfolgen lohnte?

In meinen True-Crime-Podcasts wurde es den Ermittlern meist zum Verhängnis, nicht allen Spuren mit Gewissenhaftigkeit nachgegangen zu sein. Daher griff ich nun kurz entschlossen nach meiner Reisetasche und zog das Erstbeste raus, was ich erwischen konnte.

Eine ausgebleichte gelb-violette Sportshorts und ein weißes Shirt. Okay, das musste reichen. In die Sportschuhe schlüpfte ich ohne Socken. Dafür hatte ich jetzt keine Zeit.

So leise ich konnte, stahl ich mich aus der Tür. Weder Willow noch Lucinda waren dabei aufgewacht. Umso besser.

Im Laufen band ich mir die Haare zu einem Pferdeschwanz. London! Wo steckte sie, und was hatte Ornella im Nornenauge gesehen? Mit einer vagen Hoffnung, dass Zweitere beim Frühstück war oder ich in der Mensa einen Kolibri treffen würde, der mir ihre Zimmernummer verraten konnte, raste ich den Flur entlang. Der Unterricht begann zwar erst um acht, aber mit etwas Glück war Ornella Frühaufsteherin. Oder killte mich zumindest nicht, wenn ich sie aufweckte.

Die Treppe bremste mich etwas, wobei ich, so hastig ich konnte, die Stufen nach unten sprang. Mein Herz klopfte so schnell wie vibrierende Kolibriflügel. Mit doppelt so viel Schwung wie nötig stieß ich die Tür auf. Und tatsächlich: Ich entdeckte in der Mensa sofort ein paar Kolibris, die eine neue Tischdecke über die langen Büfetttische ausbreiteten. Vier Kolibris, vier Ecken, flatternd in der Luft. So wie ich bei diesem Anblick musste sich wohl damals auch Cinderella gefühlt haben. Lemon beaufsichtigte das Ganze, während Iceman und Floyd nirgends zu sehen waren. Die runden Schülertische mit den Mohnblumenvasen in der Mitte waren allerdings noch leer und tischdeckenlos. Nur ein Tisch am Fenster war besetzt. In einem Flecken Sonnenschein, der sich auf den Boden ergoss, saß Canyon, eine zerfledderte Ausgabe von *Verstand und Gefühl* in den Händen. Sie trug eine dunkelblaue Shorts und unter ihrem Poloshirt ein blaues Band, das wunderbar mit ihrer Haarfarbe harmonierte. Sobald sie mich bemerkte, ließ sie ihren Jane-Austen-Roman sinken.

»Ist was passiert, Graylee?«

Ich atmete schwer. »Außer, dass London verschwunden ist, meinst du?« Die Sonne, die durch das Fenster, in das ein siebenzackiger Stern aus bunten Glassteinen eingelassen war, schien, projizierte farbige Punkte auf Canyons Tisch.

Canyon sah mich ausdruckslos an. »Sie wird schon wieder auftauchen. Das ist sicher nur ein Streich. In den letzten Jahren hat sie häufig welche gespielt. Mich sogar mal einen Nachmittag lang in einem Besenschrank eingesperrt.«

Oh. So etwas taten sie hier? »Das tut mir leid. Aber … Ihr seid doch beide Sirenen, oder nicht?« Mein Blick glitt zurück zu dem Band um ihren Hals. Eindeutig.

»Na und?« Canyon versteckte sich wieder hinter ihrem Buch. »Als ob das eine Garantie für irgendetwas wäre.«

Okay, dann anders. »Weißt du, welche Zimmernummer Ornella hat?«

Canyon, die gerade im Begriff war, eine Seite umzublättern, hielt in der Bewegung inne. »401, soweit ich weiß, aber ich wette, sie ist gerade auf dem Weg zum Falkenhorst.« Ihr Tonfall hatte sich verändert.

»Falkenhorst?«

»Ja, hinter dem Parkplatz.« Canyon deutete über ihre Schulter. »Dort halten sie die Falken der Odins-Söhne.«

Was auch immer. Ich schloss für einen Moment die Augen. »Ornella ist doch eine Walküre.« Halt mal … Walküren und Odins-Söhne. Da klingelte was … »Ornella steht auf einen der OG, richtig?« Deshalb war sie so auffällig früh im Falkenhorst, und deshalb diese Tonlage von Canyon, mit der sie eindeutig auf etwas anspielen wollte.

Seufzend ließ Canyon das Buch bis auf die Tischplatte sinken. »Liebt Spongebob Krabbenburger? Ja, natürlich.« Die aufgehende Sonne tauchte Canyons blaue Haare in einen gräulich-violetten Schimmer. Ihre dunklen Sommersprossen hüpften, als sie die Nase kräuselte.

Ein weiterer Knoten in diesem großen Rätsel, der sich langsam vor meinen Augen löste und zu einem Teppichmuster mutierte. »Alles klar, danke.«

Auf dem Absatz drehte ich mich um, hörte allerdings noch, wie Canyon mir hinterherrief: »Hey, warte! Was willst du von Ornella? Pass auf, dass du ihr nicht in die Quere kommst, sonst bist du vielleicht die Nächste, die in einen Schrank gesperrt wird.«

Gut, jede Schule brauchte wohl einen exzentrischen Nerd, und an der Swanlake würde Canyon und nicht ich diesen Titel tragen, zweifellos.

Einer meiner Schnürsenkel saß zu locker, aber ich bückte mich nicht danach, wollte keine Zeit verlieren, also sprintete ich weiter, den Haupteingang hinaus und nach rechts in Richtung Schotterparkplatz. Vorbei an einer Wand an Fliederbüschen, die ich bei meiner Ankunft an der Schule bereits bewundert hatte. Dahinter kam ein versteckter Teich mit einem weiteren Pavillon voller Statuen zum Vorschein. Dieser geschmackvoll verborgene Ort erinnerte mich unwillkürlich an den Film *Der geheime Garten*. Überall hing der Flieder so tief, dass ich den Bach zuerst gar nicht bemerkt hatte, der sich vom See bis zu diesem Teich schlängelte. Ein Käfer summte rechts neben mir durch die Luft. Direkt auf den Flieder zu. Wie im Märchen.

Bis der Schrei eines Vogels die morgendliche Stille durchbrach.

Im selben Moment schoss hinter den Baumkronen der Laubbäume, die den Parkplatz umgaben, ein Falke nach oben, drehte in der Luft und stürzte sich wieder Richtung Boden. Zwischen den Bäumen entdeckte ich ein Tor und daran gelehnt, ich konnte es nicht fassen: Ornella. Ebenfalls in einem Joggingoutfit wie ich. Mit Stirnband und Schweißbändern an den Handgelenken. Ihr hellblaues Sporttop zierte hinten der Aufdruck *Swanlake Academy.*

Durch den Kiesuntergrund konnte ich nicht wirklich verschleiern, dass ich im Anmarsch war, weswegen sie sich schon bald zu mir umwandte.

Aufgeflogen.

Ihrem Blick nach zu urteilen, den sie mir über die Schulter zuwarf, war sie alles andere als erfreut, mich zu sehen. Ruckartig warf sie sich den Pferdeschwanz nach hinten und trabte los. Sie wollte davonlaufen.

O nein! Nicht mit mir, nicht, nachdem ich sie fast erreicht hatte. Sofort nahm ich die Verfolgung auf. Himmel, das Gesprinte war anstrengender als die Kletterpartie auf dem Schulvorbau, als ich die Strickdecke zu befestigen versucht hatte. Keuchend musste ich feststellen, dass Ornella verflucht schnell war. Kurz überlegte ich, ihr nachzurufen, dass ich ihr nur eine Frage stellen wollte, aber da es noch nicht mal halb sieben Uhr morgens war und ich niemanden in der Schule wecken wollte, ließ ich es bleiben. Also eine Aufholjagd. Gut, die konnte sie haben. Ich biss die Zähne zusammen, legte einen Gang zu, weshalb ich quasi über den fast leeren Parkplatz flog. Allerdings kam ich nur ein paar Schritte weit. Als ich versuchte, über den großen Begrenzungsstein zu springen, der die Ausmaße eines Einkaufswagens aufwies, blieb ich leider mit dem Fuß daran hängen. Bevor ich recht kapierte, was geschah, flog ich auch schon Richtung Boden. Gerade noch so konnte ich mich auf dem Torfboden hinter dem Stein abrollen, streifte mit der Wange jedoch einen weiteren Begrenzungsstein. *Mierda!* Genau das hätte Sinclair jetzt gesagt.

Die Haut an meinem linken Wangenknochen pochte, war vermutlich genauso aufgeschürft wie mein Ellenbogen, doch ich würde mir nur Dreck hineinreiben, wenn ich die Wunde anfasste. Noch dazu fehlte mir dafür die Zeit. Also tat ich nichts dergleichen. Immerhin fühlte es sich nicht so an, als würde ich bluten.

Hastig rappelte ich mich auf, um Ornella nicht aus den Augen zu verlieren. Nur war ihr Vorsprung inzwischen überirdisch. Wie flink war diese Walküre bitte? War sie mit einem Hasen verwandt? Schneller als ich schauen konnte, war Ornella bereits im Wald verschwunden. Ernsthaft? Sie ließ mich zurück? Ich sah mich um. Links von mir lag der See. Im Prinzip musste sie den bei ihrer Joggingrunde umrunden. Alternativ bis kurz vor das verbotene Camp sprinten und dann umkehren. Aber vermutlich konnte man es auch irgendwie umgehen. Diese naturverbundenen Gestaltwandler würden ja nicht gleich jeden Wanderer erschießen, der ihnen zu nahe kam. Hoffte ich zumindest. Eine andere Route für Ornellas Training kam kaum infrage, sie musste demnächst nach links abbiegen. Denn der einzige andere Weg führte ziemlich bald zurück zum Highway, und dahinter lag nur eine Kiesgrube, wie ich von meiner Anreise wusste. Und hinter dem Parkplatz befand sich der Falkenhorst, aber von da waren wir gerade gekommen. Das hieß, wenn ich in Richtung dieses Camp Superior lief, konnte ich sie vielleicht doch noch einholen.

Also wandte ich mich um, hielt mich die nächsten Schritte nah am See, immer darauf gefasst, dass irgendwo ein Schatten im Wasser lauerte. Oder ein Schwan. Himmel, wie konnte es am frühen Morgen schon so heiß sein? Ich fächelte mir Luft zu, indem ich am Kragen meines Shirts rüttelte.

Schneller, Propeller, schneller, Propeller, feuerte ich mich selbst an. Genauso, wie ich es als Kind immer getan hatte. Hinter der Biegung, die die Straße nahm, ging der Betonuntergrund in einen schmalen Waldweg über. Verrottetes Laub bedeckte den Boden wie eine Flickendecke, und ab und zu musste ich unter tief hängenden Ästen hindurchtauchen. Allzu oft wurde hier anscheinend nicht gejoggt. Meine Wange pochte immer noch, doch so richtig schmerzte sie nicht. Wahrscheinlich lag das am Adrenalin, das durch meine Adern pumpte. Wie weit mochte es bis zu diesem Camp sein? Zehn Minuten? Fünfzehn? Zwanzig? Dieser See war immerhin riesig. Irgendwo quakte eine Ente. Noch konnte ich Ornella nirgends ausmachen, was im Prinzip ein gutes Zeichen war. Aber gleich würde sie rechts von mir auftauchen, ich war mir ganz sicher.

Meine Beine wurden schwer. Mit meinem Glück würde ich nachher garantiert einen Wadenkrampf bekommen. Da war ich mir mindestens genauso sicher.

In meinem Hinterkopf versuchte sich ein Gedanke bemerkbar zu machen. Wenn ich sowieso schon in der Nähe dieses Camp Superior war, sollte ich trotz Hudsons Warnung dort nach London suchen? Oder wenigstens fragen, ob man sie gesehen hatte? Vielleicht verriet mir ihre Reaktion ja, ob sie etwas wussten. Diese Gefahr, die angeblich von den Wendigos ausging, konnte nicht real sein. Wenn sie so naturverbunden lebten, würden sie doch keiner Fliege etwas zuleide tun. Von wegen dem See opfern. Damit hatte Hudson uns bestimmt nur Angst machen wollen. Viel wahrscheinlicher war, dass sie von London eine Entschuldigung forderten und sie so lange bei sich festhielten, bis sie einknickte.

Wassergeplätscher riss mich aus meinen Gedanken. War ein Selkie in der Nähe? Links von mir blockierten Bäume die Sicht auf den See. Zwischen den tief hängenden Ästen konnte man das Grünblau des Wassers nur wie durch einen Vorhang ausmachen. Ich konnte also nicht erkennen, wer oder was das Geräusch verursacht hatte. Vielleicht war es auch wieder ein Schwan, der mir in die Waden beißen wollte. Aber deswegen würde ich nicht umkehren. Wenn es eine Chance gab, London zu retten …

Mehr Geplätscher, aber dieses Mal hörte es sich an, als ob jemand aus dem Wasser in Richtung Land waten würde. Da immer noch keine Ornella zu sehen war, verlangsamte ich vorsichtshalber meine Schritte und schlich den Pfad entlang. Blöderweise quietschten meine Schuhe, weshalb mich der Junge, der aus dem Wasser stieg, sofort bemerkte. Sein Kopf schoss hoch.

Er stand einfach nur da, musterte mich. Ein nackter Junge in meinem Alter.

O nein, eilig wandte ich mich ab. Hatte er etwa gar nichts an? Nichts? Nada? Niente? Eigentlich wollte ich direkt weiterlaufen, die Hand über meine Augen gelegt, aber irgendetwas hielt mich zurück. Immerhin hatte ich nicht zu genau hingesehen, und die Äste bedeckten den Blick auf ihn, so gut sie konnten.

Ich schielte in Richtung seiner oberen Körperhälfte. Ganz locker griff er nach einer kakifarbenen Shorts, die an einem Ast hing.

Weiterlaufen. Tu so, als wärst du gar nicht da.

Wer war das? Kein Schüler jedenfalls, denn er hatte gestern Abend definitiv nicht am Lagerfeuer gesessen. Ich betrachtete ihn genauer.

Sein Oberkörper war durchtrainiert, die Haut gebräunt, selbst auf seinem hübschen Gesicht lag ein bronzefarbener Schimmer, und die Spitzen seiner braunen Haare streiften seine Schultern. Keiner von den Jungs an der Schule hatte so lange Haare, aber wow, ihm standen sie verdammt gut.

Ich blinzelte, als könnte ich damit diesen Gedanken vertreiben. Was zur Hölle dachte ich da bloß? Warum stellte ich mich so an, wenn es um einen halb nackten Typen ging? Fehlte nur noch, dass ich wie der letzte Clown über eine Wurzel stolperte. Nein, ganz sicher nicht.

Mit geschürzten Lippen, als wollte ich ein Lied pfeifen, setzte ich meinen Weg fort. Vielleicht war das gerade eben ja auch gar nicht passiert.

»Da lang würde ich jetzt nicht unbedingt laufen«, sagte der Junge. Wow, seine Stimme klang so beruhigend und gleichzeitig selbstbewusst wie die eines Popstars. Allein der Klang schickte ein Prickeln über meine Unterarme. Was bitte passierte hier?

»Warum genau jetzt nicht?« Okay, gerade Sätze waren heute offensichtlich aus. Hatte ich das wirklich ganz allein formuliert? Genervt über mich selbst verdrehte ich die Augen.

»Du gehst auf die Swanlake, nehme ich an?«

Jetzt wandte ich mich doch noch komplett zu ihm um.

»Swan… Was?« Irgendwie lenkte mich dieser Anblick ab. Himmel, hinter diesem Jungen ging gerade die Sonne auf. Und das nicht nur im übertragenen Sinne. Das weiche Morgenlicht, das durch einige Wolken abgemildert wurde, tauchte seinen Körper in einen goldenen Schein. Wie auf einem Kinoplakat. Ich musste dringend wegsehen. Tat ich natürlich nicht.

Wasser spritzte aus seinen Haarspitzen, als er den Kopf schüttelte und sich dann mit einer Hand durch die Haare fuhr. »Swanlake Academy. Du bist eine von ihnen.«

»Ich …« Erst jetzt begriff ich, was er mir zu sagen versuchte. Und dass ich von jetzt auf gleich den Namen meiner neuen Schule vergessen hatte. Einfach wegen des Anblicks, der sich mir bot. »Ja, nein, womöglich. Noch ist da nichts geklärt«, sagte ich schließlich.

Meine Antwort brachte ihn aus irgendeinem Grund zum Grinsen.

Mit dem Knöchel meines Daumens rubbelte ich mir über die Stirn. Hatte ich da gerade ernsthaft dreißig Sekunden verschwendet? Wegen ihm? Wegen einem wildfremden Typen? Nachdem ich einen Blick über die Schulter geworfen hatte, musste ich feststellen, dass Ornella immer noch nirgends zu sehen war. Ob sie mich ausgetrickst hatte?

»Sag mal«, wechselte ich das Thema, »hast du heute oder gestern ein Mädchen aus der Swanlake Academy gesehen? Ein sehr hübsches mit langen schwarzen Haaren?«

»Nein.« Der Junge sah nach oben, und eine Sekunde später verstand ich auch, warum. Ein Eichhörnchen hüpfte über seinem Kopf von einem Ast zum anderen.

»Verdammt, ich … Au!« Blöderweise hatte ich mir mit dem Daumen ziemlich fest über die nässende Wunde an meiner Wange gerieben. Verflucht, tat das weh.

»Du hast dich verletzt.« Der Junge machte einen Schritt auf mich zu, was mich in eine Mischung aus Faszination und Alarmbereitschaft versetzte. Ich sollte besser verschwinden, denn er musste einer dieser Gestaltwandler sein. *Normalsterbliche Menschen kamen nicht bis zum See, wenn es die Nornen nicht wollten*, rief ich mir in Erinnerung.

Im Prinzip erwartete ich von keinem Menschen uneigennütziges Handeln, aber dieser Junge schien aufrichtig besorgt zu sein. »Du solltest das desinfizieren lassen. Ich würde dir ja unsere Kräuterpaste geben, aber ich bin sicher, in der Schule habt ihr Desinfektionsmittel.«

»Warte, du siehst das mit dem Kratzer jetzt erst?« Die ganze Zeit über hatte er nichts gesagt.

Er schenkte mir ein unsicheres Lächeln, was mich aus dem Konzept brachte. »Zuerst war ich mir nicht sicher, ob das nicht einfach ein neuer Make-up-Trend ist. Bei Mädchen aus der Swanlake kann man sich da nie sicher sein.«

Ich neigte den Kopf. Hieß das, er kannte noch mehr von uns? Waren sich die Schülerinnen der Swanlake und die hübschen Gestaltwandler vielleicht doch näher, als Hudson und die Lehrer ahnten? Angestrengt kniff ich die Augen zusammen, denn ich witterte ein Geheimnis. War das London zum Verhängnis geworden? Vielleicht wusste ja Ornella mehr darüber.

»Hast du Schmerzen? Dein Gesicht sieht auf einmal ganz komisch aus.« Er machte noch einen Schritt auf mich zu, als ob er befürchtete, dass ich gleich umkippen würde. »Ich bin übrigens Baker. Du musst keine Angst vor mir haben.«

Was? Baker? Und *keine Angst haben*? Sagten nicht genau das immer die schlimmsten Verbrecher? »Äh nein, eigentlich mache ich mir nur Sorgen um London. Bist du sicher, dass du …?« Mein Satz ging in einem lauten Gekecker unter. Im selben Moment, in dem Baker eine Hand nach meiner Wange ausstreckte, ließ sich das Eichhörnchen zielsicher auf seine Schulter fallen. Perplex sah ich dabei zu, wie es sich an ihm festkrallte und dann irgendwie wütend in meine Richtung schnupperte. Das Gekecker verhallte, aber wahrscheinlich hatten wir damit alles und jeden in unserer Umgebung aufgeschreckt. Nur Baker zuckte mit keinem Muskel.

Tatsächlich dauerte es nicht lange, bis sich uns Schritte näherten. Joggende Schritte. Und sie schienen von der Schule zu kommen. Ornella? Ich drehte mich halb nach links, doch es war keine wütende Walküre. Sondern Hudson. Was wollte er denn hier?

Er schien dasselbe über Baker zu denken, denn Hudson stürmte geradewegs auf uns zu, wobei er Baker nicht aus den Augen ließ. »Belästigt der Typ dich?«, fragte er an mich gewandt.

Oh. Erst jetzt verstand ich, wie die Szene für ihn aussehen musste. Baker und ich standen uns viel zu nahe, und meine Wange … Unwillkürlich machte ich einen großen Schritt zur Seite.

Baker unterdessen begegnete Hudsons wütendem Blick in aller Ruhe. Im Vergleich zu Hudson wirkte er vollkommen im Reinen mit sich. So gelassen wie ein Fels in der Brandung. Hudson kam mir dagegen eher wie ein Abschlussballkönig vor, der sich eine verfeindete Schulbasketballmannschaft vorknöpfen wollte. Irgendwie auf Ärger aus.

Auch das Eichhörnchen fletschte die Zähnchen, fauchte. Immer noch saß es wie Bakers bester Freund auf seinem Arm. Zählte das zu einem natürlichen Verhalten bei Eichhörnchen?

Aber was noch viel irritierender war: Drohte hier ein Streit zu eskalieren? Verwirrt sah ich zwischen Baker und dem Eichhörnchen und Hudson hin und her. Gab es eine Vorgeschichte, von der ich nichts ahnte?

Da ich nicht bloß herumstehen wollte, schob ich mich zwischen die drei, bevor Hudson und das Eichhörnchen Streit anfangen konnten. »Eigentlich hat Baker nur seine Hilfe angeboten. Und falls du ihn das auch fragen wolltest: Nein, er hat London nicht gesehen.«

Daraufhin schwieg Hudson.

»Was machst du überhaupt hier? Bist du mir gefolgt?«

»Nein, ich wollte lediglich Sport machen, aber dann habe ich dich in den Wald laufen sehen. Genau in den verbotenen Teil davon.«

Hatte er etwa vorgehabt, mich zu warnen? Oder mich an den Haaren zurückzuschleifen? Seltsame Bilder tauchten vor meinem inneren Auge auf.

Hudson musterte meine Wunde. »War er das?«

Baker? Fand er das nicht selbst etwas weit hergeholt? Mit hochgezogenen Augenbrauen sah ich ihn an. »Nein, ich hab mich mit dem Eichhörnchen angelegt.«

Im Gegensatz zu dem Eichhörnchen, das mich immer noch anfauchte, verzog Hudson keine Miene. Weil er offensichtlich die Ironie dahinter nicht ganz mitbekam, seufzte ich. »Hab mich auf dem Parkplatz ziemlich blöd hingelegt.«

Hudsons Nasenflügel bebten. »Ich würde dir raten, nicht mehr die Straße zum See zu überqueren. Wir sehen sie als eine Art Grenze zwischen uns und den Wendigos an. Camp Superior ist nicht sicher für dich.«

Als ob er sich einen Kommentar verkneifen müsste, atmete Baker geräuschvoll aus.

Stirnrunzelnd hob Hudson das Kinn. Am liebsten hätte ich eine Hand auf seinen Arm gelegt, um ihn zu beschwichtigen. »Ja, ich meine dich und deine Freunde«, sagte er genauso bissig, wie das Eichhörnchen eben noch gefaucht hatte.

»Wir sind nicht alle so«, warf Baker ein.

»Du vielleicht nicht, aber die meisten von deiner Sippe. Letztes Jahr zur Wintersonnenwende? Hab ich nicht vergessen.«

Hudson nickte in Richtung Schule. »Komm, wir gehen. London ist nicht bei ihnen.«

Fragend sah ich ihn an. Woher wollte er das wissen?

»Die Chimären sind vorhin zurückgekehrt.« Er tippte sich an die Nase, als ihm klar wurde, dass ich nichts kapiert hatte.

Stimmt ja. Chimären hatten einen besonders ausgeprägten Geruchssinn. Sie konnten wahrscheinlich riechen, dass sich London nicht bei den Gestaltwandlern aufhielt. Ich presste die Lippen aufeinander und sah mich um. Die Situation kam mir beinahe surreal vor. Und wieso starrten mich alle so an?

»Hat irgendwer eine Spur von London gefunden?«

»Nein. Chimären sind keine Spürhunde.«

Das war zu erwarten gewesen. »Und Ornella? Hast du sie hier irgendwo langjoggen gesehen?«

Hudson schüttelte den Kopf, lehnte sich ganz nah an mein Ohr. »Bereitet sicher ihren Morgenappell vor oder hängt beim Falkenhorst ab.« Sein Flüstern berührte etwas in mir. Nicht nur seine Nähe, sondern auch die Tatsache, dass er dadurch versuchte, Ornella zu schützen. Er wollte nicht, dass Baker mithörte. »Komm.« Dieses eine Wort aus seinem Mund ließ mich frösteln. Etwas streifte die nackte Haut an meinem Oberarm. Erst mit Verzögerung erkannte ich, dass es Hudsons Hand war. Ich blinzelte.

»An deiner Stelle würde ich sie das selbst entscheiden lassen«, sagte Baker. »Sie kann gehen oder bleiben, wo und wohin sie will.«

Bei dieser Bemerkung bebten Hudsons Kiefermuskeln. Beinahe konnte ich es in ihm grollen hören. Vielleicht war es doch besser, wenn wir uns zurück zur Schule aufmachten. Ornella musste umgekehrt sein, sonst wäre sie längst hier vorbeigekommen. Hudson mit seinen Superkräften hätte sie gehört.

»Okay«, gab ich schließlich nach. »Wenn du mir hilfst, Ornella zu finden, gehe ich mit dir zurück.« Gut, im Grunde war das Erpressung, doch was sollte ich sonst tun? Es war die geschickteste Variante, um aus dieser Situation zu entkommen, ohne dass jemand das Gesicht verlor.

Den Blick, den mir Hudson daraufhin zuwarf, konnte ich nur als abgrundtief genervt bezeichnen. »Wenn ich dann endlich hier wegkomme und du auch, meinetwegen. Los jetzt.«

Oho, der Herr war also zu Verhandlungen bereit. »Einverstanden.«

Kaum hatte ich das Wort ausgesprochen, drehte sich Hudson schon auf dem Absatz um. Ohne sich von Baker zu verabschieden. Hatte ich aber auch nicht erwartet.

Mit einem sanften Lächeln wandte ich mich Baker und dem Eichhörnchen zu. *Sorry.* Ich formte das Wort lautlos, bewegte nur die Lippen.

Baker stand einfach nur da und lächelte. Ganz im Gegensatz zu dem mir immer noch feindlich gesinnten Eichhörnchen. Es hing an Bakers Hals und bleckte die Zähne. Im nächsten Moment, ich hatte gerade einmal Zeit zu blinzeln, klammerte sich statt des Tiers ein nacktes Mädchen an Bakers Rücken. Die Knie hatte sie gegen seine Lenden gepresst. Ihre rotbraune Wallemähne glänzte wie zuvor das Eichhörnchenfell. Und Baker hielt sie wie selbstverständlich unter den Knien fest. Ganz als wäre das nicht das erste Mal, dass ihm so etwas passierte. Die Oberlippe des Mädchens zuckte und entblößte dabei spitze Zähne.

Das … war gerade nicht wirklich geschehen, oder? Zwei Gestaltwandler? Zugegeben, das hätte ich kommen sehen müssen. Ich rieb mir über die Stirn. Von jetzt auf gleich fühlte sich mein Mund wie ausgetrocknet an.

Kapitel 15

»Hau schon ab«, zischte das nackte Mädchen.

»Charlotte«, ermahnte Baker sie. »Sei freundlich.«

»Was? Vorgestern ist ein Schwan fast an einem Stück Plastik verendet. Und die Kids aus der Schule waren schuld daran!«

Nach einem Seitenblick bemerkte ich, dass Hudson sich schon viel zu weit entfernt hatte. »Äh ja, ich muss dann mal.« Während ich ihnen zuwinkte, verfiel ich bereits in einen leichten Trab. »Und den Schwan hab ich übrigens gerettet!«

Was Charlotte darauf erwiderte, verstand ich nicht komplett. Dennoch musste ich beim Gedanken an die beiden grinsen. Wendigos. Unglaublich und irgendwie doch … ja, total sympathisch. Weil sich dabei meine Wangen spannten, schoss mir eine Welle des Schmerzes durch die linke Gesichtshälfte. Baker hatte recht, ich musste das sofort desinfizieren, ehe sich die Bakterien vertausendfachten. Und ich musste aufhören zu grinsen, wenn ich an Baker und seine freche Freundin dachte. Ob sie ein Paar waren? Kleidung spielte bei ihnen offenbar keine große Rolle. Es juckte mich in den Fingern, mehr über Camp Superior zu erfahren, nur leider war das ganz eindeutig nicht der richtige Moment.

Mit zusammengebissenen Zähnen beschleunigte ich mein Tempo. Hudson schien ganz und gar nicht gewillt, auf mich zu warten. Also musste ich rennen, um zu ihm aufzuschließen.

Gerade als ich ihn beinahe erreicht hatte, hörte ich ein Krächzen vom See her. Es platschte, und nicht weit entfernt pflügte ein Schwan durch den See, direkt auf die Felsenkrone in der Mitte zu. Ich kniff die Augen zusammen. Täuschte ich mich, oder paddelte auch vom gegenüberliegenden Ufer ein Schwan in Richtung Krone? Tatsächlich. Von dort, wo das Institut lag. War das für Schwäne normal? Das Gefühl, dass mit diesem See etwas nicht stimmte, wurde immer stärker. Hinter dem Nornensee steckte mehr, als sie mir bisher verraten hatten.

»Niemals die Straße zum See überqueren«, brummte Hudson, ohne sich zu mir umzudrehen. »Haben sie dir das nicht in der Einführung erklärt?« Bei seinem Stechschritt war es wirklich schwer mitzuhalten.

»Die Einführungsstunde kam leider etwas zu kurz, nachdem Ornellas Ansage Mrs Krystler aufgescheucht hat und Vivienne übernehmen musste.« Aber natürlich kannte ich die Straße von meiner Anreise, immerhin war es die einzige Straße, die zur Schule führte.

»Verstehe.«

»Du kannst das gern nachholen und mir mehr über die Wendigos erzählen.«

»Da gibt es nicht viel zu sagen. Sie fühlen sich vom See angezogen und schützen ihn. Wie wir sind sie nicht normalsterbliche Menschen. Sie sind Gestaltwandler.«

»Normalsterblich, was soll das eigentlich bedeuten? Ich meine, ich kenne das Wort, aber wir sind schließlich nicht unsterblich. Also scheint ihr hier etwas Besonderes darunter zu verstehen.«

Hudson warf mir einen kurzen Seitenblick zu und blieb schließlich stehen. Vor uns lag die Straße, die einmal quer durch den Wald schnitt und über die ich vorgestern mit meiner Familie zur Swanlake Academy gekommen war. Inzwischen kam es mir jedoch eher wie fünf Tage her vor. Es fühlte sich so an, als würde ich Willow, die Kolibris und auch Hudson schon viel länger kennen.

Ich sah zu Hudson auf, der sich einmal über den Schweißfilm an seiner Stirn wischte und dann seinen Stechschritt wieder aufnahm. »Nachfahren der mythologischen Wesen werden nach ihrem Tod von Walküren nach Walhalla geführt. Wendigos nehmen nach ihrem Tod eine neue Tiergestalt an und leben im Tierreich weiter. Die Zivilisten hingegen haben ein anderes Verständnis vom Leben nach dem Tod …« Er unterbrach sich, und ich hatte das unbestimmte Gefühl, dass er wollte, dass ich den Satz weiterführte.

Meine Gedanken versuchten, das Puzzle zusammenzusetzen. »Zivilisten, also Menschen ohne mythologisches Erbe, sind für euch also normalsterblich, weil sie, sobald ihre Zeit abgelaufen ist, an den Ort kommen, an den sie ihrer jeweiligen Religion nach glauben?«

»Genau. Eine Art Himmel oder eben direkte Wiedergeburt.«

Wir schwiegen eine Weile, wobei ich mir das Ganze durch den Kopf gehen ließ. »Wie auch immer. Jedenfalls brauche ich deine Hilfe, um Ornella zu finden.«

»Warum? Gleich beginnt der Unterricht, und du solltest die Schuluniform anziehen. Außerdem habe ich noch nicht gefrühstückt.«

Nachdenklich starrte ich auf den Weg vor uns. Mein Plan sah vor, Ornella so schnell wie möglich zu befragen, um herauszufinden, ob sie Londons Todesdatum im Nornenauge gesehen hatte oder mehr zu Londons Streit mit den Wendigos wusste. Gleichzeitig wollte ich aber nicht verraten, dass Ornella verbotenerweise die Kugel befragt hatte. Wenn ich dieses Geheimnis ausplauderte, würde sie mir schlimmstenfalls gar nicht mehr vertrauen. Aber ich musste etwas in Erfahrung bringen, also blieb ich so vage wie möglich. »Dieses Nornenauge … Ich habe dazu Fragen an Ornella.« Gut, das war nicht richtig gelogen, nur ein bisschen um die Wahrheit herumgeschifft.

»Das Nornenauge?« Augenblicklich verlangsamte Hudson seinen Stechschritt.

Als ich nicht antwortete, sondern einfach stumm den See betrachtete, warf Hudson mir erst einen Seitenblick zu und seufzte schließlich. »Ornella wird um diese Uhrzeit im Sekretariat sein und ihre Morgenansprache vorbereiten.«

»Diese Gossip-Girl-Imitation, hm?«

Jetzt zuckten Hudsons Mundwinkel. »Ja. Mrs Krystler lässt ihr das auch nur durchgehen, weil Ornella ihre Nichte ist.«

Okay, das ergab Sinn.

Die Insekten um uns herum drehten um diese Uhrzeit offenbar richtig auf. Es surrte aus allen Richtungen. Dazu brannte die Sonne auf meine Stirn, was meine Gedanken zu verlangsamen schien.

»Welche Geheimnisse hat Ornella schon von dir ausgeplaudert?« Eigentlich war diese Frage als Scherz gemeint, doch sobald Hudsons Gesichtszüge einfroren, wusste ich, dass ich mir mit diesem Thema keinen Gefallen getan hatte.

Mehr denn je sah er in diesem Moment wie ein leidendes Supermodel aus. Wie die, die auf den Bildschirmen am Times Square in Schwarz-Weiß-Fotografien auf einem Schemel saßen und Boxershorts bewarben. Er zog am Kragen seines Shirts, wodurch der Flügel sowie die Schwanzspitzen eines Schwalbentattoos sichtbar wurden. Aus irgendeinem Grund faszinierte mich dieser Anblick.

»Okay, folgender Plan.« Hudson befeuchtete sich die Lippen, was meinen Blick zu seinem Mund lenkte. »Zuerst schnappen wir uns etwas zu essen, dann gehen wir zum Krankenzimmer und versorgen deine Wunde. Du solltest dir eigentlich Schulkleidung anziehen, aber das schaffen wir vermutlich nicht mehr. Welchen Kurs hast du heute zuerst?«

»Äh …« Irgendwie konnte ich mich bei der Hitze nicht konzentrieren.

Hudson musterte mich, als wäre ich das Übel, das ihn in den Abgrund reißen konnte. Diesen Gesichtsausdruck hatte er echt drauf. Oder vielleicht war ich ihm einfach nur lästig. Das Mädchen mit dem Kaugummi in den Haaren, das nur für kurze Zeit nützlich gewesen war, um sich Vivienne vom Hals zu halten.

Ich spürte, wie der Groll von meinem Magen bis in meine Kehle aufstieg. Scharf atmete ich durch die Nase ein. »Stricken«, brachte ich mühsam hervor. Das stand auf meinem Stundenplan, den ich mir so halbwegs eingeprägt hatte. »Und danach Mythengeschichte.«

Für einen Moment schloss Hudson die Augen.

»Was?«, fragte ich. »Willst du damit sagen, dass du den Kurs nicht belegt hast und wir keine Strickpartner werden können?«

Er schwieg. Weshalb ich mich dazu genötigt fühlte hinzuzufügen: »Eigentlich ist Guerilla-Stricken ziemlich cool.« Sofort ärgerte ich mich über mich selbst. Konnte ich nicht einfach die Klappe halten?

»Sicherlich.« Hudson knirschte mit den Zähnen. Wahrscheinlich konnte er es gar nicht erwarten, mich loszuwerden.

Und ich ebenso nicht. Seine schlechte Laune machte mich ganz kribbelig. Während ich versuchte, meine Nasenflügel nicht ganz so stark wie ein wütender Stier aufzublähen, reckte ich das Kinn. »Das Leben ist das mit dem Lachen und den bunten Farben.«

Er sah mich irritiert an. »Von welcher Postkarte hast du denn den Spruch geklaut?«

Unter Hudsons Füßen knirschte bereits der Kies des Parkplatzes, als uns jemand vom Schuleingang zuwinkte. Vivienne.

Bei ihrem Anblick rieb sich Hudson mit dem Handrücken über die Stirn.

»Sie lässt also immer noch nicht locker, hm?«

»Du brauchst dich darüber nicht so zu amüsieren, Graylee. Schadenfreude steht dir nicht.«

»Oh, das ist mir jetzt aber unangenehm, eigentlich wollte ich dir gerade anbieten, dir noch einmal auszuhelfen.«

Hudson stockte. »Wie?«

»Ich helfe dir ein für alle Mal, Vivienne loszuwerden.«

Irgendwie gefiel mir der Gedanke. Natürlich nur, weil ich dafür bei Hudson etwas guthaben würde. Vermutlich für den Rest meines Lebens. Nur deshalb zog ich ihn bis zum Stamm des nächsten Baums. Hudson konnte sich Vivienne aus irgendeinem Grund nicht vom Hals halten. Zwar hatte er behauptet, dass es am Sirenenklang lag, aber so ganz glaubte ich das nicht. Wahrscheinlich wollte er sie nur nicht anschreien, weil die beiden irgendwann einmal ein Paar gewesen waren.

Wie auch immer.

Ich strich mir eine Haarsträhne aus der Stirn und drückte ihn gegen den Baumstamm. Überrumpelt ließ er es geschehen. »Wir kommen gerade allein aus dem Wald. Das ist perfekt. Was werden wir da wohl gemacht haben? Zu zweit?« Ich umfasste seine Oberarme, wobei ich versuchte, mich so lasziv wie möglich hinzustellen. Aus der Ferne würde es so aussehen, als würde ich mich gegen ihn lehnen.

Hudson sah mich an.

»Und jetzt tu so, als würdest du mich küssen«, wies ich ihn an.

Er zuckte mit keiner Wimper, vermutlich weil es nicht das erste Mal war, dass wir das taten.

»So«, wisperte ich, ehe ich meinen Kopf schief legte, meine Lippen nur Winzigkeiten von seinen entfernt. »Schließ die Augen.«

Unsere Lippen berührten sich nicht, aber aus Viviennes Perspektive musste es so wirken, als ob wir uns küssten.

Ein weiteres Mal innerhalb weniger Minuten klebte mein Blick an Hudsons Gesicht. Wie er vor mir stand. Nur eine Fingerlänge von mir entfernt. So nah. Meine Wangen prickelten, selbst meine verletzte linke. Warum nur fühlte sich das besser an als ein echter Kuss? Auch Hudson wirkte auf einmal wie erstarrt und womöglich auch etwas erstaunt, oder bildete ich mir das nur ein? Sein Atem strich über meine Lippen, und ... War es auf einmal unerträglich drückend heiß geworden?

»Schaut sie immer noch her?«, flüsterte ich.

Kurz bekam ich ein schlechtes Gewissen wegen Vivienne, aber dann erinnerte ich mich an ihre Gemeinheiten mir und Willow gegenüber. Nicht zu vergessen, wie sie die Kolibris behandelt hatte.

Hudson blinzelte, spähte dann an meinem Kopf vorbei. »Ja, aber jetzt dreht sie sich um und stapft davon.«

Nur mit Mühe und einiger Selbstbeherrschung schaffte ich es, von Hudson abzurücken. Warum mir das so schwerfiel, war mir selbst nicht ganz klar.

»Das ...« Hudson wischte sich mit einer Hand den Schweiß von der Stirn, »war ganz schön kindisch, aber effektiv.«

Kindisch? Ich schnaubte. »Vorgestern hast *du* diese Idee doch in *mein* Hirn gepflanzt.«

Jetzt rieb er sich auch noch über die Lippen, und ich konnte nicht aufhören, dieser Bewegung mit den Augen zu folgen. »Wie gesagt, letztendlich war es effektiv, diese Scharade. Ein kluger Schachzug. Planst du, mir von nun an immer mit dieser Methode aus der Patsche zu helfen?«

Wie? Bei dem Gedanken wurde mir auf einmal schwindelig. Meine Beine schienen ihren Dienst zu versagen. Warum machte mich der Gedanke an noch mehr Fast-Küsse mit Hudson so atemlos? So was tat ich normalerweise nicht. Wegen einem Jungen schwach werden. Im wahrsten Sinne des Wortes.

In seinen dunklen Augen funkelte es. Kaum zu glauben, dass die wirklich gefährlich waren. Würde er mich ohne diese Kontaktlinsen, die Lucinda erwähnt hat, versteinern? Aber die Dinger waren sicher, zumindest ließen sie Hudson hier frei rumlaufen, und in den letzten achtundvierzig Stunden hatte ich mich noch nie wie zu Stein erstarrt gefühlt. Obwohl … gerade eben … Hudsons Anblick … Wie gemalt stand er vor mir, und auf einmal wünschte ich mir, ihn wieder berühren zu können.

Nein, ich machte einen Schritt rückwärts, löste mich aus dieser gefährlichen Starre. Diesem Schnösel war nicht mehr zu helfen, und ich wollte absolut nicht an so einen Quatsch denken. Dennoch flatterten meine Wimpern, als ich krampfhaft versuchte, meine Gedanken in eine andere Richtung zu lenken. Vielleicht lag es ja doch bloß an seinem Gorgonenerbe, dass er mich im übertragenen Sinne erstarren ließ, wann immer ich ihn ansah. In meinem Magen schien plötzlich ein Wassersprinkler auf höchster Stufe zu laufen, so fühlte es sich zumindest an.

Irgendwann, in den quälend langen Sekunden, in denen Hudson immer noch schweigend auf meine Antwort gewartet hatte, räusperte ich mich. »Was immer nötig ist, um dich vor der bösen Hexe des Westens zu schützen.« Ich hatte vorgehabt, es in selbstbewusst-witzigem Tonfall rüberzubringen, doch ich war selbst erstaunt, wie heiser meine Stimme auf einmal klang.

Hudson sah mich irritiert an. »Du bringst mich irgendwie durcheinander.«

Ich brachte *ihn* durcheinander? Wohl eher umgekehrt. Mein Blick glitt über die roten Schnüre unter seinem Polokragen. Ich konnte ihm jetzt nicht ins Gesicht schauen. Nicht, wenn er mich so ansah und mein Kopf vor Hitze brannte.

Verlegen räusperte ich mich. »Wir sollten uns etwas vom Frühstück schnappen. Ein Croissant wäre mir recht. Und ein Fass Wasser.«

Hudson atmete tief ein. Sein Brustkorb hob und senkte sich. »Das wäre das Beste.«

Offensichtlich waren alle beim Frühstück, denn ich konnte niemanden sonst außerhalb des Schulgebäudes sehen. Eigentlich hatte ich überhaupt keine Lust, aus dem Schatten der Bäume herauszutreten und diese Spannung zwischen Hudson und mir endgültig zu beenden.

Ihm schien es ebenso zu gehen, denn er machte keine Anstalten, sich zu bewegen.

Ganz langsam hob ich das Kinn. Er starrte mich an. Wieder mit diesem intensiven Blick. Was glaubte er, in meinen Augen zu finden? Antworten?

Etwas raschelte, und wenig später brach zwischen uns und dem Eingang zum Falkenhorst eine Gestalt aus der Baumlinie. Ein Mädchen mit langen schwarzen Haaren.

London? Tatsache, sie war es.

Vor Schreck vergaß ich zu atmen. Aber irgendetwas schien nicht zu stimmen, denn sie stolperte mehr über den Kies, als dass sie ging. Ich wollte gerade nach ihr rufen, doch da geschah es. Sie schien sich vertreten zu haben, aber anstatt sich mit den Armen abzufangen, kippte sie wie gelähmt nach vorn. Kurz bevor sie auf dem Boden aufschlug, riss sie in einer unnatürlichen Bewegung die Fäuste hoch. Letzten Endes fing sie sich mit den Handunterseiten und Ellenbögen ab.

Ich runzelte die Stirn, merkte, dass ich in der Hitze langsam Kopfschmerzen bekam. »Hast du das auch gesehen? Ist das normal für Sirenen?«

Hudson ließ London nicht aus den Augen. »Nein. Ganz und gar nicht normal. Sie sind eher die eleganten Grazien.«

Ja, das ergab schon eher Sinn.

Jetzt, wo ich genauer hinsah, bemerkte ich erst, dass London ihr blaugrünes Kleid falsch herum trug. Zwischen ihren Schulterblättern lugte ein Zettel aus dem Stoff hervor. Die Waschanleitung. Offensichtlich hatte sie uns nicht bemerkt, denn London richtete sich wieder auf und stapfte schnurgeradeaus in Richtung Haupteingang.

»Sie ist wieder da«, sagte ich tonlos. »Die anderen werden sich freuen.« Kurz biss ich mir auf die Unterlippe. »Aber du hast das eben auch gesehen, oder?« Ich musste mich einfach noch mal versichern, dass es wirklich passiert war und mir nicht die Hitze irgendeinen Streich spielte.

»Hab ich gesehen. Trotzdem müssen wir uns an unseren Plan halten. Da drin sind genügend Lehrer, Schüler und Kolibris, die sich um London kümmern werden. Deine Wunde muss versorgt werden, und du solltest etwas essen, ehe es läutet.«

In diesem Moment umrundete Mr. Tee, der Hausmeister, eine

Fliederhecke, in der Hand eine riesige Heckenschere. Vor Schreck zuckte ich zusammen. Dieser Anblick schockierte mich fast noch mehr als Londons. Wirklich, ich sollte dringend aufhören, zu viel in meine True-Crime-Podcasts hineinzuinterpretieren. Nicht jeder mit einer Heckenschere war ein Killer. Aber immerhin riss mich der Anblick aus meiner Trance. Auch Mr. Tee in seinem Ganzkörperoverall hielt inne, sobald er London bemerkte, die gerade in der Schule verschwand.

So schnell ich gehen konnte, ohne dabei zu rennen, nahm ich die Verfolgung auf. Sie würde sicher Mrs Krystler oder Mrs Zilba aufsuchen, nicht wahr? Frühstückten die um diese Zeit mit den Schülern?

Hudson, der wie mein Schatten neben mir lief, hatte seinen Mund zu einem Strich verzogen. Hinter seiner angestrengt in Falten gelegten Stirn konnte ich beinahe seine Gedanken rauschen hören. London war zurück, aber etwas stimmte nicht – und was auch immer es war, es lag wie ein Schleier, gewoben aus dunkler Vorahnung, über uns.

Kapitel 16

London war nicht mal bis in die Mensa gekommen. Hudson und ich platzten mitten in eine Gruppenumarmung. Mindestens ein Dutzend Schülerinnen hatte sich auf London gestürzt. Alle redeten durcheinander, stellten Fragen. Doch London schaute nur abwesend in den Flur, der in die Mensa führte.

»Hast du getrunken?« Vivienne legte beide Hände an die Wangen ihrer Freundin.

»Hm?« Nur mit Verzögerung sah London zu ihr auf.

»London!« Mrs Krystler, an diesem Morgen mit losem Haardutt, in Shorts und ohne Schuhe, sprintete die Treppe herunter. Doch kein Schüler zuckte bei ihrer Aufmachung auch nur mit einer Wimper. Auf ihrem Top stand: »Daddy, I want a pony.«

Mir fiel wieder ein, dass Ornella ihre Nichte war. Ganz offensichtlich lag ein überdimensionales Selbstbewusstsein in der Familie. Und Mrs Krystler hätte es genau wie ihre Nichte auch im Schlabberlook auf einen Laufsteg geschafft. Ich musste nachher unbedingt mit der Rektorin sprechen. Aber zuerst Ornella.

Nachdem ich Hudson mit einem Wink meines Kinns zu verstehen gegeben hatte, dass jetzt der beste Zeitpunkt war, um sich Frühstück und eine Ladung Alkohol für meine Wange abzuholen, schoben wir uns an dem Massenauflauf vorbei.

»Was bitte war das?«, flüsterte ich.

Natürlich antwortete mir Hudson nicht, stattdessen starrte er immer noch über die Schulter zu London zurück. Aber was hatte ich mir auch gedacht? Dass wir nach diesem Morgen beste Freunde werden würden? Nur weil Hudson mich ein Gespräch lang nicht ignoriert und böse angefunkelt hatte?

Kurz darauf stieg mir der Duft von frischen Brötchen in die Nase und lenkte mich ab. Mit einem guten Frühstück im Magen würde ich sicher besser nachdenken können. Erst jetzt fiel mir auf, wie lange ich schon nichts Ordentliches mehr gegessen hatte.

Ohne zu zögern bog ich in die Mensa, die ziemlich verlassen vor uns lag. Zwei mir unbekannte Kolibris räumten gerade die Teller von einem Tisch nahe der Tür auf einen Rollwagen. Wahrscheinlich wirkte ich wie ein verhungerndes Tier, aber ich sprintete geradezu nach vorn bis zum Büfett. Nichts konnte mich stoppen, und schon gar keine falsche Zurückhaltung, wenn es ums Essen ging. Allerdings zischte von links ein Vogel heran, der ebenfalls Kurs auf das Büfett nahm. Im Tiefflug schnappte sich Heffa einen Krümel vom Brett, auf dem ein aufgeschnittenes Baguette lag.

»Heffa!« Ein wütender Tennisball, der auf den Namen Lemon hörte, überholte mich. »Regel drei: Kein Kolibri bedient sich am Essen der Mythen.«

So lief das hier? Mythenessen? »Aber, Lemon.« Ich baute mich neben dem Kolibri auf, der auf der Stelle sirrte. »Was, wenn ich Heffa eine Belohnung gebe? Wie ein Trinkgeld?« Ich nahm mir zwei Krümel. »Einen für Lemon, einen für Heffa?«

Lemon neigte den Kopf, wobei seine Augen die Brotkrümel fixierten, als würde er seinem eigenen Küken beim Schlüpfen zusehen. Sein linkes Augenlid zuckte. »Dann, na ja, wenn das dein Wille ist, geht das wohl in Ordnung.« Und bevor ich reagieren konnte, stürzte er sich auf meine Hand.

Beinahe hätte ich gelacht. »Nicht alles auf einmal, Lemon, heb dir noch was für später auf.«

Lemon, der den Krümel natürlich längst hinuntergewürgt hatte, sah irritiert zu mir auf.

»War nur ein Spaß.« Ich zwinkerte ihm zu.

Da Heffa sich ebenfalls bedient hatte, schnappte ich mir drei belegte Brötchen, einen Apfel, eine Banane und versuchte, noch ein Croissant darauf zu balancieren.

»Brauchst du Hilfe?« Schon stand Hudson neben mir, und seine plötzliche Nähe hätte mich fast zusammenzucken lassen.

»Sehe ich aus wie eine Prinzessin in Not?«

»Heutzutage retten sich alle Prinzessinnen selbst. Ist mir bewusst.«

Sprachlos starrte ich ihn an. Was für eine beeindruckende Klarsicht. Für einen Jungen. In meinem Hinterkopf meldete sich zwar ein leises Stimmchen, das mich ermahnte, nicht immer so gemein zu sein, aber ich ignorierte diesen Einwand, genauso wie Hudsons Bemerkung.

»Lass uns auf mein Zimmer gehen. Mein Notfalltäschchen müsste genug desinfizierende Salbe für meine Wange enthalten.«

Hudson, der sich einen Bagel und ein Croissant geschnappt hatte, hob gelangweilt die Schulter. »Es ist deine Wange.« Er biss von dem besonders dunkel gerösteten Ende des Croissants ab. »Die Krankenschwester hat vermutlich viel weniger Ahnung davon als du.« Mit dem Rest des Croissants deutete er auf mein Gesicht. »Die Narbe wird deinem Gesicht schmeicheln. Da bin ich sicher.«

»Bist du fertig?« Ich hob beide Augenbrauen. »Nett, dass du dich sorgst, aber mein Heilfleisch ist unschlagbar. Und jetzt los. Wir dürfen keine Zeit verlieren.«

Als wir aus der Mensa traten, war London immer noch umringt von Leuten, doch sie starrte wie betäubt über die Köpfe ihrer Mitschüler hinweg in Richtung des nächsten Kronleuchters. Das Gemurmel drang bis zu uns vor. Ein Gerücht darüber, was passiert war. London behauptete allem Anschein nach, Alkohol getrunken zu haben und erst vor einer Stunde westlich der Kiesgrube wieder aufgewacht zu sein. Also ein gutes Stück hinter der Baumgrenze, durch die sie eben gebrochen war.

Als ob. London wollte gestern Abend doch eigentlich nur auf die Toilette gehen. Und jetzt faselte sie etwas von Alkohol? Das stank doch zum Himmel. Ich meine, warum betrank man sich allein, wenn man auch seine beste Freundin mitnehmen konnte? Nicht dass ich Alkohol gutheißen würde … London log. Bloß warum?

»Langsam fallen wir auf.« Hudsons Atem an meinem Nacken ließ mich trotz der texanischen Temperaturen frösteln. »Wir sollten die Treppe hinten beim Fitnessraum nehmen.«

Eine gute Idee.

In meinem Flur bemerkte ich sofort, dass Willows Tür offen stand.

»Graylee!« Offensichtlich hatte sie auf Schritte gelauert, denn kaum waren wir oben angekommen, schoss meine Zimmernachbarin aus ihrer Tür. Da ich immer noch mein Frühstück balancierte, konnte ich ihre Umarmung nur mithilfe meines Kopfes erwidern.

»Da bist du ja. Du warst plötzlich weg. Und Lucinda und Iceman auch.«

»Entschuldige, dass ich dich allein gelassen habe. Mir kam spontan eine Idee, und ich musste los.«

»Kein Problem.« Tatsächlich wirkte Willow mehr erleichtert als sauer. »Hast du dich verletzt?«, fügte sie hinzu und deutete auf meine Wange.

»Ich bin hingefallen, aber das sieht schlimmer aus, als es ist.«

»Oh, okay.« Sie schielte auf meine Brötchen, und ihr Magen grummelte laut, woraufhin sie rot anlief.

Ich unterdrückte ein Grinsen. »Bedien dich, oder geh nach unten. Wenn du Glück hast, haben die Kolibris noch was übrig gelassen. Und stell dir vor, London ist gerade zurückgekommen.«

»Was?« Willow quietschte. »Gut, wir sehen uns dann nachher. Ich geh mal runter; könnte jetzt echt dringend einen starken Kakao gebrauchen.« Ohne ein weiteres Wort an mich zu verschwenden, sprintete Willow den Flur hinab. Barfuß. Immerhin setzte sie die richtigen Prioritäten.

»Du besorgst uns Wasser«, bemerkte ich an Hudson gewandt, wobei ich in Richtung Wasserspender gestikulierte.

»Und den Bagel balanciere ich auf dem Kopf, oder wie?« Seine Aussprache litt ein wenig unter dem Croissant in seinem Mund, weshalb ich so tat, als hätte ich nichts gehört.

Da mein Schreibtisch mit nicht weggeräumten Sachen vollgestellt war, legte ich mein Frühstück auf dem Bett ab. Etwas klickte, und als ich den Kopf drehte, erkannte ich, dass Hudson die Tür mit dem Fuß geschlossen hatte. Schnell nahm ich ihm mein Wasserglas ab und platzierte es auf dem Nachttisch.

»Wo ist deine desinfizierende Salbe?« Er sah sich um.

»In der blauen Tasche neben dem Waschbecken.«

Noch ehe ich in eins der Brötchen beißen konnte, war er schon mit der Tasche zurück.

»Sag mal«, murmelte ich, sobald ich den ersten Bissen hinuntergeschluckt hatte, »wie ist das eigentlich mit Gorgonenkindern?« Es war ein spontaner Gedanke, den ich einfach aussprechen musste. »Wenn ein ausgesetztes Gorgonenkind nichts von seiner Gabe weiß, würde es dann im Kinderheim Leute versteinern?«

Hudsons Griff um meine Kosmetiktasche verstärkte sich. Selbst seine Nackenmuskulatur spannte sich an. »Nein. So was passiert eigentlich nicht. Wir finden sie, bevor sie in die Pubertät kommen. Vorher sind die Blicke von Gorgonen ungefährlich. Sie hören nur übernatürlich gut. Irgendwann werden Menschen ihre Blicke jedoch unangenehm, und dann … wird es immer schlimmer.« Hudson wandte sich von mir ab und starrte, ohne zu blinzeln, zum Fenster hinaus.

Oh, okay. Kein gutes Thema. Um Zeit zu gewinnen, aß ich den Rest meines Brötchens. Besser, ich hakte nicht weiter nach.

Hudson öffnete schließlich den Reißverschluss meiner Mini-Apotheke und zog eine Flasche heraus. »Die hier, nehme ich an?«

Ich wandte mich wieder zu ihm um. »Ja, danke. Ich mach das schon.« Nachdem ich einmal vom Croissant abgebissen hatte, streckte ich die Hand danach aus.

»Ich glaube kaum, dass es eine gute Idee ist, sich selbst eine Wunde zu desinfizieren. Besser, du lässt mich das machen.«

So, so. Er glaubte also nicht, dass ich das durchziehen konnte? Ich sah ihn schief an. »Du hast es hier mit einem Profi zu tun. Siehst du die vier Handdesinfektionstuben?« Ich wies auf meinen Schreibtisch.

Hudson verdrehte die Augen, schnappte sich aber dann eine davon, um seine Finger zu desinfizieren. »Halt einfach kurz still. Hilfe anzunehmen, ist keine Schwäche.«

Bei seinen Worten stockte ich. *Hilfe anzunehmen, ist keine Schwäche?* War es das, was ich ausstrahlte? Sah er mich so?

Hudson kam langsam auf mich zu, und auf einmal entglitt mir das Croissant. Auch mein Unterkiefer sank, ohne dass ich es verhindern konnte, nach unten. Als hätte ich meine Muskeln nicht mehr unter Kontrolle. Völlig gebannt starrte ich Hudson an. Wie er sich nach vorn beugte, mein Croissant auffing und mich intensiv musterte. Sein Blick fühlte sich an, als versuchte er, mich zu lesen. Jedes einzelne Kapitel von mir.

Hastig schloss ich die Augen, schnappte nach Luft. Was taten wir hier? Was machte Hudson mit mir? »Bitte, hör mit diesem Gorgonen-Ding auf.«

»Was?« Er klang ehrlich überrascht.

»Na, dieses Starren, das mich … runterzieht.« Anders konnte ich es nicht beschreiben. Weil einfach nicht mehr aus meinem Mund kommen wollte, wedelte ich mit meiner freien Hand in der Luft herum. Sofort tat es mir leid, denn offensichtlich hatten ihn meine Worte verletzt. Er rückte von mir ab.

Mist. Wieso hatte ich das nicht eloquenter formulieren können? »Ich wäre jetzt bereit für das Alkoholtuch«, sagte ich daher schnell.

Er nickte, sah mich aber nicht wirklich an, nein, er richtete seinen Blick auf einen Punkt über mir, ehe er sich meiner Wange widmete. Die ganze Zeit über, in der er meine Wunde mit dem Tuch abtupfte, vermied er es, mir in die Augen zu sehen.

Der Alkohol brannte höllisch, doch ich zwang mich, nicht zusammenzuzucken. Stattdessen konzentrierte ich mich auf den Schwalbenflügel, der unter seinem Poloshirt hervorblitzte. Am liebsten hätte ich eine Hand danach ausgestreckt und wäre mit zwei Fingern die Striche nachgefahren. Es wirkte so lebendig. Ganz im Gegenteil zu Hudson. Warum nur hatte er sich dafür entschieden?

»Diese Salbe?« Er deutete auf die weiße Tube mit dem hellblauen Verschluss.

»Ja.« Weiter sagte ich nichts. Vielleicht hatte er recht. Damit, dass es keine Schwäche war, Hilfe anzunehmen. Dasselbe sagte mein Dad immerhin auch manchmal. Wie es aussah, musste ich in Zukunft mehr gegen den natürlichen Drang ankämpfen, alles selbst zu können, um mein Umfeld nicht zu verletzen. Ich biss mir auf die Unterlippe.

Nachdem sich Hudson noch mal die Finger desinfiziert hatte, wofür ich sehr dankbar war, schmierte er sich zwei Kleckse der Salbe auf Zeige- und Mittelfinger. Gebannt sah ich dabei zu. Wie gewissenhaft er sich damit beschäftigte. Als ginge es darum, eine Operation vorzubereiten.

Obwohl ich wusste, was als Nächstes passieren würde, zuckte ich zusammen, als er sich mir näherte und seine Finger an meine Wange hob. Immerhin sah er diesmal meine Wange an und nicht an mir vorbei. Meinen Blick dagegen mied er jedoch weiterhin. Hatte ich wohl verdient.

Meine Atmung wurde flacher, als er sich noch näher zu mir beugte und mit dem Zeigefinger vorsichtig den Kratzer abtupfte. Hatte jemand sämtlichen Sauerstoff aus dem Raum gesogen? Meine Augenlider flatterten. Warum fiel es mir auf einmal so schwer zu atmen?

Hudsons Augen verdunkelten sich, und als er mit seinem Mittelfinger weitertupfte, hätte ich ihn am liebsten von mir gestoßen.

Ganz offensichtlich betrachtete er mich wieder vollkommen distanziert, hatte seine Mauern erneut hochgefahren. Gleich würde er sich abwenden und mich mit Nichtachtung strafen.

Und genauso kam es. Die Kälte, die mit einem Mal zwischen uns entstand, sobald er von mir zurückgetreten war, um sich die Finger am Feuchttuch abzuwischen, berührte etwas in mir. Einen dunklen Fleck in mir. Am liebsten hätte ich Hudson zurückgehalten, als er sich immer weiter von mir entfernte. Trotz der Sommerhitze fror ich auf einmal. Das Trauma meiner Kindheit, verlassen zu werden, drohte über mich hereinzubrechen. So viel war mir selbst klar.

Weil ich dem Drang, nach seinem Arm zu greifen, entgegenwirken und mich davon ablenken wollte, sprang ich vom Bett auf … und stolperte, direkt gegen die Wand. Dummerweise stützte ich mich ausgerechnet mit der Hand an der Mauer ab.

Verflucht! Wieso hatte ich nicht besser aufgepasst?

Im nächsten Augenblick wurde alles um mich herum dunkel. Die Vision brach mit einer Gewalt über mich herein, die mir sämtliche Atemluft raubte. Mitten in meinem jetzt abgedunkelten Zimmer stritten sich zwei Teenager. Ein Mädchen mit dunklen Haaren und ein Junge, einer der Zwillinge, die ich schon einmal in einer Vision gesehen hatte. Wie immer bei diesen Visionen drangen ihre Stimmen nur dumpf und verzerrt zu mir durch. Der schlaksige Junge, dessen Zwilling dieses Mal nicht zu sehen war, schrie und packte das Mädchen an den Schultern, um es zu schütteln. Und zwar so heftig, dass ihr Kopf unkontrolliert vor und zurück geschleudert wurde. Schmerz schoss durch meinen eigenen Kopf und Nacken.

Vorbei. Nur eine vergangene Tragödie, die noch in diesem Raum feststeckte. Nichts weiter. Das Licht kehrte zurück, und ich beeilte mich, mich von der Wand zu entfernen, während der Schmerz in mir verhallte. Ob ich so tun konnte, als wäre nichts gewesen, oder war Hudson bereits aufgefallen, dass ich …?

»Graylee?« Seine Stimme klang alarmiert, als erwartete er, dass ich gleich umkippte.

Verdammt. Zu spät. Das durfte nie wieder passieren. Von jetzt auf gleich fühlte sich meine Kehle so trocken wie der Kiesboden auf dem Schulparkplatz an. Blöderweise stolperte ich erneut über meine Füße.

Sofort griffen zwei Hände nach mir und fingen mich auf. Hudson drückte mich an sich, um meinen Fall zu bremsen. Hielt mich fest.

»Danke.« Mehr als dieses Wort brachte ich nicht über die Lippen. War das gerade wirklich passiert? Verwandelte sich mein Leben in ein wandelndes Klischee?

»Was war das da eben?«, fragte er ganz nah an meinem Ohr.

»Nur ein kleiner Schwächeanfall, nichts weiter.«

»Aha.« Das klang nicht unbedingt so, als würde er mir glauben. Doch mehr sagte er nicht.

Ich atmete einmal tief durch.

»Damit sind wir wohl quitt«, murmelte Hudson, während er mich wieder auf die Beine stellte. »Rettungs-Gleichstand.«

»Pff.« Ich schnappte mir ein Pflaster. »Nur bis ich dich wieder vor Vivienne retten muss.«

Hudsons Mundwinkel zuckten. Lächelte er etwa? »Deiner Theorie zufolge müsste das doch ab sofort nicht mehr der Fall sein.«

Statt zu antworten, hob ich einfach nur beide Augenbrauen.

»Ich mach das.« Sanft nahm er mir das Pflaster aus der Hand. »Eigentlich hätte ich erwartet, dass da fiese Beleidigungen draufstehen, aber überraschenderweise ist das ein ganz normales Verbandszeug.«

»Witzig«, sagte ich.

Seine Lippen verzogen sich zu einem spöttischen Grinsen. »Echt amüsant, wie du immer *witzig* sagst, wenn du das Gegenteil meinst.«

»Jaaaa«, sagte ich. »Zeit, Ornella zu suchen. Hilfst du mir dabei? Auf dem Weg zu ihr können wir über London reden. Oder gleich gemeinsam mit Ornella.«

Hudson räusperte sich und trat einen Schritt zurück. »Okay. Aber vielleicht ziehst du dich vorher noch um.«

Obwohl ich mir nichts aus diesem Kram machte, war es wohl klüger, an meinem ersten Schultag nicht mehr als nötig aufzufallen, vor allem, wenn ich Ermittlungen anstellte. Also hatte ich mich dafür entschieden, wertvolle Minuten für mein Outfit zu opfern. Aus dem weißen Band hatte ich jedoch keine schöne Schleife hinbekommen, weshalb ich letztendlich zwei Knoten hineingemacht hatte. Das musste reichen, um meinen guten Willen zu demonstrieren.

Drei Minuten später hastete ich in meinem blau karierten Rock und einem weißen Poloshirt mit Schullogo neben Hudson den Flur hinunter. Wir mussten dringend mit Ornella reden und herausfinden, was hier los war. Warum hatte London vorhin gelogen, und was war Ornella im Nornenauge erschienen? Wer würde bald sterben? Und wann? Die Fragen wirbelten nur so in meinem Kopf herum, als plötzlich die Lautsprecher knackten.

»Einen wunderschönen guten Morgen und willkommen zum ersten Tag der Orientierungswochen! Auch bekannt als: Singen und Klatschen für zurückgebliebene Mythenkids, ehe die Schule wieder so richtig losgeht.« Die aufgesetzte Fröhlichkeit in Ornellas Stimme troff geradezu aus jeder Ritze des Flurs. »Aus der Kategorie: Dinge, die niemand braucht.«

Es ging also los.

Sobald wir den Flur hinter uns gelassen hatten, nahmen Hudson und ich die Treppe in den Freizeitflügel der Schule, der wie das Innere eines orientalischen Palasts gestaltet war. Hier im Treppenhaus dröhnte Ornellas Stimme sogar noch lauter als in den oberen Stockwerken.

»Wie ihr sicher schon gehört habt, ist unsere entflohene Sirene London heute früh mit fliegenden Fahnen zurück zur Schule getaumelt. Wenn das mal kein abschreckendes Beispiel für Hände weg vom Alkohol ist, liebe Kinder! Wenn jemand noch Fotomaterial von Londons Heimkehr hat, immer her damit.«

Oh, diese gemeine Möchtegern-Radiomoderatorin!

»Außerdem wurde mir die Information zugespielt, dass unsere neue Schülerin Graylee McCoy, bisher unbestimmte Mythenerbin, frühmorgens auf dem Weg zu Camp Superior gesehen wurde.«

»Und es geht los«, brummte Hudson.

Von wegen zugespielt, sie hatte mich wahrscheinlich selbst dabei beobachtet. Ich ahnte bereits, was als Nächstes kam. Und tatsächlich.

»Gerüchten zufolge wurde die liebe Graylee mit einem nackten Gestaltwandler gesichtet. Ist das zu fassen? Noch keine achtundvierzig Stunden an der Schule …« Es knackte wieder im Lautsprecher.

O bitte, hoffentlich versagte einfach die Technik und diese Ansprache fand ein schnelles Ende. Das war ja noch schrecklicher als die Gerüchte, die sie über Hudson und mich erzählt hatte. Meine Augenbrauen zogen sich so fest zusammen, dass ich spürte, wie eine Kopfschmerzwelle auf mich zurollte. Zudem begann meine Wangenverletzung wieder zu pochen. Diese Ornella … Und dabei hatte ich sie vor Mr Tee und am Lagerfeuer »gerettet«!

Hudson tat, als hätte er nichts gehört, und visierte eine Tür nahe der Snackautomaten an.

»Doch kurz danach wurde sie zusammen mit unserem attraktiven Gorgonen Hudson eng umschlungen unter einem Baum beobachtet. Meine Quellen sagen mir allerdings, dass sie sich nicht wirklich geküsst haben. Bloß, was war das dann? Eine Zeckenabsuchung? Die Verarztung einer mysteriösen Wunde?«

Hudson riss die Tür des Sekretariats auf, sodass das Metallschild, das daran befestigt war, klirrte.

»Oho, wenn man vom Teufel spricht«, sagte Ornella in Stereo. Dann beugte sie sich so weit nach rechts, dass sie einen Blick an Hudson vorbei auf mich erhaschen konnte. »Wärst du an einer Stellungnahme interessiert, Graylee?«

Ehe ich antworten konnte, stapfte Hudson schon an ein kleines Schaltpult und betätigte einen grün leuchtenden Knopf, der daraufhin erlosch. »Ist sie nicht.«

Ohne Ornella aus den Augen zu lassen, schloss ich mit dem Fuß die Tür, woraufhin sich Ornella auf ihrem Drehstuhl zu uns umwandte.

Mit den Lippen formte sie einen rosa Kaugummi zu einer Blase, die sie mit einem Fingernagel zum Platzen brachte. »Wollt ihr mich jetzt verkloppen?« Gelassen strich sie sich die schulterlangen Haare hinter die Ohren.

»Nein, aber ich habe ein paar Fragen.« Ich machte einen Schritt nach vorn, besah mir die sechs Bildschirme rechts neben dem Schaltpult, die die Schulflure in Schwarz-Weiß zeigten. Mein Puls ging immer noch viel zu heftig. Nicht nur, weil wir regelrecht hierhergestürmt waren, mir steckte auch noch die Vision in den Knochen … Besser, ich hielt mich so weit wie möglich von den Wänden dieses Raums fern. Hier waren garantiert noch einige negative Energien von all den vergangenen Dramen gespeichert. Und ich konnte gut und gern auf eine weitere Vision an diesem Morgen verzichten.

»Wenn ihr gekommen seid, um mich zu langweilen, hättet ihr euch das echt schenken können, denn den Job erledigt Mr Murphy gleich in der ersten Stunde.«

»Ornella«, begann ich und tauschte dann einen schnellen Blick mit Hudson. »Wir wären dir äußerst dankbar, wenn du keine fiesen Gerüchte über uns streuen würdest.« Ich nickte in Richtung des Mikrofons. Prinzipiell, um für Vivienne den Schein zu wahren, spielte uns das zwar in die Karten, aber Ornella ging zu weit. Eindeutig. »Dann würde es mir auch leichter fallen, zu verschweigen, was letzte Nacht im Keller vorgefallen ist.«

Sie musterte mich, kaute provozierend langsam und mit offenem Mund auf ihrem Kaugummi herum. »Und wenn schon. Meine Weste ist in diesem Laden alles andere als kackweiß.«

»Ich denke, kackweiß ist hier nicht der passende Vergleich …« Ich unterbrach mich und ließ den Satz unvollendet stehen. Ein Blick in Ornellas genervtes Gesicht verriet mir, dass ich so nicht weiterkam. Ich musste anders vorgehen. Gespielt gleichgültig hob ich die Schultern. »Dann macht es dir bestimmt nichts aus, wenn wir direkt hier über die Lautsprecher verkünden, dass einer von uns bald ster…«

Bevor ich den Satz beenden konnte, schoss Ornella auf die Füße, wobei ihr Drehstuhl nach hinten gegen die Wand rutschte. Das Ganze ging so schnell, dass Hudson und ich gleichzeitig zusammenzuckten.

»Steck deine Schwertspitze nicht in Ärsche, die dich nichts angehen!«, knurrte sie, und im nächsten Moment hatte Ornella sich schon viel zu nah vor mir aufgebaut. Bei dieser Bewegung strichen ihr ihre Haarspitzen über die Schultern.

Eigentlich hatte ich mir Walküren immer mehr wie Engel und weniger wie Schlägerinnen mit schlecht gefärbten Haaren aus den gefährlichsten Ecken in Kentucky vorgestellt, aber meine Quellen waren offensichtlich nicht besonders vertrauenswürdig gewesen.

»Hast du keine eigenen Probleme?«, fauchte sie weiter. »Wie deine Abstammung?«

»Meine Abstammung ist jetzt nicht das Thema.« Ich atmete tief ein. »Irgendwie wird sich schon zeigen, wer ich wirklich bin.« Ich seufzte, änderte den Tonfall. »Hör mal, ich will dir nichts Böses. Schließlich habe ich dich erst vor dem Hausmeister und danach noch mal beim Lagerfeuer gedeckt, oder? Wenn du mir erzählst, was du im Nornenauge gesehen hast, kann ich dir vielleicht helfen, denjenigen zu retten, der bald sterben wird.«

Erst als Hudson laut nach Luft schnappte, wurde mir bewusst, dass ich ihn soeben zum Mitwisser gemacht hatte.

»Dann könnten *wir* dir helfen«, korrigierte ich mich.

»Nornenauge?«, formte Hudson hinter Ornellas Rücken mit den Lippen.

Also lag ich richtig. Das, was Ornella getan hatte, war ein absoluter Fauxpas an dieser Schule. Bloß, wer von uns würde bald sterben?

Etwas in Ornellas Gesicht veränderte sich. Mit einem Schlag wirkte sie zehn Jahre älter und ihre Haut ganz grau. Oder war das das unnatürliche Deckenlicht? Die Tür rechts von mir, die zu Mrs Krystlers Büro führen musste, war geschlossen, und ich vermutete sie immer noch bei London.

»Du willst doch sicher, dass das unter uns bleibt«, fuhr ich fort. »Und ebenso sehr mithelfen, diesen Todesfall zu verhindern, wie wir.« Das nahm ich zumindest an.

Ornellas Nackenmuskulatur knackte. »Zuerst einmal will ich meine Morgenansprache beenden.«

»Schön. So lange haben wir noch Zeit.« Ich verschränkte die Arme vor der Brust. »Tu, was du nicht lassen kannst.«

Nach einem skeptischen Blick in meine Richtung ließ sich Ornella zurück auf ihren Stuhl sinken, rollte wieder nach vorn ans Mikrofon, das mich an eine stählerne Tulpe erinnerte. *Klick.* Und schon leuchtete die grüne Taste wieder auf.

»Tja, Leute«, verkündete sie mit aufgesetzter Fröhlichkeit, »hier hat sich gerade etwas getan. Sieht so aus, als könnte ich euch gleich beim Beachvolleyball nicht auseinandernehmen. Stattdessen trinke ich mit unserer lieblichen Graylee einen Kamillentee.«

Kurz war ich etwas irritiert von Ornellas Ansage, aber dann ging mir ein Licht auf. Von diesem Beachvolleyballspiel vor dem Unterricht hatte mir Willow gestern erzählt. Stand wohl auch in der Infomappe. Die ich nicht gelesen hatte.

Dieses Mädchen, die Nichte der Rektorin mit ihren nicht vorhandenen Manieren, brachte mich tatsächlich aus dem Konzept.

Auf den Bildschirmen konnte ich sehen, dass etwa ein Drittel der Schüler bei ihren Worten stehen geblieben war und in die Kamera starrte. Mir direkt ins Gesicht.

Seufzend glitt ich nach vorn und legte eine Hand auf den Leuchtknopf, wobei ich den Blickkontakt zu Ornella nicht unterbrach, die mich immer noch provokativ anstarrte. »Ihr habt's gehört. Weitermachen«, sagte ich ins Mikrofon, bevor ich den Schalter betätigte.

Sekunden verstrichen, in denen wir uns nur anstarrten und in denen Ornella an ihrem Daumenring drehte. Bis sie den Kopf in den Nacken warf und lachte. »Du hast echt Mut, Neue.« Nachdem sie sich eine imaginäre Träne aus dem Augenwinkel gewischt hatte, drehte sie sich in ihrem Stuhl zu Hudson herum. »Okay, Justin Bieber für Arme, hol uns mal zwei Kaffee, ja? Und dieser leidende Gesichtsausdruck ist langsam echt überholt. Immer noch das *Die-Schöne-und-das-Biest*-Syndrom? Wird das nicht langweilig?«

Oh. Ich hielt die Luft an, während ich nach rechts schielte. Obwohl ich Angst hatte, die Worte hätten Hudson getroffen, lachte der nur trocken auf.

»Netter Versuch, Nella«, sagte er. »Ich hole uns *drei* Kaffee, dann reden wir. Ist ja nicht so, als könnte ich mir nicht zusammenreimen, was hier vor sich geht. Außerdem brauche ich danach Graylee noch als meine Zeugin. Irgendetwas stimmt nicht mit London, und ich denke, ihr zwei seid genau die Richtigen, die mir helfen können, Antworten zu finden.« Und damit drehte er sich um, marschierte an mir vorbei zur Tür.

Okay? London schien ihm wichtiger zu sein, als ich gedacht hatte.

Mit einem Seufzen fläzte sich Ornella tiefer in den Drehstuhl. »Och nee, bitte nicht schon wieder. Du kannst nicht ernsthaft glauben, dass du an allem Unglück der Schule die Schuld trägst!«

Doch Hudson drehte sich nicht noch einmal um, hob nur eine Hand zum Abschied, schloss die Tür und ließ mich mit ihr allein.

»So so. Du und Hudson also? Das ging ja schnell.« Sie schielte zu mir hoch, während sie wie ein Mafioso die Finger ineinander verschränkte. Ringe klackerten.

Ich bemühte mich um einen unauffälligen Tonfall. »Ich glaube kaum, dass dich das etwas angeht.«

»Und was war mit dem nackten Gestaltwandler? Welcher von ihnen war es? Baker? Jinx? Und wer hat dir diese Schramme an der Wange verpasst?«

»Ich weiß nicht, was du meinst.«

Natürlich glaubte sie mir kein Wort. Aber so schnell würde ich mich von ihr nicht einschüchtern lassen. »Hör mal, ich will dir nur helfen und etwas Licht in die Sache bringen.«

»Das will ich auch.« Sie durchbohrte mich regelrecht mit ihrem Blick. »Wieso verhältst du dich eigentlich so, als wäre das alles hier für dich Neuland?«

Irgendwie kratzten mich Croissantkrümel im Hals, weswegen ich hustete und mir mit der Faust auf den Brustkorb schlug, ehe ich antwortete. »Weil ich bis vorgestern absolut nichts über Mythennachkommen wusste. Außerdem bin ich, warum auch immer, durch die Maschen gerutscht. Wahrscheinlich haben du und London für zu viel Ablenkung gesorgt, deshalb hab ich sämtliche tieferen Gespräche über die Schule und ihre Regeln verpasst.« Jetzt war ich es, die Ornella schief ansah. »Warum hast du eben Hudson unterstellt, dass er glaube, Schuld an allem Unglück der Schule zu haben?«

Ornella ließ ihren Nacken knacken. »Das muss er dir selbst erzählen. Aber mal im Vertrauen: Er übertreibt da. Dass Gorgonen Unglück bringen, ist ein größerer Mythos als Canyons Superschwimmer-Dad. Allerdings hat der gute Hudson einen viel zu großen Helferkomplex. Selbst jetzt, nachdem sie nicht mehr zusammen sind – was sie offiziell natürlich nicht waren –, würde er Vivienne und ihre beste Freundin London niemals hängen lassen.«

Oh. Das war … nett.

»Aber wie auch immer. Neue Graylee ohne bestimmbares Mythenerbe. Bist du mutig genug, um mir zu helfen, den Tod eines Schülers zu verhindern?«

Ich neigte den Kopf, hielt ihrem Blick stand. Glaubte sie, ich wäre zu feige, oder was? »Bist du in der Lage, ein Mikrofon zu bedienen?«, fragte ich zurück.

Das schien Ornellas Laune zu heben. »Stets zu Diensten.«

Kapitel 17

Glücklicherweise kehrte Hudson schneller, als gedacht, mit dem Kaffee zurück. In der Zwischenzeit hatte ich Ornella darüber informiert, was wir auf dem Parkplatz beobachtet hatten.

»Mein Bauchgefühl sagt mir, dass etwas an der Sache mit London nicht stimmt. Und dass uns das noch böse um die Ohren fliegen wird.« Ich hielt inne. Zum ersten Mal fragte ich mich, ob dieses Gefühl mit meinen Visionen zusammenhing. Verfügte ich zusätzlich zu dem Blick in die Vergangenheit über so etwas wie böse Vorahnungen, die dann tatsächlich eintraten?

Aber nein, das war Schwachsinn. Bisher hatte ich noch nie irgendwelche Dinge vorhergesehen. Ich war schließlich kein Orakel oder so. Außerdem, nach allem, was ich bisher erfahren hatte, waren Visionen nichts, was bei Mythennachfahren für gewöhnlich vorkam. Davon abgesehen hatte ich keine große Lust, mit anderen über meine Visionen zu sprechen. Nicht mit Hudson und ganz sicher nicht mit Ornella.

Mit spitzen Fingern nahm Ornella Hudson einen Keramikbecher ab, ehe er mir die zweite Tasse reichte. Diese Zero-Waste-Politik der Schule war noch immer neu und beeindruckend für mich.

»Also, wenn ich das mal kurz analysieren darf«, sagte Ornella. »Du, liebe Graylee, glaubst, London wäre eine Art Zombie, unter Drogen gesetzt oder sonst wie manipuliert, sonst wäre sie nicht wie ein Brett umgefallen und seitdem so apathisch. Da dir dein Gerechtigkeitssinn Schrägstrich Helfersyndrom alle Sinne auf Fullspeed gebügelt hat, willst du sie jetzt unbedingt retten. Korrigier mich, falls ich falsch liege. Und jetzt willst du von mir wissen, ob ich Londons Todesdatum im Nornenauge gesehen habe?«

Hudson, der gerade einen Schluck Kaffee genommen hatte, hustete. Vorsichtshalber entfernte ich mich einen Schritt von ihm.

»Exakt«, bestätigte ich. »Gut kombiniert, Sherlock.«

Offenbar äußerst zufrieden mit sich nickte mir Ornella zu. Im Prinzip wippte sie wie ein Gangster in ihrem Lederdrehstuhl vor und zurück. Ein Ganzkörpernicken.

»Also?«, hakte ich nach. Musste sie es so spannend machen?

»Nein, Londons Datum habe ich nicht darin gesehen.«

Angespannt ließ ich die Luft aus meiner Lunge weichen. Sollte ich mich über diese Nachricht freuen, oder nicht? Irgendetwas stimmte dennoch nicht an Londons Rückkehr. Ein wenig war es so, wie wenn mir ein Haus einen Todesfall zeigte, ich im Internet aber einfach keine Angaben darüber finden konnte, wer in diesen vier Wänden gestorben war. Obwohl die Mauern des Gebäudes eindeutig nach Tod und Verderben schrien, sobald ich die Hand drauflegte.

»Ist das überhaupt möglich?« Hudson war von hinten wieder an mich herangetreten, was meinen Nacken kribbeln ließ.

Schnell fasste ich an diese verräterische Körperstelle, die gerade mit einer Gänsehaut drohte, auffällig zu werden.

»Ich meine«, fügte Hudson hinzu, »zeigt das Nornenauge wirklich, wer stirbt? Und dann ausgerechnet dir, die noch nicht die volle Walkürenausbildung erhalten hat?«

»Alles ist möglich.« Wie zum Beweis legte Ornella ihre Füße auf den Tisch.

Mir fiel auf, dass sie rosa Sportschuhe trug, die farblich nicht viel von dem Satinband abwichen, das sie am Kragen ihres Poloshirts zu einer Schleife gebunden trug.

»Jetzt spuck's schon aus, wer von uns stirbt bald?« Offenbar ging Hudson langsam ebenfalls die Geduld aus.

Ornella strich sich die Haare glatt, als wollte sie darin Gel verteilen, schwieg danach eine Weile, ehe sie doch noch antwortete. »Bitte sagt es ihm nicht, okay?« Sie senkte den Blick auf ihre Fingerspitzen, mit denen sie auf die Armlehne des Stuhls tippte. »Tristan hat nur noch etwas mehr als zwei Wochen zu leben.« Es brach aus ihr heraus, als hätte sie nur darauf gewartet, mit jemandem über dieses Thema reden zu können.

»Was?«, sagten Hudson und ich gleichzeitig.

Blinzelnd stellte ich die Kaffeetasse neben Ornellas Schuhsohlen auf die Tischplatte. Tristan? Der, der so freundlich gewesen war und uns Decken zum Aufwärmen gebracht hatte? Der, der sichtlich um mich besorgt gewesen war? Nein, es konnte nicht ausgerechnet diesen Engel von einem Jungen treffen. »Was wird passieren? Wie können wir helfen?«

Nach einem hörbaren Seufzer sah Ornella von mir zu Hudson. »Redet sie immer so viel?«

»Lenk jetzt nicht ab. Was hast du gesehen? Und *wie* hast du …?«, fragte Hudson zurück. »Das Nornenauge ist doch gar nicht für Walküren ohne Abschluss zugänglich, oder?«

Eine Weile antwortete sie gar nicht, sondern spielte schweigend mit dem Mikrofon. »Ich musste es einfach wissen«, sagte sie schließlich leise.

»Weil du Tristan magst.« Ich neigte den Kopf, während ich wieder an Canyons Worte dachte.

»Ganz genau«, zischte Ornella, ohne mich anzusehen.

Ich hob beide Augenbrauen. »Wenn das nicht mal das aufregendste Geheimnis ist, über das du morgen in deiner Morningshow reden kannst.« Ich deutete auf das Mikrofon, woraufhin sich Ornellas Haltung verspannte. »Aber wenn es um dich geht, bist du wohl nicht so redselig.« Mein Lächeln wurde schmaler.

»Meine Güte.« Ornella nahm ihre Füße vom Tisch. »Ich hab ja kapiert, worauf du hinauswillst. Hältst du jetzt vielleicht mal die Klappe?«

Statt einer Antwort hielt ich mir eine Hand unter das Kinn und grinste wie Pennywise, der Killerclown.

Ornella starrte mich böse an. Okay, im Grunde war mein Galgenhumor äußerst unangemessen.

»Wie lange genau noch?«, fragte Hudson. Seine Stimme klang gleichzeitig belegt und irgendwie tonlos. Seine Reaktion war das genaue Gegenteil von meiner, was reichte, damit ich beschämt zusammenzuckte. Wir hatten wichtigere Probleme. Was hatte ich mir nur gedacht?

»Noch sechzehn Tage.«

»Im Ernst?« Weil ich es einfach nicht recht begreifen konnte, massierte ich mir die Stirn.

»Also wird es kurz vor dem offiziellen Schulbeginn passieren«, sagte Hudson.

Ornella seufzte. »Ihr begreift es einfach nicht: In dieser Zeit bin ich die Walküre, die in ihrer Ausbildung am weitesten fortgeschritten ist. Das heißt, ich werde den nächsten toten Mythennachkommen in diesem Bezirk nach Walhalla bringen müssen. Ich! Denn es wird geschehen, ehe die anderen zurückkehren. Und der Tote wird Tristan sein.«

Ornella und ein toter Tristan. Oje, doppelt knifflig. Meine Gedanken schweiften zu Ornella in einer Walkürenrüstung mit Flügeln, die mit ihrem leblosen Liebsten in den Armen abhob. So stellte ich mir das jedenfalls vom Ablauf her vor.

»Ich kann es auch niemandem sagen«, fuhr Ornella fort. »Ansonsten wissen sie, was ich getan habe. Das ist nicht meine erste Verwarnung. Vielleicht werfen sie mich sogar von der Schule. Dann muss ich auf eine Mythenacademy nach New Jersey, Kanada oder Mexiko gehen. Oder sonst wohin. Und jemand anderes wird Tristans Seele nach seinem Tod in Empfang nehmen.« Ornella schlug mit der Faust auf den Schreibtisch. »Nein! Wenn er stirbt, dann will ich diejenige sein, die …«

»Und weißt du auch, woran er sterben wird?«, unterbrach ich sie.

Ornella schnaubte. »Das Nornenauge liefert keine komplette Gebrauchsanweisung inklusive Koordinaten. Wäre mir allerdings auch lieber.« Ihre Unterlippe zuckte. Meine Menschenkenntnis verriet mir, dass es ihr Genugtuung verschaffte, mich anzuschnauzen, weshalb ich nichts dagegen sagte.

»Niemand außer uns darf es wissen.« Ornella pulte an der Haut über ihrem Daumennagelbett herum. »Tristan kann es keinesfalls erfahren. Das wäre zu grausam. Und letzten Endes werde ich ihn retten. Ich werde nicht zulassen, dass er stirbt. Irgendwie werde ich seinen Tod verhindern. Ihr braucht euch also keine Sorgen zu machen. Gut, dass ich mich jemandem anvertrauen konnte, aber wenn ihr es weitertratscht, ertränke ich euch im See, verstanden?«

»Kapiert«, sagte ich, und auch Hudson nickte. »Aber du irrst dich, wenn du glaubst, du müsstest Tristan allein retten.« Ich sah sie lange an, und Ornella starrte zurück. Es war, als würde ich Sinclair gegenüberstehen, der mal wieder mit irgendeiner Sache konfrontiert wurde, die zu groß für ihn war, und die Stimmung im Raum machte deutlich, dass die Chancen, Tristan zu retten, nicht unbedingt gut standen.

Hudson räusperte sich. »Ich wäre auch dabei.«

»War ja klar. Du und dein Helfersyndrom«, murmelte Ornella. »Glaubst du, dadurch etwas gutmachen zu können? Ich sage dir eins: Dich hat damals keine Schuld getroffen. Absolut keine. Also hör auf, dich selbst zu bestrafen.« Ornella sah Hudson an, als hätte er etwas ausgefressen, anstatt seine Hilfe anzubieten.

Okay? Irgendeine Story hatte ich da offensichtlich verpasst, denn Hudson war bei ihren Worten blass geworden.

»Das hat nichts mit damals zu tun«, sagte Hudson schließlich mit erstaunlich fester Stimme.

Fasziniert beobachtete ich das Blickduell, das sich die beiden lieferten. Am liebsten hätte ich nachgefragt, worauf Ornella anspielte, aber Hudson schien nicht darüber reden zu wollen.

Stattdessen atmete er tief durch. »Aber jetzt noch mal zurück zum Thema: Wie hast du das gemacht? Ohne abgeschlossene Ausbildung hättest du gar nicht in der Lage sein dürfen, das Nornenauge zu befragen. Und Nornenaugen spüren doch eher Tote oder fast tote Mythen auf, oder? Gab es das schon mal, dass es eine so frühzeitige Warnung gab und man den Todgeweihten noch retten konnte?«

Mit geschürzten Lippen betrachtete Ornella ihre Fingernägel. »Ich bin eine der besten Walkürenschülerinnen seit Jahrzehnten. Und mir kam während des Lernens eine Idee, wie man das Nornenauge sagen wir mal für etwas persönlichere Zwecke nutzen kann.«

Ernsthaft? Mit hochgezogenen Augenbrauen musterte ich Ornella. Und auch Hudson bedachte sie mit einem skeptischen Blick.

»Okay.« Ornella seufzte ergeben. »Ich hatte irgendwie ein schlechtes Gefühl. Eine Vorahnung, dass Tristan und ich füreinander bestimmt sind, aber nie richtig zusammen sein werden, weil er vorher … geht.« Sie schluckte.

Ein paar Minuten später, in denen Hudson Ornella über kryptisches Walküren-Zeugs ausgefragt hatte und die beiden zu dem Schluss gekommen waren, wegen Tristan erst mal nichts zu unternehmen, trötete irgendwo ein Horn.

»Das heißt, in fünfzehn Minuten geht's los«, beantwortete Ornella die Frage, dir mir wohl ins Gesicht geschrieben stand. »Und es ist der Startschuss für die Beachvolleyballrunde vor dem Unterricht. Warm-up. Also los. Erster Orientierungstag, juchhe.«

Stirnrunzelnd betrachtete ich ihre nach oben gereckte Faust. Genau … »Also schließen wir einen Pakt«, fasste ich zusammen. »Wir werden alles tun, um Tristan zu retten. Es aber erst mal für uns behalten und abwarten. Außerdem beobachten wir London.«

Mit dem Zeigefinger deutete Ornella auf mich. »Exakt.«

»Einverstanden.« Ganz sanft berührte mich Hudson mit der Hand an der Schulter. »Kommst du mit nach draußen?«

»Ja, ich muss nur …« Siedend heiß fiel mir ein, dass ich Floyd etwas versprochen hatte. »Ich muss zuerst noch Crispy-Crunch-Müsli besorgen.«

»Du musst was?« Während er tiefer als gewöhnlich einatmete, fuhr sich Hudson mit einer Hand über den Nacken.

Bevor ich allerdings antworten konnte, hatte sich Ornella aus ihrem Stuhl geschält. »Da wirst du Pech haben. Die Küche hat um diese Zeit schon alles abgeräumt.« Sie wedelte mit einer Hand. Ein unmissverständliches Zeichen, dass wir verschwinden sollten. »Und jetzt haut ab, ich muss mir noch dieses Sandwich in die Fressluke zimmern.« Sie öffnete eine Schublade, in der zwei halbe Brotscheiben auf mehreren Schnipseln Papier thronten. Sicher die Botschaften, die man in ihren Spind geworfen hatte. Beschriftet mit den Geheimnissen der Schüler. Der Pakt schien nicht miteinzuschließen, dass sie ab jetzt freundlich zu uns sein würde. Hatte ich auch nicht erwartet.

»Keine Sorge, ich hätte da eine Idee.« Hudsons Stimme so nah an meinem Ohr ließ mich zusammenzucken. »Im Snackautomat gibt es Portionsgrößen von diesem Honigmüsli.«

»Ja, macht das draußen unter euch aus.« Ornella pikste mich in den Rücken. »Vielleicht schaffe ich es noch, beim Beachvolleyball einzusteigen.«

Hudson öffnete uns die Tür. »Hast du deine blauen Chips dabei?«, fragte er an mich gewandt.

»Meine was?« Zielstrebig steuerte ich die Automaten an.

»Also nein.« Während Ornella praktisch an uns vorbeiflog, kramte Hudson in seiner Hosentasche. Seine langen Shorts umspielten seine Knie.

Schnell sah ich weg. Warum war er auf einmal so nett? Und war mir der kratzbürstige Hudson nicht lieber?

»Jeder Schüler bekommt drei Chips pro Woche. Freitags liegen sie auf deinem Schreibtisch. Wenn die Kolibris zum Reinigen kommen.« Er hielt mir einen blauen Chip entgegen. »Hier. Mein letzter.«

Verwundert starrte ich darauf. »Das ist dein Letzter. Und es ist erst Montag. Das kann ich nicht annehmen.«

»Jetzt mach schon. Gleich wird das Fünf-Minuten-Horn geblasen.«

Was auch sonst.

»Danke«, murmelte ich, ehe ich nach dem Stück Hartplastik griff, das schon recht abgeschabt wirkte. Dann drehte ich mich zum Angebot in den Automaten um.

Im rechten entdeckte ich ausschließlich Glasflaschen und Tetra Paks. Im linken nachhaltig verpackte Snacks und Obst. Darunter auch ganz unten ein Fach, in dem Minikartons mit Honig-Müsliflocken aufgereiht waren. Auf der Verpackung prangte eine Biene, die mir über ihre Sprechblase »Yummy in my Tummy« mitteilte, wie lecker ihr Inhalt war. Das galt wohl auch für Kolibri-Minimägen. Ich steckte den Chip in den passenden Schlitz und drückte die Taste mit der Aufschrift *Dreizehn*. Der Automat ruckelte. Die Bienenverpackung ebenfalls. Hoppelte bis zur Kante und fiel … nicht hinab.

Was? Schnaubend schlug ich mit der Handfläche gegen die Scheibe. *Dios mío!* Das hatte mir gerade noch gefehlt. Als auch das nichts brachte, packte ich oben links und rechts an den Kanten zu und rüttelte so gut es ging am Gehäuse. Nur minimale Verbesserungen der Situation waren die Folge. Immer noch verharrte die Packung in ihrem Fach.

»Das würde ich lassen«, bemerkte Hudson, aber da war ich schon in die Knie gegangen und hatte meine Hand durch die Klappe an der Ausgabe geschoben. Das Ding war lang wie ein Blumenkasten.

»Braucht ihr Hilfe?« Ein Kolibri kam um Hudson herumgesegelt.

»Äh, das würde ich lassen«, sagte ich dieses Mal.

Doch es war zu spät. Heffa quetschte sich bereits durch den Schlitz. Mitten in diesem heldenhaften Vorhaben schien sie festzustecken, drückte sich dann aber zweimal mit den Flügeln ab und war drinnen. Sofort plusterte sie das Gefieder auf und schüttelte den kleinen Kopf, ehe sich der Vogel mit glänzenden Augen zu mir umdrehte. Mit dem Schnabel klopfte sie gegen das Glas. Das unnatürlich grelle Licht im Automaten ließ ihr Gefieder gräulicher als normal erscheinen. Im Vergleich zu Iceman war sie wirklich riesig.

»Willkommen bei McSwanlake, Ihre Bestellung, bitte.« Der Kolibri kicherte. »Das wollte ich schon immer mal sagen.« Ihre Schultern zuckten, und der Schnabel öffnete sich halb wie zu einem übertrieben heiteren Gackern.

»Äh, das Müsli, das da so halb raushängt, bitte. Und zweimal Ketchup.«

Heffa prustete los. »Gut gespielt.«

»Was macht ihr da?« Lucinda huschte durch die Luft auf uns zu, gefolgt von Vivienne und einem blonden Typen, dessen Haare sich kräuselten, als hätte er sich Lockenwickler eingedreht. An den Seiten trug er sie jedoch kurz und dazu goldene Ohrringe in Form eines Kreuzes. Diese Mode hatte ich auch schon bei den Kids aus Beverly Hills gesehen. Wie hieß der Junge noch mal? Er war zwar bei der Vorstellungsrunde dabei gewesen, aber ich hatte mir unmöglich alle Namen merken können. Sicherlich hatten wir ihn und Vivienne mit dem Lärm angelockt.

»Kaum drei Tage hier und schon überfällt sie den Snackautomaten.« Vivienne strich sich eine Haarsträhne hinters Ohr. Das dunkle Rot wirkte aufgefrischt.

Heffa kicherte erneut, wofür ich ihr einen bösen Blick zuwarf.

»Das Ding klemmt einfach nur.«

Selbstverständlich tat Vivienne so, als hätte sie mich nicht gehört. Stattdessen zog sie ihr Handy aus dem Bund ihres Rocks hervor und besaß die Dreistigkeit, ein Foto von mir zu schießen. »Ich weiß, wer das sehen muss.« Mit der Zungenspitze fuhr sie sich über die Kerbe in ihrer Oberlippe, während sie das Bild betrachtete.

Wem sie es senden würde, war nicht allzu schwer zu erraten.

Lucinda zupfte an ihrer roten Schleife. »Ich würde ja gern zusehen, wie ihr da wieder rauskommt, aber ich muss die Eingangshalle fegen.« Und damit flatterte sie davon.

Das hätte ich ihr in der Situation gern nachgetan. Nur leider musste ich feststellen, dass ich nicht mal den Arm aus der Klappe bekam. Seufzend wandte ich mich Heffa zu. »Also, wie gesagt, einmal Crispy-Crunch-Müsli. Zum Mitnehmen.«

Aus dem Augenwinkel bemerkte ich, wie sich Hudson eine Hand vor den Mund hielt. Verbarg er dahinter etwa ein Lachen? »Du steckst da nicht zufällig fest?«

Nachdem ich einmal tief eingeatmet hatte, wandte ich mich zu ihm um. »Eventuell wird das heute nichts mit dem Strickkurs.«

»Strickkurs, war ja klar«, ätzte Vivienne.

Hoffentlich verschwand sie, ehe Heffa ungeschickt versuchen würde, sich aus dem Spalt zu zwängen. Wir brauchten nicht noch mehr Fotos.

Da Heffa anatomisch doch etwas anders gebaut war als ein Kolibri, konnte sie nicht einfach abheben, sondern musste hüpfen. Sie sprang also von der Klappe ab und katapultierte sich zu der Reihe mit den Müslipackungen.

»Ich versteh das einfach nicht. Warum ein Kuckuck?«, raunte der blonde Typ Vivienne zu. »Sollte der Nornensee nicht nur Kolibris hervorbringen?«

»Es gab wohl vor Kurzem ein Problem mit einem Gelege«, antwortete Vivienne, die natürlich nicht von ihrem Handydisplay aufblickte. »Das Geschenk der Götter an die Mythen.«

»Ja ja, schon klar«, sagte der Junge. »Fleißige Bienen in Form von Vögeln. Jedes Jahr liegt ein neues Nest in der Mitte des Sees auf den Kronenfelsen.«

»Genau, und jetzt denk mal scharf nach, Ford. Was könnte da nur passiert sein?«

So funktionierte das mit den Kolibris also? Wie ein Moseskorb auf einem magischen See? Ich schielte in Richtung Heffa, die gerade mit dem Schnabel meine Packung hinunterstupste. Egal, sie konnte sein, was immer sie sein wollte.

Klappernd rutschte das Crispy-Crunch-Müsli nach unten.

»Zweites Frühstück?« Ausgerechnet jetzt hörte Vivienne damit auf, sich mit ihrem Handy zu beschäftigen. Stattdessen musterte sie mich von oben bis unten. »Würde ich dir ja nicht raten. Hoffentlich verbrennst du in den Orientierungswochen ein paar Kalorien.« Ihr Blick glitt zu meinen Oberschenkeln.

Sehr subtil.

Ich schenkte ihr mein liebenswürdigstes Lächeln. »Ganz sicher beim Bogenschießen nachher. Wo wirst du denn gegen vierzehn Uhr sein? Nicht dass ich dich verpasse.«

Daraufhin zuckten Viviennes Gesichtsmuskeln, bevor sie abfällig die Lippen verzog. »Ich kann diesen erbarmungswürdigen Anblick kaum erwarten.«

Heffas Keuchen holte mich zurück in die Realität. Wie erwartet schaffte sie es nicht zurück durch den Schlitz. Zwar hopste sie wieder und wieder nach oben, erreichte mit dem Schnabel die Kante des Ausstiegs, kam aber nicht richtig hoch. Ich hatte ebenso Schwierigkeiten damit, meine Hand herauszuziehen. Und das war noch untertrieben.

»Hudson, könntest du mal kurz helfen?«, bat ich ihn.

Was nicht mal nötig gewesen wäre, denn im Grunde hatte er sich bereits vor meiner Frage in Bewegung gesetzt. Obwohl ich mitbekam, wie er sich mir näherte, zuckte ich zusammen, als er sich neben mich kniete. So nah.

Geschäftig spähte er durch den Spalt. »Ich drücke so fest ich kann nach oben, und du kümmerst dich um den … Kolibri.« Er musterte den erbarmungswürdigen Vogel, der gerade zum zwanzigsten Mal nach oben hüpfte und schon ganz aus der Puste war. Heffas Federn hatte ich auch schon mal in ordentlicherem Zustand gesehen.

»Also, wenn du mich nach Unterrichtsschluss suchst, Hudson. Du findest mich beim Sonnen am Strand«, ließ Vivienne ihn wissen, ehe sie davonrauschte. »Komm, Ford. Das müssen wir uns echt nicht geben.«

»Ist das ihr Bruder?«, flüsterte ich Hudson ins Ohr, ohne die beiden anzusehen.

»Cousin.«

Ja, das ergab Sinn. Dann waren sie beide mit dem Leiter des Instituts verwandt, das hier alle so schätzten. Die Spitze der Nahrungskette. Und ich steckte mit der Hand in einem Snackautomat fest.

»Bereit?« Zwar fragte Hudson mich, doch an meiner Stelle piepste Heffa ein *Ja.*

Er drückte die Metallklappe tatsächlich so fest nach oben, dass mein linker Arm freikam. Nur noch ein roter Striemen auf meiner Haut erinnerte an meine missliche Lage.

»Okay, Heffa«, sagte ich. »Ich denke, seitlich wäre nicht schlecht. Darf ich?« Um sie besser sehen zu können, beugte ich mich weiter nach unten, um statt durch die Glasscheibe direkt durch die Öffnung zu schauen.

Heffa nickte, worauf ich dieses Mal meine rechte Hand in den Bauch des Automaten schob, und zwar so, dass Heffa auf meine Handfläche klettern konnte. »Okay, Kopf runter. Und du, drück, Hulk.«

»Er heißt Hudson«, belehrte mich Heffa, kuschelte sich dann aber in meine Hand.

Guter Punkt.

Angestrengt tat Hudson, was er uns versprochen hatte. Das Metall knirschte.

»Fast geschafft, Heffa«, keuchte ich, im Versuch, ihr nicht zu sehr wehzutun. »Könntest du vielleicht noch einmal einatmen?«

»Vielleicht sollten wir Seifenlauge holen«, flüsterte mir Hudson zu, der unter einem mitleidigen Augenaufschlag beobachtete, wie ich versuchte, das braune Federknäuel durch den Schlitz zu pressen.

»Seife?«, kiekste der Kolibri erschrocken. Der kleine Körper zitterte, und im nächsten Moment war sie frei. Irgendwie hatten wir es geschafft, sie nach draußen zu manövrieren.

»Wow, fast hätte ich nicht mehr damit gerechnet.« Nachdem ich mich aufgerichtet hatte, wischte ich mir über die Stirn.

»Danke, danke, danke!« Auch Heffa kam wieder zu sich, flatterte in die Luft und warf sich geradezu an Hudsons Wange. »Mein Held.«

Okay? Ich blinzelte, klopfte mir die Hände am Rock ab, was aber niemand mitbekam, da Heffa sich ganz mit Hudson beschäftigte und ihm zusätzlich mit den Flügeln das halbe Gesicht verdeckte.

»Ist ja gut, gern geschehen.« Hustend zog er sich eine Flaumfeder aus dem Mund.

Kapitel 18

Nur um etwas zu tun zu haben, angelte ich in der Zwischenzeit nach dem Müsli. Immerhin Floyd würde mich gleich lieben. Oder nur seinen Snack.

»Also, wenn ihr beide etwas Privatsphäre braucht, ich wollte sowieso in den Keller gehen.« Mit steifen Gliedern wandte ich mich ab.

»Äh, warte, ich komme mit.« Hastig schob sich Hudson die Flügel aus dem Gesicht. »Wir wollten doch noch über *Die Sache* reden.«

Aha. Grinsend sah ich zu ihm zurück. »Ach, weißt du, das hat noch Zeit. Bleib doch hier und leiste Heffa ein wenig Gesellschaft.«

Scharf atmete Hudson durch die Nase ein. Sein Blick sagte unmissverständlich *Lass mich jetzt bloß nicht hängen!*

Nachdem ich mir ein paar Sekunden über mein Kinn gerieben hatte, einfach um die Spannung zu erhöhen, setzte ich ein Lächeln auf. »Na gut, wenn ich es mir recht überlege, brauche ich da unten doch deine Hilfe.« Mit dem Kopf gestikulierte ich in Richtung Kellertreppe. »Bist du so weit?«

»Ja.« Sanft setzte er Heffa auf dem Gehäuse des Snackautomaten ab. »Es war mir eine Ehre, Mylady. Immer wieder gern.«

Geschmeichelt wiegte sich Heffa hin und her, vergrub das Köpfchen in ihren Brustfedern. »Bis zum nächsten Mal. Und keine Sorge, wenn ich nachts mal durch dein Fenster schaue, ist das nur Zufall.«

Hudson, der gerade auf dem Weg zu mir war, hob beide Augenbrauen.

Um mein Lachen zu verbergen, tat ich schnell so, als wollte ich die Inhaltsstoffe der Müslipackung genauestens unter die Lupe nehmen, und hielt sie mir vors Gesicht. Erst als Heffa davonflatterte, ließ ich sie sinken.

»Findest du jetzt lustig, was?« Hudson legte den Kopf in den Nacken und lachte laut auf. Lachte so richtig. Das hatte ich noch nie bei ihm gesehen. Seine übliche Schwermut schien vollkommen von ihm abgefallen sein.

»Ja, ein bisschen schon«, gab ich zu. »Du Kolibri-Flüsterer.«

Grinsend fuhr sich Hudson durchs Gesicht. »Hab ich noch irgendwo Federn in den Haaren? Der Theaterkurs, in dem ich Winnetou spiele, beginnt nämlich erst um achtzehn Uhr.«

»Witzig«, sagte ich, ehe ich ihm gegen den Oberarm boxte. »Da ist nichts.«

Oh my gatos, hatte ich das gerade wirklich getan? Schnell schloss ich die Augen. *Mierda!* Vor mir stand Hudson und nicht Sinclair! Was hatte ich mir nur gedacht?

Zögerlich hob ich den Blick, denn ich befürchtete, Hudson damit aus seiner gelösten Laune gerissen zu haben. Wahrscheinlich hatte er seine Mauern bereits wieder hochgezogen. Doch statt in zwei vor Ablehnung glühende Augen zu schauen, erkannte ich darin Überraschung und noch etwas anderes. Etwas hatte sich verändert. Hudson sah mich an, so richtig an. Und das lange und so intensiv, wie man eine Landkarte studierte. Als würde ihn zum ersten Mal der Mensch hinter meiner Fassade interessieren.

Irgendwie schien sich die Zeit um mich herum zu verlangsamen. Wurde das Licht nicht auch gerade weicher? Etwas steckte in meinem Hals, hinderte mich am Schlucken. Okay, wahrscheinlich hatte ich einfach zu wenig getrunken.

Kurzerhand unterbrach ich unseren Blickkontakt durch ein Kopfschütteln. »Äh, ich muss da noch einen Kolibri bestechen.« Etwas unbeholfen deutete ich auf den Fußboden. Was war nur los mit mir? So wenig eloquent war ich seit zwei Jahren nicht mehr gewesen.

»Okay?« Hudson rieb sich über die Nasenspitze. »Brauchst du da unten wirklich meine Hilfe? Ich meine, vor Heffa hab ich gerade damit geprahlt, dass ich gern helfe, wo ich kann.«

»O Gott, du bist krank, oder?« Erst jetzt ergab das alles Sinn. »Hast du Fieber? Oder erpresst dich jemand und du versuchst, mir mit deiner ungewohnt freundlichen Art zu signalisieren, dass du Hilfe brauchst?«

Hudson stockte. »Manchmal bist du ganz schön komisch, Graylee.«

Obwohl das wirklich kein Kompliment war, zog sich mein Magen zusammen. Einfach weil er mit seiner Stimme, die mehr als nur angenehm meine Ohren streifte, meinen Namen aussprach.

Mit klopfendem Herzen drehte ich mich um, lief los in Richtung Keller. Beim Treppensteigen achtete ich penibel darauf, die Wand nicht zu berühren. Eine weitere Vision konnte ich jetzt wirklich nicht gebrauchen.

Hudson folgte mir. »Sag mal, wann findet eigentlich dein zweiter Test statt?« Hudson fasste hinter mir natürlich ganz selbstverständlich das Geländer an.

»Keine Ahnung. Mrs Krystler hat noch nichts dazu gesagt. Vielleicht hat sie mich auch einfach vergessen.«

Daraufhin stieß Hudson ein Schnauben aus. »Wer könnte dich vergessen?«

Irritiert warf ich ihm einen Blick über die Schulter zu.

Er legte die Stirn in Falten. »Die Aktion am See, die Sache mit den Kolibris, wie du eben mit der Hand im Snackautomaten festgesteckt bist, was Ornella über dich in Umlauf bringt …« Er unterbrach sich, als hätte er zu viel gesagt.

»Nein, bitte weiter.« Ich lächelte ihn schief an. »Schließlich wusste ich bis eben nicht, wie viele peinliche Momente irgendwann in meiner Chronik veröffentlicht werden müssen. Die, die direkt neben meinem Grabstein steht.«

Offensichtlich amüsiert blieb Hudson stehen.

Dafür bemerkte ich jetzt eine Bewegung unten im Flur. Dazu Gesang. Irgendjemand schmetterte ein Lied. Ein ziemlich schräges. Ungefähr jeder zweite Ton traf dermaßen weit daneben, dass man ein Tennismatch daraus hätte machen können. Beim Näherkommen erkannte ich Iceman, der einen Wischmopp zwischen den Krallen über den Boden gleiten ließ und dabei lautstark einen Discohit aus den späten Siebzigerjahren zum Besten gab.

»Hi, Iceman.«

Meine Begrüßung unterbrach den Krächz-Gesang. Der Kolibri hielt in seiner Arbeit inne und sirrte wie immer auf der Stelle herum. »Oh, ihr seid's.« Ein wenig schamhaft, so kam es mir vor, sah er zuerst von mir zu Hudson und dann wieder auf seinen Wischmoppstiel.

»Wie geht's denn so?«, hakte ich nach.

»Was? Meinst du mich?« Ungläubig schloss Iceman die Augen, öffnete sie gleich darauf wieder.

»Ja.« Ich neigte den Kopf, wies dann über meine Schulter. »Wie es ihm geht, weiß ich schon.«

Zwar öffnete sich der Kolibrischnabel, doch kein Laut kam daraus hervor.

»Gut?«, versuchte ich, ihm zu soufflieren. »Gute Laune? Weil du singst?«

Wieder ein Nicken.

»Und weißt du, wo Floyd steckt?«

»Wäscheraum«, krächzte Iceman. Sein Blick haftete an Hudsons Hand, die mich im Vorbeigehen an der Hüfte streifte.

»Ich weiß, wo das ist. Danke.«

Klackernd fiel der Wischmoppstiel zu Boden.

»Nicht ohnmächtig werden. Wir brechen nicht die kleinste Schulregel, versprochen«, wisperte ich dem Kolibri grinsend zu, ehe ich Hudson folgte.

»Hm?« Blinzelnd wandte sich Hudson zu mir um.

Ich schüttelte die Müslipackung wie eine Rassel. »Kolibri-Flüsterer«, sagte ich.

»Ich glaube, Iceman mag dich«, wisperte Hudson zurück.

»Äh, Moment mal …«, stotterte Iceman hinter mir. »Warum sehe ich euch beide so vertraut hier unten? Das ist … ähm … Regel achtundvierzig …« Der Kolibri verstummte, wusste ganz offensichtlich nicht, welche Regel verbot, dass ich mich mit Hudson allein im Keller aufhielt.

Selbst Hudsons Oberkörper vibrierte daraufhin vor lauter unterdrücktem Lachen.

Kopfschüttelnd lief ich weiter. Bis Hudson abrupt vor einer Tür links von uns innehielt, klopfte und sie nach innen aufdrückte.

»Hi, ist Floyd hier?«, rief ich, und weil ich sein freudiges, kleines Gesicht kaum erwarten konnte, schob ich mich an Hudson vorbei.

»Vorsicht!«

Ehe ich recht begriff, was geschah, hatte mich Hudson bereits zur Seite geschubst. Neben uns sausten nasse Betttücher vorbei. Okay? Erst jetzt bemerkte ich, dass in der Mitte des Raums Kolibris Wäsche aufhängten und aktuell dabei waren, Laken zu schleudern.

»Danke.« Langsam sah ich zu Hudson auf. Im vollen Bewusstsein, dass er mir viel zu nah war.

Täuschte ich mich, oder atmete er schwer, während er mich musterte? Das rote Band um seinen Hals hatte sich gelöst. Wie in Zeitlupe griff ich danach und band die Schleife neu.

Ganz langsam öffnete sich Hudsons Mund, doch er sagte nichts, stattdessen wirkte er wie paralysiert. Weil ich noch die Müslipackung in einer Hand hielt, war es etwas umständlich und dauerte, doch Hudson beschwerte sich nicht. Bis mir am Ende die Verpackung aus der Hand glitt und auf dem Fliesenboden aufschlug. Das ließ ihn blinzeln.

Ein pinker Kugelblitz schoss auf uns zu. »Ist das etwa … ist das … ist das …?«

»Der Grinch?«, half ich nach. »Nein, aber deine Bezahlung für gestern Abend.« Zögerlich löste ich mich von Hudson, um die Schachtel aufzuheben.

Floyd freute sich riesig über sein Crispy-Crunch-Müsli, wurde allerdings nicht müde, zu betonen, dass wir längst beim Morgenappell vor dem Unterricht sein müssten. Diesem Warm-up.

Davon unbeeindruckt öffnete ich ihm erst mal die Packung. »Vergiss nicht, dass du dich nach achtzehn Uhr in einen Gremlin verwandelst.«

»Pah«, machte Lemon, der hinter Floyd aufgetaucht war und auf die Müslipackung schielte.

»Ist ja gut, ich teile schon mit euch.« Floyd drehte die Packung so, dass die Öffnung zu seinen Kolibrikollegen wies. Sämtliche Bettlaken fielen zu Boden.

»Wir sollten gehen«, flüsterte Hudson mir zu, was mich zusammenfahren ließ. Eine seiner Haarsträhnen berührte meine Stirn.

Wir verabschiedeten uns von den Kolibris, und sobald wir uns ein paar Schritte entfernt hatten, blieben Hudson und ich gleichzeitig stehen.

Ich sah ihn an. »Okay, besuchen wir jetzt Mrs Krystler, schleichen uns noch zu diesem Warm-up, schmieden Pläne oder versauern wir in unseren jeweiligen Strickkursen?«

»Ähm«, sagte Hudson mit einem amüsierten Glitzern in den Augen. »Ich bin streng genommen im Bildhauerkurs und wollte an einer Statue arbeiten.«

»Habt ihr davon nicht schon genug?« Die ganze Schule lief über vor Statuen. Wahrscheinlich boten sie diesen Kurs jedes Jahr an.

»Es sind nicht viele Schüler in dem Kurs. Wenn mir langweilig wird, kann ich auch in die Kunstscheune gehen und an meinen Leinwänden arbeiten.«

Ich hob beide Augenbrauen. Das tat er? Gut, so ergab sein farbbekleckstes Outfit von vorgestern Sinn. »Also zu Krystler und ihr erzählen, was wir beobachtet haben?«

Er nickte. »Sie muss es erfahren. Wir werden sie vermutlich beim Warm-up finden.«

Mit einem Gefühl im Magen, dass uns die Rektorin ganz und gar nicht glauben würde, dass London manipuliert, unter Drogen gesetzt oder sonst was sein könnte, ging ich voran. Wieder musste ich daran denken, dass ohne mich wahrscheinlich alles noch in bester Ordnung wäre.

»Hm«, sagte ich überaus geistreich, als ich oben am Treppenabsatz auf Hudson wartete. »Glaubst du, dieses Institut könnte hinter Londons Verschwinden stecken?« Das wäre naheliegend, jetzt, wo wir die Wendigos im Prinzip ausschließen konnten.

»Das Institut forscht an bahnbrechenden Errungenschaften für die Menschheit.« Hudson wirkte schockiert. »Zuletzt haben sie mithilfe der Selkies eine ganze Flotte an Schiffen optimiert, um die Reinigung der Meere voranzutreiben.«

Also unantastbar. Dennoch … Ich wollte die Möglichkeit nicht einfach ausschließen. Aber vermutlich konnte ich der Sache am Mittwoch bei dieser Führung durch das Institut genauer nachgehen.

Nachdenklich tippte ich mir ans Kinn. »Vielleicht weiß dieser Baker ja mehr. Wenn er frühmorgens immer in der kleinen Bucht badet, könnte ich ihn befragen. Vielleicht hat er ja irgendetwas beobachtet.«

»Nein, wirst du nicht.« Aus heiterem Himmel war Hudson vor den Snackautomaten stehen geblieben. »Hast du mir vorhin nicht zugehört? Wendigos kann man nicht trauen, weil sie uns nicht trauen. Und den Wald hinter der Zubringerstraße betreten wir nicht.«

Eigentlich hatte ich bereits eingeatmet, um einen Vortrag darüber zu halten, dass man eingebürgerte Verhaltensweisen auch mal hinterfragen sollte, doch im letzten Moment hielt ich die Klappe. Hudsons Schultern bebten. Von jetzt auf gleich war die Dunkelheit zurück, die ihn wie ein schwerer Umhang umgab.

Ein kalt prickelnder Schauer breitete sich von meinem Bauch bis in meine Fingerspitzen aus. Das hatte ich nicht gewollt. Bei einer günstigen Gelegenheit würde ich ihn darauf ansprechen, was genau zwischen den Legends und den Wendigos vorgefallen war. Aber jetzt war dafür nicht der richtige Zeitpunkt.

Die meisten Schüler hatten sich um den Beachvolleyballplatz, ein Stück abseits vom Walgerippe-Pavillon versammelt. Das Match selbst schien gerade vorbei zu sein. Mrs Krystler hüpfte jubelnd auf und ab. Genau wie Mrs Zilba, die auch heute wieder ihre Haare nicht im Griff zu haben schien. Alle Spieler in ihren Schulmannschaftsoutfits, bestehend aus hellblauen Tops und dunkelblauen Shorts, johlten, rannten den Strand hinunter zum See, wo sie sich im kniehohen Wasser gegenseitig nass spritzten. Ornella wählte diesen Augenblick, um Tristan auf den Rücken zu springen. Schön, wie sie den Moment genießen konnte. Ein bittersüßer Anblick, wenn man ihr Schicksal bedachte. Nachdem Tristan sich mit Ornella im Kreis gedreht hatte, tat sie so, als würde sie ihm in den Nacken beißen.

»Geht das hier jeden Morgen so?«, fragte ich an Hudson gewandt.

»Nur montags und freitags gibt's Motivationsspiele vor dem Unterricht. Das Warm-up. Aber schlimm genug.«

Ich schielte zu ihm hoch. »Eigentlich finde ich es ziemlich süß, wie sie sich freuen.« Dennoch zog sich mein Herz zusammen. Ich vermisste Sinclair, wurde mir bewusst.

»Freuen, ja. Toll.« Die Hände in den Hosentaschen drehte er sich weg.

Kopfschüttelnd sah ich ihn an. Er war echt ein wandelndes Klischee. Aber was hatte ich anderes erwartet? Dass er zweimal die Woche klatschend am Rande des Beachvolleyballplatzes stand? Nein, Hudson war der verschlossene Schönling, eindeutig.

Ein Blick in die Runde verriet mir, dass zwar Ornella und die anderen beliebten Kids hier waren, Vivienne, Trixie und London jedoch fehlten. Willow sprach mit einem Jungen mit grünen Haaren, während der eine Flasche Wasser hinunterstürzte. Natürlich nicht aus Plastik, sondern aus Glas. Alles andere hätte mich an dieser Schule auch gewundert.

»Mrs Krystler.« Nachdem ich Willow kurz zugewunken hatte, räusperte ich mich wie in einem schlechten Film. »Hätten Sie mal eine Sekunde?«

»Oh, Graylee, gut, dass du da bist. Ich wollte sowieso noch mit dir sprechen. Wir hatten noch gar keine Zeit, uns nach gestern Abend in Ruhe zu unterhalten.«

Ja, aber das konnte warten. Mir kam eine Idee. »Sicher wollten Sie mir meinen Spind zeigen und diese Snack-Marken aushändigen, oder?«

»Das auch, aber wichtiger wäre, dass wir über deinen Test sprechen.«

»Gehen wir in Ihr Büro?«

Zögerlich schürzte Mrs Krystler die Lippen. »Du verpasst deinen ersten Kurs. Wie wäre es, wenn wir stattdessen gemeinsam Mittagessen?«

»Ich glaube nicht, dass ich eine Einführung ins Stricken nötig habe. Die erste Stunde kann ich getrost überspringen.« Mein Lächeln wurde breiter als Ornellas Südstaatenakzent.

Daraufhin zuckte ihre Stupsnase, ehe Mrs Krystler seufzte. »Also gut. Gehen wir.« In ihren Augen blitzte so etwas wie Bewunderung auf.

»Ich komme mit«, sagte Hudson sofort.

Sowohl Mrs Krystler als auch ich wandten uns zu ihm um. »Ornella hat mir praktisch den Job übertragen, Graylee als Pate zu begleiten, und ich brauche die Einführung in Bildhauerei ganz sicher am wenigsten.«

Ich blinzelte. Nachdem er eben, als ich die Wendigos erwähnt hatte, wieder so distanziert geworden war, hatte ich ehrlich gesagt nicht mehr damit gerechnet, dass er wegen der Sache mit London den Unterricht ausfallen lassen würde. In ihm steckte offenbar doch mehr, als ich gedacht hatte. Und es lag ihm anscheinend tatsächlich etwas an Londons Wohlergehen. Selbst jetzt, wo er und Vivienne getrennt waren und Hudson nichts mehr mit ihr und ihrem Freundeskreis zu tun hatte.

Bevor ich etwas dazu sagen konnte, rempelte mich jemand von hinten an.

»Steh hier doch nicht so rum.« Vivienne strich sich eine Haarsträhne über die Schulter. »Du blockierst den Weg.«

Wow, diese dezenten Hinweise hatte sie echt drauf. Gerade als ich etwas erwidern wollte, ergriff Mrs Krystler das Wort.

»Ja, Graylee«, sagte sie, »du stehst offensichtlich ungünstig.«

Was? Ich musste mich verhört haben. Ungläubig starrte ich Mrs Krystler an.

»Und was ist das für ein Trauerspiel um deinen Hals?«, fragte Vivienne, während sie mich von oben bis unten musterte.

Kaum hatte ich begriffen, dass sie die verkorkste Schleife meinte, pikste sie mich schon gegen mein Schlüsselbein.

Okay?

Hudson räusperte sich. »Das wollte ich gerade erledigen.« Er schob sich zwischen mich und Vivienne, fuhr mit den Fingern über den Knoten an meinem weißen Satinband. »Was hast du damit nur angestellt?«, murmelte er so leise, dass nur ich es hören konnte.

Über seine Schulter hinweg beobachtete ich, wie Viviennes Gesichtszüge vereisten. Ein bisschen wie bei der Marmorstatue auf der Bank war ihre Miene überrascht, gleichzeitig lag darin aber auch ein »Ich hab's gewusst«.

Mit dem Handrücken berührte Hudson meinen Hals, was mich umgehend ebenfalls in eine Statue verwandelte. Sorgfältig band er die Schleife neu. »Ich bin gespannt, wer du wirklich bist. Vielleicht eine Sirene? Vielleicht eine Gorgonin?«, bemerkte er übertrieben laut, sodass Vivienne ihn hören musste.

Ich sah auf. »Wäre das denn möglich?« Konnte ich eine Gorgonin sein? »Ich habe weder diesen tödlichen Blick drauf, noch höre ich besonders gut.«

Bei meinen Worten zuckte Hudson zusammen, und ich bemerkte zu spät, was ich angerichtet hatte. Die Wunde in ihm musste wieder aufgerissen sein. Oder was es auch war, mit dem er sich herumschlug. Selbst die Show für Vivienne stoppte er. Aus heiterem Himmel ließ er den Vorhang fallen, genau wie die Bändel an meiner Schleife.

Ich schielte auf meine Brust. Toll gemacht, Graylee. Mein Tollpatsch-Ich bedankte sich bei mir und meiner Insensibilität im Besonderen. Immerhin lugte nun eine weiße Schleife mit zwei unterschiedlich großen Schlaufen unter meinem Polokragen hervor.

Kapitel 19

In Mrs Krystlers Büro roch es nach dem abgestandenen Rauch einer E-Zigarette. Erdbeergeschmack. Nachdem sowohl ich als auch Hudson ein ersticktes Husten ausgestoßen hatten, wandte Mrs Krystler sich ihrem abgedunkelten Fenster zu und schob die Vorhänge beiseite.

Draußen putzte ein Kolibri die Fenster. Zuerst dachte ich, es wäre Lucinda, aber dieser Vogel wies eine andere Regenbogenmusterung auf und hatte keine Schleife umgebunden. Außerdem fluchte der Kolibri ununterbrochen mit erstaunlich dunkler Stimme, die durch das dünne Glas zu uns hereindrang.

Neugierig sah ich mich in Mrs Krystlers Büro um. Lederne Ohrensessel, die hintere Wand war voller Bücherregale mit alten Büchern wie in einem Antiquariat. Und aus einem Schallplattenspieler, der aus den Sechzigerjahren zu stammen schien, brüllte eine Boyband, die nicht so wirklich an den Sound der Beatles herankam. Das Büro hätte auch zu einem Vampir mit fragwürdigem Musikgeschmack passen können. Überall auf dem Schreibtisch kullerten pinke Bonbonpapiere umeinander. Mein Blick wanderte zur Decke, doch es war kein Ventilator eingeschaltet.

»Das ist ein Minotaurenbann«, flüsterte mir Hudson zu. »Wenn jemand uneingeladen dieses Büro betritt, beschießen einen die Kügelchen, und wenn man dann nicht aufgibt, prügeln die Bücher auf einen ein.«

Bonbonpapierkugeln? Gewaltbereite Bücher? Mein Blick wanderte zum Bücherregal. Erst jetzt bemerkte ich, dass einige der Hardcover-Ausgaben zitterten. Wie angespannte Kampfhunde. Ein Minotaurenbann also … Das erinnerte mich an meine Türschwelle … »Was passiert eigentlich, wenn ein Junge uneingeladen in ein Mädchenzimmer geht?«

»Die Türklinke löst sich und verhaut ihn.«

»Wirklich?« Mein Mund klappte auf. Das klang äußerst brutal.

»Nein. Jedenfalls nicht zuallererst. Bevor diese Maßnahme ergriffen wird, gibt es einen ›Warnschuss‹, heißt: Der Läufer im Flur wirft Wellen, um den Jungen zu erschrecken. Nur für den Fall, dass er die Regeln vergessen hat.«

Okay, dieses Internat war wirklich nicht die Nullachtfünfzehn-Akademie aus den einschlägigen Filmen, die man vom Sonntagnachmittagsprogramm im Fernsehen kannte.

Mrs Krystler, die inzwischen hinter ihrem Schreibtisch stand, öffnete eine Schublade, woraufhin die Kügelchen hineinhopsten. Danach bot sie uns ihr Glas mit Bonbons an. »Biologisch abbaubare Verpackung.«

»Äh, nein danke.« Abwehrend hob ich eine Hand.

»Also, wo hab ich deine Akte?« Mit ihrem schweren Bürostuhl rollte sie zur Seite, öffnete eine weitere Schublade und förderte eine braune Papiermappe zutage. »Ah hier.« Sie zog einen Umschlag, gefolgt von einem Blatt Papier, heraus.

»Hier sind deine Einkaufschips und deine Spindnummer samt

Code. Außerdem haben wir deinen Stundenplan angepasst. Wir halten es für eine gute Idee, wenn du in den typischen Sportfächern mitmachst, in denen die Talente der jeweiligen Mythen liegen. Solltest du ein natürliches Talent für Bogenschießen haben, würde das darauf hindeuten, dass du von einer Walküre abstammst.« Sie schob mir den Umschlag zu. »Ach ja, und am Mittwoch nach dem Abendessen werden wir uns dein Mythenerbe noch einmal genauer ansehen. Vivienne hat darum gebeten, den Test feierlich beim Lagerfeuer leiten zu dürfen, wie in ganz alten Zeiten. Ist das nicht aufregend?«

Ein zweiter Test … Und Vivienne hatte darum gebeten, ihn durchführen zu dürfen? Das konnte nichts Gutes verheißen. Und was, wenn auch der keine Antworten bringen würde?

Wie auch immer. Darüber wollte ich jetzt weder reden, noch nachdenken. Das Gute daran war wohl, dass sie mir nicht direkt sämtliche Hirnwindungen löschten und mich von der Schule schickten.

Nervös tippte ich mit dem Zeigefinger auf die Ecke des grauen Umschlags aus Recyclingpapier. »Hudson und ich haben heute früh London aus dem Wald stolpern sehen.«

Der Ledersessel unter Mrs Krystler knarrte. Sie lehnte sich in ihm zurück und knetete ihre Hände. »War bestimmt kein schöner Anblick. Tja, da sieht man, was Alkohol und Drogen bei Menschen anrichten können. Ein abschreckendes Beispiel, auf das ich dennoch gern verzichtet hätte.« Sie blies sich eine imaginäre Haarsträhne aus der Stirn.

»Genau das glauben wir eben nicht.« Ich hörte auf, auf den Umschlag zu tippen. »Etwas ist mit London geschehen, aber Alkohol und Drogen waren das nicht. Heute ist der erste Tag der Orientierungswochen. Wieso sollte sie sich ausgerechnet gestern Abend und dann auch noch allein betrinken? So was macht man doch eher in der Gruppe.«

Mrs Krystler starrte an die Decke, fast so, als würde sie sich das, was ich gesagt hatte, noch mal durch den Kopf gehen lassen wollen.

Neben mir spannte Hudson die Schultern an. »Sie wirkte nicht nur weggetreten, sondern auch nicht wie sie selbst. Irgendwas ist mit ihr.«

Zuerst verstand ich nicht, was er meinte, doch dann folgte ich seinem ausgestreckten Zeigefinger, der aus dem Fenster wies. Hinter dem putzenden Kolibri saß London auf der Kaimauer. Sie blickte auf den See, die Haare nachlässig nach hinten geflochten. Die blaue Schleife, die eigentlich um den Kragen an ihrem Poloshirt gehörte, trug sie wie ein Armband am Handgelenk.

»Was willst du damit sagen?« Mrs Krystler stützte beide Zeigefinger gegen ihr Kinn und sah erst uns an, dann wieder London.

»Nun ja, denkbar wäre es doch …« Hudson brach ab.

»Nein«, entgegnete Mrs Krystler viel zu schnell. Ihre Brust hob und senkte sich heftig unter ihrer dunkelblauen Bluse. »Ganz bestimmt nicht. Der Minotaurenbann gegen den Fluch ist aktiv. Ich habe ihn vergangenen Freitag geprüft.«

Der Fluch … Davon hatte Mrs Zilba schon einmal gesprochen. »Welcher …?«

Mrs Krystlers Kopf fuhr zu mir herum. »Wir reden nicht über den Fluch …«

»Das bringt Unglück«, vervollständigte ich ihren Satz. »Ich weiß.«

»Exakt, Graylee. Nein, London hat vermutlich zum ersten Mal in ihrem Leben Drogen konsumiert und sie nicht vertragen. Seht sie euch an.«

Noch einmal würde ich nicht aus dem Fenster sehen. Stattdessen beobachtete ich Mrs Krystler. Ihre Brust hob und senkte sich immer noch viel zu schnell. Dagegen wirkte ihre blonde Haarpracht starr wie in einem Comicfilm. Genauso starr wie ihr Blick. Dieser Fluch musste ein ganz großes Ding sein. Vielleicht konnte mir Hudson mehr darüber erzählen. Eventuell wussten die Kolibris auch etwas. Oder waren sie zu jung dafür?

Eine Glocke schrillte. Erst dadurch schreckte Mrs Krystler aus ihrer Trance auf.

»Eure Kurse haben längst begonnen, ihr solltet gehen, dann schafft ihr noch die zweite Hälfte.« Mrs Krystler schloss ihre Schublade, sah dann wieder aus dem Fenster. Und zuckte zusammen.

Das konnte nur eins bedeuten. Ich schielte nach draußen, was meine Vorahnung bestätigte. London war nicht mehr zu sehen. Gut, aber was sollte ihr am See schon passiert sein? Sie war eine Sirene. Ein Meermädchen.

»Sie waren nicht dabei«, begann Hudson erneut. »Sie haben sie auf dem Parkplatz nicht gesehen. London ist ganz unnatürlich für einen Menschen auf dem Boden aufgeschlagen. Das kommt nicht von Alkohol oder Drogen. Etwas geht hier vor sich. London braucht Hilfe.«

»Schluss damit. Ich will kein Wort mehr hören. London ist gesund zurückgekehrt, möglicherweise minimal weggetreten, aber das geht euch nichts an.«

Offensichtlich ein endgültiges Statement. Daher erhob ich mich.

Hudson sah aus, als wollte er etwas sagen, ließ es dann jedoch bleiben und begleitete mich stattdessen schweigend zum Walgerippe-Pavillon, wo der Strickkurs stattfand. Die Dekoration von gestern

Abend war noch nicht abgenommen worden, was meine Laune ein ganz kleines bisschen hob.

»Du solltest aufhören, auf deiner Unterlippe herumzukauen, sonst wirst du sie noch komplett durchbeißen«, raunte Hudson mir zu.

»Soll ja wie Hühnchen schmecken«, sagte ich abwesend. Erst als ich mir sicher war, dass uns niemand belauschen konnte, auch kein Gorgone, denn außer vier Strickern, die ihrem Band zufolge allesamt Chimären und Minotauren waren, entdeckte ich niemanden in der Nähe. »Was für ein Fluch ist das genau, über den wir nicht reden dürfen?«

Hudson sah mich von der Seite an, als hätte ich die unmöglichste aller Fragen gestellt. »Ja, schon klar. Nicht drüber reden. Aber alle außer mir wissen Bescheid. Irgendwie unfair. Vielleicht könntest du es mit einem Ausdruckstanz erklären? Oder einer Scharade? Streng genommen würdest du so nicht darüber reden.«

Kam es mir nur so vor oder zitterte Hudsons Unterlippe? »Ich weiß es auch nicht genau. Nur, dass es ein Gorgonenfluch war. Und er wurde von einem Minotaurenbann aufgehoben. Den Gerüchten zufolge endeten die Betroffenen …« Er wies über seine Schulter. Direkt auf eine Steinstatue, die in einem Vierfüßlerstand neben einer Hecke kauerte.

»Nein, oder? Die Statuen sind ehemalige Schüler?« Ich keuchte. »Du machst Witze? Wie? Wozu? Könnte man sie auch wieder zurückverwandeln? Gibt es eine Möglichkeit, sich zu schützen??«

Aus Hudsons Gesicht war alles Leben gewichen. Obwohl er noch blinzelte, wirkte er jetzt selbst wie eine Statue. »Man wird zu Stein und kehrt nie mehr zurück. Es gibt nichts, was einen Menschen oder Mythos vor einem Gorgonen schützen kann, außer der Gorgone bedeckt seine Augen mit den Kontaktlinsen aus dem Institut. Sie schicken uns jeden Monat fünf Packungen mit Wochenlinsen. Natürlich könnten du und ich uns die Augen zuhalten oder uns nicht mehr ansehen, aber wie lange würden wir das durchhalten?« Bei seinem letzten Satz geriet er ins Stocken. Doch schnell fing er sich wieder. »Und bei einem Fluch, der ebenfalls in der Lage ist, Mythen und Zivilisten zu versteinern – da hilft nur ein Minotaurenbann.«

Ein Windstoß vom See zerwühlte mein Haar, blies es mir ins Gesicht, und kurz war ich froh darüber, mich abwenden zu können. Um mich mit etwas anderem zu beschäftigen als mit Hudson.

Der nutzte die Zeit, um raus auf den See zu starren, wie ich aus den Augenwinkeln bemerkte. Irgendwo auf dem Wasser stritten sich zwei Schwäne.

Letztlich atmete ich tief ein. »Das ist also ein alter Fluch, mit dem du nichts zu tun hast. Warum tust du dann so, als wäre alles deine Schuld?«

»Nicht-Gorgonen verstehen nicht, wie das ist.«

Okay, wow. Das tat fast ein bisschen weh.

Zwei Minuten später saß ich mit der Strick-Crew am Tisch, suchte in Zeitlupe eine passende Wolle und die richtige Dicke an Stricknadeln aus. Wie absurd, dass ich in einer Situation wie dieser stricken würde. Eigentlich etwas, das ich am liebsten auf der Welt tat. Nur nicht, wenn ich an eine Schule versetzt worden war, in der etwas ganz und gar nicht mit rechten Dingen zuging.

Ein Mädchen mit violettem Band um den Polokragen schob mir ein Buch zu. »Hier sind richtig coole Muster drin.«

»Danke.« Ich hob den Kopf. »Aber ich bin Guerilla-Strickerin.«

»Alles klar, und was an der Schule willst du in ein neues Strickkleid hüllen?« Ihre Stricknadel streifte ihren dicken Zopf.

»Bäume sind der Klassiker. Oder die Poller am Seeufer.«

Der See … Ich sah zu der Steinkrone hinüber, die Hudson eben noch fixiert hatte. Es hatte sich angefühlt, als ob er seine Mauer zwischen uns wieder errichtet hätte. Mit starrer Miene und ohne sich zu verabschieden war er zu seinem Bildhauerkurs abgezischt.

Mit einem Mal entglitt die Stricknadel meinen Händen, was Mirelle, die Minotaurin, mit einem mitleidigen Blick quittierte. Warum nur fühlten sich meine Finger plötzlich so kalt an? Schwermut stieg in mir hoch. Zu Hause hätte ich mit Sinclair gestrickt, und wir hätten dabei im Internet nach Häusern gesucht, über die das Gerücht im Umlauf war, dass es in ihnen spukte.

Ach, Sinclair. Ich vermisste meinen besten Freund. Kurz schaffte ich es, mich an die Hoffnung zu klammern, dass ich im Winter wieder nach Hause fahren konnte, doch die leise Stimme in meinem Hinterkopf wurde immer lauter. Was, wenn eine Gorgonin in mir steckte? Und sich meine Fähigkeiten einfach noch nicht richtig entwickelt hatten? Hieß das, ich musste auf dieser Schule bleiben, bis ich lernte, damit umzugehen und mich in dieser neuen Welt zurechtzufinden? Wie lange würde das dauern? Ein Jahr? Zwei Jahre?

Gerade als mich eine Flut an dunklen Gedanken so richtig runterzuziehen drohte, landeten zwei Kolibris vor mir auf der Tischplatte. Floyd und Iceman. Eines der anderen Chimärenmädchen, dessen Namen ich vergessen hatte, ließ vor Schreck sein Wollknäuel fallen, das in Richtung Iceman rollte. Der drehte sich um und stupste es mit dem Schnabel zu ihr zurück, wobei er begeisterungsheischend den Kopf schief legte. Doch die Chimäre mit den kurz geschnittenen

Haaren und dem gestrickten Stirnband nahm ihre Arbeit einfach wieder auf, ohne dem Kolibri noch einen zweiten Blick zu schenken.

Ein wenig enttäuscht, so kam es mir vor, drehte sich Iceman wieder zu mir um. »Hey, Graylee, was machst du so?«

»Schön, euch zu sehen, Jungs.« Da sich niemand über diese Anrede beschwerte oder sonst eine Regung zeigte, schien das wohl in Ordnung zu sein. Gut.

Floyd hüpfte auf meinen Arm. »Wir haben gehört, du kannst so viel Crispy-Crunch-Müsli besorgen, wie du willst.« Seine Stimme überschlug sich beinahe.

Oh, darum ging es also.

»Hast du echt den Automaten geknackt?« Iceman war auf meine Schulter geflattert.

Obwohl ich erwartet hätte, dass mich die anderen aus meinem Kurs schief ansahen oder zumindest neugierig beobachteten, ignorierten sie mich stattdessen. Wie merkwürdig sich die Schüler den Kolibris gegenüber verhielten. Dabei waren sie doch ein Geschenk der Götter an die Legends. Plötzlich kam mir der Gedanke, dass es genau daran liegen konnte. Womöglich hatten sich die Nachkommen der mythologischen Völker ein wenig mehr von den Göttern erwartet als geflügelte Putzhilfen.

Wie auch immer ... Da ich ungestört mit den beiden reden wollte, rutschte ich ans andere Ende des Tischs. Mrs Wren, die junge Lehrerin, die den Kurs leitete, sah von ihrer Babystrickmütze auf, lächelte dann aber.

»Stimmt es nun, dass du noch mehr Crispy-Crunch-Müsli für uns besorgen könntest?«, flüsterte Floyd. Dieses Mal besonders eindringlich.

Sein Kumpel Iceman beäugte mich einfach nur neugierig.

»Hört mal, ich habe ganz legal für dich eine Packung Müsli aus dem Automaten gezogen, als Dank dafür, weil du dich so lieb um Lucinda und Iceman gekümmert hast, als ich es nicht konnte.«

Iceman kiekste überrascht. »Was? Das hast du für uns getan?«

»Aber natürlich.« Da die beiden noch immer ungläubig mein Gesicht fixierten, streckte ich einen Finger aus und kraulte Iceman unter dem Flügel, woraufhin er endlich zu lächeln anfing. Jedenfalls öffnete sich sein Schnabel einen Spaltbreit, und seine Augen leuchteten.

Ein Schnauben riss mich von seinem niedlichen Anblick los. Direkt neben uns ging Trixie, Viviennes lockenköpfige Freundin, mit einem Surfbrett unter den Arm geklemmt, vorbei. Kopfschüttelnd verdrehte sie die Augen, nur um mich im Anschluss sofort wieder zu ignorieren.

Ehrlich mal. Wie konnte man kein Kolibri-Fan sein? Die waren viel zu niedlich.

»Wir sind doch jetzt Freunde«, erklärte ich daher extra laut. Und etwas leiser fügte ich hinzu. »Keine Sorge, in Maßen lasse ich euch das Zeug zukommen. Aber nicht nach achtzehn Uhr essen.«

»Pah«, machte Floyd. »Natürlich nicht. Und wir werden nicht mehr vergessen, dass Bowle Zucker enthält, oder, Iceman?«

Der brummte etwas, bevor er sich überschwänglich bei mir bedankte. »Was ist das für ein Umschlag?«, fragte er dann und deutete auf das Stück Papier, das aus meiner Tasche lugte.

Floyd hüpfte näher an ihn heran. »Das ist ein Recyclingumschlag aus recyceltem Papier. Recycelt!«

Mit dem Daumennagel kratzte ich mir über die Stirn. »Bist du sicher, dass der recycelt ist, Floyd? Kommt mir nicht so vor, als hättest du das ausreichend erklärt.«

Empörung sprach aus Floyds Blick, bis sowohl ich als auch Iceman uns das Lachen nicht mehr verkneifen konnten. Weil ich mich strecken wollte und mich meine Haare im Nacken kitzelten, drehte ich sie kurzerhand zu einem Dutt. Damit das Kunstwerk hielt, steckte ich eine Stricknadel mit einem roten, kugelförmigen Maschenstopper am Ende durch das Haarknäuel.

»Stell dir vor, Floyd. Da drin sind diese magischen Marken, die Crispy-Crunch-Müsli herzaubern können.«

Mit offenem Schnabel und vor Aufregung geplusterten Federn starrte Floyd mich an.

»Aus dem Automaten«, fügte ich hinzu, woraufhin die pinken Federn wieder nach unten sackten. »Was habt ihr denn gedacht?«

Während ich versuchte, nicht zu breit zu grinsen, wickelte ich die orange-pinke Strickwolle um meinen Zeigefinger. Noch mehr Schüler trugen ihre Surfboards zum See, wo Trixie bereits durch das Wasser paddelte. Der Goldschmuck, den sie selbst zum Surfen trug, reflektierte das Sonnenlicht. Doch egal, wie sehr ich mir den Hals verrenkte, London konnte ich nicht unter ihnen entdecken. Auf einmal widerstrebte es mir, hier zu sitzen und zu stricken, statt etwas zu unternehmen. Ich sah von einem Kolibri zum anderen. »Habt ihr Lust auf ein Abenteuer?«

»Ich weiß nicht …«, sagte Floyd.

»Auf jeden Fall«, sagte Iceman.

Nichts anderes hatte ich von meinen neuen Freunden erwartet.

Mit einem Ruck fuhr ich auf der Bank herum. »Mrs Wren? Ich müsste mal für kleine Mythennachkommen.«

Irritiert sah sie auf, zwirbelte sich eine blonde Haarsträhne aus dem Gesicht, nickte dann aber.

Eilig legte ich mein Strickzeug beiseite.

»Wohin gehen wir?«, flüsterte Iceman, sobald wir uns ein wenig entfernt hatten.

»Erst mal zu der Stelle, wo wir London aus dem Wald haben taumeln sehen. Vielleicht finden wir dort Spuren. Und könntet ihr mir auf dem Weg dorthin alles über den Gorgonenfluch erzählen, was ihr wisst?« In diesem Moment begann mein Auge zu jucken. Rubbelnd lief ich weiter und wäre dabei fast in Willow reingerannt, die mit diesem grünhaarigen Jungen, den ich schon mehrmals gesehen hatte, über ein Blumenbeet gebeugt fachsimpelte.

»Oh, hey, Graylee. Hey, Floyd und Iceman.« Sie hob eine Hand. Kam es mir nur so vor oder wirkte sie auf einmal viel gelöster?

»Hi, müsst ihr für den Unterricht Pflanzen bestimmen?« Die Zettel in ihren Händen wiesen zumindest darauf hin.

Willow strahlte übers ganze Gesicht. »Genau. Das ist übrigens Varn. Und das ist Graylee, und die zwei Kolibris kennst du wahrscheinlich.«

Da war ich mir nicht so sicher, aber Varn lächelte tapfer. »Hi.«

»Er kann sich in einen Seehund verwandeln«, flüsterte mir Willow zu. Ihre Wangen färbten sich noch intensiver rot, als sie in seine Richtung schielte. Die beiden besaßen ungefähr dieselbe schmale Statur, obwohl Varn eher in meinem Alter sein musste als in Willows.

Varn, der Willow offenbar gehört hatte, hob und senkte etwas ungelenk die Schultern. »Willow ist ein Naturtalent und hat ein wahnsinnig gutes Gedächtnis.«

»Naturtalent!« Plötzlich bekam sich Iceman, der auf meiner Schulter Platz genommen hatte, gar nicht mehr ein vor Lachen. »Naturtalent! Versteht ihr?«

Sachte stupste ich ihn an. »Ist gut jetzt.«

Da Varn verwundert die Stirn in Falten gelegt hatte und ich nicht wollte, dass die Kluft zwischen Legends und Kolibris noch weiter wuchs, hob ich eine Hand. »Entschuldigt, er liebt Wortspiele und ist etwas unterzuckert, fürchte ich.«

Daraufhin konnte ich mitansehen, wie sich Varns Gesicht aufhellte. Er tauschte einen Blick mit Willow, die ebenfalls grinste. Und zwar immer breiter.

Gut, das war wohl unser Stichwort.

»Bis später. Wir müssen mal für kleine Kolibris.« O Mann, hatte ich das wirklich gesagt? Am liebsten hätte ich mir im Laufen gegen die Stirn geschlagen.

»Suchen wir etwa auf der Toilette nach London?«, fragte Floyd direkt in mein Ohr.

»Sehr gut kombiniert.« Natürlich musste Iceman ihn aufziehen.

Und wahrscheinlich waren wir auch total unauffällig unterwegs in Richtung Parkplatz. Nur ich, die Neue, mit zwei Kolibris auf den Schultern. Immerhin konnte ich notfalls so tun, als wüsste ich nicht, wo die nächste Toilette lag, und daher einen Umweg nehmen.

Irgendwo in der Nähe, ich vermutete an dem verborgenen Teich zwischen Parkplatz und Schule, sang ein Chor. Die Sonne brannte mir im Nacken, weswegen ich mir die Nadel wieder aus den Haaren zog und sie auffächerte, was gar nicht so einfach war, wenn man keinen Kolibri von den Schultern fegen wollte. Vielleicht war es sogar gut, bei dieser Erkundungstour eine Waffe in der Hand zu haben. Ich schielte auf die Stricknadel, drehte sie zwischen den Fingern. Was würde hinter den Bäumen auf uns lauern? Noch mehr Wendigos? Oder etwas Schreckliches, Unbeschreibliches?

Ein Falke krächzte, gefolgt von Flügelschlagen, das vom Horst zu uns herüberdrang. Selbst die Vögel schienen unruhig zu sein. Im selben Moment grub Floyd seine Krallen tiefer in meine Haut, weshalb ich mich erstickt räusperte.

»Tut mir leid«, wisperte Floyd. »Aber wir sollten das nicht tun. Iceman und ich müssen gleich die Tische fürs Mittagessen vorbereiten …«

»Also, bitte.« Iceman schnaubte. »Wir erleben hier gerade ein Abenteuer. Und wer außer uns sollte Graylee beschützen?«

»Da hast du natürlich recht«, sagte Floyd kleinlaut. »Es ist unsere Pflicht mitzugehen. Allerdings hast du schon die letzten Tage beim Frühstück und meistens auch beim Abendessen gefehlt …«

»Pfff«, machte Iceman. »Es ist Orientierungswoche und nur ein Bruchteil der üblichen Schüler anwesend. Da wird man wohl mal … seinen Hobbys nachgehen dürfen.«

Hobbys? Ich blinzelte Iceman an.

Floyd schüttelte den Kopf. »Kolibris haben keine Hobbys. Kolibris haben Arbeit.«

In dem Moment erreichten wir die Baumgrenze, was die beiden verstummen ließ. Ein bisschen mulmig war mir schon, aber das konnte ich unmöglich zugeben.

»Wie gefährlich schätzt ihr eigentlich Wendigos ein?« Die Frage war mir plötzlich über die Lippen gekommen. Wie eine Eingebung.

Vor Schreck verlor Iceman das Gleichgewicht, stieß sich ab und flatterte neben meinem Gesicht in der Luft. »Die sind absolut nicht gefährlich. Sie wollen nur in Ruhe im Einklang mit der Natur leben.«

»Nicht gefährlich, pah!« Floyd plusterte die rosafarbenen Federn auf, sodass sie mich an der Wange kitzelten. »Und was war letzten Sommer beim Abschlussfest? Und bei der Wintersonnenwende?«

»Ein Missverständnis?«

Eigentlich wollte ich hier nachhaken. Das war bereits das zweite

Mal, dass jemand einen Vorfall zwischen den Legends und den Wendigos erwähnte, aber so viel Zeit hatten wir nicht.

Mit klopfendem Herzen, aber entschlossen zusammengebissenen Zähnen schob ich einen Zweig beiseite. Nichts Ungewöhnliches war zu sehen. Jetzt stieß sich auch Floyd von mir ab. Als wollten die beiden meine Bodyguards mimen, sirrten sie vor mir durch die Luft.

»Graylee?« Der Ruf meines Namens ließ mich zusammenzucken. Hinter mir auf dem Parkplatz war Mrs Zilba aufgetaucht, begleitet von Tristan, der sich durch die Haare fuhr und mich und die Kolibris verwirrt anblinzelte. Im Gegensatz zu Mrs Zilba, die keineswegs verwirrt, sondern eher verärgert wirkte. Nein, verärgert war nicht das richtige Wort. Wohl eher enttäuscht darüber, dass ich jetzt schon den Unterricht schwänzte, wo das Schuljahr noch nicht mal richtig angefangen hatte.

»Ich … ähm … wollte nur schauen, ob ich an der Straße besseren Empfang habe, um meine Eltern anzurufen.« In einer unbestimmten Bewegung deutete ich über meine Schulter. Natürlich hatte ich mein Handy nicht dabei, aber Mrs Zilba würde kaum mein Poloshirt oder meinen Rock abtasten.

Sie schien mir kein Wort davon zu glauben, dass ich auf der Suche nach Handyempfang war, denn ihr Lächeln wurde schmal. »Hier draußen wirst du keinen Empfang haben. In der Schulbroschüre erwähnen wir ja, dass Smartphones nur im Freizeitbereich der Schule erwünscht sind und auch nur dort funktionieren.«

Ich nickte. Richtig, die Schule war kein Fan von Smartphones.

»Melde dich doch nach dem Abendessen bei deiner Familie.« Auffordernd sah sie mich an, ehe sie sich in Bewegung setzte.

Okay, das hieß wohl, mir blieb nichts anderes übrig, als mit

Mrs Zilba und Tristan zurück zur Schule zu laufen. Seufzend folgte ich ihr mit den Kolibris.

»Alles okay bei dir?«, fragte ich Tristan, der sich neben mir über das Gesicht wischte. Seine Augen schimmerten rötlich, wie mir jetzt erst auffiel.

»Vegas, mein Falke, ist krank. Wir wissen nicht, ob es die Vogelgrippe ist. Aber falls ja … dann müssen alle Falken im Gehege getötet werden.«

Mrs Zilba drehte sich zu uns um. »In ein paar Tagen kommen die Testergebnisse zurück. Dann wissen wir es mit Sicherheit.«

Wie bitte? Das konnte nicht … Wirklich? Meine Augen fühlten sich auf einmal ganz trocken an. Sowohl blinzeln als auch weiterlaufen fiel mir schwer. Die Falken? Vogelgrippe? Mein Blick wanderte zu den Kolibris. »Warnt die anderen Kolibris. Sie dürfen nicht mehr in die Nähe des Falkenhorsts.«

Während Floyd geschäftig nickte, zuckte Iceman mit dem Kopf in alle Richtungen. Nur mit Verspätung machte er sich auf, um Floyd zu folgen. Hoffentlich hatte sich keiner von ihnen bereits angesteckt. Aber da Kolibris keine großen Fans der Falken waren, erschien mir die Gefahr gering.

Ungefähr zehn Minuten vor Ende der ersten Stunde war ich wieder zurück im Strickkurs, saß allerdings mehr rum, als dass ich wirklich strickte. Danach folgte Mythengeschichte. Erst auf dem Weg dorthin fiel mir auf, dass ich die Kolibris nicht mehr nach dem Fluch gefragt hatte. Immerhin hatte ich noch Zeit, meine Sachen aus meinem Zimmer zu holen und einen Teil in meinen Spind zu räumen, der nur ein paar Schritte von den Snackautomaten entfernt stand. Das war eindeutig praktischer, als dauernd in mein Zimmer sprinten zu müssen.

Gerade als ich mit einem Knarren die Spindtür schloss, stürmte Ornella an mir vorbei. »Hey, Ornella!«, rief ich ihr hinterher. »Ich muss mit dir reden.«

Glücklicherweise waren außer uns beiden nur noch ein miteinander beschäftigtes Pärchen in diesem Teil des Flurs zu sehen.

»Keine Zeit. Ich muss …« Sie musterte mich. »Irgendwo ohne dich Dinge tun.«

Aha. Dennoch gab ich nicht auf, sondern hetzte ihr hinterher, wobei mir mein Rucksack unangenehm in den Rücken schlug. »Ich brauche mehr Infos von dir, wenn ich helfen soll. Erzähl mir alles über den Fluch, dann gebe ich dir ein Update zu Tristan und Vegas. Da habe ich brandneue News.« Zugegeben, etwas gemein und dick aufgetragen. Andererseits ertrug ich es nicht mehr, dass die Schüler und Lehrer an der Swanlake mir Informationen vorenthielten.

Daraufhin riss Ornella den Kopf zu mir herum, wurde jedoch nicht langsamer in ihrem Stechschritt. »Du hast als Nächstes auch Mythengeschichte?«

»Ja.«

»In Ordnung«, sagte Ornella schließlich. »Ich schreibe alles, was ich über den Fluch weiß, auf und gebe dir den Zettel nach der Stunde. Du schreibst alles auf, was du über Tristan an Neuigkeiten hast, klar?«

Ich lächelte. Von mir aus. Immerhin redete sie mit mir.

Kapitel 20

Gemeinsam mit Ornella, die sich benahm, als gehörte ihr die ganze Schule, betrat ich den Klassenraum, der auf meinem Stundenplan angegeben war. Mythengeschichte. Das war es sicher nicht, was meine Eltern dachten, das ich hier an Unterricht erhielt.

Im Raum saßen bereits drei Schüler in der ersten Reihe, unter denen auch Freya war, doch Ornella warf ihre Haare nach hinten und stolzierte auf den Fensterplatz in der dritten Reihe zu. Ohne etwas zu sagen, folgte ich ihr.

Nach uns kamen noch Hudson, Canyon und Cece, die Chimäre mit den schwarzen Haaren, die sie in einem Undercut trug, herein. Hinter ihr drückten sich Willow und Varn kichernd durch den Türrahmen. So vertraut, als würden sie sich weitaus länger als ein paar Stunden kennen.

Hudson ignorierte mich völlig. Sein Verhalten war das genaue Gegenteil von dem von heute Morgen. Offenbar hatte ich mit meinen Fragen zu dem Gorgonenfluch tatsächlich einen empfindlichen Nerv bei ihm getroffen, weshalb er mich – wieder mal – mit Missachtung strafte. Sollte ich mich entschuldigen? Nein. Damit konnte ich mich jetzt nicht beschäftigen.

Schnell richtete ich meinen Blick nach vorn zum Lehrerpult. Der Minotaurus mit den angegrauten Schläfen, den ich gestern Abend auf der Bank im Garten hatte sitzen sehen, lehnte am Pult. Der, über den Iceman gesagt hatte, dass ihm die Verbeamtung nicht guttue. Genau wie gestern schien er in sich zusammenzusacken und auf etwas zu starren, was wir anderen nicht sehen konnten. Er sah aus wie fünfzig, aber wahrscheinlich war er viel jünger, als er durch sein leidendes Wesen zu sein schien.

Im selben Moment, als es klingelte, stürmte Janus zur Tür herein, als wäre er einmal quer durch die Schule gerannt.

»Gut, damit sind wir vollzählig.« Langsam, fast in Zeitlupe, richtete sich unser Lehrer auf und ging zur Tafel. Die Kreide in seiner Hand zitterte unübersehbar, als er seinen Namen oben rechts an die Tafel schrieb. Gerade so groß, dass man die Wörter noch lesen konnte. »Keith Upperton-Boyle«

Ornella stieß einen Seufzer aus. »Ceces Onkel. Einen unfähigeren Minotaurus findest du weit und breit nicht.«

Mit hochgezogenen Augenbrauen wandte sich Cece zu uns um. Der Kreuzanhänger in ihrem rechten Ohrloch funkelte. Doch Ornella erwiderte Ceces Blick mit einem überheblichen Lächeln, fast so, als hätte sie nie etwas gesagt.

Gerade als Mr Upperton-Boyle den letzten Bogen bei *Mythengeschichte* vollendete, brach die Kreide ab. Sofort hielt er inne und starrte auf den Boden, als würde er gleich in Tränen ausbrechen. Tatsächlich stieß er sogar ein heiseres Wimmern aus.

»Echt mal …«, murmelte Ornella und verdrehte die Augen.

»Ähm, ja. Da einige der neuen Schüler die Grundlagen der Mythenkunde noch nicht kennen, werde ich heute eine Einführung geben. Alle anderen lesen bitte Kapitel sechzehn im Buch.« Er sah auf den Stapel Lehrbücher auf seinem Pult. »Oh. Und alle, die noch kein Buch haben, bekommen eins von mir.« Mit gesenktem Blick teilte er die Wälzer aus, die man sicher auch als Waffe gegen Einbrecher verwenden konnte. Wenn man es schaffte, das Ding hoch genug zu schwingen.

Da er nicht erklärte, wo Anfänger wie ich es aufschlagen sollten, sah ich ihn einfach weiterhin an, auch nachdem der Wälzer auf meinem Einzeltisch lag.

Ornella stellte unterdessen ihr Buch wie einen Sichtschutz auf, hinter dem sie ihre Notizen niederschreiben konnte. Hoffentlich das, was ich brauchte. Ihre Ringe klimperten, doch sie nahm sie beim Schreiben nicht ab, obwohl sie deswegen ständig leise fluchte, was mich ein wenig an den fensterputzenden Kolibri erinnerte.

Grinsend wandte ich mich ab und bemerkte, dass Canyon mir von ihrem Platz in der ersten Reihe aus zuwinkte. Automatisch hob ich eine Hand, um den Gruß zu erwidern. In ihren Brillengläsern spiegelte sich das Sonnenlicht.

»Seit Anbeginn der Zeit existieren Götter und dazu Legenden über Helden und Monster«, fing Mr Upperton-Boyle an zu erklären. »Daraus entstanden Mischblüter und Nachfahren von Göttern und Mythen. Letzten Endes setzten sich sieben Blutlinien an Mythennachkommen durch.«

Janus' Hand schoss in die Höhe. »Das bedeutet, früher gab es mehr als sieben Mythennachkommen?«, fragte er, ohne aufgerufen worden zu sein.

Mr Upperton-Boyle stockte, hörte auf, von links nach rechts durch das Klassenzimmer zu wandern. »Korrekt. Aber wie es in der Natur üblich ist, setzen sich nur die Stärksten durch und überleben. Ähnlich wie bei der Vererbung. Also in der Genetik. Meistens erhält das Kind eines Mythennachkommen dieselbe Fähigkeit wie eines seiner Elternteile, manchmal setzt sich aber eine besonders starke Linie aus einer früheren Generation durch. Daher kann es sein, dass ein Kind als Minotaurus zur Welt kommt, obwohl beide Elternteile Chimären sind.« Mr Upperton-Boyle ging zurück zur Tafel, wo er die Namen der Legends und ihre Fähigkeiten auflistete. »Diese Übersicht findet ihr auch auf den Seiten 506 und 507 des Buchs.«

Ich schlug es auf. Tatsächlich. Sirenen, Selkies, Chimären, Minotauren, Walküren, Odins-Söhne und Gorgonen. Die sieben Völker. Daneben standen ihre besonderen Fähigkeiten wie der heiße Atem der Chimären, der verstärkte Gehörsinn bei Gorgonen und der extrem gute Orientierungssinn von Minotauren.

Etwas irritierte mich in diesem Moment. Wie automatisch wandte ich mich nach links und begegnete Hudsons Blick. Er hing ungefähr genauso leidend, wenn auch bedeutend selbstbewusster über seinem Tisch wie Mr Upperton-Boyle. Seine dunklen Strähnen hingen ihm über die Augenbrauen. Vielleicht ließ mich das so irritiert zurückstarren. Da war etwas Verletzliches und gleichzeitig Wütendes in ihm, das durch seine Adern zu pulsieren schien. Wie ein Raubtier, das gleich um sich schlagen würde.

Als hätte er genug von mir und meinem Anblick, atmete Hudson tief ein, bevor er seinen Kopf wieder nach vorn drehte.

Während Mr Upperton-Boyle weiter über die Legends und ihre Fähigkeiten referierte, in einem Tonfall, der zum Einschlafen war, zog ich meinen Block aus der Tasche und begann, alles von meinem Aufeinandertreffen mit Tristan niederzuschreiben. Sobald ich den dritten Satz vollendet hatte, kam mir ein Gedanke. Was, wenn das alles zusammenhing? Vegas' Krankheit und der Fluch? Wenn er doch nur sprechen und uns sagen könnte, weshalb es ihm nicht gut ging. Moment mal … Konnten die Kolibris vielleicht dolmetschen? Mein Kopf ruckte nach oben. Hatte das überhaupt schon mal jemand versucht? Über die Kolibris mit den Falken zu sprechen? Ich begann, auf dem Ende meines Kugelschreibers herumzukauen. Aber was, wenn es zu gefährlich war und die Kolibris sich während der Dolmetschung mit was auch immer ansteckten?

»Miss McCoy?«

Die Erwähnung meines Namens riss mich aus meinen Gedanken. Die ganze Klasse starrte mich an. Natürlich hatte ich keine Ahnung, worum sich der Unterricht in den letzten Minuten gedreht hatte, weswegen ich einfach nur mit gehobenen Augenbrauen nach vorn sah.

»Ihre biologischen Eltern?«, half Mr Upperton-Boyle nach.

»Kenne ich nicht. Tut mir leid. Aber das macht mir nichts aus. Wenn der Test gestern nicht gelogen hat, trage ich ein Mythenerbe in mir, nur weiß noch niemand, welches genau.«

Mr Upperton-Boyle nickte. »Eine sehr spannende Angelegenheit, der wir uns sicher bald genauer widmen können.«

»Pff«, machte Ornella neben mir, ehe sie sich mit einem Fingernagel quer über den Hals fuhr. Gleichzeitig schob sie mir ihren Zettel zu.

Ernsthaft? So schlimm würde es wohl kaum werden. Mit spitzen Fingern reichte ich ihr meine gefaltete Notiz.

Bevor ich allerdings ihre Nachricht lesen konnte, klingelte es zum Ende der Stunde. Nach Mythengeschichte folgte Mathe und danach Englisch, was ich hoffentlich mehr oder weniger gut hinter mich bringen würde. Mathe wohl eher weniger. Aber immerhin konnte ich dort unauffällig unter dem Tisch Ornellas Notiz lesen.

Ein Fluch, der Liebespaare tötet. Jedenfalls immer einen von ihnen. Das Opfer endet entweder als Steinstatue oder ertrinkt im See. Verbotene Liebe wurde damit bestraft. Vor etwa zwanzig Jahren, bis der Fluch bemerkt und gebannt wurde. Mehr weiß ich nicht. Nur dass ein Partner stirbt, wenn man nicht schnell genug herausfindet, was los ist.

Mit angehaltenem Atem las ich die Nachricht ein zweites Mal. Sehr viel schlauer war ich danach zwar auch nicht, aber immerhin verriet mir die Notiz, dass es sich um einen Verbotene-Liebe-Fluch handelte. Damit lag London und ihre Liebe zu Walker schätzungsweise wirklich im Fokus des Fluchs. So wie sie reagiert hatte, als ich in ihre Knutscherei hineingestolpert war … Das ergab Sinn. Natürlich hatte es sie getroffen. Aber warum? Wenn der Fluch zwanzig Jahre inaktiv gewesen war? Wer hatte ihn wieder reaktiviert? Irgendwie musste Mrs Krystlers Bann wirkungslos geworden sein, was sie offensichtlich nicht wahrhaben wollte. Ich brauchte also Beweise, um sie davon zu überzeugen.

Um zwölf Uhr begann endlich die lang ersehnte Mittagspause. Hastig packte ich meine Sachen zusammen, warf meinen Rucksack in meinen Spind, drehte mithilfe der Stricknadeln meine Haare wieder zu einem Dutt und begab mich auf die Suche nach meinen Kolibri-Freunden. Tatsächlich erwischte ich Iceman und Floyd mit einer Suppenschüssel auf dem Weg zum Walgerippe-Pavillon.

»Was?« Iceman zuckte zusammen, als ich ihm meinen Plan erklärte. Fast hätte er den Griff der Suppenschüssel losgelassen. Vorsichtshalber hielt ich einen gewissen Sicherheitsabstand zu ihm und der heißen Brühe ein. Dazu musste ich Seamore umrunden, der uns aus Richtung des Rapunzelturms entgegenkam.

»Nun ja«, sagte Floyd in seinem nasalen Singsang. »Wir könnten versuchen zu dolmetschen. Manchmal verstehe ich Bruchstücke. Aber es ist, als würde man mit einem Kleinkind reden, das zusätzlich in einem fürchterlichen Dialekt spricht.«

»Aber erst, wenn der Vogelgrippetest negativ zurückkommt«, warf Iceman ein.

Verständlich. »Okay, abgemacht.«

»Moment, was hast du jetzt vor?« Iceman war meinem Blick zum Wald gefolgt. »Schon wieder Detektivarbeit? Dann warte wenigstens auf uns.«

Um Spuren zu suchen? Eher nicht. Schließlich würde in weniger als einer Stunde mein Bogenschießkurs beginnen. Ich brauchte Beweise, um sie Mrs Krystler vorzulegen. Sonst würde sie mir nie glauben.

»Nicht nötig«, sagte ich abwehrend, ehe ich ihnen zum Abschied kurz zuwinkte. »Wir sehen uns.«

»Nein, bleib stehen!«, rief mir Iceman hinterher. Seine Stimme bebte, als würde ich in einen Krieg ziehen.

Also, bitte. Man konnte es auch übertreiben. »Du kannst mich ja später einholen, wenn du willst.«

Daraufhin hörte ich Iceman fluchen und Suppe aufs Gras schwappen, woraufhin auch Floyd fluchte.

Am Waldrand begrüßte mich Falkengeschrei. Viel zu aufgeregte, fast schon verzweifelte Rufe.

Ein Sirren hinter mir kündigte die Kolibris an.

»Warte.« Ein keuchender Iceman ließ sich auf meine Schulter plumpsen. »Geh nicht ohne uns. Wir beschützen dich.«

Ach? Aus dem Augenwinkel musterte ich den völlig aus der Puste geratenen Kolibri.

Floyd ließ sich auf meiner anderen Schulter nieder. Seine Federn waren derart durcheinander, als wäre er in einen Orkan geraten. »Genau. Wir passen auf dich auf. So wie du es bei uns getan hast.«

Oh. Das war jetzt aber schon niedlich. »Danke, Leute.« Ich zupfte an meinem Polokragen. »Das weiß ich sehr zu schätzen.« Vorsichtig, damit kein Kolibri verletzt wurde, schob ich einen Zweig zur Seite.

Es dauerte ein wenig, bis ich mich an das Dunkel des Waldes gewöhnt hatte. Hier schien viel weniger Licht einzufallen als in dem Waldstück an der Blauen Lagune, wo ich Baker und Charlotte getroffen hatte.

»Heute Morgen bin ich übrigens zwei Wendigos begegnet«, sagte ich, um die Stille zwischen uns zu füllen.

»Bist du?« Komischerweise klang Iceman ziemlich aufgeregt und kein bisschen besorgt.

»Die waren eigentlich echt cool.«

»Mochtest du sie?«, fragte Iceman, doch nach einem Blick von Floyd fügte er hinzu: »Ich meine: In was für Tiere konnten sie sich verwandeln?«

»Das Mädchen in ein Eichhörnchen. Der Junge ... Hm, ich habe ihn nur als Menschen aus dem Wasser kommen sehen. Vielleicht in einen Fisch?«

Wenn ich so darüber nachdachte, konnte Baker am Ende sogar ein Hai sein. Ich würde unter gar keinen Umständen einen Fuß in diesen See setzen. Nicht dass ich mir das nicht sowieso geschworen hatte. Das war tausendfach schlimmer als das Hallenbad in der

Highschool. Im See konnte man noch nicht mal bis auf den Grund sehen.

»Fische …« Floyd schüttelte den Kopf. »Ich mag ihr Geblubber nicht.«

»Magst du überhaupt irgendjemanden?«, fragte Iceman.

Meine Gedanken wanderten zu Baker, der mich so warm angestrahlt hatte. Wie er wohl lebte? Wie sah der Alltag für ihn im Camp Superior aus? Mischte er vielleicht gerade eine Heilsalbe? Oder hatte er ein nacktes Wendigomädchen auf dem Rücken kleben? Die Vorstellung brachte mich noch mehr ins Schwitzen, weshalb ich eilig versuchte, an etwas anderes zu denken. Spuren. Ich war auf der Suche nach Spuren. Nur leider entdeckte ich nichts. Keine Leiche, keinen verlorenen Schuh, keinen abgeknickten Zweig. So etwas suchten die Hundestaffeln in den True-Crime-Podcasts normalerweise. Aber nicht mal Fußspuren waren auf dem trockenen Laubboden zu erkennen.

Schweigend liefen wir den Rest des Weges bis zur Straße. Nur ein Falke schrie ab und zu in der Nähe. Ob er uns nachspionierte? Nein, sie hatten die kranken Vögel ganz sicher eingesperrt. Es wirkte wahrscheinlich nur so, als wäre uns der Falke viel zu nah. Jetzt, wo ich darüber nachdachte, hatte ich tatsächlich das Gefühl, beobachtet zu werden. Aber vermutlich war das bloß Einbildung und normal, wenn man einen Wald durchquerte, der zahlreiche Verstecke für potenzielle Stalker bot.

Um mich von meinen Gedanken abzulenken, gab ich den Kolibris ein Update, was ich mit Hudson und Ornella in Bezug auf London und den Fluch besprochen hatte. Dabei schaute ich jedoch immer wieder über die Schultern nach hinten, in der festen Annahme, dass wir verfolgt wurden. Das Kribbeln in meinem Nacken wurde immer stärker und meine Atmung flacher. Als wir endlich die Landstraße erreichten, konnte ich meine Erleichterung nicht verbergen.

»Hier kommt nur einmal die Stunde ein Auto vorbei«, sagte Floyd, der mein angespanntes Gesicht falsch gedeutet haben musste.

In der Luft drehte sich Iceman zu mir um. »Der See sorgt dafür, dass auch niemand unbedingt hier langfahren will.«

»Die Nornen«, korrigierte Floyd, der alte Besserwisser.

Auf der anderen Seite der Straße führte eine abschüssige Wiese zu einer Kiesgrube, die so groß wie ein ganzes Dorf vor uns lag. Insekten schwirrten um Grashalme. Überall sirrte es, als wären wir im Begriff, einen elektrischen Zaun zu berühren. Ein schlechtes Omen? Ich legte den Kopf in den Nacken. Hellblauer Sommerhimmel, kein Falke. In der Ferne hörte man eine Maschine rattern. Vielleicht ein Mähdrescher. Auf einmal beschlich mich ein beklemmendes Gefühl. Über dem Asphalt flimmerte die texanische Spätsommerhitze. Was, wenn wir in der Kiesgrube tatsächlich eine Leiche finden würden? Wie in meinen Podcasts.

»Dein Herz klopft ganz schön schnell.« Floyd schielte auf meinen Brustkorb.

»Augen geradeaus.« Entschlossen machte ich einen Schritt vorwärts.

»Warte.« Aus heiterem Himmel schoss Iceman nach vorn. »Lass uns zuerst die Lage von oben auskundschaften. Aus sicherer Entfernung. Wenn nichts Gefährliches da unten lauert, sagen wir dir Bescheid.«

Eigentlich sträubte sich bei dieser Bevormundung alles in mir. Andererseits glühten meine Wangen bei der Vorstellung, dass jemand tatsächlich besorgt um mich war. Sie würden das für mich tun? Also nickte ich, und die beiden Kolibris hoben direkt wie zwei bunte Drohnen ab.

Sofort stellte ich mir vor, wie die Kiesgrube aus ihrer Perspektive aussehen musste. Sehr heller Stein, alles verstaubt. Um nicht ganz abseits zu stehen, wagte ich mich über die Straße. Am Rand konnte mir schließlich nichts passieren. Nachdem ich mich nach allen Seiten umgesehen hatte, beobachtete ich Floyd und Iceman. Die beiden blieben immer in der Nähe des anderen. Am gegenüberliegenden Ende der Grube waren die beiden für mich kaum noch zu erkennen. Ein pinker und ein blauer Punkt.

Hinter mir knackte ein Zweig, was mich zusammenfahren ließ. Himmel, es war helllichter Tag und nicht Nacht. Und das hier war auch kein Horror-Slasher-Film. Natürlich wirbelte ich trotzdem auf dem Absatz herum, die Stricknadel, die ich mir instinktiv aus den Haaren gezogen hatte, wie eine Waffe in der ausgestreckten Hand.

Auf der anderen Straßenseite stand London. Das Gesicht ausdruckslos wie ein Geist. Ihr weißes Poloshirt war an zwei Stellen von grünlichem Schmutz verschmiert, als hätte sie sich mit Moos eingerieben. An einer Seite steckte es nachlässig in ihrem Rock, doch an ihrer rechten Körperhälfte hing das Shirt heraus.

»London?« Hoffentlich hatte sie das leichte Zittern in meiner Stimme nicht bemerkt. »Geht es dir gut?«

Sie schwieg, starrte auf meine Kehle statt in meine Augen. Seltsam. Wie konnte Mrs Krystler sagen, so was wäre normal?

Immer noch schweigend machte London einen Schritt nach vorn. Ohne nach rechts und links zu sehen. Natürlich nicht.

Ein ungutes Gefühl beschlich mich. War das wirklich London? Sie schien mir überhaupt nicht mehr menschlich zu sein. Von ihr ging ganz eindeutig Gefahr aus. Aber was sollte ich tun? Zurückweichen? In die Kiesgrube klettern? Ich schielte auf die Stricknadel. Inwieweit hätte sich das als Waffe bei *The Walking Dead* geeignet? Wahrscheinlich hätten die Zombies in der Serie gelacht.

»Hör mal, ich will dir nicht wehtun, London. Wenn du noch näher kommst, werde ich das aber tun müssen, verstehst du? Sobald du meine Komfortzone überschreitest, wirst du dir wünschen, auf der anderen Seite geblieben zu sein.«

Keine Reaktion.

Toll, das würde mir nachher keiner glauben. Nicht mal die Kolibris hatte ich als Zeugen. Würde London mich gleich beißen? Mich erwürgen? Die wildesten Szenarien flimmerten vor meinem inneren Auge. Immerhin wäre mein toter Körper dann ein Beweis.

»Wirklich romantisch, wie du mir näher zu kommen versuchst.« So beherrscht, wie es mir möglich war, machte ich ein paar Schritte zur Seite. »Wie bei einem Film über einen Verbotene-Liebe-Fluch.« Gespannt wartete ich, wie sie darauf reagierte. Oder war es falsch gewesen, mein Wissen so wenig subtil offenzulegen? Andererseits wusste es Ornella ja ebenfalls, und womöglich sogar die halbe Schule.

Londons Oberlippe zuckte.

Jetzt wäre ein guter Moment, dass zwei Kolibris mit übernatürlichen Kräften zurückkehrten. Doch nichts passierte. London bewegte sich weiterhin wie ein Roboter und näherte sich mir unaufhörlich.

Kapitel 21

Sie setzte einen Fuß vor den anderen. Seltsam unbeholfen und langsam, aber vielleicht wirkte sie deshalb so bedrohlich. Wie ein Raubtier, das wusste, dass ihm seine Beute nicht entkommen konnte.

Das Zirpen der Insekten war verstummt, oder kam mir das nur so vor? Die Stricknadel in meiner Hand zitterte. Ich konnte unmöglich das, was immer das da vor mir war, abstechen. Was, wenn es doch nur eine London unter Medikamenteneinfluss war? Und was dachte ich hier eigentlich? Vollkommen in Gedanken versunken machte ich einen Schritt rückwärts – und genau das wurde mir zum Verhängnis.

Unter meinem rechten Fuß fand ich keinen Halt und rutschte in ein Kaninchenloch ab. Verflucht. Als ich wieder aufsah, war mir London bereits viel zu nah. Mit einem freudigen Glitzern in den Augen, so kam es mir zumindest vor, beugte sie sich über mich.

Plötzlich ertönte vom Wald her ein Rascheln. Auch das noch. Bei meinem Glück war das sicher ein Wolf, der auch einen Teil von mir abhaben wollte. Nach einem hastigen Seitenblick erkannte ich Hudson, der die Baumreihe durchbrach.

»Hey, London.« Erstaunlich schnell hatte er die Situation erkannt und richtig eingeschätzt, denn er wedelte mit den Armen. Gleichzeitig überquerte er die Straße in vier großen Schritten. Sprang eher, als dass er lief.

London drehte den Kopf und stieß ein Fauchen in seine Richtung aus.

Ich ergriff die Chance und rollte mich zur Seite weg, ehe ich wieder auf die Beine kam. »Irgendwas stimmt nicht mit ihr«, keuchte ich.

»Gut, dass du das noch mal betonst«, sagte Hudson.

In einiger Entfernung baute er sich vor London auf. »Was immer du vorhast, London, lass es sein.«

»Wow, als ob sie das jetzt befolgt.« Ich klopfte mir die Knie ab, ärgerte mich jedoch bereits im selben Moment über mich selbst. Warum musste ich ihm gegenüber so bissig sein? Wahrscheinlich bekam ich einfach einen Hitzschlag. Wieso wehte hier auch nie eine Brise wie an der kalifornischen Küste? Texas … Hatte es keinen besseren Ort für die Niederlassung eines magischen blauen Sees gegeben?

Hudson verzog das Gesicht zu einer Grimasse. »Du solltest jetzt lieber gehen, London. Die anderen vermissen dich schon.«

Eine Weile starrte sie Hudson schweigend an, doch dann, gerade als die Kolibris zu uns zurückkehrten, hob sie den Kopf. »Beruhigt euch, ich hab mir nur einen kleinen Spaß erlaubt. Was regt ihr euch so auf?« Danach sah sie wieder mich an. Nur eine Spur gelassener, ehe sie die Schultern hob. »Ihr seid echt seltsam«, bemerkte sie, zog aber immerhin ab, was mich erleichtert aufatmen ließ.

»Ihr habt das auch gesehen, oder?« Ich blinzelte gegen die Sonne an, um die Kolibris in Augenschein zu nehmen.

»Haben wir. Das ist eine Kriminelle«, schimpfte Floyd.

»Oder auf irgendwelchen Pilzen.« Iceman nickte.

Ich runzelte die Stirn. »Das war auf jeden Fall merkwürdig. Ihr habt nicht zufällig etwas in der Grube gefunden?«

»Nein, nichts. Sieht so aus, als würde alles schon jahrelang so rumliegen. Keine Steine wirken dunkler als die umliegenden.« Mit leisem Flügelrascheln landete Floyd auf meiner Schulter.

»Wenn es wirklich dieser Verbotene-Liebe-Fluch ist … Wie könnten wir beweisen, dass er existiert?« Seufzend wandte ich mich um. »Was machst du eigentlich hier?«

»Außer dich retten?«, fragte Hudson. Er beäugte mich wie ein Insekt, das es gewagt hatte, sich auf seinen Burger zu setzen. Waren die Momente, die wir heute Morgen miteinander geteilt hatten, wirklich schon vergessen? Dabei hatte ich sein Lachen immer noch vor Augen, als meine Hand im Automaten gesteckt hatte. Und wie nahe wir uns im Keller gekommen waren …

Schnell schüttelte ich den Kopf, als könnte ich sämtliche Erinnerungen daran aus meinem Gedächtnis schleudern.

Offensichtlich nervte ich ihn dadurch nur noch mehr, denn Hudson ließ seine Schulterknochen knacken. »Ich habe meine erste Skulptur zerstört und muss einen neuen Steinbrocken für die nächste Unterrichtsstunde holen.«

»Na dann viel Spaß beim Auswählen.« Ich wies auf die Grube. »Weil du es bist, warten wir hier und bringen dich sicher zurück zur Schule.«

In Zeitlupe schloss Hudson die Augen, öffnete sie wieder. »Du bist echt …« fing er an, unterbrach sich dann jedoch.

»Sag's ruhig.« Ich hob mein Kinn.

»Du bist echt unmöglich. Und irgendwie kratzbürstig.«

Das hatte er nicht wirklich laut ausgesprochen? Anstatt zu antworten, atmete ich tief ein. Besser, ich sagte nichts dazu, oder er würde es nicht zurück zur Schule schaffen. In dieser Kiesgrube konnte man Leichen ganz wunderbar verschwinden lassen. Absolut unauffällig für das ungeübte Auge.

»Denkst du gerade darüber nach, mich in die Kiesgrube zu schubsen?« Hudsons Kiefermuskeln zuckten.

»Nein«, sagte ich wahrheitsgemäß. »Ich habe mir bloß in Erinnerung gerufen, wie einfach man hier jemanden verscharren könnte, der einem einmal zu oft blöde Fragen gestellt hat.«

Ohne sich in irgendeiner Form zu regen, starrte Hudson mich an. Wie wechselhaft seine Launen doch waren. Irgendwie brachte das meinen Puls auf Überschallgeschwindigkeit.

Nach einer Weile stieg er drei Schritte in die Kiesgrube hinunter. »Weißt du was, ich nehme einfach den erstbesten Stein, überraschenderweise ist dieses Bildhauerding eh nicht meins.« Er bückte sich nach einem kantigen hellen Sandstein. »Kann man sicher auch gut als Verteidigungswaffe bei Kratzbürsten-Mädchen verwenden.«

Iceman, der inzwischen auf meiner anderen Schulter gelandet war, atmete scharf ein. »Wie hast du Graylee genannt?«

»Ich meinte selbstverständlich London.« Hudson presste sich den Stein wie einen Football gegen die Hüfte.

»Sie ist aber nicht mehr in der Nähe, oder?« Ich sah von Hudson zu den Kolibris. »Mit euren scharfen Sinnen würdet ihr sie doch bemerken, richtig?«

»Ja. Und nein, sie ist weg«, sagte Floyd.

Iceman wirkte immer noch entsetzt. »Er hat dich beleidigt«, raunte er mir ins Ohr. »Soll ich ganz aus Versehen auf seinen Kopf machen?«

Liebevoll fuhr ich über seinen Schnabel. »Vielleicht später.«

Sicherlich hatte Hudson mit seinem Gorgonengehör alles mitbekommen.

»Das heben wir uns für einen Moment auf, in dem er es ganz und gar nicht erwartet.« Ich kniff ein Auge zusammen, behielt Hudson aber weiterhin im Blick, der für alle hörbar genervt einen Fluch ausstieß.

Sobald ich mich von der Kiesgrube abgewandt hatte und den Weg in den Wald einschlug, fing mein Herz an zu flattern. Obwohl ich ihn nicht mehr sehen konnte, war ich mir sicher, dass er das Gesicht gerade leidend verzog. Da konnte ich ihm jetzt auch nicht helfen. Er hatte sich dazu entschieden, wieder den pampigen, abweisenden Gorgonen zu spielen. Dabei hatte ich wirklich gedacht, dass wir uns heute Morgen angenähert hätten. Und wenn ich etwas absolut nicht ausstehen konnte, war es, wenn sich jemand nicht entscheiden konnte, ob er mit mir befreundet sein wollte oder nicht. War mir aber auch egal. Ich brauchte ihn nicht. Doch die kleine Stimme in meinem Innern sagte etwas anderes.

Schnell würgte ich sie ab und sah auf die Uhr. Nur noch zehn Minuten bis zum Bogenschießunterricht. Und ich wollte die Zeit davor nutzen, um mehr über den Fluch herauszufinden – und wie man ihn brechen konnte. Diese verfluchte Legend Academy. Was ging hier bloß vor sich? Am liebsten hätte ich Hudson gefragt, ob er mir bei der Recherche half – schließlich schien er der Einzige zu sein, der außer mir noch glaubte, dass Londons Verhalten merkwürdig war. Aber so wie er sich gerade aufführte, hatte ich wenig Lust, ihn um irgendetwas zu bitten.

Ohne ihn weiter zu beachten, machte ich mich auf den Rückweg. Doch auch so wusste ich, dass er mir folgte. Ich schob einen Zweig beiseite. Dahinter lag dieser erstaunlich türkisblaue See ... Wenn man aus dem dunklen Wald darauf zulief, wirkte er sogar noch magischer. Hatte man so etwas schon mal gesehen? Als hätte man das Karibische Meer mitten in Texas über ein paar komischen Felsen ausgekippt, die wie eine Krone angeordnet waren.

Immerhin liefen wir niemandem mehr über den Weg, bis wir den ersten Steg erreichten und die Windsurfer auf dem See sahen. Natürlich hatte der Nachmittagssportunterricht bereits angefangen und ich war zu spät dran. Vivienne fiel gerade von ihrem Brett ins Wasser, was meine Stimmung vielleicht oder vielleicht auch nicht ein klein wenig hob. Nicht weit entfernt entdeckte ich Canyon, die mit einem Mädchen, dessen Namen ich nicht mehr wusste, Yogaübungen im Gras machte.

»Von hier aus kommst du allein klar?«, fragte Hudson, als wir den Bogenschießplatz beinahe erreicht hatten. Auf dem Weg hierher hatte er größtenteils geschwiegen, lediglich danach gefragt, wo ich hinmusste, und mich dann stumm begleitet, weshalb ich mich leise mit den Kolibris unterhalten hatte. »Ich muss diesen Steinbrocken in der Kunstscheune abliefern.«

»Tu, was du nicht lassen kannst«, sagte ich, nachdem ich mich halb zu ihm umgedreht hatte.

»Äh, Graylee, hast du da Gras am Rücken kleben?« Canyon musterte mich. »Wart ihr etwa zu zweit ...?«

Ein Junge mit Sommersprossen und roten Locken überholte uns, stoppte dann und betrachtete Hudson und mich mit schief gelegtem Kopf. Am Lagerfeuer hatte er seinen Namen genannt. Peter? Parker? Nein, Preston. Wie Hudson trug der Junge ein rotes Band um den Polohemdkragen. »Hudson, du warst ganz schön lange am Steinbruch.«

»Na ja, sooo lange jetzt auch wieder nicht.« Ich versuchte mich an einem Zwinkern. Klappte wie immer nicht wirklich bei mir.

Canyon fing an zu husten, als hätte sie sich verschluckt, und lachte dann laut auf. »Ich finde das gerade lustiger, als ich sollte.«

Bevor ich mich in dieser Diskussion verlor, atmete ich tief ein. »Du liest zu viele Schundromane, Canyon.«

»Ich lese Jane Austen und die *Bridgerton*-Hefte.«

»Stehen Letztere nicht an den Tankstellen auf wackeligen Regalen neben den Nackenbeißer-Romanen?«

Wieder verfiel Canyon in einen Hustenanfall, der sich gewaschen hatte.

Kopfschüttelnd sah Hudson zwischen uns hin und her. »Okay, ich lass euch dann mal allein. Das wird mir hier zu abgedreht.« Ohne mich noch mal anzusehen, wandte er sich ab. Ich würde ihm nicht hinterhersehen. Auf keinen Fall. Also straffte ich die Schultern.

Irgendwo schlug eine Glocke. Vor Schreck flatterte Floyd, der zusammen mit Iceman kichernd unserem Geplänkel gelauscht hatte, gegen meine Schläfe. »O nein, so spät, wir müssen los«, rief er, und sofort sausten die zwei Kolibris davon.

»Möchtest du mit uns den Sonnengruß üben, Graylee?«, fragte Canyon im selben Moment.

Verwirrt starrte ich sie an. Das hatte ich absolut nicht erwartet, vor allem, da Canyon und ich bisher kaum miteinander gesprochen hatten – abgesehen von dem kurzen Gespräch bei der Vorstellungsrunde und beim Frühstück.

Aber da ich im Augenblick absolut keine Lust auf Bogenschießen hatte, sondern stattdessen lieber nachdenken wollte, ließ ich mich auf Canyons Angebot ein. Yogaübungen statt Bogenschießen. Wobei ich irgendwann mehr wie ein platt gefahrenes Frettchen auf meiner Matte herumlag und Canyon beim Verbiegen zusah.

»Hier bist du«, rief Willow, die mich nach der Yogastunde abholte. Hatte sie nach mir gesucht? »Wie geht's deinem Kratzer?« Sie deutete auf ihre eigene Wange.

Mit einer Hand winkte ich ab. »Oh. Spüre ich schon gar nicht mehr.«

Daraufhin blitzte es in Willows Augen, als würde sie diese Nachricht ehrlich freuen. »Wollen wir gemeinsam Hausaufgaben im Freizeitraum machen? Dort könnten wir auch mit unseren Adoptiveltern telefonieren.«

Im Prinzip eine gute Idee, obwohl noch eine zweite Stunde Bogenschießen und eine Doppelstunde Segeln auf meinem Stundenplan standen. Aber das waren ja nur Nebensächlichkeiten. Also ließ ich meine Matte in den Korb fallen und schloss mich Willow an, die Varn zuwinkte. Offensichtlich hatte er vor, etwas aus seinem Spind zu holen und gleich wieder zu uns zu stoßen, wenn ich seine unbeholfenen Gesten richtig interpretierte.

»Er ist schon süß, oder?«, sagte ich und stieß Willow in die Seite, während wir uns dem Seiteneingang näherten.

»Wer?« Willow blinzelte, zupfte an einem hellblauen Band in ihren Haaren. Mein Blick wanderte von der orangefarbenen Schleife um ihren Hals zu meiner weißen.

»Ein gewisser Selkie mit grünen Haaren.« Ich hob beide Handflächen nach oben. Wie hatte sie diese Anspielung nicht verstehen können?

»Ah, du meinst Varn«, sprach Willow das Offensichtliche aus. Ihre Wangen glühten.

Doch gerade als ich nachhaken wollte, tauchte Varn wieder auf, und wir liefen gemeinsam zum Freizeitraum, wobei ich auf dem Weg dorthin noch schnell mein Handy aus dem Spind fischte.

Sobald wir im Freizeitraum die Tür hinter uns geschlossen hatten, zog ich mich in eine Ecke zurück und rief meine Eltern an. Sie freuten sich über meinen Anruf, und es tat gut, ihre Stimmen zu hören. Mittlerweile fühlte es sich an, als hätten wir uns wochenlang nicht gesprochen.

Nachdem wir fast eine Stunde miteinander telefoniert hatten, wählte ich direkt Sinclairs Nummer. Varn und Willow steckten immer noch so niedlich ihre Köpfe über den Hausaufgaben zusammen, dass ich sie nicht stören wollte. Außer uns lag nur noch ein weiterer Schüler mit Kopfhörern ausgestreckt auf einem Sitzsack. Sonst niemand. Die anderen waren vermutlich im Freien, in einem anderen Freizeitraum oder hatten Unterricht, oder auch nicht. Aber im Prinzip war mir das ganz recht, dass kaum jemand hier war.

»Graylee?« Beim Klang von Sinclairs Stimme stiegen mir Tränen in die Augen.

Mit einem Seufzer zog ich die Beine an und lehnte die Stirn gegen meinen Handrücken. »Hey. Es tut so gut, dich zu hören.«

Natürlich durchschaute Sinclair mich sofort. Dass etwas nicht stimmte. Da ich ihm aber kaum die Wahrheit sagen konnte, Regel Nummer eins aus dem Mythenhandbuch aus Mr Upperton-Boyles Unterricht – *Keine Mythen-Informationen an Zivilisten weitergeben* –, versuchte ich, um den heißen Brei herumzureden. Nachdem ich alles von Sinclairs schrecklichem Montag in der Highschool erfahren hatte, erzählte ich ihm im Gegenzug alles von Willow, Ornella und Canyon, was ich ihm preisgeben konnte.

Am Ende befand Sinclair, dass ich eine großartige Wahl getroffen hatte, was meine neuen Freundinnen anging. »Aber wenn sie fies zu dir sind, hole ich dich sofort ab«, erklärte er am Ende voller Inbrunst.

Beim Abendessen stocherte ich lustlos in meinen Bandnudeln herum. Links von mir unterhielt sich Willow angeregt mit Varn über die Fortpflanzungsorgane von Wasserschnecken, was auch nicht wirklich dazu beitrug, dass ich Appetit entwickelte. Dazu kam, dass mich London ganz eindeutig beobachtete, was ich jedoch zu ignorieren versuchte. Was auch immer ihr Geheimnis war, ich würde schon noch dahinterkommen und mich bis dahin einfach nicht mehr allein in ihrer Nähe aufhalten. Womöglich reagierte ich über, aber Sicherheit ging vor.

Nicht weit entfernt stritten Freya und Janus, und irgendwo machte Vivienne jemanden lautstark zur Schnecke. Iceman flatterte hektisch durch die Mensa und warf Servietten ab. Offenbar war er mit seinen Kolibri-Pflichten hinterher. Wegen mir höchstwahrscheinlich.

Über die Köpfe der anderen Schüler hinweg suchte ich nach Hudson. Ob er immer noch schlechte Laune hatte? Erst als mir bewusst wurde, was ich da tat, richtete ich meinen Blick zurück auf meinen Pastateller und griff entschlossen nach dem Salzstreuer. Irgendwie würde ich das runterbekommen.

»Kommt es mir nur so vor oder sind heute mehr Schüler hier als gestern?«, fragte ich an niemand Bestimmten gerichtet.

Varn, der gerade seine grünen Haare geschüttelt hatte, beugte sich nach vorn, um an Willow vorbei zu mir sehen zu können. »In den nächsten Tagen und bis zum offiziellen Unterrichtsbeginn in drei Wochen werden immer mehr von ihren Eltern wieder hier abgeliefert.«

Toll, noch mehr Zuschauer für meinen zweiten Test.

»Sag mal, Varn, weißt du, wie genau sie herausfinden wollen, welches Mythenerbe ich in mir trage?« Meine Stimme hätte leicht und unbekümmert klingen sollen, so war es geplant gewesen. Doch in der Realität hörte ich mich ziemlich besorgt an. Vor allem, weil Vivienne diesen Test leiten würde. Unauffällig schielte ich zu ihrem Tisch, an dem auch Trixie und London saßen. Trixie zeigte ihren Freundinnen gerade ein Poster mit offensichtlich selbst gezeichneten Schmuckstücken, wobei ihre Augen voller Inbrunst glühten. Was im totalen Kontrast zu Londons Gesichtsausdruck stand.

Glücklicherweise schmiss in diesem Moment irgendein Schüler seinen Teller zu Boden, was Varns Aufmerksamkeit von mir ablenkte und mir somit sein Mitleid ersparte.

Plötzlich schoss London hoch.

»Au«, jaulte Trixie im selben Moment. »Sie hat mich gekratzt. Und den Businessplan für meinen Schmuck-Onlineshop zerrissen.«

»London, warte!« Vivienne sprang nun ebenfalls von ihrer Bank auf und lief hinter ihr her.

Die Art und Weise, wie London davonstapfte, mit so unnatürlich steifen Bewegungen … Das musste doch noch anderen auffallen, oder ging es wirklich nur mir so? Doch niemand sagte etwas. Schoben sie das etwa alles auf Drogen? Oder auf ihr Schicksal? Auf die Nornenfäden? Wieder kamen mir Mrs Zilbas Worte in den Sinn. Als ich ihr vorhin über den Weg gelaufen war und versucht hatte, sie davon zu überzeugen, dass mit London etwas nicht stimmte, hatte sie mich nur mitleidig angesehen. »Die Nornen haben Londons Schicksalsfaden längst gewoben«, hatte sie gesagt.

»Egal was passiert, wir können nichts dagegen tun. Es ist so vorherbestimmt.«

So ein Schwachsinn. Meine Brust fühlte sich auf einmal ganz eng an vor lauter Anspannung. Von wegen, man konnte nichts tun. In diesem Moment beschloss ich, alles zu tun, was nötig war.

Kapitel 22

Nach fünf Sekunden, in denen ich meinen Nachtisch angestarrt hatte, der per Kolibris mit dem Servierwagen geliefert worden war, rutschte ich von der Bank. »Pannacotta ist irgendwie nicht so meins. Wir sehen uns später?«

Varn schüttelte seine Popstar-Frisur und sah mich erstaunt an. Ich hatte ihn mitten in einem Monolog über eine paranormale Serie unterbrochen, in die ich mich unter normalen Umständen sicher begeistert eingebracht hätte.

»Okay, Graylee.« Den Mund voller Nachtisch winkte Willow mir hinterher. »Wenn du Lucinda siehst, sag ihr, sie soll mich besuchen kommen.«

Ich versprach es, ehe ich mich noch mal zu Varn umdrehte. »Hey, Varn, in deinem Pony klebt Pannacotta.«

»Oh, danke.« Etwas ungelenk wischte er sich über die Haare. Und da dachte man, Selkies würde eine gewisse Anmut innewohnen. Aber das galt wohl nur für ihre Wassergestalt.

Moment mal. Wassergestalt! Die Idee kam so schnell über mich hereingebrochen wie ein Gewitter in Colorado.

»Nachher wollen wir im Kino-Freizeitraum einen Film schauen.

Komm doch rum!«, rief Varn mir nach, aber da hatte ich mich schon davongestohlen.

Ich musste nachdenken, und ich wusste genau, wo das gut ging. Ich brauchte einen Plan, um an Beweise zu kommen – und Varns Kommentar hatte mich auf einen Gedanken gebracht, wie ich allen zeigen konnte, dass mit London etwas nicht stimmte. Vielleicht würde Hudson mitmachen, aber notfalls schaffte ich es auch allein. Denn es graute mir immer noch davor, ihn um Hilfe zu bitten. Ich konnte alles ebenso gut allein erreichen, wenn ich wollte, nicht wahr?

Also stattete ich der Bibliothek einen erneuten Besuch ab, wühlte in den Regalen nach Informationen über Sirenenverhalten und den Fluch. Aber abgesehen von der Geschichte der Loreley, einer Sirene aus Deutschland, fand ich nicht wirklich etwas, was mir bei meinem Plan helfen konnte. Zumindest nichts Nützliches und absolut nichts über den Fluch, weswegen ich die Bibliothek nach zwei Stunden wieder verließ.

In meinem Zimmer widmete ich mich der Ausarbeitung meines Plans. Und zwar so intensiv, dass ich nicht mal mitbekam, wie ich mit dem Arm die Wand streifte, woraufhin ich ein weiteres Mal die Zwillinge miteinander streiten sah. Da ihre dunklen Haare kürzer und ihre Gesichter jünger wirkten, vermutete ich, dass es sich um eine Szene lange vor dem Tag handelte, an dem der eine den anderen aus dem Fenster geschubst hatte.

Blendend heller Schmerz riss an meinen Gelenken, als würden sie bersten, und ich sank auf die Knie. Danach konnte ich nur noch flach atmen. Die Vision war sogar noch heftiger ausgefallen als die davor. Warum hatte ich auch nicht besser aufgepasst?

Komplett erschöpft sank ich auf mein Bett. Nur eine halbe Stunde ausruhen und den Schmerz verarbeiten. Wenn das so weiterging, würde mich die nächste oder übernächste Vision umbringen.

Das nächste Mal, als ich die Augen aufschlug, war es allerdings bereits Morgen, und mein Kopf dröhnte. Verflucht. Ich zupfte an meinem Poloshirt. Wie hatten aus einer halben Stunde ausruhen neun Stunden Schlaf werden können?

Als ich eine halbe Stunde später beim Frühstück neben Willow Platz nahm, waren die Kopfschmerzen immer noch da. Und sie wurden auch nicht besser, was vielleicht daran lag, dass Willow viel zu laut über Varns schlechte Witze kicherte.

»Was macht deine Wange?«, fragte Willow zwischen zwei großen Bissen French Toast. In ihren Korkenzieherlocken steckten heute ausschließlich weiße Schleifen. Genau wie an meinem Polokragen.

»Geht schon, nicht der Rede wert.« Gedankenverloren rührte ich in meinem Kakao. Was würde dieser Tag für uns bereithalten? Laut meinem Stundenplan hatte ich nachher als Erstes Naturwissenschaften bei Mr Murphy, und um elf Uhr Philosophie bei Mr Upperton-Boyle. Großartig, noch mehr Fakten über die Legends. Ob Willow sich auch so fühlte wie mitten in ein unbekanntes Computerspiel hineingeworfen? Ich starrte aus dem Fenster, bis sich Canyon zu uns setzte und die Erdbeeren aus meiner Schale klaute.

»Post!«, kreischte Lucinda, warf sich aufmerksamkeitsheischend die rote Schleife nach hinten über die Flügel und ließ dann eine Postkarte direkt in Varns Rührei fallen.

»Oho, Varn wird also auch dieses Jahr den Rekord für die meiste Post halten?«, rief jemand zu uns herüber.

»Ähm, danke.« Mit spitzen Fingern fischte Varn die Postkarte aus seinem Frühstück.

Weil Willow auf einmal still geworden war und sich eine Hand vor den Mund schlug, schielte ich auf die Postkarte.

»Jaaa«, sagte Varn gedehnt. »Meine Großmutter hat leider kein Handy und schickt mir daher ihre Lebensweisheiten als selbst gemalte Postkarten.« Er hielt seine Karte so, dass Canyon und ich sie lesen konnten.

Zwei mit Aquarellfarben gemalte Störche waren darauf zu sehen. Dazwischen stand in geschwungener Handschrift:

Die Liebe ist wie ein schöner Vogel,
der eingefangen werden will,
aber sich dabei nicht verletzen lässt.

»Ich kann nicht mehr.« Canyon, die Varn gegenübersaß, prustete in ihre Milch.

Da ich vor dem Unterricht noch etwas Luft und mir einen Kolibri schnappen wollte, stürzte ich den Rest meines Frühstücks hinunter, um so schnell wie möglich ins Freie zu gelangen. Zwar beobachteten mich Canyon und Willow skeptisch, aber als ich etwas von »Ich muss mal raus« sagte, widmeten sie sich wieder ihrem eigenen Frühstück.

Auf dem Weg nach draußen fing mich Ornella ab. »Graylee.« Sie zog mich in eine Nische vor dem Eingangsbereich. »Wir können das nicht zulassen«, zischte sie mir zu.

»Was genau nicht?«, fragte ich, während ich versuchte, mich aus ihrem Klammergriff zu befreien. Vergeblich.

»Dass sie die Falken töten. Tristan wird am Boden zerstört sein.«

»Der Test ist noch nicht da, oder? Vielleicht sind die Ergebnisse ja negativ und niemand muss einschreiten.«

»Aber was, wenn nicht?« Mit beiden Händen drückte Ornella mich an den Schultern gegen die Wand. Diese übernatürlichen Walküren-Kräfte konnten einem schon den Tag versauen. So direkt nach dem Frühstück.

Seufzend gab ich es auf, ihren Griff abzuschütteln. Ich musste sie auf andere Weise dazu bringen, von mir abzulassen. »Gerade du hast doch jede Menge Möglichkeiten. Mach doch gleich bei deiner Morgenansprache klar, dass jeder, der eine Hand an die Falken legt, es mit dir zu tun bekommt. Oder starte eine Petition auf deinem Blog oder so.«

Daraufhin hellte sich Ornellas Gesicht auf, und sie ließ mich endlich los. »Du bist vielleicht doch nicht so doof, wie ich es überall über dich verbreitet habe.«

Aha. Ich verzog den Mund. Fair enough. Nachdem ich ihr noch mal zum Abschied zugewunken hatte, bewegte ich mich auf den Ausgang zu. Wirklich, ich brauchte dringend Abstand von diesen Legends. Luft, frische Luft!

Kurz vor dem Parkplatz schlug ich den Pfad nach rechts ein, der sich neben dem Bach entlangwand. Bis der Blick auf den niedlichsten Tümpel der Welt mein Herz weich werden ließ. Hatte man so etwas Märchenhaftes schon mal gesehen?

Mitten im grünen Seewasser lag ein runder Steinpavillon. Mit weißer Kuppel. Davor – auf einer Unterwassersäule, wie ich annahm – thronte die Statue eines Jungen, die nach unten schaute. Merkwürdig war allerdings, dass der Junge eine Jogginghose zu tragen schien. Auf einmal wurde mein Herz wieder schwer. Er musste einer der versteinerten Kids sein. Aus der Zeit, in der der Gorgonenfluch aktiv gewesen war und diejenigen, die sich verbotenerweise verliebt hatten, versteinert hatte. Zumindest einen der beiden.

Okay, ich brauchte einen Plan. Einen, um diesen Wahnsinn aufzuhalten. Die Idee mit dem Wasser, die ich gestern hatte, um London zu enttarnen, war nicht schlecht, aber würde bei Weitem nicht ausreichen. Ich musste größer denken. Bei der Vorstellung, dass London oder Walker möglicherweise auch bald so versteinert dasaßen, wurde mir schlecht. Auch wenn ich London nicht sonderlich mochte, das hatte niemand verdient.

Kurzerhand ließ ich mich auf der weißen Steinbank nieder. Erst mit Verspätung bemerkte ich, dass hier ebenfalls eine Statue stand, und zwar so, dass sie mit einer Hand die Lehne der Bank berührte. Nur mit den Fingerspitzen, aber dennoch. In die Hosentasche des Mädchens hatte jemand einen Miniblumentopf gesteckt.

Um besser nachdenken zu können, stützte ich die Ellenbogen auf den Oberschenkeln ab und umfasste mein Kinn mit einer Hand. Okay, ich brauchte einen Trick, eine List …

Plötzlich krächzte ein Falke. Und das erstaunlich nah. Kurz darauf hopste er auch schon um die Bank herum, direkt auf meine Füße zu. Hinter ihm her lief Tristan, der offensichtlich gerade versuchte, ein Gedicht auswendig zu lernen. »Weil … Ich mag dich schon viel zu lange. Aber du könntest jeden haben.« Er stockte, sobald er mich bemerkte.

Wie süß. Gespielt verzückt legte ich mir eine Hand auf die Brust. »Hach, ich mag dich auch.«

Kurz hielt Tristan inne, begriff dann aber, dass ich mir nur einen Scherz erlaubte, denn seine Gesichtszüge entspannten sich. »Tut mir leid, dich enttäuschen zu müssen, aber du warst nicht gemeint.«

»Oh, die Welt ist ungerecht und mein Schicksal unaussprechlich hart«, sagte ich in meiner besten Shakespeare-Imitation.

»Ja, schon klar. Aber du weißt, dass man mit einigen Dingen an dieser Schule nicht scherzt, oder? Schicksal ist eins von ihnen.«

Ich streckte meine Beine aus. »Setz ich auf meine Liste, gleich neben: keine Scherze über Meerjungfrauen und den Gorgonenfluch.«

»Du bist echt lustig.«

»Wenigstens einer, der meine Vorzüge zu schätzen weiß.«

»Nun ja.« Tristan schob seine Fäuste in die Hosentaschen und lächelte mich schief an. Wow. Kein Wunder, dass Ornella ihm verfallen war. Er hatte nicht nur diesen anziehenden Augenaufschlag drauf, sondern auch so eine angeborene Ausstrahlung, die einem vermittelte, dass alles gut werden würde. Und diese leicht schräg stehenden Augen, die amüsiert funkelten, machten ihn irgendwie noch interessanter. »Ich habe gehört, du hast schon recht viele Fans unter den Kolibris gefunden.«

Ich sah auf. »Lass mich raten: Vivienne findet das abartig und hat sich bei dir darüber ausgelassen.«

Nachdem Tristan sich die Lippen befeuchtet hatte, ließ er sich neben mich auf die Bank sinken. »Und klug bist du auch noch.«

»Und weil ich so klug bin …« Einer spontanen Eingebung folgend deutete ich auf meine Brust. »… rate ich mal. Du probst gerade etwas, was du gleich Ornella vortragen willst?«

Eine Weile sagte er nichts, bis uns das Glockengebimmel endgültig aus der Konversation riss. »Ja«, sagte er leise, »aber bitte verrate es ihr nicht.«

»Natürlich nicht.« Ich legte den Kopf schief. »Außerdem glaube ich, dass Vegas eigentlich nicht hier sein sollte. Steht er nicht unter Quarantäne?«

Tristans Adamsapfel hüpfte. »Du verpetzt uns doch nicht, oder? Er hat gestern den ganzen Tag über wie am Spieß geschrien, er brauchte einen Spaziergang.« Tristan nickte in Richtung seines Begleiters, der freudig vor der Bank auf und ab hopste. »Nur ein kleiner Ausflug, wo wir keinem anderen Vogel begegnen. Ich bringe ihn gleich wieder zurück.«

»Was, wen?« Gespielt erstaunt stand ich auf. »Keine Ahnung, wovon du redest, ich sehe nur dich hier. Kein Tier oder so.«

Tristan kicherte.

»Aber jetzt muss ich wohl zum Unterricht. Naturwissenschaften.« Ich verzog meine Lippen zu einem Schmollmund.

»Ich auch.« Tristan erhob sich ebenfalls. »Ich bringe dich hin, merkwürdige neue Graylee. Aber vorher schließen wir Vegas im Falkenhorst ein. Tut mir leid, Kumpel.«

Mit einem Kreischen hob Vegas ab, nur um kurz darauf auf einem Zweig direkt neben mir zu landen.

»Okay?«, sagte ich, wobei ich beide Augenbrauen nach oben zog.

»Deine Anziehungskraft auf Vögel ist echt unschlagbar.«

»Danke.« Ich kraulte Vegas unter dem Schnabel. »Tja, wenn alle Jungs so auf mich fliegen würden wie Vögel …«

Hinter seiner vorgehaltenen Hand versuchte Tristan, ein Grinsen zu verbergen.

»Ja, hast recht. Kann auch nicht ernst bleiben bei dem Thema. War nur ein Spaß.« Kurz betrachtete ich meine Finger, auf denen eine dünne Staubschicht klebte, was mich überraschenderweise vollkommen kalt ließ. Vor einer Woche hätte das noch anders ausgesehen. Aber offenbar hatten mir die Vögel einiges von meinem Ekel vor Bakterien genommen.

Als ob er mir beipflichten wollte, wippte Vegas auf und ab.

Nachdem wir den Falken in seiner Vogelvoliere abgesetzt hatten, betrat ich hinter Tristan den Raum für Naturwissenschaften, der erstaunlich voll besetzt war. Klar, durch Physik und Chemie wäre ich auch als Erstes durchgefallen. Dabei entging mir nicht Ornellas Blick aus zusammengekniffenen Augen, der erst mich und dann Tristan streifte. In aller Ruhe setzte ich mich neben Willow und Varn, wo ich mir mit zwei Stricknadeln die Haare zu einer Banane am Hinterkopf hochsteckte. Okay, Zeit für eine Bestandsaufnahme: Ich war mit meinen Theorien keinen Schritt weitergekommen. Keinen einzigen. Nicht mal in Bezug auf meinen Wasserplan. Dummerweise schweiften meine Gedanken nun auch noch ständig zu Tristans Todesdatum. Und ob er Ornella seine Liebe gestehen konnte, bevor sein letzter Tag auf Erden gekommen war. Das Tragische an der ganzen Sache war, dass Ornella wusste, wie lange er noch zu leben hatte, Tristan dieses unwesentlich wichtige Detail jedoch verschwieg. Das musste schrecklich sein.

Bis zum Mittagessen hatte ich mich nach Physik auch noch in Chemie und Biologie ins Koma gelangweilt. Dass diese drei Fächer hintereinander unterrichtet wurden, war wirklich Folter. Aber keine Nullachtfünfzehn-Folter, sondern die von der höllischen Sorte wie ewig lang ladende Internetseiten. Immerhin gab es Pommes mit Mayo. Und die Stunde Philosophie war nicht ganz uninteressant gewesen.

»Irgendetwas hast du.« Mit einer Pommes, die sie in einen Käsedip getunkt hatte, deutete Willow auf mich. »Du brütest etwas aus.«

Fast hätte ich mich verschluckt, war schon im Begriff, alles abzustreiten, aber dann erinnerte ich mich, dass Willow dabei war, zu einer echten Freundin für mich zu werden. Und weil Varn sich verschwörerisch zu uns beugte und versprach, nichts weiterzuerzählen, berichtete ich den beiden schließlich von meinen Theorien zu London und dem Drama im Falkenhorst. Da kein Gorgone im Walgerippe-Pavillon zu sehen war, konnte ich gefahrlos darüber sprechen. Nur Tristans Todesdatum verschwieg ich. Das konnte und wollte ich nicht weitertratschen. Es war zu persönlich, und wenn es rauskam, hätten sowohl Tristan als auch Ornella riesige Probleme am Hals.

Willow und Varn hörten die ganze Zeit aufmerksam zu und stellten die richtigen Fragen an den richtigen Stellen.

»Es hilft nichts, wir müssen sie einfach weiter beobachten und den Falken die Daumen drücken«, sagte ich schließlich, woraufhin die beiden nickten. Obwohl ich natürlich alles andere als gewillt war, den Tod der Falken einfach hinzunehmen, sollte irgendeine Behörde das verlangen.

Sobald ich fertig erzählt hatte, entschuldigte Varn sich, weil er seine Sportsachen im Spind vergessen hatte. Blöderweise passte er nicht auf, als er von der Bank aufstand, und Vivienne, die sich mit einem Tablett voller Salatbeilagen an ihm vorbeidrücken wollte, konnte nicht mehr rechtzeitig bremsen. Mit der Schulter riss Varn ihr das Tablett aus der Hand.

O nein. Willow und ich atmeten gleichzeitig scharf ein, als auch schon jede Menge Salatblätter durch die Luft flogen.

»Scheiße, pass doch auf!« Innerhalb einer Sekunde nahm Viviennes Gesicht einen purpurroten Ton an, der sich mit ihren dunkelroten Haaren biss.

»Entschuldige bitte«, murmelte Varn. Er ließ die Schultern sinken, wich ihrem Blick aus. Nachdem er sich auf die Unterlippe gebissen und seine Haare in der typischen Varn-Marnier geschüttelt hatte, wandte er sich ab.

»Hey, nicht so schnell! Wer besorgt mir einen neuen Salat?«, rief Vivienne ihm hinterher.

»Ach, bitte.« Ich wedelte mit der Gabel vor meinem Gesicht herum. »Hol dir doch einfach selbst das bisschen Gemüse.«

Als Vivienne tief einatmete und sich zu mir umdrehte, glich sie auf einmal mehr einem Ork als einer Meerjungfrau. *Oh my Gatos* – konnte dieses Mädchen wütend werden.

Gerade als ich dachte, sie würde mich vor allen Schülern zusammenschreien, wandte sie sich wieder zu Varn um, der schon das Ende des Pavillons erreicht hatte. »Varn, komm zurück.« Von jetzt auf gleich schien die Luft vor mir zu vibrieren. Etwas hatte sich verändert.

Und tatsächlich. Als hätte ihn jemand am Kragen seines Poloshirts zurückgehalten, röchelte Varn kurz, ehe er umdrehte und erst vor Vivienne wieder zum Stehen kam.

»Iss den Salat am Boden und dann hol mir neuen.« Immer noch mit rot angelaufenem Gesicht deutete Vivienne auf die Salatblätter.

Nein, oder? »Vivienne«, presste ich warnend hervor. »Das, was du tust, ist verboten.«

Sobald Varn sich vor Vivienne hinkniete, japste Willow. »Bitte lass das. Er hat das nicht mit Absicht getan.«

Doch Vivienne grinste nur. Hilflos mussten wir mitansehen, wie Varn sich vorbeugte und mit dem Mund ein Salatblatt aufklaubte. Als wäre er ein Hund.

Ich sprang auf. »Aufhören.« Blöderweise musste ich einmal um den langen Tisch laufen, um zu den beiden zu gelangen, aber ich würde Vivienne so was von den Marsch blasen, wenn ich sie erreichte.

»Ich weiß nicht, was ihr habt.« Vivienne spitzte die Lippen. »Das war nur eine Bitte an den lieben, aber so ungeschickten Varn.«

Oh, gleich würde ich sie … Schon umrundete ich meine Mitschüler, nahm Tempo auf, bereit, diese falsche Schlange umzuhauen. Doch in diesem Augenblick kam von rechts Hudson auf Vivienne zu.

»Es reicht. Zwing mich nicht, das zu melden, Viv.« Er baute sich so dicht vor ihr auf, dass er auf sie herunterschauen konnte und mir damit die Sicht auf sie versperrte. Um nicht in beide hineinzurennen, drosselte ich mein Tempo.

Am Boden hustete Varn. Der Arme hatte sich, ohne zu kauen, viel zu viele Salatblätter in den Mund geschoben.

»Spuck das aus.« Hastig ging ich vor ihm auf die Knie, nahm sein Kinn in eine Hand und versuchte, mit der anderen den Salat aus seinem Mund rauszufischen. »Halt still!« Doch offensichtlich unter Zwang wehrte Varn sich. Schon jetzt drohte er zu ersticken, ich konnte ihn nicht loslassen und noch mehr essen lassen. Niemals. »Stopp!«

»Vivienne, bitte!« Hudsons Stimme hallte durch den gesamten Pavillon. Ohne aufzusehen wusste ich, dass alle anderen zu uns schauten, niemand schien mehr zu essen, weswegen eine unnatürliche Stille über der Szenerie lag.

Varn röchelte.

»Vivienne!« Hudsons Stimme war gefährlich ruhig geworden. »Ich erkenne dich nicht wieder. Du wirst immer mehr zu deinem Vater, siehst du das nicht? Das hast du nie gewollt.«

Mit einem Mal hörte das Röcheln auf. Eine Sekunde später spuckte Varn die Salatblätter auf den Boden. Er hustete heftig, als würde er seine Lunge auswürgen. »Alter, ich hasse diesen Sirenenklang so sehr.« In seinen Augen schimmerten Tränen, während er immer noch vornübergebeugt auf dem Boden kauerte.

Eilig sah ich weg, um ihn nicht noch mehr zu beschämen. Sobald ich mich wieder gesammelt hatte, richtete ich mich auf. »Vivienne, das geht zu weit.« Ich wies mit dem Zeigefinger auf sie.

Vivienne fixierte mich aus zusammengekniffenen Augen. »Gutes Benehmen muss man einigen eben erst noch beibringen.« Dann lenkte ein Räuspern ihre Aufmerksamkeit auf Hudson. Sie besaß sogar die Dreistigkeit, einen unschuldigen Augenaufschlag aufzusetzen und über Hudsons Oberarm zu streichen. »Da stimmst du mir doch zu, nicht wahr?«

Die Luft vibrierte vor ihr, zog sich aber sofort wieder glatt, was irgendwie seltsam war.

»Nein.« Hudson schlug Viviennes Hand von sich, machte einen Schritt von ihr weg und damit auf mich zu. »Ganz und gar nicht.«

Nachdem Vivienne geräuschvoll eingeatmet hatte, wandte sie sich einfach ab, warf die Haare über die Schulter und stöckelte ohne ihr Tablett davon, das sie einfach auf Varns Platz abgelegt hatte. So lief das also hier mit der Hierarchie.

»Danke.« Ich sah zu Hudson auf. »Das war echt cool von dir.«

Sein linker Mundwinkel hob sich eine Winzigkeit, sackte allerdings sofort wieder nach unten. »Du hättest sie vermutlich in den See geschubst, wenn ich nicht eingeschritten wäre.«

Ohne es zu wollen, musste ich lächeln. »Das wäre nicht undenkbar gewesen, ja.«

Hudsons Blick glitt zu Willow, die beide Hände vor den Mund geschlagen hatte und immer noch stocksteif dastand. Etwas Verträumtes trat in seine Augen.

»Was hast du?«

»Nichts. Willow erinnert mich nur an … jemanden.«

Blinzelnd befeuchtete ich mir die Lippen, überlegte, was das bedeuten sollte. Doch ehe ich nachhaken konnte, hatte Hudson sich umgedreht und verschwand in Richtung Büfett.

Das Trainingsfeld, wo meine erste Nachmittagsunterrichtsstunde stattfand – schon wieder Bogenschießen –, lag noch ein gutes Stück hinter dem Rapunzelturm. Auf dem Feld, an dessen einem Ende fünf Zielscheiben aufgestellt waren, hatte sich bereits eine beeindruckende Menge Schüler versammelt. Canyon war da, ebenso Ornella, Janus, Freya, Walker, Ford und Trixie sowie ein paar andere Schüler, die ich nicht kannte. Zuletzt erschienen noch London und Tristan. Nur, welcher Lehrer unterrichtete den Kurs? Ich sah mich um, doch niemand war zu sehen. Mein Blick glitt weiter zu Walker, der gerade versuchte, mit London zu reden. Die wirkte aber mehr abwesend als anwesend, beobachtete eher die Wolken, statt Walker richtig anzusehen. Merkwürdig. Neulich im Schuppen waren die beiden noch vollkommen anders miteinander umgegangen.

Noch bevor ich den Gedanken zu Ende gebracht hatte, schob Ornella sich neben mich. Komischerweise musterte sie erst mich und dann Tristan, als hätten wir etwas Verbotenes getan. Wahrscheinlich wollte sie auf unser gemeinsames Auftauchen heute Morgen in Naturwissenschaften anspielen.

Glücklicherweise verkniff sie sich einen Kommentar und verlegte sich darauf, dieselbe Szene wie ich zu beobachten. »Schon seltsam, die Gute.«

Ohne Ornella anzusehen, nickte ich.

Ornella fuhr sich mit dem Totenkopfring an ihrem Zeigefinger übers Kinn. »Und das Gerücht, sie hätte was mit einem Lehrer, wird immer wahrscheinlicher.«

Dieses Gerücht war über London in Umlauf? Ich runzelte die

Stirn. »Also ich hatte angenommen, sie wäre mit Walker zusammen?«

In Zeitlupe drehte Ornella sich zu mir um. Entsetzen zeichnete sich auf ihren Gesichtszügen ab.

Qué mierda! Hatte ich zu viel gesagt? Warum war mir das rausgerutscht? Und dann auch noch vor der Gerüchteküche-Königin Ornella? Bloß, warum hatte ihr ausgerechnet diese Information die Sprache verschlagen?

Dafür räusperte sich Walker in diesem Augenblick, als hätte er eine Ankündigung zu machen. »Also gut, jeder von euch nimmt sich eine Armschiene, Pfeil und Bogen.«

»Unterrichtet uns Walker?« Fragend hob ich beide Augenbrauen.

Unter Ornellas Blick wären kleine Kinder sicherlich zusammengezuckt. Warum sagte sie nichts? Ich beschloss, mich nicht von ihr einschüchtern zu lassen. Auf keinen Fall würde ich mich zuerst abwenden.

»Walker …« Schließlich hob sie eine Hand in seine Richtung. »Walker ist mein Bruder. Und der Sportlehrer, der uns unterrichtet.«

Oh my gatos … Jetzt war ich es, die in Zeitlupe zu Walker hinüberschielte. »Und du wusstest das nicht mit London und ihm?«

»Bis vor zwei Minuten nicht.« Sie presste die Lippen zusammen. »Ich sollte gehen. Und du sagst besser keinem was davon.« Den Finger auf mich gerichtet zog sie sich zurück. »Und wenn ich dich noch ein einziges Mal allein mit Tristan erwische …«

»Warte, da war gar nichts!«, rief ich ihr hinterher. Mist, beinahe hatte ich schon geglaubt, wir würden endlich miteinander klarkommen, und dann übertrieb sie dermaßen, nur weil ich allein mit ihm gesprochen hatte … Ich kratzte mir über den Unterarm. Das Missverständnis mit Tristan würde sich leicht klären lassen, aber was war mit Walker?

In den nächsten Minuten stellte sich heraus, dass ich das unbegabteste mythische Wesen mit Pfeil und Bogen war, das auf dieser Welt existierte. Vielleicht wollte ich es zu sehr, vielleicht waren meine Gedanken aber auch einfach mit etwas anderem beschäftigt. Um weiteren Schaden abzuwenden, wies mir Walker die hinterste Bahn am Ufer zu. Allein. Während die anderen fünfzehn Teilnehmer sich auf die vier übrigen Bahnen aufteilten, gab Walker mir noch mal eine private Einweisung, da ich die Einführungsstunde gestern verpasst hatte. Dabei erfuhr ich, dass er mit Nachnamen Reyes hieß, genau wie Ornella. Allerdings war es Mr Reyes lieber, wenn wir ihn beim Vornamen nannten. Von mir aus.

Ich legte den nächsten Pfeil an und spannte die Sehne, exakt wie Walker es mir gezeigt hatte. Dummerweise traf ich eine Mülltonne und würde daher gleich das ausgekippte Ergebnis wieder zusammenkehren müssen.

»Ausatmen, Ziel anvisieren.« Immerhin seine gute Laune schien Walker noch nicht verloren zu haben. »Das Desaster da räumen wir später hinter dir auf.«

Eigentlich konnte es nicht so schwer sein. Ornella und die anderen Walküren auf Bahn eins trafen immer ins Schwarze. Sie hatten sogar eigene Bögen dabei und silberne Armschienen. Im Gegensatz zum Rest von uns, der die schwarzen Plastikdinger trug, die nach zwanzig Jahre altem Schülerschweiß mieften.

Unwillkürlich rümpfte ich die Nase. Langsam bekam ich echt Zweifel, dass das hier eine gute Entscheidung war. Zwar hatte ich mich freiwillig für den Bogenschießunterricht angemeldet, aber wenn ich es nicht getan hätte, hätte Mrs Krystler es gemacht. So wie ich das verstanden hatte, wollte sie so aus mir herauskitzeln, ob ich eine Walküre sein könnte. Die waren allem Anschein nach echte Naturtalente mit Pfeil und Bogen.

Also konnten wir wohl ausschließen, dass ich eine Walküre war. Zumindest wenn es wirklich aufs Bogenschießen ankam, um eine Walküre zu definieren. Blieben noch vier Möglichkeiten übrig: Sirene, Chimäre, Minotaurin und Gorgonin. Ein OG, wie sie hier die Odins-Söhne nannten, war ich schließlich ganz sicher nicht. Und Selkie konnte ich eigentlich auch ausschließen. Nie und nimmer würde ich locker flockig in einem See oder Meer schwimmen gehen. Zu allem Überfluss sollte ich heute in der letzten Freizeitstunde am Schwimmkurs der Selkies teilnehmen. Den würde ich aber selbstverständlich schwänzen. Ich und schwimmen im See. Genau. Eher lernte ich von den Kolibris, wie man auf der Stelle flog.

Das weiße Band an meinem Kragen flatterte in der aufziehenden Brise. Allerdings war es immer noch viel zu heiß. Nach diesem Kurs würden sicher nicht nur die Selkies ins Wasser springen. Was mir natürlich dahingehend zugutekam, dass meine Abwesenheit nicht auffallen würde. Vielleicht ergab sich nach meiner Rückkehr von der Spurensuche sogar noch eine Gelegenheit, meinen Wasserplan umzusetzen. Unauffällig schaute ich hinüber zur Bootsanlegestelle, während ich den nächsten Pfeil anlegte. Momentan drehten in der Bucht der Schule lediglich zwei Schwäne ihre Runden. Allerdings in einigem Abstand zu uns, da ein quietschrotes Gummiboot zwischen dem langen Badesteg und den Bootsanlegern trieb, ganz in meiner Nähe.

»Hey, London!« Bei Walkers Ruf spannte sich mein Nacken an. Was auch daran lag, dass er mir direkt ins Ohr gebrüllt hatte. »Lass deine Wut nicht an den Pfeilen aus.«

Ich folgte seinem Blick. Nahe der Zielscheibe von Bahn drei hatte London gerade ihren Pfeil aufgesammelt, der die Scheibe außerhalb des letzten Rings getroffen hatte. Offensichtlich wütend verbog sie das Stück Holz, und da brach es auch schon.

»London!« Sofort hob Walker einen Arm, um ihr zu winken.

Blöderweise lenkte mich das so sehr ab, dass mir mein eigener Pfeil entglitt. Er sauste viel zu weit rechts an der Zielscheibe vorbei.

Mein Kopf ruckte herum. Nein, nein, nein! Ungläubig sah ich dabei zu, wie er in den vorderen Teil des Gummiboots einschlug. Fantastisch. »Wie viele Punkte bekomme ich wohl dafür?«

Walker, der erkannte, was für ein Missgeschick mir passiert war, rieb sich über den Hinterkopf. »Gerade noch mal gut gegangen. Die Gummiboote wollte ich sowieso abschaffen. Passen gar nicht in unser nachhaltiges Schulkonzept.«

Ich atmete aus.

»Aber das hätte auch ein Schwan oder ein Schüler sein können«, ermahnte mich Walker.

Ich nickte schuldbewusst. Er hatte ja recht.

»Besser, du ziehst das Boot raus. Und bring den Pfeil zurück. Los, ehe es im See versinkt.«

Gut, es war meine Schuld. Also würde ich es auch geradebiegen. Irgendwie. Ein untergehendes Schlauchboot in einem See, wo wer weiß was lauerte. Selkies, Nornen, Haifisch-Wendigos … Entschlossen schob ich mir eine schweißnasse Haarsträhne aus der Stirn und steckte meine Stricknadel tiefer in meinen losen Dutt.

Nachdem Walker sich von mir weggedreht hatte und auf London zumarschierte, kraxelte ich den Abhang zum Seeufer hinunter, um das Boot aus dem Wasser zu ziehen. Im Prinzip war das auch nicht komplizierter, als sich an der Schulmauer herabzuhangeln. Nur war das zu Hause in Laguna Hills mit Abstand das Aufregendste gewesen. Ganz im Gegensatz zur Swanlake Academy. Hier lauerten nicht nur keine Ahnung wie viele Gefahren im See, allem Anschein nach gab es auch noch einen Fluch, der verliebte Schüler tötete.

In Gedanken versunken drückte ich mich durch das Schilf bis auf die Steine am Wasser, wo ich meine Chancen abwog und währenddessen meine Schuhe abstreifte. Was schon mal ein großer Schritt war, wenn man meinen Respekt vor Bazillen bedachte, aber ich konnte mich einfach nicht überwinden, wirklich einen Fuß in den See zu setzen. Auch wenn das Wasser nicht besonders tief war. Also griff ich mir stattdessen einen Ast, um nach dem Boot zu angeln. Zu den Grasflecken auf meinem Poloshirt würden sich so wahrscheinlich ziemlich bald auch noch Algenspritzer gesellen. Obwohl das Wasser wirklich unnatürlich sauber wirkte. Türkis … sicherlich dank der Selkies. Trotzdem behielt ich es genauestens im Auge, immer darauf gefasst, gleich einen Schatten auf mich zuschießen zu sehen.

Immer wieder stocherte ich mit dem Ast im Wasser herum, um Wellenbewegungen zu erzeugen und das Boot im richtigen Winkel zu mir schwimmen zu lassen. Mittlerweile hatte es seine pralle Form schon deutlich eingebüßt. Blöderweise schienen meine Anstrengungen kein Ergebnis zu erzielen. Außer dass ich hinter mir ein Lachen vernahm. Oberhalb des Schilfs stand so ziemlich der komplette Bogenschießkurs und beobachtete mich. Toll, wirklich toll.

»So wird das aber nichts«, sagte Freya.

»Danke für deine fachmännische Meinung«, rief ich zurück.

»Versuch's doch mal mit einem Zauberspruch!« Ford lachte am lautesten über seinen eigenen Witz, während er seine Hand bewegte, als würde er einen unsichtbaren Zauberstab schwingen.

Grandios. Aber ich wusste natürlich, was für ein erbärmliches Bild mein Stock und ich abgaben.

Offensichtlich hatten wir laut genug geschrien, denn in der Ferne sah ich vier Kolibris auf uns zuschießen. Floyd, Lemon, Iceman und Lucinda. Letztere trug immer noch Willows rote Schleife um den Hals, und das mit Stolz.

»Brauchst du Hilfe?« Iceman sirrte vor meinem Gesicht auf der Stelle, schielte dann zu meinen Mitschülern hoch.

»Sieht ganz so aus.« Floyd beobachtete mich prüfend. »Du willst nicht reinspringen, hab ich recht?«

»Sie braucht den Pfeil!« Lucinda flatterte aufgeregt vor mir herum.

Ehe ich irgendetwas sagen konnte, warf Lemon sich schon in die Brust. »Vier Kolibris, vier Ecken. Los!« Mit einem gelben Flügel wies er auf das Gummiboot.

Wie ein eingespieltes Team schossen sie los, packten an allen Seiten das Seil, das um das Boot verlief, und schleppten es so in meine Richtung. Wow, so effizient und hilfsbereit. Ganz im Gegensatz zu meinen Mitschülern.

Mit einem Lächeln im Gesicht drehte ich mich zu ihnen herum und hob den Ast wie einen Zauberstab. »Bibbedi, babbedi, bu.«

Ford verdrehte die Augen. Sobald er sich von mir abgewandt hatte, kehrten mir auch alle anderen den Rücken zu und verschwanden wieder aus meinem Sichtfeld. Bis auf Canyon, die mir beeindruckt zunickte, wenn ich das richtig interpretierte.

Ich winkte zurück.

»Kann ich mir den auch mal ausleihen?« Nachdem sie sich ihre blauen Haarsträhnen aus der Stirn geschoben hatte, deutete sie auf meinen Ast. »Echt ein nützliches Teil.«

»Jederzeit!« Erst jetzt merkte ich, dass alle Anspannung von mir abgefallen war.

»Danke euch, tausend Dank. Ich glaube, dafür habt ihr euch eine Belohnung verdient.« Jeden Einzelnen der Kolibris bedachte ich mit einem Knicks und einer angedeuteten Verbeugung.

Lucinda kicherte.

»Nun ja«, sagte Lemon. »Du weißt ja, wo du uns findest.«

Floyd nickte enthusiastisch. »Besonders die großen Stücke Crispy Crunch mit Honig führen direkt zu unseren Herzen.«

Während sie mir einen Vortrag darüber hielten, weshalb man unbedingt mehr Honig in das Müsli mischen sollte, zog ich das Boot inklusive Pfeil aus dem Wasser, direkt auf die Steine. Kopfschüttelnd band ich mir die Schuhe wieder zu, ehe ich den Kolibris zum Abschied winkte, die zurück zur Arbeit wollten.

»TJ hat die Fenster ganz streifig geputzt. Wir müssen nachpolieren«, petzte Lucinda bei mir.

Floyd nickte genervt. »Seit er bei Ornella das Chaoszimmer aussortieren musste, hat er zu viele Schimpfwörter gelernt und sich ihre Krawall-Haltung angeeignet. Wir müssen auf ihn aufpassen.«

Kurz wusste ich nicht, wer TJ war, aber dann fiel mir der kleine Schimpf-Kolibri wieder ein, der bei Mrs Krystler die Fenster geputzt hatte. Wenn er davor zu viel Zeit mit Ornella verbracht hatte, ergab sein Verhalten durchaus Sinn.

Grinsend sah ich den Kolibris hinterher. Immerhin *sie* waren die hilfsbereitesten Freunde, die ich je gehabt hatte. Abgesehen von Sinclair.

Gerade als ich aufblickte, um nachzusehen, ob Canyon noch oben an der Wiese stand, fiel ein Schatten auf mich. Schon bevor ich den Kopf hob, wusste ich, dass es nicht Canyon war.

Kapitel 23

Über mir, mitten im Schilf, entdeckte ich: London. Immer noch mit ausdruckslosem Gesicht, aber mit Pfeil und Bogen in der Hand. Und der eingelegte Pfeil zielte genau auf meinen Kopf.

Ich hatte keine Zeit zu überlegen. Sie war hier, um mich auszuschalten, das spürte ich instinktiv. Wie eine Kriegerin auf der Jagd. Man sagte immer, dass einen in extremen Situationen das Adrenalin im Körper zu Höchstleistungen antrieb. Und irgendwas von Bildern aus der Vergangenheit, die an einem vorbeizogen. Letzteres konnte ich nicht bestätigen. Aber die Sache mit dem Adrenalin schien zu stimmen. Während alles um mich herum in der Zeit still zu stehen schien, warf ich mich ihr entgegen. Aus der Überzeugung heraus, dass man aus nächster Nähe niemanden mit Pfeil und Bogen erschießen konnte. Mit der Schulter prallte ich gegen Londons Schenkel und riss sie um. Obwohl ihre langsame Art das nicht hatte vermuten lassen, rollte sie sich erstaunlich geschickt ab. Sofort versuchte sie, einen Arm um meinen Hals zu schlingen, was ich jedoch mit einem Fausthieb verhinderte. Fast hätte ich gelacht, so unwirklich fühlte es sich an, aus heiterem Himmel schon wieder allein auf London zu treffen. Und um mein Leben zu ringen.

Verdammt, was taten wir hier? Wollte sie mich töten, weil ich sie durchschaut hatte? War sie tatsächlich verflucht und deshalb so komisch drauf? Wurden die Opfer des Fluchs zuerst gewalttätig und verwandelten sich im zweiten Schritt in Stein?

Pfeil und Bogen waren während unserer Rangelei irgendwo zwischen das Schilf gerutscht, aber der lange Ast lag noch in meiner Reichweite. Ich würde mich von London nicht unterkriegen lassen! Gerade als ich danach greifen wollte, warf sie sich mit ihrem ganzen Gewicht auf mich, sodass mein Kopf auf einem Stein aufschlug. *Dios mío!* Der Schmerz nahm mir die Sicht, gleichzeitig spürte ich, wie sich ihre Hände um meinen Hals legten und zudrückten. London wollte mich erwürgen.

Der Ast! Mit der rechten Hand tastete ich danach. Jetzt oder nie. Meine Finger schlossen sich um den Stock, gleichzeitig schlug ich ihre Arme weg und rollte mich blitzschnell herum. Im nächsten Moment kniete ich neben London und hielt ihr meine Waffe an die Kehle. Direkt in das weiche Fleisch. »Keine Bewegung, oder ich schlag dir den Kopf ab.« So funktionierte das doch bei Zombies und anderen Monstern, oder?

Als wollte sie sich ergeben, hob London beide Hände. Ihre Haare breiteten sich wie ein schwarzer Fächer nahe der Wassergrenze aus.

Natürlich, und da machte ich mir nichts vor, hatte ich damit gar nichts gewonnen, außer ein wenig Zeit zum Nachdenken. Schon im nächsten Moment packte London den Stock und schob ihn von sich. Aber das hatte ich erwartet, und für die Idee, die ich verfolgte, war das auch nicht unbedingt unpraktisch. Im Gegenteil, ich musste nur den perfekten Moment abwarten. Und der kam, sobald sie sich aufrichtete. Um den bestmöglichen Winkel zu erreichen, sprang ich auf und machte ein paar Schritte zur Seite. Gerade rechtzeitig, denn so konnte ich die Sekunde abpassen, in der sie sich noch nicht recht aufgerappelt hatte und somit nicht stabil stand.

Ohne mich mit Zweifeln aufzuhalten, stieß ich ihr den Stock gegen das Brustbein.

London schrie nicht, als sie fiel. Wie beim Vorfall gestern früh schien sie sich erst orientieren zu müssen, wie sie landen sollte. Deshalb schlug sie mit der linken Schulter zuerst im Wasser auf, vollführte dann eine schräge Rolle rückwärts, wobei ihr Kopf kurzzeitig unter Wasser geriet.

Ha! Es hatte funktioniert. Der Plan, den ich mir gestern Abend überlegt hatte, war aufgegangen. Zwar anders, als gedacht, aber das war jetzt auch egal. Wenn sich ihr Körper im Wasser nicht verwandelte …

Spuckend und prustend tauchte sie wieder auf.

Erst in diesem Augenblick schien die Klasse auf uns aufmerksam geworden zu sein. Ich hörte sie, noch bevor sie am Hang über dem Schilf auftauchten.

»Was bei allen Nornen macht ihr zwei da?« Offene Bestürzung lag in Walkers Stimme.

Mit dem Stock deutete ich auf London, die immer noch im Wasser saß und sich das Haar aus dem Gesicht schüttelte. »Sie ist keine Meerjungfrau!« Das war Beweis genug, oder? Etwas stimmte ganz eindeutig nicht mit ihr. Und das mussten die anderen jetzt erkennen.

Daraufhin sah mich Walker schief an. »Hast du London ernsthaft mit dem Ast in den See geschubst, Graylee?«

Am liebsten hätte ich die Augen verdreht. Konnten Odins-Söhne hellseherische Gedanken entwickeln? Warum stellte er nicht die richtigen Fragen?

»Sie ist eindeutig nicht, wer sie vorgibt zu sein«, beharrte ich. »Seht ihr das nicht? Keine Schuppen.« Hilflos schaute ich von Canyon zu Ornella und Walker.

»Glaubst du, sie verwandelt sich in die kleine Meerjungfrau, oder was?« Trixie blökte mich an, als hätte ich ihr den Typen ausgespannt. Ihre Locken wehten im Wind, der vom See aufzog.

Taten Sirenen das nicht? Zugegeben, ich hatte gestern in der Bibliothek nichts darüber gefunden. Aber wenn Selkies zu Seehunden wurden, wenn sie ins Wasser sprangen, musste das bei Sirenen doch auch so sein. In Filmen war es jedenfalls so. Unsicher schielte ich zu London. Natürlich tat sie arglos, beinahe unschuldig.

»Sie wollte mich umbringen.« Mit festem Blick sah ich zu Walker auf. »Ich habe mich nur gewehrt.«

Londons Zeigefinger schnellte nach vorn. »Nein, Graylee wollte *mich* umbringen.«

Mein Mund klappte auf, als diese dreiste Lüge London so einfach über die Lippen kam. War das zu fassen? »Ernsthaft? Du wolltest mich mit deinem Pfeil abschießen! Und danach hast du mich gewürgt.«

Abwehrend hob London beide Hände. »Sie ist nicht ganz bei Trost. Wahrscheinlich nur eine verwirrte Phase. Unsere Welt ist zu viel für sie. Das merkt man ja daran, dass sie denkt, mir würden Schuppen wachsen.«

Ungläubig blinzelte ich. »Sie …« Ich deutete mit dem Ast auf London, dann auf Walker. »Glaub ihr nicht …«

»Graylee, es reicht. Leg den Ast auf den Boden.« Als würde er mit einem wilden Tier anstatt mit mir reden, wurde seine Stimme auf einmal weicher. »London hat recht. Wahrscheinlich bist du nur außer dir, weil deine mythische Gabe im Begriff ist durchzubrechen.

Vielleicht redest du noch mal mit Mrs Zilba, okay? Ich bringe dich zu ihr.«

Was? Nein! Das konnte er nicht ernst meinen. Wieso glaubte mir denn keiner?

Okay … Walker empfand etwas für London, weshalb er befangen war, aber selbst in Canyons und Ornellas Augen las ich Verwirrung statt der Unterstützung, die ich mir erhofft hatte. Dabei hatte ich geglaubt, dass die beiden mich von allen Anwesenden am besten kannten.

Immer noch fassungslos hörte ich mir wenig später Mrs Zilbas dreißig Minuten langen Anti-Gewalt-Vortrag an. Wirklich viel bekam ich davon allerdings nicht mit, denn in meinem Kopf wirbelten nur zwei Gedanken umeinander: Wie hatte das bloß so unsagbar schiefgehen können? Und wie konnte ich am schnellsten mit Hudson und Ornella darüber sprechen? Die beiden waren vermutlich die Einzigen, die mir glauben würden, dass London mich angegriffen hatte. Schließlich hatten wir einen Pakt geschlossen.

Blöderweise bestand Mrs Zilba darauf, dass ich meine Hausaufgaben in ihrem Büro erledigte, in vollkommener Stille, was wahrscheinlich als Strafe gedacht war. Genauso wie die Tatsache, dass sie mich danach zum Abendessen in die Mensa begleitete. Sie hatte nichts verstanden und es kostete mich alle Mühe, nicht auszurasten. Warum behandelten mich alle, als wäre *ich* diejenige mit einem Problem?

Der Buschfunk der Schule musste in der Zwischenzeit ganze Arbeit geleistet haben, denn sobald die Tür hinter uns ins Schloss fiel, wandten sich alle Schüler zu mir um. Und als gäbe es kein anderes Thema als mich, fingen sie sofort an, mit ihren Tischnachbarn zu tuscheln. Großartig. Die Kirsche auf der Sahne des heutigen Tages.

»Was hältst du davon, wenn wir uns zu Walker und London setzen, dann könnt ihr euch aussprechen«, schlug Mrs Zilba vor. Sie legte mir eine Hand auf die Schulter, um mich dorthin zu dirigieren, wo sie mich haben wollte.

Obwohl ich Willow und Varn einen Hilfe suchenden Blick zuwarf, gab es kein Entrinnen. Oh, bitte nicht. Keine zehn Sekunden später drückte Mrs Zilba mich auch schon auf den freien Stuhl schräg gegenüber von London. Was erhoffte sie sich bitte davon?

Selbstverständlich redeten London und ich während des gesamten Abendessens kein einziges Wort miteinander. Stattdessen konzentrierte ich mich darauf, möglichst aggressiv eine Erbse nach der anderen aufzuspießen. Auf diese Weise ergab sich jedoch keine Gelegenheit, mit Hudson unter vier Augen zu sprechen. Hinzu kam auch, dass er, noch bevor das Abendessen vorbei war, als einer der Ersten aus der Mensa verschwand. Und zu allem Überfluss war Ornella nirgends zu sehen.

Toll. Ganz fantastisch. Und unter Mrs Zilbas wachsamem Blick konnte ich nicht mal mit den Kolibris sprechen.

»Gut.« Ich schob meine Puddingschale von mir, obwohl ich noch nichts davon gekostet hatte. »Ich müsste mal etwas frische Luft schnappen.«

Mit vollem Mund wandte Mrs Zilba sich mir zu. »In einer Stunde machen wir einen Filmabend im Kino-Freizeitraum, nicht vergessen!«

Wie? Hatten sie mal wieder verschwitzt, mir das ordentlich mitzuteilen? Auch das noch. Offensichtlich glaubten sie hier, ich könnte Gedanken lesen.

»Ja, besser, du duschst vorher noch.« London wedelte mit dem Löffel vor ihrem Gesicht. »Du riechst etwas.«

Nicht zu fassen. Ohne mich noch einmal umzudrehen, stolzierte ich aus der Tür. Das Flüstern, das mir folgte, war nicht mal mein größtes Problem. Was mich fuchsig machte, war diese Bevormundung. Würden mir die Erwachsenen mehr glauben, wenn sich nach meinem zweiten Test herausstellte, dass ich ein Selkie war oder so? Die waren in der Mythengesellschaft immerhin hoch angesehen. Gleichzeitig fragte ich mich, ob ich noch ganz bei Trost war. Ich und ein Selkie? Ganz bestimmt nicht. Nicht in hundert Jahren würde ich durch etwas Tieferes als meine Badewanne schwimmen. Während ich die Treppe nach oben nahm, stiegen die Zweifel wieder in mir hoch. Was, wenn ich gar kein Mythenerbe aufweisen konnte? Würde ich wenigstens noch mit Hudson sprechen können, um ihn zu warnen, dass London es auch auf ihn abgesehen haben könnte, ehe ich die Schule verlassen musste?

Als ich die Tür zu meinem Zimmer öffnete, wartete Iceman bereits auf mich, tippelte auf meinem Bett auf und ab. »Hey, schönste neue Mythenerbin!«

Das ließ mich sofort misstrauisch werden. »Warum so gut gelaunt? Es ist nach achtzehn Uhr. Ich kann dir kein Crispy-Crunch-Müsli geben.«

Mit dem Flügel winkte Iceman ab. »Nein, nein. Ich dachte nur, du brauchst vielleicht jemanden zum Reden. Es hat sich rumgesprochen, was heute Nachmittag am See passiert ist. Zwischen dir und London. Floyd und ich sind entsetzt. Er lässt Grüße ausrichten. Leider kann er sich nicht von seinem Bügeleisen trennen.«

»Verständlich. Muss Liebe schön sein.«

Iceman kicherte, klopfte dann mit dem Flügel auf meine Bettkante. »Bügeleisen-Zeit kann man schließlich nie genug haben. Komm schon, erzähl mir alles, was dir auf dem Herzen liegt.«

Dankbar, dass jemand bereit war, wirklich zuzuhören, ließ ich mich neben ihm aufs Bett fallen und erzählte ihm, was passiert war.

»Oje, das hatte ich befürchtet«, sagte Iceman, als ich geendet hatte.

»Glaubst du, du könntest mal mit Mrs Zilba reden?«

Daraufhin stieß Iceman ein ziemlich menschliches Schnauben aus. Ob er sich das von mir abgeschaut hatte, so wie TJ Ornellas Schimpfwörter? »Ich weiß nicht, ob dir das aufgefallen ist«, sagte er, »aber Mythen reden nicht wirklich mit Kolibris. Von Zuhören ist gar keine Rede. Weißt du, Wendigos sind da ganz anders.«

Das konnte ich mir durchaus vorstellen. »Wie viel weißt du eigentlich über Wendigos? Meinst du, ich könnte diesem Baker ein paar Fragen stellen? Wahrscheinlich haben die von all dem, was mit London geschieht, mehr Ahnung, als wir denken.«

Iceman nickte. »Ich glaube, er badet jeden Morgen in der Blauen Lagune vor ihrem Camp. Versuch's doch morgen nach dem Frühstück. Vielleicht hast du Glück. Und ja, die sind echt in Ordnung. Sehr vernünftige Ansichten.«

Das hatte ich mir gedacht. Mit einem Seufzen ließ ich den Kopf zurück aufs Bett sinken. »London wird wieder versuchen, mich umzubringen, ich weiß es. Vielleicht auch Hudson und dich und Floyd. Wir sind die Einzigen, die sie an der Kiesgrube gesehen und durchschaut haben. Was auch immer mit ihr nicht stimmt, sie will es geheim halten. Und dieses Geheimnis kann sie aktuell nur schützen, wenn sie uns unter die Erde bringt.«

Iceman legte sein Köpfchen auf meinem Arm ab. Sein niedlicher Augenaufschlag ließ mein Herz weich werden. »Aber wir sind zu viert und schlau. Sie ist allein, und bisher hat sie sich nicht besonders unauffällig und geschickt angestellt.«

»Ich glaube, sie lernt schnell dazu. Am See hat sie meine Verteidigung gegenüber Walker einfach kopiert. Hat behauptet, ich hätte *sie* angegriffen.«

Eine Weile schwiegen wir, ehe ich mich wieder aufsetzte.

»Okay, es wird Zeit zu duschen. Kommst du gleich mit zum Filmabend?« Ich sah ihn an. »Es würde mir besser gehen, wenn meine Freunde da wären.«

Die Augen des Kolibris leuchteten. »Freunde? Ja, natürlich. Weißt du was, Graylee? Du bist ganz anders, als ich es erwartet habe.«

Ich lächelte. »Die Freunde, die ich an der Swanlake Academy gefunden habe, hätte ich so auch nicht erwartet.«

Der Film hatte bereits begonnen, als ich mit Iceman auf der Schulter, meinem Strickzeug und zwei Stricknadeln in meinen noch feuchten Haaren den Freizeitraum betrat. Wieder musterten mich alle, und ich ertappte mich dabei, wie ich nach Hudson Ausschau hielt. Doch er schien nicht hier zu sein. Zumindest entdeckte ich ihn auf keinem der Sitzkissen und Sitzsäcke, die auf dem Boden verteilt waren. Dazwischen standen überall Schüsseln voller Popcorn herum, und an den Wänden hingen hellblaue Plakate, die den nahenden Homecoming-Ball ankündigten.

Ganz hinten entdeckte ich schließlich Willow und Varn, die aneinander gelehnt dasaßen und mir winkten. Varns Schultern wirkten angespannt, und er biss sich immer wieder auf die Unterlippe. Ob ihn Viviennes Sirenenklang-Attacke noch quälte?

Sobald ich mich bei ihnen niedergelassen hatte, drehte sich Tristan, der direkt vor mir saß, zu mir um. Nach einem kurzen Grinsen in meine Richtung legte er einen Arm um Ornella, die sich sofort an ihn schmiegte wie ein Kätzchen.

Ich hob einen Daumen, obwohl mir das Lächeln beim Anblick dieser beiden echt schwerfiel.

Nachdem ich das Karamell-Popcorn außerhalb Icemans Reichweite zwischen Willow und mich gestellt hatte, versuchte ich, mich auf den Superhelden-Film zu konzentrieren, der über einen Beamer auf die Wand projiziert wurde. Doch schon nach wenigen Minuten schaltete mein Hirn auf Durchzug, und ich fing an, an einer Hängematte für den Kolibri-Aufenthaltsraum zu stricken, während ich über die Sache mit London nachdachte. Zwischendurch fütterte ich Iceman mit Salzpopcorn, bis er sich gähnend an meinen Hals drückte.

Nach einer Weile verspürte ich plötzlich den Drang, mit Sinclair zu telefonieren. Obwohl es dafür eigentlich schon fast zu spät war. Trotzdem entschuldigte ich mich noch vor Ende des Films mit der Ausrede, dass Iceman müde wäre, und stand auf.

Ornella, die mich offenbar gehört hatte, schaute kopfschüttelnd zu mir zurück. »Du und dein Helfersyndrom.«

Statt auf ihren Kommentar einzugehen, kraulte ich mit herausforderndem Blick Icemans Köpfchen, woraufhin sie sich rasch wieder nach vorn drehte.

»Sie sind gemein zu dir?« In Sinclairs Stimme brodelte es, nachdem ich ihm von den heutigen Vorfällen berichtet hatte, wenn auch etwas abgeschwächt. »Sie glauben dieser London, obwohl die dich zuerst angegriffen hat? Ich fasse es nicht!«

Wow, es tat echt gut zu hören, dass Sinclair auf meiner Seite war.

Mit der Schulter, die sich seit Langem völlig entspannt anfühlte, lehnte ich mich in der Fensternische, die mit ihren Dutzenden Kissen einen kuscheligen Platz bot, gegen die Scheibe. Scheiben waren sicher, im Gegensatz zu Wänden. Keine Visionen, nur Sinclairs Stimme, die mich einlullte, und Holzverkleidungen unter mir und an meinem Rücken.

»Am liebsten würde ich sofort losfahren und dich nach Hause holen«, sagte Sinclair. »Ich meine, bringt dir diese Schule irgendwas? Hast du dein Monsterproblem in den Griff bekommen? Oder wenigstens deinen Ekel vor Bazillen?«

»Hm, Letzteres so halb«, gab ich zu. Schließlich hatte ich momentan größere Probleme als Bazillen. »Aber es ist nicht alles schlecht. Sie haben niedliche Vögel hier, und meine Zimmernachbarin Willow ist die Beste, wie ich dir gestern schon erzählt habe.«

Grinsend beobachtete ich Iceman, der zu einem der Lautsprecher in der Ecke flatterte, um auf dem Regalbrett andächtig zur Musik auf und ab zu wippen.

»Also hast du doch echte Freunde gefunden?« In Sinclairs Stimme schwang ein alarmierter Unterton mit. Als hätte er Angst, mich zu verlieren.

»Keine Sorge, du bist und bleibst mein allerbester Freund, Sinclair. Spätestens Weihnachten bin ich zurück in Kalifornien.«

In dem Moment schwang die Tür auf, und etwas polterte. Kurz darauf schob sich ein ziemlich zerzauster Ford herein, der eng umschlungen Trixie hinter sich herzog. Zuerst stießen sie gegen einen Tisch, dann warfen sie ein paar Teelichter aus dem Regal, als Trixie eine Hand ausstreckte, um sich abzustützen. Sie bemerkten mich nicht. War vielleicht auch besser so.

Mit hochgezogenen Augenbrauen gestikulierte ich Iceman, dass wir uns verflauschen sollten. So leise wie möglich schlichen wir an den Knutschenden vorbei zur Tür, wobei ich mein Smartphone so fest gegen mein Poloshirt gedrückt hielt, dass kein Wort daraus zu hören war.

Im Flur sah ich mich um. Wohin jetzt?

Iceman landete auf meiner Schulter, raschelte mit seinen Flügeln. »Manche Schüler schleichen sich zur Ecke vor der Schule, wo es zur Zubringerstraße geht. Bis dorthin reicht Mrs Krystlers Störsignal nicht, sagt Floyd.«

Das war eine gute Idee. »Ich rufe dich gleich wieder an«, flüsterte ich in mein Handy, aber die Verbindung brach soeben ab, also wusste ich nicht, ob Sinclair mich gehört hatte. »Okay, dann los. Kommst du mit?«

»Natürlich!« Iceman reckte seinen Schnabel. »Ich lasse dich doch nicht im Dunkeln allein so weit laufen.«

Na ja, so weit war das auch wieder nicht, aber insgeheim war ich froh, jemanden bei mir zu haben.

Kurz darauf verließen wir die Schule durch den Haupteingang. Das Mondlicht spiegelte sich im See, was der Steinkrone in der Mitte etwas Mythisches verlieh.

»Wie eine untergegangene Königin«, wisperte ich.

»Was?« Icemans Federn kitzelten mich am Hals, als er sich umwandte. »Ah, Ornella meinst du?«

Ich blinzelte. Und tatsächlich. Dort unten links neben dem Steinpier hockte Ornella auf dem Kies und ließ Wasser durch ihre Finger gleiten. Offenbar war der Film vorbei.

Langsam näherte ich mich ihr. Sie wirkte irgendwie verloren, und vielleicht konnte sie eine Freundin gebrauchen.

Sie flüsterte etwas in Richtung See, doch dann drehte sie sich mit einem Ruck zu mir um. Meine Schritte auf dem Kies mussten mich verraten haben.

»Hey.« Ich hob eine Hand. Ziemlich lahm, zugegeben. »Was machst du allein hier draußen?«

»Pfff.« Mehr sagte sie nicht, bevor sie wieder auf den See blickte.

Aber davon ließ ich mich nicht abschütteln. Stattdessen ging ich neben ihr in die Hocke.

Iceman hob einen Flügel, um ihr zuzuwinken.

»Also, Ornella. Was ist los?«, fragte ich.

Die Walküre schnaubte. »Ich weiß, du machst hier dein freiwilliges asoziales Jahr oder so, aber kannst du das vielleicht woanders tun?« Mit dem Kinn deutete sie zur Schule. »In deinem Zimmer, zum Beispiel.«

Abwartend sah ich sie an. Darauf würde ich nicht eingehen.

Schließlich schnaubte sie erneut. »Was los ist?« Ihre Stimme klang härter als die Borsten meiner Zahnbürste. »Tristan wird sterben. Und ich muss irgendetwas unternehmen, um ihn zu retten!«

Sie hatte recht. »Vielleicht hängt sein Tod mit Londons Veränderung zusammen«, überlegte ich laut. »Wenn wir gemeinsam helfen und herausfinden, was dahintersteckt, können wir womöglich verhindern, dass er sein Leben verliert.«

Ornella wirkte nicht sonderlich überzeugt. »Und wie willst du das anstellen? Bisher kam noch nicht wirklich was von dir.«

»Nun ja, du, Hudson und ich haben uns doch darauf geeinigt, dass wir alles tun, um London und Tristan zu retten«, sagte ich in stockendem Tonfall.

»Schön«, zischte Ornella. »Nur dass du dich ausschließlich für Londons Rettung zu interessieren scheinst. Was tust du denn, um Tristan zu helfen?«

»Das weiß ich noch nicht. Aber was genau machst *du* hier überhaupt?«, hakte ich nach.

Als ob das offensichtlich wäre, nickte sie in Richtung der Steinkrone. »Ich erbitte den Segen der Nornen. Vielleicht kann ich einen Handel mit ihnen abschließen, um Tristans Leben zu retten oder wenigstens seinen Lebensfaden zu verlängern.« Sie sah zu Iceman, der sich jedoch nicht rührte.

»Das wäre gut«, hauchte er mit belegter Stimme.

Sanft legte ich Ornella eine Hand auf die Schulter, die sie allerdings nach einem Atemzug abschüttelte. »Lass mich in Ruhe, wenn du keine wirkliche Idee hast, Graylee.«

In Ordnung. Ornella war verzweifelt, und mir war klar, dass ich ihr im Moment nicht helfen konnte.

Langsam richtete ich mich auf. »Wir sollten zusammenarbeiten. Herausfinden, was es mit London und dem Fluch auf sich hat. Vielleicht finden wir so auch heraus, wie wir Tristan retten können. Ich will genauso wenig wie du, dass er stirbt. Und Hudson wird uns auch dabei unterstützen.« Zumindest hoffte ich, dass er sich bald wieder beruhigte. Denn so, wie er momentan drauf war, wollte etwas in mir ihn nicht erst darum bitten müssen.

»Ornella?« Tristans Ruf hallte zu uns herüber.

Gleichzeitig drehten wir uns zu ihm um. Wie er mit zerzaustem Haar auf uns zujoggte … Ein Grinsen breitete sich auf seinem Gesicht aus, woraufhin Ornella das Gleichgewicht verlor und mit einem Quieken nach vorn kippte, direkt ins flache Wasser hinein.

Ich unterdrückte ein Lachen, überließ Ornellas Rettung Tristan und wandte mich mit einem Räuspern ab, um weiter die Straße hinunter zu verschwinden. Sobald ich ein Signal empfing, rief ich Sinclair an, und wir redeten eine ganze Weile. Als ich mich wieder zurück in die Schule schlich, war es schon ziemlich spät, doch Iceman wich mir keine Sekunde von der Seite.

Eine Klaviermelodie riss mich aus dem Schlaf. Immer noch verwirrt darüber, was ich in meinem Traum getan hatte, nämlich eng umschlungen mit einem Jungen, der verdächtig wie Baker ausgesehen hatte, im Bett zu liegen, tastete ich nach meinem Smartphone. Ich hatte mir den Handywecker extra früh gestellt, um mit Baker zu sprechen. Wahrscheinlich hatte ich auch deswegen so komisch geträumt.

»Wie, was?« Auf der anderen Seite des Betts schüttelte Iceman seine Federn.

»Morgen«, nuschelte ich. »Eigentlich wollte ich dich gestern Abend noch in den Kolibri-Aufenthaltsraum bringen, aber du hast dich im Halbschlaf so heftig dagegen gewehrt, dass ich dich einfach mitgenommen habe.

»In dein Zimmer? Allein?!« Icemans Kopf ruckte nach oben.

»Na ja.« Während ich versuchte aufzustehen, was aber darin endete, dass ich mehr aus dem Bett rollte, als aufrecht auf dem Boden zu landen, schälte ich mich aus den Laken und zupfte an meinem Superhelden-Schlafshirt.

Hastig wandte Iceman den Blick ab.

»Es ist ja nicht so, als ob das verboten wäre, oder? Männliche Kolibris in meinem Bett, meine ich. Oder verstößt das gegen Regel 238?« Ich kicherte, schnappte mir dann aber ein frisches Poloshirt und eine dunkelblaue Shorts.

»Ha ha«, sagte Iceman halbherzig.

»Die Kolibri-Hängematte ist noch nicht fertig gestrickt. Aber spätestens morgen Abend bringe ich euch die erste in den Aufenthaltsraum. Musst du los?« Bevor ich mich auf den Weg ins Bad machte, öffnete ich ihm das Fenster. »Ich bin auch gleich weg, weil ich mit Baker sprechen will. Treffen wir uns später in der Mittagspause, um mit den Falken zu reden?«

»Das wird eher nichts. Heute ist die Führung durchs Institut. Ihr werdet erst zum Abendessen zurück sein.«

Mierda! Heute war Mittwoch. Der Besuchstag bei Viviennes Dad! »Okay, vielleicht können wir uns ja nach dem Abendessen noch mal wegschleichen. Bevor sie mich zum zweiten Mal testen.« Bevor Vivienne mich testen würde. Toll. Bei der Vorstellung blies ich mir eine Haarsträhne aus der Stirn.

»Wenn es schon fast dunkel ist? In ein Falkengehege? Da werden die anderen Kolibris nicht begeistert sein.«

Ich neigte den Kopf. »Aber du bist ein mutiger Kolibri, hab ich recht?«

Iceman sah mich an.

»Für zwei Schachteln Crispy-Crunch-Müsli?« Zwar wollte ich es nicht aussprechen, aber ich konnte mir gut vorstellen, dass die Kolibris auf ein ähnliches Schicksal zusteuerten wie die Falken, wenn es wirklich die Vogelgrippe war. In dem Fall mussten wir alle warnen und – so schwer es mir fallen würde – die Kolibris von hier fortschicken, ehe sie beschlossen, alle Vögel an der Schule zu töten.

Allein der Gedanke ließ mich beinahe in die Knie gehen, und ich musste mich am Tisch festhalten. Die Blumenvase darauf zitterte daraufhin genauso heftig wie ich. Um die Vorahnung in meinem Kopf zu vertreiben, strich ich mit dem Zeigefinger immer wieder über die aufgestickten Sterne. An den Enden der acht Zacken hatten die Kolibris kleine Kugeln eingestickt, die sich unter meiner Fingerkuppe ganz glatt anfühlten.

»Okay«, gab Iceman schließlich nach. »Abgemacht.« Er raschelte mit seinen blaugrünen Flügeln, ehe er mit einem niedlichen Nieser aus dem Fenster sirrte.

In Turnschuhen und mit wippendem Pferdeschwanz schlich ich aus der Schule. Um mich sicherer zu fühlen, hatte ich außerdem eine Stricknadel mit einer Murmel am Ende in meinen Haargummi geschoben. Im Notfall konnte man die dank dieses Griffs wunderbar als Waffe benutzen. Ich hoffte trotzdem, dass es nicht so weit kam. Immerhin war das Glück auf meiner Seite und die ganze Schule schien zu dieser Uhrzeit in der frühmorgendlichen Dämmerung noch im Tiefschlaf zu liegen. Nicht mal ein Falke schrie, als ich über den Parkplatz hetzte. Umso besser.

Die Blaue Lagune. Obwohl außer mir noch niemand wach zu sein schien, gab ich mir Mühe, meine Spuren zu verwischen. Also schlug ich mich durch den Wald erst mal in Richtung Kiesgrube durch, ehe ich den Kurs änderte, sobald ich von der Schule aus nicht mehr zu sehen war. Durch die Anstrengung schmerzte die Wunde an meiner Wange wieder. Allerdings war es ein Schmerz, den ich gut ignorieren konnte.

Kurz darauf entdeckte ich Baker, der auf einem Ast saß und die Füße über der Lagune baumeln ließ. Abgesehen von einer abgewetzten grünen Shorts trug er auch heute nichts. Okay …? Gestaltwandler hatten es anscheinend wirklich nicht so mit Klamotten.

Baker sah mir entgegen, als hätte er auf mich gewartet.

»Hi.« Da ich das letzte Stück des Weges gerannt war, musste ich erst mal nach Luft schnappen.

»Einen wunderschönen guten Morgen, Graylee.« Baker entblößte eine Reihe strahlend weißer Zähne.

»Morgen.« Ich hielt mir die stechende Seite. Ob er wunderschön werden würde, würde sich noch zeigen. Himmel, am liebsten wäre ich zur Abkühlung in den See gesprungen. Und wie bitte sollte ich dieses Gespräch beginnen? Mein Hirn fühlte sich auf einmal wie das Labyrinth des Minotaurus aus den Geschichtsbüchern an. »Ist Charlotte auch hier?« Ich legte den Kopf in den Nacken und musterte die Laubbäume am Ufer.

»Sicher irgendwo am Nüsse horten.« Er grinste so breit, dass ich nicht wusste, ob er einen Scherz gemacht oder es ernst gemeint hatte.

Wie er da so locker auf dem Ast saß mit diesem hübschen Gesicht und dem durchtrainierten Oberkörper … Genauso gut hätte ich direkt in das Set von einem Fotoshooting stolpern können. Lebten an diesem See eigentlich nur Klischee-Jungen? Vielleicht schütteten sie hier irgendwas ins Wasser …

»Du siehst hübsch aus. Wie geht es deiner Wange?«

Beweis Nummer zwei. Er war zu gut, um wahr zu sein. »Ähm, ganz okay. Tut fast nicht mehr weh.« Ich fuhr mir über die völlig verschwitzten Haare an meinen Schläfen, zog dann meinen Pferdeschwanz fester. Bevor es unangenehm werden konnte, fiel ich direkt mit der Tür ins Haus. »Baker, ich wollte dich etwas fragen. In der Schule geht etwas Seltsames vor sich. Erinnerst du dich an die Schülerin, die verschwunden war? Inzwischen ist sie zwar wieder zurück, verhält sich aber merkwürdig. Außerdem sind die Falken krank. Möglicherweise könnte ein alter Fluch dahinterstecken. Ein Fluch, der diejenigen trifft, die sich verbotenerweise verliebt haben. Weißt du was darüber? Oder ist dir etwas aufgefallen?«

Über uns raschelte es, dann ließ sich ein Eichhörnchen auf einen Ast direkt neben mir fallen. »Aufgefallen?«, japste das niedliche

Wesen mit den Pinselohren. Es funkelte mich so erbost an, dass ich grinsen musste. »Also mir ist aufgefallen, dass eine Swanlake-Schülerin, die in erstaunlich viele Unfälle verwickelt ist, ständig verbotenerweise die Grenze übertritt.« Die Eichhörnchenschnauze zuckte.

»Ach ja?« Mit der Zungenspitze fuhr ich mir über die Oberlippe. »Und das, obwohl sich einige Schüler für heimliche Dates zu euch schleichen, wie man hört?«

Daraufhin versteifte das Eichhörnchen sich, als wollte es dem Pekannussbaum, auf dem es saß, Konkurrenz machen. Doch Baker lachte. Punkt für mich. Aber darum ging es jetzt nicht.

»Eigentlich ist das erst das zweite Mal, dass ich die Straße überquere, und dann auch nur für einen guten Zweck.«

»Wenn du keine Eicheln dabeihast, ist es kein guter Zweck.«

Ich hob beide Augenbrauen. »Okay, Charlotte, merke ich mir.« Bei meinem nächsten Besuch würde ich vorbereitet kommen. Offenbar war sie gerade mehr Eichhörnchen als Mensch. Oder ging zu sehr in ihrer Eichhörnchenrolle auf. »Jedenfalls brauche ich eure Hilfe.«

»Ach was.« Charlotte stellte sich auf die Hinterbeine. »Und warum sollten wir dir helfen? Und wenn es um eine Einladung zu eurem komischen Homecoming-Ball geht, Baker hat kein Interesse.«

Ich beschloss, den letzten Teil einfach mal zu ignorieren. »Weil das gute Nachbarn so tun?«, sagte ich stattdessen. »Beim nächsten Mal helfe ich euch.«

»Gutes Argument.« Baker sprang von seinem Ast und steuerte direkt auf mich zu. »Du hast einen Fluch erwähnt. Das passt zu dem, was die Sterne uns sagen. Dunkelheit legt sich über unser schönes Naturschutzgebiet.« Er deutete in Richtung Wald.

Dunkelheit? Das hatte doch auch das Nornenauge gesagt, oder?

Daran hatte ich gar nicht mehr gedacht. Ornella hatte gemeint, dass sich Dunkelheit nähern würde und wir zusammenhalten mussten. Taten wir das bereits? Was genau hieß das überhaupt? Und vor allem: Gegen wen sollten wir zusammenhalten?

Baker war mir auf einmal ganz nah und lächelte mich an. Neugier glitzerte in seinen Augen. Nein, noch etwas anderes lag darin. Er musterte mich, als wollte er etwas aus mir herauskitzeln oder so.

Ich befeuchtete mir die Lippen. »Was wisst ihr über einen Gorgonenfluch?«

»Den von Medusa?« Baker kratzte sich zwischen den Schulterblättern. »Der Frau mit den Schlangenhaaren, die Menschen versteinert hat?«

»Nein, den meine ich nicht. Sondern einen, den einer ihrer Nachfahren ausgesprochen hat.«

Mit einem gewagten Satz sprang Charlotte auf Bakers Schulter. »Wir haben keine Ahnung, was für ein Fluch das sein soll. Aber wenn es wieder so einer ist, wie der von vor zwanzig Jahren … Dann viel Glück. Und verlieb dich bloß nicht.«

Ich neigte den Kopf, und erst jetzt schien sie die Verbindung zu begreifen, denn ihre Äuglein wurden groß. Doch im nächsten Augenblick zuckten ihre Ohren in Richtung See. »Wir bekommen Besuch.«

Von wem? Schnell riss ich den Kopf zum Seeufer herum. Tatsächlich kräuselte sich das Wasser in der Lagune an einer Stelle, und ein Schatten bewegte sich unter der Wasseroberfläche auf uns zu.

Nachdem Charlotte sich zurück in die Baumkrone katapultiert hatte, beugte Baker sich zu mir. »Ein Neuankömmling bringt uns Dunkelheit. Das sagen die Sterne. Du solltest jetzt besser gehen.

Aber triff mich morgen Abend bei Sonnenuntergang wieder hier. Dann können wir in Ruhe reden.«

Ein Neuankömmling? Reden? Ich hielt die Luft an, fokussierte dann aber schnell wieder das Wassermonster.

»Geh«, forderte mich Baker auf, während er nach einem Ast griff, der nahe dem Baumstamm am Boden lag, auf den er vorhin geklettert war.

»Und du?« Ich sah ihn fragend an. »Willst du es etwa allein mit wem auch immer aufnehmen?«

Ich konnte ihn nicht im Stich lassen. Entschlossen bückte ich mich nach einem großen Stein.

Bakers Muskeln spannten sich an, aber er wirkte nicht panisch. Nicht so, wie ich es bei meiner Ankunft gewesen war, als ich den ersten Schatten im Wasser gesehen hatte.

»Ich kenne den See besser als die Innentasche meiner Hose«, sagte er leise, »aber in letzter Zeit liegt irgendetwas über uns.«

»Pass auf!« Da mir plötzlich das Herz bis zum Hals schlug, als Baker einen Schritt nach vorn machte, packte ich ihn am Arm, hielt ihn fest. Es war nicht sicher so nah am Ufer.

Die Wasseroberfläche zerbarst, als ein Körper auftauchte. Ein mir bekannter Körper. Vivienne. Es war Vivienne Vanderpond, die mir direkt ins Gesicht starrte. Sie trug einen Badeanzug und war nicht mal bis zum Ende ihrer dunkelroten Haarspitzen aufgetaucht. »Wusste ich's doch. Du hast was mit Baker!« Ihr Blick wanderte zu meiner Hand, mit der ich sein Handgelenk immer noch umklammert hielt.

Schnell ließ ich Baker los, aber es war zu spät. Vivienne hatte bereits ihre Schlüsse gezogen.

Als ob diese Nachricht sie unglaublich heiter stimmen würde, legte sie den Kopf in den Nacken und lachte. »Das wird Hudson sicher sehr gefallen.«

»Du gehst jetzt besser, Graylee«, presste Baker angespannt hervor. »Ich kümmere mich um die fiese Seehexe.«

Dagegen hatte ich nichts einzuwenden. Es wurde ohnehin Zeit für Frühstück und unseren Ausflug ins Institut. Ohne ein weiteres Wort wandte ich mich ab. Vivienne musste nichts davon wissen, dass ich morgen Abend wiederkommen würde. Nein, ganz sicher nicht. Aber ich war mir sicher, dass Baker auch ohne meine Bestätigung ahnte, dass ich kommen würde.

Neuankömmling, ging es mir durch den Kopf. Baker hatte davon gesprochen, dass ein Neuankömmling der Grund für die Dunkelheit war. Ich *war* ein Neuankömmling …

Kapitel 24

In der Mensa brummte es wie in einem Bienenstock. Alle liefen durcheinander und stellten sich ein Lunchpaket zusammen. Ich hatte mir gerade vier Donuts und drei Croissants geschnappt, als es in den Lautsprechern knackte.

»Einen wunderschönen Morgen allen Schülern im Hamsterrad der Swanlake Academy. Was für ein öder Ausflug wartet da auf uns. Also yay, packt eure sieben Sachen und dann auf, auf vom Hamsterrad in die Bürokratiehölle Swanlake Institute. Freude, schöner Götterfunken. Apropos! Aus sicherer Quelle kann ich euch berichten, dass unsere gute Graylee, ja genau, unsere Neue, die immer eine gute Story wert ist, heute am frühen Morgen mit einem halbnackten Wendigo am See gesehen wurde. Was glaubt ihr wohl, mit welchem von ihnen? Bis heute Abend nehme ich noch Wetten an. Werft einfach euren Wetteinsatz in meinen Spind, ihr kennt ja meine Nummer.«

Oh, verflucht. Selbstverständlich reckten jetzt alle anwesenden Schüler den Hals, um mich anzustarren. Beinahe wären mir die Donuts aus der Hand gefallen. Und was bitte stimmte mit Ornella nicht? Ich dachte, wir standen auf derselben Seite? War das immer noch die Retourkutsche, weil ich gestern allein mit Tristan am Teich abgehangen hatte? Oder weil sie glaubte, ich würde nicht genug unternehmen, um Tristan zu retten? Anscheinend war Ornella immer noch nicht gewillt, sich eine gute Story entgehen zu lassen, auch nicht, wenn sie auf meine Kosten ging.

Ein Prickeln in meinem Nacken veranlasste mich, mich zur Seite zu drehen. Dort, nahe den Fenstern, stand Hudson, sah mich direkt an. Lag da Enttäuschung in seinen Augen? Ja, irgendetwas in der Art … Irgendwie ließ mich dieser Blick nicht los. Aber ich hatte nichts getan. Hatte keinen Grund, mich schuldig zu fühlen. Weder zwischen mir und Hudson noch zwischen mir und Baker war etwas gelaufen … Ich musste mich nicht rechtfertigen. Bloß, warum brachte mich Hudsons Blick dann so durcheinander?

»Und ja, ihr habt richtig gehört, kleine Hamster. Graylee wurde ein weiteres Mal mit einem Wendigo gesehen, die Betonung liegt auf *ein weiteres Mal …*« Ein Knirschen und Ächzen unterbrach Ornellas Monolog, weswegen sich gut die Hälfte der Schüler in der Mensa die Ohren zuhielt. Leider hielt das die Menge nicht davon ab, mich anzustarren.

»Ornella, letzte Warnung. Keine Gerüchte mehr.« Mrs Krystlers Stimme drang durch die Lautsprecher.

»Das ist kein Gerücht, sondern eine belegte Zeugenaussage.« Obwohl Ornella das Mikro mit der Hand abzudecken schien, hörte man sie dennoch.

Okay, es reichte. Am besten, ich stellte sie zur Rede. So konnte es jedenfalls nicht weitergehen. Sie und ich und Hudson mussten an einem Strang ziehen. Für London und für Tristan.

Mit aufeinandergepressten Lippen bahnte ich mir einen Weg vorbei an den Gaffern zur Tür. Da ich so in Rage war und mich der

Zuckerguss an meinen Fingern nervte, drückte ich meinen Gebäckvorrat einfach Canyon in die Hand, die mit offenem Mund stehen geblieben war.

»Ornella, das muss aufhören.« Ohne anzuklopfen, riss ich kurz darauf die Tür auf und sah gerade noch Mrs Krystler in ihrem Büro verschwinden.

In aller Seelenruhe erwiderte Ornella meinen Blick, legte dann den Schalter an ihrem Panel um. »Ich war sowieso gerade fertig.« Sie grinste ihr freudloses Grinsen, das ihre Augen nicht erreichte.

Bevor ich weiterredete, schloss ich schnell die Tür hinter mir. »Ich dachte, wir stehen auf derselben Seite?« Mein Kopfschütteln und der genervte Tonfall hätten meine Mom zur Weißglut gebracht. Aber nicht Ornella.

Wie ein Mafioso lehnte sie sich in ihrem Drehstuhl zurück. »Aha, sagst ausgerechnet du, die ihre Zeit damit verbringt, abwechselnd mit Hudson und Baker rumzuknutschen, statt sich darauf zu konzentrieren, was wir besprochen hatten.« Den letzten Teil flüsterte sie nach einem kurzen Blick zu Mrs Krystlers Bürotür.

Obwohl ich sie gern korrigiert hätte, hob ich lediglich beide Augenbrauen. Ihre Vermutungen waren dermaßen übertrieben …

Mit bebenden Nasenflügeln neigte sie sich zu mir nach vorn. »Du wolltest etwas tun!«

»Ornella, ich glaube das jetzt nicht! Ich tue die ganze Zeit was! Und ich habe dir versprochen, alles zu unternehmen, was ich kann. Ist das immer noch nicht gut genug für dich?«

»Was macht ihr da?« Lautlos war Mrs Krystler aus ihrem Büro getreten. »Ich hoffe, ihr macht euch auf den Weg zum Treffpunkt am Basketballplatz!«

Ich warf noch einen letzten Blick auf Ornella, bevor ich genau das tat. Allerdings musste ich noch einen Umweg in den ersten Stock einlegen, um meinen Rucksack zu holen.

Auf dem Basketballplatz wartete Willow mit einer Tüte auf mich. »Canyon sagt, du hast dein Essen vergessen.«

Das war ja richtig nett von Canyon. Dankbar lächelte ich Willow an, nickte dann Canyon zu, die etwas abseits bei Mirelle und Cece stand und sich mit ihnen unterhielt.

»Immer noch die Stricknadel? Ist das jetzt dein Markenzeichen so wie die Schleifen bei mir?« Willow deutete auf ihre Korkenzieherlocken und dann auf mich.

Gespielt pikiert griff ich in meinen Pferdeschwanz. »Steht mir das etwa nicht?«

Willow lachte. »Oh, da ist Varn.« Sie winkte ihm zu. Etwas ungestüm, aber niedlich. Wie Willow eben war.

Varn näherte sich mit federnden Schritten, was mich positiv überraschte. »Hey, ratet, was ich bekommen habe.«

»Eine kitschige Postkarte?« Ich spitzte die Lippen. »Hat es sich noch nicht ausge-Carpe-diemt?«

»Exakt.« Er wedelte mit einer blumigen Karte. »Zu schön und zu kitschig auf einmal. So ist meine Großmutter.«

Mrs Krystler, die inzwischen noch mal durchgezählt hatte, ob alle da waren, scheuchte uns in Richtung Institut, doch Willow schaffte es, im Laufen Varn die Karte aus der Hand zu stibitzen.

»Es gibt keine Grenzen«, las sie vor. »Weder für Gedanken noch für Gefühle. Es ist die Angst, die immer Grenzen setzt.« Sie sah auf. »Irre ich mich oder hatte sie gestern, als sie das geschrieben hat, ihren dramatischen Tag?«

»Ach was, sie vermisst mich nur schrecklich.« Varn schnappte sich die handbemalte Karte und verstaute sie sorgfältig im Innenfach seines Rucksacks. »Wer würde das nicht?«

Gemeinsam mit allen anderen bewegten wir uns im Pulk über das Schulgelände, vorbei am Gewächshaus und dem hinteren Teich, bis sich der Wald vor uns auftat.

»Warst du schon mal dort, Varn?« Mit dem Kinn wies ich auf den großen Schornstein, der selbst von unserer Position aus deutlich zu erkennen war.

»Nein, diese Führung findet nur alle zwei Jahre statt, und das letzte Mal war ich nicht unter den frühen Rückkehrern in der Orientierungswoche.«

Vivienne, die mit Trixie unsere Gruppe anführte, kicherte übertrieben laut.

»Habt ihr London gesehen?«, fragte ich etwas leiser.

Sowohl Willow als auch Varn schüttelten den Kopf.

»Sie ist vorhin anscheinend gestürzt und erhält in der Stadt eine Tetanusimpfung.« Tristan war von hinten an uns herangetreten und schenkte uns ein Lächeln. »Wahrscheinlich kommt sie nach. Cooler Rucksack übrigens, Graylee.«

Mein Rucksack? Der von hinten wie eine Popcornschachtel aussah?

»Hach.« Willow seufzte, sobald Tristan sich weiter nach vorn durchgeschoben hatte, sicherlich, um zu Ornella aufzuschließen. »Sieht er nicht aus wie ein englischer Prinz?«

Als Varn sich räusperte, verstummte Willow und wurde rot.

Kopfschüttelnd beobachtete ich die beiden, schwieg jedoch lieber zu diesem Thema.

Das Institut sah aus der Nähe betrachtet aus wie eine riesige Fabrik, in der Frankensteins Monster zusammengebaut wurden. Gut, mit dem siebenzackigen Stern, der auf jedem Schild und an jeder Ecke zu sehen war, hätte es auch eine Sektenunterkunft sein können.

»Mein Vater sagt, Vivs Dad ist ein Genie, das die Welt retten wird. Früher war er aber anscheinend ein richtiger Mistkerl in der Schule«, flüsterte uns Varn zu. »Aber die neuen Technologien, mit denen seine Schiffe den Pazifik säubern, sind unschlagbar.«

Da Vivienne mit wiegenden Hüften vorauslief, war die Wahrscheinlichkeit, dass sie zuhörte, recht gering. Was vielleicht auch besser war. Heute hatte sie sich in einen hohen Bleistiftrock geworfen, der ihre Sanduhrfigur betonte. Als würde sie auf ein Date gehen und nicht in das Institut ihres Vaters.

In dem Moment drängte sich Mrs Zilba an uns vorbei bis nach ganz vorn. »Okay, ich muss euch das bestimmt nicht extra sagen, aber wir sollten uns von unserer besten Seite zeigen.«

Niemand reagierte, bis auf Canyon, die heftig nickte und sich dann über die schweißnasse Stirn wischte.

Feiner Kies knirschte unter unseren Füßen, als wir uns auf die Eingangstür zubewegten, die eher zu einer Kirche als zu einer Fabrik passte. Im Innenhof des Instituts war es gespenstisch still. Vielleicht erregte deswegen eine Bewegung am Rande meines Blickfelds meine Aufmerksamkeit. Als ich den Kopf drehte, meinte ich, einen Mann hinter einem Container abtauchen zu sehen. Einen Mann mit einer Narbe auf der rechten Gesichtshälfte … Nein, sicher war das nur Einbildung. Langsam witterte ich wirklich überall eine Verschwörung.

Ich schüttelte mich, versuchte, den Gedanken an den Mann mit der Narbe zu verdrängen. Hatte ich bei meiner Ankunft an der Schule nicht jemanden mit genau so einer Narbe gesehen?

Auf einmal stand Tristan neben mir. »Man sagt, es kommt nie die gleiche Anzahl an Schülern wieder raus, wie hineingegangen ist.«

Wie? Erst als Tristan zu grinsen begann, entspannte ich mich. Nur ein Witz. Wenn auch ein ziemlich schlechter.

Mrs Krystler hielt uns die Tür auf. Kam es mir nur so vor, oder starrte sie von allen Schülern ausgerechnet mich mit sorgenvoller Miene an? Sobald sie sich von mir abgewandt hatte, wurde ich von jemandem angerempelt. London. Offenbar war sie schon wieder zurück. Mit Pflaster am Ellenbogen. Das ging ja gespenstisch schnell. Sie bedachte mich mit einem warnenden Blick, ehe sie sich an mir vorbeidrängte.

Kopfschüttelnd folgte ich den anderen. Der Flur, durch den Mrs Zilba uns anschließend führte, schien kein Ende nehmen zu wollen. Immerhin konnte man sie dank ihrer ungebändigten Haarmähne nicht aus den Augen verlieren. Damit überragte sie selbst Hudson. An den Wänden hingen unzählige Tafeln, die offensichtlich gefeierten Mythenforschern gewidmet waren.

Am Ende des Flurs befand sich eine Glastür, die sich automatisch öffnete, sobald wir näher kamen. Dahinter erstreckte sich eine riesige Eingangshalle mit einem plätschernden Brunnen aus dunklem Metall. Darum herum war ein siebenzackiger Stern als Mosaik in die terrakottafarbenen Fliesen eingelassen. Und vor dem Brunnen stand, mit hinter dem Rücken verschränkten Armen, ein Mann in einem weißen Forschungskittel. Seine dünnen Lippen verzogen sich zu einem angedeuteten Lächeln. Zwar war seine schmale Statur nicht besonders beeindruckend, doch seine Ausstrahlung war es. Er vermittelte absolute Überlegenheit. Als wäre er ein Alien von einem entfernten Stern, wo man erst ab einem IQ von 300 als intelligentes Wesen galt.

Viviennes Dad.

»Dr. Vanderpond.« Ein wenig reserviert, aber nicht unfreundlich schüttelte Mrs Krystler ihm die Hand. Interessant. Dass Viviennes Dad hingegen den Blickkontakt zu Mrs Zilba mied und keine Anstalten machte, ihr die Hand zu geben, war jedoch noch interessanter. Er mochte vielleicht ein paar Jahre älter sein als Mrs Zilba, aber etwa gleich alt wie Mrs Krystler, doch er benahm sich wie ihr Großvater.

»Schön, schön und willkommen«, begrüßte Dr. Vanderpond uns mit erstaunlich heller Stimme. »In diesem Jahr haben wir beschlossen, eine kleinere Führung nur für diejenigen Schüler zu veranstalten, die Bildung am nötigsten haben.«

Oh, autsch. Hatte er das gerade wirklich gesagt?

Sämtliche Schüler verstummten bei Dr. Vanderponds Worten. Gut, sie waren alle früher zurück an die Schule gekommen, manche mussten tatsächlich Unterricht nachholen, aber sie deswegen gleich so herunterzumachen? Ich runzelte die Stirn. Schließlich waren auch seine Tochter und sein Neffe unter den Schülern.

»Na dann.« Er wandte sich um, direkt auf die breite Treppe zu. Obwohl er uns nicht wirklich dazu aufgefordert hatte, folgten wir ihm.

»Höflich ist er nicht gerade, hm?«, wisperte Willow. Sie sah etwas blass aus.

»Keine Sorge, Varn und ich passen auf, dass du in einem Stück wieder zurück zur Schule kommst und nicht von Dr. Vanderpond zum Mittagessen verspeist wirst.«

Daraufhin kicherte Willow nur.

Varn sah mich schief an. »Manchmal bist du echt komisch. Und die Anspielung auf Kannibalismus solltest du dir besser verkneifen. Nicht nur Mythen, sondern auch Wendigos kämpfen seit Jahrhunderten gegen dieses Vorurteil.«

Kapitulierend hob ich die Hände. »Sorry, aber ich kenne immer noch nicht alle Fettnäpfchen in dieser Welt.«

Das schien Varn einzuleuchten, denn er lächelte. »Kein Problem, ich werde dich immer wieder darauf hinweisen, dass du dein eigenes Volk beleidigst.«

»Danke. Was würde ich nur ohne dich tun, Varn?«

Aus dem Augenwinkel bemerkte ich, dass Mirelle und Canyon zurückgefallen waren, da beide ihre Nase in ein Buch gesteckt hatten, während sie liefen. Der Selkie Chris begleitete die beiden und passte offenbar darauf auf, dass keins der Mädchen gegen eine Tür stieß. In Mirelles dunklem Zopf, der ihr über die Schulter hing, steckte ein Metalllesezeichen mit Federanhänger. Ihre Wangen leuchteten rosa, als wäre sie in einer besonders romantischen Szene versunken.

»Wer von euch kann die Tafel vorlesen?«, fragte Dr. Vanderpond und unterbrach damit meine Gedanken. »Nein, Vivienne, du sicher nicht.« Dr. Vanderpond atmete deutlich hörbar aus, bevor sein Blick mich streifte – oder besser gesagt, bis sein Blick auf meinem Polokragen haften blieb. »Du mit dem weißen Band. Graylee, richtig?«

Na, super. Also hatte er schon davon gehört, dass ich es war, die bisher keiner Mythenfamilie zugeordnet werden konnte.

Er winkte mich zu sich an eine Tür, an der eine silbern schimmernde Tafel angebracht war. Im unteren Teil war auch hier dieser siebenzackige Stern eingraviert.

»Besser, wir gehen zuerst alle rein.« Dr. Vanderpond machte einen Schritt zur Seite und ließ uns eintreten. In einen abgedunkelten Raum, der mit mindestens einem Dutzend Aquarien bestückt war. Allerdings schwammen nur in einem einzigen Becken Fische. Manche waren mit klarem und andere mit trübem Wasser gefüllt.

Dr. Vanderpond deutete auf die Tafel und dann auf mich.

Also noch eine Gelegenheit für meine Mitschüler, mich anzustarren. *Dios mío.* Da mir nichts anderes übrig blieb, räusperte ich mich. »Und so sollen sie dahinsiechen in ihrem eigenen, selbst verschuldeten Dreck. Bis dass sich ein Wassergott ihrer erbarme, der armen Sterblichen. Oder sie von ihrer eigenen Gier geflutet werden. Medusa.«

Ein Zitat der echten Medusa? Der Gorgonin? Mein Blick suchte den von Hudson, doch er starrte nur steif auf die Aquarien. Dachte er immer noch, ich würde Gorgonen nicht verstehen? Oder glaubte er diese Gerüchte über mich und hatte nun ein völlig falsches Bild von mir? Auf einmal wurde mir ganz kalt.

»Exakt. Und zu unserem Glück entstanden aus gewissen Götteraffären Selkies, die uns helfen, die Gewässer der Welt zu reinigen. Wenn ihr das einmal demonstrieren würdet?« Obwohl Seamore Dr. Vanderpond am nächsten stand, winkte er stattdessen Varn zu sich. Okay? Viviennes Dad musste doch die grüne Schleife an Seamores Hals gesehen haben, oder? Die Szene erinnerte mich irgendwie an die vielen Male, in denen Sinclair, der genau wie Seamore mexikanischer Abstammung war, im Sportunterricht nicht in eine Mannschaft gewählt wurde. Nur jetzt traf es Seamore.

In der Zwischenzeit hatte Varn sich neben das Aquarium mit dem am widerlichsten aussehenden Wasser gestellt. Es war vollkommen verdreckt. Sogar eine Plastiktüte schwamm darin. Nachdem Varn den Deckel abgenommen hatte, steckte er seinen Arm bis zur Schulter hinein, wofür er extra das Poloshirt hochkrempelte. Mit langsamen Bewegungen rührte er im Wasser. Und bei jedem Schwung seines Arms schien etwas in Gang gesetzt zu werden. Ein Prozess, der das Wasser klarer werden ließ. Ich hielt die Luft an. Davon hatten sie mir erzählt, aber es mit eigenen Augen zu sehen …

»Selkies sondern im Wasser Biostoffe ab. Bakterien, die Schadstoffe aufnehmen und in Sauerstoff umwandeln. Ein unglaublicher Prozess.« Dr. Vanderponds Stimme klang so stolz, als hätte er selbst das Wasser gereinigt und nicht Varn. Ohne ein Wort des Dankes wandte er sich ab. Nicht mal ein Handtuch bot er Varn an.

»Graylee, weißt du, wofür der siebenzackige Stern steht?« Bei der Erwähnung meines Namens zuckte ich zusammen. Dr. Vanderponds Blick glitt über mich. Von den Stricknadeln in meinem Haar über meine weiße Schleife bis zu meinen Shorts.

»Für Perfektion«, beantwortete er seine Frage selbst, ehe ich dazu kam, überhaupt den Mund zu öffnen, und fügte hinzu: »Können wir von dir Perfektion erwarten?«

Was für eine Frage war das denn? Sein Blick durchbohrte mich geradezu. Aber er schien auch jetzt keine Antwort zu erwarten. Stattdessen drehte er sich um und ging zur Tür, ließ mich mit meinen wirren Gedanken zurück.

Im nächsten Raum erklärte Dr. Vanderpond, wie Sirenen in der Lage waren, ganze Fischschwärme zu sicheren Laichplätzen zu leiten, wobei er wieder seine Tochter ignorierte und eine andere Sirene für die Vorführung auswählte.

Perfektion … Ich betrachtete die sieben Zacken des Sterns an der Wand. Komisch. Waren in der Tischdecke in meinem Zimmer nicht achtzackige Sterne eingestickt? Hatte das etwas zu bedeuten?

Die nächsten beiden Stunden verschwammen vor meinen Augen, während ich diesem Gedanken nachhing. Bevor ich überhaupt wusste, was passierte, hatte sich Dr. Vanderpond schon mehr oder weniger höflich von uns verabschiedet. Mit einem »Sie und die Schüler finden ja allein raus. Dringende Experimente warten.« und einem Nicken ließ er uns in der Eingangshalle stehen.

Damit der Ausflug noch ein schönes Ende bekam, beschlossen Mrs Zilba und Mrs Krystler, dass wir gemeinsam am Steg vor dem Institut, der weit aufs Wasser reichte, picknicken sollten. Von hier hatte ich schon mal einen Schwan in die Mitte des Sees zur Krone paddeln sehen, fiel mir ein. Doch jetzt war weit und breit kein Tier zu sehen.

Zusammen mit Willow und Varn drängte ich mich an einer schattigen Stelle zusammen, wo ich gedankenverloren auf meinem Donut herumkaute. »Also ist wegen euch Selkies das Wasser im See so klar?«, fragte ich nach einer Weile.

»Ja, schon. Allerdings tragen die Sirenen auch einen Teil dazu bei. Und die Wendigos leben so, dass kein Abwasser und nichts in den See geleitet wird«, erklärte Varn mit vollem Mund, sodass ich Stücke seines Brötchens auf seiner Zunge erkennen konnte.

Während ich lediglich das Gesicht verzog, knuffte Willow ihn in die Seite. »Erst schlucken, dann reden.«

Varn lachte. »Man merkt, dass ihr unter Zivilisten aufgewachsen seid.« Von dem zusammengesunkenen Varn, den ich bei Viviennes Sirenenklang-Attacke erlebt hatte, war keine Spur mehr zu erkennen.

Daraufhin sagte ich nichts mehr, denn soeben hatte sich mein und Hudsons Blick gekreuzt. Allerdings nur für einen Moment, dann sah er auch schon wieder weg.

Obwohl wir relativ früh zurück in der Schule waren, gab Mrs Krystler uns den Nachmittag frei, was mir nur recht war. Rudern mit Sirenen stellte nämlich nicht gerade das Highlight meines Nachmittagsunterrichts dar.

»Graylee, warte noch kurz«, hielt sie mich zurück. »Nach dem Abendessen versuchen wir es noch einmal mit einem Test bei dir, das habe ich dir schon gesagt, richtig? Für solche Fälle gibt es eine alte Tradition. Vivienne führt sie durch. Bitte zieh ein Kleid an, so ist es Brauch, ja? Und sei bitte pünktlich um acht beim Lagerfeuer.«

Das klang irgendwie, als hätte man früher in meinem Fall die talentlose Jungfer rituell in ihrem Sonntagskleid verbrannt. Aber gut, ich würde anziehen, was immer meine Reisetasche zu bieten hatte.

In Gedanken versunken folgte ich Varn und Willow, die längst durch den Hintereingang der Schule verschwunden waren. Wenn ich heute Abend kein Wasser dazu brachte, sich selbst zu reinigen, oder sonst ein Talent aufwies ... Was würde dann geschehen? Würden sie mich einfach nach Kalifornien zurückschicken? Aber der Mythentest hatte doch angeschlagen? Nur wer bei allen Gatos war ich? Welches Talent hatte ich?

Moment mal. Ich blieb stehen. Talent. Waren vielleicht meine Visionen, die das einzig Besondere an mir waren, mein Talent? Waren sie mein Mythenerbe? Aber keins der sieben Mythenvölker besaß meines Wissens nach diese Fähigkeit. Am nächsten kamen dieser Gabe noch die Walküren mit dem Nornenauge, oder? Nun ja ... spätestens heute Abend würde ich es vermutlich erfahren.

Da ich unerwartet jetzt schon Zeit hatte, steuerte ich den Falkenhorst an. Einfach, um die Lage zu checken und auf dem Weg meine Gedanken zu sortieren. Vielleicht fand ich dort ja irgendetwas heraus. Doch genau jetzt klingelte mein Telefon. Meine Eltern. Oh, offensichtlich hatte man in dieser Ecke, direkt am Zaun zum Falkenhorst, auch Handyempfang. Nicht schlecht, das musste ich mir merken.

»Hey, Mom. Wie läuft es so ohne mich?« Ich wischte mir übers Gesicht. »Kommt ihr ohne mich klar, oder treibt dich Dad mit seinen Scherzen schon in den Wahnsinn?«

»Letzteres, Liebling. Aber sag, wie geht es dir im Internat?«

Das war schwierig zu erklären, und vielleicht redeten wir deshalb über zwei Stunden miteinander. Auch wenn ich ihnen nicht viel erzählen konnte, was genau hier los war, tat es unglaublich gut, ihre Stimmen zu hören.

Da ich im Falkenhorst nicht weitergekommen war, versuchte ich es trotz allem noch mal bei Mrs Krystler. Selbst wenn ich keine Beweise vorlegen konnte. Ich musste etwas unternehmen. Also klopfte ich bemüht beherzt an ihrer Tür. Wenn sie mich heute Abend von der Schule fortschickten, weil ich doch nicht die war, die sie erwartet hatten, dann musste ich vorher auf die Gefahr hinweisen. Zum wiederholten Mal. In aller Deutlichkeit. Während ich auf das »Herein« wartete, schoss mir nur ein Gedanke durch den Kopf. Was, wenn das tatsächlich mein letzter Tag an der Legend Academy gewesen war?

Kein Herein kam, stattdessen öffnete die Tür sich wie von Zauberhand. Zwar nur einen Spaltbreit, aber eindeutig. Okay?

Als ich die Tür weiter aufdrückte, entdeckte ich Mrs Krystler hinter ihrem Schreibtisch. Sie telefonierte. Dennoch winkte sie mich herein. »Die beiden sind bestimmt geblieben, um mit Dr. Vanderpond zu sprechen. Ich rufe ihn gleich an«, sagte Mrs Krystler gerade, ehe sie das Gespräch beendete.

Alarmiert spannte ich die Schultern an. Das konnte nur bedeuten, dass zwei Schüler nicht von unserem Ausflug zurückgekehrt waren. Und niemand hatte es bemerkt …

»Fehlt jemand?«, fragte ich schneller, als ich darüber nachdenken konnte.

Blinzelnd sah Mrs Krystler auf. »Ja. Vivienne und Trixie.«

Oh. Aber vielleicht war das mein Beweis. Nachdem ich mir kurz die Lippen befeuchtet hatte, legte ich so viel Nachdruck wie möglich in meine Stimme. »Genau darüber wollte ich mit Ihnen reden. Schülerinnen verschwinden. Möglicherweise hängt das ja mit dem Fluch zusammen. Könnten Sie nicht einfach den Bann noch mal prüfen?«

Seufzend wandte Mrs Krystler sich wieder ihrem Handy zu, tippte darauf herum. »Ich habe erst vor Kurzem den Bann getestet. Er funktioniert. Wenn das alles ist, Graylee? Ich habe noch ein Telefonat zu führen.«

Mit Dr. Vanderpond, richtig. Also wirkte der Minotaurenbann? Waren wir mit dem Fluch etwa doch auf einer falschen Fährte?

Nachdem Mrs Krystler sich laut geräuspert hatte, trat ich den Rückzug an. Allerdings so langsam, dass ich noch den Anfang ihres Gesprächs mitbekam. In Zeitlupe schloss ich die Tür, verharrte dann direkt dahinter.

»Mortimer, sag mal, ist Vivienne bei dir? Nein? Und Trixie? Verdammt, und du hast sie nicht mehr gesehen seit …?«

Das war zu erwarten gewesen.

Da ich nicht beim Lauschen erwischt werden wollte, beschloss ich, dass es das Beste war, zurück auf mein Zimmer zu gehen. Oder nein, zuerst musste ich mit den Kolibris reden.

Dummerweise waren alle Kolibris ausgeflogen, wahrscheinlich

um Vorbereitungen fürs Abendessen zu treffen. Also befestigte ich mit ein paar schnellen Maschen die erste gestrickte Guerilla-Hängematte zwischen zwei Ästen im Kolibri-Aufenthaltsraum. Zufrieden betrachtete ich mein Werk mit dem mexikanischen Muster. Hoffentlich gefiel es den Kolibris.

Mein nächster Versuch, mich mit Ornella und Hudson auszusprechen, scheiterte daran, dass ich keinen der beiden finden konnte. Nur Willow und Varn entdeckte ich im Freizeitraum, wo sie zusammen ein Videospiel spielten.

Kapitel 25

Nach dem Abendessen zog ich für die Zeremonie mein zweites Kleid an, das ich eingepackt hatte. Dad meinte immer, es würde wie eine Mischung aus Nachthemd und Minzbonbon aussehen, aber ich mochte es. Auch wenn der Satinstoff etwas auf der Haut spannte.

Wenig später klopfte ich in dieser ungewohnten Aufmachung an Willows Tür. Vergebens. Womöglich hatte Varn sie bereits abgeholt und ich hatte ihr Klopfen nicht gehört, als ich unter der Dusche gestanden hatte.

Mist. Der Gedanke, allein beim Lagerfeuer aufzutauchen, ließ mich frösteln. Schnell rieb ich mir über die Arme. Was war bloß los mit mir? Es gab nur eine Option: Mit gestrafften Schultern aus dem Schatten in den Schein des Lagerfeuers zu treten, wo mich der Test erwarten würde.

Und das tat ich auch.

Es war noch nicht ganz dunkel draußen, aber die meisten saßen schon um das prasselnde Feuer herum. Wieder verstummten sämtliche Gespräche und alle starrten mich an, sobald ich mich näherte. Abgesehen von Ornella, die leise mit Walker stritt.

Vivienne war ebenfalls da, doch Trixie und London konnte ich nirgends entdecken. Aber Vivienne würde ihre Freundin nie allein lassen, was wohl hieß, dass beide in die Schule zurückgekehrt sein mussten. Vielleicht waren sie ja noch auf der Toilette oder so. Von den Lehrern schien jedenfalls niemand beunruhigt zu sein.

Täuschte ich mich, oder hatten alle das Atmen eingestellt? Wahrscheinlich waren meine Mitschüler viel zu sehr damit beschäftigt, mich zu mustern, als ihre Körperfunktionen am Laufen zu halten. Blöderweise beschleunigte das meinen Herzschlag noch mehr. Wieso fühlte ich mich auf einmal so, als wäre ich kurz davor, bei der Aufnahmeprüfung der Harvard-Universität zu versagen?

In dem Moment winkte Willow mir, gab mir ein Zeichen, mich neben sie zu setzen. Immerhin *ein* freundliches Gesicht.

Ein paar Schritte vor dem Feuer schoss plötzlich von rechts jemand auf mich zu. Fast wäre ich zur Seite gesprungen, doch gerade rechtzeitig erkannte ich die blauen Haare. Wie selbstverständlich hakte Canyon sich bei mir unter. Als wäre das so abgesprochen.

Unauffällig näherte sich ihr Mund meinem Ohr. »Wir müssen nach der Zeremonie reden. Ich habe einiges herausgefunden.« Nachdem sie meine Hand gedrückt hatte, war sie auch schon wieder abgerauscht.

Okay? Rausgefunden worüber? Verwundert über diesen Überfall ließ ich mich neben Willow und Varn auf einem der Baumstämme nieder. Nicht weit entfernt von uns entdeckte ich Tristan neben Ornella, die inzwischen aufgehört hatte, mit Walker zu streiten, und knetete seine Hände. Beide blickten unbehaglich in unterschiedliche Richtungen. Ob da noch eine Entscheidung anstand, ob sie jetzt offiziell zusammen waren? Die Vorstellung war zu niedlich, um nicht meine Stimmung zu heben.

Vollkommen in Gedanken versunken zuckte ich zusammen, als Iceman und Lucinda auf mich zusirrten. Gut, Lucinda kuschelte sich sofort an die Bänder in Willows Haar, doch Iceman landete auf meinem Knie und zwinkerte mir zu. Dankbar kraulte ich ihm das Köpfchen. Die anderen Schüler beäugten uns, als hätten wir uns Masern eingefangen. Nur Canyon und Varn schien der Anblick nicht mehr zu stören.

Erst jetzt fiel mir auf, dass nicht nur London und Trixie fehlten, sondern auch Hudson, oder täuschte ich mich? Schließlich war es in den letzten Minuten noch voller um das Lagerfeuer geworden.

O nein, was wenn London gerade Hudson überfiel? War das der Grund, warum sie nicht hier waren?

»Hey, sagt mal, habt ihr Hudson oder London gesehen?«, flüsterte ich den Kolibris zu.

»Wollten wir dir soeben sagen.« Nicht ohne Stolz breitete Lucinda die Flügel aus. »Die lückenlose Kolibri-Überwachung, die Iceman eingeführt hat, konnte erste Erfolge verbuchen.«

Glücklicherweise übertönte das Knacken des Feuers mein Keuchen. »Ihr habt London beschattet?« Ein Lächeln breitete sich auf meinem Gesicht aus. »Top-Leistung. Ich danke euch.«

Iceman raschelte mit den Flügeln. »Also, Hudson habe ich zufällig dabei gesehen, wie er in der Kunstscheune seine mit Farbe gefüllten Ballons wie Dartpfeile auf eine Leinwand gepfeffert hat. Wahrscheinlich muss er sich noch schnell die Farbe vom Körper kratzen.«

Geheimnistuerisch winkte Lucinda mich mit ihrem Flügel näher zu sich heran. »London ist in Richtung Kiesgrube gelaufen. Mitten im Wald hab ich sie aber verloren. Es war so dunkel, und ich hatte Angst, dass sie mich bemerkt.«

Die Kiesgrube also … Irgendetwas war damit. Nur was? »Versteht ihr das?«

Sowohl Willow als auch die Kolibris schüttelten den Kopf. An der Art, wie sie und Lucinda Blicke tauschten, war klar, dass sie ein längeres Gespräch über London geführt hatten. Genau wie ich mit Iceman.

Londons Verhalten ließ mich nicht los, und die nächsten Minuten verlor ich mich in meinen Grübeleien, verschmähte die Marshmallows, die am Lagerfeuer herumgingen, und starrte einfach nur in die Flammen.

Irgendwann tauchte London doch noch auf, gefolgt von Hudson, dem tatsächlich rote Farbe am Haaransatz klebte. Allerdings schien er noch etwas zu erledigen zu haben, oder er wollte einfach nicht mehr Zeit als nötig in meiner Nähe verbringen, jedenfalls schlenderte er ein Stück weiter in die Schatten.

Londons Blick fand meinen. Wie schon zuvor war ich fest entschlossen, ihm standzuhalten. Dennoch erfasste mich eine Welle der Erleichterung, als Vivienne extra aufstand, um London mit einer Geste zu sich zu rufen.

»Schön, dann fangen wir an.« Mrs Krystler stellte ihre Weinschorle neben sich ab und erhob sich.

Die Rede über Neuanfänge und in Unwissenheit geborene Mythennachkommen bekam ich nur halb mit. Im Versuch, mehr aus London und ihrem Verhalten herauszulesen, beobachtete ich sie ohne Unterlass. Gleichzeitig flatterte mein Herz vor Aufregung vor dem Test. Und weil ich mir bewusst war, dass Hudson zwar offensichtlich nicht mit mir reden wollte, mich aber genauso beobachtete wie ich London.

Irgendwann forderte Mrs Krystler Vivienne auf, zu ihr ans Feuer zu treten.

Es war klar, was jetzt kam. Mein zweiter Test. Obwohl meine Ohren zu fiepen und zu kribbeln begannen, zwang ich mich, starr dazusitzen und keinerlei Anzeichen von Schwäche zu zeigen. Immerhin hatte das Anschlussritual nach dem ersten Test ergeben, dass ich eine von ihnen war. Das musste doch schon mal etwas wert sein. Zum wiederholten Mal fragte ich mich, was sie jetzt bei diesem zweiten Test vorhatten. Noch einmal das Nornenauge befragen? Mich irgendwelchen weiteren Tests unterziehen, um zu sehen, ob ich heißen Atem oder ein besonders gutes Gehör besaß? Aber das waren Fähigkeiten, die sich auch erst später entwickeln konnten, wie Hudson gesagt hatte. Und welche Rolle würde Vivienne dabei übernehmen?

Gerade als sich alle Augen auf mich richteten und Mrs Krystler eine Hand nach mir ausstreckte, als wollte sie mich in eine neue Welt führen, sah ich es. Mrs Zilba – die mit einem Tablett zu Vivienne trat und es ihr überreichte. Es war ein silbernes Blechteil mit einer roten Decke darauf, etwas größer als eine Serviette. Und obenauf lag … ein Dolch. Ja, eindeutig. Er sah exakt so aus, wie ich mir einen rituellen Dolch immer vorgestellt hatte, wenn ich ein High-Fantasy-Buch las.

Das konnten sie unmöglich ernst meinen! Äußerlich so gefasst wie möglich verfolgte ich, wie Vivienne die Waffe entgegennahm. Selbstverständlich mit einem Lächeln in meine Richtung.

Vivienne, ein Dolch und ich. Fantastisch. Genau das, was ich mir für diesen Abend erhofft hatte.

Da weglaufen keine Option war, straffte ich die Schultern und näherte mich Vivienne. Sie würden mich wohl kaum töten.

Wie nicht anders zu erwarten, drehte Vivienne den Dolch in den Händen, wobei sie darauf achtete, dass die Spitze stets auf mich gerichtet war. »Graylee, sag, kennst du die Medea-Sage?«

Am Feuer war es still geworden. Nur Lucinda raschelte auf Willows Schulter mit ihren Federn. Sowohl Mrs Krystler als auch Mrs Zilba schwiegen.

»Medea?« Um den Eindruck zu erwecken, dass ich mir der Sache ganz sicher war, starrte ich Vivienne direkt in die Augen. »Das war doch diese Griechin, die aus Rache an Iason ihre beiden gemeinsamen Kinder getötet hat.«

»Das ist nur ein Teil der Geschichte«, fiel mir Vivienne sofort ins Wort. »Vorher half sie Iason, das Goldene Vlies zu erbeuten. Und noch eine dritte Tat: Durch einen Trick brachte sie die Peliaden dazu, ihren eigenen Vater zu töten.« Versonnen betrachtete Vivienne den Dolch. »Drei Taten, begangen mit diesem Dolch. An ihm klebt das Blut eines Drachen, eines Königs und Medeas eigener Kinder. Wusstest du, dass Medea eine Minotaurin mit gewaltigen Fähigkeiten war? Sie konnte alles, was sie tat, wie Magie aussehen lassen und war extrem talentiert darin, alle möglichen Minotaurenbanne zu weben. Zum Beispiel war es ihre einfachste Übung, mit einem Bann den Alterungsprozess aufzuhalten. Ja, so mächtig war sie. Leider sind die Geschichtsbücher der Zivilisten ziemlich ungenau, aber so ungefähr müsstest du es in deiner Highschool gelernt haben. Doch die herausragendste Fähigkeit dieses Dolchs ist, dass, wenn man mit ihm einen Nachfahren der alten Mythen schneidet, dessen Blut zu einem spricht.«

Sprechen? Ja klar. Ich hob beide Augenbrauen.

Doch nach einem Blick auf Mrs Krystler und Mrs Zilba war klar, dass die beiden Vivienne ihren Auftritt lassen wollten. Mrs Krystler sah gar nicht richtig hin, sondern legte Mrs Zilba in einer fürsorglichen Geste eine Decke um die Schultern. Und Mrs Zilba strahlte ihre Chefin verliebt an. Keine der beiden würde eingreifen, das stand fest.

»Nun ja, nicht auf direkte Weise«, fuhr Vivienne fort. »Der Dolch verwendet keine Wörter, aber dem Blutstropfen, der daraus entsteht, wohnt Macht inne. Er altert nicht und ist intelligent in seinem Verhalten. Im Prinzip würde er nur altern, wenn er an eine andere Blutgruppe gerät. Dann verklebt das Blut zu einer unschönen grauen Masse.«

Konnte man eigentlich allein beim Zuhören dümmer werden? Irgendwie hatte ich das Gefühl, noch weniger zu verstehen als vorher.

»Von vorn?« Vivienne bedachte mich mit einem überlegenen Lächeln, als hätte sie meine Gedanken gelesen. »Medea zeigte eines schönen Tages den drei Töchtern von König Pelias, wie man einen alten Widder wieder jung machen konnte. Dafür zerstückelte sie den Widder mit diesem Dolch.« Als würde sie bei einem Theaterstück Medea spielen, reckte Vivienne den Dolch in die Luft; sie ging ganz in ihrer Rolle auf. »Medea warf die zerstückelten Reste des Tiers in einen Kessel, fügte Wasser und ein paar Kräuter hinzu, rührte ein paarmal um und nach wenigen Minuten entsprang ein Lamm dem Kessel.«

Vivienne atmete tief ein und ließ ihre Schulterknochen knacken. »Die Töchter von König Pelias waren begeistert. Denn sie hatten noch kein Geburtstagsgeschenk für ihren Vater, wussten aber, dass es sein größter Wunsch war, wieder jung zu sein. Und Medea ermunterte sie dazu, borgte ihnen sogar ihren rituellen Dolch.« Vivienne drehte grinsend den Dolch in der Hand. »Einige Tage später gratulierten seine Kinder König Pelias zum Geburtstag. Die mittlere Tochter hielt den Dolch hinter ihrem Rücken versteckt. Natürlich erwartete König Pelias eine Karte, Wein oder einen gebackenen Kuchen, aber nicht, dass seine eigenen Töchter sich auf ihn stürzten und ihn zerstückelten.« Wieder zeigte sich dieses überhebliche Grinsen auf Viviennes Gesicht. »Der König war mausetot. Selbstverständlich geschah danach nichts weiter, denn Medea hatte diese List angewandt, um König Pelias aus dem Weg zu räumen. Absichtlich. Denn seine Töchter wussten nicht, dass man eine Minotaurin sein und den Bann weben musste, um den Alterungsprozess umzukehren.«

Langsam zog sich mein Magen zusammen. War ich die Einzige, der bei dieser Geschichte übel wurde? Offensichtlich, denn niemand machte Würgegeräusche oder sah angewidert weg.

»Der Dolch vibriert geradezu von dem Bann, der auf ihm liegt. Der Bann des Alters.« Vivienne warf mir einen überlegenen Blick zu. »Wenn ich dich also gleich schneide und dein Blut auf das Tablett tropfen lasse und wir uns dann den anderen Mythen nähern, wird es von denjenigen zurückweichen, die nicht so sind wie du. Es wird sich bewegen. Außer bei deiner Mythenfamilie. Denn bei allen anderen muss es Angst haben, zu verklumpen und doch noch zu altern, was dieser intelligente Blutstropfen mit allen Mitteln zu vermeiden versuchen wird.«

Langsam verstand ich, was gleich passieren würde. Wie dieser Test vonstatten gehen sollte. Das, was mir am wenigsten daran gefiel, war allerdings, dass Vivienne mich schneiden würde. Ausgerechnet die Person, die ich am wenigsten mit einem scharfen Gegenstand auf mich zukommen sehen wollte. Aber sie hatte darum gebeten, und Mrs Krystler hatte es erlaubt.

Hinter mir meinte ich, Iceman keuchen zu hören.

Nur keine Schwäche zeigen. Also zuckte ich betont locker mit den Schultern. »Bringen wir es hinter uns.«

Triumph funkelte in Viviennes Augen.

Doch so leicht würde ich es ihr nicht machen. »Aber ich wähle die sieben Mythen aus, die sich mein Blut vornehmen werden.« Es war weder eine Frage noch eine Bitte.

Dennoch ließ Mrs Krystler sich zu einer Antwort herab. »Ich wüsste nicht, was dagegenspricht.«

»Okay, dann: Willow und Varn.« Ich sah mich um. »Tristan, Ornella, Canyon, Mirelle.« Hm, damit hatte ich eine Chimäre, einen Selkie, einen Odins-Sohn, eine Walküre, eine Sirene und eine Minotaurin. Fehlte noch …

In dem Moment trat eine Gestalt ins Licht.

»Hudson«, hauchte ich und starrte ihn an. Er schien unverändert abweisend. Und irgendwie ließ die Ignoranz in seinem Blick meine Glieder taub werden. Also glaubte er wirklich, zwischen Baker und mir würde etwas laufen? Was hatte Vivienne ihm erzählt? Oder hatte er einfach genug von mir?

»So soll es sein.« Aus den Augenwinkeln bekam ich mit, wie Mrs Krystler alle angesprochenen Schüler zu uns in die Mitte winkte. »Und Hudson, du bitte auch. Das Medea-Ritual.«

Was? Oh, richtig. Ich hatte seinen Namen ausgesprochen.

»Ach bitte, stell dich doch jetzt nicht tot.« Vivienne schnaubte. »Streck deinen Arm aus.« Während sich die sieben Mythen um uns versammelten, drängte sie mich mit einer ungeduldigen Kinnbewegung in die Mitte.

Hoffentlich ging das schnell vorbei. Ergeben hielt ich ihr meine linke Handfläche hin, sah dabei zu, wie Vivienne das rote Tuch von dem silbernen Tablett entfernte und es dann wie eine Auffangschale unter meine Hand hielt. Feuerschein spiegelte sich auf dem Rand der Platte.

Ohne Vorwarnung glitt das Messer über meine Handinnenfläche. Selbstverständlich tiefer, als nötig. Doch ich unterdrückte jegliche Regung. Als ich aufsah, grinste Vivienne mich an.

In einem kleinen Rinnsal, als wäre aus meiner Hand ein Fluss entsprungen, ergoss sich mein Blut auf das silberne Tablett. Wieder fiepte es in meinen Ohren, als würde eine Triangel nachklingen.

»Könntet ihr etwas näher kommen?«, forderte Vivienne die sieben Mythen um uns herum auf.

Sie taten es, und es war Hudsons Präsenz direkt an meiner linken Schulter, die ich am meisten wahrnahm. Wärme schien von ihm abzustrahlen, weswegen mir sicher gleich der Schweiß ausbrechen würde. Es war ja nicht so, dass mein Kleid sowieso schon an mir klebte.

Willows blasse Nase hing so nah am Rand des Tabletts, dass es aussah, als wollte sie das Blut trinken. Immerhin schien beim Anblick der Blutpfütze, die sich bildete, niemand in Ohnmacht fallen zu wollen.

»So, das reicht«, sagte Vivienne. »Jetzt müsste sich eigentlich etwas tun.«

Natürlich tat sich nichts.

Ornella schnaubte. »Zeitverschwendung.«

Canyon, die ihr direkt gegenüberstand und an ihren blauen Haaren herumspielte, fixierte Ornella. »Nur nicht so optimistisch. Oder hast du noch was vor? Anderer Leute Privatsphäre in deine Sendung zu packen vielleicht?«

In diesem Moment atmete Willow scharf ein, was meine Aufmerksamkeit von Ornella und Canyon zurück auf das Tablett lenkte.

Ich blinzelte, wie gefühlt alle um mich herum. Sah ich das gerade richtig? Das musste ein Streich sein, den mir die Lichtverhältnisse am Lagerfeuer spielten. »Ist das normal?«, fragte ich.

Kapitel 26

Die anderen brauchten mir nicht erst zu antworten. Allein Viviennes Blick sagte alles.

Am Ende war es Willow, die das Offensichtliche aussprach. »Ich dachte, der Tropfen würde sich zu demjenigen hinbewegen, dessen Blut so ist wie Graylees?«

Doch niemand antwortete. Stattdessen starrten alle von uns weiter auf das Tablett, wo sich rote Schlieren spiralförmig ineinander und dann wieder auseinander drehten.

»Was bei allen Nornen?« Mrs Krystler war ganz nahe an uns herangetreten. »So was hab ich noch nie gesehen.« Als ob sie eine zweite Meinung einholen müsste, sah sie zu Mrs Zilba.

»Ich auch nicht.« So etwas wie purer Horror zuckte über ihre Gesichtsmuskeln, obwohl sie versuchte, es zu überspielen.

»Okay, also kein eindeutiges Testergebnis?« Eigentlich eine hypothetische Frage, dennoch musste ich sie aussprechen. »Könnte man eine Blutanalyse machen, um herauszufinden, wer ich wirklich bin?«

Mrs Krystler vermied es eindeutig, mich anzusehen, schüttelte schließlich aber ganz leicht den Kopf. »Nein, das ist nicht so einfach wie bei Blutgruppen. Unmöglich.«

Da auch sonst niemand etwas vorschlug, sondern nur mehr und mehr Schüler aufstanden und mich sowie mein Blut begafften, nahm ich mal an, dass niemand eine Ahnung hatte, was wir jetzt tun sollten.

Das Geflüster, das daraufhin einsetzte, ließ mich die Augen zusammenkneifen. Anscheinend gab es keinen dritten Test. Grandios. Selbst die Kolibris sirrten verwirrt zum Tablett und wieder zurück zu Willow.

Wie aus dem Nichts ruckte Viviennes Kopf zu mir herum. »Sie ist eine Hochstaplerin. Ich habe es immer gewusst.«

»Oder eine der vergessenen Legenden«, murmelte Ford, der hinter seiner Cousine aufragte.

So ein Unsinn. Weder war ich hierhergekommen, um jemanden zu betrügen, noch … Nun ja. Im Prinzip wusste ich nichts über meine Vorfahren. Gar nichts. »Eine vergessene Legende?«, hauchte ich.

»So nennen wir die, deren Nachkommen sich nicht bis heute durchgesetzt haben.« In Fords Augen blitzte es kalt auf. »Manche waren schlichtweg zu gefährlich, um sie am Leben zu lassen.«

Ein kühler Windstoß erfasste mich, strich mir die dunklen Haare ins Gesicht. Was bedeutete das alles?

»Schluss damit.« Mrs Krystler griff nach dem Tablett mit dem sich immer noch in Kreisen bewegenden Blut. »Keine Schauergeschichten.« Sie sah ernst aus, was mich sofort aufatmen ließ. »Was ich für viel wahrscheinlicher halte, ist, dass irgendetwas Graylees Kräfte blockiert. Zum Beispiel ein Bann. Und der muss gelöst werden.«

»Exakt«, sprang Mrs Zilba ihr bei. »Kein Grund, sich darüber zu echauffieren und Gerüchte zu verbreiten.« Dabei sah sie vor allem Vivienne, Ford und Ornella an.

Als hätte er damit nicht das Geringste zu tun, fuhr sich Ford durch die Locken.

Na klar. Ganz sicher würden jetzt keine Gerüchte über mich die Runde machen. Auf einmal spannte die Verletzung an meiner Wange wieder, so angespannt lächelte ich. Blut tropfte aus meiner Hand, die ebenfalls pochte.

»Hier.« Hudson war ganz nah an mich herangetreten und hielt mir die rote Serviette hin.

Etwas ungläubig griff ich danach, um mir das Blut abzutupfen.

»Lass mich das machen«, flüsterte Hudson und nahm mir die Serviette wieder ab, nachdem sie meinen Fingern beinahe entglitten wäre. Vorsichtig wischte er über meine Handfläche und hob dann eine Mullbinde. Hatte er die so vorausschauend mitgebracht? Weil er gewusst hatte, was geschehen und dass niemand anderes daran denken würde?

Unter halb gesenkten Lidern starrte ich zu ihm nach oben. Wer war dieser Junge? Mit einer Mischung aus Dankbarkeit und Überraschung sah ich ihm dabei zu, wie er meine Hand verband. Allerdings sagte ich kein Wort, genau wie er.

Kurz darauf löste sich die Runde auf. Keiner unserer Mitschüler schien mehr in Stimmung für Lagerfeuerromantik zu sein. Selbst Hudson entfernte sich nach einem kurzen Nicken von mir. Was mich dieses Mal nicht mal störte, denn ich hatte plötzlich das Bedürfnis, mich einfach nur noch in mein Bett zu kuscheln und das alles hier zu vergessen. Willow, Varn und den Kolibris ging es offenbar ähnlich, denn es reichte ein Blick und ein Schulterzucken von mir, dass sich alle in Bewegung setzten, um mir zu folgen.

Wir waren kaum fünf Schritte weit gekommen, da fing Canyon

mich ab. »Warte. Können wir kurz reden? Unter vier Augen?« Sie packte mich so fest am Ellenbogen, als ginge es um Leben und Tod.

Unter vier Augen? Unschlüssig schielte ich zu Iceman. Zählte sie da auch Kolibriaugen dazu?

»Wir müssen eh zurück.« Iceman stieß sich von meiner Schulter ab und sirrte vor mir in der Luft. »Die Spülmaschinen räumen sich nicht von allein aus.«

»Nein, das machen Kolibris«, sagte Lucinda vollkommen ernst.

Ich hob eine Hand, um mich zu verabschieden. Dankbar, dass sie überhaupt mit mir bis hierhin gekommen waren. »Kommt doch später noch mal bei mir vorbei!« Irgendwie erschreckte mich die Aussicht, heute allein in meinem Zimmer schlafen zu müssen.

Iceman versprach, mich nachher noch zu besuchen, wenn er es zeitlich schaffte, dann sirrte er zusammen mit Lucinda in einem Affentempo davon. Willow und Varn verabschiedeten sich ebenfalls von mir und verschwanden dann in Richtung Hintereingang. Gleichzeitig gestikulierte Canyon mir, ihr zu folgen, und ich setzte mich mit steifen Gliedern in Bewegung.

Schnelle Schritte näherten sich uns von hinten, ließen mich den Kopf drehen. Hudson kam auf uns zugejoggt, starrte von mir zu Canyon, wurde langsamer und blieb schließlich ein paar Meter vor mir stehen. Wollte er noch etwas sagen? Seine Kiefermuskeln zuckten, was ich im Schein der Laterne, die direkt auf ihn fiel, deutlich erkennen konnte.

Hudson … Etwas Unausgesprochenes schwebte zwischen uns. Obwohl sicher nur wenige Sekunden vergingen, fühlte es sich an wie Minuten. Minuten, in denen er mich einfach nur anstarrte und in denen ich in seinem Blick so viel über ihn lesen konnte. Seine Wut auf die Welt umgab ihn wie eine funkelnde Wolke. Gefolgt von dem untrüglichen Gefühl, dass er allein mit mir reden wollte. Oder hatte ihn Mrs Zilba geschickt, damit er mich beruhigte? Nein, er wirkte eher, als würde er sich bei mir für sein Verhalten entschuldigen wollen, und irgendwie wollte ich ihm auch entgegenlaufen. Mit ihm reden. Andererseits … Ich biss mir auf die Lippe. Ich hatte es so satt, mich erklären zu müssen, dass da nichts mit Baker lief … Und gerade war Canyon schneller gewesen und hatte mich zuerst um ein Gespräch gebeten. Sicher würde es noch mehr Gelegenheiten geben, mich mit Hudson auszusprechen.

Offensichtlich wollte er auch nicht in Canyons Pläne reinfunken, denn außer mich anzustarren, tat er nichts. Sagte auch kein Wort.

Ich redete mir ein, dass mir das prinzipiell recht war, und nachdem ich Hudson kurz zugenickt hatte, folgte ich Canyon, die in Richtung Rapunzelturm vorausgeeilt war. Dass sie sich nichts zu dem Zwischenfall mit Hudson anmerken ließ, rechnete ich ihr hoch an. Tatsächlich musste der Turm ihr Ziel sein, so wie sie darauf zusteuerte.

Ohne mich noch mal nach Hudson umzusehen, verfiel ich in einen leichten Trab. Allerdings spürte ich den ganzen Weg über seinen Blick in meinem Rücken.

Canyons blaue Haare verschwanden hinter dem Turm. Als ich sie erreichte, bekam ich gerade noch mit, wie sie mit der Faust auf verschiedene Stellen des Gemäuers einhämmerte. Viel konnte ich in der schwachen Beleuchtung nicht erkennen, aber mit einem Mal glitt ein Teil der Wand nach hinten. Wie eine schmale, verborgene Tür. Okay, wow.

»Also das habe ich nicht erwartet.« Bewundernd nickte ich Canyon zu.

»Ach?« Sie spitzte die Lippen, und in ihrer Miene lag kein bisschen Mitleid. Das war es, was meine Schultern endlich entspannt nach unten sinken ließ. Dankbarkeit überschwemmte mich in warmen Wellen. Wir würden nicht über den Reinfall eben am Lagerfeuer reden. »Das sagst gerade du, die wegen eines Schuleinbruchs fast von der Schule geflogen wäre …«

»Touché.« Wie um mich zu ergeben, hob ich beide Hände nach oben. Eine kühle Brise, die vom See rüber wehte, kitzelte mich zwischen den Schulterblättern. Jetzt hätte ich so einen Schulblazer gut gebrauchen können. Aber natürlich hatte man mir nach der Sache mit dem Nornenauge und dem vergeigten zweiten Test noch keinen ausgehändigt. Vermutlich waren Mrs Zilba und Mrs Krystler noch verwirrter als ich über das Ganze.

»Nach dir, Unbestimmte.« Canyon, deren weiße Zähne in der Dunkelheit gespenstisch leuchteten, deutete auf die Tür.

»Du brauchst gar nicht so zu grinsen.« Ich schob mich an ihr vorbei. »Ich kann auch nichts dafür, dass du nur eine Sirene bist und keine Zauberin.«

Sie kicherte. »Mir gefällt, wie du das mit Humor nimmst.«

Was blieb mir auch anderes übrig? Mit einem Blick zurück über meine Schulter vergewisserte ich mich, dass uns niemand beobachtete, und vielleicht auch, um zu sehen, ob Hudson uns nicht doch gefolgt war – aber nichts. Niemand war zu sehen. Ich biss mir auf die Lippe. Was hatte ich auch erwartet? Bevor ich auf noch mehr dumme Gedanken kam, schlüpfte ich ins Innere des Turms.

Drinnen stand eine Truhe, und gleich rechts von mir schlängelte sich eine Wendeltreppe den Turm hinauf sowie mehrere Stufen nach unten. Da ich mal annahm, dass wir nach oben wollten, begann ich den Aufstieg. Oben öffnete sich die Treppe zu einem kreisrunden Raum mit zwei großen Fenstern, die zum See hinausgingen, der wie eine schwarz glänzende Spiegelfläche unter uns lag. Eins der Fenster war halb aufgeschoben.

Canyon drückte sich an mir vorbei, um sich auf einer der Bänke mit Patchworküberwurf niederzulassen. Da sie keine Anstalten machte, unser Gespräch fortzuführen, setzte ich mich ihr gegenüber ans Fenster.

»Also«, brach ich schließlich das Schweigen, »du hast mich sicher nicht hierhergebeten, um mir zu meinem genialen Zaubertrick eben zu gratulieren.«

»Wieso nicht? Das war doch mal was. Gab es wahrscheinlich so noch nie.« Nachdem sie mit dem Zeigefinger eine kreisende Bewegung in die Luft gezeichnet hatte, griff Canyon in einen Korb, zog eine dunkelbraune Decke daraus hervor und warf sie mir zu.

Dankbar hüllte ich mich darin ein.

»Aber du hast recht. Der wahre Grund ist, dass ich herumgeschnüffelt habe.«

Wirklich? Ich hob beide Augenbrauen, dehnte mit den Ellenbogen den Stoff der Decke. Kamelhaar, wenn ich mich nicht irrte. Ein bisschen kratzig, aber tröstlich. Draußen schrie ein Uhu. Komischerweise musste ich auf einmal an meine Eltern denken. An meine Adoptiveltern zu Hause in Laguna Hills. Ich blinzelte, weil meine Sicht verschwamm. Eine Träne juckte in meinem Augenwinkel. Warum lief dieser Spätsommer so komplett gegen jede Planung? War ich nun eine Legende oder bloß ein Mensch? Aber der Magietest am Sonntag hatte es ja eindeutig gezeigt, dass ich eine von ihnen war, oder?

Canyon atmete tief ein und riss mich damit aus meinen Gedanken. »Du und Hudson glaubt, dass irgendwas mit London nicht stimmt. Und ich konnte einen gewissen Falken mit meinem Sirenenklang davon überzeugen, mir alles zu erzählen, was er gesehen hat.«

»Was?« Blinzelnd beugte ich mich nach vorn.

Canyon wandte sich ab, starrte nach draußen. Mir entging nicht, wie sie auf der Bank herumrutschte. »In letzter Zeit gibt es immer mehr Mutationen bei Mythenkräften. Ich gehöre auch zu ihnen. Wenn ich mich anstrenge, kann ich die Gedanken von Tieren empfangen.«

Mutationen? Meine Gedanken rasten. Hieß das …? War ich vielleicht auch eine Mutation? Eine Anomalie in der Mythengesellschaft? »Noch mal von vorn, bitte. Also das ist nicht normal für Sirenen?«

»Nein, normalerweise leiten wir zwar Tiere, zum Beispiel verirrte Delfine, aus Flüssen zurück ins Meer, aber das ist recht einseitig. Also auf Schiffen. Meine Mutter arbeitet auf einem Forschungsschiff, das gerade durch den Pazifik schippert.«

Das taten also erwachsene Sirenen? Gut, das ergab Sinn. Müde rieb ich mir über die Stirn. *Mutation* hallte es in meinem Kopf nach.

Canyon erhob sich, ging dann vor einer Truhe in die Hocke, aus der sie zwei Glasflaschen Bio-Limonade zog. »Jedenfalls«, fuhr sie fort, während sie mir eine davon reichte, »hat mir Vegas, der Falke, gesagt, dass etwas mit London nicht stimmt. Und dass sie dich jagt. Vegas meint, sie will dich töten.« Canyon unterbrach sich.

Ich wusste nicht recht, was ich darauf antworten sollte. Natürlich erinnerte ich mich an das Falkengeschrei, das mich auf dem Weg zur Kiesgrube begleitet hatte. Das musste Vegas gewesen sein, der mich vom höher gelegenen Falkenhorst aus beobachtet hatte. Und natürlich wollte mir London etwas antun. Es erschien logisch, und ich hatte es bereits geahnt. Ich war ihr als Einzige, abgesehen von Hudson, auf die Schliche gekommen.

Ich räusperte mich. »Was glaubt Vegas denn, was mit ihr nicht stimmt? Irre ich mich oder beschreibt er sie mehr wie ein Raubtier als wie einen Menschen? Und hat er etwas darüber gesagt, dass er krank ist?« Im letzten Moment hielt ich die Information mit der Vogelgrippe zurück. Wenn das bis nach draußen durchsickerte, waren alle Vögel der Schule sowas von in Gefahr, getötet zu werden, wenn das Landwirtschaftsministerium davon Wind bekam.

Canyon zuckte mit den Schultern. »Kann man sagen. Tiere kommunizieren aber anders als Menschen, also im Prinzip hätte er damit vieles ausdrücken können. Das war jetzt mehr so meine Interpretation.« Canyon bedachte mich mit diesem Röntgenblick, den ich schon von Deputy Williams kannte. »Und ja, er hat erwähnt, dass er sich irgendwie schlapp fühlt.«

Ich nickte. »Irgendwie habe ich den Eindruck, London verhält sich mehr wie ein Zombie oder dass irgendwas sie aggressiv werden lässt.« Ich konnte diese Theorie schlichtweg nicht länger zurückhalten, auch wenn ich keine Lust auf einen neuen »*Wir reden nicht über den Fluch*«-Vortrag hatte. »Zuerst dachte ich, dass die Wendigos etwas damit zu tun haben könnten. Oder …« Wieder kaute ich auf meiner Unterlippe herum, denn plötzlich war mir ein Gedanke gekommen. Vielleicht würde Canyon es als Frevel ansehen, aber ich musste diese Möglichkeit einfach mit ihr diskutieren. »Oder ein Experiment, das schiefgegangen ist. Drüben im Institut.«

In Canyons Blick veränderte sich nichts. Immerhin hieß das, dass sie es mir nicht übel nahm, dem unantastbaren Swanlake Forschungsinstitut etwas unterstellt zu haben.

»Also ich glaube, es ist der Fluch.«

»Was?« Mein Kopf zuckte unkontrolliert nach hinten. Hatte Canyon das gerade wirklich gesagt? »Ich dachte, wir reden nicht über den Fluch?«

»Auf dem Turm liegt ein Verschwiegenheitsbann.« Canyon vollführte mit ihrem Zeigefinger eine Drehbewegung.

Ich hob eine Augenbraue. »Diese Sache mit den Bannen ist neu für mich.«

»Schon klar. Das bedeutet im Prinzip, dass nichts, was hier besprochen wird, nach außen dringt. Ein Liebespaar hat sich diesen Ort irgendwann mal als Liebesnest ausgesucht, und einer von ihnen war ein geschickter Minotaurus … Diese Art Banne sind echt schwer herzustellen.«

»Aber Mrs Krystler ist dazu in der Lage, oder? Sie soll auch den Fluch gebannt haben.«

»Ja, vor zwanzig Jahren oder so.«

Ich schwieg, stellte mich ihrem neugierigen Blick.

»Jedenfalls«, Canyon lehnte sich in die Kissen zurück. »Vor ungefähr zwanzig Jahren soll hier ein liebeskranker Gorgone einen Fluch verhängt haben.«

Gebannt starrte ich sie an.

»Ich war so frei, etwas in der Bibliothek und im Intranet zu recherchieren. War nicht leicht.« Sie lächelte mich schief an.

»Aber du bist eine vorbildliche Hackerin und hast natürlich trotzdem was gefunden?«, riet ich einfach mal drauflos.

»Korrekt.« Ihr linker Mundwinkel zuckte. »Du kennst ja die Regel an der Schule: Am besten nur Liebespaare in den artverwandten Mythengattungen, wobei es langsam gesellschaftsfähig wird, sich dagegenzustellen. Aber auf gar keinen Fall dürfen Gorgonen andere Legends daten, die keine Gorgonen sind. Zu gefährlich.«

Hudson. Warum kam mir jetzt Hudson in den Sinn, der mich mit diesem traurig-wütenden Blick ansah?

Schnell schüttelte ich den Gedanken an ihn ab. »Erzähl weiter.«

Bevor sie erneut zu sprechen ansetzte, rubbelte Canyon sich über eine Augenbraue. »Es heißt, ein Gorgone hätte sich an dieser Schule einmal unsterblich in ein Mädchen verliebt, das leider keine Gorgonin war. Ihre Liebe wurde verboten, weswegen er einen Fluch aussprach, der alle Paare an der Swanlake Academy traf. Ein Test der wahren Liebe. Und wenn sie ihn nicht bestanden, starb einer von ihnen. Zunächst hatte niemand eine Ahnung, was vor sich ging. Aber dann hat man, nachdem einige zu Tode gekommen waren, herausgefunden, was dahintersteckte. Mrs Krystler bannte den Fluch. Mehr weiß ich leider auch nicht.«

Hinter meiner Stirn meldete sich ein pochender Kopfschmerz. »Das ist alles, was du weißt?« Nicht viel mehr als das, was ich schon herausgefunden hatte. Ziemlich verwirrend. Und grausam. Und was für ein Test bitte? Was sollte das beweisen? Unwillkürlich kamen mir die Visionen in meinem Zimmer wieder in den Sinn. Dieses Mädchen und die Zwillingsjungen … Hatte das etwas damit zu tun?

»Nein, du hast recht«, sagte Canyon. »Eine Sache weiß ich noch: Die Opfer wurden allesamt als Steinstatuen aufgefunden. Im See oder in ihren Betten. Der Junge mit der Jogginghose am Teich neben dem Parkplatz soll das erste Opfer gewesen sein.«

Der Steinjunge, den ich gestern gesehen hatte, bevor Tristan aufgetaucht war? Gedankenverloren starrte ich zum See. »Meinst du, du kannst noch mehr herausfinden? Wenn dieser Fluch wirklich London und ihren Freund getroffen hat, müssen wir verhindern, dass sie stirbt. Vielleicht können wir mithelfen, dass sie diesen Liebestest bestehen.«

»Ihren Freund?« Canyon sah mich verwirrt an.

Eigentlich wollte ich es nicht ausplaudern, aber hier ging es gewissermaßen um Leben und Tod. »Sag es keinem, aber ich glaube, sie ist mit Walker zusammen.«

Canyons Augenbrauen schossen in die Höhe. »Walker? Unser Lehrer?«

Nachdenklich kaute ich auf meinem Daumennagel herum. »Ja. Eine verbotene Liebe.« Mein Kopf schoss nach oben. »Glaubst du, das hat den Fluch reaktiviert? Ich meine, es muss doch einen Grund geben, weswegen er zwei Jahrzehnte lang inaktiv war, und kaum gibt es eine verbotene Liebe, *zack*, trifft der Fluch alle Liebespaare. Und wenn es bei ihnen nicht die wahre Liebe ist, wird einer der beiden sterben, weil sie den Test nicht bestehen. Ist es das, was gerade passiert? Wenn ja, dann schwebt jeder, der sich verliebt, in Gefahr!«

»Möglich.« Das war alles, was Canyon ausspuckte. Mit den Händen stützte sie sich auf den Knien ab, wippte vor und zurück. »Welch ein Mysterium. Und der Fluch trifft nur Liebespaare. Vielleicht sollten wir ihn den Romeo-und-Julia-Fluch nennen.«

Wenn das stimmte … Dann würden bald die ersten Schüler ihr Leben verlieren. Ich lehnte mich mit dem Kopf gegen die Steinwand. Ab wann würden die Lehrer uns zuhören? Musste erst jemand sterben, bevor sie uns glaubten? Das konnten wir nicht zulassen. Wir mussten etwas unternehmen. Ich dachte an Vivienne, ehe mein Blick wieder nach draußen glitt. Wolken verschoben sich, sodass plötzlich ein Strahl Mondlicht auf die Steinkrone in der Mitte fiel.

Entschlossen sah ich Canyon an. »Wir müssen Mrs Krystler davon überzeugen, dass etwas mit ihrem Bann nicht stimmt und dass sie handeln muss.«

»Oder wir unternehmen etwas. Ich glaube nicht, dass sie sich eingestehen will, dass ihr Bann kaputt ist. Erst wenn es zu spät ist. London wird sterben, wenn wir nicht schnell genug einen Weg finden, um den Fluch zu brechen. Und wer weiß, wie viele andere Schüler dem Fluch noch ausgeliefert sind.« Das klang, als würde Canyon wirklich helfen wollen.

»Okay, wir müssen etwas tun. Aber … Moment, heißt das, du weißt, wann der Fluch die Liebenden umbringt?«

»Hab ich das nicht gesagt?« Canyon tippte mit dem Fuß auf den staubigen Boden. »Nach ein paar Tagen schlägt er zu. Wenn das Paar den Test nicht besteht. Was auch immer das für ein Test ist. Sie erzählen einem ja nichts darüber, wie sich der Fluch vor zwanzig Jahren verhalten hat.«

Was konnte das für ein Test sein? »Vielleicht etwas in der Art: Obwohl London sich so merkwürdig benimmt, muss Walker ihr dennoch seine Liebe gestehen? Alles für sie tun?« Das war viel zu vage. Verdammt, es ging hier um ein Menschenleben, wenn wir richtig lagen.

Mit den Fingerknöcheln versuchte ich, den Schmerz hinter meiner Stirn wegzurubbeln. »Könnten wir nicht einfach denjenigen ausfindig machen, der den Fluch vor zwanzig Jahren ausgesprochen hat?«

»Keine Ahnung, wer das war. Wir müssten uns alte Jahrbücher ansehen und hätten dann wahrscheinlich um die dreißig Gorgonen, die es gewesen sein könnten. Damals hatte auch niemand eine Ahnung, wer es war, denke ich. Und ich bin nicht sicher, aus welchem Jahrgang der Typ stammt. Wir müssten mindestens sechs Abschlussjahrgänge überprüfen. Der Fluch könnte auch achtzehn oder zweiundzwanzig Jahre alt sein. Aber keine Sorge, ich helfe dir. Wenn hier ein tödlicher Fluch an meiner Schule sein Unwesen treibt, werde ich alles tun, um ihn aufzuhalten.« Canyon ließ ihre Fingerknöchel knacken.

Wieder schwiegen wir eine Weile. Die Müdigkeit kroch mir in die Knochen. Dennoch wollte ich nicht allein in meinem Zimmer sitzen und mich bettfertig machen. Mit nichts als dem schwachen Gefühl, dass in meinem Zimmer die Präsenz einer Gewalttat, wahrscheinlich eines Mords, zurückgeblieben war. Aber wie passte das alles zusammen? Und wem machte ich etwas vor? Ich wollte nicht mit meinen eigenen Gedanken allein gelassen werden. Zu diesem Fluch, darüber, wer ich war, zu Hudson.

»Du siehst müde aus«, sagte Canyon.

»Nein. Ich brauche nur etwas frische Luft.« Schnell stand ich auf, lehnte mich gegen das Holzfensterbrett am halb geöffneten Fenster, immer darauf bedacht, die Wand nicht zu berühren.

»Sag mal, wenn die Kolibris in der Mitte des Sees geboren werden, in der Steinkrone. Müssten wir da nicht mal nach dem Nest sehen und die Babykolibris füttern?« Nicht dass dort gerade Küken verhungerten.

»Die Babykolibris?« Offenbar verwirrt über den Themenwechsel kratzte Canyon sich am Hals. »Nein, die schlüpfen als erwachsene Vögel aus Rieseneiern. Sogar dieser Kuckuck hat etwas von der Magie des Nests abbekommen und hat somit das Kükenstadium einfach übersprungen.«

Etwas am Rande meines Blickfelds erregte meine Aufmerksamkeit. Zwei Schatten bewegten sich nach unten in Richtung See zu den Bootsanlegern. Das waren doch …? Mrs Krystler und Viviennes Dad? Oh, bitte nicht. Die würden doch nicht miteinander … Bitte nicht.

Plötzlich wusste ich nicht, ob ich wegschauen sollte oder nicht. Was gebot der Anstand? Also winkte ich einfach Canyon zu mir heran. »Sieh dir das an.«

Glücklicherweise küssten sich die beiden Erwachsenen nicht, wie ich zunächst befürchtet hatte. Es war eher so, dass Dr. Vanderpond energisch auf Mrs Krystler einredete.

»Nicht hier.« Ihre atemlose Stimme wurde vom Wind bis zu uns nach oben getragen.

Dr. Vanderpond fuhr sich mit einer Hand über die kurz rasierten Haare. Auf seinen Geheimratsecken spiegelte sich das Licht. Genau wie seine Tochter hatte er diesen harten Blick drauf. Und das spitze Kinn hatte Vivienne ebenfalls eindeutig von ihm geerbt. »Wer sollte uns hören? Ich muss jetzt mit dir reden, Maxine. Keine Ausflüchte.«

Mrs Krystler hielt in ihrer Bewegung inne, als würde sie auf eine schlechte Nachricht warten. »Bitte sag mir nicht, dass die Versuchsreihe unsere Erwartungen nicht erfüllt.«

»Darum geht es nicht.«

»Sondern? Muss ich dir alles aus der Nase ziehen? Früher war das nicht so.«

Dr. Vanderpond versuchte, nach Mrs Krystlers Arm zu greifen, doch sie entzog sich ihm.

»Spuck es aus. Du verschwendest meine Zeit. Ich muss mich um meine Schüler kümmern.« Mittlerweile hatte ihre Stimme alles von ihrer Wärme eingebüßt.

»Es gab einen Glitch im System.«

»Was?« Keuchend machte Mrs Krystler einen Schritt zurück.

Dr. Vanderpond fuhr sich über das Kinn. »Einen Störfall, der die Schicksalsfäden betrifft. Eine Anomalie.«

»Ich bin nicht bescheuert, Mortimer. Ich weiß, was ein Glitch ist.«

Mrs Krystler fauchte die Worte mehr, als dass sie ihm höflich antwortete.

Neben mir griff Canyon nach meiner Hand. Aber auch so hatte ich geahnt, dass ein Glitch nichts war, über das wir uns in dieser Welt besonders freuten.

»Ich denke, er wurde durch die Ankunft einer der neuen Schüler verursacht. Und du hast sie heute gesehen. Mit dieser Graylee McCoy stimmt etwas nicht. Bisher war keiner unserer Späher in der Lage herauszufinden, wer ihre biologischen Eltern sind.«

Mrs Krystlers Antwort konnte ich nicht verstehen, nur Dr. Vanderponds Erwiderung. »O doch, es ist schlimm. Was, wenn die Lebensfäden durcheinandergeraten?«

Jetzt war ich es, die Canyons Hand drückte.

Kapitel 27

Canyon brachte mich auf mein Zimmer, worüber ich sehr dankbar war. Da Mrs Krystler Viviennes Dad nach diesem Verdacht gegen mich praktisch vom Schulgelände geworfen hatte, konnten wir ungesehen zurück zur Schule schleichen. Wir hatten nur abwarten müssen, bis Dr. Vanderpond in sein Boot gestiegen war.

Den ganzen Weg über waren meine Gedanken lauter als das Zirpen der Grillen durch meinen Kopf gekreiselt. Hoffentlich war Iceman da. Ich musste mit jemandem reden. Jemand, der nicht Canyon war und mich ununterbrochen neugierig anstarrte.

Nur leider lag mein Zimmer verlassen und dunkel vor mir, sobald ich die Tür öffnete. Kein Iceman, kein Floyd, keine Lucinda und auch keine Heffa. Dabei hatte ich so gehofft, zumindest Iceman zu sehen. Der kleine grünblaue Kolibri war inzwischen zu einem echten Freund geworden. Auch wenn ich ihn erst vier Tage kannte.

»Kann ich dich allein lassen?« Canyon musste meine Enttäuschung mitbekommen haben.

»Na klar. Hier lauern ja keine Monster auf mich.« Ich versuchte mich an einem Grinsen. »Vivienne ist bestimmt schon im Bett.« Zugegeben, den Running Gag wieder aufzugreifen, hätte ich mir sparen oder wenigstens eleganter lösen können.

Aber immerhin zuckten Canyons Mundwinkel. »Also bis morgen beim Frühstück? Vielleicht sehen wir dann klarer und können einen Plan machen.«

Klarer sehen. Einen Plan erstellen. Das klang gut.

Dankbar lächelte ich Canyon an. Gemeinsam mit Canyon, Hudson und vielleicht auch Ornella, die schließlich auch zugesagt hatte, London zu helfen, würden wir bestimmt etwas bewirken können.

Als ich aus dem Bad zurückkam, klopfte ein blaugrüner Kolibri von außen gegen die Scheibe. Iceman! Mein Herz pochte, als würde ich gleich meinen Liebhaber zum Fenster hereinlassen und nicht einen knuffigen Kolibri. Er war gekommen. Schnell öffnete ich das Fenster und ließ es einen Spaltbreit offen, damit er gehen konnte, wann immer er wollte. »Du bist da.«

»Na klar. Habe ich doch versprochen.« Iceman huschte an mir vorbei, landete auf meinem Bett. »Außerdem muss ich mit dir reden. Die Lehrer versuchen, es geheim zu halten.«

Mit diesem Satz hatte er sofort meine Aufmerksamkeit. »Was ist passiert?« Ich ließ mich neben ihm auf die Matratze fallen, was den kleinen Vogel in die Luft katapultierte.

Nicht zum ersten Mal stellte es sich als praktisch heraus, in meiner Gegenwart das Fliegen zu beherrschen.

»Ja, also …« Iceman fing sich, landete auf meiner extra für ihn ausgestreckten Handfläche. Erst nachdem er sich in einer äußerst menschlichen Geste mit den Flügeln über das Gesicht gewischt hatte, fuhr er fort: »Trixie ist verschwunden. Sie werden wieder Suchtrupps losschicken.«

»Nein, oder?« Mein Nacken prickelte kalt bei diesem Gedanken. Nicht noch eine Schülerin. Aber Vivienne war von unserem Ausflug zurückgekehrt. Ich hatte angenommen, das hieß, dass auch Trixie heimgekehrt war. Die beiden waren doch immer zu zweit unterwegs. Oder war sie erst danach verschwunden? Moment mal. London und Trixie waren Freundinnen. Beide waren in Viviennes Clique … »Findest du das nicht auch etwas merkwürdig? Ich meine, Viviennes beste Freundinnen verschwinden beide. Wenn wir davon ausgehen, dass das aus demselben Grund geschieht, dass der Fluch sie getroffen hat, dann …«

»Welcher Fluch jetzt genau?« Verwirrt blinzelte Iceman mich an. »Reden wir immer noch von dem, von dem Ornella dir berichtet hat? Der mit der verbotenen Liebe?«

Ich erzählte ihm davon, was Canyon herausgefunden hatte. Dass der Fluch damals wahrscheinlich ALLE Liebespaare getroffen hatte und dass sie alle den Test der wahren Liebe hatten bestehen müssen, um zu überleben.

»Aber, aber …« Iceman tippelte zu meinen Fingerspitzen, zurück auf meinen Handballen und wieder in Richtung Fingerspitzen. »Trixie hat was mit Ford am Laufen, also wäre es möglich. Soll das heißen, ihre Liebe könnte aktuell vom Fluch getestet werden?«

»Genau verstehe ich es auch noch nicht.« Ich zog die Beine an. »Irgendwas stimmt nicht an der Sache.«

Darauf wusste Iceman leider auch keinen Rat. Also erzählte ich ihm noch von dem Glitch, über den Dr. Vanderpond gesprochen hatte. »Vielleicht hat dieser Glitch den Fluch ausgelöst.«

»Du beziehst das jetzt nicht ernsthaft auf dich, oder?« Er schüttelte den Kopf. »Ein Glitch. Das ist wieder so ein unsinniger Schicksalsmythenkram. Übertrieben abergläubisch.«

»Brauchst du mir nicht zu sagen.« Ich zog die Augenbrauen zusammen. »Sollte London sterben, wird Mrs Zilba nur sagen, dass es ihr Schicksal war, so früh zu gehen. Dass ihr Lebensfaden kurz geschnitten wurde oder wie auch immer sie das nennen.« Plötzlich kam mir in den Sinn, dass Baker etwas ähnliches gesagt hatte. Etwas, was die Wendigos in den Sternen gelesen hatten. »Ein Neuankömmling bringt uns Dunkelheit.«

Der ganze Kolibrikörper nickte. »Ich werde losfliegen und bei der Suche nach Trixie helfen. Du schließt alles ab, ja? Nur für den Fall, dass irgendein Monster umgeht.«

»Ein Monster?« Unwillkürlich spannten sich meine Schultern an. War das möglich?

»Vergiss, was ich gesagt habe.« Iceman wirkte ertappt. Offenbar hatte er erst jetzt seinen Fehler bemerkt. »Du hast es ja nicht so mit Monstern. Nur blöd, dass Vivienne von dieser Schwäche weiß.«

Ich zupfte an meinem Verband herum. »Du hast uns belauscht. Aber mach dir keine Sorgen um mich. Langsam bekomme ich zumindest Vivienne in den Griff.«

Zweifelnd sah Iceman mich an, bevor er absprang und nach draußen flatterte. Gut, ich glaubte es ja selbst noch nicht so richtig.

»Such in der Richtung, aus der London gekommen ist!«, rief ich ihm hinterher. »Kiesgrube!« Hoffentlich fanden sie Trixie, und alles war nur ein Missverständnis. Wenn sie ebenfalls so zombiemäßig zurückkehrte … Ich wollte es mir gar nicht ausmalen. Dann hätte sie nur noch ein paar Tage zu leben. Ich warf einen Blick auf mein Handy auf dem Nachttisch, tippte es an. Und London blieb noch weniger Zeit, wenn Canyon recht hatte. Vielleicht sogar bloß ein einziger Tag. Schließlich war es bei ihr drei Tage her, dass sie verschwunden gewesen war.

Am nächsten Morgen wartete Canyon am Sonnentisch auf mich. Iceman, der mir mit dem weißen Band um meinen Kragen geholfen hatte, saß auf meiner Schulter. Versuchte, sich ganz offensichtlich vor seinen Kolibri-Pflichten zu drücken. Mir war das recht. Von mir aus konnte er gern den ganzen Tag auf meiner Schulter sitzen und Vivienne böse anfunkeln, die auch jetzt in meine Richtung starrte. Aktuell lehnte sie ganz allein neben dem Kaffeespender.

»Also ist Trixie nicht aufgetaucht?«

Canyon schüttelte den Kopf. Die blauen Haare trug sie heute in ihrer Naturkrause und ihre Brille ziemlich weit unten auf der Nase.

Gut, Iceman hatte mir das schon vor einer halben Stunde gesagt, daher war diese Antwort zu erwarten gewesen. Trotzdem hatte ich irgendwie gehofft, dass Trixie wieder zurück war.

Aber war das zu fassen? Glaubten die Lehrer ernsthaft, dass es Trixie wie London mit dem Alkohol übertrieben hatte und bald wieder auftauchen würde? Jedenfalls schien niemand in Panik verfallen zu sein. Ob sie alles dem Schicksal zuschoben? Wahrscheinlich.

Schnaubend ließ ich mich auf den Stuhl gegenüber von Canyon sinken, die ihren kitschigen Serienroman auf den Tisch legte.

»Folgender Plan.« Canyon beugte sich so weit über die Tischplatte, dass ich die Poren auf ihrer Nase zählen konnte. »Du überredest Ornella dazu, mich an ihr Mikrofon zu lassen, und ich erzähle in der Morgenansprache allen von unserer Theorie. Ein paar Leute werden uns glauben und uns unterstützen.«

Zweifelnd wiegte ich den Kopf hin und her. »Denke ich nicht. Noch dazu werden sie uns hassen, weil es Unglück bringt, über den Fluch zu sprechen. Wir sollten es subtiler angehen.«

»Subtil?« Canyon hob zweifelnd beide Augenbrauen.

»Davon hat sie offensichtlich noch nichts gehört«, flüsterte Iceman mir zu.

»Also, wir müssen im Prinzip nur herausfinden, wie die Paare ihren Test bestehen, oder? Und am besten den Fluch ein für alle Male stoppen, indem wir den Gorgonen finden, der den Fluch damals ausgesprochen hat.«

Immerhin jetzt stimmte Canyon mir zu. »Oder Mrs Krystler kümmert sich um einen stärkeren Minotaurenbann.«

Seufzend lehnte ich mich in meinem Stuhl zurück. »Sie hört nicht auf mich. Aber vielleicht, wenn du es mal bei ihr versuchst?«

In dem Moment kam Floyd mit einer Serviette angeschwebt, die um ein Stück Zimttoast gewickelt war. »Hunger?« Er ließ sie vor mir auf den Tisch fallen.

Dankbar lächelte ich ihn an. »Genau, was ich gebraucht habe.«

»Und was wirst du unternehmen, während ich mit Krystler spreche?«, hakte Canyon nach.

»Eine Liste mit Gorgonen erstellen, die infrage kommen. Irgendwo müssen sie doch alte Jahrbücher lagern.«

Floyd schüttelte seine pinken Federn. »In der hintersten Reihe in der Bibliothek. Oder im Schrankkabinett des alten Mediums.« Wo sich dieser Raum befand, musste er mir nicht erst sagen.

»Vielleicht findest du in den Jahrbüchern auch eine Spur zu deinen Mytheneltern?«, sagte Iceman leise.

»Hm.« Eine seltsame Leere erfasste mich. »Wenn Dr. Vanderpond meine biologischen Eltern nicht ausfindig machen konnte, werde ich es vermutlich auch nicht schaffen. Außerdem mag ich meine nicht-biologischen Eltern, die haben mich immerhin liebevoll aufgenommen, während die anderen mich als Baby in einem Krankenhaus ausgesetzt haben.«

Niemand rührte sich, selbst Floyd, der sich nach einem Krümel auf dem Tisch gebückt hatte, hielt in der Bewegung inne.

Ich räusperte mich. Kein Grund, dass meine Freunde sich unwohl fühlen mussten.

Schließlich war es Floyd, der als Erster die Stille durchbrach. »Mrs Krystler möchte übrigens, dass du vor der ersten Stunde zu ihr ins Büro kommst.«

Okay, damit wollte das Schicksal anscheinend mir die ganze Verantwortung aufdrücken. Sicherlich ein Zeichen, dass ich mit Mrs Krystler reden sollte und nicht Canyon.

Canyon schien das genauso zu sehen. Mit dem Zeigefinger tippte sie auf ihr Buch. »Gut, dann nehme ich mir die Jahrbücher vor.«

Auf einmal sah Iceman sich hektisch um. »O Gott, schon so spät? Ich muss los.« Schon flatterte er zum Fenster, hüpfte durch einen offenen Spalt und schoss davon.

»Hey, du musst doch die Küche aufräumen!«, rief Floyd ihm hinterher.

»Lass ihn, er hat die halbe Nacht nach Trixie gesucht.« Vorsichtig hob ich einen Zeigefinger, um Floyd im Nacken zu kraulen. Er ließ es zu, brummte aber etwas davon, dass Iceman viel zu oft seinen Dienst schleifen ließ.

Ich ignorierte seinen Vortrag über Kolibri-Pflichten und warf stattdessen einen Blick auf die Wanduhr. Heute hatte ich in der ersten Stunde wieder Mythengeschichte. Ob ich es schaffte, nach dem Gespräch mit Mrs Krystler mit Lucinda zu den Falken zu gehen? Oder mit Hudson und Ornella zu sprechen? Wahrscheinlich nicht. Und es blieb eindeutig keine Zeit, um zur Blauen Lagune zu flitzen und Baker ein paar Fragen zu stellen. Aber er hatte mich sowieso darum gebeten, erst heute Abend mit ihm zu sprechen.

Merkwürdig, aber irgendwie kam er mir wie der einzig normale Mensch in einem Umkreis von drei Meilen vor. Und als würde ich ihn schon länger kennen. Aber das war unmöglich. Jemanden wie ihn hätte ich nie vergessen. Beim Gedanken daran, wie er oberkörperfrei vor mir gestanden hatte, begannen meine Ohren zu brennen. Doch das war sicher nur die Hitze. Schnell starrte ich auf meine pochende Hand. Dort, wo Vivienne mich gestern geschnitten hatte. Und wo Hudson mir beinahe liebevoll den Verband umgelegt hatte. Gleich im Anschluss fiel mein Blick auf das kitschige Buchcover, das Canyon in der Hand hielt, wo sich ein Paar in den Armen lag. Eine überaus unrealistische Schmachtpose. Okay, Schluss mit dem Unsinn. So wie das Mädchen auf dem Buch würde ich sicher nicht enden.

Kapitel 28

Ein paar Minuten später saß ich vor Mrs Krystlers massivem Schreibtisch. Ein einzelnes pinkes Bonbonpapier klemmte unter einer Mappe mit siebenzackigem Sternemblem und versuchte, seinen Zipfel zu befreien. Die anderen hatte Mrs Krystler schon in ihre Schublade gesperrt, nur dieses hier musste sie vergessen haben. Und offensichtlich konnte sie es von ihrem Blickwinkel aus nicht sehen. Ich hingegen starrte es an, während ich den Theorien lauschte, die sie zu meinem Test gestern äußerte.

»Sie haben also auch keine wirkliche Ahnung«, fasste ich schließlich zusammen und sah zu ihr auf. »Vielleicht ein Bann, der auf mir liegt, vielleicht eine Mutation?« Seufzend hob ich die schwere Aktenmappe an. Sofort rollte das Bonbonpapierkügelchen in die Mitte des Schreibtischs, wo es sich verwirrt umsah. So kam es mir zumindest vor. Auch wenn es natürlich keine Augen hatte.

Kurz stockte Mrs Krystler, kehrte dann aber wieder zu ihrer unbeschwerten, autoritären Normalität zurück. »Wir werden schon noch herausfinden, wer du bist, und solange bleibst du selbstverständlich bei uns. Mrs Zilba geht der Sache bereits nach. Keine Sorge, wir schicken dich nicht weg.«

Ihr sanftes Lächeln machte es noch schwerer. Wir wussten beide, dass ich anders war als die anderen Schüler.

Dennoch nickte ich. »Und Sie haben keine Ahnung, nicht mal eine Theorie, wer meine Eltern sein könnten? Ehemalige Schüler der Swanlake Academy vielleicht?«

Sie schüttelte den Kopf. »Deine Eltern müssen nicht zwangsläufig auf diese Schule gegangen sein. Allein in den USA und Kanada gibt es fünf. Außerdem wäre es auch möglich, dass nur ein Elternteil ein Mythennachfahre war oder ist, oder dass die Generation deiner Eltern übersprungen wurde und sich erst in dir das Mythenerbe wieder manifestiert hat.«

»Und wenn wir das Nornenauge noch mal befragen?«

Daraufhin schüttelte Mrs Krystler nur den Kopf. Das Mitleid in ihren Augen prickelte geradezu auf meiner Haut, weswegen ich mir unwillkürlich über die Unterarme kratzte. Toll. Wahrsagekugeln waren im Fernsehen irgendwie schlauer.

Seufzend stand ich auf und wandte mich zur Tür. »Gibt es von Trixie schon etwas Neues?«

»Nein.« Mrs Krystler starrte mich an. »Du glaubst doch nicht immer noch an eine Verschwörung?«

Zuerst wollte ich dazu schweigen. Weil es nichts gebracht hätte, mit ihr zu reden, wenn sie mir gegenüber diesen abweisenden Tonfall anschlug. Aber ich konnte mich nicht zurückhalten. Außerdem hatten Canyon und ich ausgemacht, dass ich Mrs Krystler darauf ansprach. »Könnten Sie vielleicht doch noch mal den Fluchbann überprüfen? Mir zuliebe? Was, wenn der Fluch wirklich wieder aktiv ist?«

»Ausgeschlossen. Ich habe gerade gestern nachgesehen, und die Schwingung des Banns ist noch spürbar. Davon abgesehen hält so ein Bann hundert Jahre.«

Toll. Auf Mrs Krystlers Hilfe konnte ich also nicht hoffen. Sie würde mir tatsächlich erst glauben, wenn ein Schüler starb und das auf den Fluch zurückzuführen war. Denn dann konnten die Lehrer es nicht mehr leugnen. Aber das war ein verdammt hoher Preis dafür, dass mir endlich jemand glaubte. Kurz überlegte ich, weiter nachzubohren, doch dann ließ ich es bleiben. Mein Blick glitt zur Uhr an der rechten Wand. Es war sowieso Zeit für Mythengeschichte.

Auf dem Weg zum Unterricht versuchte ich, Ornellas Stimme aus den Lautsprechern so gut es ging zu überhören. Neben den Themen *Graylees zweiter Test* und *Trixies Verschwinden* hatte sie immerhin noch etwas anderes auf dem Radar: ein Pärchen, das die Nacht miteinander im Bootshaus verbracht hatte und von einem Lehrer erwischt worden war. »Was, wenn Trixie sich das als Beispiel genommen hat und gleich aus Richtung Camp Superior zu uns zurückstolpert?«

Am liebsten hätte ich laut aufgestöhnt. Was bitte stimmte mit Ornella nicht? Wie viel Wut trug sie mit sich herum, dass sie sich so aufführte?

In Mr Upperton-Boyles Stunde bekam ich fast gar nichts mit. Stattdessen dachte ich über London und Trixie nach. London hatte ich heute noch nicht gesehen, aber vermutlich war sie einfach in einem anderen Kurs. Vielleicht konnte ich beim Mittagessen mit Ornella und Hudson sprechen. Zwar saß Ornella mit mir in der Bibliothek, wo der Kurs heute stattfand, ignorierte mich aber nach Kräften. Das musste sich echt ändern, wenn ich sie wieder an Bord holen wollte, um den Fluch zu stoppen.

Eine weitere Powerpoint-Folie, in der es um den Nornensee ging, ließ mich aufstöhnen. Bitte, wie lange wollte uns Mr Upperton-Boyle noch mit Theorie quälen? Noch dazu redete er mehr mit seinen Folien als mit uns. Wahrscheinlich hätte er seine Präsentation auch ohne Publikum knallhart durchgezogen.

»Für uns unsichtbar leben die drei Nornen im und um den See. Weben von hier aus ihre Schicksalsfäden für alle Mythen. Das ist das Besondere an unserer Schule. Und daher halten wir uns auch an das Nornengesetz. Es beschützt uns. Und das seit Tausenden von Jahren.« Voller Stolz strahlte uns Mr Upperton-Boyle an. Doch die Reaktion der Schüler hätte nicht gegensätzlicher ausfallen können. So ziemlich jeder hing mit dem Oberkörper auf seinem Pult, als wäre es Zeit für ein Schläfchen. Ford gähnte sogar hinter vorgehaltener Hand.

Mr Upperton-Boyle rieb sich die angegrauten Schläfen, stolperte dann über ein Kabel, wodurch die Powerpoint-Präsentation schwarz wurde.

Aber seine letzten Worte hatten mich an etwas erinnert. Hatten nicht Ornella, Hudson und Mrs Zilba schon mehrmals über das Nornengesetz gesprochen?

»Ähm.« Ich hob einen Arm, doch Mr Upperton-Boyle war so mit seinem Kabel beschäftigt, dass er mich nicht bemerkte, was mich jedoch keineswegs aufhielt. »Könnten Sie uns noch etwas über das Nornengesetz erzählen?«

Flackernd sprang die Powerpoint-Präsentation wieder an. Allerdings stand sie nun auf dem Kopf. Gleichzeitig wandte sich die halbe Klasse zu mir um.

»Ah ja. Einige von euch sind unter Zivilisten aufgewachsen. Daher habt ihr keine Vorkenntnisse.« So konnte man meinen Wissensstand auch zusammenfassen. Ohne mich anzusehen, tippte Mr Upperton-Boyle auf seinem Laptop herum. »Das Nornengesetz fasst unsere Ansichten zusammen, man könnte es auch Mythenverhaltenskodex nennen. Alles basiert darauf, dass wir dem Schicksal vertrauen und diese Welt zu einem besseren Ort machen wollen.« Hektisches Getippe. Dann drehte sich die Powerpoint-Folie, war nun aber recht verschwommen, weswegen man die drei Fäden webenden Frauen, die die Nornen darstellen sollten, nicht mehr erkennen konnte.

Mr Upperton-Boyle räusperte sich, während er versuchte, das Bild wieder scharfzustellen. »Wer kann Graylee die wichtigsten Punkte darüber hinaus nennen?«

Vivienne, die ganz vorn saß, meldete sich. »Zwar sind wir den Zivilisten, also den normalen Menschen deutlich überlegen, wir behandeln sie aber dennoch mit Respekt. Wir diskriminieren keine Mythen, die einen oder mehrere Zivilisten als Elternteil haben.« Sie warf sich ihre zwei dunkelroten Fischgrätenzöpfe über die Schulter. »Normalerweise erziehen Mythen ihre Kinder mit harter Hand zu echten Kriegern und Machern. Denn es liegt an uns, diesen Planeten am Leben zu erhalten. Im Gegensatz zu Zivilisten nehmen wir Opfer hin. Die Nornen wissen ganz genau, was sie tun, auch wenn das heißt, einen von uns früh aus dem Leben zu reißen und nach Walhalla fliegen zu lassen. Es hat alles einen höheren Sinn.«

Nach diesem Vortrag wandte Vivienne sich zu mir um. »Und zu guter Letzt: Traditionen sind uns wichtig. Genau wie die harte Arbeit von Selkies und Sirenen, die in hohem Maße wertgeschätzt wird.«

War ja klar. Natürlich musste sie unterstreichen, dass Sirenen wie sie ganz oben in der Nahrungskette standen.

Daraufhin ließ Mr Upperton-Boyle tatsächlich noch einen Exkurs über Nachhaltigkeit als Fünf-Minuten-Video laufen. Ja, mit dem Thema meinten sie es an dieser Schule echt ernst.

Meine Gedanken drifteten zu Baker und den Wendigos ab. Eigentlich müssten sie uns gegenüber deswegen doch weniger Hass empfinden, oder? Warum diese Feindseligkeit? Irgendwie kam ich bei dieser Fehde nicht richtig mit. Obwohl … Von einem Moment auf den anderen setzte ich mich aufrechter hin. Die meisten Konflikte entstanden doch wegen Geld oder Liebe, und da Wendigos Geld sicher egal war … Was, wenn der Zwist zwischen Camp Superior und der Schule durch eine verbotene Liebe ausgelöst worden war? Wie bei Romeo und Julia? Oder hob mein Gehirn jetzt einfach nur vollends ab? Nachdenklich sank ich zurück in meinen Stuhl, schlug die Beine übereinander. Vor mir suchte Mr Upperton-Boyle den Touchpen unter seinen Unterlagen. Keiner machte sich die Mühe, ihm zu sagen, dass der Stift hinter seinem Ohr steckte.

»Noch eine Frage.« Zwar meldete ich mich, wartete aber Mr Upperton-Boyles Nicken nicht ab. »Die Wendigos verehren den See genau wie Legends, richtig? Aber sie glauben nicht an die Nornen?«

Mr Upperton-Boyle sah blinzelnd auf. »Nein, die Wendigos entstammen einem aus Mittelamerika eingewanderten Volksstamm. Sie bilden eine eigenständige Kultur, die an Seegeister glaubt, die sie und ihr Dorf, das sie Camp Superior nennen, schützen. Nur wenige Normalsterbliche wissen von ihrer Existenz. Das Volk der Ojibwa zum Beispiel gibt Legenden über die Wendigos von Generation zu Generation weiter. Die Geschichten über sie stimmen allerdings nicht mehr so ganz mit der heutigen Kultur der Wendigos an unserem See überein. Die Ojibwa beschreiben sie als rachsüchtige Monster.«

Davon hatte ich gehört.

»Für die Wendigos sind die Nornen also Seegeister?«

»Könnte man so sagen.«

»Und welche Fehde hat die Academy von den Wendigos entzweit?«

Nachdem Mr Upperton-Boyle sich deutlich unangenehm berührt mit dem Stift im Nacken gekratzt hatte, stellte er sich meinem Blick. »Dadurch, dass sowohl wir als auch die Wendigos dieses Gebiet für sich beanspruchen, war das Verhältnis nie besonders einfach. Aber vor ungefähr fünfzig Jahren wurde der Konflikt durch ein Liebespaar verschärft. Eine Schülerin verliebte sich in einen Wendigo …«

Ich hatte es gewusst!

Dummerweise klingelte es in diesem Moment, und zu allem Überfluss schoben sich einfach zu viele Schüler zwischen mich und Mr Upperton-Boyle, sodass ich nicht mehr weiterfragen konnte. Aber im Prinzip hatte ich genug erfahren.

»Verfolgst du mich, Graylee?«, fragte Ornella mich, ohne mich anzusehen, als ich sie am Büfett endlich allein erwischte. In aller Seelenruhe lud sie sich einen Berg Brokkoli auf den Teller. »Lass mich raten: Du willst, dass ich mich für London und Trixie einsetze. Die Mühe kannst du dir echt sparen. Ich habe wegen Tristan genug zu tun. Du findest mich in der Bibliothek, wo ich mir mehr über das Nornenauge anlese. Kannst mir gern Gesellschaft leisten.«

»Das werde ich. Aber zuerst …«

Sie hob eine Hand. »Spar's dir einfach. Ich weiß, dass dir alles andere wichtiger ist als Tristans Leben. Du knutschst lieber mit Baker und Hudson rum oder spionierst London hinterher.« Und damit ließ sie mich stehen.

Wie bitte? Völlig perplex starrte ich ihr nach. Das meinte sie nicht ernst, oder? Andererseits, hatte Ornella vielleicht recht? Hatte ich meine Prioritäten falsch gesetzt und war sie damit zurecht sauer auf mich? Doch wenn ich richtig lag, blieb Tristan noch mehr als eine Woche, wohingegen London heute Abend sterben konnte. Sie war Sonntagabend verschwunden, und heute war Donnerstag.

Seufzend drehte ich mich um. Wenn Ornella mir nicht half, dann musste ich eben mit Walker reden. Und London finden. Canyon würde mir sicher helfen. Und vielleicht auch Hudson – sobald ich mich mit ihm ausgesprochen hatte. Ich musste sie nur finden.

Um die Schüler besser überblicken zu können, stellte ich mich auf die Zehenspitzen. Trotz des Sonnensegels war es hier draußen viel zu heiß, um zu essen, so empfand ich es zumindest. Doch ich konnte weder Canyon noch Hudson noch Walker irgendwo entdecken, dafür aber London. Dann musste ich es eben allein durchziehen. Schnell schnappte ich mir eine Banane vom Büfett und steuerte auf London zu, die sich gerade dem Pavillon näherte.

»Willst du mich wieder schlagen?«, fragte London zur Begrüßung. Sie wurde nicht langsamer, sah mich kaum an.

»Ich will einfach nur wissen, was mit dir los ist«, sagte ich ebenfalls ohne Begrüßung.

Sie hob ihr Kinn und wirkte dadurch wieder eher wie sie selbst. Natürlich ließ sie sich zu keiner Antwort herab.

»Ich will die echte London zurück und zwar sofort.« Viel mehr wollte ich aus taktischen Gründen nicht preisgeben. Die Aussage war kryptisch genug und verriet nicht, dass ich von dem Test oder dem Fluch wusste.

»Die echte London? Du bist nicht mehr ganz dicht. Ich *bin* die echte London. Und an deiner Stelle wäre ich vorsichtig mit meinen Aussagen.« Sie betrat den Pavillon.

»Weil du mich sonst umbringst?« Mit der Banane deutete ich auf Londons Brust.

Sie stieß ein übertrieben heiteres Lachen aus. »Du bist wirklich komisch, Graylee.« Und damit ließ sie mich stehen.

Toll. Unbefriedigend. Wirklich unbefriedigend. Das hätte ich mir echt sparen können. Ich sah ihr hinterher. Wie sie auf Vivienne zusteuerte.

Aus dem Augenwinkel bemerkte ich, dass Willow mir zuwinkte. Sie saß zusammen mit Varn an demselben Tisch, an dem wir gestern gesessen hatten. Doch dieses Gespräch mit London hatte mich nur darin bestätigt, dass ich unbedingt mit Walker sprechen musste. Und mit Hudson und Canyon. Je nachdem, wer mir eher vor die Flinte kam. Ob Canyon schon etwas beim Durchsehen der Jahrbücher herausgefunden hatte? Leider war immer noch keiner der drei zu sehen. Hudson würde ich vermutlich in der Kunstscheune finden. Also winkte ich Willow entschuldigend zu, ehe ich einen Schritt zurücktrat und den Pavillon verließ.

»Hey, wo willst du denn hin?« Iceman flatterte auf mich zu. Gefolgt von Lucinda, die aber nach einem kurzen Hallo für mich in Willows Richtung davonschoss. Ihre rote Schleife trug sie immer noch voller Stolz.

Ich zupfte an meiner weißen. »Eigentlich wollte ich gerade Hudson …« Lautes Gemurmel um mich herum lenkte mich ab.

»Da ist sie!«, rief jemand. Ein Falke schrie.

Alle starrten nach Westen, wo der Parkplatz lag. Abrupt drehte ich mich um. Tatsächlich. Aus diesem Bereich der Schule näherte sich uns Trixie mit steifen Bewegungen. Ihre blonden Locken lagen platt und wie von einer Staubschicht überzogen an ihrem Kopf. Und ihr Poloshirt sah aus wie einmal über eine Aschenbahn gezogen.

Ein Schatten legte sich auf mich, als Canyon wie aus dem Nichts auftauchte. »Sieh dir das an.« Sie verzog das Gesicht. »Beweist irgendwie unsere Theorie. Oder sie hat im Wald eine heiße Nacht mit einem Wendigo verbracht.«

Außer Nicken fiel mir nichts ein, was ich vor den anderen sagen konnte. Alles sah danach aus, als würde dieser Albtraum tatsächlich vor unserer Nase ablaufen.

»Mrs Krystler glaubt übrigens, wir haben zu viel ferngesehen. Ihren Bann kann angeblich absolut nichts brechen«, fügte Canyon hinzu. Offenbar hatte sie ebenfalls noch mal versucht, mit ihr zu reden.

Genau das fasste auch mein Gespräch mit Mrs Krystler perfekt zusammen. Meine Kehle brannte.

In dem Moment sprintete Vivienne an mir vorbei. »Trix! Wo bei den drei Nornen hast du gesteckt?« Sie schlang ihre Arme um eine ziemlich weggetretene Trixie. »Uäh, sind das Käfer in deinen Haaren?« Schnell ging sie auf Abstand zu ihrer Freundin.

»Ungefähr so wie Krystler hat auch Walker reagiert, als ich ihm von unserer Theorie erzählt habe. Außerdem redet er sich damit raus, dass es nur ein Kuss war, keine Beziehung.« Canyon klang resigniert.

»Das muss er ja sagen. Ich meine, er ist Lehrer.«

Sprachlos verfolgten wir, wie eine ähnliche Szene wie neulich bei London sich jetzt um Trixie herum abspielte. Ungefähr die Hälfte unserer Mitschülerinnen hatte sie umringt.

Während Canyon die Bibliothek ansteuerte, um sich die Jahrbücher vorzunehmen, machte ich mich auf die Suche nach Hudson. Tatsächlich fand ich ihn wenig später in der Kunstscheune, die etwas abseits ein Stück hinter dem Rapunzelturm lag. Direkt neben dem Gewächshaus. Im bunt gestalteten Vorraum hatten sich an den Wänden bestimmt zweihundert Schüler in unterschiedlichsten Kunstrichtungen verewigt. Von picassoähnlichen Malereien bis zu schwarz-weißer Strichkunst war alles darunter. Iceman hatte mich nur ein paar Schritte begleiten können, weil er Küchendienst hatte, also war ich allein. Immerhin hatte er herausgefunden, dass die Falken nicht wussten, was ihnen fehlte. Die Vogelgrippe war es laut Testergebnissen zum Glück nicht. Allerdings spürten sie die Gefahr, die über unserem Gelände lag. Aber das war uns allen bewusst, das sagten die Wendigos und das Nornenauge schließlich auch. Wodurch wir keinen Schritt weiter waren.

Neugierig sah ich mich im Vorraum der Scheune um. Zwei Palmen in bunten Töpfen standen unter dem höchsten Punkt der Decke, dahinter führte eine Glastür in einen weiteren Raum, aus dem Hardrock-Musik drang. Vorsichtig stieß ich sie auf. Die Bodendielen dahinter waren zunächst braun und sauber, doch nach wenigen Schritten kamen immer mehr Farbspritzer dazu, bis die ursprüngliche Farbe der Dielen kaum mehr zu erkennen war. Irgendwo klatschte es, als würden Tomaten gegen eine Wand geworfen werden. Jemand, nein, Hudson, brüllte. Die Hardrock-Band schrie.

»Hudson?«

»Graylee?« Die Musik verstummte. Sobald er sich von der Musikanlage wieder zu mir umdrehte, bemerkte ich, dass er heute einen Kittel trug. Und kurze Shorts, sonst nichts. Die Schwalbentattoos lugten unter den Bändern der Schürze hervor, als würden sie im Sturzflug aufeinander zusausen. Überall an ihm waren Farbflecken, selbst in seinen dunklen Haaren klebten welche. »Was willst du hier?«

Augenblicklich sank meine Stimmung um mindestens neunzig Grad Fahrenheit. Okay, dafür, dass er gestern so gewirkt hatte, als würde er mit mir reden wollen, war er heute wieder ziemlich abweisend. Womöglich war er sauer, weil ich gestern mit Canyon abgehauen war, ohne mit ihm zu sprechen. Oder hatte ich ihn lediglich in einem schlechten Moment erwischt? Aus irgendeinem Grund traf mich sein widersprüchliches Verhalten heute ganz besonders hart. Dennoch drückte ich die Schultern durch, hob das Kinn. Zugegeben, es fühlte sich etwas intim an, einfach so in seinen Lieblingsraum einzudringen.

»Ich wollte mit dir reden«, sagte ich. »Trixie ist wieder da.« Und ich brauchte Verbündete. Nur deshalb war ich hier. Auch wenn ein kleiner Teil von mir so etwas wie einen Freund in ihm sah. Vielleicht sogar mehr als das … Zumindest, solange er sich nicht so ablehnend verhielt wie gerade eben. Unwillkürlich musste ich an den geschauspielerten Kuss am Rande des Parkplatzes denken. Als wir so getan hatten als ob. Da war der Blick, mit dem er mich bedacht hatte, noch vollkommen anders gewesen … Oder als er gestern meine Wunde verbunden hatte …

»Was?«, riss er mich aus meinen Gedanken. Er wischte sich mit einer Hand über die Stirn, was dort einen dunkelblauen Strich hinterließ.

Irgendwie wurde mein Blick wie magisch davon angezogen. Sobald ich realisierte, wie bescheuert meine Hormone sich mal wieder aufführten, konzentrierte ich mich auf die Gesamtsituation. Hudson hatte den Umriss eines riesigen Medusakopfes auf eine Leinwand geklebt und Farbbeutel darauf geworfen. Medusa, die wohl berühmteste Gorgonin. Also würde er später, wenn er das Klebeband abzog, einen weißen Kopf voller Schlangen umrahmt von Farbklecksen haben. Clever.

»Deine Mutter?«, fragte ich, um die Stimmung aufzulockern.

Nachdem Hudson einmal tief eingeatmet und eine Farbbombe zurück in den mit Wasser gefüllten Zuber neben ihm hatte fallen lassen, streifte er sich die Handschuhe ab. Wiederverwendbare Stoffhandschuhe selbstverständlich. »Wundert mich eigentlich, dass dich wegen deiner dummen Sprüche noch niemand in den See geschubst hat.«

Mein Lächeln gefror, was Hudson auch aufzufallen schien.

Er runzelte die Stirn. »Sag nicht, du kannst nicht schwimmen.«

Ich schwieg.

Offenbar war das Antwort genug. »Jetzt ergibt die Aktion mit dem Schwan und auch die mit dem roten Gummiboot viel mehr Sinn.«

Ich schnaubte. »Danke, Doktor Freud. Bist du nun fertig?«

»Kommt darauf an.«

»Worauf? Und tu bitte nicht so, als hättest du keine Leichen im Keller. So wie du rumrennst. Der typische leidende Schulschönling. Was liegt dir auf der Seele, hm?« Außerdem konnte ich halbwegs schwimmen. Nur nicht so richtig. Wegen meiner Angst vor Unterwassermonstern hatte ich es nie professionell gelernt.

Hudsons Gesichtszüge erschlafften. Einen Augenblick befürchtete ich, er würde mich aus der Scheune werfen. War ich zu weit gegangen? Etwas schien ihn zu bedrücken. Schuld, ganz eindeutig. Er fühlte sich wegen irgendetwas schuldig. Aber weswegen?

»Komm schon, was ist es? Hast du ein weiteres Bildhauerwerk

zerstört? Oder dein Kissen versteinert?« War so etwas überhaupt möglich? Und was redete ich da für einen Unsinn?

Doch irgendeinen wunden Punkt musste ich getroffen haben, denn Hudson stand wie erstarrt da. Vor seinem Kübel voller Farbbomben.

O nein, das war es, oder? Er hatte jemanden zu Stein werden lassen. »Das … Ich wollte nicht … Sorry, ich muss mich entschuldigen«, brachte ich hervor.

»Nein, besser, du kennst die Wahrheit.« Hudson schloss einen Moment die Augen, öffnete sie wieder – und wich meinem Blick aus.

In dem Moment wurde mir eins klar: Ich hatte keine Angst vor ihm. Kein bisschen. Diese Versteinerung, die ihn so fertigmachte, musste ein Unfall gewesen sein. Nur was war passiert?

»Meine Exfreundin hatte einen Welpen«, sagte Hudson mit einem leichten Zittern in der Stimme. »Vor genau zwei Jahren hat er auf meinem Päckchen mit den neuen Linsen herumgekaut. Es war in Luftpolsterfolie eingewickelt und in einer Plastiktüte verstaut. Ich habe es nicht bemerkt.«

Sein Blick wanderte zu den bodentiefen Fenstern und dann weiter zum Ventilator unter der Decke. »Wir haben über irgendetwas Dummes gelacht. Shalima saß auf meinem Bett, mit Sunny auf dem Schoß. Ich wollte nur kurz die Linsen wechseln. Es war der erste Tag des neuen Monats und echt Zeit, es zu tun. Ich weiß noch, wie ich mir dachte, dass ich Shalima und Sunny mit allem, was ich hatte, unbedingt beschützen wollte. Aber auf der einen Linse schien ein blinder Fleck zu sein. Allerdings war es mein letztes Päckchen, weil ich das andere zu Hause bei meinen Eltern vergessen hatte. Also hatte ich keine Wahl. Und ich war mir sicher, dass es einfach ein

Produktionsfehler wäre, der nur meine Sicht minimal einschränkte. Aber als ich aus dem Bad zurückkam, hier in der Schule, sagte Shalima gerade noch meinen Namen und erstarrte dann. Für immer. Mit Sunny auf ihrem Schoß.«

Nein, das war ihm nicht widerfahren! Wie grausam konnte das Schicksal sein? Meine Lippen fühlten sich auf einmal ganz spröde an. »Das tut mir so leid, Hudson.«

»Ich weiß.« Er atmete tief ein, griff in seinen Kübel. »Das sagt mir jeder, aber es macht es kein bisschen besser. Ihre Eltern haben sie abgeholt. Shalimas Statue sitzt nun bei ihnen im Wohnzimmer auf einem Podest, falls du das fragen wolltest. Für immer mit Sunny vereint. Die Strafe dafür, dass ein Gorgone glaubte, mit einer Walküre zusammen sein zu können.« Seine Stimme hörte sich ganz dumpf an. »Einer Gorgonin hätte mein Blick nichts ausgemacht.«

Er sah mich immer noch nicht an, holte stattdessen aus und warf die Farbbombe. Der Luftballon zerplatzte an der Leinwand. Rote Farbe ergoss sich über die linke Gesichtshälfte der Medusa.

Okay, er wollte kein Mitleid. Schon verstanden.

»Jeder sagt dir, dass es nicht deine Schuld war. Warum nimmst du es dann nicht einfach an? Du kannst es nicht ungeschehen machen, aber jahrelang sauer auf dich selbst zu sein und alle auf Abstand zu halten, bringt Shalima nicht zurück.«

Ruckartig wandte er sich zu mir um. Wut glomm wie Feuer in seinen Augen. »Ich hätte vorsichtiger sein müssen. Wenn ich mir die Luftpolsterfolie genauer angeschaut hätte …

»Wenn ich Shalima wäre, ich hätte dir längst verziehen«, fuhr ich unbeirrt fort. »Es war nicht deine Schuld. Meinst du, sie würde wollen, dass du dich in deinem Selbsthass verlierst?«

Er sah mich an. »Ich verdiene diese Worte nicht, und es wäre besser, wenn du jetzt gehst. Oder ich weiß nicht, was ich tun werde.«

Was sollte das nun heißen? »Glaubst du, ich lasse dich nach diesem Geständnis so zurück?« Was glaubte er, was für ein Mensch ich war? Entschlossen überwand ich die Distanz zwischen uns. »Ich habe keine Angst vor dir.« Mit bebenden Schultern sah ich zu ihm auf. Direkt in diese Kontaktlinsen.

Hudsons Kinn zuckte. Ungläubig sah er mir entgegen, schüttelte dann ganz leicht den Kopf. »Du weißt nicht, was du tust.«

Wusste ich doch.

»Was willst du mir damit beweisen, Graylee?« Seine Stimme klang belegt, aber er bewegte sich nicht, was ich als gutes Zeichen wertete.

Aber ja, was wollte ich ihm damit beweisen? Diesem Jungen, der so klischeehaft traurig und schön zugleich daherkam. Was genau mich an ihm faszinierte, wusste ich selbst nicht. Nur, dass er ganz anders war als alle anderen Jungen, die ich kannte. Und der Einzige, zu dem meine Gedanken ständig zurückkehrten. Irgendetwas löste er in mir aus. Atemlos hob ich mein Kinn noch ein wenig mehr. Diese Lippen … Mein Herz klopfte schneller. Auch sein Blick wanderte zu meinem Mund, dann wieder hoch zu meinen Augen, wo er mich irgendwie gefangen hielt. Da war etwas zwischen uns. Eindeutig.

»Was, Graylee? Willst du mich jetzt verführen?« Seine Worte klangen viel zu hart, dennoch rührte ich mich nicht.

Wollte ich das? Mein Denken verlangsamte sich auf einmal. Alles verschwamm. Hudson war ein Gorgone und in der Lage, mich mit einem Blick in Stein zu verwandeln. Und doch konnte ich nicht aufhören, um ihn zu kreisen wie der Fusselmagnet in meiner Handtasche um die Müsliriegel.

Obwohl er so hart reagiert hatte, näherte Hudson sich mir. Kaum merklich, aber doch eindeutig. Seine Lippen kamen meinen immer näher, was mich blinzeln ließ. Was taten wir nur?

»Riechst du das?« Von jetzt auf gleich ruckte sein Kopf nach oben. Er stieß mich von sich.

»Was?« Im ersten Moment nahm ich an, dass das eine Anspielung auf den Schweiß sein sollte, der mir sicher gerade ausgebrochen war. Aber dann bemerkte ich es auch. »Rauch. Brennt es irgendwo?«

Ehe ich den Satz ganz ausgesprochen hatte, sprintete Hudson bereits zur Tür, auf der Suche nach dem Grund. Ich sah aus dem Fenster, konnte aber nichts erkennen. Als ich die Schiebevorrichtung bedienen wollte, protestierte sie. Abgeschlossen. Hastig versuchte ich es bei den anderen zwei großen Fenstern und dann bei dem kleinen über der Kommode mit Pinseln. Nichts. Kein Fensterrahmen bewegte sich.

»Nein!«, schrie Hudson vom Vorraum. »Graylee!«

Ich sprintete zu ihm. Rauch. Die Luft wirkte nicht mehr klar, sondern wie von Nebel durchzogen. Auf Höhe der offenen Glastür wäre ich beinahe in ihn hineingerannt.

»Irgendwas blockiert die Tür«, sagte er.

Was? Hieß das, man hatte uns eingesperrt und ein Feuer gelegt? Sofort schoss mir Londons Name durch den Kopf. Nein, oder?

Aber das war jetzt nicht wichtig, wir mussten hier raus. »Weißt du, wo die Schlüssel für die Fenster sind? Sie lassen sich auch nicht öffnen.«

Hudsons Gesicht war bei meinen Worten bleich geworden. Sein Blick glitt von mir zur Tür zurück.

Scharf sog ich Luft durch meine Nase ein, was ein Fehler war, denn sofort fühlte sich mein Rachen kratzig an und ich musste husten. »Das ist nicht deine Schuld, Hudson.« Hinter ihm zogen Rauchschwaden durch das Holz. »Der Brand muss dort drüben gelegt worden sein.« Ich zeigte auf die Stelle an der Wand, wo es am schlimmsten qualmte.

»Mist. Komm mit.« Ich folgte ihm. Sicher wollte er ein Fenster einschlagen. Doch zu meiner Überraschung zerriss Hudson noch im Laufen seine Schürze, tauchte dann beide Hälften in das Wasser im Metallzuber, wo er die Farbbomben lagerte. Dann reichte er mir eine nasse Hälfte. »Binde dir das um.«

Ich verstand. So würden wir trotz des Rauchs leichter atmen können.

Hudson tat es mir nach und knotete den Stoff wie eine Maske über Mund und Nase, ehe er den Bottich ausleerte. Wasser floss über den Boden, dann schlug er mit dem Boden des Zubers auf die Fensterscheibe ein.

Ich konnte unmöglich tatenlos danebenstehen. Also ließ ich den Blick über die Kunstwerke an der Wand gleiten. Die Bilderrahmen waren aus Metall. Die Idee kam mir schneller, als ein Kolibri mit den Flügeln schlagen konnte. Mit drei Schritten stand ich vor dem Gemälde, das eine Mohnblumenwiese zeigte. Doch an den Künstler konnte ich nun keinen Gedanken verschwenden. Das hier durfte nicht das Ende sein. Und bevor ich verbrannte oder erstickte, würde ich Hudson bitten, mich in Stein zu verwandeln, das stand fest. Aber nur als letzten Ausweg. Vorher würde ich uns hier rausholen.

Meine Wange schmerzte vor lauter Anspannung, genau wie meine linke Handfläche, aber das war nebensächlich. So fest ich konnte, schmetterte ich das Bild auf den Boden. An einer Stelle löste sich der schwarze Metallrahmen von seinem Verbindungsstück. An der anderen Seite musste ich mehrmals rütteln, einen Fuß daraufstellen. Dann erst hielt ich das Stück Metall in der Hand.

Inzwischen hatte Hudson einen Sprung in das Fenster geschlagen. Allerdings keinen allzu großen. Wie ich befürchtet hatte, war das Glas viel zu widerstandsfähig.

Kapitel 29

Adrenalin schoss durch meine Adern, zumindest musste es wohl so sein, denn ich hatte mich selten dermaßen fokussiert gefühlt. Ich wirbelte zu dem kleinen Fenster herum, wischte mit einer Handbewegung sämtliche Pinsel in ihren Einmachgläsern von der Holzoberfläche. Dieser Versuch musste klappen. Ich setzte mein improvisiertes Brecheisen mittig unten am Fensterrahmen an. Die Spitze des schwarzen Metalls war ein wenig verbogen, was es schwierig machte, im richtigen Winkel anzusetzen. Als es mir schließlich gelang, sah es dennoch nicht gut aus. Irgendwie verbog sich das Metall mehr, als dass sich das Fenster bewegte. Ich musste irgendwie nachhelfen. Bloß wie? Vielleicht …? Ja, das könnte funktionieren.

Hastig klaubte ich mir eine der zwei Stricknadeln aus meinem Pferdeschwanz. Während ich mit der linken Hand vorsichtig das Brecheisen festhielt, schob ich mit der rechten die Spitze der Nadel in den kleinen Spalt. Druck. Ich musste mehr Druck aufbauen, aber nicht so viel, dass das Bilderrahmenstück brach. Mit Gefühl. Angestrengt versuchte ich, das richtige Maß an Kraft einzusetzen. Die Maske vor meinem Gesicht erschwerte das Atmen, doch dann klickte es endlich, und das Fenster sprang nach oben.

»Hudson!«, rief ich.

Aber er hatte es bereits bemerkt, sprintete auf mich zu. »Wie hast du …?«

»Egal. Komm.« Ich schob das Fenster mit den Händen entlang seiner Schiene nach oben, wo es nur leider nicht einrasten wollte. Also hielt ich es einfach fest. Rufe waren von draußen zu hören. Inzwischen hatten unsere Mitschüler wohl bemerkt, was los war.

»Nach dir.« Hudson reichte mir eine Hand.

»Quatsch, ich halte das Fenster, du gehst zuerst. Keine Zeit, um den Gentleman zu spielen.«

Das schien er einzusehen, denn schon sprang Hudson wie bei einem Bocksprung über die Kommode ins Freie.

Okay, so elegant wie er würde ich das nie hinkriegen. Ich hustete, kletterte dann mit einem Knie auf die Holzoberfläche. Im selben Moment war Hudson da und drückte von außen das Fenster hoch.

»Los, jetzt du.« Panik lag in seiner Stimme, obwohl wir es fast geschafft hatten. Ob er befürchtete, der- oder diejenige, die das Feuer gelegt hatte, könnte noch irgendwo auf uns lauern?

Deutlich weniger geschickt, als geplant, rutschte ich über das Fensterbrett ins Freie. Hudson, dessen improvisierte Maske bis zu seinem Schlüsselbein nach unten gerutscht war, fing mich mit einem Arm auf. Dankbar hielt ich mich an ihm fest, denn ansonsten wäre ich mit dem Kopf voran im Gras gelandet. Als ich endlich wieder mit beiden Beinen auf dem Boden stand, fiel das Fenster zu. Gleichzeitig knirschten die Dachbalken über uns. Mein Blick schoss nach oben. Schon? Irgendjemand musste da nachgeholfen haben.

»Schnell, lauf!«, zischte mir Hudson zu.

Wir sprinteten ein paar Schritte in Richtung See. Von rechts rannten Willow und Varn auf uns zu, gefolgt von einer ganzen Gruppe an Schülern und Mrs Zilba. Hinter uns zog sich eine dichte Rauchschwade wie eine Schlange nach oben.

»Wir müssen das Feuer löschen, ehe es auf die Bäume überspringt!«, rief Hudson ihnen zu.

Wir tauschten einen Blick. Im selben Moment kam mir eine Idee. »Schlauchboot!«

Er nickte, kapierte offensichtlich schnell. Zuerst liefen wir Seite an Seite über die Wiese zwischen Rapunzelturm und Schilf, dann überholte er mich und sprang den Abhang hinunter. Das geflickte Schlauchboot lag vertäut am Steg.

»Varn, hilf mit!«, rief Hudson.

Keine drei Sekunden später drückte ein Seehund an Hudsons Seite das Boot am Bug so weit nach unten, dass es mit Wasser volllief. Plötzlich war ich froh, dass Hudson hüfttief im Wasser stand und nicht ich. Aber in dieser Extremsituation hätte ich mich vermutlich überwunden. Wenn Varn nicht gewesen wäre. Redete ich mir zumindest ein. Mit vereinten Kräften und einigen Eimern sowie der Wasserladung im Schlauchboot gelang es uns, den Ursprung des Feuers zu löschen. Und wenig später fuhr Mr Murphy mit einem Truck an die Seite der Scheune.

»Geht es dir gut?« Keuchend hielt Willow sich an meiner Schulter fest. Ihre roten Haare klebten ihr wie ein Helm am Kopf.

Von links rannte Mrs Zilba auf uns zu und stellte dieselbe Frage. Nachdem wir ihr versichert hatten, dass wir unverletzt waren, hastete sie weiter zur nächsten Gruppe Schüler.

»Mach dir keine Sorgen, Willow«, sagte ich, während ich Mr Murphy beobachtete, der gerade eine Leitervorrichtung am Truck ausfuhr. Das war offenbar die hauseigene Feuerwehr. Ein paar der anderen Schüler hatten in der Zwischenzeit einen Schlauch bis zum

See gerollt, weswegen Mr Murphy nun problemlos den Brand im Dachstuhl löschen konnte. Gott sei Dank.

Erleichtert atmete ich aus, genau in dem Moment, als es zum Ende der Pause klingelte. Eigentlich hätte ich jetzt Meeres- und Erdkunde und danach den Geocaching-mit-Minotauren-Kurs gehabt, doch die waren mir gerade so was von egal.

Neben mir wollte Willow gar nicht mehr aufhören zu husten. »Willow, du solltest reingehen. Duschen und etwas trinken.« Ich sah mich nach Varn um. »Bringst du sie auf ihr Zimmer?«

Sobald die beiden zum Hintereingang verschwunden waren, sah ich mich nach Hudson um. Er stand etwas abseits und winkte mich zu sich. Nur zu gern folgte ich ihm vom Geschehen weg in Richtung Garten.

»Das muss London gewesen sein«, flüsterte ich.

»Nicht hier.« Hudson blickte sich um.

»In den Turm.« Ich deutete darauf.

»Nein, da gibt's keine Tür, und die Brücke dorthin ist einsturzgefährdet.«

Mit dem Stofffetzen, den ich die letzten Minuten wie Hudson als Schal getragen hatte, wischte ich mir Schweiß und Ruß aus dem Gesicht. »Doch, natürlich gibt's dort eine Tür. Und ein Bann liegt darüber, sodass uns niemand belauschen kann.«

Hudson starrte mich noch einen Moment verwirrt an, folgte mir dann jedoch. Glücklicherweise lag die Geheimtür so, dass man nur vom Bogenschießplatz einen Blick darauf werfen konnte, und dort trainierte gerade niemand. Alle hatten sich um die Kunstscheune versammelt.

Im Versuch, es Canyon nachzutun, klopfte ich gegen die Mauer. Doch nichts geschah.

»Du glaubst nicht ernsthaft, dass uns jemand öffnet, oder?« Hudson verschränkte die Arme vor der Brust. »Vielleicht ein Kaninchen mit Frack und Taschenuhr?«

»Oh, ich glaube kaum, dass das weiße Kaninchen jemals die Zeit dafür hatte, Alice irgendwelche Türen zu öffnen«, sagte ich, ohne ihn anzusehen, während ich weiter an die Mauer klopfte. Tatsächlich klickte es nach dem gefühlt zehnten Versuch. Die entsprechende Stelle würde ich mir merken. An diesem Punkt musste ich Hudson hoch anrechnen, dass er überhaupt so lange gewartet hatte.

»Wie ist das möglich?« Er drückte die Tür, die eigentlich ein Stück Turmmauer war, noch weiter auf. »Du bist erst eine knappe Woche hier und hast bereits eine Geheimtür entdeckt?«

Ich zuckte mit den Schultern. »Ein weißes Kaninchen hat sie mir gezeigt.«

Sobald wir im Obergeschoss angekommen waren, blieb Hudson mitten im Raum stehen und starrte immer wieder zwischen mir und dem Fenster hin und her. »Ich weiß nicht, was ich sagen soll. Außer: Ich hab dich unterschätzt. Dich und deine Stricknadeln.« Er deutete auf meinen Hinterkopf.

Mein Lächeln wurde weicher. Um etwas zu tun zu haben, pulte ich an dem Verband an meiner Hand herum, den ich wirklich dringend wechseln sollte, so schmutzig wie er geworden war. Blöderweise zitterten meine Finger auf einmal.

»Lass mal sehen.« Schon war Hudson bei mir und bedeutete mir stirnrunzelnd, mich hinzusetzen. »Tut es noch weh?«

»Nein«, krächzte ich. Das war nur halb gelogen.

Hudson nahm meine Hand in seine. »Das sollten wir noch mal gründlich desinfizieren.« Nachdem er den Verband gelöst und kurz meine Wunde begutachtet hatte, brachte ich Hudson auf den aktuellsten Stand, und wir überlegten hin und her, wie wir London retten und gleichzeitig davon abhalten konnten, uns umzubringen. Außerdem brauchten wir einen Plan, um Trixie im Auge zu behalten. Schließlich sprach einiges dafür, dass sie ebenfalls dem Fluch zum Opfer gefallen war.

»Wir sind jedenfalls die Einzigen, die der Sache auf die Schliche gekommen sind«, sagte Hudson. »Aber was, wenn der Fluch wirklich immer mehr Schüler trifft? Einfach jedes Pärchen. Nach und nach.«

Zu dieser Schlussfolgerung war ich selbst bereits gekommen. Da sich unsere Diskussion jedoch schnell im Kreis drehte, öffnete ich die Truhe, die ich von meinem Besuch mit Canyon hier oben noch in Erinnerung hatte, und zog zwei Flaschen Bio-Limonade hervor. Meine Kehle war mehr als nur ausgetrocknet.

Unter Hudsons Fingern zischte der Schraubverschluss. »Ich gehe jetzt zu Walker und frage ihn, ob er tiefere Gefühle für London hat. Falls ja, muss er ihr einfach seine Liebe gestehen. Das ist der Test, nehme ich an.«

Dieselbe Vermutung hatte ich auch schon gehabt. »Mir gefällt, wie du denkst.« Ich prostete Hudson zu. Einen Versuch war es auf jeden Fall wert. »Dann haben wir einen Plan: Erst mit Walker reden, und danach suchen wir Canyon. Sie schaut wahrscheinlich die Jahrbücher nach den infrage kommenden Gorgonen durch. Ihre Theorie ist, dass wir einfach nur den Schüler finden müssen, der den Fluch vor zwanzig Jahren ausgesprochen hat.«

Zwar zuckte Hudson nur ganz leicht mit einem Augenlid, dennoch wünschte ich mir sofort, statt Gorgonen besser Personen gesagt zu haben.

Walker war nicht leicht zu überzeugen, denn wie bei Canyon hatte er erst versucht, alles abzustreiten. Doch letztendlich, dank Hudsons Überzeugungskraft, versprach er, Blumen zu pflücken und London noch vor dem Abendessen zu sagen, dass er sie liebte.

Ich sah ihm fest in die Augen, während er einen Pfeil in den Händen drehte. »Nur zur Sicherheit. Falls an dem Fluch etwas dran sein sollte.«

Walkers Hand rutschte ab. »Autsch.« Er besah sich seinen Finger, in dem nun ein Holzsplitter steckte. »Genau deshalb sprechen wir nicht über den Fluch, Graylee.«

»Ja, ja.« Ich musterte ihn zweifelnd. »Aber wenn du wirklich etwas für sie empfindest, rettet sie das vielleicht. Du wirst es bereuen, wenn du es nicht tust.« Auf keinen Fall wollte ich es wie eine Drohung klingen lassen, doch dem Zucken um seine Augenwinkel zufolge hatte er es dennoch als solche aufgefasst. Ups. Aber darauf konnte ich jetzt keine Rücksicht nehmen.

Nachdem Hudson und ich uns von Walker verabschiedet hatten, machten wir uns auf den Weg in die Bibliothek. Wo wir schon kurz darauf Canyon an einem Tisch vorfanden, über den sie eine Handvoll Jahrbücher verteilt hatte. Offenbar schwänzte sie ebenfalls den Nachmittagsunterricht.

Strahlend hob sie den Kopf, als sie uns bemerkte. »Die gute Nachricht ist …«, sagte sie. »Der Fluch scheint doch kein allzu enges Zeitlimit zu haben. London muss nicht zwangsläufig heute sterben.«

»Cool.« Ich ließ mich neben sie auf den Stuhl sinken.

»Bloß, und das ist die schlechte Nachricht, wird es schwierig, neununddreißig Gorgonen ausfindig zu machen.« Canyons Blick glitt über ihre Liste.

Oh.

Kapitel 30

»Auftrag ausgeführt.« Walker empfing mich und Hudson mit einer angedeuteten Verbeugung vor der Mensa. »Und ich verlasse mich darauf, dass diese Angelegenheit unter uns bleibt.« Ohne ein weiteres Wort zu sagen, rauschte er an uns vorbei.

Ich tauschte einen Blick mit Hudson, der mir noch vor ein paar Minuten äußerst sanft den Verband an meiner Hand neu angelegt hatte. Er zuckte lediglich mit der Schulter, ehe er mir eine Kolibrifeder von meinem Poloshirt zupfte.

Kurz darauf setzten wir uns zu Canyon an einen Tisch möglichst weit von den Gorgonen entfernt, damit wir nicht belauscht werden konnten. Dennoch redeten wir so leise, wie es ging.

»Ich fange gleich morgen an, die Liste abzutelefonieren. Bei zwölf Ex-Schülern konnte ich bisher leider keine aktuelle Telefonnummer finden, da muss ich heute Abend noch mal ran. Ich hab übrigens eine Bluetooth-App entwickelt, mit der wir uns Nachrichten schicken können, trotz der Handyempfangssperre. Zeige ich euch gleich.« Canyon schob sich eine Haarsträhne hinters Ohr. Da ihr Ohrstecker dadurch drohte, in ihre Suppe zu fallen, hob ich schnell eine Hand und drückte ihn fest. Irritiert sah sie mich an.

Hudson drehte seine Gabel, auf die er zwei Kartoffelspalten gespießt hatte, vor seinem Gesicht herum. »Wir helfen dir natürlich.«

»Genau. Wir sind schließlich Freunde. Du musst nicht unsere Hausaufgaben machen.« Lächelnd neigte ich den Kopf.

»Wow. Freunde.« Danach sagte Canyon lange gar nichts mehr. Grinste lediglich mit tränenfeuchten Augen in ihre Suppe.

Sobald sie sich wieder gefangen hatte, besprachen wir unser weiteres Vorgehen. Nur für Mrs Krystler unterbrachen wir an diesem Abend unsere Unterhaltung, die uns fragte, ob nach dem Brand alles okay war. Und die uns danach versicherte, dass die Kunstscheune bald renoviert werden würde. Vor allem Hudson wirkte danach deutlich entspannter, setzte sich zum ersten Mal gerade hin.

Endlich mal ein Abend ohne Lagerfeuerromantik. Bloß hatte ich keinen meiner Kolibri-Freunde mehr gesehen, weshalb ich ohne Begleitung die Mensa verließ. Willow und Varn hatten beim Abendessen ihre Köpfe so niedlich zusammengesteckt, dass ich sie nach dem Gespräch mit Hudson und Canyon nicht hatte stören wollen. Und irgendwie hatte ich das Gefühl, auch mal allein sein zu müssen nach dem ganzen Drama. Mit etwas Glück hatten London und Walker den Test bestanden und schwebten daher nicht mehr in akuter Gefahr.

Da ich noch nicht in mein Zimmer zurückwollte, holte ich mir mein Handy und ging dann in den Freizeitraum, um meine Eltern anzurufen. Auf dem Weg dorthin – und weil ich neuerdings dauerhaft Durst verspürte – füllte ich mir gleich zwei Gläser Wasser ab. Es tat unglaublich gut, die Stimmen meiner Eltern zu hören. Ihnen von meinem Alltag an der Schule zu erzählen. Auch wenn ich ihnen die Tatsache verschweigen musste, dass einiges hier gefährlicher war, als gedacht. Aber was wäre die Alternative gewesen? Nach Hause nach Laguna Hills fahren und Canyon und Hudson mit dem Fluch allein lassen? Niemals.

Als ich wieder zurück in mein Zimmer ging, war es draußen bereits stockdunkel. *Oh my Gatos!* Bei all dem Stress hatte ich ganz vergessen, dass ich mit Baker verabredet war. *Mierda!* Morgen würde ich mich bei ihm entschuldigen müssen. Hoffentlich erwischte ich ihn bei Sonnenaufgang oder spätestens bei Sonnenuntergang in der Blauen Lagune.

Nachdem ich mir die pinke Einhorn-Shorts und das passende Top dazu angezogen hatte, löschte ich im Bad das Licht und tippte noch schnell eine Nachricht an Sinclair, die natürlich nicht rausging und die ich daher morgen vom Freizeitraum aus abschicken musste.

Ganz in Gedanken versunken schlug ich die Bettdecke zurück. Im selben Moment fuhr ein Arm unter dem Bett hervor. In einer zackigen Bewegung. Direkt auf mich zu.

Ich schrie, wie ich schon seit Jahren nicht mehr geschrien hatte. Da war es wieder. Das Monster. Oder war das London? Diese und andere unsinnige Gedanken schossen mir durch den Kopf, während ich aufs Bett sprang und von dort aus weiter auf den Schrank. Immerhin hatte ich mir meine Handykette um das Handgelenk geschlungen, weswegen ich im Besitz einer Waffe war. Im Schein meiner Nachttischlampe konnte ich allerdings nicht viel erkennen. Während sich in meinem Kopf noch alles drehte, zog ich die Beine an.

Jemand klopfte, nein, schlug eher mit der Faust von außen gegen meine Tür. »Graylee?« Hudson stieß die Tür auf und sah sich gehetzt um, bis er mich auf dem Schrank entdeckte.

»Monster.« Mit dem Kinn deutete ich auf mein Bett. Dummerweise passte ich nicht richtig auf und berührte mit dem Unterarm die Wand.

Oh, verflucht! Sofort wurde es dunkel um mich herum. Und dann sah ich sie wieder. Das Mädchen mit den dunklen Haaren.

»Erin, tu das nicht!«, schrie der Junge sie an, der sie beim letzten Mal am Arm gerissen hatte. Seine Stimme klang dumpf zu mir durch, doch sie war eindeutig zu verstehen.

»Es ist zu spät. Henry, du musst loslassen.«

Dieses Mal standen die beiden an meiner Tür; Henry hielt Erin an der Hand zurück. Noch ein Junge, der Henry sehr ähnlich sah, tauchte auf. Henrys eineiiger Zwilling. Seine Augen erschreckten mich selbst auf diese Entfernung. Kalte Bernsteinaugen, die Erin und Henry zu durchbohren schienen.

»Das werdet ihr bereuen.« Seine Stimme war eisig.

Henry schob sich schützend vor Erin. »Willst du uns jetzt beide erwürgen? Nachdem mein Sturz aus dem Fenster mich schon nicht umgebracht hat? Mr Webster wird dir den Mord an uns sofort anhängen, wenn du uns etwas antust, das ist dir klar, oder? Alle durchschauen dich.«

Im selben Augenblick stöhnte Erin, hielt sich den Bauch. Als sie wieder aufsah, blickte ich direkt in ihre sturmgrauen Augen. »Dieses Kind wird leben.« Sie schien mich direkt anzusehen.

Schmerz breitete sich explosionsartig durch meine Adern aus, vor allem hinter meinen Augäpfeln. Jemand schrie. Erin, und wahrscheinlich auch ich.

Dann war es vorbei. Zitternd und mit steifen Fingern klammerte ich mich am Rand des Schranks fest, während Hudson ein Kissen, an das ein Stoffarm genäht worden war, unter meinem Bett hervorzog. Offenbar hatte ich doch nicht laut geschrien, denn er fuhr seelenruhig mit der Hand über einen Faden, der vom Kissen bis zum Zipfel meiner Bettdecke führte.

»Ich nehme an, das ist Viviennes Werk«, sagte er.

Vivienne? Ein Streich? Immer noch blinzelte ich ununterbrochen, um meine Gedanken zu entwirren. Meine Visionen zeigten mir ausschließlich Tragödien, deren Energien den Raum nie verlassen hatten. Aber was hatte ich da eben mitangesehen? Konnte … konnte das etwas mit meinen Eltern zu tun haben? Diese Erin hatte exakt dieselben Augen wie ich. Sie erinnerte mich irgendwie an mich. Oder war das alles nur ein großer Zufall? Welche Tragödie hatte sich hier abgespielt? Und hieß das, dass sie tot waren? Andererseits wäre es schon ein sehr merkwürdiger Zufall, wenn ich ausgerechnet dasselbe Zimmer bewohnte wie meine leibliche Mutter. Oder hatte es das Schicksal so gewollt?

»Brauchst du Hilfe? Alles okay?« Hudson reichte mir eine Hand. »Du zitterst ja.«

Automatisch griff ich danach, ließ mir von ihm aufs Bett helfen. Allerdings rutschte ich mehr vom Schrank, weshalb ich auf den Knien landete. Ich musste mit Canyon reden, die Jahrbücher durchblättern. Sofort! Hastig krabbelte ich vom Bett, verhedderte mich dabei jedoch in der Bettdecke, weswegen Hudson mich ein zweites Mal auffangen musste. Himmel, wann lernte ich eigentlich, mein Gleichgewicht zu bewahren?

»Oh, Vorsicht.« Er hielt mich fest. Etwas länger, als nötig. Verwirrt klammerte ich mich an seinen Oberarmen fest. »Was machst du eigentlich hier?«

Hudson öffnete den Mund, schloss ihn wieder. Beim zweiten Anlauf räusperte er sich. »Ich wollte noch mal nach deiner Wunde sehen. Mehr Desinfektionsmittel auftragen, weil sie vor dem

Abendessen nicht besonders gut ausgesehen hat …« Er sah zu mir herab.

Mein entzündeter Schnitt an der Hand also war der Grund. Nichts weiter. Langsam löste ich mich von ihm. Wie es sich anfühlte, wenn einen ein Junge umarmte, war irgendwie nichts im Vergleich zu Hudson, der einen trotz seines harten Oberkörpers so unglaublich sanft hielt. Irgendwie verwirrte mich das mehr, als es sollte. Gerade jetzt, wo ich einen klaren Kopf brauchte.

»Und ich wollte nachsehen, ob es dir wirklich gut geht nach dem Brand«, fügte er etwas leiser hinzu. »Eigentlich hättest du besser zum Arzt gehen sollen.«

Ich neigte den Kopf. »Mir geht es gut, und einen Arzt findet Mrs Zilba eher überflüssig, wenn doch das Schicksal entscheidet, ob ich lebe oder sterbe.«

Zuerst sah Hudson mich geschockt an, doch dann hoben sich seine Mundwinkel. »Sehr treffend zusammengefasst.«

»Du musst dir wirklich keine Sorgen machen.« Ich starrte auf meine nackten Füße. Sollte ich ihm von meinen Visionen erzählen, oder würde er mich dann für eine merkwürdige Mutation halten, so wie es die anderen bei Canyon taten? Canyon, der Excel-Nerd, der mit Tieren reden konnte. Sie wurde gemieden. Vielleicht nicht unbedingt von Hudson, aber auch er behandelte sie irgendwie anders. Wie absurd war es eigentlich, dass an der Legend Academy sprechende Kolibris und Legends mit einer Mutation, die sie mit Tieren kommunizieren ließ, wie Aussätzige behandelt wurden? Das war doch ungefähr das Coolste, das die Welt je gesehen hatte.

»Was, wenn ich mir Sorgen machen will?« Hudsons Stimme klang auf einmal belegt.

»Ich …« Mein Mund wurde schon wieder ganz trocken. Dieses

Mal vor Überraschung, weil Hudson mich so merkwürdig ansah. Mit diesem weichen Blick, als hätte er mir sein größtes Geheimnis verraten. Seine Schwachstelle.

Seine Pupillen weitcten sich, wodurch seine Onyx-Augen noch dunkler wurden. Näherte sein Gesicht sich gerade meinem? Wollte er mich küssen? Automatisch neigte ich mich ihm entgegen. Jede Faser in mir schrie danach, in einem Kuss mit Hudson zu versinken. Aber andererseits … war das eine Ablenkung, die Leben kosten könnte, oder überdramatisierte ich gerade? Mein Bauchgefühl sagte mir, dass die Zeit drängte, dass wir der Spur sofort nachgehen sollten.

»Ich …« Tausend Gedanken schwirrten durch meinen Kopf, als seine Lippen sich noch weiter meinen näherten. »Ich muss den Gorgonen finden, der damals den Fluch ausgesprochen hat«, sagte ich dann. Echt? Hatte ich das laut ausgesprochen? Am liebsten hätte ich mir selbst eine reingehauen. Wie blöd konnte man denn sein?

Hudsons Pupillen zogen sich zusammen. Er ging auf Abstand. »Wie bitte?«

Ja, was war bloß in mich gefahren?

»Ist das alles nur ein Scherz für dich?« Er trat noch einen Schritt zurück.

»Nein. Wirklich nicht, Hudson. Und ich bin so froh, dass du mir das mit Shalima erzählt hast.« Irgendwie drängte in mir alles danach, ihn zu besänftigen, doch ich schien es nur noch schlimmer zu machen.

»Spar dir deine Worte.« Hudson straffte die Schultern. »Du hast Angst, ich verstehe das. Und offensichtlich hast du anderes im Kopf. Verstehe ich auch.« Er wandte sich ab, schritt auf die Tür zu. »Wir sehen uns dann beim Frühstück.«

»Nein, warte. So ist es nicht. Ich mag dich, aber ich denke einfach nicht, dass ich … dass du … Wir beide … An dieser Schule lauert an jeder Ecke Gefahr.« Ich lachte auf. Sah er das denn nicht? Der Romeo-und-Julia-Fluch könnte auch uns treffen, wenn wir zu weit gingen. Wenn wir uns aufeinander einließen.

»Das ist der Grund?« Hudson stoppte, die Hand bereits an meine Türklinke gelegt. Als er sich umdrehte, war immer noch nichts von dieser bewundernden Wärme in seine Augen zurückgekehrt, mit der er mich noch vor zwei Minuten bedacht hatte. »Du tust immer so tough und überlegen. Siehst auf andere herab, weil du Angst hast, dass man dich nicht mögen könnte. Du versteckst dich hinter deiner vorgetäuschten Arroganz. Und du findest Ausreden für alles. Aber ich habe schon verstanden. Ich werde dir nicht mehr zu nahe kommen.«

Ich schluckte. Wahrscheinlich war da tatsächlich etwas Wahres dran. Aber ich arbeitete an mir. Und warum fühlte sich Hudson auf einmal berechtigt, mich zu analysieren? Meine Nasenflügel bebten, doch ich hielt mich zurück. Ich musste Hudson nicht noch mehr verletzen als sowieso schon.

Offensichtlich hatte er sich mehr erwartet, denn Hudson schnaubte und öffnete die Tür.

»Warte!« Auf mein Rufen wandte er sich wieder zu mir um. Dieses Mal deutlich langsamer. Erwartungsvoller.

Aber es war zu spät. Die Worte kamen mir über die Lippen, ehe mein Gehirn registrieren konnte, was ich damit anrichten würde. »Weißt du, in welchem Zimmer Canyon ist?«

Hudson hob beide Augenbrauen. Sichtlich geschockt darüber, dass das die Frage war, die ich als Letztes noch loswerden wollte.

Ich schloss den Mund. Atmete. »Ist okay, ich schreibe sie über diese Bluetooth-App an, die sie uns gezeigt hat. Und wegen gerade eben …« Ich biss mir auf die Lippe. »Ich glaube … also auf dem Schrank …« *Dios mío,* wie musste sich mein Gestotter für Hudson anhören? Auf einmal waren alle Buchstaben aus meinem Kopf verschwunden.

Blöderweise schien Hudson nicht gewillt zu sein, darauf zu warten, bis ich mich gesammelt hatte, um von meiner Vision zu berichten. Ohne ein weiteres Wort und mit einem Kopfschütteln schloss er die Tür hinter sich.

Mist, Mist, Mist. Warum war unser Timing so schlecht? Aber hatte Hudson wirklich Gefühle für mich? Entschlossen verdrängte ich jeglichen Gedanken an ihn; darüber wollte und konnte ich jetzt nicht nachdenken.

Nachdem ich das Armkissen aus dem Fenster im Flur geworfen hatte – denn mein Fenster ging ja über die Klassenzimmer im ersten Stock hinaus, und somit wäre das Kissen auf dem Dach unter mir gelandet –, warf ich mich bäuchlings aufs Bett. Obwohl ich nicht genau wusste, warum, stiegen mir Tränen in die Augen, als ich Canyons Bluetooth-App aufrief und ihr schrieb, was ich gerade gesehen hatte.

Glücklicherweise antwortete sie sofort. Canyon schien weniger schockiert über meine Vision zu sein, als ich angenommen hatte. Ihrer Meinung nach passte meine Beschreibung tatsächlich auf ein Pärchen, das sie in den Jahrbüchern gesehen hatte: ein gewisser Henry, der einen Zwillingsbruder namens Rowland hatte, und eine gewisse Erin. Alle drei waren im Abschlussjahr von 2006 gelistet. Allerdings mit dem Vermerk, dass sie gestorben waren, ehe sie ihren Abschluss machen konnten.

»Am besten schauen wir uns morgen in der Mittagspause das Jahrbuch gemeinsam an«, schlug Canyon per Textnachricht vor.

Eine gute Idee. Ich biss mir auf die Unterlippe. Falls Erin und Henry wirklich meine biologischen Eltern sein sollten, waren sie inzwischen nicht mehr am Leben. Wenn sie ihre Abschlussfeier 2006 nicht mehr erlebt hatten, ich aber am 21.12.2005 geboren worden war, mussten sie in den Wochen zwischen diesen Ereignissen gestorben sein. Konnte das stimmen? Stammten die Visionen, die ich sah, aus der Zeit von 2005? Möglich war es. Irgendwie wusste ich nicht, wie ich mich bei dem Gedanken fühlen sollte. Aber hatten Henry und Erin auch etwas mit dem Fluch zu tun? Waren wir auf der richtigen Spur? In meinem Kopf brummte es, und langsam bekam ich Kopfschmerzen.

Kapitel 31

Am nächsten Morgen saß ein Kolibri mit vorwurfsvoller Miene oben auf meinem Spind. Aber an diesen Anblick hatte ich mich bereits gewöhnt. Ganz im Gegensatz dazu, dass freitags ein Beachvolleyballspiel vor Unterrichtsbeginn stattfand. Aber diese Art von Morgenappell sowie die folgenden Fächer Genetik und Mythengeschichte würden mich wenigstens von meinen Gedanken ablenken, die wie ein Wespenschwarm um meine Hirnwindungen kreisten.

Ich hatte die halbe Nacht wach gelegen und abwechselnd über Hudson und über Erin und Henry nachgedacht. Ersteren konnte ich vielleicht tatsächlich ignorieren – zumindest bis zum Nachmittagsunterricht, der meinem Stundenplan zufolge aus Selbstverteidigung mit Gorgonen bestand. Zweitere waren da schon schwieriger. Die Vorstellung, dass die beiden wirklich meine Eltern sein könnten und dann auch noch gestorben waren, lag mir irgendwie zu schwer im Magen und tat zu sehr weh. Und das lenkte mich nur ab. Ich musste mich auf den Fluch konzentrieren, danach konnte ich immer noch herausfinden, wie es mit den beiden und Erins Babybauch damals wirklich gewesen war. Vielleicht interpretierte ich auch einfach zu viel in die Sache hinein.

Schnell schüttelte ich die Erinnerung an Erins Bauch und ihre sturmgrauen Augen, die auch noch dieselbe Form wie meine aufgewiesen hatten, ab und konzentrierte mich wieder auf den Kolibri. Da ich nicht vorhatte, Floyd zuerst anzusprechen, beachtete ich ihn nicht weiter und öffnete stattdessen die quietschende Metalltür, um nach meinem Genetik-Buch zu angeln, das locker so viel wie hundert Kolibris wog.

Daraufhin plusterte Floyd seine rosa Federn auf. Etwas oberhalb meines Sichtfelds tippelte er auf dem Schrank herum. »Du hast dein Bett nicht gemacht, deine Krawatte hast du überhaupt nicht ordentlich gebunden und …«

Dieses Band nannte er Krawatte? Ich schielte auf das weiße Satinmaterial, das nicht breiter als ein Bleistift war.

Floyd holte tief Luft, doch ich sah ihm gelassen entgegen, würde den Wortschwall einfach über mich ergehen lassen. »… und Hudson war in deinem Zimmer!«

Ich blinzelte. »Woher … willst du das denn wissen?«, flipperte ich den Ball erst noch mal zu ihm zurück.

»Also hör mal!« Floyd plusterte sich noch mehr auf, sodass er plötzlich erschreckend große Ähnlichkeit mit einem pinken Tennisball hatte. »Keine Jungs in Mädchenzimmern! Regel dreiundzwanzig im Schulhandbuch.«

Mit einem lauten *Klonk* schloss ich die Spindtür, was Floyd einen Satz in die Luft springen ließ.

»Entschuldige«, gab ich kleinlaut von mir. Wenn ich es mir mit den Kolibris verdarb, hatte ich am Ende, abgesehen von Willow und Canyon, gar keine Freunde mehr an dieser Schule.

Ich seufzte ergeben. »Hudson hat nur kurz nach mir gesehen, nachdem ich vom Schrank gefallen war. Er muss den Lärm gehört haben und wollte bestimmt nur sichergehen, ob ich auch hundertprozentig abgekratzt bin. Du kennst ihn.«

»Diese Hassliebe zwischen euch ist zuweilen verstörend«, bemerkte der Kolibri.

Das musste er mir nicht erst sagen.

»Und warum hast du das Frühstück verpasst?«

»Aus Gründen.« Schließlich musste Floyd nicht wissen, dass ich mich mit Baker getroffen hatte.

Leider war es nur ein kurzes Vergnügen gewesen, weil nach ungefähr drei Sätzen, die wir miteinander ausgetauscht hatten, eine Schlange aus einem Busch gekrochen war, die sich als Jinx vorgestellt hatte. Selbstverständlich erst nach seiner Rückverwandlung in einen nackten Jungen ohne Schamgefühl. Sein Ruf war ihm vorausgeeilt, zumindest hatte ich von diesem Schönling bereits gehört. Baker hatte daraufhin versucht, ihn abzuwimmeln, und war schließlich sichtlich niedergeschlagen mit ihm zurück zum Camp gelaufen. Wirklich süß und zuvorkommend von Baker, wie er Jinx von mir ferngehalten hatte, aber so war ich mit meinen Theorien keinen Schritt weitergekommen. Egal, heute Abend bei Sonnenuntergang würde ich noch einmal versuchen, Baker zu treffen. Und immerhin hatte ich so das Beachvolleyballturnier verpasst.

In diesem Moment lief London an mir vorbei, gefolgt von Trixie. Beide warfen mir einen Blick zu, der sich unter meine Haut zu fressen schien. Eine Warnung. Eindeutig. Solange es ohne zu blinzeln ging, hielt ich ihrem Blick stand. Ein paar Sekunden später verschwanden sie um die nächste Ecke, was mich aufatmen ließ.

Ich räusperte mich, ehe ich kurz zu Floyd sah und mich zum Gehen wandte. »Schaffst du es, mir im Laufen das Band zu richten, oder ist das nur was für fortgeschrittene Kolibris?«

Von Floyd erntete ich daraufhin nur ein ersticktes Keuchen. Natürlich konnte er das nicht auf sich sitzen lassen. Ziemlich geschickt landete der kleine Kolibri auf meiner Schulter, schob meine Haare aus dem Weg und begann, das Satinband mit Flügel und Schnabel zu einer Schleife zu binden. Zuletzt drehte er die Schlaufe so, dass der Knoten genau an die richtige Position vor meiner Kehle rutschte. Und das alles, bevor ich zwanzig Schritte weit gekommen war.

»Fantastisch. Das wird mir zu Hause niemand glauben, Floyd.«

»Ach, na ja, man tut, was man kann.« Offensichtlich geschmeichelt hob Floyd die hellrosa Flügelspitzen. »Und weil du es bist, mache ich jetzt noch dein Bett. Aber zum letzten Mal.«

»In Ordnung.«

»Natürlich bringe ich es in Ordnung!«, brüstete sich der Vogel.

»Nein, ich meine: super.« Grinsend rieb ich meine Wange an seinem Kopf. »Und ich klaue nachher in der Küche wieder Crispy-Crunch-Müsli für dich.«

»Die mit Honig und so richtig schön verklebte?« Der ganze Kolibri-Körper zitterte.

»In Ordnung.« Ich bleckte die Zähne, woraufhin Floyd kurz überlegte und danach kicherte. »Du bist schon ungewöhnlich, Graylee.«

»Ja, ja, das bin ich«, erklärte ich vollkommen ernst.

Nach einem Kopfschütteln sprang Floyd ab und flog mit seinen überirdisch schnell vibrierenden Flügeln davon.

Schon glaubte ich, dieser Morgen könnte im Vergleich zu den bisherigen an dieser Schule ganz annehmbar werden, doch da hatte ich die Rechnung ohne Ornella gemacht. Sobald ich um die nächste Ecke in den Flur einbog, der in Richtung Naturwissenschaften führte, ging es los. Mit einem Knacken schalteten sich die Lautsprecher ein.

»Willkommen zu einem weiteren beschissenen Morgen an der Swanlake Academy. Als wären wir nicht schon alle gestraft genug mit unseren jeweiligen Leben.«

Ein Raunen ging durch die Schüler im Flur, einige hoben sogar die Köpfe, als könnten sie durch die Lautsprecher Ornellas Show sehen statt hören. Warum Mrs Krystler Ornella nicht schon längst verboten hatte, diese Morningshow zu veranstalten, wurde mir von Tag zu Tag schleierhafter. Verwandtschaft hin oder her. Und warum so kurz vor Unterrichtsbeginn? Hatte Ornella am Montag ihre Morningshow nicht *vor* dem Volleyballspiel gesendet?

»Ein wenig fühle ich mich heute genauso abgebrannt wie die Kunstscheune. Und wenn ich mir mein Plastikchip-Konto so ansehe, dann geht es ihm ebenso.« Ornella ließ Raum für Lacher, die sie für diesen schlechten Witz durchaus erntete. »Von heute an sind es nur noch zweiundzwanzig Tage bis zum Homecoming-Ball. Also denkt daran, euren Liebsten nach einem Date für den Ball zu fragen! Außerdem …« Das Mikro knackte, als wäre Ornella mit der Hand darübergefahren. »… soll ich euch nochmals daran erinnern, dass ihr die Teeküche im Freizeitbereich in sauberem Zustand hinterlassen sollt.«

Um mich herum verdrehte ungefähr die Hälfte der Schüler die Augen. Ich musste einen ziemlich teuren Rucksack aus dem Weg schieben, dessen Besitzer sich ungünstig in den Flur gedreht hatte. Zu allem Unglück traf mich in diesem Moment ein zweiter Rucksack in den Rücken. Was schleppten diese reichen Kids nur alles in einem Internat mit sich herum? Den Wert ihres Bankkontos in Goldbarren? Nachdem meine Rippen aufgehört hatten zu pochen, bahnte ich mir weiter meinen Weg durch den Gang mit den Spinden.

»Oh, und noch ein süßes Gerücht, bevor ich es vergesse«, drang Ornellas Stimme schnurrend durch die Lautsprecher.

Augenblicklich ahnte ich, dass das nichts Gutes für mich bedeuten konnte. Eine Vorahnung, die sich bewahrheiten sollte.

»… Hudson Oakwood wurde gestern Abend verbotenerweise im Zimmer unserer neuen Schülerin Graylee McCoy gesichtet. Ob wir da eine Überraschung auf dem Ball zu erwarten haben? Oder noch eine größere Überraschung in neun Monaten?«

Am liebsten hätte ich dieser neugierigen Krähe den Hals umgedreht. Und woher bitte wussten alle, was gestern in meinem Zimmer vorgefallen war? Selbstverständlich musste Ornella sich auf diese Story stürzen wie auf einen Praktikumsplatz beim Radiosender KIIS FM in Los Angeles.

»Und wir alle fragen uns wie jeden Tag …«, ging es über mir weiter. »Womit wird uns die gute Graylee heute überraschen? Ihr Unterhaltungswert ist einfach unschlagbar, nicht wahr?«

Schnaubend hob ich meinen Arm und zeigte der nächsten Flurkamera meinen Lieblingsfinger. Immerhin war die rettende Tür zum Genetikunterricht bereits in greifbarer Nähe. Nur leider würde ich auch dort Ornellas Sticheleien nicht entgehen können. Aber zumindest den Blicken der anderen. Denn gerade musterte mich eine Gruppe Odins-Söhne, unter denen sich auch Tristan befand und die allesamt mit ziemlich breiten Schultern gesegnet waren, von oben bis unten.

»Mein persönlicher Favorit unter Graylees Missgeschicken war ja der Tag, an dem sie ihre Hand im Snackautomaten eingeklemmt hatte und von Hudson gerettet werden musste … Oder halt, nein. Meine Top Drei der peinlichsten Momente unserer Neuen …«

Konnte sie sich nicht um ihren eigenen Walküren-Kram kümmern? Und ihre Wut auf die Welt an jemand anderem auslassen? Am liebsten hätte ich mir die Ohren zugehalten, doch immerhin zeigte sich das Schicksal in diesem Moment gnädig. Aus den Lautsprechern polterte und quietschte es, ehe man Mrs Krystlers Stimme vernahm. »Das reicht für heute, vielen Dank, Ornella, und jetzt geh in deine Klasse. Und an alle Schüler, die mich hören können: Habt einen schönen Tag und seid nett zueinander.«

War sich Mrs Krystler eigentlich der Ironie in diesem Satz bewusst? Ich ließ meine Nackenmuskulatur knacken und betrat den Genetiksaal. Zeit, weitere befremdliche Dinge über die Legends zu erfahren.

Nach der Stunde, in der ich eindeutig zu viele neugierige Blicke und Gekicher über mich ergehen lassen musste, schob ich mich als Erste durch die schwere Tür zurück in den Flur.

»Sag mal, hast du das mit Absicht getan?« Eine Hand legte sich um meinen Oberarm und zog mich zur Seite. Bevor ich ganz realisieren konnte, was los war, rückte Hudson auch schon wieder von mir ab, als hätte er sich an mir verbrannt.

»Wie bitte?« Mein Gehirn kam nicht mehr mit. Meinte er meine frühe Flucht aus dem Genetiksaal oder die Tatsache, dass ich ihn gestern Abend unabsichtlich gekränkt hatte? Doch dann machte es *Klick*, noch bevor Hudson die Worte aussprach.

»Hast du Ornella gebeten, das Gerücht zu streuen, du und ich …« Seine Augenbrauen zogen sich zusammen, als wollte er damit Gewichte stemmen.

Ernsthaft? Eigentlich hätte ich nichts lieber getan, als ihm für diese unfassbare Unterstellung die Meinung zu sagen, aber leider sah ich in diesem Augenblick Vivienne auf uns zustöckeln. Stilecht mit pinkem Kaschmirpullover, kariertem Rock und pinken High Heels.

Warum hielt ich mich eigentlich als Einzige an die Schulkleidungsordnung? Zumindest das Poloshirt war Pflicht, wie ich mittlerweile gelernt hatte.

Hastig konzentrierte ich mich wieder auf Hudson. »Ich habe gar nichts gestreut«, zischte ich. »Irgendwer muss uns beobachtet haben. Warum warst du auch so dämlich, in mein Zimmer zu stürzen wie so ein Serienkiller?«

»Es klang, als hätte dich da drin jemand abgeschlachtet«, erwiderte er bissig. »Aber gut, beim nächsten Mal lasse ich dich einfach allein mit deinen Monstern ringen.«

Er tat im Grunde so, als wäre ich hilflos dagesessen. Gut, hatte ich auch irgendwie, bis meine Augen sich nach der Vision wieder scharf gestellt hatten. Ich massierte mir die Stirn, war mir seiner Blicke nur zu bewusst. Wenn Hudson mich weiter so intensiv anstarrte, würden ihm noch seine magischen Kontaktlinsen rausfallen und ich würde als Steinfigur enden. Ornella und Vivienne würden diesem Bild von mir sicherlich ein Like geben. Ich unterdrückte ein Schnauben. Was gab ihm eigentlich das Recht, mich so anzufahren? War das seine Art, mit all dem umzugehen, was zwischen uns gewesen war? War wahrscheinlich am einfachsten, einfach so zu tun, als würde er mich jetzt hassen. Meine Gedanken drifteten wieder zu unserem Fast-Kuss und meiner lahmen Entschuldigung danach. Wie er mir überhaupt nicht mehr zugehört hatte.

»Weißt du, wenn ich mich erst retten und dann anpöbeln lassen will, kann ich genauso gut zu Floyd gehen, also sag mir nicht, ich hätte das mit Absicht getan.« Meine Nasenflügel blähten sich, und ich deutete mit dem Zeigefinger auf seine Brust.

In Hudsons Augen schien ein Sturm zu toben. Obwohl ich es nicht wollte, erwiderte ich seinen Blick. Viel zu lange starrte ich in diese dunklen Augen. Wie konnte man nur wie Hudson Oakwood aussehen? Und wie konnte er so eine Anziehungskraft auf mich ausüben, und das, obwohl er genauso bissig wie ein Polizeihund war? Und warum stand er so nah vor mir?

Ich drückte meinen Rücken fester gegen die Wand, als könnte ich dadurch Abstand zu ihm gewinnen. Offensichtlich war seine Wut immer noch nicht verraucht, denn er ballte seine Finger zur Faust, öffnete sie wieder, schloss sie erneut. Dabei hob und senkte sich seine Brust. Wie hypnotisiert beobachtete ich jede seiner Bewegungen. Sollte ich mich richtig entschuldigen? Wie machte man so was?

Komischerweise kam er mir auf einmal immer näher. Täuschte ich mich, oder waren seine Augen ganz glasig geworden?

In dem Moment räusperte sich hinter ihm Vivienne, was sowohl mich als auch Hudson zusammenfahren ließ.

»Bei allen Nornen, Vivienne«, knurrte Hudson, der einen Schritt zur Seite trat, aber nicht wirklich vor ihr zurückwich. »Schleich dich doch nicht an wie so ein verdammter Tesla.«

Das überging die Sirene geflissentlich. »Wenn ich du wäre, Hudson, würde ich mich nicht mehr in der Öffentlichkeit mit ihr zeigen. Den Brand soll sie ja selbst gelegt haben.« Sie nickte mit dem Kinn in meine Richtung.

Reizend. War ja klar, dass Vivienne so ein Gerücht glaubte oder es selbst in die Welt gesetzt hatte.

»Übertreib es nicht.« Hudson starrte sie geradezu nieder.

»Ach, Graylee«, fuhr sie in gespielt bedauerndem Tonfall fort, ohne auf Hudsons Warnung zu achten. »Hast du schon wieder deinen Maniküre-Termin verpasst? Sieht nicht schön aus.« Sie musterte meinen Finger, der immer noch auf Hudson deutete.

»Das, was ich sehe, sieht auch nicht besonders reizend aus«, sagte ich, wobei ich ihr fest in die Augen blickte. »Heute ist doch gar nicht Mittwoch. Aber du trägst Pink«, fügte ich nach einer kurzen Pause hinzu.

Vivienne sah mich verständnislos an – offensichtlich hatte sie nie den Film *Girls Club* gesehen. Doch dann warf sie sich kopfschüttelnd die dunkelrote Haarmähne über die Schulter und strich Hudson über den Oberarm. »Da hörst du es. Sie ist verrückt, vollkommen gaga.«

Hudson versteifte sich. »Lass es bitte einfach gut sein, Viv.«

Ich verkniff mir ein Blinzeln. »Jemanden als verrückt zu bezeichnen, ist unserer Zeit absolut nicht mehr angemessen, liebe Vivienne. Das solltest du überdenken.« Diese Schlange würde mich nicht brechen. Niemals. Künftig würde sie es sich zweimal überlegen, jemanden so herablassend zu behandeln. Und mit so einer Aktion wie mit dem Kissen unter meinem Bett würde sie mich nicht noch einmal kriegen.

»Du kleine, unverschämte Kröte«, zischte sie mir zu. »Kein Wunder, dass dich niemand leiden kann. Du gehörst hier nicht her.«

Das hatte sie nicht gesagt!

»Vivienne, es reicht!«, sagte Hudson bestimmt.

Heftig blinzelnd starrte sie ihn an. Damit hatte sie offensichtlich nicht gerechnet. Genauso wenig wie ich.

Mein Mund klappte auf, und warum auch immer schloss ich ihn wieder, ohne etwas zu erwidern. Versuchte Hudson gerade wirklich, mich zu verteidigen? Ich wusste, ich sollte Vivienne einfach ignorieren, aber ihre Worte hatten tatsächlich meinen wunden Punkt erwischt. Sie hatte ja recht. Mit zittrigen Fingern tastete ich nach den Stricknadeln in meinem Haar. Ich war die seltsame Neue. Niemand hier wollte mit mir befreundet sein. Abgesehen von Willow, wenn sie neben Varn Zeit für mich fand, und Canyon.

Glücklicherweise kam in dem Moment Iceman auf mich zugeflogen und landete auf meinem Genetikbuch, das ich immer noch im Arm hielt wie mein Neugeborenes. »Hey, Graylee, kannst du mal nach Floyd sehen? Er hat sich eventuell in deiner Strickwolle verfangen, und ich brauche dich, um ein Foto davon zu schießen.« Der blaugrüne Kolibri grinste mich so verschmitzt an, dass ich nicht anders konnte als zurückzugrinsen. Genau wie ich ignorierte er Vivienne, die Hudson in der Stimmlage einer zischenden Schlange eine Predigt hielt.

»Wer bitte freundet sich mit diesen verwirrten, stinkenden Kolibris an?«, hörte ich Vivienne fragen, aber da hatten Iceman und ich uns schon an Hudson, der erneut versuchte, Viv zu beruhigen, vorbeigedrängt und ihr den Rücken zugekehrt.

Kapitel 32

Nach dem Unterricht in Mythengeschichte, Englisch und Mathe, wo ich nach dem Vorfall im Flur nur die Hälfte mitbekommen hatte, traf ich mich wie verabredet mit Canyon. Ihr Zimmer war eine exakte Kopie von meinem, nur die bunten Tischdecken fehlten. Dafür hatte sie alle möglichen Postkarten an die Wand geklebt. Die meisten davon zeigten Nerdsprüche.

»Schau hier.« Sie hatte bereits ein Jahrbuch auf ihrem Bett ausgebreitet. »Das sind die Jahrgangsfotos von Erin, Henry und Rowland. Sind das die Legends aus deinen Visionen?«

Mit dem Finger fuhr ich über die Porträts. Eineiige Zwillinge und ein hübsches Mädchen mit sturmgrauen Augen. Eindeutig die Jugendlichen aus meiner Vision. »Ja, das sind sie.« Den Daten nach mussten Henry und Erin bei ihrem Tod siebzehn oder achtzehn gewesen sein. Konnten die beiden wirklich meine biologischen Eltern sein? »Aber es wäre schon ein ziemlich großer Zufall, wenn ich im Zimmer meiner Mutter eingezogen wäre, oder?«

»Es gibt keine Zufälle, nur Schicksal.«

Ich schnaubte. Zum Glück drängte Canyon mich nicht, noch mehr darüber zu reden. Schließlich hatte ich mir fest vorgenommen, mich vorerst nicht auf meine »biologischen Eltern« zu konzentrieren.

Ich räusperte mich und wechselte das Thema. »Hast du die Liste der verdächtigen Gorgonen noch eingrenzen können?« Ich blätterte durch die Seiten, sah mir jeden männlichen Schüler mit rotem Krawattenband genauer an.

»Ich bin mir nicht sicher.« Langsam sah Canyon auf. »Dieser Chester oder dieser Hank kommen mir momentan als die wahrscheinlichsten Kandidaten vor. Da steht etwas von verbotenen Beziehungen und dass sie von der Schule geflogen sind. Andeutungen zumindest. Lass uns mit diesen beiden starten.«

»Was ist mit den Schülern mit weißem Kragenband? Von denen könnten auch ein paar Gorgonen sein.« Mein Blick glitt zu Henrys Zwillingsbruder. Während Henry ein blaues Band trug, also eine Sirene sein musste, lugte unter Rowlands Kragen eine weiße Schleife hervor. Und um Erins Hals lag das rosa Band der Walküren.

Canyon schlug die Beine übereinander. »Die nehmen wir uns in Runde zwei vor. Zuerst horchen wir die offensichtlich Verdächtigen aus. Durch ihre Reaktionen werden sie sich schon verraten.«

Clever. Mein Blick fiel aus dem Fenster. Canyons Zimmer lag so hoch, dass man von hier aus die Kiesgrube sehen konnte. »Gut, kommst du allein klar? Ich muss mich dringend mit Ornella aussprechen.«

Canyon nickte verständnisvoll, während sie heftig auf ihre Tastatur einhackte.

Ornella saß am Rand des Walgerippe-Pavillons im Schatten und stopfte sich Salatblätter so groß wie Suppenteller in den Mund. »Spar's dir einfach«, sagte sie zur Begrüßung.

Ohne darauf einzugehen, ließ ich mich neben sie auf den Boden sinken. So als wären wir die besten Freunde, klaute ich ihr ein Stück Baguette vom Tellerrand, woraufhin Ornella ein Knurren ausstieß. »Da, wo ich herkomme, verliert man wegen so was eine Hand.«

»Ach? Und ich dachte, bei der Mafia wäre Mundraub ein Kavaliersdelikt.«

Mitten in ihrer Bewegung hielt Ornella inne, weswegen Salatsoße auf den Boden tropfte.

»Hör mal.« Ich rieb mir über die Stirn. Am besten, ich redete einfach drauflos. »Ich bin total auf deiner Seite, okay? Ich mag Tristan wie einen Bruder und werde alles daransetzen, sein Leben zu retten.« Aber wer würde das nicht tun? Man müsste schon ein Herz aus Stein haben, um seine Mitschüler einfach so dem Tod zu überlassen. Meine Gedanken sowie mein Blick schweiften unwillkürlich zu Trixie und London, die nicht weit entfernt auf einer Bank saßen.

»Pfff.« Offenbar hatte ich Ornella noch nicht überzeugt.

»Okay«, fuhr ich daher schnell fort, »du denkst, ich lasse mich zu sehr ablenken. Weil ich glaube, dass mehr hinter Londons und Trixies Verschwinden steckt, und ich mich in den letzten Tagen auf sie konzentriert habe. Aber schau, was, wenn das alles mit Tristans Tod zusammenhängt? Dann ist es doch gut, dass ich diese Spur verfolge.«

»Du schaust zu viele Krimis.« Doch Ornella klang nicht mehr ganz so harsch wie zuvor. »Komm mir einfach nicht in die Quere. Und behalt das mit dem Nornenauge weiterhin für dich.«

Ich seufzte. Also würde ich mich noch mehr vor Ornella beweisen müssen, bis sie anfing, mir zu trauen. »Wenn es das ist, was du willst …« Ich schirmte meine Augen vor der Sonne ab, winkte Willow zu, die gerade den Pavillon betrat. Aber sie schien mich nicht zu sehen, stattdessen ging sie mit steifen Gliedern zum Büfett.

»Ist es. In meiner Familie vergeben wir nicht einfach so. Vertrauen muss man sich erarbeiten.«

Ja, das hatte ich mir gedacht.

In dem Moment rief jemand meinen Namen, und als ich aufsah, entdeckte ich Varn. Er kam aus Richtung des Rapunzelturms angejoggt, hielt direkt auf mich zu. »Graylee, hast du Willow gesehen? Sie hat mich beim Frühstück versetzt, und niemand scheint sie heute gesehen zu haben. Sie war auch nicht im Unterricht.«

Jetzt, wo er es erwähnte, fiel mir ein, dass ich in den Schulstunden Willow tatsächlich nicht über den Weg gelaufen war. Bevor ich ihm sagen konnte, dass Willow am Büfett stand, deutete Ornella mit dem Kopf in diese Richtung. »Ist gerade reinspaziert, die Kleine.«

Willow kehrte uns den Rücken zu. Noch nie hatte ich sie so krumm dastehen sehen. Und ihr Poloshirt war hinten von grünen Schmutzschlieren übersät …

Unwillkürlich hörte ich auf zu atmen. Meine Muskeln erschlafften allesamt, als ich begriff. Nein, bitte nicht. Nicht Willow!

Die Zeit um mich herum schien stillzustehen. Verdammt, wie hatte ich das nicht kommen sehen können? Willow und Varn waren so etwas wie ein Liebespaar geworden. Der Fluch musste sie getroffen haben. Weil ich kurz davor stand, vor Frust und Angst zu schreien, schlug ich mir eine Hand vor den Mund. *Nein, nein, nein!* Eine einzelne Träne bahnte sich ihren Weg aus meinem Augenwinkel.

Ich sprang auf, wollte zu Willow rennen, doch Ornella packte mein Bein, wodurch ich ins Straucheln geriet.

»Tu's nicht«, sagte sie überraschend ruhig. »Wenn es wirklich der Fluch ist, ist es ohnehin zu spät.«

Trotzdem riss ich mich los und stellte mich Willow in den Weg, gemeinsam mit Varn. Doch die veränderte Willow schob sich wortlos an uns vorbei. In der Hand einen Teller voller Karotten. Nicht mal ihre Korkenzieherlocken wippten.

Bis zum Nachmittagsunterricht brachte ich Varn auf den neusten Stand unserer Nachforschungen. Als Canyon zu unserer Gruppe dazustieß und ihre Meinung zum Fluch teilte, war Varn vollkommen in sich zusammengesackt. Wieder und wieder drehte er seine grünen Haarsträhnen zwischen den Fingern, fluchte, leugnete, aber musste dann doch zugeben, dass etwas nicht stimmte.

Auf einmal sprang er auf und verkündete, erst mal mit Willow reden zu wollen. »Es ist das Wichtigste, dass wir sie zurückholen, versteht ihr?«

Wir ließen ihn gehen. Da wir im Moment nichts machen konnten und wir alle in den Unterricht mussten, klopfte ich mir das Gras von den Shorts, verabschiedete mich von Canyon und Ornella, ehe ich zur Lagerscheune marschierte, hinter der das Selbstverteidigungstraining stattfinden sollte.

Walker unterrichtete uns. Offensichtlich, weil kein Gorgonenlehrer zur Hand war. Die Gruppe bestand lediglich aus fünf Gorgonen und mir. Natürlich. Denn ich sollte ja herausfinden, ob ich eine von ihnen war. Nur deshalb musste ich diese Doppelstunde über mich ergehen lassen. Zu allem Überfluss teilte Walker mir auch noch Hudson als Trainingspartner zu. Echt toll.

Ohne mich direkt anzusehen, schlenderte Hudson zu mir. »Okay, rede einfach nicht«, sagte er zur Begrüßung. »Hör mir nur zu und die zwei Stunden sind schnell vorbei.«

Wow. Einfach nur wow.

In den nächsten Minuten zeigte er mir, wie ich einen Angreifer abwehren konnte, der versuchte, mich zu packen. Genau wie er es vorgeführt hatte, drückte ich daraufhin mehrmals Hudsons Finger von mir, die sich um mein Handgelenk schlossen. Doch meine Konzentration ließ zu wünschen übrig, denn meine Gedanken waren die ganze Zeit bei Willow.

»Willow muss über Nacht verschwunden gewesen sein, ohne dass es jemand bemerkt hat«, sagte ich bei Versuch Nummer vier, allerdings mehr zu mir selbst als zu ihm.

»Wie bitte?« Dieses Mal griff er viel härter zu.

»Sie ist die Nächste«, sagte ich nur, und ich konnte dabei zusehen, wie die Erkenntnis in seinen Augen aufblitzte.

»Nein, oder?«

»Doch.« Vollkommen in meine Gedanken an Willow versunken, wehrte ich mich nicht gegen Hudsons Griff, starrte nur auf seine Hand, die mein Handgelenk umfasste, und dann zu meinem Wundverband. Auf einmal wünschte ich mir, er würde noch einmal anbieten, mir beim Verarzten der Wunde zu helfen. Nur noch ein einziges Mal.

»Verdammt, das tut mir leid, Graylee.«

Ich sah zu ihm auf. Würde er jetzt endlich mit mir zusammenarbeiten, wie wir es uns eigentlich versprochen hatten? »Willow ist in letzter Zeit wie eine kleine Schwester für mich geworden. Ich kann sie nicht im Stich lassen.«

»Das werden wir auch nicht«, sagte Hudson. »Es klingt komisch, aber sie erinnert mich an meine eigene Schwester. Und von ihrem

Wesen her an meine Großmutter.« Er drückte meine Hand. »Wir werden sie retten. Gemeinsam. Du kannst auf mich zählen.«

Beim Abendessen beobachtete ich Willow, die neben Varn saß, aber nur einsilbig antwortete, wenn man sie etwas fragte. Mir schnürte es den Brustkorb enger. Das war nicht meine Willow. Ich wusste es, und ich würde es beweisen und einen Weg finden, sie zu retten.

»Reichst du mir bitte das Salz, Graylee?«, bat Canyon, die sich irgendwann am Nachmittag die linke Seite ihrer blauen Haare straff nach hinten gegelt hatte.

Abwesend schob ich ihr den Salzstreuer rüber, ließ Willow dabei jedoch nicht aus den Augen.

»Erzählst du mir von diesem Prestley-Haus? Ich meine das auf deinem Blog«, fuhr Canyon fort. »Da war so ein merkwürdiger Eintrag auf deiner Website.«

Canyons Worte kamen nur mit Verzögerung bei mir an. »Hm?«

»Bringt dieses Haus wirklich Unglück?« Offensichtlich wollte sie Themen anschneiden, bei denen wir keine Angst haben mussten, belauscht zu werden.

Das Prestley-Haus … Das brachte mich auf eine Idee. Ich schielte wieder zu Willow. Das hieß allerdings, dass ich keine Zeit verlieren durfte. »Natürlich«, sagte ich daher nur, wobei ich mich nicht nach mir selbst anhörte. »Kann ich dich nach dem Essen kurz sprechen?«

Canyon sah mich zunächst irritiert an, nickte dann aber. Zum Glück hakte sie nicht weiter zum Thema Prestley-Haus nach, in das Sinclair, Tinka und ich damals eingebrochen waren, sondern widmete sich wieder ihrem Essen.

Nachdem ich ihr etwa fünf Minuten dabei zugesehen hatte, wie sie ihre Quinoa-Bowl verdrückte, tippte ich immer schneller mit meinem Zeigefinger auf den Tisch. Canyon verstand den Wink schließlich und stand auf, während ich bereits meinen Stuhl an den Tisch schob.

»Bis später, Leute«, verabschiedete ich mich hastig. »Canyon und ich haben noch etwas zu erledigen.«

Willow sah nicht mal von ihrem Teller auf.

Im Laufen hielt ich nach Hudson Ausschau, konnte ihn aber nirgends entdecken.

Sobald wir im Flur waren, drehte Canyon sich zu mir um. Anstatt zu antworten, sah ich mich kurz um und führte sie dann zur Wendeltreppe im Eingangsbereich, wo um diese Uhrzeit niemand mehr rumhing. Das Licht fiel nur noch schwach durch die Glaskuppel über der Treppe, was für meinen Plan sogar ganz gut war. Niemand sollte etwas davon mitkriegen. So schnell wie möglich lotste ich Canyon nach oben in den Flur, in dem mein Zimmer lag, blieb dann aber vor Willows Tür stehen.

»Du passt auf, ob jemand kommt, ja? Und wenn es Willow ist, bitte sie, sich etwas in deinem Zimmer anzusehen oder so. Okay?«

»Äh, was hast du vor?«

»Erkläre ich dir später.« Schließlich war ich nicht sicher, wie lange Willow noch beim Abendessen sitzen würde.

Leise schloss ich die Tür hinter mir. Willows Zimmer sah meinem ähnlich, nur spiegelverkehrt, und es herrschte weniger Unordnung auf dem Schreibtisch als bei mir. Eigentlich war es durch die aufgezogenen Wolken zu dunkel, um ohne Licht viel erkennen zu können, aber ich wagte es nicht, eine Lampe einzuschalten, aus Angst, der Lichtschein könnte unter der Tür in den Flur dringen und mich verraten. Für das, was ich vorhatte, brauchte ich auch kein Licht. Wenn sich in diesem Zimmer etwas Furchtbares abgespielt hatte, das mit Willow zu tun hatte, dann würde ich es vermutlich sehen, sobald ich die Wand berührte. Außer es hatten sich noch andere Katastrophen hier ereignet. Wie viele Anläufe würde es brauchen, bis mir die Wände zeigten, was seiner aktuellen Bewohnerin Schreckliches widerfahren war?

Innerlich wappnete ich mich gegen den Schmerz. Wenn ich mich nicht täuschte, waren die Visionen in letzter Zeit von immer heftigeren Schmerzen begleitet worden … Aber es war für einen guten Zweck.

Entschlossen trat ich an die Wand, die nicht an mein Zimmer grenzte, und legte eine Hand darauf. Sofort schoss Schwärze auf mich zu, sog mich direkt hinein in die Vergangenheit. Brennender Schmerz fuhr durch meinen Kopf. Im selben Moment sah ich sie. Menschen, die das Zimmer durchsuchten. Schüler und Lehrer. Ein Gewusel aus Körpern. Zwei von ihnen schoben das Bett weg. Und darunter kam die Steinstatue eines Mädchens zum Vorschein. Ihr Mund war aufgerissen, und an ihrer Seite lag ein dicker Zopf ähnlich wie der von Mirelle. Nur dass der Steinzopf in der Mitte abgebrochen auf dem Teppichboden schimmerte. Bei dem Anblick hielten alle inne.

»Da ist sie«, murmelte ein Lehrer mit schütterem Haar. »Der Fluch.« Stille. Dann drehte der Lehrer sich zur Tür um. »Wo ist Keith? Holt ihn her. Und Maxine.«

Die Vision brach ab. Irgendwo knallte es, aber ich nahm fast an, dass das Geräusch nicht aus der Vision gekommen war, sondern aus der Realität. Keuchend sank ich zu Boden, krallte die Finger in den Teppichläufer. Die Energie der Vision hallte immer noch in mir nach.

»Was tust du da?« Schritte.

Benommen wandte ich mich um. Willow stand in der offenen Tür. Und hinter ihr Canyon, die die Schultern hob. »Sorry, sie hat sich nicht ablenken lassen.«

»Du hast hier nichts verloren.« Mit drei langen Schritten war Willow bei mir. Von dem schüchternen kleinen Mädchen war nichts mehr übrig.

Bevor ich reagieren konnte, beugte sie sich über mich, legte ihre Hände um meinen Hals und drückte zu.

Was? Krächzend ließ ich mich zur Seite fallen, versuchte, ihre Hände wegzudrücken. Doch Willow ließ nicht locker. Kniete sich stattdessen über mich und verstärkte ihren Griff nur noch. Leider fühlte ich mich immer noch viel zu benommen. Vielleicht kam es mir deshalb so vor, als ob sie ungewöhnlich viel Kraft aufbrachte.

Mordlust flackerte in Willows Augen, was mich mehr als alles andere erschütterte.

»Was zur Hölle …?« Aus dem Nichts heraus warf Canyon sich auf Willow. Besser gesagt: Sie tackelte sie einfach um, wie man es sonst nur in schlechten Combat-Serien sah.

Fauchend rollte Willow weg von mir, was mir die Chance gab, auf die Beine zu kommen.

War das gerade wirklich passiert? Ich hustete und rieb mir über den Hals, während Willow den Mund verzog. Sie kauerte immer noch am Boden.

»Lass uns gehen.« Meine Stimme war lediglich ein leises Krächzen, weil mein Hals einfach nicht mehr hergab.

Obwohl ich mir sicher war, dass uns kaum jemand belauschen würde, bestand Canyon darauf, im Rapunzelturm zu reden. Quasi abhörsicher. Auf dem Weg dorthin hatten wir nur kurz über den

Vorfall mit Willow geredet und darüber, dass wir das beide nicht glauben konnten. Aber das war der Beweis, dass das nicht mehr Willow war. Und Varn hatte recht. Wir mussten etwas tun. Wir konnten Willow nicht einfach hängen lassen, niemals. Ich würde sie keinesfalls aufgeben.

»Also, hast du diese zwei Typen erreicht?«, fragte ich, als Canyon sich auf die Bank am Fenster sinken ließ.

Sie sah mich ernst an. »Diesen Chester, ja. Ich denke, wir können ihn ausschließen. Er hatte absolut keine Ahnung und war super freundlich zu mir. Der andere, Hank, ist nicht ans Telefon gegangen.«

»Nur weil er freundlich ist, muss er nicht unschuldig sein.« Zweifelnd tippte ich mir ans Kinn.

»In diesem Fall verlasse ich mich auf mein Bauchgefühl«, sagte Canyon.

Bauchgefühl. Aha. »Kannst du es trotzdem weiter bei Hank versuchen? Wir brauchen Antworten.« Insgeheim hoffte ich, dass wir denjenigen fanden, der den Fluch ausgesprochen hatte, und dass es demjenigen bereits leidtat. So leid, dass er den Fluch aufhob. Einfach so. Ein naiver Wunsch, dessen war ich mir bewusst.

Daraufhin wanderte unsere Unterhaltung wieder zu Willow und was wir tun konnten, um sie zu retten, als sich die untergehende Sonne durch die Wolken schob und mich blendete.

Sonnenuntergang! Mist. Wie hatte ich Baker schon wieder vergessen können? Die Stimme in meinem Kopf, die mich darüber belehrte, dass ich heute nur Schuldrama und Willow im Kopf gehabt hatte, versuchte ich zu ignorieren.

»Sorry, Canyon. Ich muss los. Noch einer anderen Sache nachgehen.« Und damit nahm ich schon die Treppe nach unten.

In Rekordzeit erreichte ich die Blaue Lagune. Da ich ab dem Falkenhorst niemanden mehr draußen gesehen hatte, hatte ich sogar die Straße und danach den Pfad nach Süden nehmen können, der am See verlief. Trotzdem war ich ein wenig zu spät dran, denn das rote Licht der Sonne glomm nur noch schwach, als ich keuchend vor Baker zum Stehen kam. Einem erstaunlich angezogenen Baker. Denn zu seinen Shorts trug er an diesem Abend ein weißes, lockeres Shirt.

»Du bist gekommen.« Sein Lächeln wurde breiter. »Ich dachte schon, du hast mich wieder vergessen.«

»Wie könnte ich das?«, brachte ich immer noch schwer atmend hervor. »Jetzt, wo wir Freunde sind?«

Bakers Mundwinkel zuckten. »Eine beste Freundin habe ich mir schon immer gewünscht.«

Ach ja? »Und was ist mit Charlotte?«

»Charlotte ist Familie.« Nach einem schwachen Lächeln fuhr er fort. »Hör zu, Graylee. Wir haben nicht viel Zeit.«

Wahrscheinlich meinte er damit, bevor wir wieder gestört werden würden.

»Ich konnte gestern in den Sternen erkennen, von wo die Dunkelheit kommt.«

»Moment mal, du hast doch gesagt, dass ein Neuankömmling sie bringt.«

»Schon.« Sein Lächeln war so weich und voller Aufrichtigkeit, dass mir schwindelig wurde. Wahrscheinlich war dieser Wendigo die ehrlichste, uneigennützigste Person, die mir je begegnet war. »Aber ich habe die Zeichen verfolgt, die uns die Sterne und die Wassergeister geschickt haben. Ein Neuankömmling wird der Dunkelheit Tür und Tor öffnen, aber sie geht nicht von ihm aus.«

»Okay, das bedeutet im Prinzip, dass jemand, der neu auf die Schule gekommen ist, einen Fehler begangen hat oder noch begehen wird, wodurch etwas Schlimmes passiert?«

»Könnte man so sagen. Aber vergiss nicht, dass es noch mehr Neuankömmlinge gibt. Damit musst nicht zwangsläufig du gemeint sein.« Sein Blick löste sich von mir, wanderte Richtung See.

Gespannt wartete ich darauf, was jetzt kam. Gleichzeitig schien die Luft kälter geworden zu sein, jetzt, da er mich nicht mehr anlächelte.

Baker deutete über das Wasser. Genau auf das Institut von Viviennes Dad.

»Was? Du meinst, die Dunkelheit kommt aus dem Forschungslabor?«

Er nickte. »Vielleicht werden sie einen Fehler machen oder haben ihn sogar schon begangen. Sie könnten an etwas Unkontrollierbarem, streng Geheimem forschen.«

Ich pulte an dem Verband an meiner Hand herum. Möglich, wenn nicht sogar ziemlich wahrscheinlich.

Er machte einen Schritt auf mich zu. »Was es auch ist, ich glaube, wenn wir gemeinsam an einem Strang ziehen, Wendigos und Mythen, dann können wir uns dem entgegenstellen, was immer da auf uns lauert.«

Wie konnte man so optimistisch sein? Meine Gedanken schweiften zu dem Gespräch von Dr. Vanderpond und Mrs Krystler über den Glitch. Eine Anomalie, vielleicht ein Fehler im System. Das passte viel zu gut zusammen …

»Weißt du, ich habe vor ein paar Monaten geträumt, dass wir Wendigos mit euch auf einer Seite gegen die Dunkelheit kämpfen, die aufzieht. Und ich denke, genau das versuchen die Sterne uns mitzuteilen. Nur leider sind meine Familie und die Ältesten nicht davon überzeugt, dass wir mit euch zusammenarbeiten können.« Er biss sich auf die Lippe, sah zu Boden, was mein Herz unwillkürlich schmelzen ließ. Am liebsten hätte ich in einer aufmunternden Geste seinen Arm gedrückt, aber das schien mir irgendwie fehl am Platz zu sein.

Ein Gedanke, stechend und hinterhältig, schlich sich in mein Bewusstsein. »Deshalb hast du mit mir Kontakt aufgenommen. Wegen eines Traums …«

»Das war nicht bloß ein Traum.« Mit einem Ruck hob er den Kopf. »Eher eine Vision. Dass wir zusammenhalten müssen.«

Ich war also tatsächlich lediglich Mittel zum Zweck.

Offensichtlich bemerkte Baker, dass meine Stimmung zu kippen drohte. Denn das Lächeln kehrte zurück auf seine Lippen. »Graylee. Glaubst du wirklich, dass ich so berechnend wäre? Dass ich mich nur mit dir angefreundet habe, damit ihr mit uns gegen die Dunkelheit kämpft, die durch den Neuankömmling auf uns zukommt?«

Hm. Wenn ich so darüber nachdachte … Nein, eigentlich traute ich ihm das nicht zu. Aber was, wenn wirklich ich dieser Neuankömmling war. Und wenn der Fluch diese Dunkelheit war. Dann wäre alles meine Schuld.

»Und noch mal«, fuhr Baker fort, der mir anscheinend ansah, in welche Richtung meine Gedanken wanderten. »Wir wissen nicht sicher, ob *du* der Neuankömmling bist, der das Gleichgewicht stört.«

Na toll. Hörte sich aber ganz nach mir an.

»Wie auch immer. Zusammen können wir die Dunkelheit bestimmt aufhalten.«

Ich schnaubte leise. »Wenn ich bis dahin noch lebe. Zwei der

Schülerinnen, die der Fluch getroffen hat, haben bereits versucht, mich umzubringen.«

»Was?« Sofort fiel Baker alles aus dem Gesicht. Schock strich über seine Gesichtszüge.

»Jap.« Ich nutzte die Gelegenheit, um Baker auf den neusten Stand zu bringen.

»Das … das klingt nach einem Skinwalker«, murmelte Baker, nachdem ich geendet hatte. »Ein böser Geist, der den Körper eines Menschen stiehlt.«

Ich hob beide Augenbrauen. Ein Skinwalker? Den Begriff hatte ich noch nie zuvor gehört, weswegen Baker mir in wenigen Sätzen die Grundlagen zu dieser Monstertheorie erklärte.

»Mit deinen Informationen kann ich erneut zu den Ältesten gehen. Vielleicht kann ich sie damit überzeugen. Und ich werde mir auf jeden Fall ansehen, was man gegen Skinwalker unternehmen kann«, sagte Baker schließlich. »Falls es tatsächlich einer ist.«

Ich nickte dankbar. »Weißt du«, begann ich, »ich habe Angst, dass wir Willow, also das Mädchen, mit dem ich mich angefreundet habe, nicht mehr retten können.« Erst jetzt erfasste mich die komplette Wucht dieser Möglichkeit. Alles in mir wollte schreien. Was, wenn das tatsächlich nicht mehr rückgängig zu machen war? Wenn die echte Willow nie zurückkehrte? Auf einmal atmete ich so stockend ein und aus, dass die Sicht vor meinen Augen verschwamm. Und das lag nicht nur an der in Dunkelheit übergehenden Dämmerung.

Obwohl ich die Antwort nicht hören wollte, musste ich die Frage stellen. »Wenn wirklich ein Skinwalker dahintersteckt, ist die Person, dessen Körper er übernommen hat, dann noch zu retten?«

Baker sah mich lange schweigend an. Deshalb wusste ich, was

kommen würde, ehe er den Mund öffnete. »Wenn ein Skinwalker dahintersteckt, ist deine Freundin schon tot. Tut mir leid.«

Und wenn es der Fluch war, fügte ich in Gedanken hinzu, dann würde Willow bald für immer zu Stein erstarren …

Wieder schwieg Baker ein paar Sekunden lang, ehe er das Gespräch wieder aufnahm. »Als Kind dachte ich, es wäre nur eine Legende. Mein Großvater hat uns gern Gruselgeschichten von einem Skinwalker erzählt. Aber dann hat mein Vater vor einigen Sommern erwähnt, dass der Zwillingsbruder meines Großvaters, als er zwölf Jahre alt war, von einem Skinwalker getötet wurde. Dieser hat daraufhin seinen Körper gestohlen und sich als Zwillingsbruder meines Großvaters ausgegeben.«

Nein, bitte nicht. War es das, was mit Willow, Trixie und London geschehen war? Das konnte nicht sein.

Tröstend legte Baker eine Hand auf meine Schulter. »Aber noch wissen wir nicht, ob es wirklich ein Skinwalker ist. Also gib die Hoffnung nicht auf.«

Ich nickte, versuchte, an seine Worte zu glauben. Trotzdem hatte ich das Gefühl, etwas Wichtiges zu übersehen. Skinwalker, Fluch, Zwillingsbrüder … Hing das alles vielleicht sogar zusammen? Irgendetwas entging mir hier … Aber was war es?

»Am besten treffen wir uns Sonntag wieder, okay? Bis dahin kann ich mehr herausfinden, vielleicht sogar, wie man einen Skinwalker entlarvt. Dann werden dir deine Lehrer bestimmt glauben.«

»Meinst du?«, sagte ich. Aber wenn er wirklich Informationen besorgen konnte, mit denen Mrs Krystler mir glauben würde … Das wäre fast zu gut, um wahr zu sein.

»Du solltest außerdem nicht mehr allein durch den Wald streifen.« Seine Stimme klang auf einmal ganz ernst. »Ich bringe dich zurück zur Schule. Generell brauchst du Schutz. Wenn es stimmt, dass die verschwundenen Schüler dich umbringen wollen …« Bakers Augen waren so weit aufgerissen, dass mir ganz warm wurde. Hatte sich je schon mal jemand so sehr um mein Wohlergehen gesorgt, abgesehen von meinen Adoptiveltern und Sinclair?

Obwohl ich ihm versicherte, dass ich auch allein zurückfand, bestand Baker darauf, mich zu begleiten. »Graylee, hör auf, dich zu sträuben. Ich würde mir für immer Vorwürfe machen, wenn dir auf dem Rückweg etwas zustößt.«

Also schlenderten wir nebeneinander über den schmalen Waldweg. Auch wenn es wirklich einiges an Umständen für ihn bedeutete und ich mir sicher war, mich auch so verteidigen zu können. Alle paar Schritte berührten sich unsere Unterarme, was ich zu ignorieren versuchte. Ebenso wie das Kribbeln. Aber das war bestimmt nur das Adrenalin. Hinter jedem Schatten vermutete ich auf einmal Willow, was mich angespannt auf meiner Unterlippe herumkauen ließ.

Irgendwo im Gebüsch raschelte es, und komischerweise überfiel mich das Gefühl, dass uns eine Schlange namens Jinx beobachtete. Schlangen-Jungen-Wendigos in einem dunklen Wald … Noch vor einer Woche wäre ich schreiend davongerannt. Aber jetzt entlockte mir der Gedanke nur ein schwaches Lächeln. Wir hatten den Schulparkplatz fast erreicht, doch gerade als ich Baker auf Jinx ansprechen wollte, platschte es nicht weit entfernt. Dem Geräusch nach zu urteilen eindeutig irgendetwas Größeres als ein Schwan.

Instinktiv wusste ich, dass es ein Schüler war, der in den See gestürzt und kurz vor dem Ertrinken war. Zwar hörte man keine Schreie, doch die Gefahr flirrte geradezu um meine Nase. Etwas stimmte nicht. Ohne zu überlegen, rannte ich los.

»Graylee?« Sofort schloss Baker zu mir auf, beschleunigte ebenso sein Tempo.

»Jemand ist in den See gestürzt. Dort. Vom steinernen Steg.«

Ich deutete auf den Pier, auf den ich am Tag meiner Ankunft geklettert war, um dem Schwan zu entkommen. Wo ich Hudson zum ersten Mal getroffen hatte. Immer noch konnte ich keinen guten Blick darauf werfen, weil zu viele Äste im Weg waren und die aufziehende Dunkelheit die Sicht erschwerte. Also überwand ich in Rekordzeit die letzten Schritte, bis sich die Baumreihe lüftete.

»Da!« Ungefähr auf unserer Höhe war im Mondlicht ein Oberkörper zu erkennen, der sich immer tiefer in den See vorschob.

London, es war eindeutig London.

»Sie wird sich umbringen. Oder das, was immer in ihrem Körper steckt«, wisperte ich, während ich auf den See zustürzte. »Der Fluch versucht, sie zu töten.« Ich wusste es einfach. Londons Zeit war abgelaufen. Was hieß, dass ich Walkers und meinen Plan als gescheitert hinnehmen musste. Die beiden hatten den Test der wahren Liebe entweder nicht bestanden, wir hatten ihn nicht korrekt ausgeführt oder dieser Test hatte nie eine Rolle gespielt.

Automatisch griff ich nach der Stricknadel in meinen Haaren. Auch wenn ich nicht recht wusste, was ich damit zu tun gedachte. Eine einzige Stricknadel gegen einen See voller Monster. Aber irgendetwas musste ich tun, sonst würde der Fluch heute noch sein erstes Todesopfer fordern. Und danach wohl Trixie und Willow und alle anderen, die sich in einer Liebesbeziehung befanden.

»Hilfe! Wir brauchen Hilfe!«, rief ich in Richtung Schule, als wir das Wasser fast erreicht hatten. Natürlich regte sich nichts. Nicht so schnell jedenfalls.

»Ich bin nicht sicher, ob sie dich aus dieser Entfernung hören können«, bemerkte Baker, der mir nicht von der Seite gewichen war.

Mein Herz klopfte so heftig, dass ich nicht mal sicher war, ob ich meine eigene Stimme gehört hatte. Inzwischen war London bis zum Hals im Wasser versunken.

»Wir müssen etwas unternehmen.« Unschlüssig schielte ich auf das Seewasser, das in der Dunkelheit wie eine graue Decke schimmerte.

»Du hast Angst vor Wasser?« Offensichtlich hatte Baker meinen Blick richtig gedeutet. »Okay, dann warte hier, ich hole sie allein da raus.« Schon zog Baker sich sein Shirt über den Kopf und streifte die Turnschuhe ab. Schneller als ich schauen konnte, sprang er direkt den kleinen Abhang hinunter und watete durch das Wasser.

Bis zu London war es immer noch verdammt weit. Verflucht, was, wenn sie ihm etwas antat? Wenn sie ihn unter Wasser drückte? Ertrinkende zogen doch oft ihre Retter mit in den Tod. Ich konnte ihn nicht allein losschwimmen lassen. Vielleicht war ich nicht die beste Schwimmerin, aber ich konnte Baker bei dieser Rettungsaktion zumindest unterstützen, richtig?

Bevor ich es mir anders überlegen konnte, schlüpfte ich ebenfalls aus meinen Turnschuhen und warf einen Blick aufs Wasser. London haderte offensichtlich damit, unter Wasser zu bleiben. Ihr Gesicht trieb mit dem Kinn nach oben auf der Oberfläche. Immer noch schien uns niemand bemerkt zu haben. Nun gut, daran, dass ich Probleme allein lösen musste, war ich ja gewöhnt. Obwohl ich am liebsten geschrien und vom Wasserrand weggesprungen wäre, tat ich das Gegenteil. Mit zusammengepressten Zähnen stieg ich in den See und stakste dann, so schnell ich konnte, Baker hinterher ins tiefere Wasser. *Nicht darüber nachdenken, was in diesem See alles lauerte …*

»Graylee?« Baker drehte sich zu mir um. »Bleib am Rand. Bring dich nicht in Gefahr.«

Das war zwar unheimlich lieb von ihm, aber ich würde ihn nicht allein lassen. Entschlossen wagte ich mich weiter vor, und zwei Sekunden später tauchte London komplett unter. Doch anders als zuvor trieb sie nicht wieder nach oben, sondern blieb unter der Wasseroberfläche.

»Nein! Wir brauchen Hilfe!«, schrie ich. »Warum hilft uns denn niemand?« Frustriert schlug ich mit der Faust auf die kleinen Wellen neben mir. Das Wasser reichte mir jetzt bis zur Hüfte.

Glücklicherweise hatte Baker die Stelle, an der London untergetaucht war, fast erreicht. Ehe ich ihm etwas zurufen konnte, hechtete er nach vorn, tauchte unter. Dort schien es zu tief zum Stehen zu sein, denn das Wasser verschluckte ihn vollständig bis zu den Fußspitzen.

Unwillkürlich hielt ich die Luft an, während ich mich weiter vorschob. *Bitte, bitte, bitte.* Ich fixierte die Stelle, an der das Wasser aufgewirbelt wurde. Doch niemand tauchte auf. Um schneller voranzukommen, sprang ich nach vorn, ruderte mit den Armen, während ich die Sekunden zählte. Baker war schon viel zu lange dort unten. In Panik warf ich mich komplett ins Wasser und paddelte wie ein Hund vorwärts. Natürlich war ich noch viel zu weit entfernt. Die beiden würden ertrinken, bevor ich sie überhaupt erreichte. Wahrscheinlich zog London Baker gerade mit nach unten.

Oh my Gatos, die beiden würden jetzt sicher nicht vor meinen Augen draufgehen! Auf keinen Fall! Ich paddelte heftiger, als mir plötzlich wieder die Kraultechnik aus dem Schwimmunterricht einfiel, die ich nur in der Theorie gelernt hatte. Den Arm wie ein S bewegen. Wahrscheinlich bildete ich es mir nur ein, aber mir kam es vor, als würde mich das Kraulen tatsächlich schneller voranbringen. Nur den Kopf würde ich nicht unter Wasser tauchen, wie man es eigentlich beim Kraulen tat. Niemals!

Fast in meiner Reichweite brach auf einmal jemand durch die Oberfläche. Baker! Er schnappte nach Luft. Wasserspritzer trafen mich, als er seine Haare nach hinten warf. Keuchend zog er an etwas, das wahrscheinlich London war. Der Mond kam hinter den Wolken hervor und beleuchtete seine Züge, die vor Anstrengung zuckten. Im nächsten Moment riss ihn etwas nach unten.

Alles in mir schrie danach umzukehren. Nicht dorthin zu kraulen, wo Monster Menschen unter Wasser zogen. Aber ich konnte ihn nicht im Stich lassen. Es war, als würde ich Baker schon ewig kennen. Er war mein Freund. Und selbst wenn es nur London gewesen wäre. Ich würde niemanden sterben lassen, wenn es eine Chance gab, dass ich es verhindern konnte.

Endlich erreichte ich die Stelle, an der Baker untergetaucht war. Kurz meinte ich sogar, Blubberblasen dort zu sehen. Verzweifelt versuchte ich, etwas zu fassen zu bekommen. Gliedmaßen, Haare … Doch unter mir ertastete ich nur Wasser, nichts anderes.

»Graylee?« Jemand rief vom Pier aus nach mir. Canyon.

»Canyon! Hilf mir. Wir müssen nach London tauchen.« Ich durfte nicht länger zögern. Selbst wenn Canyon sofort handeln würde, könnte es bereits zu spät sein. Also holte ich tief Luft und tauchte kopfüber in den See.

Verflucht, man konnte praktisch nichts erkennen. Kurz befürchtete ich, nicht mehr unterscheiden zu können, wo oben und unten war, was das Auftauchen unmöglich machen würde, aber zwei Sekunden später gewöhnte ich mich an das trübe Mondlicht, und die Panik ließ etwas nach. Da! Links unter mir, war das nicht eine Hand? Ich tauchte in die entsprechende Richtung, und wahrscheinlich hatte ich mehr Glück als Verstand, denn ich bekam einen Unterarm zu fassen. Im selben Moment tauchten rechts von mir Millionen von Blubberblasen auf, als Canyon neben mir hinabschoss. Natürlich, sie war eine Sirene und hatte so etwas drauf. Ich konnte nicht sagen, ob es an ihr lag, jedenfalls schien die Last unter mir auf einmal leichter zu werden. Mit aller Kraft zog ich daran. Mittlerweile protestierte meine Lunge, schrie nach Sauerstoff. Abstoßen, mit einer Hand paddeln. Irgendwie schien mein Hirn auf Automodus umzuschalten.

Oben, nach oben. Dorthin, wo es heller schimmerte, weg von dem tiefen Schwarz. In der Hoffnung, dass ich mich auch wirklich aufwärtsbewegte, paddelte ich weiter, bis mich eine sprudelnde Leichtigkeit erfasste und ich einen Augenblick später die Oberfläche durchbrach. Und neben mir Baker, den ich am Arm gepackt hielt.

Zwar brannte meine Lunge immer noch, aber das hielt mich nicht auf. »Hast du London?«, stieß ich keuchend hervor. Aber die Frage hätte ich mir schenken können, denn außer uns war niemand zu sehen, der im Wasser schwamm. Bis Canyon auftauchte, die London im Schwitzkasten hielt. Eine strampelnde London.

»Verflucht, sie ist wie ein glitschiger Fisch«, japste Canyon.

»Könntest du es mit Sirenenklang bei ihr versuchen?«

»Das ist verboten«, brachte Canyon mühsam hervor.

»Schon klar, aber das ist ein Notfall.« Ich deutete auf London, was schwieriger war als gedacht, aufrecht strampelnd im Wasser. Blöderweise schluckte ich dabei Wasser, ging unter, doch da packte Baker mich am Kragen meines Poloshirts und zog mich wieder hoch.

Ich spuckte Wasser. »Geht das überhaupt? Sirenenklang bei Sirenen einsetzen?«

»Sirenen können nicht so stark beeinflusst werden wie Menschen oder Mythen, aber dennoch etwas.« Canyon fixierte die sich wehrende London. »Bloß, wenn wir recht haben, ist das vielleicht gar nicht die echte London, somit wäre es sogar einfacher, sie zu beeinflussen.«

»Tu es. Sie wird sich sonst umbringen. Ich weiß es. Ihre Zeit ist abgelaufen. Der Fluch will London töten.«

Nach einem Nicken öffnete Canyon den Mund. Zwar konnte ich absolut nichts hören, doch London erschlaffte mit einem Mal.

»Waren das Schallwellen?« Baker rieb sich über ein Ohr.

Falken schrien.

Canyon nickte. »Exakt.« Genau wie ich musterte Canyon die weggetretene Sirene.

»Schlepp sie raus«, bat ich. »Und dann bringen wir sie zu Mrs Krystler. Nach dem, was gerade passiert ist, muss sie uns glauben.« Innerlich zweifelte ich zwar daran, aber es tat gut, es einmal auszusprechen.

»Natürlich.« Sofort schoss Canyon los, pflügte regelrecht durch das Wasser zum Ufer.

»Äh, diese Fähigkeit hätte ich auch gern.« Baker sah ihr nach, bewegte sich dann in dieselbe Richtung. Nur deutlich langsamer.

Ich schwamm neben ihm her.

»Danke, dass du mich hochgezogen hast, Graylee«, sagte Baker nach ein paar Schwimmzügen.

Ich sah ihn von der Seite an. »Was ist da unten passiert?«

»Sie hat mich wie ein Anker runtergezogen. Ich weiß nicht, ob es an ihren Klamotten lag oder ob sie übermenschlich stark ist, aber ich hatte schon fast aufgehört zu glauben, dass ich jemals wieder an die Oberfläche kommen würde. Danke, Graylee.«

»Das war doch nichts.« Gut, dass er im Dunkeln meine brennenden Wangen nicht sehen konnte.

Schließlich erreichten wir den Kiesuntergrund, auf dem wir stehen konnten. Ich winkte Canyon, die bereits komplett aus dem See geklettert war und mit London, die sie wie eine kleine Schwester umklammert hielt, neben dem Pier stand. So schnell ich konnte, watete ich auf den Kiesstrand zu, als ich es plötzlich spürte. Etwas berührte mein Bein. Wie in meinen Träumen. War das eine Hand? Panisch ruderte ich mit den Armen, versuchte, noch schneller vorwärts zu kommen. Ich entriss der Kreatur meinen Knöchel, dann sprintete ich im Wasser, das mir noch bis über den Bauchnabel reichte, nach vorn.

»Graylee?« Baker hastete mir hinterher.

Wieso war Rennen im Wasser nur so anstrengend? Nach ein paar Schritten wurde mir schwindlig. Zudem auch noch übel, als müsste ich mich übergeben. Gleichzeitig fiel mir ein, dass ich heute die Mahlzeiten größtenteils ausgelassen und mir nur etwas Brot von Ornella geklaut hatte. Ich spürte noch, wie ich kippte, konnte mich aber mehr schlecht als recht abfangen. Im Gegensatz zu Baker, der sofort zur Stelle war.

»Was ist los?«

»Schwindelig«, brachte ich mühsam hervor, immer darauf bedacht, mich nicht zu übergeben. »Und Wadenkrampf.« Ich deutete auf mein Bein, das mich tatsächlich gerade umbringen wollte. Super.

»Nicht schlimm, ich trage dich einfach den Rest, in Ordnung?«

Er wartete mein Nicken ab, dann hob er mich hoch, was mir ein wenig peinlich war. Andererseits empfand ich einfach nur Dankbarkeit. Also legte ich meine Arme um seinen Hals und schloss die Augen, ließ es zu.

Füße, viele Füße bewegten sich über den Kies auf uns zu. Endlich Hilfe. Nur etwas spät. »Siehst du. Hab ich's dir nicht gesagt?«, erklang Viviennes Stimme.

Was? Eine ungute Vorahnung machte sich in mir breit. Ich riss die Augen auf, sah in Richtung Strand. Vivienne und Hudson standen direkt am Ufer, wie dorthin gebeamt. Canyon und London waren fort, wahrscheinlich bereits in der Schule.

Durch mein Zappeln versuchte ich, Baker zu sagen, dass er mich absetzen solle, was er auch tat. Nur leider zu spät.

Hudson. Er sah mich wortlos an, dann glitt sein Blick zu Baker und dessen nackter Brust. Zwar trug ich meinen Sport-BH, dennoch legte ich vorsichtshalber einen Arm vor mein nasses weißes Poloshirt.

»Sie hat was mit Baker. Ich wusste es. Wahrscheinlich geht das schon eine ganze Weile so.« Das hatte Vivienne gerade nicht wirklich gesagt.

Ich ignorierte sie, wandte mich stattdessen direkt an Hudson, der mich allerdings nicht ansehen wollte. »Zwischen mir und Baker läuft rein gar nichts. Wir haben nur versucht, London zu retten.«

»Hat man gesehen.« Vivienne warf den Kopf in den Nacken. »Aber was will man von einer Mutation wie dir schon erwarten, nicht wahr? Keine Kräfte, und wenn mein Vater recht hat, hat allein deine Anwesenheit hier alles durcheinandergebracht.« Sie zog ihr Handy hervor und schoss ein Foto von Baker und mir.

»Lass das gefälligst. Dazu hast du kein Recht«, fuhr ich sie an.

Neben mir zuckte Baker mit den Fingern. Sicher wollte er am liebsten etwas unternehmen, hielt sich aber mir zuliebe zurück.

Als könnte ich sie nicht im Geringsten einschüchtern, tippte Vivienne auf ihrem Display herum. »Versuch doch, mich aufzuhalten. Ups, da hat Ornella wohl schon alle Infos von mir bekommen.«

Na toll. Entweder hatte sie auch eine Spezial-App wie Canyon, oder die Nachricht würde gesendet werden, sobald Viviennes Handy sich ins Netzwerk eingeloggt hatte.

»Du musst es nicht übertreiben, Viv«, sagte Hudson, ohne einen von uns dabei anzusehen.

Einatmen, ausatmen.

Vivienne ignorierte ihn. »Was willst du jetzt tun? Mich schlagen, untalentierte Graylee?«

Ich schloss die Augen, öffnete sie wieder und rang mir ein Lächeln für Vivienne ab. »Ich würde dich ja ungespitzt in den Boden rammen, aber diese Schule hat mir beigebracht, dass man Müll nicht auf diese Weise entsorgt.«

Nachdem sie ihr Handy beinahe fallen gelassen hätte, holte Vivienne rasselnd Luft. Ihr Gesicht hatte sie zu einer hässlichen Fratze verzogen. »Du wirst schon noch lernen, wo dein Platz ist in unserer Gesellschaft.« Dann griff sie nach Hudsons Ellenbogen. »Komm.«

Natürlich. Sie musste ihn mit aller Macht haben und mich fertigmachen, um sich als Gewinnerin zu sehen. So ein Kindergarten. Aber was bitte hatte ihr Vater ihr über mich erzählt?

Hudson warf mir noch einen Blick zu, den ich nicht recht deuten konnte. War er wütend? Enttäuscht? Was auch immer er war, er drehte sich wortlos um und folgte Vivienne.

Eine Weile starrte ich den beiden reglos nach, nagte an meiner Unterlippe, während Baker abwartend neben mir verharrte. Ich musste das aufklären. Aber Hudson konnte nicht wirklich glauben, dass zwischen Baker und mir etwas lief, wie Vivienne ihm weiszumachen versuchte. Er hatte doch mehr als drei Gehirnzellen.

»Du zitterst ja. Soll ich dich bis zur Tür bringen?«

»Nein.« Ich hob eine Hand. »Alles gut. Treffen wir uns morgen wieder bei Sonnenuntergang? Vielleicht finden wir bis dahin mehr heraus.

»Klar. Und Graylee …« Baker fuhr sich mit einer Hand über den Nacken. »Es tut mir echt leid, wie alles gelaufen ist.«

»Ist nicht deine Schuld«, sagte ich.

Nachdem wir uns zurück zu der Stelle aufgemacht hatten, an der wir in den See gesprungen waren, sammelte ich zuerst meine Schuhe auf, verabschiedete mich von Baker und lief dann zurück zur Schule.

Kapitel 33

»Ich bitte dich, Canyon. Du fantasierst«, sagte Mrs Krystler, die London die Schulter tätschelte, als ich den Eingangsbereich betrat.

Obwohl ich immer noch klatschnass war und nichts sehnlicher als eine heiße Dusche wollte, versuchte ich, die Geschichte aus meiner Sicht wiederzugeben. Danach konnte ich mir immer noch die ekligen Seebakterien abwaschen, also stand ich es durch. Blöderweise schüttelte London währenddessen nur den Kopf und schluchzte.

»Ich denke, wir gehen jetzt alle zu Bett. Und ihr solltet euch nicht mehr zum Rauchen zu den Wendigos schleichen. Dieses Gras pfuscht in euren Gehirnen herum.«

Wie?

Aber da hatte Mrs Krystler den Arm schon um London gelegt und sich umgedreht. »Und keine nächtlichen Badeaktionen im See mehr.«

»Das ist gerade nicht wirklich passiert?«, fragte ich Canyon, während wir London hinterhersahen, die Seite an Seite mit Mrs Krystler die Treppe nach oben nahm. Auf der dritten Stufe wandte London sich zu uns um. Grinste uns an wie in einem schlechten Horrorfilm.

»Sieh dir das an.« Canyon seufzte. »Wir müssen wohl härtere Geschütze auffahren.«

Dummerweise gingen mir sowohl London als auch Hudson am nächsten Morgen aus dem Weg. Nicht mal im Unterricht ließen sich die beiden blicken. Nur einmal sah ich Hudson in der Jungentoilette im Freizeitbereich verschwinden, aber nach kurzem Überlegen beschloss ich, nicht vor der Tür zu warten und damit wie eine erbärmliche Stalkerin zu wirken. Auch Willow war nirgends zu sehen, worüber ich irgendwie froh war. Mein Herz setzte allein bei dem Gedanken aus, dass es nicht mehr meine Willow war, sondern eine veränderte Willow, vielleicht sogar ein Skinwalker, der in ihrer Haut steckte. Aber wenn sie wie London bald sterben würde … Ich musste etwas unternehmen, ich würde mir sonst ewig Vorwürfe machen. Also versuchte ich in einer Pause erneut, mit Mrs Krystler und Mrs Zilba zu reden, was mich jedoch nur noch mehr runterzog. Die beiden wollten noch nicht mal das Wort »Fluch« hören. Es war unglaublich.

Eigentlich hatte ich vor, das Mittagessen einfach ausfallen zu lassen, doch mein Magen hatte während des Strickkurses so laut geknurrt, dass ich mich gezwungenermaßen in die Mensa setzte. Doch sosehr ich auch versuchte, das Gestarre und Getuschel meiner Mitschüler auszublenden, meine Beine zuckten trotzdem unkontrolliert unter dem Tisch. Denn Ornella hatte es sich natürlich nicht nehmen lassen und in ihrer Radiomoderationssendung heute Morgen brühwarm vom Vorfall im See berichtet. Und dass ich mit Baker nackt im See gesehen worden wäre. Toll, einfach toll.

Leider waren weder Canyon noch Varn noch Iceman hier, weshalb ich fünf lange Minuten völlig allein am Tisch saß und meinen

Blumenkohlauflauf hinunterwürgte. Währenddessen konzentrierte ich mich krampfhaft auf die Regentropfen, die gegen die Scheibe schlugen, versuchte, mich irgendwie von der Aufmerksamkeit, die auf mir ruhte, abzulenken. Oder davon, dass Vivienne sich aufführte, als wäre Hudson wieder mit ihr zusammen; das zumindest flüsterte sie Trixie zu. Auffällig laut.

Verbissen packte ich meine Stricknadel fester und kratzte den Umriss eines Schwans in den Umschlag meines Notizbuchs. Und wenn schon. Obwohl ich Vivienne natürlich kein Wort glaubte. Aber letzten Endes würde ich sowieso in wenigen Monaten zurück in Kalifornien sein, und Hudson war so schwer zu durchschauen wie meine Physikhausaufgaben. Meine Schultern bebten. Wie er mich gestern Abend angesehen hatte …

Nach dem Unterricht – Kochen mit Chimären – machte ich mich auf die Suche nach Canyon, die wie erwartet in der Bibliothek hockte. Da ich sonst keine Pläne hatte, setzte ich mich zu ihr, um ihr beim Recherchieren zu helfen. Allerdings förderten wir nicht wirklich neue Erkenntnisse über den Fluch zutage. Eigentlich nichts, was wir nicht schon wussten.

»Hast du mittlerweile schon etwas Neues darüber herausgefunden, welche Art Legend du bist?« Canyon schlug einen staubigen Wälzer auf und sah mich über den Einband hinweg an.

»Kein Stück.« Und darüber wollte ich auch gerade nicht nachdenken. Genauso wenig wie über Erin und Henry. Nicht nach gestern Nacht. Es gab Wichtigeres, um das wir uns Gedanken machen sollten.

»Es gibt Gerüchte, weißt du?« Canyon drehte den Kopf der untergehenden Sonne entgegen, schloss kurz die Augen, ehe sie sich wieder zu mir drehte. »Sie reden über dich.«

Schön für sie, dass es so eine Themenvielfalt zu Gossip über mich an dieser Schule gab. Da wurde meinen Mitschülern nicht langweilig. Aber ich wollte aktuell mit keinem reden. Abgesehen vielleicht von Canyon, Varn und Tristan. Und natürlich den Kolibris, die heute aber leider viel zu beschäftigt waren, um mir Gesellschaft zu leisten. Immerhin hatte ich Ornella dazu gebracht, ein Auge auf London zu werfen. Damit sich der Vorfall von gestern Abend nicht mehr wiederholte. Daher konnte ich halbwegs in Ruhe mit Canyon unserer Recherchearbeit nachgehen, ohne mir zu große Sorgen um London zu machen.

»Manche sagen, du könntest eine der alten vergessenen Legenden sein. Hast du darüber schon mal nachgedacht?«, flüsterte Canyon und sah mich direkt an.

»Nein.« Ich rieb mir über die Stirn. »Und darüber will ich momentan auch nichts hören.«

Mit dem weichen Ende ihres Kugelschreibers tippte Canyon auf das Buch vor ihr. »Vielleicht sind deine Visionen ja so was wie eine Walkürenfähigkeit? Du siehst doch Tote, oder?«

»Ich sehe Tragödien«, sagte ich, ohne aufzusehen. »Bitte verschon mich heute damit, okay?«

Zwar drängte Canyon mich daraufhin nicht weiter, konzentrierte sich wieder auf den Wälzer vor ihr, doch dieses Thema schien mich zu verfolgen. In dem Buch, das ich mir als Nächstes vornahm, ging es um Katastrophen in der Welt der Mythennachkommen. Und darin stieß ich ein paar Minuten später auf einen Eintrag. Einen Eintrag über eine Walküre, die auch ohne das Nornenauge Visionen von Todesfällen erhalten und deswegen den Verstand verloren hatte. Meine Augenlider zuckten, als ich mit klopfendem Herzen die Zeilen ihrer Geschichte überflog. Sie hatte ihr ganzes Dorf mitsamt den Bewohnern abgeriegelt und abgefackelt. Danach hatte man sie eine *Dunkle Walküre* genannt und ertränkt.

Eine dunkle Walküre? Meine Nase begann zu jucken. Nannten sie so diejenigen, die Visionen empfingen? War es möglich, dass diese Frau so wie ich gewesen war? Nein, das konnte nicht sein. Außerdem waren meine Visionen Rückblicke in die Vergangenheit. Gut, es ging auch um das Thema Tod, aber das war trotzdem etwas ganz anderes …

»Lass uns zum Lagerfeuer gehen.« Energisch schlug Canyon ihr Buch zu, was mich fragend zu ihr aufsehen ließ.

Ford, der ein paar Tische weiter saß, zischte uns zu, dass wir leise sein sollten, aber Canyon ignorierte ihn selbstverständlich.

»Wir müssen den Kopf freibekommen«, fuhr sie leise fort, »und ich bin sicher, dass wir fast die Einzigen dort sein werden. Alle haben schon genug von Marshmallows und Funkenflug. Also können wir in Ruhe reden.«

Wahrscheinlich hatte sie da recht. Ehrlich gesagt konnte ich es kaum abwarten, aus der Bibliothek rauszukommen – und das, obwohl Bibliotheken einer meiner Lieblingsplätze auf der Welt waren. Aber heute fühlte ich mich nur erdrückt von den Wänden und Büchern.

Als Canyon mir die Tür nach draußen aufhielt, durchbohrte sie mich regelrecht mit ihrem Laserblick. »Läuft da eigentlich wirklich etwas zwischen dir und diesem Wendigo Baker?«

Wow, Canyon war wirklich ein Fan direkter Fragen. Allerdings musste ich ihr hoch anrechnen, dass sie sich so lange zurückgehalten hatte.

Ich verdrehte die Augen und schob mich an ihr vorbei. »Ich kenne ihn kaum. Und wenn überhaupt, dann wird er gerade eher zu einem guten Freund.«

Canyon nickte und lief dann voraus in Richtung Lagerfeuerplatz. »Das habe ich heute Morgen auch Hudson gesagt.«

»Du hast was?« Ich japste mehr, als dass ich sprach.

»Mit ihm geredet. Schließlich konnte das nicht mehr so weitergehen. Dass Vivienne ihm Blödsinn über dich erzählt, gerade jetzt, wo er deinetwegen endlich mal aus seinem Schneckenhaus herausgekrochen ist.«

Über diesen Satz dachte ich ein paar Schritte lang nach. Canyon hatte also mit Hudson gesprochen. Ob das irgendetwas änderte? Unwillkürlich warf ich einen Blick zum Rapunzelturm, als könnte Hudson in jeder Sekunde aus dieser Richtung zurück zum Schulgebäude stiefeln. Aber natürlich sah ich ihn nicht.

Am Lagerfeuer musste ich feststellen, dass Canyon erneut recht gehabt hatte. Abgesehen von uns lungerten dort nur zwei Jungs herum, die sich mit Marshmallows vollstopften, die sie teilweise noch nicht mal vorher geröstet hatten.

Doch dann entdeckte ich ihn. Hudson. Mit verschränkten Armen stand er hinter einem der Baumstumpfsitze. Allerdings irritierte mich etwas an dieser Sitzgelegenheit. Eine bunte Strickdecke war um den Holzklotz herum angebracht worden. Etwas schief gestrickt, aber eindeutig Guerilla-Strickkunst. Augenblicklich vergaß ich zu blinzeln.

»Oh«, sagte Canyon und blieb stehen. »Die ist sicher für dich.«

Konnte das sein? Neugierig trat ich näher.

Hudson sah mich einfach nur an. Wie er es immer tat. Ohne viele Wörter zu verlieren. Doch nach ein paar Sekunden räusperte er sich. »Ich dachte, nach allem, was du in letzter Zeit für andere getan hast, sollltest du auch etwas zurückbekommen.« Fast unmerklich nickte er zu dem eingestrickten Holzblock. »Und es tut mir leid, wie ich mich verhalten habe«, fügte er etwas leiser hinzu.

»Hast du das für mich gestrickt?«, brachte ich erstickt hervor. Und hatte er sich gerade bei mir entschuldigt?

Er brauchte eigentlich gar nichts zu sagen, es war klar, was das hier werden sollte. Verlegen senkte er leicht den Kopf, was mein Herz weich werden ließ.

»Wow, es ist so hübsch geworden«, sagte ich leise. »Ich wusste nicht, dass du stricken kannst.«

»Es gibt Anleitungen im Internet. Und in der Kunstscheune lagern Unmengen an Bastelmaterialien. Die Wolle wurde vom Feuer verschont, riecht nur wie ein Räucherstäbchen.«

Am liebsten hätte ich ihn umarmt, aber das wäre wohl super peinlich gewesen, weswegen ich einfach nur lächelte. »Unfassbar cool.«

Nach diesem Lob hoben sich Hudsons Mundwinkel. Ganz langsam, wie in Zeitlupe, aber sie taten es. In seinen Augen konnte ich deutlich erkennen, dass er mir damit eine Freude machen wollte. Indem er meine Leidenschaft für Guerilla-Stricken aufgegriffen hatte. Und er musste Canyon gebeten haben, mich zum Lagerfeuer zu locken. Diese Geste rührte mich fast noch ein bisschen mehr. Zugegeben, ich war wahrscheinlich zum ersten Mal in meinem Leben sprachlos. Ob ich mich zusammenreißen und etwas sagen sollte? Ich wusste es nicht. Eigentlich war es schön genug, hier zu stehen, beim Knistern der Flammen, und Hudson einfach nur anzusehen. Hudson mit dem Modelgesicht, den onyxfarbenen Augen, die wie frisch poliert glänzten, und diesen braunen Haaren, durch die ich nur zu gern mit der Hand durchgefahren wäre. Etwas absurd, wenn man bedachte, dass wir uns aktuell im Auge des Orkans befanden. Die nächste Katastrophe wartete sicher bereits auf uns.

Und tatsächlich sirrte bereits im nächsten Moment ein Kolibri auf uns zu, das erkannte ich mittlerweile am Geräusch.

»Graylee!« Lucindas Piepsstimme.

Nur mit Mühe riss ich mich von Hudsons Anblick los. Und von meinem Geschenk.

»Etwas stimmt nicht mit Willow!«

Oje, also hatten es die Kolibris auch bemerkt. »Darüber wollte ich noch mit dir sprechen.« Ich schenkte Lucinda ein trauriges Lächeln und winkte sie näher. Unglücklicherweise tauchte im selben Moment Vivienne hinter einer der kugelförmigen Bodenlampen auf. Selbstverständlich steuerte sie auf uns zu, zweifellos, um Hudson auf die Nerven zu gehen.

Ich zwang mich, sie zu ignorieren. Stattdessen winkelte ich meinen Unterarm an, damit Lucinda bequem Platz nehmen konnte. Gleichzeitig rückten auch Canyon, die uns etwas Privatsphäre gelassen hatte, und Hudson näher an mich heran.

Nachdem Lucinda an der roten Schleife um ihren Hals herumgezupft hatte, sah sie mich so erbarmungswürdig aus ihren aufgerissenen Augen an, dass mir ganz anders wurde. Oje.

»Wir glauben, der Fluch hat Willow getroffen«, sagte ich so leise wie möglich, damit die Jungs am Feuer uns nicht hören konnten.

»Was? Meine arme, arme Willow!« Lucinda warf ihr Köpfchen in den Nacken. »Was tun wir nur? Was sollen wir bloß tun, Graylee?«

Ehe ich etwas antworten konnte, hatte Vivienne uns erreicht. Als wäre er ihr Besitz, legte sie Hudson ihre Hand auf den Arm. »Wieso redest du noch mit ihr? Sicher ist sie von diesem Wilden markiert worden oder so.« Sie musterte mich abschätzig. »Nachher fängst du dir noch etwas ein.«

Wahnsinnig eloquent. Mein Mund verzog sich zu einem schmalen Strich. »Baker und ich sind nur Freunde. Nichts weiter.«

»Genau. Deshalb hängst du auch immer an ihm, wenn er oberkörperfrei aus dem See kommt.«

Mein scharfes Einatmen ließ jetzt auch die Jungs am Feuer aufsehen. »Das war nur zweimal und purer Zufall.«

Selbstverständlich überging Vivienne meinen Einwand. »Hudson, Liebling. Bringst du mich auf mein Zimmer? Ich bin müde.«

»Viv, bitte lass es gut sein.« Hudson schob ihre Hand von sich. »Ich bin nicht mehr dein *Liebling*, und Graylee und ich müssen etwas besprechen.«

»Was besprechen?« Vivienne hob beide Augenbrauen, als wäre das eine aberwitzige Vorstellung.

Wir mussten Vivienne loswerden. Und zwar sofort.

Selbst Lucinda tippelte unruhig auf meinem Arm herum. »Das betrifft dich nicht. Geht dich nichts an«, piepste sie auf einmal.

Verblüfft betrachtete ich Lucinda. Hatte sie gerade wirklich Vivienne die Stirn geboten? Der Kolibri schien genauso überrascht von seinem Mutausbruch zu sein wie ich.

Schnaubend wandte Vivienne sich Lucinda zu. »Du wagst es? Und was erlaubst du dir eigentlich? Wo hast du dieses Band geklaut? Das ist nur etwas für Gorgonen.« Mit beiden Händen zog sie an den Enden des roten Bands um Lucindas Hals.

»Nein, das ist nicht …«, begann ich, doch da hatte Vivienne es schon von Lucindas Hals gezerrt und achtlos hinter sich geworfen. Direkt ins Lagerfeuer.

»Nein!«, kreischte Lucinda, stieß sich von meinem Arm ab, aber es war zu spät. Die Flammen fraßen sich schon durch Willows Geschenk, nur ein Stück vom Ende lag auf einem Stein außerhalb der Reichweite des Feuers und war verschont worden. Noch. Gleich würde es ebenfalls zu Asche zerfallen.

Canyon schlug beide Hände vor den Mund.

»Wieso hast du das getan?« Lucinda hatte einen klagenden Tonfall eingeschlagen, so schrill, dass es in den Ohren wehtat. Ihre Augen waren aufgerissen, füllten sich mit Tränen.

»Du weißt nicht, wo dein Platz ist«, sagte Vivienne zwischen zusammengebissenen Zähnen. Warum Vivienne so ein Theater um Lucinda machte, war mir nicht ganz klar. Bis Hudson sich einmischte.

»Viv, bitte. Dieser Kolibri kann nichts dafür. Und du musst aufhören, andere genauso runterzumachen, wie es dein Vater bei dir …« Er biss sich auf die Unterlippe, als hätte er zu viel gesagt.

Plötzlich fiel mir der abwertende Kommentar von Viviennes Vater bei der Führung wieder ein. Oh.

Vivienne war bei Hudsons Worten erstarrt.

»Weißt du was, Viv? Ich bringe dich rein, und du telefonierst mit deiner Mom, okay?«, sagte Hudson jetzt mit deutlich sanfterer Stimme.

Lucinda schniefte, flatterte auf meine Schulter, nur um sofort ihr Köpfchen in meinem Polokragen zu vergraben. »Das Band war ein Geschenk von Willow. Mein wertvollster Besitz.«

»Ich weiß.« Behutsam tätschelte ich ihr das bunte Gefieder.

In der Zwischenzeit stritt Vivienne mit Hudson, sie wollte mich und Lucinda offensichtlich noch nicht davonkommen lassen. Ein feuchter Schniefer an meinem Hals lenkte meine Aufmerksamkeit wieder auf Lucinda.

Als ich das nächste Mal den Blick hob, trat Hudson ganz nahe an uns heran. »Es tut mir so leid, Lucinda«, flüsterte er. »Vivienne hat es auch nicht leicht, musst du wissen.«

Redeten wir von derselben Vivienne? Ich neigte den Kopf. Die, die gerade hinter Hudson tobte, gegen einen Stein trat und forderte, dass Kolibris gar nicht mehr zu sprechen hatten?

Irgendwie irritierte mich Hudsons Nähe auf einmal. Er sah mich an und dann wieder Lucinda. Und dann tat er etwas, womit ich am allerwenigsten gerechnet hatte: Er löste seine Krawattenschleife und hielt sie dann, ohne zu zögern, Lucinda hin. »Darf ich?«

Eine ziemlich zerstrubbelte Lucinda nahm ihr Köpfchen aus meinem Polokragen und wandte sich um, als hätte sie gespürt, dass Hudson mit ihr sprach. Passierte das gerade wirklich?

Sobald Lucinda ihr Einverständnis mit einem Nicken signalisiert hatte, band Hudson ihr die Schleife um den Nacken. Eine rote mit aufgedruckten siebenzackigen Sternen an den Enden. Dem Schullogo, das gleichzeitig für Perfektion stand.

Vor lauter Rührung musste ich einen Schluchzer unterdrücken.

Lucinda zupfte daran, ehe sie einen Knicks andeutete. »Das ist so lieb von dir. Danke.«

»Nicht der Rede wert.«

»Doch«, widersprach ich. »Danke.« Mit meiner freien Hand drückte ich seinen Unterarm, was Hudson innehalten ließ.

Quälend langsam glitt sein Blick von meiner Hand bis zu meinem Gesicht. Am liebsten hätte ich noch viel mehr gesagt, aber nicht hier. Nicht so. Eine ganze Weile standen wir einfach nur da, sahen uns an. Bis Viviennes Gezeter erneut einsetzte.

Hudson warf mir einen entschuldigenden Blick zu, bevor er zu ihr ging, Vivienne sanft aber bestimmt in Richtung Schule schob. »Lass uns deine Mom anrufen, in Ordnung?«

»Dieses Miststück. Ich fasse es nicht«, flüsterte Canyon, die sich die ganze Zeit erstaunlich ruhig verhalten hatte. »Und Hudson ist ein verdammter Heiliger.«

Ich kratzte mir über den Nacken. Mit einer immer noch verzückt dreinschauenden Lucinda setzte ich mich auf den Holzklotz, den Hudson extra für mich in Schale geworfen hatte. Dann zog ich die Stricknadel aus meinen Haaren, um an die juckende Stelle zwischen meinen Schulterblättern heranzukommen. »Sag mal, Canyon. Was weißt du über dunkle Walküren?«

Zu meinem absoluten Missfallen hatte Canyon keinen Schimmer gehabt, wovon ich redete. Also musste ich vermutlich bei Ornella das Thema »Dunkle Walküre« auf den Tisch bringen oder noch mehr gruseliges Zeug darüber in der Bibliothek lesen. Daher schnappte ich mir am nächsten Morgen nur einen Kaffee, den ich zur Hälfte mit Kakao aufgoss, und marschierte zielstrebig in Mrs Krystlers Vorzimmer, wo Ornella immer ihre Morgenansprache hielt.

Nachdem niemand auf mein Klopfen reagiert hatte, öffnete ich mir einfach selbst die Tür. Das Sekretariat lag leer vor mir. Keine Ornella und schon gar keine Sekretärin, die ich sowieso noch nie hier gesehen hatte. Wahrscheinlich würde sie erst zu Semesterbeginn anreisen. Da ich nichts Besseres zu tun hatte und nicht wie die anderen einen Tag am See plante und irgendwelche Snacks zusammenpacken musste, ließ ich mich auf Ornellas Drehstuhl fallen. Während ich auf sie wartete, beobachtete ich auf den Bildschirmen meine Mitschüler, wie sie ihr Zeug aus den Spinden zogen. Seamore blies gerade eine riesige Plastikbanane auf, was ich beeindruckt mitverfolgte. Vielleicht sollte ich ihn anfeuern?

Ohne groß darüber nachzudenken, legte ich den silbernen Regler um und betätigte den großen grünen Knopf am Schaltpult. Ich räusperte mich. »Guten Morgen, Legends. Na, seid ihr alle bereit für einen freien Tag am See? Ich wette, Seamore und seine Banane sind die Ersten, die ins Wasser hüpfen werden.«

Über die Bildschirme konnte ich sehen, wie beinahe jeder Schüler in den Fluren innehielt und nach oben starrte. Direkt in die Kameras.

Okay, da ich schon mal dabei war. »Aber passt auf euch auf. Da draußen geht etwas um, und das ist nicht Viviennes schlechter Modegeschmack.« Mist, was erzählte ich da eigentlich? Gerade hatte ich meine Feindschaft zu Vivienne wahrscheinlich noch schlimmer gemacht. Ich atmete tief ein. »Nein, Spaß beiseite. Sicherlich wollen wir die liebe Vivienne alle glücklich sehen und daher: Wählt Vivienne zur Ballkönigin, yay!« Ich streckte die Faust in die Höhe, und genau in dem Moment wurde die Tür aufgerissen. Gut, denn ich war gerade im Begriff, absoluten Müll zu reden.

»Graylee?« Hudson und Tristan standen im Türrahmen – und zwar so, dass sie Ornella den Weg versperrten, die versuchte, an ihnen vorbeizukommen, wobei sie einige nicht jugendfreie Flüche ausstieß. Doch die Jungs wehrten sie ab.

»Alles okay bei dir?« Hudson kniff die Augen zusammen, als hätte er Angst, ich könnte von Aliens entführt und mit einer Gehirnwäsche zurückgegeben worden sein.

Schnell schaltete ich das Mikro wieder aus. »Schon. Wie man's nimmt.« Mein Blick huschte zu Mrs Krystlers Tür, während Ornella irgendetwas davon zischte, dass ich es noch bereuen würde, ihre Morning-Sendung gekapert zu haben.

»Keine Chance.« Hudson musste meine Gedanken erraten haben. »Sie will es nicht wahrhaben. Ich habe es auch schon versucht.«

Oh. Aber eigentlich war mir klar gewesen, dass uns Mrs Krystler ohne Beweise nicht zuhören würde. Ich schielte zu Tristan, der jedoch nicht nachfragte.

Ornella zeterte immer noch. »Lasst mich. Ich bring sie um!«

»Wirst du nicht.« Ich sah ihr gelassen entgegen. »Komm schon, Ornella. Ich stehe auf deiner Seite. Auf eurer. Gestern habe ich London zusammen mit Baker und Canyon gerettet. Obwohl ich nie, nie, nie ins Wasser gehe, bin ich ihr hinterhergehüpft. Glaubst du nicht, ich würde das auch für dich tun, oder für Tristan?«

Daraufhin schloss Ornella den Mund. Ihre im Sonnenlicht kupferrot schimmernden Haare standen ihr vom Kopf ab, als hätte sie gerade mitten in einer Schlägerei gesteckt.

Tristan, der das Ganze schweigend verfolgt hatte, verfiel in ein niedlich-überlegenes Grinsen. »Hab ich dir doch gesagt, Nella.« Er trat einen Schritt zur Seite, machte ihr damit Platz.

Doch Ornella stürzte sich nicht auf mich. Stattdessen lehnte sie sich gegen Tristan, der sofort einen Arm um sie legte. »Das heißt nicht, dass ich dir vertraue.« Mit dem Finger deutete sie auf mich.

Tristan räusperte sich, was Ornella blinzeln ließ.

»Noch nicht«, fügte sie etwas versöhnlicher hinzu.

Gut, das war nur fair. In Ornellas Augen hatte ich mich eindeutig zu wenig um Tristans Schicksal gekümmert. Da es nicht so wirkte, als hätte sie Tristan schon eingeweiht, schwieg ich zu diesem Thema allerdings.

»Ich muss mit dir reden«, sagte ich stattdessen. »Mit euch, wenn ihr Zeit habt. Aber nicht hier.«

Auf dem Weg zum Rapunzelturm ließ ich mehrere kleine Flaschen aus der Mensa mitgehen, indem ich die anderen anwies, sich so viele wie möglich unter den Arm zu klemmen. So oft, wie ich inzwischen dort war, wollte ich die Vorräte wieder auffüllen, um am Ende nicht diejenige zu sein, die den Rapunzelturm ohne Getränke zurückließ.

Dieses Mal fand ich den Mechanismus, der die versteckte Tür öffnete, beim ersten Versuch.

»Bei allen Nornen …« Tristan legte den Kopf in den Nacken, wodurch er zum ersten Mal nicht wie ein englischer Prinz, sondern eher wie ein kleiner Schuljunge aussah. »Wie hast du den Eingang gefunden?«

Ornella rammte ihm den Ellenbogen in die Seite.

»Was?« Tristan deutete mit dem Kopf in meine Richtung. »Sie ist eine Woche hier. In all den Jahren, die *ich* schon hier bin, habe ich diese Geheimtür nie entdeckt.«

Ich ignorierte die beiden und nahm die Treppe nach oben. Während Ornella und Tristan sich umsahen, verstaute ich die Getränke. Hudson half mir dabei.

»Wollen wir Tristan alles erzählen?«, fragte Hudson nah an meinem Ohr.

»Hm?« Ich sah auf. Hudson berührte mit seinem Oberkörper praktisch meine Schulter. Eine der Glasflaschen entglitt meinen Fingern.

Geschickt fing er sie auf, lächelte.

Oh. Wann waren seine Gesichtszüge eigentlich so weich geworden, wenn er mich betrachtete? Und warum hörte ich unsinnige Gedanken wie diesen in meinem Kopf?

»Bei Walhalla, könnt ihr euch nicht endlich mal küssen oder rummachen?«, fragte Ornella laut, weswegen Hudson und ich ertappt zusammenzuckten. »Diese lächerliche Anspannung zwischen euch ist echt lächerlich. Hab ich euch schon darüber informiert, dass ihr lächerlich seid?«

»Shht.« Tristan stupste sie an.

Okay? Nach einem Räuspern richtete ich mich auf, schloss die Truhe. Hudson war zum Glück wieder etwas auf Abstand gegangen. Trotzdem spürte ich immer noch seine Nähe.

Als ich mich umdrehte, hatten Ornella und Tristan bereits auf der linken Bank Platz genommen. Damit blieb nur noch die rechte oder eine der Kisten am Fenster als Sitzmöglichkeit, aber dort knallte die Sonne dermaßen, dass Hudson und ich uns, ohne uns abgesprochen zu haben, beide gegenüber von Tristan und Ornella setzten.

Mit einem herausfordernden Ausdruck griff Ornella nach Tristans Hand. Schon klar. Aber darauf würde ich jetzt nicht eingehen.

Ich atmete tief ein. »Hört mal, Leute, ich könnte eure Hilfe gebrauchen.« Bevor ich weitersprach, faltete ich die Hände im Schoß. Direkt über dem Fleck auf meiner Shorts. Wahrscheinlich würde Floyd ausflippen, wenn er ihn sah. »Was wisst ihr über *Dunkle Walküren*?«

Es stellte sich heraus, dass es nicht allzu viel war. Im Gegensatz zu Hudson hatten Tristan und Ornella immerhin schon mal davon gehört. Und Ornella wusste auch nur, dass diese Mutation Unglück brachte. Dass die Nornen diese Walküren früh zu sich holten, weil sie gefährlich waren.

Das hatte ich mir nach dem Artikel, den ich darüber gelesen hatte, schon beinahe gedacht. Ergeben schloss ich die Augen. Ich machte mir nicht mal die Mühe, auf Hudsons Frage zu antworten, ob ich glaubte, eine Dunkle Walküre zu sein. Sicher konnte er sich das denken.

Zum Glück übernahm er danach das Reden und erzählte alles, was wir inzwischen über den Fluch herausgefunden hatten. Allerdings rangen wir den anderen das Versprechen ab, dass das unter uns bleiben musste. Abgesehen von Canyon und Varn. Damit wussten schon fast zu viele Bescheid, was bedeutete, dass nicht mehr nur Hudson und ich in Gefahr schwebten, sollten London und Willow mich tatsächlich deswegen umbringen wollen, weil ich ihnen auf die Schliche gekommen war. Aber mehr Augenpaare bedeuteten auch mehr Möglichkeiten, Beweise zu finden, oder? Langsam befürchtete ich nämlich wirklich, dass Mrs Krystler irgendwann noch die Geduld mit mir verlieren und mich auf eine Legend Academy in Kanada schicken würde.

Gemeinsam grübelten wir an einem Plan, wie wir Mrs Krystler davon überzeugen konnten, dass ihr Bann nicht mehr funktionierte und der Fluch London, Trixie und Willow getroffen hatte. Erst als es Zeit fürs Mittagessen war, gaben wir auf.

»Das sollten wir unbedingt wieder machen, hat Spaß gemacht, mit euch geheime Pläne zu besprechen.« Tristan hatte rein gar nichts von seiner guten Laune eingebüßt, was ich ihm echt zugutehalten musste. Obwohl wir nicht wirklich weit mit unseren Plänen gekommen waren.

Beim Mittagessen hielt ich vergeblich nach Iceman Ausschau. Wenn ich so darüber nachdachte, hatte ich ihn schon eine ganze Weile nicht mehr gesehen. Seltsamerweise wusste auch Lucinda nicht, wo er steckte. Hoffentlich war ihm nichts passiert. Unwillkürlich legte ich die Stirn in Falten und stocherte in meinem veganen Nudelsalat herum, anstatt ihn zu essen.

»Was ist?« Hudsons Schulter streifte meine.

Aufrichtiges Interesse lag in seiner Stimme, also erzählte ich ihm, was mich beschäftigte.

»Du bist zu gut für diese Welt«, murmelte Hudson.

Im selben Moment fiel meine Aufmerksamkeit auf etwas hinter ihm. Ich stieß ihn an. »Da hinten!«

Hudson folgte meinem Blick. Aus Richtung der Kaimauer spazierten London und Trixie auf uns zu. Trixie hatte sich bei London eingehakt, und ein paar Schritte hinter ihnen entdeckte ich Willow. Alle drei wirkten wie entschlossene Kriegerinnen, bereit für die Schlacht, und nicht, als wollten sie sich Nudelsalat vom Büfett holen. Mist, Mist, Mist. Plötzlich verbog sich meine Gabel unter meinem Griff. Was, wenn ich Willow tatsächlich nicht würde retten können?

»Was ist los?«, flüsterte Hudson.

»Ich muss hier weg«, wisperte ich.

»Dann komm.« Hudson sprang von der Bank auf, schnappte sich meine Hand und zog mich weg vom Walgerippe-Pavillon, was mich aufatmen ließ.

Zuerst dachte ich, er wollte mit mir zur Kunstscheune oder zum Bootsanleger, doch er passierte beides. Stattdessen führte er mich zu dem kleinen Teich, der an das Gewächshaus am Rande des Schulgeländes angrenzte. Insekten summten friedlich, fast magisch und in der Mitte des Teichs stand die hübscheste Nachbildung eines griechischen Tempels, die ich je gesehen hatte. Am Ufer saß eine Steinstatue: die eines Mädchens. Es hatte die Beine angezogen, und das Wasser umspielte sanft seine nackten Füße. Ob sie ein Opfer des Fluchs geworden war? Andererseits wirkte sie so friedlich, wie sie auf den Teich starrte, eine Hand auf ihr Kleid gepresst, die andere im Boden vergraben. Einen Moment lang wusste ich nicht, ob ich sie beneiden oder bemitleiden sollte.

Hudson deutete auf einen Baumstamm nahe einem Ruderboot, wo wir uns im Schatten niederließen. Die Rinde des Baums würde vermutlich unsere Shirts am Rücken braun färben, aber das war mir egal.

»Keine Sorge.« Hudson legte einen Arm um mich, was mich im ersten Moment schockierte, aber dann entspannte ich mich. Mein ganzer Körper schien aufzuatmen, als hätte er jahrhundertelang darauf gewartet. »Wir werden Willow retten. Und London und Trixie.« Sein Atem streifte mein Haar, dann spürte ich, wie er die zwei Stricknadeln, die ich über Kreuz in meinen Pferdeschwanz gesteckt hatte, zurechtrückte.

»Und Tristan«, fügte ich hinzu und lehnte mich an ihn. »Aber das ist eine andere Geschichte.«

Seufzend zog er mich noch enger an sich. »Wo bist du da nur reingeraten, Graylee?«

»In einen Fluch, der Liebespaare trifft«, sagte ich, ohne zu zögern. »So ein Mist, oder?«

Hudson legte sein Kinn auf meinem Scheitel ab. »Wir müssen vorsichtig sein. Wenn das stimmt, dann … Willow hat der Fluch getroffen, noch ehe sie richtig mit Varn zusammen war.« Er schluckte. »Deshalb hast du dich auch neulich von mir zurückgezogen, richtig? Es tut mir leid, dass ich in dem Moment überreagiert habe.«

Oh. Noch eine Entschuldigung? Ich drehte den Kopf, um ihn direkt ansehen zu können. Plötzlich war ich ihm dadurch viel näher, als ich erwartet hatte. Unsere Nasen berührten sich beinahe, und mein Blick verhakte sich mit seinem. Auf einmal vergaß mein Körper, wie man atmete, schluckte und seine Muskeln benutzte. Alles auf einmal.

Hudson seufzte leise. »Du weißt nicht, wie gern ich dich jetzt küssen oder zumindest deine Hand nehmen würde, aber ich traue mich nicht.« Es klang so, als fiele es ihm unglaublich schwer, das zuzugeben, und ich ertappte mich dabei, wie ich ihm tröstend über den Handrücken streicheln wollte.

»Ja«, sagte ich, »darüber habe ich auch schon nachgedacht.« Wie grausam, jetzt, wo wir uns so nahegekommen waren. Nach einem Räuspern rutschte ich unter seinem Arm weg. »Wir sollten kein Risiko eingehen.«

Zuerst wirkte Hudson, als hätte ich ihn getreten, aber dann nickte er. »Du hast recht. Dabei fühle ich mich in deiner Nähe seit Monaten endlich wieder wie ich selbst. Schwerelos. Nicht mal Viviennes Sirenenklang scheint mir mehr viel anhaben zu können.«

»Eine bittersüße Vorstellung. Aber danke, dass du das mit mir teilst.« Ich lehnte meinen Hinterkopf gegen den Baumstamm.

Hudson schlug die Augen nieder. »Dennoch wird es schwer werden, dich zu sehen und … nicht berühren zu können.«

»Wir halten also aus Fluchgründen Abstand zueinander. Ich bin mir ziemlich sicher, dass ich das einzige Mädchen auf der Welt bin, das aus diesem Grund einen Korb bekommt.«

Grinsend kratzte Hudson sich im Nacken. »Und ich bin mir sicher, dass du auch so verdammt einzigartig bist.«

Schweigend starrten wir auf den Teich, der deutlich grüner und undurchsichtiger war als der Nornensee.

»Erzähl mir, was du als Nächstes vorhast«, bat Hudson irgendwann.

Und das tat ich. Es sprudelte geradezu alles aus mir heraus, was immer noch besser war als diese drückende Stille zwischen uns.

Kapitel 34

»Nein, das tust du nicht.« Hudson unterbrach mich, als ich ihm davon erzählte, dass ich mich nach dem Abendessen mit Baker treffen wollte.

»Wie bitte?« Ich ließ meine Hände sinken, mit denen ich gerade noch ausschweifend gestikuliert hatte. »Aber wenn dieser Skinwalker wirklich mit dem Fluch zusammenhängt … Irgendwas ist da, ich spüre es. Ein Schlüsselelement, das wir bisher noch nicht berücksichtigt haben.«

»Nein. Ich habe ein ganz mieses Gefühl bei der Sache. Dieser Baker verheimlicht uns etwas, das ist es, was *ich* spüre. Außerdem gibt es Gerüchte, dass er … Mädchen ausnutzt.«

Baker? Ich sah ihn schief an. Doch nicht Baker. Niemals. »Na, dann ist es ja umso wichtiger, dass ich ihn darüber informiere, dass es aktuell zu gefährlich ist, eine romantische Beziehung mit einer Schülerin an der Legend Academy einzugehen.«

»Legend Academy.« Kopfschüttelnd sah Hudson mich an. »Du und deine Wortneuschöpfungen.« Etwas in seinem Blick änderte sich, als würde er mich am liebsten berühren. Seine Fingerspitzen zuckten, bohrten sich dann aber in den Rindenmulch unter uns.

Selbstverständlich schlich ich mich trotz Hudsons Bedenken nach dem Abendessen aus der Bibliothek, wo wir erneut versuchten, mehr über den Fluch herauszufinden. Weder Hudson noch Ornella bemerkten, wie ich einen Umweg durch die zahllosen Regalreihen nahm. Während die anderen weiter nach Informationen über den Fluch suchten, schlüpfte ich aus dem Haupteingang der Schule und durch den Wald in Richtung Blaue Lagune.

Wenn Baker etwas herausgefunden hatte … Außerdem musste ich ihn warnen. Was, wenn der Fluch auf Liebespaare in Camp Superior übergriff? Darüber hatte ich noch gar nicht mit ihm gesprochen.

»Da bist du ja.« In seiner typisch warmen Art strahlte Baker mich an. Heute wieder komplett bekleidet.

»Baker.« Auf irgendeine Art beruhigte mich sein Anblick. Es war, als würde ich zu einem lang vermissten Freund zurückkehren. Ich atmete tief ein. »Setz dich lieber. Die Neuigkeiten könnten dich aus den Socken hauen.«

»Was?« Baker lachte, starrte dann nach unten auf seine Füße. »Aber gut, wenn du meinst.«

Gemeinsam ließen wir uns auf den Ast an der Bucht nieder, der waagrecht hinaus aufs Wasser wuchs, ehe ich ihm alles erzählte. Auch meine Befürchtung, dass der Fluch sich ausbreiten könnte.

»Oh, ich verstehe«, sagte er schließlich. »Aber bisher ist noch kein Skinwalker im Camp aufgetaucht. Trotzdem werde ich die Augen aufhalten. Danke für die Warnung.«

Immerhin etwas. »Und was hast du an Updates?«

»Viel konnte ich leider nicht über Skinwalker herausfinden. Aber immerhin, wie man ihn loswerden, ihn enttarnen kann. Anscheinend reicht es, ihm auf den Kopf zuzusagen, was er ist. Klingt simpel und unwahrscheinlich, ich weiß. Aber einen Versuch ist es wert.« Baker atmete tief ein, ehe er hinaus aufs Wasser blickte. »Oder was meinst du?«

Ich sah die Sache genauso. Trotzdem blieben leise Zweifel, ob der Fluch tatsächlich die Dunkelheit war, vor der die Sterne und das Nornenauge gewarnt hatten, und ob diese sich so einfach besiegen ließ. Vor allem, da Baker ja gemeint hatte, dass Camp und Schule zusammenhalten mussten.

Eine Weile unterhielten wir uns noch über die Beziehung zwischen Camp und Schule. In Bakers Stimme schwang so viel Hoffnung mit, dass sich das Verhältnis zwischen den beiden Lagern bald zum Guten wenden würde. Sein Optimismus erinnerte mich an den eines Jungen, der einen Wildvogel mit gebrochenem Flügel aufpäppeln wollte. Weshalb ich es nicht wagte, ihm zu widersprechen. Stattdessen beobachtete ich, wie die Sonne langsam hinter den Bäumen verschwand.

»Ich sollte mich auf den Rückweg machen«, sagte ich leise. Hudson würde zwar so oder so wütend sein, dass ich allein verschwunden war, aber ich wollte trotzdem unbedingt im Hellen zurück zur Schule laufen.

»Ich bringe dich noch bis zum Parkplatz.« Baker rutschte zuerst vom Baum und hielt mir eine Hand hin.

»Danke, das ist echt nett von dir.« Ich griff nach seiner Hand, ließ mir runterhelfen – und stolperte prompt über eine Wurzel.

Starke Arme fingen mich auf. Einen Moment umhüllte mich Bakers Geruch, seine Hände lagen warm an meinem Rücken, ehe er mich fast schon zögerlich losließ. Oder bildete ich mir das nur ein?

Baker räusperte sich, wich einen Schritt zurück. »Ich denke, du solltest nicht mehr allein herkommen, auch wenn es mir schwerfällt, das zu sagen. Selbst wenn es noch hell ist, könnte es gefährlich für dich werden. Die veränderten Schüler scheinen die Wissenden ja aus dem Weg räumen zu wollen. Versprich mir, dass du nicht mehr allein kommst. Und umgib dich immer mit anderen Schülern, okay? Zur Sicherheit.«

Ich nickte. »Ich weiß. Deshalb haben London und Willow vermutlich auch versucht, mich umzubringen. Ihnen ist bewusst, was wir wissen. Wir sollten daher nicht mehr Personen als nötig einweihen. Zu ihrem Schutz.«

Abwartend musterte Baker mich, und ich merkte, dass er immer noch auf mein Versprechen wartete.

»Also gut, das nächste Mal komme ich zusammen mit Canyon hierher.«

Wie aus dem Nichts streckte Baker die Hand nach mir aus, berührte meinen Oberarm.

Ich blinzelte.

»Da war eine Stechmücke.« Schnell zog er seine Hand zurück.

Besser war es. Ich wusste nicht, wie viel Vertrautheit noch möglich war, ehe der Fluch ausgelöst wurde. Und ob brüderliche Gefühle auch schon ausreichten. Immerhin war das auch eine Art von Liebe. Ich mochte Baker. Aber mehr wie einen Bruder oder einen besten Freund. Allerdings wusste ich nicht, ob er das auch so sah.

Sobald wir die Zubringerstraße erreichten, bemerkte ich den Schwan, der auf dem Wasser paddelte. Etwa im selben Tempo, in dem Baker und ich uns vorwärtsbewegten. Aber da ich kein Brot dabeihatte und meine Gedanken woanders waren, beachtete ich ihn nicht weiter.

Blöderweise hatte sich das Dämmerlicht heute besonders früh

über den Wald gelegt, was wahrscheinlich an der immer dichter werdenden Wolkendecke lag. Und genau das wurde mir zum Verhängnis. Einen Moment sah ich nicht richtig hin, und schon stolperte ich. Schon wieder. Bevor ich auf dem Boden aufschlagen konnte, packte Baker mich um die Taille und zog mich hoch. Blöderweise schrammte ich aber zuerst noch mit den Fingerknöcheln voran über einen Stein. Typisch mein Glück.

»O nein, zeig mal.« Schneller als ich wusste, wie mir geschah, hatte Baker mich auf die Beine gestellt und meine Hand in seine genommen.

Die Berührung verursachte mir eine Gänsehaut. Mist. Wieso ließ es mich nicht kalt, wenn Baker mich berührte? Ich mochte schließlich Hudson. Baker war genau wie Sinclair nur ein liebevoller Freund.

»Was ist?« In einer fürsorglichen Geste strich er mir die Haare aus dem Gesicht. Er stand gefährlich nah vor mir. Und huschte sein Blick gerade zu meinen Lippen?

Dios mío. Wieso brachte er mich bloß so aus dem Gleichgewicht? Meine bisherige, praktisch nicht vorhandene Erfahrung mit Jungs machte die Situation nicht gerade leichter.

Baker bemerkte unseren Fehler im selben Moment wie ich.

»Nein!«, wisperte ich.

Irgendwo schrie ein Falke.

Was, wenn nach den ganzen Treffen, nach der Rettungsaktion und allem das hier der letzte Tropfen war, der das Fass zum Überlaufen brachte? Einfach nur, weil Baker nach meiner Hand gegriffen hatte und es zwischen uns einen kurzen Moment gab? Reichte das aus Sicht des Fluchs schon aus? Der Fluch …

Steif schüttelte ich den Kopf. Nein, nein … einfach nein. Bitte nicht!

Plötzlich hörte ich Vivienne schreien. Es war eindeutig ihre Stimme.

Alarmiert sah ich auf. »Komm!« Beinahe froh darüber, der Situation mit Baker entkommen zu können, rannte ich los. Baker war mir dicht auf den Fersen.

Kurz darauf lichteten sich die Bäume. Vivienne und Hudson standen auf dem Schulparkplatz und starrten aus irgendeinem Grund in Richtung des Stegs mit dem Eisengeländer, wo ich an meinem ersten Tag in der Schule den Schwan gerettet hatte. Von dem London gestern in den See gesprungen sein musste. Sobald ich näher kam, wusste ich auch, warum. Auf dem Eisengeländer saß Trixie. Besser gesagt, eine weiße Statue von ihr. Trixie – versteinert bis hin zu ihren blonden Wuschellocken.

Nein! Der Fluch musste zugeschlagen haben. War Trixies Zeit abgelaufen? Aber warum hatte es sie früher getroffen als London? Es musste auf jeden Fall gerade erst passiert sein, denn auf meinem Weg zu Baker hatte ich definitiv keine Statue am Steg gesehen.

Hudson bemerkte uns als Erster. Sofort verengten sich seine Augen, als wollte er Laserstrahlen auf Baker abfeuern.

Auf einmal raschelte etwas hinter mir. Als würde ein Mensch durch den Wald davonrennen. Der Skinwalker? Hatte er Trixies Gestalt angenommen und stahl sich nun davon?

Wir durften ihn nicht verlieren. »Vivienne, informier die anderen. Hudson, sag Tristan, er soll die Falken ausschicken.« Ohne eine Antwort abzuwarten, wirbelte ich herum, nahm die Verfolgung auf. Hoffentlich nahmen sie meine Befehle einfach an und die Falken waren fit genug für diese Mission.

Baker war mir dicht auf den Fersen.

Zweige strichen über meine Haare, als ich zwischen den Bäumen durchhetzte. Im schwindenden Licht sah der Wald ganz anders aus als beim letzten Mal, als ich ihn betreten hatte. Wenn Hudson schnell war, würden mir die Falken schon bald folgen. Mit dem untrüglichen Gefühl, dass ich in Richtung Kiesgrube laufen sollte, schlängelte ich mich mit Baker um Büsche und Baumstämme. Totes Laub raschelte unter meinen Füßen.

Da! Ein Schatten überquerte die Straße, sprang tatsächlich über die Wiese runter in die Kiesgrube. Aber wer konnte es sein? Den Bewegungen nach ein Mädchen. Mit einem Haardutt. Wer trug an dieser Schule einen Dutt?

Mit einem Brüllen beschleunigte Baker seine Schritte. »Bleib zurück, Graylee. Ich schnappe sie mir.«

Was? Keuchend hielt ich mir die stechende Seite. Einerseits war ich dankbar, dass er die Verfolgung übernahm. Aber andererseits konnte ich ihn nicht allein in die Grube rennen lassen. Was, wenn es eine Falle war? Doch da sah ich ihn schon die Straße überqueren und springen. Direkt in die Grube, raus aus meinem Blickfeld.

Bitte, bitte, schickt Verstärkung. So schlau würden Hudson und Vivienne doch sein, oder?

Da ich Baker und das Mädchen unmöglich entkommen lassen konnte, sprang ich kurz entschlossen hinterher.

Sie war flink, das musste ich ihr lassen. Dicht gefolgt von Baker hielt das Mädchen mit den dunklen Haaren auf den rechten Rand der Kiesgrube zu. Sie trug eindeutig ein Schulpoloshirt. Großer Gott, was wurde hier nur gespielt? Ohne die beiden aus den Augen zu lassen, hetzte ich hinterher. Nicht mal die Tatsache, dass Baker und die Schülerin von jetzt auf gleich nicht mehr zu sehen waren, konnte mich stoppen. Mist. Waren sie hinter einem Stein verschwunden, den ich von hier aus nicht sehen konnte? In dem Fall müssten sie gleich in der Ferne auftauchen. Aber das taten sie nicht. Verbissen behielt ich die Stelle im Blick, rannte darauf zu. Und tatsächlich. Ein riesiger Felsen. Hinter dem musste der Skinwalker abgetaucht sein, versteckte sich wahrscheinlich. Aber nicht mit mir. Ich preschte direkt darauf zu, doch hinter dem Steinbrocken entdeckte ich nichts Ungewöhnliches außer Stein. Wo war sie? In das benachbarte Maisfeld abgebogen? Maisfelder waren ja eher von der Sorte Gruselalbtraum, zumindest kannte ich aus Podcasts einige Verbrecher, die versucht hatten, jemanden darin zu ermorden. Und wo war Baker? Nirgends entdeckte ich eine Spur von ihm. War er ebenfalls in das Maisfeld gerannt? Aber ich konnte hier nicht einfach tatenlos rumstehen. Wenn ich den Skinwalker jetzt nicht stellte, würde Willow ganz bald ebenso zu Stein werden wie Trixie. Und London auch.

Entschlossen machte ich einen Schritt vorwärts – und trat ins Leere. Meine Füße fanden keinen Halt, weswegen ich nach vorn stürzte. Direkt durch die Steine hindurch. Ich fiel. Hinab in die Dunkelheit. Innerlich wappnete ich mich gegen den Aufprall, und als er kam, rollte ich mich seitlich ab, noch während vor meinen Augen Sternschnuppen explodierten. Meine rechte Schulter schmerzte, und meine Rippen mussten gequetscht sein, denn das Atmen fiel mir auf einmal schwer.

Dios mío! Wo bei allen Nornen war ich gelandet? Ich drehte mich auf den Rücken, sah nach oben. In den navyblauen Abendhimmel. Diese Grube musste doppelt so tief wie ich hoch sein. Vielleicht auch dreimal meine Körperlänge. Wenn ich mein Handy dabeigehabt hätte, hätte ich die Wände ableuchten können. Aber auch so war mir klar, dass das hier eine Falle war. Und ich war direkt hineingetappt. In eine verborgene Grube. Aber wie war das möglich? Wieso hatte ich sie nicht gesehen?

Ein Unsichtbarkeitsbann, fiel mir ein. Das musste es sein. Canyon hatte davon gesprochen. Sicherlich hatte dieser Bann nur die Illusion erweckt, als verliefe an dieser Stelle ein steiniger Untergrund. Aber Moment, wo war das Mädchen? Und wo steckte Baker? So gut es ging, rappelte ich mich auf, hielt mir die schmerzende Schulter. Blöderweise schien mein rechter Arm gar nicht mehr zu gebrauchen zu sein. Vermutlich hatte ich ihn mir ausgekugelt oder gebrochen.

Auf einmal schob sich ein Kopf über den Rand. Das Mädchen. Ihre Gesichtszüge wirkten seltsam vertraut, obwohl ich nicht wirklich viel erkennen konnte. Bis sie ihre Handytaschenlampe einschaltete. Das Licht blendete mich. Schnell hob ich die linke Hand vor meine Augen. Das Erste, was mir auffiel, war, dass sie dieselbe goldene Handykette besaß wie ich. Denn die baumelte zu mir nach unten. Doch dann drehte das Mädchen das Handy so, dass die Taschenlampe auf ihr Gesicht gerichtet war.

Einen Atemzug lang glaubte ich, im falschen Film zu sein. Hatte ich mir den Kopf zu hart aufgeschlagen? Das Mädchen hatte mein Gesicht. Eine zweite Graylee starrte auf mich hinab.

»Endlich.« Sie sagte nur dieses eine Wort.

Ich konnte es immer noch nicht glauben. Dieses Mädchen trug mein Gesicht. Hatte mein Handy bei sich. Wie war das möglich? Entwickelte ich Wahnvorstellungen? War die Schule am Ende doch nur Einbildung und in Wahrheit eine Psychiatrie für Menschen wie mich?

Die Lippen des Mädchens verzogen sich zu einem hämischen Grinsen. »Endlich hab ich dich.«

»Wer bist du?«, hauchte ich, wagte nicht mal zu blinzeln. Sie sah aus wie ich. Ihre dunklen Haare hatte sie zu einem Dutt gedreht. Sogar eine Stricknadel steckte darin.

»Graylee McCoy«, antwortete das Mädchen. Kieselsteine rieselten unter ihrer Hand über den Rand zu mir hinab.

»Das kann nicht sein. Ich bin Graylee McCoy.«

Eine zweite Gestalt tauchte am Rand auf. Willow! Meine Willow und doch wieder nicht. Ausdruckslos beobachtete sie mich. Nein, das war nicht mehr meine Willow.

Der Kopf meines Ebenbilds ruckte zur Seite. »Ornella ist auf dem Weg hierher. Fang sie ein.«

Nach einem Nicken drehte Willow sich um, verschwand aus meinem Sichtfeld.

»Nein! Tut das nicht. Bitte lasst Ornella in Ruhe!« Selbst in meinen Ohren hörte es sich jämmerlich an, was ich da von mir gab. Aber was hätte ich sonst sagen sollen?

In meinem Gehirn arbeitete es. Der Fluch. Erin und Henry. Sein Zwillingsbruder. London, Willow und Trixie. Die verändert zurückgekehrt waren. Das mussten alles böse Zwillinge sein, wenn ich die Puzzleteile richtig zusammensetzte … Und das da oben war meiner. Ja, das war sie, oder?

Entschlossen sah ich nach oben. »Du bist ein Klon, nicht wahr? Ihr zwei seid Fälschungen, geschaffen vom Gorgonenfluch.« Plötzlich erinnerte ich mich an Bakers Worte. Man musste dem Skinwalker auf den Kopf zusagen, dass man ihn enttarnt hatte. »Du bist der Skinwalker!«

Die falsche Graylee lächelte, richtete sich dann auf, als wollte sie vom Grubenrand zurücktreten. »Du irrst dich, Graylee. *Du* bist die Fälschung.«

Epilog

Das Licht aus den Neonröhren flackerte. Eine von ihnen sirrte wie ein Insekt.

»Nein.« Mortimer Vanderponds Stimme klang endgültig. Er ließ den Blick von seinem Gast zu den Aquarien wandern. In einem von ihnen schleppte eine Krabbe ihre verletzte Schere hinter sich her. »Du hättest nicht herkommen sollen. Was, wenn das den Bann bricht.«

»Siehst du das denn nicht? Ihr Auftauchen hat den Fluch bereits wieder aktiviert. Der Bann ist durchlässig geworden. Warum hast du Maxine nicht davon abgeraten, sie an die Schule zu holen?«

Dr. Vanderpond atmete tief ein. »Wenn es die Nornen so wollen, wird es so oder so geschehen.«

»Deine Tochter geht auf die Swanlake Academy.«

Offensichtlich nicht weiter an einem Gespräch interessiert, machte Dr. Vanderpond einen Schritt auf das Fenster zu, von wo aus man die Schule und ihre Lichter sehen konnte. »Natürliche Auslese. So wie hier.« Er deutete auf die verletzte Krabbe. »Sie wird es im See niemals schaffen. Dennoch bringe ich sie morgen zurück. Wenn ich herausfinden will, wieso die Nornen die Seebewohner nicht mehr heilen, muss ich Opfer bringen. Dieser Glitch wird behoben werden. Um jeden Preis. Unser aller Lebensfäden sind in Gefahr. Das ist die wirklich große Sache.«

»Es gibt nur eine Möglichkeit … Erin muss damals vor achtzehn Jahren einen Weg gefunden haben, damit das Baby überlebt. Einen Deal mit den Nornen oder ein Schlupfloch beim Fluch.« Der Gast ballte seine linke Hand zu einer Faust. Dieses Kind war schuld an Erins Tod. »Wenn Graylee nicht mehr am Leben ist, könnte das den Glitch beheben, siehst du das nicht? Wahrscheinlich ist Graylee der Störfaktor.«

»Das Töten überlassen wir besser den Nornen«, sagte Dr. Vanderpond, ohne sich umzudrehen. »Und du wirst nichts unternehmen oder ich werde es melden müssen.«

Da Dr. Vanderpond seinem Gast weiterhin den Rücken zukehrte, sah er nicht, wie sich das Gesicht seines Besuchers verzerrte. Sah nicht, wie dieser ein Klappmesser aus der Innentasche seiner schwarzen Stoffjacke zog.

»Autsch, was soll das?« Dr. Vanderpond drehte sich überrascht um. »Hast du mich geschlagen?« Erst als er die blutige Klinge in der Hand seines alten Bekannten aus Schulzeiten sah, wurde ihm klar, dass ihm nur noch wenige Augenblicke blieben. Die Klinge hatte ihn direkt ins Herz getroffen. So musste es sein.

Ungläubig starrte er seinen Besucher an, dann taumelte Mortimer Vanderpond auch schon rückwärts, riss einige Dokumente von seinem Schreibtisch, bis er auf dem Boden aufprallte und dort liegen blieb. Komischerweise spürte er mehr Verwirrung als Schmerz. »Warum?«, röchelte er. Am Rande war er sich bewusst, dass das auch die Szene in einem Horrorfilm sein könnte. Seine letzten Momente.

Der Mann, von dem er geglaubt hatte, ihn zu kennen, wischte sein Messer an Dr. Vanderponds Kittel ab und kratzte sich mit der freien Hand über die Narbe, die von seinem rechten Auge bis zu seinem Kinn verlief. »Weil du mir nicht im Weg stehen kannst, wenn ich meinen eigenen Fehler wiedergutmache. Dein Leben gegen das dieser Kinder. Graylees Leben gegen das Ende des Fluchs.«

Ende Band 1

Danksagung

Na toll, das Buch ist vorbei, ich sitze hier allein im Bett und mein Kaffee ist auch noch kalt. (Könnte eine Chimäre bitte kurz vorbeikommen und einmal pusten?)

Wow, aber erst mal einen ganz lieben Dank, dass du bis hierhin gelesen hast! Und nicht nur bei meinen tollen Leser*innen muss ich mich bedanken, sondern auch bei meinen Instagram-Followern für den Support, für die Fanart, die Geschenke … Ihr seid die Besten!

Und was wäre aus dieser Geschichte geworden, wenn zwei Kathrins nicht von Anfang an daran geglaubt hätten, dass Graylees Geschichte auf Papier gehört? Danke, Kathrin N. (weltbeste Agentin) und Kathrin B. aus dem Ravensburger Verlag für die Unterstützung und die entspannte Geburt bei diesem Buchbaby! (Und wenn ihr jetzt denkt, dass die deutsche Buchbranche von Kathrins dominiert wird, dann habt ihr recht!)

Tausend Dank auch an Tamara R. für das Lektorat und die tolle, herzliche Kommunikation mit dir!

Einen weiteren Dank verdient das Korrektorat sowie die Herstellung für die Spitzenarbeit. Und natürlich Kristina, die Kathrin B. spitzenmäßig vertreten hat. Danke euch!

Da meine Mutter beiläufig erwähnte, dass die letzte Danksagung an sie in meinen Büchern schon länger her ist, möchte ich es dieses Mal nicht versäumen, ihr zu danken! Danke auch für dein Verständnis, liebe Mama, wenn ich nach gemeinsamen Fitnesskursen keine Zeit mehr für Small Talk habe, sondern zurück an meinen Schreibtisch rase, um mit klopfendem Herzen das Manuskript zu öffnen.

Danke an Sandy und Regine McCoy, die mich immer bestens unterhalten, die lustigsten TikTok-Videos mit mir drehen und deren Nachnamen ich mir für Graylee ausborgen durfte. Weltbester Nachname!

Ein weiterer Ausleihdank geht an meine Autorenkollegin Lucinda Flynn, deren Namen ich mir für meinen verwirrten Kolibri mit Hang zu dramatischen Auftritten ausleihen durfte. Also quasi dein Ebenbild mit Federn. Danke, Lucinda!

Weitere Namen durfte ich mir ausleihen von: Varn, Heffa, Chris und Shalima! Danke euch dafür!

Zu Corona-Zeiten und ohne die Möglichkeit, in Cafés zu schreiben, hätte ich dieses Buch auch nicht ohne gewisse andere Autor*innen fertigstellen können, die mit mir digital im Co-Working vernetzt waren: meine Schlücki-Autorengruppe (Autor*innen der Thomas Schlück Literaturagentur). Außerdem meine Twitch-Autorengang aka *Die Konsonanten Crew*, danke vor allem für den 24/7-Ansporn über Discord: Leia, Vanilla, Daniel, Varn, Stef, Phyn, Lion, Sabrina, Jana, Chris, Eli, Peri, Jean und so viele mehr!

Vielen Dank an meine Testleser und Testleserinnen, die teilweise eine frühe und eine spätere Version gelesen haben und mir mit Rat und Tat zur Seite gestanden haben. Ganz lieben Dank an Saskia, Elisa, Denise, Lisa, Phillip, Jaschka, Maren, Katharina, Sabine, Corinna, Jessica, Stefi, Ingrid, Kristin und Ania.

Zuletzt danke für die intensiven Schreibsessions an meine spektakulär erfolgreichen Selfpublisher-Autorenfreundinnen Isabell Schmitt-Egner und I.Reen Bow aka Brain und Oxi. Unendlicher Dank an euch alleeeeeeee. *Mic Drop. Nina out.*

Glossar

Swanlake Academy

Heimat von:

SIRENEN (BLAUES BAND):
gute Schwimmer, besitzen Sirenenklang, womit sie andere überreden können, Dinge zu tun

SELKIES (GRÜNES BAND):
gute Schwimmer, im Wasser verwandeln sie sich in einen Seehund, versorgen Gewässer mit gesunden Biostoffen

CHIMÄREN (ORANGEFARBENES BAND):
verstärkter Geruchssinn, heißer Atem

MINOTAUREN (LILAFARBENES BAND):
extrem guter Orientierungssinn, Bannweber

WALKÜREN (ROSAFARBENES BAND):
stark, gut in Kampfsportarten und Bogenschießen, bringen tote Legenden nach Walhalla

ODINS-SÖHNE (BRAUNES BAND):
sehr gut im Schwertkampf, ausdauernd, stark

GORGONEN (ROTES BAND):
hören sehr gut, ohne Schutzmaßnahmen können sie andere, die keine Gorgonen sind, zu Stein erstarren lassen

Camp Superior

Heimat von:

WENDIGOS:
Gestaltwandler, die sich in ihr Seelentier verwandeln können. Sie leben im Einklang mit der Natur im Wald.

Band 2 erscheint
im Sommer 2022 im
Ravensburger Verlag

Hallo Legends!

Ihr wollt wissen,
was es mit der zweiten Graylee auf sich hat?
Wohin Baker verschwunden ist?
Und ob Hudson und Graylee den Fluch brechen
und ihre Gefühle endlich zulassen können?
Aber ihr habt weder hellseherische Kräfte
noch ein Nornenauge zur Verfügung?

Keine Panik!

DIE LEGENDÄRE FANTASY-REIHE GEHT WEITER!

The SCHOOL for GOOD AND EVIL
Soman Chainani
Es kann nur eine geben
Band 1: ISBN 978-3-473-58511-3
Soman Chainani
Eine Welt ohne Prinzen
Band 2: ISBN 978-3-473-58516-8
Soman Chainani
Und wenn sie nicht gestorben sind
Band 3: ISBN 978-3-473-58529-8
Soman Chainani
Ein Königreich auf einen Streich
Band 4: ISBN 978-3-473-58550-2
HCRTB_21_012
Ravensburger

S
O
W
N
Swan Lake
Camp
Superior
WALD
Steinkrone
WALD
Steg
Institut
Felder
Parkplatz
Falkenhorst
WALD
Kiesgrube